国家社科基金
GUOJIA SHEKE JIJIN HOUQI ZIZHU XIANGMU
后期资助项目

抗战大后方翻译文学史论

On the History of Translated Literature in the Rear of Anti-Japanese War

熊辉 著

上海交通大学出版社
SHANGHAI JIAO TONG UNIVERSITY PRESS

内容提要

　　本书从抗战文学活动中剥离出文学翻译这一特殊的文学生产和交流活动,认为抗战大后方是在特殊历史时期产生的特殊文学生成空间,知识分子的内迁、抗战的氛围、区域性和地域性的文化混杂等因素造就了抗战大后方翻译文学的价值及审美取向,体现出译语文化对翻译选材和文体表达的规定性,展示抗战时期各国翻译文学与中国抗战文学之间多元的"融合"空间,阐明翻译文学对抗战文学影响的合法性以及两者的艺术和现实关联。

　　本书适合比较文学、现当代文学和外国文学专业的学生及教师阅读。

图书在版编目(CIP)数据

抗战大后方翻译文学史论／熊辉著. —上海：上
海交通大学出版社,2018
ISBN 978 - 7 - 313 - 19026 - 0

Ⅰ.①抗…　Ⅱ.①熊…　Ⅲ.①文学翻译—现代文学史
—文学史研究—中国　Ⅳ.①I046②I209.6

中国版本图书馆 CIP 数据核字(2018)第 032665 号

抗战大后方翻译文学史论

著　　者：熊　辉
出版发行：上海交通大学出版社　　　　　　地　　址：上海市番禺路 951 号
邮政编码：200030　　　　　　　　　　　　电　　话：021 - 64071208
出 版 人：谈　毅
印　　制：常熟市文化印刷有限公司　　　　经　　销：全国新华书店
开　　本：710 mm×1000 mm　1/16　　　　印　　张：22.25
字　　数：380 千字
版　　次：2018 年 6 月第 1 版　　　　　　印　　次：2018 年 6 月第 1 次印刷
书　　号：ISBN 978 - 7 - 313 - 19026 - 0/I
定　　价：88.00 元

谨以此书献给民族抗战胜利 70 周年

目　　录

第一章 抗战大后方翻译文学：
研究背景及其特征

第一节 抗战大后方翻译文学研究综述

时值抗战胜利 70 周年之际,回到民族自救的战争语境中去重新审读其时的文学作品,无疑具有更强的现场感和历史责任感,更能理解民族危难时刻文学的国家想象和民族建构宏愿,对于民族未来的独立发展和自强进取也具有积极的引导作用。

一 研究对象及价值

抗战时期是中国历史的特殊阶段,由于战争和政治因素的影响,中国文学随之形成了不同的区域特征,诸如沦陷区文学、解放区文学、上海孤岛文学以及大后方文学等都具有各自不同的表现形式和表现内容。在这幅繁杂的文学地图上,大后方文学无疑最具夺目的色彩和光辉。而作为大后方文学重要构成部分的翻译文学,在特定的历史阶段和地域内也呈现出自己的风格,对之加以研究具有十分重要的文学史价值和深刻的社会民族意义。

中国人吸收西方文学营养的途径主要有三种:阅读外文原文、阅读翻译作品、接受外国文学教育。清末民初,尽管接受西式教育的人数比先前有了较大幅度的增长,但国内擅长外语并精通翻译的人依然不多,所以大多数国人只有通过阅读翻译作品来了解并认知外国文学。有学者在谈论中国近代以来接触西学的普遍情形时说:"严复是当时寥寥无几的翻译大师之一,他的教育背景和对西学的理解程度几乎无人能及,所以不具有普遍意义。而刘师培对西学较严复为肤浅的理解,却恰好代表了当时多数士子接受西学的程度,因为他们与刘氏一样,既不通外文,又受过多年中国旧式教育,差不多有共同的知识基础。"①即便到了五四时期,刘师培接受西学的方式仍然具有普遍意义,即外国文学对中国作家的影响主要是通过阅读翻译文学来实现的,像五四一代能读懂外语原文的诗人,比如胡适、郭沫若、冰心、李金发、徐志摩、闻一多等翻译的外国诗歌在审美上造成的新奇效果诱引了多数不懂外文的读者对翻译文学的模仿,这种模仿型的创作才最终完成了外国文学对中国文学的影响。抗战时期,世界反法西斯运动以及反战文学的发展成为中国抗战文学的重要借鉴资源,大后方的文学翻译活动带动了创作的发展。而对于大多数中国人来说,他们通过阅读翻译文学来获得对外国抗战文学的认知,鼓舞了他们同日本侵略者殊死斗争的勇气。也正是从这个意义上讲,大后方翻译文学给译者和读者的情感带来了潜移默化的感染,丰富并提升了中国抗战文学的精神。

从已有的研究现状来看,人们往往注重从创作的角度来讨论抗战文学,将大后方文学的发展演变过程置于翻译文化语境中加以考察的成果并不多见,也没有专门的著作问世。而实际情况却是,大后方文学创作与外国文学的翻译一脉相承,所以本课题研究大后方翻译文学就具有开创意义和学术价值。周作人曾在《中国新文学的源流》中指出:"由于西洋思想的输入,人们对于政治,经济,道德等的观念,和对于人生,社会的见解,都和从前不同了。应用这新的观点去观察一切,遂对一切问题又都有了新的意见要说要写。然而旧的皮囊盛不下新的东西,新的思想必须用新的文体以传达出来,因而便非用白话不可。"②正是思想内容的转变呼求着文体的变化,政治意识形态分割后的文学话语环境对外国文学的翻译形成了不可逆转的影响,外国的抗战文学和民族意识浓厚的作品得到了大量的翻译,而译文则多采用了浅显易懂的语言形式,目的是传递出外国文学作品的抗争精神,激发中国人民的抗日情绪。不管形式如何,每一时期的文学都会相应地承载并表达出它所属时代的情感内容,中国文学在漫长的历史道路上充分表现了各个时代的精神特征,只是到了近代以后,新思想的引入才对其提出了形式革新的要求。翻译文学在抗战时期的文艺期刊中占有一席之地,在抗战文学中也构成了一定规模。但是文学翻译也像文学创作一样,受译者自身的文化环境、文学观念等因素制约,抗战时期的翻译文学译介就凸显出了抗战的时代特性。此外,不同的文艺方针和意识形态也会导致翻译文学负载不同

---

① 李帆:《刘师培与中西学术——以其中西交融之学和学术史研究为核心》,北京:北京师范大学出版社,2003 年,第 109~110 页。
② 周作人:《中国新文学的源流》,石家庄:河北教育出版社,2002 年,第 58~59 页。

的文化。从刊物的意识形态入手，去探讨翻译文学背后所蕴含的时代文学意蕴和政治倾向，将更有助于理解抗战时期的文化特质。所以，探讨大后方翻译文学及其对中国抗战文学语境的顺应更具针对性和价值。

将抗战大后方翻译文学作为研究对象，不仅仅是为了廓清抗战大后方翻译文学的基本面貌，也是为了通过具体而微观的研究开掘出更加丰富的研究内容和更加开阔的研究空间。文学翻译是一项文化交流活动，翻译文学作为其成果就成了文化交流的必要中介。考察抗战大后方社团的翻译文学，有助于了解这一时期中外文化和文学交流的基本情况，进一步理解当时文学创作活动及文学旨趣，从社会需要的角度为我们今天的文学翻译活动提供诸多的参考和实践经验。同时，文学翻译通过引入外国文化为民族文学的发展带来清新之风；通过消除语言隔膜让译语国读者领会异国文化风情和精髓，进而在宏大的文化比较视野中体认到本民族文化的发展路向。抗战时期的翻译文学不仅顺应了自身的创作主张，而且满足了全民族抗战时期的文学需求，奠定了苏俄文学在现代文学中的特殊地位；改变了中国现代文学的语言和表达方式，使之染上了浓厚的欧化（准确地讲是外化）色彩；促进了早期中国现代文学文体的发展演变。此外，抗战大后方翻译文学既以"他者"的身份通过外部影响来促进民族文学的发展，又以民族文学构成要素的身份直接参与了大后方文学的建构。因此，大后方翻译文学对中国社会和现代文学的积极影响毋庸置疑，研究该时期的文学翻译活动以及翻译文学文本就具有深刻的理论意义和实践意义。

研究抗战大后方翻译文学，将丰富抗战时期文学研究的内容和视角。抗战大后方翻译文学是中国抗战文学地图上不可或缺的构成要素，本课题立意发掘其文学性、历史价值和社会影响等内容，从翻译文学之镜中窥见抗战文学被遮蔽的一些属性。研究抗战大后方翻译文学的文学性和文学史价值，将突破"启蒙""革命"和"言志"的阐释体系，超越"传统/现代"或"域外/境内"的二元研究模式，展示抗战大后方翻译文学以及抗战文学发展的基本轨迹与本真面貌。本课题将深化对抗战大后方翻译文学的阶段性认识，揭示在不同阶段、不同作家与译者的社会意识、精神世界、战争心理以及翻译选择与中国抗战文学之间极为密切的各种潜隐关系。展示抗战时期翻译文学与中国抗战文学之间多元的"融合"空间，探讨不同阶段的语境对翻译文学的诉求或翻译文学对中国抗战文学不可规避的影响，从而阐明翻译文学对抗战文学影响的合法性以及两者不可辩驳的艺术和现实关联。

从具体的翻译现象和翻译文本出发，拓展出抗战大后方文学研究的有效空间。通过查阅大量的文献资料，本课题负责人整理出大量抗战大后方的翻译文学作品,而现有的大后方翻译文学大都被"进步"的苏俄翻译文学遮蔽,研究成果主要集中在苏联文学、莎士比亚戏剧等方面,对其丰富性的还原必将赋予本课题更为开阔的研究空间。在整体描述各国文学翻译概况的同时,应注意考查它们多元的复合型关系,应说明文学译介与20世纪20~30年代的承传与积淀关系,以敞亮抗战时期的翻译与先前相比在主题和艺术上的差异,并找到抗战文学与五四文学的融合与超越。在论述抗战语境对翻译文学的诉求以及对中国抗战文学的意义时,应思考翻译文学与创作之间深刻的文化关联及共同承载的文学使命,应厘清两者潜隐或显现的关系纠葛,不断澄清翻译文学与中国抗战文学和抗战现实之顺向和逆向关系。在注重翻译文学文本研究的同时应注意引入文化研究,这是本课题研究的重点内容,涉及抗战大后方翻译文学文体形式、精神内容的特殊性以及它对中国文学的影响和建构;涉及抗战大后方翻译文学的出版、传播和社会影响;涉及抗战大后方翻译文学在翻译层面的"变形",翻译文本与源文本之间的差异以及它们在各自所属的文化语境中的"形象"问题等,这些内容可以让人们充分了解抗战大后方翻译文学的总体特征。

总之,本课题不是为了将研究固定在民族"救亡"的旗帜下,也不是为了呈现均质的、"进程"式的抑或先验性的翻译文学与抗战文学之间的主题纠葛,而是试图在方法论上建立起翻译文学和抗战文学之间的多维艺术空间,在差异的共时性中展示并反思抗战大后方翻译文学,使其在今后的学术研究中得到越来越多的关注。

二 国内外研究现状

近年来,抗战文学的历史价值和对现实特殊的观照方式已经成为学术界探讨的重要话题,且大后方文学创作成就与对民族抗战胜利的推动作用也已被众多学者提及,但大后方文学研究与抗战时期丰富的创作活动形成了巨大反差,与当时文学在抗战中起到的"鼓动"作用和历史价值明显脱节。和抗战大后方文学研究的薄弱现状相比,大后方繁荣的文学译介活动遭遇了更为严重的"遮蔽",迄今为止,很少有学者专门就抗战大后方文学译介活动进行过探讨,大后方翻译文学研究还没有充分拉开序幕。因此,研究抗战大后方翻译文学对于整个中国抗战文学的研究而言具有不可替代的价值。

海外及港澳台地区抗战大后方翻译文学的研究:抗战大后方文学诞生于特殊的时代语境中,海外及港澳台地区曾举办过两次关于中国抗战文艺运动的国际学术研讨会:一是1980年在法国巴黎举行的国际学术研讨会将"中国的抗战文艺运动"作为讨论的专题之一;二是1981年香港中文大学举行的抗战文艺运动学术研讨会。尽管有很多海外汉学家参加了这两次国际学术研讨会，针对中国的抗战文学和文艺运动进行了广泛而深入的研究，给了大陆学者另一种学术视野和眼光。但对中国抗战语境的隔膜和对中国文学审美方式的疏离，很多研究成果具有明显的片面性。其中对大后方文学的研究十分有限，对大后方在抗战时期中国文坛上的特殊地位重视不够，没有人专门探讨抗战大后方的文学翻译活动。近年来，包括日本在内的很多海外学者开始反思战争带给人们的心理创伤，将研究的范围扩大到了大后方的重庆、桂林和昆明等地，开始关注大后方的文学，比如日本庆应义塾大学的关根谦先生围绕在重庆活动的"七月派"进行了大量的关于中国抗战大后方的文学研究，但依然没有涉及文学翻译和介绍活动。总体上讲，海外及港澳台地区对抗战大后方文学的研究还停留在把抗战大后方文学作为整个中国抗战文学或现代文学构成部分来研究的阶段，并没有将其作为独立的研究内容，更没有从抗战大后方的文学活动中剥离出翻译文学这一特殊的文学生产和交流活动。

就国内抗战大后方翻译文学的研究而言，中国大陆抗战大后方文学研究主要集中在两个时期，第一个重要时期是抗战期间，即20世纪30~40年代抗战大后方文学的发生和成熟期。这一时期的研究主要是配合抗战需要而对大后方文学创作和文学活动做出及时的评价和指导，使文学创作进行相应的调整以声援民族抗战行动。因此，强烈的批判精神成了该时期大后方文学研究的总体特征。抗战时期大后方文学研究首先集中表现为对文学情感内容的批判。比如1938年2月20日，黎嘉在《新华日报》上发表了题为《诗人，你们往哪里去？》的评论文章，主要是对欧外鸥、柳木下、黄鲁、欧罗巴、胡明树和扬起等自称为"少壮派"的诗人出版的"一种漂亮的诗刊《诗群众》"提出批评。其次，抗战时期大后方文学的研究体现为对诗人创作思想的批判。比如胡风从大后方文学创作实际出发写了《今天，我们底中心问题是什么？》一文，批评了穆木天对抗战文学的看法，认为其关于"抗战文学底'大部分'是'个人主义抒情主义'，'个人主义的感伤主义'"的看法"不是事实"。第三，抗战时期大后方文学的研究体现为对文学文体艺术的批判。比如1942年，施蛰存在《文学之贫困》一文中针对抗战文学的现状提出疑问，认为抗战文学"贫困得可怜"。第二个重要时期是新时期以来至经济体制改革期间，即20世纪80~90年代中期。随着思想解放潮流的兴起，抗战大后方文学研究在大后方文学研究的热潮中获得了相应的发展和提高。该时期抗战大后方文学的研究成果主要集中体现为多本专著的出版。20世纪80年代下半期开始，四川教育出版社陆续推出了"国统区抗战文学研究丛书",比如《抗战诗歌史稿》(苏光文著,1991年),《诗歌研究史料选》(龙泉明编,1989年),《大后方文学史》(文天行、吴野主编,1993年),《大后方文学论稿》《国统区抗战文学运动史稿》(文天行,1988年),《大后方散文论稿》(尹鸿禄,1990年),《文学理论史料选》(苏光文,1988年),《战火中的文学沉思》(吴野,1990年),《大后方的通俗文艺》(杨中,1990年),《火热的小说世界》(文天行,1992年);后来西南师范大学出版社出版了《大后方文学论稿》(苏光文,1994年)这套书系为我们今天研究大后方文学提供了重要的文献资料;重庆出版社1989年出版了《中国抗日战争时期大后方文学书系》20册,为抗战大后方文学的研究提供了丰富的文学文本。21世纪初叶,吕进等撰写的《20世纪重庆新诗发展史》(重庆出版社,2004年)开拓了地域新诗史研究的先河,作为战时的抗战大后方,重庆繁荣的抗战文学诗歌成为本书的重要内容之一。该书第二章《抗战时期:重庆新诗的第一次高潮》对抗战大后方文学组织、社团、文学刊物和重要诗人做了较为全面的"扫描"。但由于"史"的书写需要"体大虑周",抗战大后方文学自然在这部文学史中没有得到详细的论述。四川社会科学院文学研究所创办的《抗战文艺研究》出版了三十多期,对大后方文学的研究起到积极的推动作用。总体上讲,抗战大后方文学的研究还处于滞后的状态,已有的研究成果难以支撑起大后方丰富的文学创作活动。

在就抗战大后方文学社团的研究而言,刘文俊先生的《桂林抗战文化城的社团》一书是目前唯一研究抗战大后方社团的专著,该书所谓的社团包括"文化社团和非文化社团,而文化社团又可以细分为戏剧、音乐、美术、新闻、科技、教育、宗教等类,非文化文学社团又可以细分为政治、经济、体育、工会、妇女及同学等类"①。因此,该书对文学社团的研究只涉及"文协"桂林分会,而对其他文学社团的讨论则着墨不多。朱寿桐先生撰写的《中国现代社团文学史》是目前国内研究现代文学社团最有代表性的成果,该书从探讨中国现代文学研究与社团研究的关系入手,重点分析了五四新文化运动至20世纪30年代出现的主要文学社团的文学活动,比如新潮社、文学研究会、学衡派、新月派等社团与中国现代文学生态及中国现代文学批评之间的关系成为该书的主要内容,显示出著者扎实的文学研究功力和敏锐的学术把握能力。但该书对中国现代文学史上第三个十年的文学社团涉及甚少,并且认为:"40年代的文学史主体框架中连这种文派现象也开始瓦解,结构发生了更大的变化。抗战以后,文派瓦解而归并为统一战线,左翼作家、鸳鸯

---

① 刘文俊:《桂林抗战文化城的社团》,合肥:黄山书社,2008年,第21页。

蝴蝶派作家、自由派作家都联合起来了，形成了一个个文艺阵地；战争形成的客观空间环境决定了文学的空间切块，可以将这些切块称之为'文阵'。所谓大后方文学、国统区文学、孤岛文学、解放区文学等都是这样的切块，处在各种切块中的文人被迫放弃了文派运作的方式，而改为在不同的区域中自处于不同的阵地，于是这是一个'文阵'的时代。"①相对于声势浩大的五四文学社团而言，抗战时期的文学社团似乎更加关注民族的解放独立以及自我内部创作思想的践行，很难在广泛而普适的文学层面上产生全国性的文学影响，但这并不意味着抗战时期的文学社团就应该被所谓的"文阵"取代。相反，抗战时期的文学社团数量众多且文学旨趣各异，对其加以探讨和研究，同样有助于中国现代文学第三个十年文学研究的深化。

　　所有这些关于大后方文学的研究或文学社团的研究其实都忽略了至关重要的一项内容——大后方翻译文学。贾植芳先生说："由中国翻译家用汉语译出的、以汉文形式存在的外国文学作品，为创造和丰富中国现代文学所作出的贡献，与我们本民族的文学创作具有同等重要的意义和价值。"②谢天振先生说："既然翻译文学是文学作品的一种独立的存在形式，既然它不是外国文学，那么它就该是民族文学或国别文学的一部分，对我们来说，翻译文学就是中国文学的一个组成部分，这完全是顺理成章的事。"③根据译介学的观点，抗战大后方翻译文学应该成为抗战文学的重要构成部分，研究大后方文学应该注意研究大后方的文学译介活动。从目前抗战大后方文学的研究内容来看，除了对抗战大后方文学文本、文学活动或文学理论有所涉及之外，抗战大后方文学的传播、受到的外来影响、文学翻译和文学刊物等领域的研究还有待进一步拓展和深化，尤其是抗战时期大后方文学译介活动更是值得重点探讨的内容之一。目前，只有部分著作的部分章节约略探讨了抗战大后方的文学翻译活动。比如查明建和谢天振先生撰写的《中国20世纪外国文学翻译史》（上卷）第四章"抗战时期及40年代的外国文学翻译"（1938～1949），虽然没有专门讨论大后方的外国文学翻译，但其中的内容已经涉及了很多大后方的翻译文学。又比如靳明全先生主编的《重庆抗战文学与外国文化》（重庆出版社，2006年），谈到了外国作家作品对重庆抗战时期文学创作的影响，但对"翻译"这一中介活动的关注还不够，而且对翻译文学活动发生的文化语境或翻译文学作品的传播、接受、影响等内容较少

---

① 朱寿桐：《中国现代社团文学史》，北京：人民文学出版社，2004年，第249页。
② 贾植芳：《译介学·序一》，载《译介学》，谢天振著，上海：上海外语教育出版社，1999年，第3页。
③ 谢天振：《译介学》，上海：上海外语教育出版社，1999年，第239页。

涉及。

抗战大后方翻译文学的研究实际上还没有真正展开，大后方翻译文学研究应该随着抗战大后方文学研究的发展而逐渐进入研究者的研究视野，成为一项必不可少的研究内容。

三　研究思路与方法

抗战大后方翻译文学对抗战文学乃至民族抗战胜利的推动作用毋庸置疑，但由于强烈的民族文化认同感、文学研究的中国立场以及翻译文学研究的局限或者影响研究对翻译中介的忽略等因素，导致翻译文学特有的文学和社会价值得不到充分彰显。一般来讲，新材料的发掘、新观点的归纳以及新方法或视角的采用都会赋予文学研究的创新性。本课题吸纳翻译研究与文学研究的新思路和方法，对翻译文学的研究不再局限于语言层面的意义转换和情感传达，而是将翻译文学的价值取向和影响研究作为重点内容，并旁涉到翻译文学的意识形态建构和国家情感的渲染等相关话题。

美国翻译批评家韦努蒂（Lawrence Venuti）从文化批评的角度提出"异化翻译"（foreignizing translation）概念，为本论题的展开提供了宏观思路。韦努蒂在 20 世纪末期出版了轰动翻译界的《译者的隐形：翻译史论》（*The Translator's Invisibility-A History of Translation*）一书，作为翻译文化学派的一种思路，他反对传统的将翻译作品"归化"为符合目标语文化及其语言习惯的作品，这种将原作者"请到国内来"的方法实质上是把外国的价值观念融汇到译语文化中，从而掩盖了译者对原作的选择、对原作语言文化形式的处理乃至基于原作的再创造活动，使译者在翻译过程中的能动作用处于"隐形"的遮蔽状态。韦努蒂由此提出了异化翻译的理念，其所谓的异化翻译的内涵比我们通常意义上所谓的直译丰富得多："一方面，异化翻译对原文进行以本民族为中心的挪用，将翻译视为再现另类文化的场域，因而从文化政治的角度把翻译提上议事日程；另一方面，正是翻译呈现出来的另类文化使异化翻译能够反映出原文在语言和文化上的差异，发挥重新建构文化的作用，并使那些与民族中心主义相背离的译文得到认可，在一定程度上修正本国的文学经典。"①

如果我们采用韦努蒂的异化翻译观来审视和打量抗战大后方翻译文

---

① Lawrence Venuti. *The Translator's Invisibility—A History of Translation*. New York：Routledge Press, 1995, p148.

学,就会发现正是因为抗战大后方对外国文学进行了以符合中国抗战需要
为中心的"挪用",才使得这一时期外国文学的翻译成为再现中国军民抗战
文学的又一特殊场域,从民族和国家建构的立场上将翻译行为上升到政治
的层面。尽管香港学者张景华在《重新解读韦努蒂的异化翻译理论》一文中
总结了韦努蒂异化翻译的多重含义,认为其含有"精英主义意识"(elitism),
"文化精英可以通过异化翻译来影响其社会主流价值观。韦努蒂心目中异
化翻译的译者和读者都是'文化精英',而不是普通读者,因而异化翻译也被
他称为'少数化翻译'或'小众化翻译'(minoritizing translation)。异化翻译
是不太适合大众的,因为'大众的审美意趣是追求文学中所表现的现实主义
错觉,抹杀艺术与生活的区别,他们喜欢的译文明白易懂,看上去不像是翻
译'"①。抗战大后方翻译文学由于各个社团在人员构成、文学旨趣以及对
待抗战的态度等方面存有差异,因而人们翻译外国文学作品时在语言策略
上难以统一为"归化翻译"或"异化翻译",通常是采用多种研究方法共同完
成了作品的翻译。比如"文协"抱着团结文艺界人士共同抗战的目的,其译
文多采用通俗易懂的语言;西南联大作家群由于多是南迁的知识分子,其译
文更注重"文"与"质"的双重审美效果。大后方翻译文学看起来有悖于韦
努蒂的"异化翻译"观念,但这似乎仅仅是语言表达层面的问题。从内容的
维度来讲,大后方社团的翻译文学力图传递出"异域"的文化色彩,译者也希
望译文讲述的是外国故事,因为只有这样才能使中国读者意识到全世界的
抗战形势,意识到中华民族不是孤独地同法西斯作艰苦卓绝的斗争,进而增
进中国民众坚持抗战的信念和抗战必胜的信心。因此,抗战大后方翻译文
学在民族抗战文学发展过程中发挥了"建构文化的作用",于是在韦努蒂的
启示下,本课题将大后方翻译文学与文学主张、文学审美与外国文学的译介
选择等作为研究的重要内容,力图在语言的部分"归化"和内容的"异化"之
间重新解读翻译文学所呈现出来的国家意识和民族立场。

　　文化研究和社会学研究范式的介入极大地拓展了翻译研究的领域。
美国学者安德烈·勒菲弗尔(Andre Lefevere)认为当前的翻译研究不再以
语言学研究为主要方法,提出了翻译研究的"文化转向"②,从而引起了翻
译研究内容的革新,"文化研究对翻译研究产生的最引人注目的影响,莫过
于 70 年代欧洲'翻译研究派'的兴起。该学派主要探讨译文在什么样的文

---

① 张景华:《重新解读韦努蒂的异化翻译理论》,《译者的隐形——翻译史论》,北京:外语教
　学与研究出版社,2009 年,第 9 页。

② 郭建中:《当代美国翻译理论》,武汉:湖北教育出版社,2000 年,第 160 页。

化背景下产生,以及译文对译入语文化中的文学规范和文化规范所产生的影响。近年来该派更加重视考察翻译与政治、历史、经济与社会制度之间的关系"①。翻译文化学派的观点使人们开始对翻译文学文本的外部环境产生了兴趣,于是大后方翻译文学与抗战语境的关系、翻译文学的潜在读者以及翻译文学对抗战的存进等内容就进入了本课题研究的视野。严格说来,翻译社会学派应该划归到翻译文化学派的范畴,澳大利亚著名学者皮姆(Anthony Pym)近年来致力于从社会学的角度去研究翻译,他在《翻译史研究方法》(*Method in Translation on History*)一书中所凸显出来的一个重要理念就是"强调用社会学的方法来研究翻译,突出翻译与整个社会诸多因素之间的互动关系"②。本课题注重从战时国统区的语境出发,从伦理道德、文化过滤、政治宣传以及抗战环境等社会或文化的角度去研究翻译文学,彰显的就是翻译的文化批评或翻译的社会学批评模式。

福柯(Foucault)的权力/话语结构模式对研究抗战大后方翻译文学提供了更为开阔的研究思路。法国著名学者福柯在他极具影响力的著作如《知识考古学》《疯癫与文明》《规训与惩罚》《权力与反抗》乃至《性史》显示出权力运作最明显和最复杂的地方是其所强调的话语,因为在他看来,"在人文科学里,所有门类的知识的发展都与权力的实施密不可分"③。翻译实践活动的展开必然受到一定社会历史境遇的影响,尤其是发生在两种文化之间的权力关系的影响:"粗略说来,由于第三世界各个社会(当然包括社会人类学家传统上研究的社会)的语言与西方的语言(在当今世界,特别是英语)相比是'弱势'的,所以它们在翻译中比西方语言更有可能屈从于强迫性的转型。其原因在于,首先,西方各民族在它们与第三世界的政治经济联系中,更有能力操纵后者。其次,西方语言比第三世界语言有更好的条件生产和操纵有利可图的知识或值得占有的知识。"④塔拉尔 · 阿萨德(Talal Asad)的话表明译者对翻译文本的选择其实与个人审美价值取向的偏好和语言能力的深浅并无多大的关系,对翻译实践起着主导作用的乃是符合政治体制实践的各种形式和福柯所说的权力/话语的关系,这些因素决

---

① 郭建中:《当代美国翻译理论》,武汉:湖北教育出版社,2000 年,第 156 页。
② 〔澳大利亚〕皮姆:《翻译史研究方法 · 导读》,北京:外语教学与研究出版社,2007 年,第 4 页。
③ 〔法〕米歇尔 · 福柯:《规训与惩罚》,刘北成、杨远婴译,北京:生活 · 读书 · 新知三联书店,1999 年,第 18 页。
④ 〔美〕塔拉尔 · 阿萨德:《英国社会人类学中关于文化翻译的概念》,引文见《跨语际实践——文学,民族文化与被译介的现代性》,刘禾著、宋伟杰译,北京:生活 · 读书 · 新知三联书店,2002 年,第 4 页。

定的认知方式将某些对外国文学权威化或者经典化，并且压制了其他认知方式和文艺观念。因此，现在进入我们研究视野的翻译文学其实是在强势文化所特有的权力的操控下翻译而成的，很多并不是出于译者个人的主观选择。

本课题实际上是对比较文学影响研究理念的一次实践，把"抗战大后方翻译文学"作为研究对象，必然会采用比较文学的研究方法。在比较文学媒介学的基础上产生的译介学（medio-translatology）"是对那种专注于语言转换层面的传统翻译研究的颠覆"①。比较文学中的翻译研究由于文化因素的介入而显示出与传统翻译研究的巨大差异，如果说传统的翻译研究主要是一种语言层面上的研究，那比较文学中的翻译研究就是一种文学研究乃至文化研究。谢天振先生将从比较文学或比较文化的角度出发对翻译（尤其是文学翻译）和翻译文学进行的研究称为译介学，②认为翻译研究的对象不在语言层面，译介学"把翻译看作是文学研究的一个对象，它把任何一个翻译行为的结果（也即译作）都作为一个既成事实加以接受（不在乎这个结果翻译质量的高低优劣），然后在此基础上展开它对文学交流、影响、接受、传播等问题的考察和分析"③。所以相对于传统的语言研究来说，译介学拓宽了翻译研究的领域。译介学为我们研究翻译文学提供了新的视角和方法，只有译介学把翻译文学作为了理所当然的研究对象。传统的翻译研究注重翻译语言和翻译过程的对等性，翻译文学（诗歌）不在其观照范围内；一般意义上的文学研究多是以国别或民族文学为研究对象，再放宽眼界无非包括了文学的比较研究，翻译文学在学术研究的园地里成了"无家可归的'孤儿'"④。译介学作为比较文学研究的一个分支，专门研究比较文学视野下的文学翻译活动和翻译文学，从而使翻译诗歌的研究有了方法上的归宿。译介学和传统翻译学的区别为我们研究翻译诗歌消除了很多争议和障碍，我们不必再去计较诸如"文学可否翻译""文学翻译的标准"以及"作家翻译的利弊"等问题，而是把翻译文学都视为一个既定的客观文本，以这个客观的文本为依托展开文化的影响研究。因此，本论题把大后方翻译文学视为"既成事实"，不去对它做真伪和价值评判，更多的是论述译文对中国抗战现实的意义以及对中国抗战文学发展的影响。

---

① 曹顺庆：《比较文学论》，成都：四川教育出版社，2002年，参见138~148页。
② 谢天振：《译介学》，上海：上海外语教育出版社，1999年，参见该书的《绪论》部分，第1~23页。
③ 谢天振：《译介学》，上海：上海外语教育出版社，1999年，第11页。
④ 谢天振：《译介学》，上海：上海外语教育出版社，1999年，第15页。

当然,本课题除在宏观上采用以上研究思路或方法之外,在具体的研究中还会采用到如下方法:比如对部分翻译文本的细读、分析会用到形式主义批评文论的方法和研究思路;在比较译文和原文时还会使用到交往行为理论,因为对两者关系的研究涉及主体间性的问题;刘禾的"跨语际实践"理论也为本课题的开展提供了很好的视角,有助于厘清外国文学是怎样进入中国抗战文学系统的。这些方法和研究思路相互渗透,共同指导了本课题的开展。

第二节　抗战大后方翻译文学的特征

中国在抗战时期被划分为国统区、解放区、沦陷区以及上海"孤岛"等不同区域,因为政治意识形态和地域文化的差异,各地区的翻译文学呈现出不同的审美取向和价值追求。狭义的国统区常被称为抗日大后方,而狭义的大后方又主要指西南地区①。在抗日战争的时代语境中,由于受知识分子和作家队伍的复杂性、国民党统治的弱点以及区域文化渗透等因素的影响,大后方翻译文学呈现出鲜明的特征。

一　大后方翻译文学的丰富性

大后方翻译文学不但没有因为抗日的烽火阻碍前进的步伐,反而因为抗战的需要得以繁荣,成为抗战时期中国翻译文学园地中最厚重的单元,充分彰显并代表了该时期中国翻译文学的总体水平。

抗战大后方需要翻译具有抗争精神的外国文学,以此发动大众积极抗战并引导大后方抗战文学的创作。蒲风 1938 年在《关于前线上的诗歌写作》中直截了当地说:"现阶段的中国诗人任务与使命是中华民族自由解放。"诗人如何才能承担起解放民族的任务和使命呢? 蒲风引用《诗歌杂志》上名为《我决不投降你们》的诗篇来加以说明,该诗饱满的抗争精神和昂扬斗志是抗战时期不可多得的作品。但蒲风认为这首诗比起惠特曼的《敲吧! 敲吧! 鼓呀!》来"还是逊色的",也即是说中国人创作的诗歌在鼓舞抗战方面还存在很大的不足,反倒是美国的惠特曼、德国的海涅和苏联的马雅可夫斯基等人的作品更适合中国抗战的需要。"目今的现实却的确要

---

① 潘洵:《论抗战大后方战略地位的形成与演变——兼论"抗战大后方"的内涵和外延》,《西南大学学报》,2012 年第 2 期。

求我们产生一些惠特曼，或玛耶阔夫斯基……没有新的惠特曼，玛耶阔夫斯基担不起现阶段诗人的伟大的任务"①。蒲风的话表明中国文学要获得时代特质并承担起民族解放的重任，就应该学习惠特曼、马雅可夫斯基等革命作家的作品，才能创作出担当起时代使命的文学。大后方抗战文学作为中国抗战文学的有机构成部分，自然也需要更多的作家来担负起抗战救国的重任，需要更多的译者翻译国外具有反抗精神的作品。从实际情况来看，美国的海明威、斯坦贝克、惠特曼，苏联的高尔基、马雅可夫斯基、莱蒙托夫，英国的雪莱以及西班牙、日本等国反战作家的作品，是大后方译坛重点关注的外国文学，不仅鼓舞了人们的抗战激情，而且带动了大后方抗战文学的发展。

抗战时期是中国翻译文学最繁荣的阶段。有学者曾认为："八年抗战，翻译界和全国各界人士一样，把全部力量集中到救国图存争取解放的事业上去了。这一时期，我国的翻译事业放慢了发展的脚步，进入了现代翻译史上一段芜滥沉寂的时期。"②此论述失去了以翻译文学史实为立论基础的科学研究范式，没有看到抗战时期繁芜的翻译活动和丰富的翻译成就。事实上，抗战时期的翻译文学是整个中国现代翻译文学史上最繁盛的时期。根据统计，"从 1917 至 1927，第一个十一年的译作共有 530 种，1928 至 1938，第二个十一年的译作 1 619 种，后十一年大约是前十一年，即五四时期的 3 倍；1939 至 1949 第三个十一年的译作计有 1 689 种，大约是第一个十一年的 3.2 倍，比第二个十一年增长 70 种，略有上升。"③翻译文学繁荣的量化指标体现在两个方面：一是译作的出版数量，二是报纸杂志上刊登的译作数量，单凭出版数量来确定翻译文学是否繁荣有失偏颇。但从以上翻译文学作品数量的对比中可以粗略地看出，抗战时期虽然全国的政局和形式十分动荡，但翻译文学在整体上还是有了较大的发展，迎来了现代翻译文学史上硕果累累的金秋。抗战开始之后，沦陷区、"孤岛"、大后方、解放区等因为各自的语境和价值观念的差异而演绎了不同的文学翻译图景。比如抗战大后方集中力量翻译了很多战争题材的作品和充满了被压迫阶层反抗声音的作品，当然也有纯文学和艺术性强的译作，中国共产党在重庆公开出版的《新华日报》则注重苏联文学的译介，翻译格局和翻译风格也可谓精彩纷呈。

大后方翻译文学无论从数量还是质量上看，在抗战时期的翻译文学中

---

①　蒲风：《关于前线上的诗歌写作》，《蒲风选集》，福州：海峡文艺出版社，1985 年，第 54 页。

②　王秉钦：《20 世纪中国翻译思想史》，天津：南开大学出版社，2004 年，第 166 页。

③　李今：《二十世纪中国翻译文学史》（三四十年代·苏俄卷），天津：百花文艺出版社，2009 年，第 2 页。

都居于优势地位。抗战全面爆发后,中国大量的高校、报刊、出版社和文化人纷纷内迁到大后方,使重庆、桂林、昆明、成都乃至贵阳等地成为当时中国的文化名城,这些地方的翻译文学也在抗战时期迎来了发展的机遇。大后方出版和发表的译作数量超出了学术界一般人的预想,在很多方面代表了20世纪40年代文学翻译的成就。比如在莎剧的翻译和出版方面,曹未风先生是中国第一位计划翻译出版莎士比亚戏剧全集的翻译家,他在贵阳出版的《莎士比亚全集》代表了抗战期间莎剧翻译的成就①。又比如对莱蒙托夫名作《当代英雄》的翻译,大后方出版的译作具有跨时代的里程碑意义,重庆星球出版社1943年6月出版了小畏翻译的《当代英雄》上部,包括《蓓拉》和《马克西姆·马克西茂启》两篇。此书的下部依然由小畏翻译,于1943年11月在重庆星球出版社出版,包括《塔曼》《曼丽郡主》和《命运论者》三篇。1944年6月,重庆星球出版社将小畏翻译的上下部合集出版,从而使莱蒙托夫的《当代英雄》有了完整的中译本。同时,大后方期刊上发表的数量众多的译作对已有的翻译文学史提出了有力的挑战,比如人们在讨论20世纪40年代中国对莱蒙托夫的译介时认为:"到了40年代,他的许多重要诗作都已有了中译。1942年4月,星火诗歌社出版了由路阳据英译本转译的长诗《姆采里》(《童僧》),书末附有戈宝权的《诗人的一生》一文及译者后记;9月,重庆文林出版社出版《恶魔及其他(莱蒙托夫选集1)》,内收《姆采里》(铁铉译)、《关于商人卡拉西尼科夫之歌》(李嘉译)、《恶魔》3部叙事长诗"。② 而在1942年8月15日,《诗创作》第14期发表了邹绦翻译的长诗《一个不作法事的和尚》(亦即《姆采里》)以及介绍文章《关于〈一个不作法事的和尚〉》。但人们往往只提及出版的作品而忽视了期刊杂志上的译作,这是当前很多翻译文学史撰写普遍存在的问题。

由此可见,在中国现代翻译文学的发展历程中,大后方作为抗战时期翻译最繁荣和活跃的区域,其翻译文学无疑具有非常重要的历史地位和学术价值。

二 大后方翻译文学的时代性

日本发动的侵华战争使中国陷入了灭族亡种的危难中,面对日寇惨无

---

① 曹未风1935~1944年共计翻译出版了11种莎剧:《该撒大将》(1935)、《暴风雨》《微尼斯商人》(1942)、《凡隆纳的二绅士》《如愿》《仲夏夜之梦》《罗米欧及朱丽叶》(1943)、《李耳王》《汉姆莱特》《马克白斯》《错中错》(1944)。1942~1944年,上述11种莎剧以《莎士比亚戏剧全集》为名在贵阳文通书局出版。

② 查明建、谢天振:《中国20世纪外国文学翻译史》(上),武汉:湖北教育出版社,2007年,第323页。

人道的杀戮，"雨巷"的宁静哀婉、"康桥"的浪漫愁思、抽象晦涩的现代主义等已无法与家仇国恨融合在一起。表现爱国主义、战斗激情或者鼓舞民众抗战成为此时文学的首要任务。与此相应，翻译与战争有关的作品也成为译界的时代任务和主要目标。

战争题材的作品成为抗战大后方翻译文学的主潮。法西斯战争引发了世界范围内的"反战"情绪，同时抗日战争给中华民族带来了深重创伤，导致抗战时期中国翻译文学大都呈现出战争的主体色彩："外国文学翻译界在极其艰难的环境中，克服种种困难，以译作作为精神武器，鼓舞民众，振奋抗日救亡的民族意志。全世界范围内的反法西斯战争促使了'反战文学'的兴盛。民族救亡成为时代最突出的主题，因此，反战文学的翻译成为1937年后，特别是太平洋战争爆发后这段时间选择翻译的重要对象。"①以《中国现代文学总书目·翻译文学卷》为例进行统计，从1937年抗战爆发到1945年抗战胜利结束，中国一共翻译了英美作品357种，而与抗战相关的作品约为117种，占译介总量的32.77%②。大后方的文学翻译情况与此相似，对反战文学作品的翻译体现在两个层面上：一是翻译外国抗战题材的作品来鼓舞被侵略国积极反战，翻译进中国文坛的外国文学作品成为中国人民奋勇抗日的精神武器。比如直接书写抗敌前线状况的美国作家海明威的《战地钟声》《第五纵队》等作品，让中国人意识到自己处于世界反法西斯战争的行列，很多国家和民族正遭受着与中国人相同的艰难处境，也正在从事着与中国人相同的反侵略战争；同时意识到中国人的抗战有国际社会的援助而非孤军奋战，进而坚定抗战胜利的信心。二是翻译了很多"反战"题材的作品，反映出热爱和平的人民对战争的痛恨。比如大后方对日本作家鹿地亘、绿川英子等人作品的翻译就充满了对战争的厌恶和对日本军国主义的声讨。

大后方译界倡导翻译鼓舞抗战斗志的文艺作品。戈宝权先生在1938年12月就翻译外国文艺作品工作的滞后状况专门写了《加紧介绍外国文艺作品的工作》一文，指出抗战大后方文学翻译工作面临的主要困难是"许多重要城市的相继沦陷，外国书报杂志的购置不易以及从事翻译工作者的生活不安定等，俱形成了翻译及介绍工作退步的原因"。而在抗战爆发后的一年时间里，美国、西班牙和苏联的作家创作了大量的优秀作品，比如辛克莱在创作了《石炭王》（今通译为《煤炭大王》）和《屠场》之后，于1938年以美

① 查明建、谢天振：《中国20世纪外国文学翻译史》，武汉：湖北教育出版社，2007年，第314页。

② 贾植芳等编：《中国现代文学总书目·翻译文学卷》，北京：知识产权出版社，2010年，参阅第183~286页。

国钢铁工人的斗争生活为题创作了一部十大章的巨著《小钢铁》;托尔斯泰以苏联内战和反对军事干涉者为主题完成了一部小说《面包》(又名《保卫察里津诺》)和一部戏剧《十四个列强》,肖霍洛夫完成了《静静的顿河》第四部;西班牙人民为争取自由与独立的反法西斯的斗争而创作了一系列的作品,如山得尔完成了《战争在西班牙》,察瓦斯写了《手榴弹》等。这些作品均具有强烈的反抗精神,对于鼓舞本国人民投入抗日斗争具有十分重要的"催化"作用。所以,"在目前抗战期间,我们实有积极翻译及介绍外国文艺作品的必要,为了丰富我们的文艺作品写作活动,像苏联以内战及反军事干涉为主题的作品,以及西班牙两年来英勇斗争中所产生的作品,更有介绍的必要。同时促进中苏作家与中西作家之间的友谊,……也是我们当前必要的工作"①。因此,要将外国同时期优秀的反战作品翻译到国内,译者面临着异常繁重的任务。

　　正是由于人们意识到译介外国战争题材作品的必要性,抗战大后方在翻译外国小说、戏剧和诗歌等文学样式中取得了显著成就。《抗战文艺》作为大后方主要的文艺刊物,在践行翻译文学主张和宣传抗战等方面起到了明显的"带头"作用,其发表的诗歌翻译作品具有鲜明的时代性和战斗性特质,比如马利亚翻译的《国际纵队歌》(1938 年 8 月 13 日,第 2 卷第 4 期),铁铉翻译的《手榴弹之歌》(1939 年 10 月 10 日,第 4 卷第 5、6 期合刊)等作品洋溢着浓厚的反战情绪。就小说翻译而言,赫塞的《阿丹诺之钟》描写了意大利人民波澜壮阔的反法西斯斗争场面,表明人民的伟大力量是不可阻挡的,此小说获得了 1945 年的普利策奖,同年林友兰及时将它译入中国。此外,由白禾翻译劳森的《东京上空卅秒》,吴景荣翻译怀特的《轻艇歼倭记》中均有大量反法西斯战争的描述,特别是其中关于痛击日本侵略者的场景,最易于被深受日本侵略之苦的中国人所接受。

　　翻译与中国抗战现实相似的作品是大后方翻译文学的重要选择。对美国作家海明威小说的翻译鲜明地体现出大后方翻译文学的反战性,大后方主要翻译介绍了海明威反映西班牙抗战的作品。西班牙内战"实际上是第二次世界大战拉开欧洲战线的序幕,是全世界进步力量和德意法西斯政权之间的第一次较量,因而它的影响超越国境,引起了世界爱好和平与民主人民的广泛同情"②。尤其像中国这种直接遭受法西斯侵略的国家对西班牙

①　戈宝权:《加紧介绍外国文艺作品的工作》,《抗战文艺》(3 卷 3 期),1938 年 12 月 17 日。
②　李今:《二十世纪中国翻译文学史》(三四十年代·苏俄卷),天津:百花文艺出版社,2009 年,第 16 页。

内战更为关心，与之相关的新闻报道和作品随之迅速翻译介绍到中国。在这样的国际国内语境下，海明威亲自参加西班牙内战并以此为素材写成的作品自然引起了中国译者的兴趣，共同的民族命运和相似的艰难处境"无形中就把西班牙内战和中日之战联系在一起"，翻译介绍海明威的相关作品于是成为"对我国抗战有帮助的文字"①。所以，正是出于中国人对西班牙年轻共和国的支持以及反法西斯战争的共同愿望，海明威反映西班牙内战的作品才被翻译到中国。比如谢庆尧翻译的《丧钟为谁而鸣》（当时译名为《战地春梦》）于1943年1月在重庆出了第二版，同年5月在桂林出了第三版。这部小说有助于鼓舞中国军民的抗日情绪，鼓励大后方人民勇敢地走上前线，为争取民族独立而牺牲个人的幸福，比较符合当时中国社会对文学的诉求，因此在大后方的重庆和桂林等地先后出版，在大后方激起了不小的波澜。

与中国抗战有关的作品成为译者追逐的对象。很多国际友人面对中国抵抗日本的这场正义战争伸出了援助之手，创作了支持中国抗战的诗歌作品，这类诗歌译介到中国之后很容易被读者接纳。比如对英国诗人A.布朗的单张诗《跟着码头工人前进》的翻译，当工人们得知这些生铁是用来制造轰炸中国的飞机大炮时，"扫山模墩的码头工人们/不肯为假笑的日本鬼弯腰，/搬运那些残酷的飞机大炮，/去'应惩'倔强的中国人"②。英国工人不愿当间接的刽子手去为日本法西斯运送生铁上船，他们在面对金钱与正义的时候毅然选择了正义，通过抵制敌人后方战略物质的供应来支持中国人民正义的反法西斯战争，他们没有因为金钱而出卖自己的灵魂，对中国人民而言这是宝贵的国际友谊和精神支持。

直接描写反法西斯战争的作品或反战作品成为抗战大后方翻译文学的主流，不管是对俄苏文学或英美文学翻译，还是对法西斯国家文学的翻译，都鲜明地突出了抗战大后方翻译文学积极声援抗战的时代特征。

三　大后方翻译文学的革命性

对广大人民来说，抗战时期的中国社会充满了双重压迫：一是必须面对日本侵略的战争压迫，二是必须面对国内统治阶层的阶级压迫。对有志于社会革命的进步人士而言，这两种压迫都会激发他们的反抗情绪。因此，

---

① 冯亦代：《〈第五纵队及其他〉重译后记》，南昌：江西人民出版社，1983年，第200页。
② 〔英〕A. Brown：《跟着码头工人前进》，王礼锡译，《抗战文艺》（第5卷第4、5期合刊），1940年1月20日。

抗战大后方翻译文学除了具有反战的时代性之外,也具有反抗阶级剥削和压迫的革命性特征。

大后方翻译文学的革命性首先体现为底层人民对统治阶级的反抗。舍甫琴科是 19 世纪乌克兰伟大的人民诗人和民主革命者,他出身农奴,题材多以解放农奴为主,内容充满了对沙皇制度的仇视、对革命的热情以及对人民力量的信心,其作品对乌克兰现实主义诗歌的发展和俄国革命都产生了极大的影响。大后方以《乌克兰诗人雪夫琴可底诗》为名译入了六首诗歌,"雪夫琴可"今通译为舍甫琴科,"他底诗简朴、生动、而富热情,有音乐美,颇具民族歌作风""诗多诉说民众遭遇的不幸,充满对压迫者反抗的呼声"①。不同于舍甫琴科,诗人莱曼托夫(后译作莱蒙托夫)出身于俄国贵族家庭,其作品多塑造与上流社会作抗争的叛逆形象。普希金去世后,莱蒙托夫愤然写下《诗人之死》,直言罪魁祸首是俄国上流社会,触怒当局从而被捕流放。莱蒙托夫诗如其人,大后方翻译了他的《匕首》《帆》和《在牢狱中》等作品,借此暴露了中国抗战时期尖锐的社会和阶级矛盾。

大后方翻译的浪漫主义作品同样充满了战斗的豪情和革命的力量。雪莱是英国浪漫主义诗人的代表,其诗作具有明显的革命气质和理想情怀,大后方翻译了他的《给英国的男子》(*Song to the man of England*,现在通译为《致英国人之歌》)一诗②。该诗写于 1819 年秋,英国曼彻斯特几万名群众集会要求改革现有制度和普选权,遭到当局镇压并打死打伤数百人。远在意大利的雪莱闻讯后义愤填膺地写下了这首诗。由于本诗言词慷慨激烈,充满了极强的战斗性和鼓动性,因此在很长时间内出版商未敢承印,直到雪莱去世十多年后才发表。这首政治抒情诗表现出雪莱对压迫阶级的强烈不满,希望英国人能站起来反抗剥削和压迫,将丰收的粮食、纺织的布匹、锻造的武器、建造的大厦从暴君手中夺回来。穆旦先生在谈论雪莱时指出:"诗人生活在王权和教会的双重统治下,他要以诗来对阶级压迫的种种罪恶现象做斗争,……当诗人以坚决的革命者的身份来讲话的时候,他的诗就包含着清醒的现实感觉,他的刻绘就中肯而有力,他的声音也成了广大人民的呼声。"③《给英国的男子》这首诗被翻译到中国之后,同样引起了中国进步人士的同情,点燃了他们反抗剥削和压迫的革命火种。

---

① 〔苏〕雪夫琴可:《乌克兰诗人雪夫琴可底诗》,周醉平译,《抗战文艺》(第 4 卷第 5、6 期合刊),1939 年 10 月 10 日。
② 〔英〕雪莱:《给英国的男子》,楚里译,《文化岗位》(《救亡日报》副刊),1940 年 2 月 17 日。
③ 穆旦:《雪莱抒情诗选·译者序》,《穆旦(查良铮)译文集》(4),北京:人民文学出版社,2005 年,第 11 页。

　　抗战大后方翻译了苏联等国无产阶级作家的作品，革命意识和反抗精神跃然纸上。高尔基作为无产阶级作家的代表，从一开始就是以无产阶级革命者的身份出现在中国文坛的。1907年中国读者通过《忧患余生》（后来通译为《该隐和阿尔乔姆》）的介绍文字初识高尔基；1908年通过留日学生创办的汉语刊物《粤西》第4期刊登的《鹰歌》节译本第一次阅读了高尔基的作品；1917年通过周国贤从英文转译的《意大利童话》的一篇读到了高尔基的童话作品。通过这些介绍文章、译者前言和翻译作品，我们看到了高尔基从译介之初就被"突出了作家的坎坷经历和追求自由的品格，强调了作家与下层民众的紧密联系"①。之后国人对高尔基的认识大都不离"写实主义的作家"②"革命文豪"③"同广大的群众斗争联系着的"④作家等。抗战时期国人对高尔基的印象依然具有革命性和无产阶级立场："他的乐观主义的来源是工人阶级必胜的斗争，是马克思、恩格斯、列宁和斯大林的学说。深入群众的最底层，描绘群众的痛苦生活。"⑤高尔基的文学形象对于激发中国作家创作无疑起到了很大的推动作用，尤其是促进了以马克思为思想和行动指南的中国共产党人的文艺创作。大后方对高尔基作品的翻译具有持续的热情，仅就戏剧而言，1937年，塞克先生翻译的戏剧《下层》在成都跋涉书店出版，1942年12月，桂林国光出版社和桂林科学书店出版了由焦菊隐翻译的剧本《布利乔夫》（现在通译为《叶戈尔·布雷乔夫》），这两个剧本均是对下层人不幸生活遭遇的再现，透露出强烈的阶级意识和革命理想。

　　对左翼作家作品的翻译也凸显出抗战大后方翻译文学的革命性特征。大后方对美国左翼小说家的翻译别开生面，海明威、斯坦贝克、萨洛扬、德莱塞等左翼作家的作品成为大后方的畅销译作，斯坦贝克的《红马驹》《月落》《愤怒的葡萄》在同一时期还出现了抢译现象，均有多个译本在大后方出版或连载。这些左翼作家的作品从工人阶级或边缘人的身份出发，揭露了社会的黑暗和大众生活的窘困。比如斯坦贝克的《愤怒的葡萄》叙述了美国

---

① 陈建华主编：《中国俄苏文学研究史论》（第三卷），重庆：重庆出版社，2007年，第219页。
② 茅盾：《文学上的古典主义、浪漫主义和写实主义》，《学生杂志》（7卷9号），1920年9月5日。
③ 邹韬奋编译：《革命文豪高尔基》，上海：生活书店，1933年。（该书是邹韬奋根据美国人康恩所著的《高尔基和他的俄国》（*Maxim Gorky and His Russia*）编译的，在短短的几个月内就连续6次再版，1942年，重庆生活书店也出版了邹韬奋先生的该译本。）
④ 瞿秋白：《"非政治化"的高尔基》，《瞿秋白文集》（第2卷），北京：人民文学出版社，1986年，第113页。
⑤ 〔苏〕吉尔波丁：《社会主义文化的大艺术家——高尔基》，戈宝权译，《新华日报》，1939年3月28日。

20 世纪 30 年代经济大萧条时期流动农业工人所遭受的剥削和压迫,真实地记载了他们的苦难生活及反抗行动。书中主要人物生活在难言的贫困和悲惨之中,充满了绝望和悲愤,但同时也积蓄了革命的力量:"愤怒的葡萄在人们心里迅速成长起来,结得沉甸甸的,等候收获期的来临。"①当人们最基本的生活条件得不到满足时,就只能走向社会革命。周行翻译的杰克·伦敦的《马丁·伊登》道出了人们社会革命的需求,作家对小说主角马丁·伊登的悲惨遭遇寄予了同情,对他所处的社会进行了有力的抨击,揭露了资产阶级生活方式的腐朽与空虚。资本主义社会冷酷无情的社会关系和唯钱是尊的思想,必定会引起社会底层百姓的不满和抗争。抗战时期,大后方经济困难导致物价飞涨,民不聊生导致社会革命的呼声愈来愈高,翻译左翼作家社会革命的作品恰好表达了人们处于水深火热中的心境。

抗日战争时期,摆在中国人民面前的历史任务就是争取民族独立,这是时代的主题,因此翻译文学的目的就是要充分调动并发挥广大人民群众抗战的积极性。但严重的社会问题在战争中不断暴露,阶级差异和不公正的现实横亘在大众的心头,争取民主也提上了议事日程。因此,抗战大后方翻译文学的革命性其实也是时代性的一种体现,折射出觉醒的中国人民和知识分子在寻求救国救民道路上的探索精神。

四　大后方翻译文学的地域性

大后方翻译文学受内迁潮流的影响而得以博兴,同时因为对地方性民间艺术形式和语言的利用而具有鲜明的地域性特征。大后方翻译文学的地域性体现为地理层面的区域范畴,也体现为文化层面的语言环境和特殊的文学翻译场域,正是地域性将大后方翻译文学与解放区、沦陷区等地的翻译文学区分开来。

大后方在抗战时期形成的特殊文化语境和地域文化特色为翻译文学的繁荣准备了条件。随着国土不断的沦陷,随内迁潮流来到西南大后方的作家、翻译家、报纸杂志、出版社等达到了空前的盛况,使大后方成为抗战文学的重镇。郭沫若说:"随着北平和天津,上海和南京乃至广州和武汉的相继沦陷,作家们自动地或被动地散布到了四方,近代都市的文化设备也多向后方移动,后方的若干据点便迅速地受了近代化的洗礼,印刷技巧的普及是惊人的事。大后方的城市如重庆、桂林、成都、昆明……等地,都很迅速地骎骎

---

①　〔美〕约翰·斯坦贝克:《愤怒的葡萄》,刘岩译,北京:外语教学与研究出版社,1996 年,第 158 页。

乎达到抗战前某些大城市的水准。这些文艺工作者的四布和后方市镇的近代化，便促进了文艺活动的飞跃的发展。"①仅就桂林而言，抗战时期集结的文化人"数以千计，著名的也不下一二百人"，共有各类出版社或书店 200 余家，各种规模的印刷厂 109 家，出版各领域的杂志 200 多种②，如此强大的作家团队和繁盛的出版业背后，必然涌动着强大的抗战文学创作和翻译潮流。除桂林之外，重庆的出版社和报纸杂志也攀登上了有史以来的高峰，各种社团举办的文艺活动、诗歌朗诵会、作家纪念会、演剧活动等勾勒出西南大后方文学演进过程中异常亮丽的历史画面。而在如此发达的抗战文学创作场域中，翻译文学也借机获得了充分的生长空间，只是在特定的历史背景和区域语境下，此时的翻译文学不再具有泛化的审美取向，而具有自身的价值维度，比如对抗战题材和抗争精神的偏好、对被侵略国家作品的亲近、对语言大众化和通俗化作品的选择等，均反映出抗战大后方翻译文学的审美特征。

　　吸纳地域性文化是抗战文艺繁荣发展的有效途径，也是大后方文学得以相对独立的内在机制，为我们从地缘文化学的角度去研究抗战大后方翻译文学的特质提供了依据。早在 1940 年就有人指出地域文化对抗战文学的重要意义，认为要解决抗战文艺主题和技巧方面的局限，"只有着重于文艺的地方性。前线是一地方，后方是一地方，游击区也是一地方。地方有地方的个性，犹之乎人物有人物的个性一样。能把握了文艺主题的地方性，不单是可以克服了文艺的公式主义，也更能增加了文艺的真实性，使文艺的内容更其充实、活泼，对于读者有更伟大的效果和影响。……我们需要以自我的要求而研究学术，我们需要所研究的学术，能适合于自己的环境。文艺的地方性也正是这种自我觉醒所反映在文艺方法上的新态度"③。"后方"作为地方性之一隅孕育着自己丰富的文化，对克服抗战文艺创作的单调性自然具有积极的作用，同时也只有立足于大后方、前线或者游击区才能创作出与时代和环境相协调的文艺。比如"文协"昆明分会注重借鉴民间艺术形式来发展抗战文学，《战歌》上发表的论文和作品呈现出鲜明的地方性特色，第 1 卷第 6 期为"通俗诗歌专号"，体现出对"地方性"文艺资源的利用。又比如蒲风 1939 年出版了用地方性客家方言写的叙事长诗《林肯，被压迫民族救星》，与马雅可夫斯基的革命史诗《列宁》有异曲同工之妙，他们诗歌中的战斗风格都是在激励人们团结起来为民族的未来战斗。既然大后方在抗战

①　郭沫若：《新文艺的使命——纪念文协五周年》，《新华日报》，1943 年 3 月 27 日。
②　魏华龄：《〈抗战时期桂林的出版事业〉代序》，《抗战时期桂林的出版事业》，龙谦、胡庆嘉编著，桂林：漓江出版社，1999 年，第 1~8 页。
③　楚图南：《抗战文艺的战斗性和地方性》，《昆明周报》（创刊号），1940 年 8 月 2 日。

时期的文艺创作中具有全局性的"战略"地位和意义,那作为中国抗战文艺构成部分的翻译文学①也理当顺应这样的时代和地域。从这个角度来讲,地域性可以将抗战大后方翻译文学从中国翻译文学的整体中剥离开来,毕竟抗战大后方的翻译文学发展路向在和全国抗战文艺同步的情况下,也或多或少地具有自己身处大后方文化语境下衍生出来的特质。

　　大后方翻译文学对地域性特征的强调缘于人民大众的力量、人们的文学需求和审美能力。翻译文学地域性的表现之一就是对地方性民间文艺形式的利用,因为战时人们普遍认为"流行民间的文艺形式,不是大众生活的偶然道伴",而是"习惯常见的自己作风与自己气派";"民族形式的提出,是中国社会变革动力的发现在文艺上的反映"②。朗诵诗的语言具有通俗化和大众化的特征,也具有地方语言的生动性,是抗战文学中地域性较强的文体。高兰先生曾说:"诗的能否朗诵,第一就在这文字上的是否通俗化,既然是利用听官了,当然以能够听懂为起码的条件,否则,一切都是徒然的。"③大后方翻译诗歌是抗战救亡诗或朗诵诗的构成部分,发挥了积极的社会作用。楚图南先生在评价抗战诗歌时认为:"救亡歌曲和朗诵诗之特别发达,不但是鼓舞了前方的士气,也振作了后方的民气。"④大后方丰富的翻译文学作品,尤其是像高尔基、马雅可夫斯基、普希金、惠特曼等人的诗歌,在形式和情感上都"归化"成了中国的抗战诗歌,成为大后方抗战文学序列中的重要环节,发挥了振作大后方"民气"的社会功能。随着抗日救亡运动的高涨,民众的抗战力量成为抗战胜利的关键因素,但广大民众"还有百分之八十是文盲。换句话说,还有百分之八十不识字的抗敌民众预备着上前线,假如这百分之八十预备上前线的战士没有能力和没有机会看我们的宣传文字,他们的抗敌情绪不高涨,他们对抗敌的理解也不够"⑤,那很难取得抗战的胜利。为了更广泛深入地发动人民群众参与抗战,于是浅显易懂的朗诵

---

① 近年来,随着翻译文学研究的深入,人们在翻译文学的国别归属上基本赞同翻译文学是民族文学(译入语国文学)的说法。贾植芳先生说:"由中国翻译家用汉语译出的、以汉文形式存在的外国文学作品,为创造和丰富中国现代文学所作出的贡献,与我们本民族的文学创作具有同等重要的意义和价值。"(贾植芳:《译介学·序一》,载《译介学》,谢天振著,上海:上海外语教育出版社,1999 年,第 3 页。)谢天振先生说:"既然翻译文学是文学作品的一种独立的存在形式,既然它不是外国文学,那么它就该是民族文学或国别文学的一部分,对我们来说,翻译文学就是中国文学的一个组成部分,这完全是顺理成章的事。"(谢天振:《译介学》,上海:上海外语教育出版社,1999 年,第 239 页。)
② 《文艺的民族形式问题座谈会记录》,《文学月报》(第 1 卷第 5 期),1940 年 5 月 15 日。
③ 高兰:《诗的朗诵与朗诵的诗》,《时与潮文艺》(第 4 卷第 6 期),1945 年 2 月。
④ 楚图南:《说新诗》,《楚图南文选》,北京:中央党史出版社,1993 年,第 695 页。
⑤ 陈纪莹:《序〈高兰朗诵诗集〉》,《高兰朗诵诗集》,高兰著,汉口:大路书店,1938 年。

诗歌异军突起,很快便由延安、重庆、武汉、桂林等地向全国各地扩散开来,西南联大的朗诵诗运动也如火如荼地开展起来。联大朗诵诗歌最有力的倡导者应数新诗社的导师闻一多,他不仅在课堂上朗诵田间的诗歌,称田间为"时代的鼓手"①,还在大大小小的文艺活动上提倡朗诵诗歌。在他的指导下,新诗社举办过多次大型的诗歌朗诵活动②,听众每次都在千人以上。杨周翰先生在这种浪潮下翻译了风行美国的朗诵长诗即戴文波的《我的国家》,表达出中国人民对民主社会的向往,后来该译本于 1945 年 9 月在重庆中外出版社发行。

地域性并非对抗战大后方翻译文学的局限,而是让其更加适合时代情感的诉求和抗战文学发展的潮流,进而显示出与其他地区的翻译文学不同的身份特征和审美旨趣。

五　大后方翻译文学的审美性

抗战大后方翻译文学除了"归化"于中国的民族解放战争和革命诉求外,也没有完全舍弃艺术性和文学性立场,对外国经典文学的翻译显示出人们在抗战语境中对文学审美价值的坚守。

在追求作品的革命精神和创新意识的同时,大后方对浪漫主义作品的翻译也有艺术和审美的考量。仅就诗歌翻译而言,该时期大后方大量翻译俄苏诗歌之外,英国诗歌的翻译也成为战乱中一道耀眼的风景线,重庆出版的《时与潮文艺》《世界文学》《火之源文艺丛刊》《诗丛》《文艺月刊·战时特刊》《文艺先锋》等杂志和桂林出版的《文学报》《诗创作》《野草》《文艺》(桂林《大公报》副刊)等杂志上刊登了方重、袁水拍、杨宪益、施蛰存等人翻译的英诗作品,重庆大时代书局、桂林雅典书屋等出版了曹鸿昭、徐迟、柳无垢等人翻译的莎士比亚、雪莱和拜伦等的诗歌集。从时间和创作风格上讲,抗战大后方翻译的英国诗歌主要由古典时期的诗歌、浪漫主义诗歌和当代战时诗歌三部分构成,显示出该时期大后方诗歌翻译选材的丰富性和审美价值的多元性。在英国古典诗歌翻译方面,方重先生在抗战大后方对乔叟的翻译谱写了中国现代翻译史上的新篇章,不仅具有里程碑意义,而且标志着乔叟在中国译介高峰的到来。为什么方重先生会在抗战时期倾其所能来翻译乔叟的长篇叙事诗呢? 根本原因是他希望把乔叟这位伟大的现实主义

---

① 闻一多:《时代的鼓手——读田间的诗》,载《诗歌研究史料选》(国统区抗战文学研究丛书),龙泉明选编,成都:四川教育出版社,1989 年,第 445~490 页。

② 1945 年五四纪念周诗歌朗诵大会,同年九月间为胜利民主团结而歌朗诵大会和校庆纪念周诗朗诵会。

作家介绍到中国来,让中国读者能阅读到优秀的外国文学作品,是译者的审美立场而非功利目的。这一点方重自己说得很清楚:"有感于当时尚未有人把乔叟这位英国文学史上为现实主义文学奠基、为文艺复兴运动铺路的承前启后的伟大作家的作品介绍到中国来,遂发愿翻译。"①莎士比亚是英国文学成就的代表人物,其作品的艺术性和文学性毋庸讳言。莎士比亚的戏剧在抗战时候得到了大量的译介,尤其在大后方推出了《莎士比亚戏剧全集》、出版了莎士比亚诗歌的单行本及散译的多首诗歌,成为抗战时期翻译出版莎士比亚作品较为集中的地域,表明翻译文学在应对抗战的时代需求之外,也没有放弃对文学性和艺术性的把持。

对唯美主义作家作品的翻译是大后方翻译文学审美性特征的明显标志。王尔德是 19 世纪英国著名作家,也是英国唯美主义运动的倡导者。出于对儿子的爱,王尔德致力于童话故事的创作,《快乐王子》就是其中的一篇。生前住在无愁宫里的快乐王子,一直过着无忧无虑的幸福生活,可是当他死后塑像被放在高耸城市上空的圆柱上时,他却看到了人世间的贫穷与丑陋,因而伤心难过,流下了痛苦的泪水。后来快乐王子结识了一只还未飞到埃及过冬的燕子,他请求燕子把他剑柄上的红宝石送给一个孩子生病了的母亲,把蓝宝石做的眼睛送给一个饥寒交迫的年轻剧作家和一个卖火柴的小女孩,把身上贴着的金片送给露宿街头的乞丐。燕子一次又一次地帮忙,甚至放弃了飞往埃及过冬的机会,一直陪伴着快乐王子,最后在可怕的严寒天气中冻死在快乐王子的身边,快乐王子铅制的心痛碎了。人们把铅心和燕子扔到了垃圾堆,一位天使将他们带到了天堂。抗战时期,《快乐王子》的译本刊登在"文协"成都分会会刊《笔阵》1942 年 10 月的新 5 期上,译者是巴金。细看《快乐王子》的这个译本就会发现一些有趣的矛盾现象。早在日本占领东三省后,中国文学已普遍剔除个人色彩,遵从战斗命令的"遵命文学"逐渐取代了"人的文学"。《快乐王子》乃是唯美主义的代表作,为何会在抗战时期被广大中国读者接受?《快乐王子》故事里没有政治因素,没有战斗与抗争,只有舍己为人的王子和燕子,读者从中体悟到的唯有纯美与感动,恰好符合当时民众的矛盾心态和精神需求,充满希望的结局抚恩了中国读者的心灵。

总而言之,大后方翻译文学在肩负抗战救国的任务外,还具有很强的审美性,为中国现代文学的发展提供了创作资源。

---

① 方重:《译本序》,《坎特伯雷故事》,上海:上海译文出版社,1983 年,第 18 页。

第二章　抗战大后方对俄苏文学的翻译

　　抗战大后方对俄苏文学的大量翻译主要取决于两个方面的原因：首先，俄国文学自五四新文化运动以来在中国就是被视为"被压迫民族的文学"而加以翻译介绍的，其在异域文化之镜中被"折射"成的弱者形象和反抗形象为中国人所"同情"，因此俄国文学自 20 世纪以来就受到了中国读者的欢迎。恰如鲁迅所说：我们从俄国文学中"看见了被压迫者的善良的灵魂，的酸辛，的挣扎"①。加上俄国社会革命的胜利以及苏联卫国战争的爆发将其推向了反战国一方，中国和新生的苏联成为抵抗法西斯侵犯的"盟友"，因此，苏联时期的作品在较短的时间内就会被翻译到中国文坛，成为鼓舞中国人民为民族自由和独立而战的精神力量之一。

第一节　抗战大后方对俄苏诗歌的翻译

　　由于俄苏诗歌在大后方的翻译数量较大，无法对每一位诗人的翻译作详细梳理和分析，在此只选择古典时期的莱蒙托夫、普希金以及苏联时期的马雅可夫斯基等作较为细致的探讨。

一　莱蒙托夫诗歌的翻译

　　莱蒙托夫全名为米哈依尔·尤利耶维奇·莱蒙托夫（Михаил Юрьевич Лермонтов，1814~1841），他的作品充满了强烈的反抗性和战斗精神。中国对其作品的大规模翻译起于抗战时期，大后方成为莱蒙托夫译介的重镇。

---

① 鲁迅：《祝中俄文字之交》，《鲁迅全集》（第四卷），北京：人民文学出版社，2005 年，第473 页。

抗战大后方出版和发表了莱蒙托夫的主要长诗和小说作品,有的作品甚至出现了多个译本,在中国莱蒙托夫译介史上占有举足轻重的地位。莱蒙托夫的诗歌作品很早就引起了中国人的关注,1907 年鲁迅撰写《摩罗诗力说》的时候就将其作为具有反抗精神的重点诗人加以介绍。然而,莱蒙托夫诗歌作品的大量译介却是在抗战时期,尤其是大后方在莱氏诗歌作品的译介历程中具有重要意义。

莱蒙托夫是俄国 19 世纪初继普希金之后的大诗人,他一生创作了很多诗歌,其中最主要的两个诗篇是《魔鬼》和《姆采里》。对于莱蒙托夫诗歌的翻译,抗战大后方取得了全面的突破,他的主要长诗作品均在大后方得到了译介,在莱氏的翻译历程中翻开了新的篇章。1942 年,星光诗歌社出版了路阳翻译的长诗《姆采里》,1942 年 9 月,重庆文林出版社出版了《恶魔及其它》(莱蒙托夫选集 1),收入了铁铉翻译的《姆采里》、李嘉翻译的《关于商人卡拉西尼科夫之歌》和穆木天翻译的《恶魔》三首叙事长诗,书的末尾收录了戈宝权的《关于〈姆采里〉等诗篇的介绍》作为全书的跋文。1942 年 11 月,上海出版发行的《苏联文艺》上发表了余振翻译的长诗《逃亡者》,尽管该诗最早不是在抗战大后方翻译刊行的,但是到了 1946 年 4 月,昆明东方出版社出版了梁启迪重译的《逃亡者》,除长诗《逃亡者》之外,还收录了 17 首莱蒙托夫的短诗,而且还有译者序言、艾亨鲍姆的《莱蒙托夫评传》以及莱蒙托夫年表。除了这些单独以莱蒙托夫的诗集命名出版的译作之外,许多苏联〔俄国〕诗歌的翻译合集中也收录了莱氏的诗歌,比如 1944 年 6 月重庆峨眉出版社出版了由黄药眠翻译的《沙多霞》(苏联抗战诗歌选),其中收录了俄国时期的大诗人普希金和莱蒙托夫的诗歌四首。具有反抗精神的莱氏作品被附加到苏联抗战诗歌的行列,看来大后方对莱蒙托夫诗歌的译介还是受到了战时语境的影响,当然也说明了莱蒙托夫诗歌作品的译介对鼓舞中国人的抗战具有积极的意义,他作品中的反抗精神是抗战大后方对其翻译的重要原因。除此之外,在中国读者的莱蒙托夫接受视野中,该俄国诗人还被冠以“现实主义”的名号,比如李大钊先生 1918 年撰写的《俄罗斯文学与革命》中认为他的诗歌具有现实主义情怀,其作品的魅力并不在于艺术表现形式上,而在于他的“诗歌之社会的趣味,作者之人道的理想,平民的同情”①。

抗战大后方出版的文学刊物通过纪念专栏的形式对莱蒙托夫的诗歌

---

①　李大钊:《俄罗斯文学与革命》,《人民文学》,1979 年 5 期。(注:此文 1979 年才被整理发表。)

作品作了翻译介绍。首先是《新华日报》和《中苏文艺》在莱蒙托夫诞辰125周年和逝世100周年之际开辟纪念专栏来翻译或介绍莱氏的作品。1939年10月，重庆出版的《中苏文艺》第4卷第3期开辟了"莱蒙托夫一百二十五年诞辰纪念"，其中收入了戈宝权先生撰写的介绍性文章《俄国大诗人莱蒙托夫的生平及其著作》，同时刊发了戈先生翻译的《莱蒙托夫诗选》以及小说作品《塔曼》。1939年10月15日，《新华日报》发表了戈宝权翻译的罗果夫作的《纪念伟大的俄国诗人莱蒙托夫》一文，来纪念这位伟大的俄国诗人诞辰125周年。《新华日报》（1941年）主要刊载了《〔苏联〕全国筹备纪念莱蒙托夫祭辰》（3月13日第一版）和戈宝权主笔的《诗人莱蒙托夫的一生》来纪念这位伟大诗人逝世一百年。《中苏文艺》第8卷第6期文艺专号于民国三十年（1941）六月廿五日出版，该期刊物特设为《莱蒙托夫逝世百年纪念特辑》，其中收录了葛一虹翻译的诗歌《生命之杯》；李嘉翻译的库司泰·卡泰格洛夫作的《在莱蒙托夫的石像前》；谷辛翻译的《旧俄及苏联作家论莱蒙托夫》，包括伯林斯基、车尔尼雪夫斯基、托尔斯泰、契诃夫、海尔岑、高尔基等对莱蒙托夫及其作品的评价文章；黎璐翻译的V.尼阿斯达德作的《关于莱蒙托夫》；思光翻译的A.托尔斯泰作的《伟大的诗人》；苏凡翻译的D.勃拉果夷作的《伟大的诗》；小畏翻译的斯特拉赫作的《关于莱蒙托夫的名作〈商人之歌〉》。1944年10月，《中苏文化》第15卷8~9合刊中的"中苏文艺"栏目推出了"纪念诗人诞辰一百三十周年"的组诗，以《莱蒙托夫诗抄》为名发表了戈宝权、余振、朱笄翻译的九首诗歌。抗战大后方翻译的这些评介莱蒙托夫的文章让中国人进一步认识和了解了其人其作，推动了莱蒙托夫及其作品在中国的传播和接受。

　　还有大量的译诗散见于大后方的各种报纸杂志。重庆出版的《文学月报》在1940年10月发表了穆木天翻译的长诗《恶魔》和李嘉翻译的《关于商人卡拉西尼科夫之歌》①，这是莱蒙托夫的长诗《恶魔》在中国发表的最早译本，比后来重庆文林出版社出版的《恶魔及其它》早两年。戈宝权是抗战时期翻译和介绍莱蒙托夫最多的译者，1943年6月，重庆出版的《中原》杂志上以《莱蒙托夫的诗》为题刊发了他翻译的10首诗歌：《再会吧，污秽的俄罗斯》《梦》《无题》《我寂寞，我悲伤》《感谢》《小诗（译自歌德）》《天空和星星》《你还记得吗？》《不要哭吧，我的孩子》《姆奇里（第四节）》。这10首诗歌中有莱蒙托夫翻译的歌德作品，也有莱氏著名长诗《姆采里》的节译。

---

①　以上两首译诗发在《文学月报》（第2卷第3期），1940年10月15日。

1944 年 6 月,《文艺先锋》4 卷 6 期上发表了《M.莱蒙托夫诗选》,译者信息不详。此外,张俗翻译的《孤独》一诗刊登在《文学新报》1 卷 2 期上,魏荒弩翻译的莱蒙托夫的诗歌《无题》发表在《火之源文艺丛刊》2~3 合期上。在桂林出版的文艺期刊也发表了多首莱蒙托夫的诗歌译作,比如 1941 年 9 月 8 日,《文艺》(桂林《大公报》副刊)第 72 期上发表了兰娜翻译的《莱蒙托夫诗选》。1942 年 1 月 29 日,桂林出版的《诗创作》第 7 期推出了"翻译专号",共计推出了五首莱蒙托夫的译作:茜北翻译的《且尔克斯之歌》、之汾翻译的《当田野间黄色的麦苗》和《孤帆》、赵蔚青翻译的《恶魔》和《浮云》,此外,赵蔚青还翻译了一首苏联诗人海塔古洛夫刻写莱蒙托夫的诗歌《在莱蒙托夫纪念碑前》。

莱蒙托夫的长诗《恶魔》在大后方出现了穆木天和赵蔚青的两个译本,而另一部著名的长诗《姆采里》出现了路阳、铁铉、邹绛和戈宝权的译本或节译本,这里重点谈谈莱蒙托夫的长诗《姆采里》在抗战大后方的译介情况。就期刊上发表莱蒙托夫长诗《姆采里》的情况而言,戈宝权 1943 年的节译还不算先行者,据查证,早在 1942 年 8 月就有名为邹绛的译者在桂林《诗创作》杂志上发表了长诗的全部译文。1992 年台北"国立武汉大学校友会"创办的《珞珈》杂志上登载了《乐山时期武大的文化生活》一文,其中有一段关于邹绛的文字:"现在的老翻译家、诗人,当年的外文系学长邹绛(原名德洪)那时就在桂林的《文化杂志》上发表了他译的俄国莱蒙托夫的长诗《不做法事的和尚》(又译《童僧》),在《新华日报》的《文艺阵地新集》里发表了他译的 W.惠特曼的诗《鼓点》,在桂林的《野草》杂志上发表过杂文《沉默之泪》,他在那时就已经崭露头角。"①姑且不论对邹绛原名邹德鸿书写的错误,这段文字里面没有记录邹先生发表译文的确定时间,而且译文题目和发表刊物的名称也有较大误差,笔者查阅了抗战以来在大后方出版的文艺期刊上的翻译作品,收集到关于邹绛翻译活动的如下信息:1942 年 8 月 15日,在《诗创作》第 14 期上发表了翻译俄国诗人莱蒙托夫(当时译名为莱芒托夫)的长诗《一个不作法事的和尚》;1942 年 11 月 10 日,在《文化杂志》3 卷 1 期上发表了翻译美国诗人惠特曼的诗歌《惠特曼诗抄》;1943 年 4 月 26 日,在《新华日报》副刊上发表了翻译美国诗人惠特曼的诗歌《惠特曼诗二首》;同时在《诗丛》第 6 期上发表了翻译俄国诗人涅克拉索夫和屠格涅夫(当时译名为涅克拉索夫、屠乞夫)的诗歌《译诗二章》。邹绛先生早期的翻译活动没有引起研究者足够的重视,人们在讨论 20 世纪 40 年代中国对

---

① 《乐山时期武大的文化生活》,台北《珞珈》(第 112 期),1992 年 7 月 1 日。

莱蒙托夫的译介时,往往忽略了邹绛翻译的长诗《一个不作法事的和尚》以及他的介绍文章《关于〈一个不作法事的和尚〉》。比如有学者在谈莱蒙托夫诗歌的翻译时说:"到了 40 年代,他的许多重要诗作都已有了中译。1942年 4 月,星火诗歌社出版了由路阳据英译本转译的长诗《姆采里》(《同僧》),书末附有戈宝权的《诗人的一生》一文及译者后记;9 月,重庆文林出版社出版《恶魔及其它(莱蒙托夫选集 1)》,内收《姆采里》(铁铉译)、《关于商人卡拉西尼科夫之歌》(李嘉译)、《恶魔》等 3 部叙事长诗"。[1] 这段文字对 20 世纪 40 年代中国的翻译情况缺乏全面把握,只提及了出版书籍中的翻译文学而忽视了繁复的期刊杂志上的文学翻译作品,这也是当前很多翻译文学史撰写存在的普遍问题。

由于抗战大后方出版的期刊繁多,很多刊物现在已经无法查找,因此,以上关于莱蒙托夫诗歌在大后方翻译情况的梳理必然存在一定的疏漏。但透过这些翻译作品集或散布在期刊中的译作,我们依然可以看到抗战大后方在莱蒙托夫诗歌作品的翻译和研究上取得的丰富成果。

二　普希金诗歌的翻译

亚历山大·谢尔盖耶维奇·普希金(Александр Сергеевич Пушкин,1799~1837)出生于莫斯科,是俄国著名的文学家、伟大的诗人、小说家及现代俄国文学的创始人,他是 19 世纪俄国浪漫主义文学主要代表,同时也是现实主义文学的奠基人,被誉为"俄国文学之父"。普希金一生倾向革命,与黑暗专制进行不屈不挠的斗争,他的思想与诗作中表现出来的革命精神引起沙皇俄国统治者的不满和仇恨,他虽遭遇两度流放,但始终不肯屈服,最终在沙皇政府的阴谋策划下与人决斗而死。作为苏联文坛推崇的革命诗人和作家,普希金及其作品得到了抗战大后方文坛鼎力的翻译介绍。

(一)

普希金的名字在中国最早以"伯是斤"出现在 1897 年 6 月的《时务报》第 31 册上[2],稍后在 1900 年上海广学会出版的《俄国政俗通考》中又以"普

---

[1]　查明建、谢天振:《中国 20 世纪外国文学翻译史》(上),武汉:湖北教育出版社,2007 年,第 323 页。

[2]　参阅《20 世纪中俄文学关系》,陈建华编著,上海:学林出版社,1988 年,第 20 页。当时《时务报》的介绍文字写道:"夫俄人之好凭空论事,而少忍耐之力,诗人伯是斤所夙称也。"

世经"译出①,鲁迅1907年在《摩罗诗力说》中开始译为"普式庚"②。普希金小说的第一个单行本是1903年根据日译本翻译的《俄国情史》③,而其诗歌在中国的翻译最早始于1927年,当时孙衣我在《文学周末》(第4卷第20期)上发表了译作《给诗人》《无题》《一朵花》等。抗战大后方对普希金的翻译也主要集中在诗歌作品方面,普希金的多首歌颂自由民族的诗篇均被翻译到中国诗坛,尤其是他有名的长诗《欧根·奥尼金》被多次翻译和发表,显示出这一时期大后方对这位俄国诗人的青睐。

为了更为清楚地呈现抗战时期大后方对普希金及其作品的译介,我们姑且用表2-1统计出相关的译作信息。鉴于抗战大后方主要以重庆、桂林和昆明等地为中心,这里对普希金译作的统计也主要以这三个地方的文艺期刊和出版物为依据;同时,由于抗战大后方的文艺期刊保存不完整,致使统计只能在一定范围内展开,最后的数据和收集的资料也只能做到大体上反映出文学的原貌。需要说明的是,由于抗战时期人们对普希金名字的翻译没有统一的译名,因此统计的时候就以原始期刊和出版时的译名为准。

表2-1   普希金作品的翻译情况

作品名称	文 类	译 者	发表刊物/出版社	发表/出版时间
《石人》	剧 本	段若青	《文艺杂志》(1卷6期)	1942年10月5日
《迦路伯》	诗 歌	穆木天	《文艺杂志》(2卷1期)	1942年12月15日
《普式庚随笔》	散 文	孟 昌	桂林《诗》(4卷1期)	1943年7月
《欧根·奥尼金》(续)	诗 歌	苏 夫	桂林《半月文艺》(《力报》副刊)(第17~18合刊)	1942年1月20日

① 参阅《普希金创作评论集》,戈宝权编著,桂林:漓江出版社,1998年,第10页。当时《俄国政俗通考》的介绍文字写道:"俄国亦有著名之诗家,……普世经……尤为名重一时。"

② 《摩罗诗力说》是鲁迅1907年所作,1908年2月和3月以令飞的笔名发表于《河南》杂志第二期和第三期上,后由作者收入1926年出版的杂文集《坟》中。《河南》月刊是当时中国的日本留学生于1907年冬创办的一个反清爱国的革命刊物。鲁迅在《〈呐喊〉自序》中谈到,当时他和几个志同道合的青年同学筹办一个名为《新生》的杂志,来提倡文艺运动,目的是要改变"愚弱的国民"的精神状态,唤起中国人民的觉悟。后因人力物力缺乏,《新生》刊物无法创办,故他把原为刊物撰写的五篇论文——《人之历史》《科学史教篇》《文化偏至论》《摩罗诗力说》以及《破恶声论》投寄《河南》月刊发表了。其中《摩罗诗力说》比较集中地反映了他早年的文艺思想及美学观点。鲁迅的介绍文字写道:"俄自有普式庚,文界始独立。"

③ 清光绪二十九年(1903),《上尉的女儿》这部小说被译为《俄国情史》,成为中俄文学交流的第一位使者。《上尉的女儿》以同情的笔调描写了18世纪普加乔夫领导的农民起义,是俄国文学史上第一部反映农民斗争的现实主义作品。

作品名称	文 类	译 者	发表刊物/出版社	发表/出版时间
《囚徒》	诗 歌	向 葵	桂林《文化岗位》（《救亡日报》副刊）	1941 年 1 月 15 日
《决斗》	长 诗	苏 夫	桂林《文艺生活》（1卷 6 期）	1942 年 2 月 15 日
《囚徒》	诗 歌	魏荒弩	桂林《文艺生活》（2卷 1 期）	1942 年 3 月 15 日
《夜会女王》	长 诗	苏 夫	桂林《文艺生活》（2卷 6 期）	1942 年 9 月 15 日
《求婚者》	诗 歌	穆木天	桂林《文艺生活》（3卷 3 期）	1942 年 12 月 15 日
《诺林伯爵》	诗 歌	穆木天	桂林《文学创作》（创刊号）（1 卷 1 期）	1942 年 9 月 15 日
《姐姬雅娜之梦》	诗 歌	吕 荧	桂林《文化杂志》（1卷 6 期）	1942 年 2 月 25 日
《巴赫契沙来伊的水泉》	诗 歌	穆木天	桂林《文化杂志》（2卷 6 期）	1942 年 9 月 10 日
《再访米哈伊洛夫村》	诗 歌	孙 沛	重庆《青年文艺》①（新 1 卷 3 期）	1944 年 10 月 10 日
《欧根·奥尼金》	诗 歌	苏 夫	桂林《诗创作》（翻译专号）（第 7 期）	1942 年 1 月 29 日
《我为自己竖起一座丰碑》	诗 歌	唯 楚	桂林《诗创作》（普式庚一百○五年祭）（第 8 期）	1942 年 2 月 20 日
《诗人》	诗 歌	黎焚熏	桂林《诗创作》（普式庚一百○五年祭）（第 8 期）	1942 年 2 月 20 日
《再见，多情的懒木林》	诗 歌	黎焚熏	桂林《诗创作》（普式庚一百○五年祭）（第 8 期）	1942 年 2 月 20 日
《恋歌》	诗 歌	奚 普	桂林《诗创作》（普式庚一百○五年祭）（第 8 期）	1942 年 2 月 20 日

---

① 《青年文艺》是抗战时期大后方专门以青年为服务对象的文学月刊，1942 年 10 月 10 日创刊于桂林，葛琴任主编，罗洛丁任发行人，由当时设在桂林中南路 75 号的白虹书店出版。1944 年 7 月，因为桂林疏散而被迫停刊，出版了 1 卷 6 期。1944 年 9 月在重庆兴隆街二十七号复刊，出版了新 1 卷 1 期至 5 期。

作品名称	文 类	译 者	发表刊物/出版社	发表/出版时间
《致爱尔维娜》	诗 歌	奚 普	桂林《诗创作》（普式庚一百〇五年祭）（第8期）	1942 年 2 月 20 日
《冬夜》	诗 歌	不 详	桂林《诗创作》（第 18期）	1943 年（无具体出版日期）
《神枪手》	短篇小说	李四意	重庆《时与潮杂志》	2 卷 1 期
《冬天的晚上》	诗 歌	亚 克	重庆《新华日报》	1942 年 10 月 22 日
《高加索的俘虏》	长 诗	曹辛等	桂林中流书店	1943 年 2 月
《铲形的皇后》①	选 集	孟十还等	桂林学艺出版社	1942 年 10 月
《恋歌》	诗 歌	曹辛等	重庆/桂林现实出版社	1942 年 5 月
《奥尼金》	长 诗	苏 夫	桂林丝文出版社/桂林人文出版社	1942 年 9 月
《欧根·欧尼金》	长 诗		桂林文献出版社	1942 年
《青铜的骑士》	长 诗	穆木天等	桂林萤社	1942 年 10 月
《欧根·奥涅金》	长 诗	吕 荧	重庆希望社	1944 年 2 月
《杜布洛夫斯基》（即《复仇艳遇》）	小 说	周起庸	重庆生活书店	1940 年
《普希金短篇小说集》	短 篇	孟十还	桂林文化生活出版社	1943 年
《甲必丹女儿》	长篇小说	孙 用	桂林乐群书店	1944 年
《杜布洛夫斯基》	小 说	孟十还	重庆文化生活出版社	1944 年
《复仇艳遇》②	小 说	立 波	重庆学艺出版社	1945 年

抗战大后方译介普希金作品的主要刊物有《文艺杂志》《文艺生活》《文

① 这本名为《普式庚选集》，共收录五篇小说：《波西米人》（黎烈文译）、《铲形的皇后》（孟十还译）、《棺材商人》（世弥译）、《译长》（陈占员译）、《射击》（孟十还译）；诗歌五篇：《秋天及其它》（孙用译）、《渔夫与鱼的故事》（克夫译等）；附录收录了《普式庚之死》（孙用译）以及后记。这是中国较早的普希金作品选译本。

② 此书首先于 1937 年 2 月在上海生活书店出版，目的是纪念普希金逝世 100 周年。重庆学艺出版社是再版。

化杂志》《诗创作》以及《新华日报》。《文艺杂志》在抗战时期刊登了大量的小说、戏剧,巴金、老舍、茅盾、彭燕郊、臧克家、胡风等人都曾在上面发表过重要作品。但与此同时,该刊也刊登了大量的翻译文学作品,比如戏剧、小说、诗歌、报告文学以及文学论文等,尤其以翻译苏联的作品居多,自然也会翻译富于浪漫情怀和现实关怀的普希金的作品。《文艺生活》具有鲜明的时代性和目的性,那就是"致力于文艺抗战工作"①,在民族解放战争中发挥文艺抗战和文艺救国的社会功能。该刊并非同人性刊物,具有较强的包容性和开放性,恰如编辑自己所言:"这是一个公共园地,并不是某一些人据为私有。"②因此,在这个刊物上发表文章的作者有艾芜、荃麟、夏衍、郭沫若、茅盾等,发表的文章涉及小说、诗歌、戏剧、散文、杂感、童话、翻译作品、作家作品研究、座谈会记录以及关于工厂历史的作品。夏衍的著名戏剧《法西斯细菌》最初就发表在这个刊物上。尤其值得关注的是,《文艺生活》非常注重苏联作品的译介,尤其是苏联"工厂史"③的翻译介绍一共刊登了八期,反映出该刊对工人生活和地位演变的关注。同时,在苏德战争爆发后,该刊推出了《德苏战争》特辑、《寄慰苏联战士》特辑,翻译发表了 A.托尔斯泰的《我号召憎恨》、爱伦堡的《我看见过他们》、普希金的《决斗》《囚徒》四首与世界反法西斯战争有关的文艺作品。《诗创作》刊登了大量的翻译作品,包括诗歌和诗论,并且借助纪念有革命倾向的世界著名诗人的方式,翻译发表了很多激进的诗歌作品,比如"普希金一〇五年祭"和"惠特曼五十年祭"等。此外,《诗创作》在1942年1月29日出版的第7期专门设为"翻译专号",翻译了苏联〔俄国〕诗人普希金、莱蒙托夫、海塔古洛夫、舍甫琴科等,德国诗人海涅、克尔纳等,美国诗人惠特曼、法国诗人雨果、法朗士等,日本诗人最上二郎、南龙夫等,以及英国诗人、西班牙诗人的诗歌作品47首,介绍外国诗人的论文两篇。这是抗战时期大后方对外国诗歌翻译的最集中的一次展示,也是翻译文学的重要收获。此外,《文化岗位》翻译介绍最多的应该是苏联〔俄国〕文学和文论。爱伦堡关于欧洲战场的报告文学,关于苏联其他加盟共和国或民族的文学艺术,普希金、叶赛宁的诗歌,高尔基的文论和作品等

① 《编后杂记》,《文艺生活》(第1卷第2期),1941年10月15日。
② 《编后杂记》,《文艺生活》(第1卷第2期),1941年10月15日。
③ "工厂史"这种文学实际上是反映工人在"旧社会"中苦难生活历史的作品。苏联建国后,创作了大量此类文章,由此衬托出新社会中的工人在社会地位和物质上的巨大变化,反映出社会主义制度的优越性。"工厂史"的写作方式不仅影响了中国工人阶级投身革命、变革社会制度的激情,而且对中国文艺创作也产生了深远影响,比如《山花》杂志在1958年11月号上就推出过"工厂史"小说,揭露了旧社会工人辛酸的生活和遭受的惨痛剥削,反衬出1949年以后个人阶级生活的巨大变迁,有利于稳定和巩固社会主义制度。

都被大量译介到中国并刊发在《文化岗位》上,这一方面是由于苏联在第二次世界大战中扮演了重要的角色,也是因为《文化岗位》是在中国南方局和周恩来的秘密指导下编辑运作的有关,这决定了与中国共产党意识形态相似并有相同信仰的苏联文学成了选译的重点。对苏联文学的这种译介态势直接影响到 1949 年后中国翻译文学的发展趋势,中华人民共和国成立后的20 年左右时间里,苏联文学不仅在文本创作和文艺评论上影响了中国文学,而且在文学制度上也带给了我们丰富的经验,该时期的翻译文学界几乎被苏维埃文学完全垄断。

抗战大后方对普希金的译介集中体现在诗歌方面,除翻译了普希金的一篇戏剧、散文、论文和出版了五部小说外①,其他译品主要是诗歌。抗战大后方对普希金的翻译则始于 1937 年,是年为普希金逝世百周年纪念,在重庆出版发行的《中苏文化》推出了"普式庚逝世百年纪念号",其中有张君川翻译的普氏的 59 首诗歌以及张西曼翻译的四首诗歌。就普希金诗歌作品翻译集的出版情况而言,瞿洛夫选编的《普式庚创作集》收孟十还、克夫、孙用和蒲风等人翻译的 36 首诗歌,1937 年由文化学会出版社出版;蒲风、叶可根译的《普式庚诗钞》收 52 首译诗 1937 年由诗歌出版社出版,这是我国第一部专门的普希金译诗集;罗果夫、戈宝权编辑的《普希金文集》收录了40 首,1947 年由上海时代书报出版社初版。而大后方出版了普希金的四部作品,除一部小说外,其余三部均为诗歌:《高加索的俘虏》《恋歌》《欧根·奥涅金》,其中诗体小说《欧根·奥涅金》有苏夫和吕荧翻译的两个版本,从20 世纪 20 年代到 40 年代只有两个全译本,这两个全译本恰好首先就是在大后方出版的,进一步凸显出大后方翻译在整个普希金的译介历程中具有非同寻常的地位和价值。据统计,普希金歌颂自由的名篇在 20 世纪 40 年代被复译了多次,"如《自由颂》《致大海》均为三种,《乡村》《囚徒》《我是荒原上自由的播种者》均为四种,《纪念碑》《给恰阿达耶夫》均为六种,而《致西伯利亚囚徒》的译文竟达九种之多。在普希金接受上的这种题材选择和思想取向,显然是与当时中国的历史使命和时代精神相与鼓呼的"②。大后方同样多次复译了普希金的作品,除长诗《欧根·奥涅金》外,《囚徒》也曾两次译介:一次是向葵 1941 年 1 月 15 日翻译发表在桂林《文化岗位》(《救亡日报》副刊)上,另一次是魏荒弩 1942 年 3 月 15 日翻译发表在桂林《文艺

_____

① 所谓的五部小说,其实只有两个长篇和一个短篇小说集,需要特别注意的是,《杜布洛夫斯基》在大后方有三个译本,译名包括《复仇艳遇》和《杜布洛夫斯基》。

② 谭桂林主编:《现代中外文学比较教程》,长沙:湖南师范大学出版社,2009 年,第 181 页。

生活》(2 卷 1 期)上,这种复译表明普希金作品的译本在大后方有很好的传播和接受空间。

　　抗战大后方对普希金的译介成绩突出地体现为一系列译作的出版。曹辛选编的《恋歌》应该是普希金诗歌译介史上第二部汉语译诗选集①,作为普希金诗歌在大后方的第一个选译本,收录了《我是孤独的播种者》《纪念碑》《自由》《囚徒》和《恋歌》等 29 首译作,包括孟十还、魏荒弩、孙用、林林等 20 多位著名译者,书末登载了曹辛撰写的《普希金,俄罗斯诗歌的太阳》一文作为后记。抗战大后方第一次翻译出版了普希金的长诗《青铜的骑士》,使得"普氏的这首长诗首次以中文出版"②。桂林萤社出版的《青铜的骑士》实际上是一部普希金诗歌集,《青铜的骑士》这首长诗由穆木天翻译并放于该译诗集的首要位置上,且最后以此命名。普希金的另一部长诗《高加索的俘虏》于 1943 年 2 月由桂林中流出版社出版,共收录普希金的诗作10 首,包括孟十还翻译的长诗《高加索的俘虏》、瞿秋白翻译的长诗《茨冈》,这两首长诗占了曹辛选编的这部译诗集 142 页中的 124 页。除两部长诗之外的八首译诗是:《夜》《北风》《三泉》《小鸟》《工作》《给诗人》《马车的生活》和《水妖》,这些短诗主要由孟十还翻译。译诗集的结尾附上了由克夫翻译的苏联文论家 H.阿胥金作的《普式庚怎样创作》一文。尤其值得注意的是,由于之前瞿秋白翻译的《茨冈》没有译完,所以该书加上了盛成翻译的余下部分并做了详细的说明,这应该是《茨冈》这首长诗较早的中文全译本。大后方对普希金的翻译不只是体现在第一次完整出版了《青铜的骑士》《高加索的俘虏》和《茨冈》这三部长诗上,更集中体现在诗体小说《欧根·奥涅金》的翻译上,是 20 世纪 40 年代中国译介普希金成就的标志。抗战时期,大后方翻译界首先实现了普希金该部长诗的完整翻译,而且有两个完整的版本:一是 1942 年 9 月,桂林丝文出版社出版了苏夫③(冯剑南)翻译的《奥

---

　①　普希金诗歌的第一个汉译诗集应该是蒲风和叶可根合译的《普式庚诗钞》,1938 年 1 月由广州诗歌社出版,该集子主要是根据日译本转译的。
　②　戴天恩:《百年书影:普希金作品中译本(1903 年~2000 年)》,成都:天地出版社,2005年,第 36 页。
　③　苏夫:冯苏夫,本名冯剑南,广东人。20 世纪 30 年代初在上海暨南大学读书,并约在1932~1933 年参加"左联",为暨大"左联"小组盟员。后去日本,但未查见"左联"东京分盟活动中有苏夫之名。苏夫在东京时着手翻译《奥尼金》一书,未译完而回国,具体时间不详。但在 1940 年初即与黄宁婴、周钢鸣等为在桂林复刊《中国诗坛》而工作(《中国诗坛》于 1940 年 3 月复刊)。文协桂林分会于 1939 年 10 月 2 日成立后,苏夫成为分会会员,1940 年 12 月分会举办第 1 期文艺讲习班,苏夫与胡危舟、焦菊隐、司马文森等为讲师。这期间苏夫在桂林君武中学教书,除参加文协各种活动外,还继续翻译并在 1941 年完成《奥尼金》译本。

尼金》;二是 1944 年 2 月,重庆希望社出版了吕荧①翻译的《欧根·奥涅
金》②。前者是根据米川正夫的日译本和世界语本翻译过来的,有不少错误
的地方,特别是根据日译本将一些章节的题目改得跟恋爱小说的标题差不
多,比如"少女之恋""夜会女王"等,致使译文失去了"原作的深刻和典雅,
带了几分流俗"③。但作为普希金的诗体小说《欧根·奥涅金》在中国的第
一个完整译本,苏夫的翻译成就还是不容忽视的,藏有该译本的戴天恩先生
这样描述过苏夫的翻译:"桂林版《奥尼金》一书为小 32 开本,所用纸张为
抗战时期常用的土纸,发黄且粗糙,但印刷尚清晰。全书正文 294 页(其中
漏排 154、155 页,但译文不缺),另有版权页,勘误表(两页)及广告等。书的
封面在书名《奥尼金》下,署普式庚著,苏夫译,封面还印有普氏头部画像。
目次页前有两页内容,第 1 页为'——录自私信之一节',第 2 页为'献诗',
前者上方印有'欧根·奥尼金'字样,后者诗前有'给彼得·亚历山大维契
·辟列诺约夫'一行字,这与以后的译本有所不同。目次页中,译者对全书
8 章都给有章名题目:'第一章奥尼金的烦恼'、'第二章诗人的出会'、'第
三章少女之恋'、'第四章绝望'、'第五章恶梦——命名日'、'第六章决斗'、
'第七章莫斯科'、'第八章夜会女王'。而包括吕荧译本及解放后出版的 5
种译本均无章名,不知是译者苏夫根据转译本所译,或为其自拟的章名。版
权页在第 294 页之后,除著、译者名外,还写有'中华民国三十一年九月初
版','定价 15 元','发行兼出版者丝文出版社','印刷者广西日报社','发
行所桂林乐群路四会街 1 号'等字样。勘误表对书中 44 个误字做了更
正。"④苏夫从 1936 年在日本的时候开始翻译这部诗体小说,到 1941 年在桂
林完成并于 1942 年出版,历时六年之久,其中他翻译的第七章"莫斯科"曾
全文发表于 1942 年 1 月 20 日在桂林出版的诗刊《诗创作》第 7 期的翻译专

---

① 吕荧原名何佶,1915 年 11 月 25 日生于安徽省天长县。1935 年考入北京大学历史系,"一
二·九"运动中加入"中华民族解放先锋队",为北平进步文艺团体"浪花社"骨干,1941 年
毕业于西南联大。20 世纪 40 年代在文学评论与译介普希金代表作方面卓有成就,50 年代
初任教于山东大学,后来在人民文学出版社作为一名编外特约翻译,陆续出版一系列译著
与文艺论集,1954 年加入中国作协并被聘为《人民日报》文艺部顾问。1955 年 6 月~1956
年 5 月因反胡风运动中受株连而被隔离审查,出现轻度精神分裂症状,1966 年 6 月被公安
部以"胡风反革命分子影响社会治安"为由收容强制劳动。1969 年 3 月 5 日病逝于北京清
河劳改农场,终年 54 岁。
② 其实,吕荧翻译的这部长诗最早是在 1943 年 1 月出版,笔者查到了一本抗战土纸本的吕荧
翻译的长诗《欧根·奥涅金》,封面上标明是 1943 年 1 月出版,但没有标示出具体的出版
社,该书的封面与正文中的插画均为庐鸿基设计。后来"七月派"的希望社于 1944 年重新
出版了该译诗集。
③ 吕荧:《〈欧根·奥涅金〉跋》,上海:希望社,1944 年,第 385 页。
④ 戴天恩:《〈奥涅金〉的第一个中文全译本》,《中华读书报》,2004 年 5 月 22 日。

号上。足见苏夫翻译的态度和质量,只是由于参照版本和时代语境的限制,译本中的错误和出现不尽如人意的地方也就在所难免了。

吕荧的翻译直接取材于最新的俄语版,即1937年苏联国立艺术出版局莫斯科版,同时邀请日语基础较好的胡风根据米川正夫的日文版做了校对,显示出良好的翻译素养。难怪几十年后,梅志女士在回忆胡风与吕荧的交往时还念念不忘地提及了吕荧的翻译,并对其翻译态度做了正面的评价:"吕荧对于这本诗体小说,付出了辛勤的劳动。他经常寄稿来给胡风看,随后又来信说明,这句要不得得改,那个注释不对要改。后来还请胡风根据日译文校对一遍。日译文有个地方多了几章,胡风告诉了吕荧,他一定要请胡风译出,后来就将译文附在后面了。他本来要请胡风写序的,被胡风推辞了。他自己早就买好了纸,后来又请朋友帮忙,终于在1944年出书了。"①译者对原文的理解很多时候会左右译文的用语和思想基调,吕荧在跋文中认为普希金的《欧根·奥涅金》仅仅是对贵族荒淫生活的揭露和批判,多少也影响了原作追求自由生活的初衷,显示出译者和译文的局限性。

《欧根·奥涅金》在抗战大后方的两个译本的形式有很大的区别。苏夫的翻译基本上采用的是自由体诗形式,和普希金的"奥涅金诗节"的独特韵律相去甚远,而吕荧在翻译的时候虽然有一定的形式自觉意识,但碍于传达原作情节和人物个性的需求,基本上还是采用的自由体形式。普希金在创作《欧根·奥涅金》的时候,把诗歌优美的韵律节奏和形式美感发挥到了极致,该诗体小说的每一节采用的是十四行体。十四行诗在史诗盛行的外国诗歌中算比较短小的诗体,整首诗一共十四行,意大利十四行的韵式原型为abba-abba cde-cde,前八行的韵式基本上是固定的,后面六行的韵式除了采用cde-cde外,也可以采用cdcdcd的形式。此种诗体是用来陈述一件事情的两个方面,或者是前面八行陈述,后面六行抒情议论。怀亚特则对意大利式的十四行进行了改进,主要是对后面六行进行了变动,将之分为两节,最后以双韵体结束。怀亚特的十四行经过塞莱(Henry Howard Surrey)的运用,又经过斯宾塞(Edmund Spenser)和莎士比亚的改进,发展成为一种典型的英国十四行诗:每行有十个音节,五个抑扬格音步,韵式为abab,cdcd,efef,gg,这样就形成了四节,前面三节多为陈述,最后一节的两行结题。作为一种形式十分严格的格律诗,"十四行诗的输入与运用给了英国诗的一大好处是:纪律。以前的英国诗虽有众多优点,却有一个相当普遍的毛病,即

---

① 梅志:《人的花朵——记吕荧与胡风》,载《我与胡风》(增补本),晓风编,银川:宁夏人民出版社,2003年,第84页。

散漫,无章法。现在来了十四行体,作者就必须考虑如何在短小的篇幅内组织好各个部分,调动各种手段来突出一个中心意思,但又要有点引申和发展,音韵也要节奏分明"①。试以莎士比亚的诗为例对十四行诗体进行说明:

Sonnet 18

Shall I compare thee to a summer's day?

Thou art more lovely and more temperate：

Rough winds do shake the darling buds of May,

And summer's lease hath all too short a date：

Sometime too hot the eye of heaven shines

And often is his gold complexion dimmed；

And every fair from fair sometimes declines,

By chance or nature's changing course untrimmed；

But thy eternal summer shall not fade,

Nor lose possession of that fair thou ow'st；

Nor shall death brag thou wander'st in his shade,

When in eternal lines to time thou grow'st：

So long as men can breathe, or eyes can see,

So long lives this, and this gives life to thee.

—William Shakespeare

　　莎士比亚这首十四行诗算是比较典型的十四行体,整首诗的韵式为：abab – cdcd – efef – gg。普希金创立的"奥涅金诗节"与传统的十四行诗的韵式接近,但又有所区别,他前四行主要采用的是交叉韵,第五到八行采用的是对偶韵,第九到十二行采用的是抱韵,最后两行采用的是对句同韵,即abab – ccdd – effe – gg。同时,普希金的十四行休在排列上也十分考究,每个诗行包含四个抑扬格的音步,且音节数按照相应的韵式固定为 9898 –9988 – 9889 – 88。

　　普希金诗歌的严密形式给译者设置了障碍,因此抗战时期的两个译本都不约而同地采用了自由体形式,因为译者如若顾及原作的音韵便难以呈现其内容。苏夫的翻译由于是转译自日译本和世界语本,所以他读到的《欧

---

① 王佐良:《英国诗史》,上海：译林出版社,1997 年,第 57 页。

根·奥涅金》已经是在翻译中失去了原作形式美学元素的译本,这使他对自己译作形式并不感到遗憾。而吕荧由于是直接面对的俄文原作,他充分领受到了《欧根·奥涅金》所体现出来的优美的韵律和形式,他在译作的跋文中曾这样描述过普氏诗歌的韵律:"全部诗作约四百节,都在这生动和谐的旋律中,以抑扬格起伏;所以全诗如一湖清水,静静地绉着涟波,清逸柔和,几乎不用同样的韵律,难以达到那种诗和音乐交融的境界。"①尽管吕荧意识到原诗的形式和音韵十分优美,但在翻译的时候为了传达原作的意义,他不得不采用自由体。对于在翻译过程中面对的"文""质"矛盾,吕荧先生在译本的跋文中说:"如果勉强照顾全书音韵的格律,势必将要牺牲内容的完满和语言的纯朴,以韵害诗以词害意,不是普希金的道路,也不是我们的道理。"②吕荧所面对的不仅仅是翻译"奥涅金诗节"时才有的难题,整个中国现代译诗史上都不乏类似的情况发生,即为了传递原诗的内容而牺牲原诗的形式,将外国格律诗翻译成自由诗或者散文诗。

表 2-2　关于普希金评论文章的翻译情况

文章名称	作　者	发表刊物	发表时间	译　者
《普式庚》	〔苏联〕莱兹涅夫	桂林《野草》月刊(2卷3期)	1941 年 5 月 1 日	不　详
《普式庚对西欧文学的影响》	〔苏联〕努斯塔德	桂林《文艺杂志》月刊(1卷2期)	1942 年 2 月 15 日	李　葳
《作为剧作家的普式庚》	〔苏联〕G.维诺库尔	桂林《戏剧春秋》(2卷1期)	1942 年 5 月 25 日	庄寿慈
《论〈欧根·奥尼金〉》	不详	桂林《诗创作》(普式庚一百○五年祭)(第8期)	1942 年 2 月 20 日	庄寿慈
《普式庚——俄国文学的创立者》	〔苏联〕I.卢波尔	桂林《诗创作》(第9期)	1942 年 3 月 20 日	吕　荧
《孤独的普式庚》	〔苏联〕布拉郭依	桂林《文学报》(第1号)	1942 年 6 月 20 日	李　葳
《"叶夫盖尼·奥涅金"》	〔苏联〕A.古尔斯坦	桂林《文学报》(第2号)	1942 年 6 月 27 日	吕　荧
《普式庚的散文》	不详	桂林《人世间》(1卷3期)	1943 年 1 月 15 日	周　行

---

①　吕荧:《〈欧根·奥涅金〉跋》,重庆:希望社,1944 年,第 385 页。
②　吕荧:《〈欧根·奥涅金〉跋》,重庆:希望社,1944 年,第 385 页。

续表

文章名称	作　者	发表刊物	发表时间	译　者
《普式庚的伟大》	〔苏联〕I.卢波尔	桂林《半月文艺》（《力报》副刊）（第20~21合刊）	1942年3月20日	庄寿慈
《佐拉论普式庚》	不详	《文化岗位》（《救亡日报》副刊）	1941年1月25日	禾　康
《普世庚论》	不详	重庆新知书店	不详	吕　荧

根据表 2-2 统计可以看出,抗战大后方对普希金评论文章的翻译主要集中在三个领域:一是翻译介绍普希金生平的文章,比如翻译俄国学者莱兹涅夫的《普式庚》,吕荧翻译出版的《普式庚论》等;二是翻译描述普希金在俄国文学史上的地位和影响的文章,比如李葳翻译的苏联学者努斯塔德的《普式庚对西欧文学的影响》是对普希金国际影响的介绍,吕荧翻译的苏联作家 I.卢波尔的《普式庚——俄国文学的创立者》是对普希金在俄国文学史上的地位和影响的论述;三是翻译评论普希金诗歌或散文的文章,比如庄寿慈翻译的 G.维诺库尔的《作为剧作家的普式庚》是对普希金戏剧以及戏剧理论的介绍,周行翻译的《普式庚的散文》是对他散文的介绍,庄寿慈翻译的《论〈欧根·奥尼金〉》则是对普希金诗歌的评论。这三类文章能够更为立体地为读者呈现出普希金丰富的文学形象,在作品之外为中国读者进一步认识这位俄国诗人提供了有效的信息和资料。翻译介绍普希金文章的刊物很多,以《戏剧春秋》为例,作为戏剧的综合性刊物,上面发表文章的内容涉及抗战时期的戏剧理论,对戏剧的批评介绍,戏剧作品以及关于抗战时期的戏剧报告和通讯。在 10 期刊物中共发表了独幕剧 16 个,多幕剧三个。该刊创办的目的除了在民族危亡时刻发挥戏剧救国的功用之外,更重要的是"希望由于各方戏剧工作者更努力更团结,实现一个光辉的戏剧时代!"①《戏剧春秋》上刊登了很多翻译作品,除了在 2 卷 1 期到 2 期刊登了由沙蒙翻译的匈牙利剧作家 B.拔拉希的三幕剧《莫扎特》外,几乎都是关于戏剧理论的译介,比如《作为剧作家的普式庚》就刊发在这个刊物上。从此也可以看出,在中国戏剧创作和理论不够成熟的时候,《戏剧春秋》在中国戏剧理论建设上所作出的积极努力,同时也让读者认识到普希金不仅仅只是个诗人或小说家,也是一位成功的剧作家。

通过以上的统计资料和论述可以表明,普希金在抗战大后方的译介具

---

① 田汉:《发刊词》,《戏剧春秋》(创刊号),1940 年 11 月 1 日。

有划时代的意义,在整个俄苏文学的译介历程中是不可或缺的关键一环。至于抗战大后方为什么会如此浓重地给中国读者推荐这位伟大的俄国作家,下面将对此作详细的探讨。

(二)

抗战大后方对普希金的译介热潮有如下几个方面的主要原因,一是中国抗战诗歌自身发展的需要,这是属于文学内部的需求;二是中外文化交流使然,中国与当时苏联的密切交流导致了抗战大后方对苏联作家作品的广泛译介;三是苏联的文学审美决定了中国对苏联所认为的伟大作家的热捧。这些因素共同决定了普希金在大后方译介热潮中的地位,同时也反映出中外文学交流的真实面貌。

普希金的诗歌的自由精神易于鼓舞大后方民众的抗战激情,因此更容易被大后方文坛接纳。普希金的很多作品表达了对压迫的反抗和对自由的追求,他在彼得堡外交部供职期间被十二月党人的民主自由思想感染,加入了与十二月党人秘密组织有联系的文学社团"绿灯社",创作了许多反对农奴制并讴歌自由的诗歌,如《自由颂》(1817年)、《致恰达耶夫》(1818年)、《乡村》(1819年)等。普希金诗歌中的反抗和自由精神引起了沙皇政府的不满,于是在1820年他被流放到俄国南部任职,而他与十二月党人的交往更加频繁,多次参加了十二月党的秘密会议,这使他追求自由的思想更加明确而强烈,比如他这一时期创作的诗歌有《短剑》(1821年)、《囚徒》(1822年)、《致大海》(1824)等名篇,还写了一组"南方诗篇",包括《高加索的俘虏》(1822年)、《强盗兄弟》(1822年)、《巴赫切萨拉依的泪泉》(1824年)、《茨冈》(1824年)四篇浪漫主义叙事长诗,表达了诗人对自由的强烈憧憬,恰如大后方翻译普希金的专家吕荧先生评价的那样,诗人是"自由的播种者"①。这些优秀的诗篇也完全展示了普希金独特的诗歌风格。抗战大后方对普希金富于反抗和热爱自由的诗篇进行了译介,比如《囚徒》一诗出现了向葵和魏荒弩的两个译本,而"南方诗篇"中的《高加索的俘虏》也于1943年在桂林中流书店单本出版,也即普希金歌颂自由的主要诗篇都被翻译进了抗战时期的大后方。此外,就普希金1831年创作的《欧根·奥涅金》而言,大后方首次实现了对这部长诗的完整翻译,出现了桂林丝文出版社和重庆希望社两个不同的版本,而且多个刊物刊登了其选译本,为什么大后方会如此浓重地翻译该诗体小说呢? 主要原因还是与这部作品

----

① 吕荧:《〈欧根·奥涅金〉跋》,《欧根·奥涅金》,上海:生活书店,1947年,第391页。

的精神旨趣和思想主题有关,它反映了俄国人民解放斗争时期俄国社会各个阶层的现状,尤其是贵族阶层的转变,诗作本身始终蕴藏着"一种反抗的革命精神"①,不仅仅只是抗战大后方对普希金的诗歌自由精神进行了发掘和强调,整个抗战时期中国文坛都把普氏视为"革命诗人"和"自由诗人"的化身。比如黄源认为普希金因为"爱自由"而"不屈服于沙皇朝廷而终为沙皇所杀"②;蒲风认为普希金的诗歌"对十二月党人作了赞颂,对自由作了颂词,对专制政治投下了讽刺,尤其是对检察官投下了冷嘲"③。所有这些论述说明了普希金的诗歌正好适合中国抗战文学的反抗精神和自由生活主题,有助于鼓舞中国人民为了民族解放和生活自由而积极地反抗日本的侵略。

普希金诗歌的语言形式较为符合中国抗战时期大后方的文艺方针,其形式进一步促进了作品的译介。普希金作品的语言一直受到研究者的高度肯定,其最根本的特质还是在于用语贴切,符合各种社会阶层读者的阅读需要。柏林斯基对此也有中肯的评价,他认为对普希金这样伟大的民族诗人来说,"揭示民族精神的秘诀就是在描绘上中下三种阶层时同样忠实于生活的才能。只能掌握粗糙的普通生活的简陋方面,而不能掌握有教养生活的更精致、更错综的阴影,那决不能成为大诗人,更别想取得民族诗人的光荣称号。一个伟大的民族诗人能使绅士和农民各按自己的方式说话"④。一个作家能够使作品中的人物说出符合本阶层人审美习惯的话语是一件不易做到的创作能力,而普希金往往能够在写作中找到"异常流畅、富于旋律、和'恰到好处'的语言"⑤。以他的诗体小说《欧根·奥涅金》为例,苏联文论家斯罗尼姆斯基评价道:"《欧根·奥涅金》以它的音乐性的和谐的诗行,以它明朗的、单纯的、真正的人民语言和深刻丰富的内容而获得了思想上和艺术上的完美;不仅在俄国文学中,而且在世界文学中它都永远是一部最辉煌的作品。"⑥该话进一步突出了普希金作品的语言具有"明朗""单纯""真正的人民"性等特点,据此较早从事普希金翻译的蒲风将普希金诗歌的语言特

①　杨骚:《普式庚给我们的教训——纪念普式庚的百年忌》,《光明》(第 2 卷第 5 期),1937年 2 月。

②　黄源:《普希庚的一生》,《月报》(第 1 卷第 2 期),1937 年 2 月 10 日。

③　蒲风:《普式庚在歌唱》,《普式庚诗钞》,广州:广州诗歌社,1938 年。

④　〔苏〕柏林斯基:《论普希金的"欧根·奥尼金"》,孙楚良译,上海:泥土社,1953 年,第 19 页。

⑤　查良铮:《〈欧根·奥涅金〉译后记》,载《欧根·奥涅金》,上海:新文艺出版社,1957 年,第 340 页。

⑥　〔苏〕斯罗尼姆斯基:《关于〈欧根·奥涅金〉》,载《欧根·奥涅金》,查良铮译,上海:新文艺出版社,1957 年,第 337 页。

点概括为"民众的语言"①,这与当时中国诗歌会提倡的"大众歌调"不谋而合,也与抗战时期大后方的文艺路线一致。迁居大后方重庆的老舍在"文协"的诗歌座谈会上从诗歌的情感内容、表达形式和价值取向等方面阐述了自己对抗战诗歌的理解:"今天抗战诗歌的任务,我认为有三方面:一、在感情上,激发民众抗战情绪。二、在技巧上,不论音节文字要普遍的使民众接受,普遍的激励民众。三、思想上,正面发展抗战意识,反面检出汉奸的倾向。廿年来的新诗没有什么成绩:在情绪方面,多数诗人还多注意个人情绪。……文字上,因为廿年来的新诗一开始即是打倒旧诗,另起途径,好处是形式多变化,但多不简练,音节也不响亮。"②在翻译的过程中怎样才能够将普希金诗歌语言的特点表现出来呢?"文艺作品在译成别的语言时,为了保存同一个意义,要进行技巧性的符号替换。然而实际上在这里发生相互作用的不仅是词汇,还有在每种语言里都得到鲜明表现的整个文化。理想的翻译不是不由自主地掩盖丰富的声韵的回声,而是对话。不是作家(他已经'听不见了')和译音的对话,而是两种文化的对话,因为操不同语言的读者在此之前视为'哑巴'的那种文化应能做出回答,应该变得明白易懂"③。

　　根据抗战大后方对普希金评价作品的翻译来看,普希金之所以会在大后方得到大量的译介其实也和他本人在苏联的文学地位有关。由前面《中苏文化》发刊词的内容可以看出,抗战时期中国对苏联文学的具有较高的认同度,苏联文学中反映抗争和自由的作品均会受到中国文坛不同程度的认同,对普希金的翻译介绍也同样如此。"从最早中国文化界的'以俄为师',后来中国革命对俄国的借鉴,新中国时期对俄国全面的学习,都为俄国文学在中国的影响提供了广阔的天地。革命总是先天赋有浪漫主义秉性。浪漫主义诗人首先落入中国文化界的视野也是很自然的。普希金的作品在中国也是翻译得最完全的"④。这说明了中国对普希金诗歌的翻译受时代的影响而呈现出繁荣的局面。如刊发在《群众》上的戈宝权翻译的苏联评论家谢尔宾娜的《列宁论文学及其它》一文就表明了伟大的革命导师列宁对普希金的高度肯定:"列宁夫人克鲁普斯卡亚在她所写的《列宁回忆录》中,曾这样告诉我们:'在晚间,乌拉地米尔·伊里奇惯常地读一些关于哲学的书

①　蒲风:《蒲风选集》(下册),福州:海峡文艺出版社,1985年,第702页。
②　《我们对于抗战诗歌的意见》(诗歌座谈会记录),《抗战文艺》(第3卷第3期),1938年12月17日。
③　〔苏〕谢尔盖·福米乔夫:《〈普希全新论:文化视域中的俄罗斯诗圣〉序二》,王英佳译,载《普希全新论:文化视域中的俄罗斯诗圣》,张铁夫等著,北京:中国社会科学出版社,2004年,第13页。
④　夏仲翼:《"多元批评"的实验》,载《普希全新论:文化视域中的俄罗斯诗圣》,张铁夫等著,北京:中国社会科学出版社,2004年,第2页。

籍——像黑格尔、康德和法国唯物论者的著作,或者是当他很疲倦的时候,就读普希金、莱蒙托夫和尼克拉索夫的作品。……'当在西伯利亚的放逐期间,他经常把普希金、莱蒙托夫、尼克拉索夫等人的作品,和黑格尔的作品一齐放在床边。列宁不仅喜欢文艺作品,他还常将文艺作品的人物,对话等引用到他的著作中去。"①被列宁喜欢的诗人自然也会受到广大苏联人民的爱戴和拥护,苏联人民对文学的接受情况自然也会影响到中国译者对原作的选择,因此被列宁认同的普希金受到抗战大后方文坛的青睐就理所当然了。此外,我们从大后方刊发的另一篇文章《纪念伟大的俄国诗人莱蒙托夫》中也可以看出普希金在苏联的文学地位:"莱蒙托夫,是俄国十九世纪初的一位继普希金而起的大诗人。……他的著作是充满了渴求自由的呼声。他是个自由地爱好者与压迫的敌视者,他不能忍受沙皇及其左右的卑鄙的人物,来毁灭伟大的天才普希金的一生。他以冷静的藐视来观察他的环境,他鄙视他周围的人们的怯弱和卑贱。他对于沙皇专制和旧社会制度的反抗的精神,可说是贯穿了他整个的一生。"②作为俄国文学的奠基者,普希金对俄国以及后来的苏联文学的影响是深远的,苏联文艺工作者在论述其他诗人的时候会不自觉地将他作为评价的标准和参照,也有不少人高度评价并肯定了普希金在俄苏文学史上的地位③。鲁迅曾说:"俄国文学是我们的导师和

---

① 〔苏〕V.谢尔宾娜:《列宁论文学及其它》(上),戈宝权译,《群众》(第8卷第3期),1943年2月1日。

② 〔苏〕罗果夫:《纪念伟大的俄国诗人莱蒙托夫》,戈宝权译,《新华日报》,1939年10月15日。

③ 关于普希金俄苏文学中的地位,戈宝权先生有如下归纳:在璀璨夺目的俄罗斯文学史上,普希金享有崇高的声誉和地位,他一向被称为"俄罗斯诗歌的太阳"。正如俄国伟大的革命民主主义者和文艺批评家别林斯基所说:"只有从普希金起,才开始有了俄罗斯文学,因为在他的诗歌里跳动着俄罗斯生活的脉搏。"俄国伟大的革命民主主义者和政论家赫尔岑说,在沙皇尼古拉一世反动统治的"残酷的时代"里,"只有普希金响亮而嘹阔的歌声,在奴役和苦难的山谷里震响着;这歌声继承了过去的时代,用勇敢的声音充满了今天的日子,还把它的声音送向那遥远的未来。"普希金的同时代人和挚友、文坛巨匠果戈理曾经这样讲述:"一提到普希金的名字,马上就会突然想起这是一位俄罗斯的民族诗人……他像一部辞典一样。包含着我们语言的全部宝藏、力量与灵活性;……在他身上,俄罗斯的大自然,俄罗斯的灵魂,俄罗斯的语言,俄罗斯的性格,反映得那样纯洁,那样净美,就像凸出的光学玻璃上反映出来的风景一样。"革命文豪高尔基也曾多次讲起普希金,他说:"普希金的创作,是一条诗歌与散文的辽阔和光辉夺目的洪流。普希金好像在寒冷而又阴沉的国度的上空,燃起了一个新的太阳,而这个太阳的光芒立即使这个国度变得肥沃富饶起来。"高尔基说:"普希金是一个浪漫主义和现实主义相结合的奠基人;这种结合,至今还是俄罗斯文学的特色,它赋予俄罗斯文学以特有的色调和特有的面貌。"正因为这样,普希金的名字和他不朽的文艺创作,不仅在俄罗斯的文学和文化史上形成了一个整个的时代,同时也丰富了俄罗斯文学宝库,还给予世界各国的文学以深远的影内。(戈宝权:《〈普希金抒情诗全集〉总序》,《普希金抒情诗全集》第一卷,长沙:湖南文艺出版社,1993年,第1~2页。)

朋友"①,俄国人对文学的价值判断自然也会影响到中国人,其"理想主义情怀、人道主义精神、伦理道德倾向和现实主义风格,与中国的文艺家……一拍即合。而作为俄国新文学奠基者的普希金,自然便成了导师的导师。"②抗战时期作为译介俄国文学的新起点,对于普希金这样一位深受俄国人民推崇的伟大诗人自然也会被大后方译者广为关注。

　　抗战时期中苏文化交流助推了普希金及其作品在大后方的译介。翻译对原作的选择具有诸多限制因素,普希金在抗战大后方的译介自然也不是几个译者凭借个人的审美偏好所作出的决定。事实上,普希金在抗战大后方的译介涉及中国抗战语境下的文学发展需要,也与当时中国人对俄苏文学的认同有关,苏联时期对普希金的推崇直接影响到中国人对这位"俄罗斯文学之父"的接受。中苏文化交流是抗战时期最重要的文化交流内容,1937年11月1日《中苏文化》在重庆出版了抗战特刊,《创刊词》说:"抗日的民族革命战争,无论在华北、晋绥以及淞沪,英勇的民族战士,都以浴血的苦战,使日本帝国主义者侵略中国的战略遭到了意志和行动上的失败。日寇所立意企求的'速战速决'既不可能,而集中海陆空军以求'中央突破'的歼灭战,又遇到持久抗战的打击。所以目前的事实和将来的演变,都使我们应确信最后的胜利还是属于我们。"③这不仅从战略决策上表明中国抗日战争进入了持久的抗战阶段,而且还从对外交流的角度出发来思考如何实现民族独立:"本刊素以沟通中苏文化的伟大工作为主,但在目前全民族对日抗战,以争取中华民族自由、独立与幸福的时候,除了努力于检讨怎样达到广泛的民众工作,和怎样组成全体性与持久性的抗战之外,还应积极从事于国际形势的演变的分析,革命外的研究;并向苏联革命的丰富经验去学习求得打倒侵略者的理论与实际。"④1941年10月27日,《新华日报》刊登了中国诗歌界致苏联诗人及人民书,其中引用了马雅可夫斯基的诗句:"同法西斯蒂讲话,/要用烈火代言词,/用刺刀代唇舌,/用子弹代讽刺;/这个口号。"同时高度赞扬了苏联诗人在保卫祖国的过程中体现出来的精神:"你们保卫祖国的英勇战斗,可歌可泣的英雄故事,正是人类历史行为中的一篇悲壮的伟大的诗章。"指认出中国和苏联的都有爱国爱民的诗歌传统,并愿意在今年天和苏联的诗人建立深厚的友谊,一起为人类的解放事业努力:"我们屈原、杜甫爱世爱国精神的继承者,对你们普希金、莱芒托夫、尼克拉索夫、马雅可

①　鲁迅:《鲁迅全集》(第4卷),北京:人民文学出版社,1957年,第351页。
②　张铁夫:《普希金与中国》,长沙:岳麓书社,2000年,第38页。
③　《创刊词》,《中苏文化》抗战特刊,1937年11月1日。
④　《创刊词》,《中苏文化》抗战特刊,1937年11月1日。

夫斯基战斗精神所熏陶的苏联人民,伸出热烈的友谊的手。让我们抗战的歌声互相穿过世界的屋脊,让我们手携手地打击人类中的丑类——那东西方的野兽吧!"①署名者有冯玉祥、郭沫若、田汉、老舍、冯乃超、长虹、穆木天、胡风、王统照、姚篷子、卞之琳等 150 人。从这些文学交流活动中可以看出,对普希金的翻译介绍实乃抗战大后方中苏文化交流活动中的重要构成部分。1941 年 11 月 20 日,《新华日报》刊载了中国文化界人士致苏联人民书:"亲爱的苏联人民们! 我们全中国的人民,时时刻刻都是和你们站在一起的! 自从疯狂喝血的德国法西斯蒂,在六月二十二日这个具有历史意义的日子,无耻地冲进了你们的边疆之后,我们更怀着热切和钦佩的心情,注意着你们每一次向全世界的号召,你们每一次的英勇战绩,以及目前的列宁格勒和莫斯科的英勇的保卫战。你们的人民,已向全世界显示一个最光荣的英勇斗争的榜样来! 虽然德国法西斯蒂强占了你们的一些城市、蹂躏了你们可爱的土地,但我们也和你们一样的坚信,胜利是一定属于你们的,全世界一切进步的与优秀的人士,将永远是在你们的一边! 我们也和你们一样地深信: 未来的世界是属于那上升的进步的新人类,而不是属于那群下降的腐朽没落的无耻的法西斯蒂!"②签名有郭沫若、沈钧儒、张一麟、柳亚子、邹韬奋、茅盾、许广平、田汉等人,这同样反映出中苏人民在面对法西斯侵略的时候所表现出来的共同的愿望,体现在文学上便是两国文学的相互翻译介绍,普希金作为苏联人民推崇的热爱自由的诗人,其作品在这一时期自然也会受到中国人民的欢迎。

当然,普希金作为俄国文学史上极具天赋的诗人,他对俄国文学语言的发展以及民族性的塑造等同样激起了遭受日本蹂躏的中国作家的创作激情,人们翻译其作品的原因也有出于从文学上建构民族形象和树立民族信心的考虑。普希金及其作品的译介大大鼓舞了中国作家和中国民族的抗战激情,为自由而战、为民族而战的信念更加深入人心。

(三)

抗战大后方作为普希金翻译和传播的重镇,人们不仅受到了普希金作品精神的感染而萌生了为自由和民族独立而战的决心,而且创作中也不自觉地散发出普希金的气息。

普希金是一个追求自由且富于反抗的诗人,他的作品译介到大后方之

①　《新华日报》,1941 年 10 月 27 日。
②　《新华日报》,1941 年 11 月 20 日。

后,极大地鼓舞了人们的抗战激情。反映到创作上,最直接的体现就是很多诗人将普希金对象化为斗争力量的符号,蒲风认为普希金诗歌的特点之一就是具有浓厚的"奋斗的倔强精神",对于抗战时期的中国社会来讲,"我们不是不需要自我奋斗的倔强的精神,而我们更是要在集团化上包容、陶冶我们的自然精神。然而,值此新诗歌的新形式始立不久而洋化声浪,腐化声浪正浓厚的今年,我们不是更有必要有如普式庚一样地抓紧我们固有的工具(大众的语言),作为武器,而充实以时代内容,以青春的热力,起来为中华民族作歌唱么?"[①]当时很多诗人创作的作品中都流露出对普希金反抗和战斗精神的偏向,比如公刘在《火焰》中就有这样的诗行:"诗人只会用剑,/诗人生死都在前线。"[②]短短的两行不仅表明诗人在抗战时期应该拿起手中的武器进行抵抗,而且应该深入前线,为了自由和胜利将生死置之度外。这首诗虽然写于抗战胜利以后的 1946 年,但抗战时期的生活体验以及普希金具有传奇色彩的人生无疑是这首诗诞生的文化土壤。

普希金诗歌语言的特点也给中国抗战诗歌的创作带来了艺术启示。普希金诗歌语言大众化的特点与大后方诗歌语言的大众化追求之间是互为因果的关系,一方面,大后方抗战诗歌语言的大众化、通俗化追求决定了对普希金作品的选译,另一方面,普希金作品语言的明白晓畅又助推了大后方抗战诗歌语言的通俗化。蒲风 1938 年与人合作翻译出版了《普式庚诗钞》,恰恰是这次翻译给蒲风的诗歌创作产生了重要影响,黄安榕先生在一篇回忆文章中说:"翻译普希金的诗,对爸爸后来的诗歌创作产生了良好的影响。他在 1937 年 12 月 21 日的日记中写道:'昨夜忽有诗情冲动,今早笔而成诗,得《告诉日本帝国主义》一首,长约五十行。音调沉痛、悱恻,在我是稍微感到满意的。'他承认:'翻译过《普式庚诗钞》后,对于我,真是大有帮助呵!'"[③]

总之,普希金作为俄苏文学史上伟大的诗人,其作品由于具有强烈的抗争精神和为自由而战的决心与勇气,加上语言形式的上的大众化和民族性,因而成为抗战大后方文坛译介的重要诗人。也由于中苏文化交流持续不减的热度,普希金的行为以及作品在中国文学园地里掀起了少见的热潮,而这股热潮对抗战诗歌的发展也起到了积极的影响作用。

---

① 蒲风:《蒲风选集》(上册),福州:海峡文艺出版社,1985 年,第 704~705 页。

② 公刘:《火焰》,载《公刘短诗精选》,北京:人民文学出版社,1995 年,第 3 页。

③ 黄安榕:《蒲风在福州播下"新诗歌"的种子》,载《福州文坛回忆录》,徐君藩编,福州:海潮摄影艺术出版社,1993 年。

三 马雅可夫斯基诗歌的翻译

世界法西斯战争在给人民带来灾难的同时,也间接地加快了各国文学之间的交流。抗日战争时期,中国文艺界以开放的姿态把本国的抗战文学外译到很多国家,以达到获取世界人民同情与支持中国抗战的目的;同时也积极翻译介绍大量充满了昂扬战斗激情的外国文学到中国,客观上提高了民众的抗日情绪并丰富了译者自身和作家的艺术创作经验。前苏联文学在这股译介洪流中无疑扮演了重要角色,而抗战大后方因远离战火而赢得了较为宽松的译介环境,许多优秀的俄苏作家作品被翻译介绍到国内。其中,马雅可夫斯基作为苏维埃社会主义诗歌的奠基人,其人其作几乎成为抗战大后方诗歌译介的焦点之一,致使其作品一时间广为流传,对鼓舞中华民族的抗战激情和抗战诗歌的创作产生了不可估量的影响。

值得思考的是,学界对这样一位知名作家译介的研究和梳理却十分有限,国内目前盛行的翻译文学史著作对其译作的介绍也多立足于出版的单行本或少量的报刊译文①。而事实上,仅就抗战大后方对马雅可夫斯基的翻译介绍而言就远非一两首诗或一两部作品集所能概括的,本部分研究内容立意通过对原始期刊的查阅来呈现抗战大后方对马氏诗歌和评论文章的译介,从而丰富人们对该时期马雅可夫斯基及其作品在中国译介的认识。

(一)

抗战大后方主要文化城创办的文学刊物纷纷刊登了马雅可夫斯基作品的中译本,举办了一系列的活动来纪念这位伟大的苏联诗人,并发表了很多评价马氏文学创作评论的译文,标示出 20 世纪 30～40 年代中国文坛译介马雅可夫斯基的实绩。·

抗战时期,大后方举办了一系列的活动来纪念这位"伟大的人民之子"和"苏维埃知识分子显著的榜样"②。1939 年 4 月 14 日被认为是马雅可夫

---

① 比如孟昭毅、李载道主编的《中国翻译文学史》第二十章"国统区的翻译文学"只涉及了两部出版的译诗集《新俄诗选》《呐喊》(又译名《放开喉咙歌唱》)中的马雅可夫斯基诗作;查明建、谢天振撰写的《中国 20 世纪外国文学翻译史》(上)第四章"抗战时期及 40 年代的外国文学翻译(1938～1949)"只涉及了马雅可夫斯基、叶赛宁、勃洛克等人作品的合集译本《苏联三大诗人代表作》;李今撰写的《二十世纪中国翻译文学史·三四十年代·俄苏卷》第三章"苏联文学翻译"中只零星地提到了马雅可夫斯基的作品和纪念活动,没有将其作为重要作家加以研究。

② 〔苏〕杜勃洛夫斯基:《伟大的人民之子——玛雅可夫斯基》,范剑涯译,《新华日报》,1940年 4 月 14 日。

斯基逝世十周年纪念日,中苏文化协会举行了纪念晚会,胡风主持会议,臧云远介绍了马雅可夫斯基的生平,郭沫若的讲话指出了诗歌的政治作用。继而举行了诗歌朗诵会,光未然朗诵了胡风的献诗《血誓》,方殷、高兰等先后朗诵了马雅可夫斯基的中文译诗《列宁的礼赞》《好》《呈给同志涅特》《给艺术军的命令》等,戈宝权等朗诵了马雅可夫斯基俄语版的诗歌。当日的《新华日报》出版了"马雅可夫斯基逝世十周年纪念特辑",戈茅的《纪念马雅可夫斯基》指出,"马雅可夫斯基是一位新世界的革命的诗人"①。此外还发表了多篇马雅可夫斯基诗歌的译文。大后方实际上举办了两次马雅可夫斯基逝世十周年纪念活动②,其于 1930 年 4 月 14 日开枪自杀,到了 1940 年 4 月 14 日,中苏文化协会举行了马雅可夫斯基逝世十周年诗歌晚会,光未然、高兰等朗诵了马雅可夫斯基的原作或译作。1941 年 4 月 14 日,马雅可夫斯基逝世 11 周年纪念,《新华日报》发表了纪念诗文,其中有 S·C 的诗歌《纪念马雅可夫斯基逝世十一周年》等原创诗歌和翻译诗歌;1943 年 4 月 14 日,《新华日报》出版了"马雅可夫斯基逝世十三周年纪念特刊",发表了一系列谈马雅可夫斯基的文章和翻译的马雅可夫斯基的诗歌;1945 年 4 月 21 日,"文协"昆明分会与西南联大在昆明联合举办马雅可夫斯基逝世 15 周年纪念会。为一位外国作家这么频繁地举办纪念活动,这在中外文学史上都十分罕见,这些纪念活动让中国作家和诗人进一步了解和认识了马雅可夫斯基的文学主张和诗歌的情感特征,使马雅可夫斯基成为当时文坛上人们耳熟能详的外国作家,助推了马雅可夫斯基及其作品在大后方的译介和接受热潮。

据查证,马雅可夫斯基的诗歌作品在大后方的译介数量和已有的统计相比要丰富很多,表 2-3 就是对相关信息的展示。鉴于抗战大后方主要以重庆、桂林和昆明等地为中心,本书对其译作的统计也主要以这三个地方的文艺期刊和出版物为依据;同时,由于抗战大后方的文艺期刊保存不完整,致使统计只能在一定范围内展开,最后的数据和收集的资料也只能做到大体反映原貌。需要说明的是,由于抗战时期人们对马雅可夫斯基的译介没有统一的译名,因此统计的时候就以原始期刊和出版时的译名为准。

---

① 戈茅:《纪念马雅可夫斯基》,《新华日报》,1939 年 4 月 14 日。
② 根据已有的资料查证,抗战大后方的确在 1939 年和 1940 年两次举办了纪念马雅可夫斯基逝世十周年的活动,显示出人们对这位苏维埃诗人译介的迫切心情。(参阅文天行编:《国统区抗战文艺运动大事记》,成都:四川省社会科学院出版社,1985 年,第 106~132 页。)

表 2 - 3　马雅可夫斯基诗歌的翻译情况

诗歌名称	译 者	发 表 刊 物	发 表 时 间
《最好的诗》	（不详）	桂林《野草》	2 卷 1~2 期,1941 年 4 月 1 日（玛雅可夫斯基纪念）
《芝加哥》	（不详）	桂林《野草》	同上
《破坏者与杀人屠夫》	魏荒弩	桂林《文艺生活》	2 卷 1 期,1942 年 3 月 15 日
《开会迷》	魏伯	桂林《诗创作》	第 7 期（翻译专号）,1942 年 1 月 29 日
《好和不好》	庄寿慈	桂林《诗创作》	第 7 期（翻译专号）,1942 年 1 月 29 日
《裤中的云》	林啸	桂林《诗创作》	第 9 期,1942 年 3 月 30 日
《乌拉地米尔·伊里契·列宁》	（不详）	桂林《诗创作》	第 18 期,1943 年(具体出版日期不详)
《援助中国》	张叔夜	桂林《文学报》	第 2 号,1942 年 6 月
《与列宁同志谈话》	李育中	桂林《文化岗位》（《救亡日报》副刊）	1940 年 11 月 1 日
《我们的行进》	邹荻帆	重庆《诗丛》	第 6 期（具体出版日期不详）
《诗人的自白——〈好〉一诗的断片》	春江	重庆《新华日报》	1940 年 4 月 14 日
《打击乌兰格尔——〈罗斯他的讽刺的窗子〉之一》	宝权	重庆《新华日报》	1940 年 4 月 14 日
《列宁的葬礼——〈列宁〉一诗的断片》	宝权	重庆《新华日报》	1940 年 4 月 14 日
《我的自白》	原松	重庆《七月》	第 7 集第 1、2 合刊,1941 年 9 月
《好》	王春江	重庆《文学月报》	1 卷 4 期,1940 年 4 月 15 日
《呈给同志涅特》	穆木天	重庆《文学月报》	1 卷 4 期,1940 年 4 月 15 日
《苏联三大诗人代表作》①	张叔夜	桂林文学编译社	1942 年 8 月初版

①　这是抗战大后方唯一以作品集的形式出版的马雅可夫斯基作品,其他均散见于报纸杂志上,其中收录了叶赛宁、勃洛克和马雅可夫斯基三人的作品。除此之外,抗战期间单独出版的马雅可夫斯基诗歌的单行本是 1937 年上海马达出版社出版的万湜思根据世界语翻译的《马雅可夫斯基诗选》,这也是抗战期间马雅可夫斯基作品唯一的单行本,不属于抗战大后方译介的范畴。直到 1947 年,才又出版了其诗歌的单行本《列宁是我们的太阳》,之分译,上海:海燕书店初版,1947 年。

　　抗战大后方主要翻译了马雅可夫斯基的 16 首诗歌作品和一部诗歌合集,其情感内容主要表现的是苏联人民在共产党的领导下和白匪军英勇作战,最后迎来解放和自救,比如《列宁的葬礼》《打击乌兰格尔》《好》等诗篇。也有诗篇是抒发对共产国际领导人列宁的崇敬之情,比如写于 1920 年 4 月的《乌拉地米尔·伊里契·列宁》是专为列宁的 50 寿辰而作,《与列宁同志谈话》等也表现出马雅可夫斯基的国际共产主义情怀。此外,有译诗是直接针对中国受压迫的大众而作,比如《援助中国》一诗直接抒发了诗人反对帝国主义对中国人民生活的干预和对中国领土的侵略,尽管在他 1930 年去世的时候日本侵华战争还没有爆发,但这样的诗歌自始至终都会激励着中国人去反对压迫,为个人及民族的自由和解放展开顽强的斗争。综观其诗歌的这些译本,我们很容易领受其对中国人民和社会建设的积极影响:一方面增强了中国人民的抗敌信心,另一方面也让中国人对战后中国社会的建设充满了期待,和苏维埃共和国一样的理想社会开始在大后方民众的心里萌芽。从这个意义上讲,大后方对马雅可夫斯基诗歌的翻译对中国社会的影响是极为深远的,远非止于抗战的短期目标。

　　抗战大后方除翻译了马雅可夫斯基的诗歌作品之外,也翻译了多篇苏联文艺评论界对他的评论文章。我们用表 2 - 4 统计出大后方翻译的关于其的评论文章:

表 2 - 4　关于马雅可夫斯基评论文章的翻译情况

文 章 名 称	作　者	译　者	发 表 刊 物	发 表 时 间
《忆马耶可夫斯基》	尼库林	(不详)	桂林《野草》	1 卷 2 期,1940 年 9 月 20 日
《玛雅科夫斯基的讽刺》	克坦杨	(不详)	桂林《野草》	2 卷 1~2 期,1941 年 4 月 1 日(玛雅可夫斯基纪念)
《作为讽刺家的马雅可夫斯基》	卡塔尼阳	冬山	桂林《文化岗位》(《救亡日报》副刊)	1940 年 7 月 31 日
《论玛耶哥夫斯基》	亚尔干娜达	孟昌	同上	1940 年 9 月 30 日
《回忆马耶可夫斯基》	马耶可夫斯基	沙金	重庆《诗丛》	3 卷 4 期(具体出版日期不详)
《论马耶克夫斯基——苏维埃时期的最好诗人》	V.卡坦阳	张原松	重庆《七月》	第 6 集第 1、2 合刊,1940 年 12 月

文 章 名 称	作 者	译 者	发表刊物	发 表 时 间
《伟大的人民之子——马雅可夫斯基》	杜勃洛夫斯基	范剑涯	重庆《新华日报》	1940 年 4 月 14 日
《怎样读玛雅可夫斯基的诗》	阿舍也夫	彭慧	重庆《文学月报》	1 卷 4 期，1940 年 4 月 15 日

马雅可夫斯基评论文章的翻译有助于中国读者更详细地认识他本人以及诗歌的战斗性和鼓动性。在统计到的这八篇文章中，有三篇是宽泛地论述马雅可夫斯基创作经历和诗歌情感基调的，有两篇是谈其诗歌抒发了人民大众情感的，有两篇是专门谈论其讽刺诗特征及其积极的社会作用的，有一篇是讨论如何阅读和鉴赏其诗歌的。从这些文章中我可以清楚地认识到马雅可夫斯基的创作源于革命的现实和大众的生活："诗人在革命期间的生活是过的并不容易的，然而他却享有了这时期的火花四射的复杂性，离奇的现实，急剧的发展，以及自他内心发生的伟大的情绪和惊人的韵律。革命给他的天才展开了无际的地平线，扩大了他作为一个诗人的工作范围，给予了他亲近千百万只耳朵的机会。这便是他的诗歌的元素和题材，和他的生活的内容。"①同时，这些文章也阐发了抗战时期大后方乃至整个中国文坛对文艺发展路向的诉求，折射出对诗人和作家队伍应该勇于承担社会责任的号召是当时中国大后方抗战文艺理论的有机构成部分。

俄国文论家日尔蒙斯基在《俄罗斯文学中的歌德》一文中说："文学作品的翻译，尤其是语言大师、作家、而不是职业翻译家翻译的作品，总是为了迎合某一文学—社会集团在特定历史阶段的意识形态的需要。"②抗战时期大后方对马雅可夫斯基及其诗歌的译介是特定历史阶段的意识形态的需要，对当时中国抗战诗歌创作产生了积极的影响。

（二）

为什么马雅可夫斯基的作品会在大后方得到广泛的译介呢？其作品被译介到大后方后又对中国诗坛产生了怎样的影响呢？下面将在分析马氏诗歌译介原因的基础上，指出他的诗歌译本之于抗战大后方诗坛的重要意义。

---

① 〔苏〕V.卡坦阳：《论马耶克夫斯基——苏维埃时期的最好诗人》，张原松译，《七月》（第六集第一、二合期），1940 年 12 月。

② 引自谢天振：《译介学》，上海：上海外语教育出版社，1999 年，第 107 页。

　　抗战大后方文艺界之所以会举办纪念马雅可夫斯基的系列活动并热情地翻译他的诗歌，主要还是抗战时期特殊的时代语境对文学产生了特别的诉求。翻译家杨晦主张："从事文学翻译应该有明确的目的性。我们花费了许多心血把异域的果实移植到中国来，到底为的是什么？我们为什么要译这一部而不译另一部书？我们为什么要介绍这一位作家而不介绍另一位作家？这些都是应该经过认真的思考，从而逐渐消除盲乱译的现象。"①马雅可夫斯基在抗战大后方文坛的"活跃"正好说明了翻译的目的性。在战火连天的动荡年代，国家和民族的命运危在旦夕，具有生命关怀倾向的诗歌自然要让步于具有生存意识的诗歌，作品要充盈着"大我"情怀并张扬"炸弹"和"旗帜"的社会功能，多数文学包括翻译作品不得不服从当时中国社会的主题——抗战。与此同时，与社会现实隔离的"纯诗"不得不居于次席，激发人们的抗日精神也就成了诗歌艺术和精神在特定阶段的本质表现，战斗性和民族性自然成为抗战诗歌最重要的属性。马雅可夫斯基的诗歌演绎着战斗的主旋律，他认为"艺术是政治斗争的工具"、革命是"我的革命"②，从而并全身心地投入到革命的激流中，把笔当成武器，与拿枪的战士们一起迎向敌人：

　　　　我
　　　　把自己全部
　　　　诗人的响亮的力量
　　　　都献给你
　　　　进攻的阶级
　　　　——马雅可夫斯基：《乌拉地米尔·伊里契·列宁》

　　马雅可夫斯基的诗歌因具有高昂的战斗激情且富于煽动性，他号召大众团结起来反对侵略战争，保卫自己的家园。日本发动的侵华战争使中国陷入前所未有的灭族亡种的危难之中，面对日寇惨无人道的杀戮，中国人民澎湃的抗敌情绪需要更快更强地激发和表达出来。然而，"雨巷"的宁静哀婉、"康桥"的浪漫愁思、抽象晦涩的现代主义诗歌等都无法更好地展现人们的情绪；爱国主义激情、满腔愤怒和战斗呐喊需要通过直白的语言和无所束

---

① 巴金：《当代文学翻译百家谈》，北京：北京大学出版社，1989年，第321页。
② 马雅可夫斯基：《〈马雅可夫斯基选集〉（第一卷）·前言》，北京：人民文学出版社，1984年，第14页。

缚的形式宣泄表达出来,唯有如此才能达到鼓舞民众和提高抗战情绪的目的,这也成为抗战大后方诗歌最直接的战时任务。与此相应,翻译介绍国外富有抗战激情的诗篇也成为翻译界迫切的任务和主要目标,当时就有学者撰文认为中国抗战语境需要和欢迎马雅可夫斯基,因为抗战爆发后中国诗歌里"正缺少未来主义爆炸性的力和新形式的美"①。也有学者认为中国诗人需要像马雅可夫斯基那样担当起拯救民族的使命:"目今的现实却的确要求我们产生一些惠特曼,或玛耶阔夫斯基……的。没有新的惠特曼,玛耶阔夫斯基担不起现阶段诗人的伟大的任务。"②马雅可夫斯基的作品无疑在内容和情感上具有这样的时代性,因此被很多诗人翻译介绍到了抗战时期的中国大后方文坛。

马雅可夫斯基的译介与他作为一个知识分子积极投身人民解放运动的行为有关,亦即马氏可以作为抗战时期中国作家的榜样,对其译介有助于鼓舞作家关注抗日战争。马雅可夫斯基一开始就是以革命鼓动者的身份被译介到中国文坛的,茅盾20世纪20年代曾这样刻画过这位新俄诗人:"1917年,他和同志加入了布尔塞维克党,自此以后,他的一支锋利的笔就全为布党效力了。他最近出版得一本小册子,是一篇长诗,名曰《150,000,000》,为抗议俄国封锁而作的。"③抗日战争爆发以后,很多诗人作家怀着拯救民族和大众的崇高理想走出书斋,纷纷加入到战争的洪流中,但也有部分作家无视民族的生存危机而"躲进小楼成一统"。以大后方作家为例,抗日战争进入相持阶段以后,抗战诗歌的发展开始走向理性的思考和情感的提炼,不再像抗战初期那样洋溢着澎湃的激情。诗人的创作于是显得比较沉闷,以至于人们认为1941年以后的抗战诗歌走向了低谷。"文协"1941年底召开的"一九四一年文艺运动的检讨"的座谈会上,与会者就1941年的文艺发展出现了低谷的原因进行了分析,邵荃麟认为客观上的主要原因是:"(一)我们知道文艺运动是文化运动的一部分,而文化运动又不能和整个政治动向分离。政治朝低潮走,文艺运动自然也免不了受影响。(二)是整个文化中心据点的转移。从前人后方有重庆、桂林、上海等三大文化据点,现在在重庆的文化人因为环境困难很多呆不下去,纷纷走开了,上海也不能立足。留下的只有桂林一大据点。现在虽然又增加了香港这个据点,但因为交通及种种关系,香港这一据点对内地的影响却很少。整个文化工作朝低潮的路走,

① 李育中:《玛耶阔夫斯基8年忌》,《文艺阵地》(创刊号),1938年4月。

② 蒲风:《关于前线上的诗歌写作》,《抗战诗歌讲话》,广州:诗歌出版社,1938年。

③ 沈雁冰:《未来派文学之趋势》,《小说月报》(第13卷第10期),1922年10月。

文艺当然也受了影响。过去文艺运动蓬勃时出版的许多文艺刊物,这时也相继停刊,这是第二个原因。(三)是现实主义的困难。我们知道文艺工作需有自由的环境,才能够发展,如表现现实受的限制太大,是能够影响到它的发展的。其次是交通的困难,各地所出东西,无法自由流通"①。除了这些客观原因之外,文艺工作者自身的不足也会造成文艺运动走向低潮。首先是"文艺理论和文艺批评不曾建立",没有理论为作家的创作指明方向,也没有批评文章对作家创作中的不足进行规劝,"文艺理论、文艺批评的贫乏,使创作朝衰落的路走。"第二是"文艺工作者生活的没有保障",抗战开始以后,作家的稿费不断下跌,"在抗战前可以有职业作家,到现在就不可能有了,写作成了一种副业。"比如艾芜抗战前是一个职业作家,但是抗战开始后由于生活所迫而不得不去教书,作家从事第二工作自然会把写作的时间和经历分散,没有时间去创作。第三是"作家跟现实接触的机会少",抗战开始的时候,有大批作家到战地去,"文协"还专门组织了战地访问团,但是1941年以后很多作家纷纷转到了后方。这一时期的作家"和现实生活隔离,生活自然平凡,便难于写出有血有肉的作品,就是勉强写了,也未免失之于概念化。因为在前方的许多事情,是我们在后方的人无法理解的"②。这次座谈会所谈到的内容尽管涉及很多客观的现实因素,但部分作家对抗日战争的漠视却是已然的事实。因此翻译介绍和评论马雅可夫斯基的文章,可以让很多作家明白在民族发展的转折期自己作为知识分子应该承担的责任,应该肩负起人民大众给予的期望。例如《伟大的人民之子》一文这样写道:"伟大的社会主义革命,对于整个的俄罗斯知识分子,是一个历史的路程碑,一条十字路,他们必须停下来,选择他们的去处……因为工人群众的热情地期待着从奴隶的枷锁得到解放,马雅可夫斯基就以他全部烈火般的热情与巨大的天才投身于一个苏维埃文学家的工作,于一个知识分子的工作。"③中国作家在民族抗战期间也必须选择自己的"去处",选择为了大众而投身革命的"知识分子的工作",很多译文介绍的马雅可夫斯基的文学创作道路和文学精神不正是中国作家的战时道路吗? 抗战爆发后,有人就认为中国抗战时期的诗人缺少创作的榜样,而马雅可夫斯基"是在炮火中来去过的,

---

① 《一九四一年文艺运动的检讨》(座谈会记录)(雷蕾整理,《文艺生活》(第1卷第5期)),1942年1月15日。

② 《一九四一年文艺运动的检讨》(座谈会记录)(雷蕾整理,《文艺生活》(第1卷第5期)),1942年1月15日。

③ 〔苏〕杜勃洛夫斯基:《伟大的人民之子——玛雅可夫斯基》,范剑涯译,《新华日报》,1940年4月14日。

今天中国许多诗人,也在炮火中孕育着、歌唱着,我们少不了一个可以成为我们模范的人物,我们就是选中了他。"①这直接道出了其被译介的原因就是他之于中国抗战时期的诗人具有榜样作用,有助于鼓舞作家投身到民族解放战争的洪流中去。

马雅可夫斯基诗歌的翻译践行了中国抗战诗歌的理论号召。抗战时期大后方的诗人和文艺工作者们首先认识到诗歌应该和民族的抗战现实结合起来,诗歌的社会责任和民族责任成了人们在特殊的时代环境中衡量诗歌是否适宜生存的主要标尺。1938 年 1 月中旬,艾青、东平、聂绀弩、田间、胡风、冯乃超、萧红、端木蕻良、楼适夷、王淑明等知名作家和诗人以《七月》社的名义举行了"抗战文艺座谈会",主要就抗战时期的诗歌和其他文学样式进行了研讨,就抗战时期的诗歌表现形式而言,胡风认为达达主义是抗战中不健康的文学表现形式,不能把它当做一种新形式加以肯定和推广。楼适夷对什么是抗战时期诗歌最适合的表现形式发表了看法:"我们要求的新形式,要更大众化,可以多方面的表现生活,绝不是向神秘的道路走的。如像诗歌的报告诗、朗诵诗。"②老舍也从诗歌表达形式方面阐述了自己对抗战诗歌的理解:"在技巧上,不论音节文字要普遍的使民众接收,普遍的激励民众。"③读马雅可夫斯基作品的译本,我们确实会感受到译者在语言和形式对抗战诗歌大众化方向的实践,也自然会受到中国诗坛的欢迎。

马雅可夫斯基诗歌的中译本成为中国抗战诗歌不可或缺的有机构成部分。日本的入侵使整个中华民族面临着生存的危机,这要求全中国人民团结起来以各种各样的方式参与并支持民族的正义之战。诗人作为社会的精英阶层理应担负起抗战救国的重任,诗歌也理应成为斗争的武器之一。1937 年 8 月 30 日,上海《救亡日报》刊载的《中国诗人协会抗战宣言》宣称:在这种全国抗战的非常时期里,诗歌工作者"目前最迫切的任务,就是将我们的诗歌,武装起来:我们要用我们的诗歌吼叫出弱小民族反抗强权的激怒;我们要用我们的诗歌,歌唱出民族战士英勇的成绩;我们要用我们的诗歌,描写山在敌人铁蹄下的同胞们的牛马生活。我们是诗人也就是战士,我们的笔杆也就是枪杆。拿起笔来歌唱吧,后方的同胞们正需要我们的歌,以

---

① 李育中:《玛耶阔夫斯基 8 年忌》,《文艺阵地》(创刊号),1938 年 4 月。
② 《抗战以来的文艺活动动态和展望》(座谈会记录),《七月》(2 集 1 期),1938 年 1 月 16 日。
③ 《我们对于抗战诗歌的意见》(诗歌座谈会记录),《抗战文艺》(第 3 卷第 3 期),1938 年 12 月 17 日。

壮杀敌的勇气!"①具有强烈号召性和煽动性的诗歌是当时诗坛的急需品,迅速翻译外国富有战斗性的作品为抗战服务也相应地成为发展抗战诗歌的有效路径,正如五四时期白话新诗的译介一样,译诗当时不仅是新诗创作模仿的对象,而且还参与了早期的新诗建设,成为检验并实践新诗创作理念的有力手段。作为具有世界性影响力的革命诗人,马雅可夫斯基的街头诗、政治讽刺诗、朗诵诗以及向往光明、追求美好生活的叙事诗等正是中国抗战时期所需要的诗歌类型,这些作品被翻译成中文以后和中国诗人创作的抗战诗歌一道肩负起了民族救亡的社会责任。试以《打击乌兰格尔》一诗为例:②

> 要吃得饱,
> 怎么办?
> ——打击乌兰格尔!③
> 要有火烤,
> 怎么办?
> ——打击乌兰格尔!
> 要穿得好,
> 怎么办?
> ——打击乌兰格尔!
> 打击乌兰格尔,
> 用手紧握着枪杆!
> 出路只有一条,
> 没有第二条出路可打算!

短短的诗行中连续四次使用了"打击乌兰格尔",这是多么强烈而有力的战斗口号。要想吃得饱,有火烤,穿得好,怎么办?出路就是拿起枪来打击乌兰格尔。该译诗所表达的情感与中国当时的现状十分相似,中国人民要想过上好日子,"出路只有一条,没有第二条出路可打算",那就得拿起枪来打击日本法西斯。

人们在不同时代对翻译作品怀有迥异的阅读期待,马雅可夫斯基诗歌

---

① 《中国诗人协会抗战宣言》,上海《救亡日报》,1937 年 8 月 30 日。

② 〔苏〕马雅可夫斯基:《打击乌兰格尔》,宝权译,《新华日报》,1940 年 4 月 14 日。

③ 乌兰格尔是为白军的将军,当苏联国内战争时,盘踞于南俄克里米亚一带,终于在 1920 年底被苏联红军击溃。

作品的战斗精神和大众化创作路向契合了大后方的文学创作，因此受到了翻译界的关注，成为抗战大后方诗歌译介的重点。

（三）

抗战大后方文艺界出现的马雅可夫斯基翻译热潮不仅对繁荣大后方诗歌起到了积极的推动作用，而且还带动了整个中国抗战诗歌的发展。本部分将从诗歌的战斗精神、街头诗、政治讽刺诗和朗诵诗等方面来论述马雅可夫斯基诗歌的翻译所产生的影响。

首先是战斗精神。成千上万的民族同胞在遭受法西斯惨无人道的轰炸和肆意屠杀时，有良知和担当意识的诗人不可能安静地躲在象牙塔内寻求艺术的"美与真"，不可能为了追求智性化的诗思而与社会时代相脱离，很多诗人毫不犹豫地站出来肩负起号召民众抗争的责任。在这样的情况下，苏联诗人马雅可夫斯基为祖国和人民的英勇战斗热情歌唱的精神深深地打动了中国诗人，其作品表现出来的斗争意志契合了中国诗人内心的呼唤，形成了苏联诗歌乃至世界抗战诗歌的"光荣传统"①。我们姑且以下面的诗行来了解马雅可夫斯基诗歌具有的刚性情感：

> 听我说，
> 戴着红星的人，
> 我，红色的歌者
> 和你们
> 一同前进吧！
> 我是
> 你们中间的一个
> 你们的敌人
> 也是我的敌人！
> 他们来了吗？好。
> 我们随时在等待着命令！
> 像风里的灰尘一样，
> 我们把这些
> 侵犯我们疆土的人

---

① 戈宝权：《马雅可夫斯基的光荣传统——从"罗斯他通讯社的窗子"谈到"塔斯通讯社的窗子"》，《新华日报》，1943 年 4 月 14 日。

赶出去!

——马雅可夫斯基:《诗人的自白》(《好》一诗的断片)①

"我们把这些/侵犯我们疆土的人/赶出去!"这是多么震撼人心的口号,喊出了中国人民积压在心中的怒火。马雅可夫斯基的诗篇如《我们的进行曲》《左翼进行曲》《战争与和平》等都展示着革命的精神,该精神随着其诗歌被翻译到中国抗战诗坛之后,对中国抗战诗歌产生了深远的影响。比如诗人田间曾说过:"我不是街头诗的创造者,也并不是'罗斯塔之窗'的模仿者,马雅可夫斯基的革命热情对我有启发。"②被闻一多誉为"时代的鼓手""擂鼓诗人"的田间,正是在马雅可夫斯基诗歌战斗精神的启示下创作出的作品充满了革命精神,其很多优秀的政治抒情诗如《给战斗者》表达了人民反抗侵略的决心,鼓舞了人民的战斗意志;他的街头诗如《假使我们不去打仗》,短短五行却充满了战斗的力量。马雅可夫斯基诗歌的战斗精神对中国抗战诗歌的影响除了体现在田间的创作中外,也对中国诗歌会成员蒲风产生了直接影响,他在《打起热情来》中曾说道:"对于普式庚,对于玛耶阔夫斯基,我们尤其需要学习,学习普式庚之热情和为自己相关联的社会现实而歌唱,学习玛耶阔夫斯基之为政治经济社会的动态而燃起了歌唱的热情。"③马雅可夫斯基诗歌的战斗精神对蒲风的影响不仅体现在诗学观念上,更直观地通过诗歌创作呈现出来。比如蒲风1939年出版的用客家方言写的叙事长诗《林肯,被压迫民族救星》,赞扬了美国第十六任总统林肯在美国南北战争期间,为维护联邦统一而逐步废除奴隶制度和解放黑人所做的努力。这与马雅可夫斯基所作的革命史诗《列宁》把列宁和党、革命人民和革命的未来融为一体加以热情讴歌的构想有着异曲同工之妙,他们诗歌中的战斗风格都是在激励人们团结起来为民族的未来去战斗。正是抗战诗歌体现出来的昂扬斗志和革命激情,鼓舞着中国人民在极其艰难的条件下展开了与日本侵略者殊死的战斗,并在这股强大精神的支撑下最终取得了民族战争的伟大胜利。

其次是街头诗。街头诗是在抗战这个特定时期流行起来的一种诗体形式,其短小精悍的文体特征正好适应了抗战时期的紧张环境,街头诗创作在

---

① 〔苏〕马雅可夫斯基:《诗人的自白——〈好〉一诗的断片》,春江译,《新华日报》,1940年4月14日。

② 田间:《写在〈给战斗者〉的末页》,《田间研究专集》,杭州:浙江文艺出版社,1984年,第88页。

③ 蒲风:《打起热情来》,《蒲风选集》(下),福建:海峡文艺出版社,1985年,第720页。

大后方曾一度焕发神采。然而，就是这种最适合抗战需要的诗歌的兴起也与其时人们对马雅可夫斯基的翻译介绍分不开，换言之，如果没有大后方积极的翻译介绍其人其诗，中国很难掀起蓬勃的街头诗运动。然而需要特别指出的是，马雅可夫斯基对中国街头诗创作的影响更多的体现在诗歌的精神层面上，在形式上则影响甚微。我们可以从很多评论文章中感受到他的诗歌带给我们的力量和精神，比如戈茅说："马雅可夫斯基的诗，是强力的音响和激烈的鼓动，那决不是摆在屋子里的诗，而是立在大街上，广场上，群众中大声的呼喊和非常感动歌唱的诗。"①戈宝权在论述马雅可夫斯基的诗歌情感时写道："同伴们，去，走向边垒！去向心灵的前哨线上！谁放弃了没落的格调、音调，谁便是真诚的共产党人。……街道——我们的画笔，广场——我们的色板。革命的伟大史实，还没有完成。未来的同人呀，进到街头去！作为鼓手，又作为诗人！"②其诗歌的精神不仅鼓舞了中国人民的抗战精神，而且对中国街头诗创作也带来了启示，关于街头诗的兴起与外国诗歌的关系问题，田间曾自述道："一九三四年左右，我在上海参加革命工作和初学写诗时，……当时看过一点有关马雅柯夫斯基的论文，对诗如何到广场去，如何在'罗斯塔之窗'③等等，其革命精神，吸引了我。我们后来（一九三八年八月）在延安发动街头诗运动，和这有一些关系。"④这句话引起了人们对街头诗文体渊源的误读，几乎所有研究街头诗的文章都认为马雅可夫斯基的诗歌影响了中国抗战街头诗的创作⑤，不曾想到这种文体在马雅可夫斯基的作品译介到中国之前就有了。街头诗不是抗战时期才有的诗歌文体，只是宣传抗战的现实助长了它的兴盛，田间所说的仅仅是马雅可夫斯基的革命精神对他的创作产生了影响，而不是说街头诗创作在艺术形式上对

① 戈茅：《纪念马雅可夫斯基》，《新华日报》，1939 年 4 月 14 日。
② 戈宝权：《马雅可夫斯基的光荣传统——从"罗斯他通讯社的窗子"谈到"塔斯通讯社的窗子"》，《新华日报》，1943 年 4 月 14 日。
③ "罗斯塔之窗"（Window of Losta）：苏联国内战争时期，国家通讯社罗斯塔印行的宣传画。由马雅可夫斯基和宣传画家切列姆内赫在莫斯科根据通讯社的电讯稿，改画成一种富于战斗性的政治宣传鼓动画，张贴于通讯社的橱窗和街道商店里，故称罗斯塔之窗。其利用诗画并茂的形式，通俗易懂，发挥了战斗作用，得到列宁的好评。在其存在的近三年中，共创作出约 1 600 种作品。被认为是生活直接创造出来的一种新形式。对苏联其他许多城市的画家产生了很大影响。（引者加）
④ 田间：《〈给战斗者〉重印补记》，《文汇报》，1978 年 7 月 11 日。
⑤ 比如郭怀仁的《田间与街头诗》（《文艺理论与批评》，1995 年 4 期）认为："田间虽然没有亲历其境，对马雅可夫斯基的诗也读得甚少，但他们的主张和做法却在田间脑海里留下深刻印象。"潘颂德的《抗战时期街头诗理论批评述略》（《固原师专学报》，2000 年 5 期）认为："田间等人提倡街头诗，一方面是受了苏联马雅可夫斯基等革命诗人在苏联内战时期将短小的诗作展示在街头橱窗做法的影响。"

马雅可夫斯基的作品有所借鉴。关于这一点,我们还可以从 20 世纪 80 年代田间的文字中得到证实:"有不少人问过我,包括一些国外人士,他们问,街头诗和马雅柯夫斯基'罗斯塔之窗'有什么关系? 我曾经回答过,在抗战前夕,在上海,有人介绍过他对诗的一些理论,其中说到他主张'诗到广场去',我对他的这种革命精神,是很赞同的,对我自己也有某些影响。我们的街头诗,也有他的这种因素。"①我们由此可以推断,马雅可夫斯基的对中国抗战街头诗的影响仅仅停留在精神层面,并未深入到诗歌文体内部。街头诗在重庆、桂林、昆明等大后方文化城市受到了进步文艺工作者的欢迎,比如胡风在重庆主编的《七月》杂志就陆续刊登过田间的街头诗,在《七月》1940 年 2 月号中还专设了《街头诗小集》栏目。大方后稍后迅速发展起来的街头诗运动很明显是受到以田间、柯忠平为代表的街头诗人的影响,这就形成了一种受马雅可夫斯基的间接影响的大后方街头诗创作运动。当然,"落户"重庆的"文协"与苏联文艺界密切的文化交流,对优秀的苏维埃诗人马雅可夫斯基的集中译介等,也是造成重庆等大后方城市兴起街头诗热的诱因。

第三是政治讽刺诗。马雅可夫斯基在苏联诗坛上以创作政治讽刺见长,其讽刺诗就像坚硬的铁锤敲打着社会的黑暗和腐朽,当列宁读了他的政治讽刺诗《沉湎在会议中的人们》时曾这样说道:"我偶然在《消息报》上读到了马雅可夫斯基关于政治问题的诗,我不是他的诗的才能的崇拜者,在这方面我承认自己简直是门外汉。但是从政治和行政的观点看来,我久已没有感觉得像这样满意了。他在这篇诗里,热烈的嘲笑会议,和嗤笑那些沉湎在会议里面的党员。从诗的方面看来,虽然不知道怎样,但从政治方面看来,我保证这完全是正确的。"②1941 年之后,大后方对马雅可夫斯基的译介更多地侧重于讽刺诗,这与当时国统区生活的压抑、国民党政府对言论的限制与出版的苛刻审核有密切关系。诗人王亚平说:"诗人为了抒发自己的,民众的,以及民族的悲苦,仇恨,而不能或不愿用正面讴歌的创作方式的时候,于是就采用了从侧面,背面给予锐利的讽刺。这样产生的作品,便是政治讽刺诗。"③袁水拍、臧克家等诗人从真实的社会现实出发,采用讽刺诗的方式写出了当时社会最本质而阴暗的地方。比如袁水拍的《马凡陀的山歌》在大后方广为流传,该诗对国统区人民朝不保夕的生活处境和昼夜不宁的

---

① 田间:《街头诗札记》,《文艺研究》,1980 年 6 期。
② 戈茅:《纪念马雅可夫斯基》,《新华日报》,1939 年 4 月 14 日。
③ 王亚平:《论政治讽刺诗》,《新华日报》,1942 年 3 月 20 日。

政治环境作了有力的批斗,其中《冻结》一诗讽刺了国民政府要员的自保与无视民间疾苦,同时道出了士兵和难民的悲苦生活:

> 衙门里霉烂了布,
> 仓间里霉烂了米。
> 认了洋爸爸的存款,
> 霉烂在美国银行里。
> 这里的士兵喝稀饭,
> 一件衣服正反替换穿。
> 老百姓吃苦,拼死抗战,
> 三万万美金闲着没事干。
> 难民流浪在
> 雨雪交加的都匀,独山,
> 美金流浪在
> 纽约城里看大腿。
> 一样的冻结,
> 两般的滋味。

第四是朗诵诗。朗诵诗在抗战爆发后成为一种最有力的宣传工具,其由纸上死的语言走向口头活的语言的写法顺应了抗战时期文艺大众化、口语化的通俗发展方向。正是因为语言上的通俗化乃至土白化、形式上的自由化、情感上的强烈化、韵律上的音乐化等文体特征,使朗诵诗成为最适合在抗战时期发动大众积极抗战的文体形式。朗诵诗的流行固然有时代环境的原因,而译介马雅可夫斯基等人可诵性的诗歌则对其发展也起到了辅助性的推动作用。马雅可夫斯基是朗诵诗的积极倡导者,他的诗极具节奏和韵律,"从一九二六年起,马雅可夫斯基常到苏联各地去'行吟',四年中走遍五十四个城市,在工厂、部队、学校等处朗诵诗……"①他自己说:"我/不惯琢字磨句/去谄媚/视听。……我踏过/抒情的篇章/荷了/自己生命的声音/投向活耀的人们。……我的诗/将粉碎几千年来忍受着的重链/荷有艰苦的赋命!"②他很注重诗的听觉效果,认为"每首诗里,都有成百条最微妙

---

① 〔苏〕马雅可夫斯基:《〈马雅可夫斯基选集·前言〉》(上卷),上海:上海译文出版社,1981年,第9页。
② 戈茅:《纪念马雅可夫斯基》,《新华日报》,1939年4月14日。

的拍子的与其它起作用的特点——它们是除了匠师本人以外谁也传达不出来、除了声音以外谁也传达不出来的东西"①。在抗战时期,中国需要的正是这种为人民呐喊的不惯琢字磨句的刺刀般的诗句。在谈及中国抗战时期朗诵诗的发展所受外来影响的时候,高兰说:"在苏联呢,是一个诗歌朗诵更为盛行的国家。……在那个时候,特别是倍兹免斯基他是一个最出色的朗诵者。在同时有名的诗人而又是朗诵者的,还有节米扬白德内尼、乌拉米尔·赫莱勃及可夫、叶赛宁、马耶可夫斯基,还有女名优格索夫斯客亚等,都是极负盛名的诗歌朗诵家。"②他说:"新的诗歌朗诵,除了批判继承古代的吟诵传统外,同时又是一种从国外移入的艺术形式。……当时苏联的无产阶级优秀诗人马雅可夫斯基的事迹,他那革命的、响亮的、有力的声音,也同样震撼着中国正义诗人的心,在他们心弦上产生出强烈的共鸣。"③在马雅可夫斯基逝世十周年纪念会上,中苏文化协会在重庆举行了诗歌晚会,光未然、高兰等人朗诵了马雅可夫斯基的原作或译作等,更是从实践上证明了马雅可夫斯基对抗战大后方朗诵诗的影响。

苏联文论家杜勃洛夫斯基在名为《伟大的人民之子——玛雅可夫斯基》一文中这样写道:"他们高声歌唱,他们这样温暖有力地,光辉照耀着,在他们前面,就如像在初升的太阳的光芒之前一样,一切的猫头鹰与蝙蝠,必定蹲伏到辽远的角落里,一直到光芒也到达他们的时候。"④马雅可夫斯基是中国人民抵抗外敌的盟友,是引领中国人民朝着光芒万丈的胜利前进的精神动力,对其诗歌的译介极大地推动了大后方抗战诗歌的发展。当然,马雅可夫斯基与中国诗歌之间的关系是丰富的,本书只论述了其中的一个侧面,对其研究还有待进一步拓展。

第二节　抗战大后方对俄苏小说的翻译

抗日战争爆发后,很多作家和学者跟随内迁人群来到重庆、桂林、昆明等城市,促进了大后方文艺的短暂繁荣。俄罗斯和苏联时期的小说也借着

① 常文昌:《马雅可夫斯基对中国新诗的影响》,《兰州大学学报》(社会科学版),1996 年 4 期。
② 高兰:《诗的朗诵与朗诵的诗》,济南:山东大学出版社,1987 年,第 5~6 页。
③ 高兰:《诗的朗诵与朗诵的诗》,济南:山东大学出版社,1987 年,第 10 页。
④ 〔苏〕杜勃洛夫斯基:《伟大的人民之子——玛雅可夫斯基》,范剑涯译,《新华日报》,1940 年 4 月 14 日。

知识分子的内迁潮流而迅速地被译介到中国文坛,致使大后方成为抗战时期俄苏小说翻译的重镇,很多知名小说家如列夫·托尔斯泰、高尔基、莱蒙托夫等人的作品均不同程度地得到了译介,而且有些作品还被改编成大众本在读者中流行,显示出大后方在俄苏小说译介领域的成就。

一 列夫·托尔斯泰小说的翻译

列夫·托尔斯泰(Лев Николаевич Толстой,1828~1910)是俄国著名文学家和思想家,1828 年 9 月 9 日生于莫斯科以南的亚斯纳亚波利亚纳。托尔斯泰一生经历丰富,16 岁进入喀山大学。1851 年参军去高加索,1852 年在《现代人》杂志上发表处女作《童年》,1854 年参加克里米亚战争。1857年去法国、瑞典和德国游历,1860~1866 年再次去西欧旅行,1862 年结婚,在婚后的 15 年中,他依靠自己丰富的人生阅历和艺术才能,创作了两部伟大的作品:《战争与和平》和《安娜·卡列尼娜》,这两部作品在中国几乎家喻户晓。人们在论述托尔斯泰在中国的译介和影响时,往往忽略了 20 世纪 40年代前后的翻译成就[1],而事实上,抗战时期大后方也对托尔斯泰产生了浓厚的兴趣,他的名作《战争与和平》首次得到了完整的翻译和出版,他的其他作品《复活》《安娜·卡列尼娜》这一期也被翻译进中国文坛,有的甚至还出现了多个译本,显示出大后方在托尔斯泰译介方面的成就。

(一)

托尔斯泰作为俄罗斯古典时期的重要作家,其作品在大后方均有翻译介绍,各地出版了 30 多部托尔斯泰作品的译本,主要的报纸杂志上发表了50 多篇其作品的译文,形成了蔚为壮观的译介场面。

抗战时期桂林翻译出版了 16 部列夫·托尔斯泰的作品,包括 12 部小说,1 部寓言集、散文、戏剧和短篇小说集,这些译作大都集中在 1942~1945年出版,其中 1943 年出版的达 12 部之多。托尔斯泰的重要作品《安娜·卡列尼娜》出现了周笕、罗稷南、宋玮等人的五个译本(含合著和再版),不仅是中国托尔斯泰翻译史上的壮举,而且如此集中地翻译同一名家同一名著的现象在整个翻译史上也不多见。桂林翻译出版托尔斯泰的具体作品如

---

[1] 目前专门撰文梳理托尔斯泰在中国译介历程的文章有《托尔斯泰在中国的历史命运》(刘洪涛著,《外国文学研究》,1992 年 2 期),该文重点介绍了 1915~1925 年新文化运动时期对托尔斯泰的译介和接受,1925~1935 年期间对托尔斯泰的译介和接受,然后还专门论述了列宁评价托尔斯泰的六篇文章的翻译情况以及对 1949 年后托尔斯泰接受的影响,该文没有继续梳理 1935~1949 年期间的托尔斯泰译介史,显示出内容上的缺失。

下:《安娜·卡列尼娜》,周笕译,桂林学艺出版社,1942 年;《幼年》(散文),刘盛亚译,重庆/桂林大时代书局,1942 年,收入世界文学名著译丛,这是托尔斯泰的处女作《童年》最早的译本;《爱的囚徒》,译者不详,桂林科学书店,1943 年;《安娜·卡列尼娜》,罗稷南译,桂林学艺出版社,1943 年;《安娜·卡列尼娜》(上中下),宋玮译,桂林文汇书店,1943 年;《安娜·卡列尼娜》,罗稷南译,桂林学生出版社,1943 年;《波慈尼雪夫的爱》,孟克之译,江原出版社,1943 年;《塞巴斯托波尔之围》,孙用译,桂林文艺出版社,1943 年,收入文艺生活丛书;《一个人需要多少土地》,胡仲持译,桂林文苑出版社,1943 年,收入英汉对照文艺丛刊;《小姐——农村姑娘》,林原译,桂林文育出版社,1943 年;《塞巴斯托波尔之围》(短篇小说集),孙用译,桂林文献出版社,1943 年;《鹰和鸡》(寓言集),邹荻帆译,桂林建国书店,1943 年;《少年时代》,不详,桂林河山出版社,1943 年;《安娜·卡列尼娜》(上下),罗稷南、周笕译,桂林文学出版社,1944 年;《黑暗势力》(戏剧),芳信译,世界书局,1944 年,收入俄国名剧丛书;《家庭幸福》,方敬译,桂林文化生活出版社,1945 年,收入文化生活丛刊。

　　抗战时期重庆翻译出版了 16 部托尔斯泰的作品,包括一部童话集、散文集、自传和书信集,两部戏剧和 10 部小说(含一部作品的再版)。托尔斯泰的经典长篇小说《安娜·卡列尼娜》分别出版了小说译本和戏剧译本,《复活》也出现了小说译本和戏剧改编本,《战争与和平》首次被完整地翻译到中国。重庆翻译出版托尔斯泰的具体作品如下:《战争与和平》,郭沫若、高地①译,重庆五十年代出版社,1942 年;《爱情,爱情——克罗采长曲》,邹荻帆译,重庆文书出版社,1943 年,1944 年再版;《哥萨克人》,侍桁②译,重庆文艺奖助金管理委员会出版社,1943 年;《托尔斯泰童话集》,吴承均译,重庆大东书局,1943 年,1944 年、1945 年两度再版;《复活》(托尔斯泰选集)(三册),高植译,重庆/桂林文化生活出版社,1943 年,1944 年再版;《哥萨克人》,侍桁译,重庆文风出版社/重庆建国书店,1944 年,收入文学名著译

---

①　高地即是著名翻译家高植的笔名。高植(1911~1960),安徽巢湖人,著名作家、翻译家。民国 21 年(1932)毕业于中央大学社会系,抗日战争开始后在重庆中央政治学校任教,通晓英、日、俄文,其间翻译了大量的俄苏文学作品。1946~1954 年,先后在南京中央大学、金陵大学任教,也曾任山东师范学院中文系主任。1958 年调至北京时代出版社工作,开始从事专业文艺创作及外国文学的研究和翻译工作。

②　韩侍桁(1908~1987),名韩云浦。笔名"侍桁""索夫""东声"等。天津人。1930 年参加左联。1931 年任中山大学教授。1934 年任中山文化教育馆特约编译。1937 年任中央通讯社特约战地记者、总编室编集审查员。1942 年任重庆文风书局总编。1944 年创设国际文化服务社。1949 年后历任齐鲁大学教授、上海编译所编译、上海译文出版社编译。

丛;《安娜·卡列尼娜》(五幕剧),北鸥译,重庆五十年代出版社,1944 年;
《伊凡·伊里奇之死》,方敬译,重庆文化生活出版社,1944 年;《安娜·卡列
尼娜》,宋玮译,重庆上海杂志公司,1944 年;《复活》(六幕剧),夏衍改编,重
庆美学出版社,1944 年;《托尔斯泰散文集》(第一册),徐迟译,重庆美学出
版社,1944 年;《结婚的幸福》,马耳译,重庆大时代书局,1944 年,收入世界
文艺名著译丛;《幼年·少年·青年》(自传),高植译,重庆文化生活出版
社,1944 年;《农奴的故事》,马耳译,重庆美学出版社,1944 年;《高加索的
回忆》,北芝译,重庆独立出版社,1945 年;《致青年作家及其他》(合著),曹
靖华译,重庆上海杂志公司,1945 年。

　　抗战时期大后方文艺期刊中也发表了大量托尔斯泰的作品。首先就重
庆期刊而言,抗战时期的期刊主要翻译发表了评价托尔斯泰的论文。第一
类主要是从整体上评价托尔斯泰:比如《群众》杂志发表了列宁论托尔斯泰
的文章,分三期连载发表:《列宁论托尔斯泰》(一),〔苏〕列宁,戈宝权,重
庆《群众》(第 8 卷第 6、7 期合刊),1943 年 4 月 16 日;《列宁论托尔斯泰》
(二),〔苏〕列宁,戈宝权,重庆《群众》(第 8 卷第 8 期),1943 年 5 月 1 日;
《列宁论托尔斯泰》(三),〔苏〕列宁,戈宝权,重庆《群众》(第 8 卷第 9
期),1943 年 6 月 1 日。还有《论 L.托尔斯泰》(论文),〔苏〕N.丹钦科,焦
菊隐译,《文艺先锋》,4 卷 2 期。第二类是论述托尔斯泰创作艺术的文章:
《托尔斯泰的艺术观》,〔苏〕雪尔特科夫,曹葆华译,《文艺阵地》,第 7 卷等
3 期。这其中也包含托尔斯泰本人的文章三篇:《论莫泊桑》,冯亦代译,
《中原》,第 2 卷第 2 期;《托尔斯泰论艺术——托氏致亚丽山特洛夫书》,
〔俄〕托尔斯泰,鲁尔译,《文学修养》,2 卷 2 期;《托尔斯泰与艺术——托氏
致 M·A.亚历山特洛夫书》,〔俄〕托尔斯泰,铭之译,《文艺月刊》,11 年 11
月号。后两篇译文其实翻译的是托尔斯泰的同一篇文章,只是译者和发表
的刊物不同而已。第三类是探讨托尔斯泰创作的文章:论托尔斯泰作品主
题的文章《托尔斯泰的乌托邦》,〔苏〕罗多夫,梁纯夫译,《文风》杂志,第 1
卷第 2 期;《〈战争与和平〉是怎样写成的?》,〔苏〕伏尔克夫,白澄译,《文学
月报》,第 2 卷第 4 期;《L.托尔斯泰与 M.高尔基》,庄寿慈译,《文学新报》,
第 2 卷第 1 期;《托尔斯泰的〈活尸〉与法国精神》,〔俄〕明斯基,马宗融译,
《文艺先锋》,3 卷 3 期。另外还有文学史话之类的散文,比如《托尔斯泰出
走与死的真相》,〔俄〕布加郭夫,吴奚真译,《时与潮文艺》(第 1 卷第 1
期),1943 年 3 月 15 日。《时与潮文艺》上还发表了孟克之论托尔斯泰的文
章《托尔斯泰后期作品研究》(第 2 卷第 3 期,1943 年 11 月 16 日)。

　　重庆报刊上翻译发表的托尔斯泰文学作品主要围绕着其长篇小说《复

活》和《战争与和平》,但由于报纸杂志的篇幅限制,这些译作大都是以选译或片段的方式出现。比如《爱与欲(复活之一章)》(小说),高植译,《文艺先锋》,2卷3期。《战争与和平》出现了两个翻译片段:《搬家与救护伤兵》(《战争与和平》片断)(小说节选),郭沫若译,《文学月报》,第2卷第1、2期,1940年9月15日。《沙姆涉佛的游击战》(《战争与和平》之一章),郭沫若、高地译,《抗战文艺》,第6卷第3期,1940年11月1日。重庆报刊上的译作还包括:《苏雷特的咖啡店》(小说),春铃译,《文艺先锋》,第6卷第1期;《舞会之后》(小说),孟十还译,《文艺杂志》,第1卷第4期;《结婚的幸福》(中篇小说),马耳译,《文学修养》,第2卷第3~4期。此外,昆明出版的《孩子们》杂志上发表了《太贵了》(童话),林钟译,1945年第6期。

与重庆报纸杂志注重对《战争与和平》和《复活》的翻译相似,桂林的报纸杂志非常重视对长篇小说《安娜·卡列尼娜》和《哥萨克》(当时侍桁译作《哥萨克人》)的翻译,不仅连载了作品,还翻译了多篇讨论这部经典作品的论文。《创作月刊》是整个大后方译介托尔斯泰最多的刊物,该刊于1942年3月15日创刊于桂林,张煌任主编,现代出版社出版,由华侨书店发行。1942年12月15日由于国内形势的变化而被迫停刊。一共出版了七期,即出版到二卷一期后停刊。编者在发刊词中谈到了该刊的创办目的是"希望着今后本刊能够担当起介绍好作品,研究创作上诸般问题的责任"[1]。《创造月刊》介绍的好作品不仅是中国作家创作的与抗战相关的新作品,富有生活激情的散文和诗歌,而且也包括翻译介绍外国名家的作品,其中主要是俄苏的小说。《创作月刊》连载了宗玮翻译的列夫·托尔斯泰的长篇小说《安娜·卡列尼娜》,并且在1卷6期出版了"短篇翻译小说特辑",出版的七期刊物共计翻译了苏联〔俄国〕、法国、美国、英国和保加利亚等国家的小说,显示出该刊物对翻译文学的重视程度。具体来看,宗玮翻译的《安娜·卡列尼娜》在《创作月刊》第1卷第2号(1942年4月15日)、第1卷第3号(1942年8月15日)、第1卷第4~5合期(1942年10月15日)、第1卷第6期(1942年11月15日)和第2卷第1期(1942年12月15日)上连载发表。此外,宗玮节译的《安娜卡列尼娜之死》,1942年4月15日发表在《文艺生活》第2卷第2期上。关于《安娜·卡列尼娜》的论文译作有:《托尔斯泰的〈安娜·卡列尼娜〉》,〔苏〕勃拉尼夫,小畏译,《人世间》(第1卷第5期),1943年5月25日;《安娜·卡列尼娜的产

生》,〔苏〕E.加尔德,李葳译,《创作月刊》(第1卷第6期)(短篇翻译小说特辑),1942年11月15日。

桂林的文艺期刊除翻译《安娜·卡列尼娜》和与之相关的论文之外,还翻译了托尔斯泰的长篇小说《哥萨克》,彭慧译,在《人世间》上分两期连载,分别发表在第1卷第5期(1943年5月25日)和第1卷第6期(1943年11月5日)。其他译作如下:《叶尔梅克·西伯利亚的征服者》(小说),绘文译,《创作月刊》(第1卷第4~5合期),1942年10月15日;《舞会之后》(短篇小说),孟十还译,《文艺杂志》(第1卷第4期),1942年4月15日。翻译发表的托尔斯泰论文如下:《托尔斯泰的文学遗产》(论文),〔苏〕日丹诺夫,李葳译,《文艺生活》(第2卷第2期),1942年4月15日;《访问托尔斯泰故居》(访问记),〔苏〕加南特,蒋朝淮译,《文艺生活》(第2卷第2期),1942年4月15日。《托尔斯泰对于文艺的见解》(论文),袁水拍译,《文化杂志》(第1卷第4期),1941年11月15日。还有一篇托尔斯泰自己的论文《论艺术》,庄寿慈译,《文化杂志》,1卷4期,1941年11月15日。

抗战大后方出版或发表的托尔斯泰作品,是抗战文学的重要构成部分,也是中国现代翻译文学史上重要的译作。这些译作显示出大后方在中国托尔斯泰译介历程中的重要地位,从文学审美的层面或社会价值的层面上都值得对之作深入探讨。

(二)

上一部分梳理了托尔斯泰作品在大后方的翻译出版和发表盛况,接下来将结合托尔斯泰三大小说名著的译介情况进行分析,以进一步突出大后方在整个托尔斯泰译介历程中的地位和作用。

抗战大后方翻译出版了托尔斯泰的三大长篇小说,预示着托尔斯泰翻译进入了新的历史阶段。首先就《战争与和平》而言,该作品通常被认为是世界文学中最伟大的长篇小说之一,托尔斯泰为写这部宏伟的史诗几乎用了七年时间,无论是作品的规模还是对问题的论述,这部杰作都远远超过了他以往的作品。托尔斯泰在小说的一些章节中阐述了他的历史哲学,并对战争及其发动者大发议论,这比较符合抗战中国的需要,人们对其战争观也持肯定的态度。重庆五十年代出版社在1941年出版由郭沫若和高地合译的《战争与和平》第一至四册;1940年9月15日,《文学月报》发表郭沫若翻译的《战争与和平》中的片段《搬家与救护伤兵》;1940年11月1日,《抗战文艺》发表郭沫若和高地翻译的《战争与和平》中的一章《沙姆涉佛的游击战》。郭沫若是中国《战争与和平》译介中的关键性人物,他从20世纪30年代开始翻译托尔斯泰的长篇小说《战争与和平》，由于国内形势的变化只翻译了前面部分内容，后来与高地（即高植的笔名）翻译的《战争与和平》合二为一，该书前半部分多采用了郭沫若的译文。这是托尔斯泰最伟大的作品在中国的首次全译本，有力地证明了抗战大后方在译介托尔斯泰的历史中具有不可忽略的地位。1928 年，鲁迅在谈到托尔斯泰在中国的译介时说："关于这十九世纪的俄国的巨人，中国前几年虽然也曾经有人介绍，今年又有人叱骂，然而他于中国的影响，其实也还是等于零。他的三部大著作中，《战争与和平》至今无人翻译；传记是只有 Ch·Sarolea 的书的文言译本和一小本很不完全的《托尔斯泰研究》。"①如此看来，时隔 14 年之后大后方对《战争与和平》的译介，弥补了鲁迅先生的缺憾，同时宣告托尔斯泰在中国的翻译进入又一个新阶段。

　　托尔斯泰的另一经典作品《安娜·卡列尼娜》是抗战大后方翻译发表次数和出版次数最多的作品。1942～1944 年，桂林的学艺出版社、文汇书店、学生出版社和文学出版社推出了周笕、罗稷南、宋玮等人的五个译本（含合著和再版）；1944 年，重庆五十年代出版社出版沃兹尼生斯基根据原著改编的五幕剧《安娜·卡列尼娜》，同时重庆的上海杂志公司出版宋玮翻译的《安娜·卡列尼娜》。大后方的报纸杂志纷纷发表《安娜·卡列尼娜》的译作，比如《创作月刊》连载了宋玮翻译的《安娜·卡列尼娜》《文艺生活》发表了宋玮节译的《安娜·卡列尼娜之死》。大后方还翻译了多篇关于《安娜·卡列尼娜》的论文，比如《人世间》发表小畏翻译的《托尔斯泰的〈安娜·卡列尼娜〉》，《创作月刊》发表李葳翻译的《〈安娜·卡列尼娜〉的产生》等。大后方对《安娜·卡列尼娜》的翻译是托尔斯泰译介中最有成就的一环。这部小说通过上流社会贵妇人情感上的失足揭示了俄国妇女的社会地位和种种不合理的社会现象，是个人感情需要与社会道德冲突的集中表达。作为高层首长卡列宁的妻子，寂寞的安娜·卡列尼娜在舞会上邂逅了风流倜傥的伯爵渥伦斯基，两人于是产生了爱情，在强大的社会舆论压力下私奔。然而，当安娜经历各种巨大压力并失去家庭、儿子和社会地位后，她与渥伦斯基之间所谓的真爱也被负心人所抛弃，一无所有的安娜最后只能卧轨自杀。托尔斯泰在《安娜·卡列尼娜》中不只是要表达爱情悲剧、女性悲剧，更是要表达社会悲剧，个体生命追求所导致的不合理现象都由一个弱女子来独自承担，甚至付出了生命的代价。宋玮是抗战时期中国翻译《安娜·卡列尼娜》的代表人物和最有成就者，也是中国现代翻译文学史上颇有

---

① 鲁迅：《鲁迅全集》（第七卷），北京：人民文学出版社，2005 年，第 180 页。

成就的翻译家,如果说当代对托尔斯泰的翻译以草婴先生为代表①,则现代对托尔斯泰的翻译必然以宋玮先生为代表。但目前我们对这位译者及其翻译作品关注很少,不能不说是翻译文学研究的缺憾。

《复活》是托尔斯泰晚期的代表作,主要讲述男主人公涅赫柳多夫引诱女仆马洛斯娃,后者因怀孕被赶出家门,迫于生计而沦为妓女,后被指控谋财害命而受审判。涅赫柳多夫以陪审员的身份出庭,见到从前被他引诱的女人沦落为囚犯而深受良心谴责。他为她奔走申冤并请求同她结婚,目的是赎回自己的罪过,申诉失败后他陪她流放到西伯利亚。他的行为感动了她,但为了不损害他的名誉和社会地位,她最终没有和他结婚。这部小说反映出托尔斯泰创作观念的变化,他抛弃了贵族阶层的传统观点,用下层人的眼光重新审视各种社会现象,在对比中为读者呈现出社会现实的不公和邪恶,同时下层人的生活可以通过革命的方式得到改变,而不再似安娜那样选择死亡的逃避或妥协方式。抗战大后方出版了高植翻译的三卷本《复活》,1943 年在重庆/桂林文化生活出版社,仅一年后的 1944 年便再版了这部小说,足见其受中国读者欢迎的程度。与此同时,夏衍还把托尔斯泰的作品改编成六幕剧《复活》,1944 年由重庆美学出版社出版。此外,《文艺先锋》第 2 卷第 3 期发表了高植翻译的《爱与欲(复活之一章)》。高植是抗战时期翻译《复活》最早的译者,也是该时期托尔斯泰的主要译者,除翻译出版了《复活》《战争与和平》(与郭沫若合译)等巨作之外,还翻译了托尔斯泰的自传《幼年·少年·青年》。1949 年后,高植又翻译出版了《安娜·卡列尼娜》(1950 年,上海文化生活出版社,1955 年再版),他也成为 20 世纪上半叶唯一将托尔斯泰三大小说名著翻译到中国来的译者,是那个时代中国最重要的托尔斯泰译介专家。有学者在谈到抗战时期俄苏文学的翻译时说:"自俄语翻译的译者虽然也翻译了不少俄国名著,填补了一些空白,但其译作并不成熟。如耿济之译陀思妥耶夫斯基的《卡拉马助夫兄弟》《白痴》《死屋手记》《少年》,高植译托尔斯泰的《战争与和平》、《安娜·卡列尼娜》等,其译文之涩、之糙与经典名著都不很相称。"②这段话肯定了耿济之和高植等人从俄语原文翻译名著的行为,但却否定了其译文的质量,但却不能否定高植

---

① 著名翻译家草婴先生历时 20 年翻译了 12 卷本的《托尔斯泰小说全集》,由同一位译者从俄语版翻译出托尔斯泰小说全集,在中国尚属首次,难怪该全集 2002 年在台湾木马文化出版公司出版繁体字版后,有人将之与梁实秋凭一己之力翻译《莎士比亚全集》相提并论。大陆于 2004 年由上海文艺出版社推出简体版。

② 李今:《中国翻译文学史》(三四十年代·俄苏卷),天津:百花文艺出版社,2009 年,第224 页。

等人从俄语原文译介俄苏文学的努力,更不能否定其译作的历史价值和历史地位。

可以毫不夸饰地讲,20世纪40年代"托尔斯泰的作品均有了中译,而且不少作品还出现了多种译本。这一阶段译出的托尔斯泰作品的总量已远远超过此前全部的译介量,而且译作的水准也有了进一步的提高,这些作品成了中国读者在艰难岁月中的宝贵的精神财富"①。这种关于20世纪40年代前后托尔斯泰在中国译介的论述是符合实际的,更是贴切地概括了抗战大后方对托尔斯泰的翻译情况,显示出抗战大后方在列夫·托尔斯泰译介史上占有不可忽视的地位。

(三)

抗战时期中国文坛对俄罗斯古典文学的译介既是出于文学艺术的目的,也与中国人按照自身文学发展的方向去理解和片面误读外国文学有关。抗战大后方翻译托尔斯泰的盛况充分说明了翻译文学的"合时代性特征"。

由于左翼文学在中国的兴起以及苏联卫国战争的爆发,苏联文学在抗战时期得到了中国文坛的大力译介。对于富有艺术性和思想性的俄罗斯古典文学作家和作品,除了像普希金、莱蒙托夫等人具有与抗战情绪不谋而合的"默契"而被大量翻译之外,其他作家作品的翻译显得较为曲折和艰难。但即便如此,抗战时期"以托尔斯泰为代表的俄国古典文学以其特有的思想内涵和艺术魅力,仍深深地吸引着无数的中国读者,因此不少译者依旧坚持不懈地将一批又一批的托尔斯泰的作品陆续译出"②。这从另外一个角度证明了抗战大后方翻译文学主题的丰富性,并非只有与抗战救国或自由解放思潮相符合的外国文学作品才会被翻译,那些挖掘人类精神世界中带有普遍性思想的作品,具有较高文学造诣和艺术表现力的作品同样具有广泛的受众群体。大后方翻译选材标准的多样化在促进托尔斯泰等俄罗斯古典作家被大量译介的同时,整个翻译界也不可避免地会受到时代气候的制约。也就是说,大后方对托尔斯泰等人作品的翻译具有明显的时代烙印,在一定程度上满足了中国抗战文学的时代需求。

托尔斯泰在抗战大后方得到大量的译介与托尔斯泰在中国的文学形象有关,人们从一开始就注意到了其作品中与社会和大众相关的积极要素。

---

① 查明建、谢天振:《中国20世纪外国文学翻译史》,武汉:湖北教育出版社,2007年,第331页。

② 查明建、谢天振:《中国20世纪外国文学翻译史》,武汉:湖北教育出版社,2007年,第330页。

比如最早介绍托尔斯泰的中国人梁启超 1902 年在《论学术之势力左右世界》中从政治的角度对他加以肯定:"托尔斯泰生于地球第一专制之国,而大倡人类同胞兼爱平等主义,其所论盖别有心得,非尽凭藉东欧诸贤之说者焉。其所著书,大率皆小说。思想高彻,文笔豪宕。故俄国全国之学界,为之一变。近年以来,各地学生咸不满于专制之政,屡屡结集,有所要求。政府捕之锢之逐之而不能禁。皆托尔斯泰之精神鼓铸者也。"①此话不仅肯定了托尔斯泰作品对于社会变革的积极意义,而且还肯定了其对当时青年学生造成的深刻影响,梁启超的用意其实就是突出托氏作品的社会变革力量。他在 1905 年的《俄罗斯革命之影响》一文中再次对托尔斯泰的"革命"性给予了强调:俄国革命"以废土地私有权为第一目的,……托尔斯泰之老成持重,犹主张此义。其势力之大,可概见矣"②。梁启超最初对托尔斯泰形象的塑造直接影响了后来人们对其作品的接受视线,尽管后来对托尔斯泰的接受出现过分歧,但人们总体上还是承认其作品所具有的"正义"精神,鲁迅和巴金都曾撰文肯定了其作品的艺术性和思想性,并回击了那些污蔑他的言论。③

列宁曾鲜明地指出:"托尔斯泰是俄国革命的镜子"④,认为其创作生动地反映了俄罗斯人民的生活和社会变迁。列宁对托尔斯泰"革命"形象的认识远不止如此,抗战时期中国文坛还译介了列宁其他谈论托尔斯泰的文章,在这些文章中,托尔斯泰被认为是站在工人阶级的立场上指出俄国人的不足,从而推动无产阶级的革命运动:"研究托尔斯泰的艺术作品,俄国的工人阶级更清楚地知道自己的敌人,而批评托尔斯泰的学说时,整个俄国人民将会了解到:他们的弱点是在什么地方,这个弱点不让他们将自己解放的事业进行到底。为了要前进,就应该了解这一点。"⑤同时,抗战时期中国文坛还将托尔斯泰定位成一个生活朴素的与贵族对立的作家:"托尔斯泰晚年的

① 梁启超:《论学术之势力左右世界》,《新民丛刊》,第 1 号。
② 梁启超:《俄罗斯革命之影响》,《新民丛刊》,第 62 号。
③ 比如巴金在《〈脱洛斯基的托尔斯泰论〉译者志》中说:"据说近来在中国有所谓'革命文豪'从日本贩来一句名言:'托尔斯泰者卑污的说人也'。好一句漂亮的话!其实昆仑山之高,本用不着矮子来赞美,托尔斯泰的价值也用不着'革命文豪'来估定。"鲁迅在《〈奔流〉编校后记(七)》中说:近来人们对托尔斯泰的评论趋向于"奖其技术,贬其思想,是一种从(重——引者)新估价运动,也是廓清运动。……照此推论起来,技术的生命,长于内容,……以他的优良之点讲给外人,其实是十分寂寞的事"(《鲁迅全集》第七卷,北京:人民文学出版社,2005 年,第 183 页)。
④ 〔苏〕列宁:《列甫·托尔斯泰是俄国革命的镜子》,《列宁选集》(第 2 卷),北京:人民出版社,1972 年,第 370 页。
⑤ 戈宝权:《列宁论托尔斯泰》(一),《群众》(第 8 卷第 6、7 期合刊),1943 年 4 月 16 日。

思想,曾有过很大的转变,他不仅厌恶舒适的贵族生活,并且还放弃了自己的私有财产及著作版权等。去世之前几年,他秘密写好遗嘱,拟将其所有的著作无代价的公之于世。"①

文学史研究必须基于史料和作品的收集整理,而不能臆想翻译文学在战争的阴影中灰飞烟灭,从而认为抗战时期托尔斯泰的翻译处于停滞状态。抗战大后方对托尔斯泰作品翻译出版和发表的实际情况表明,中国人并没有因为抗日战争的爆发而冷落这位俄罗斯文学大师,他的主要作品在该时期均被翻译出版,宣告了中国的托尔斯泰翻译进入了新的历史阶段。

二　高尔基小说的翻译

玛克西姆·高尔基(Максим Горький,1868~1936)是苏联无产阶级作家,社会主义现实主义文学的奠基人。"20世纪30~40年代,是中国新文学发展的重要时期。在这一时期内,我国文学界、翻译界在迻译、评介、研究高尔基作品方面,做了大量的工作,表现出了空前的热情。到1949年,高尔基的大部分作品都已有了中译本(文),中国人自己选编的高尔基作品集也有多种问世,包括鲁迅、茅盾、巴金等在内的现代文坛上许多成绩斐然的人物,都是高尔基作品的译者。高尔基的剧作以及中国作家根据其小说改编的剧本,多次在中国舞台演出,且深受欢迎。"②这段话是关于高尔基抗战前后在中国译介情况的梗概性介绍,基本上能够廓清这一时期高尔基在中国的译介情况。具体到抗战大后方的高尔基译介上,情况则更让人感到欣喜,因为高尔基始终是抗战大后方各报刊和出版机构追逐的重点对象,对其译介自然成为抗战文坛的一大奇景。

（一）

抗战爆发后的最初两年时间里,各种反战作品成为人们译介的重点,高尔基作品的翻译相比之下处于沉默的状态。不过到了20世纪40年代以后,高尔基的翻译又开始活跃起来,大后方该时期对这位苏联人民作家的翻译也多有投入,成为抗战期间高尔基翻译的重镇。本部分主要梳理抗战大后方对高尔基小说的翻译情况。

重庆是战时的陪都,具有各种文艺审美趣味的出版社和报纸杂志汇聚于此,这些刊物翻译发表了数量可观的高尔基小说作品,这对于梳理高尔基

---

① 戈宝权:《列宁论托尔斯泰》(二),《群众》(第8卷第8期),1943年5月1日。
② 陈建华主编:《中国俄苏文学研究史论》(第三卷),重庆:重庆出版社,2007年,第220页。

作品在中国的译介历史无疑具有重要的参考价值。《新华日报》翻译发表了高尔基的四篇小说：1939 年 9 月 5、9 月 8 日至 10 日，连载了王春江翻译的《昆虫》；1939 年 9 月 30 日，发表苏民翻译的《哲人》；1939 年 10 月 4 日，发表夏迪蒙翻译的《幸福》；1941 年 7 月 20 日，发表白澄翻译的《诗人》。《七月》杂志上发表了三篇高尔基作品的译本：杨芳洁翻译的《塞马加是怎样被捉去的》(4 卷 2 期，1939 年 8 月)、苏民翻译的《在盐场上》(5 卷 1 期，1940 年 1 月)以及王春江翻译的《时钟》(4 卷 2 期，1939 年 8 月)。《青年文艺》①翻译发表了三篇高尔基的小说作品，分别是梁遇春翻译、艾芜注释的《草原上》(1 卷 1 期，1942 年 10 月 10 日)、契若译释的《叶曼良·批略延》(1 卷 6 期，1943 年 3 月 10 日)和朱笄翻译的《普拉东的故事》(新 1 卷 5 期，1944 年 12 月 20 日)。1944 年 3 月，《中原》1 卷 3 期刊登了无以翻译的短篇小说《老太婆依则格尔》。1945 年 10 月 1 日，朱笄翻译的《布科耶莫夫》发表在《文哨》1 卷 3 期。大后方重庆的报刊除发表众多小说作品之外，还发表了一些故事性的叙事文学作品，比如 1936 年冬天创刊的《春云》杂志 3 卷 1 期上发表了孟式钧翻译的《意大利故事》，1943 年 12 月 1 日，《文风》杂志②1 卷 1 期上发表了王语今翻译的《故事三则》。

高尔基的小说作品在重庆的翻译出版也迎来了新的高潮。首先看在重庆翻译出版的高尔基小说作品：1941 年 1 月，大时代书局出版了由适夷从日文转译的中篇小说《奥古洛夫镇》；楼适夷翻译的《人间》在重庆开明书店初版，该译作至 1943 年出版了四版；同年，五十年代出版社出版了由白澄根据英文翻译的短篇小说集《书的故事》，收录了包括《孤恋》《他们怎样捉到塞马加》《诗人》《冤狱》《魔鬼》《圣人》《书的故事》《晨》《费多尔·狄亚丁》9 个短篇。1942 年，重庆上海杂志出版社出版了由任钧翻译的《爱的奴隶》，重庆开明书店再版了适夷翻译的《人间》，重庆读书出版社再版了王季思翻译的《在人间》。1943 年，晨光书局出版了由张友松翻译的《二十六男和一女》。1944 年，重庆出版了高尔基的四部小说作品，分别是重庆上海杂志出版社出版了姚杉尊翻译的《我的童年》，重庆上海杂志公司③出版了以群翻译的《英雄的故事》，重庆文化生活出版社出版的汝龙根据英文版转译的

---

① 《青年文艺》是抗战时期大后方专门以青年为服务对象的文学月刊，1942 年 10 月 10 日创刊于桂林，葛琴任主编，罗洛丁任发行人，由当时设在桂林中南路 75 号的白虹书店出版。1944 年 7 月，因为桂林疏散而被迫停刊，出版了 1 卷 6 期。1944 年 9 月在重庆兴隆街二十七号复刊，出版新 1 卷 5 期。

② 《文风》杂志为月刊，创刊于重庆，1943 年 12 月 1 日出版创刊号，主编为韩侍桁，编辑周圣生，发行人周杰夫，由重庆文风书局发行。为政治文化学术文艺的综合性杂志。

③ 重庆上海杂志公司和重庆上海杂志出版社是两个不同的出版社。

《阿托莫诺夫一家》的第一部,重庆联益出版社出版了由凌霄节译的《童年》。在这一年里,重庆群益出版社出版了刘盛亚翻译的苏联小说集《萝茜娜》,收录西班牙作家齐格勒的《萝茜娜》①、俄罗斯作家勒斯科夫的《美阿萨》、意大利作家于戈林尼的《马拉加》和苏联作家高尔基的《亚斯加》四个短篇。1945 年是高尔基小说出版的丰收年,重庆大时代书局出版了由罗稷南翻译《克里姆萨姆金的一生》的第四部《魔影》,重庆晨光书局出版了由张镜潭翻译的《旅伴》,重庆上海杂志出版社出版了丽尼翻译的《天蓝的生活》、郭安仁翻译的《天蓝的生活》,上海杂志公司出版了李兰翻译的《胆怯的人》、雪峰翻译的《夏天》和周笕翻译的《奥罗夫夫妇》。重庆上海杂志公司在抗战时期出版了多部高尔基的作品,成为该时期高尔基译作出版的重要机构。高尔基代表作多有复译,比如《人间》就有适夷翻译的《人间》、王季思翻译的《在人间》,《童年》就有姚杉尊翻译的《我的童年》、凌霄节译的《童年》,《天蓝的生活》就有丽尼和郭安仁的两个译本。

抗战时期桂林文艺期刊云集,对高尔基小说的翻译和传播起到了积极的推动作用。桂林《大公报》于 1941 年 3 月 15 日创刊,终刊于 1944 年 9 月 9 日,其副刊《文艺》创刊于 1941 年 3 月 16 日,1944 年 6 月 27 日停刊。《文艺》出刊没有固定的时间,从 1941 年 3 月 16 日起至 1943 年 10 月 31 日,共出版了 298 期。1941 年 12 月 10 日,曹葆华在第 111 期上翻译发表了小说《亚里克金》。《文艺杂志》2 卷 1 期(1942 年 12 月 15 日)刊登了孟十还翻译的短篇小说《窦娜》,新 1 卷 3 期(1945 年 9 月)发表了丘山翻译的《破冰船》。《自由中国》是 1938 年 4 月 1 日在武汉创刊的综合性文艺月刊,臧云远和孙陵任主编,阎云溪任发行人,因武汉沦陷只出版了三期。后迁到桂林继续出版,新 2 卷 1~2 合期(1942 年 5 月 1 日)上发表了汝龙翻译的长篇小说《阿托莫诺夫一家之事业》。《新文学》是以刊登文学创作为主的文学月刊,1943 年 7 月 15 日创刊于桂林,创刊号为小说专号,刊登了李青崖翻译的小说《一个自感惶恐的作家》。

《救亡日报》是抗日民族统一战线组织上海市文化界抗敌救亡协会的机关报,1937 年 8 月 20 日在上海创刊,社长为郭沫若,总编辑为夏衍。1937 年 11 月 22 日上海沦陷后停刊,1938 年元旦在广州复刊,1938 年 10 月因为广州沦陷而停刊。1939 年 1 月 10 日在桂林复刊,1941 年 2 月 28 日因为皖南事变而被迫停刊。作为《救亡日报》的副刊,《文化岗位》除翻译介绍日本反战文学之外,翻译介绍最多的应该是苏联(俄国)文学和文论。爱伦堡关

---

① 　该译作最早刊登在《文艺后防》第 3 期,1938 年 7 月 30 日。

于欧洲战场的报告文学,关于苏联其他加盟共和国或民族的文学艺术,普希金、叶赛宁的诗歌,高尔基的文论和作品等都被大量译介到中国并刊发在《文化岗位》上,这一方面是由于苏联在第二次世界大战中扮演了重要的角色,也是因为《文化岗位》是在中国南方局和周恩来的秘密指导下编辑运作的有关,这决定了与中国共产党意识形态相似并有相同信仰的苏联文学成了选译的重点。对苏联文学的这种译介态势直接影响到1949年后中国翻译文学的发展趋势,1949年后的20年左右时间里,苏联文学不仅在文本创作和文艺评论上影响了中国文学,而且在文学制度上也带给了我们丰富的经验。1939年12月18日到20日,《文化岗位》连载了白澄翻译的高尔基报告文学作品《狱中生活》;1940年4月23日,刊登了冬阳翻译的小说作品《当没有人瞧着的时候》;1940年8月7日至8日,连载了育中翻译的小说《魔鬼重来》;1940年8月30日至31日,连载了立波翻译的论文《真理的教育》。

桂林抗战时期也翻译出版了多部高尔基的小说。1942年,桂林文化合作事务所出版了鲁迅翻译的《恶魔》,其中收录了高尔基的九个短篇;是年12月,桂林育文出版社出版了由程之编译的短篇小说集《我的旅伴》,收录了包括《我的旅伴》《强果尔河畔》《一个人的诞生》《她的情人》《秋夜》《可汗和他的儿子》《筏夫——一段复活节的故事》七个短篇。也正是在这一年,桂林上海杂志公司出版了由以群翻译的《英雄的故事》,桂林远东书局出版了由杜畏之、萼心同译的《我的大学》,桂林文化生活出版社出版了巴金翻译的《草原故事》,该译本最早在1931年上海新时代书局初版,1946年经补充后以《草原故事及其它》为名在长春国民书局出版。1943年,桂林春草书店出版了由洪济翻译的中篇小说《苦命人巴威》和夏衍翻译的《没用人的一生》①,桂林学艺出版社出版了由黄源翻译的《三人》,桂林文学出版社出版了陈节翻译的小说《海燕》。1944年共计出版高尔基的译作四部:桂林上海杂志出版社出版了由篷子翻译的《我的童年》,桂林上海杂志公司出版了由秦似翻译的《少女与死神》,适夷翻译的《老板》分别在桂林上海杂志公司和桂林科学书店出版,其翻译的另一部作品《苦命人巴威》在桂林上海杂志公司出版。

除重庆和桂林之外,成都抗战时期也翻译出版或发表了高尔基的小说作品。《笔阵》新2卷1期在1940年10月1日发表了丘垤翻译的小说

---

① 该小说最初是在1930年北新书局出版,当时译名为《奸细》;后改名《没用的人生》,1943在桂林春草书店出版。

《鬼》;《笔阵》新篇第 1 号出版了"翻译专辑",其中收录耿济之翻译的短篇小说《顾平》。方令孺翻译的《钟》于 1943 年在成都中西书局出版,收录了《投宿》《胜利的恋歌》《钟》《室内》以及《一个远远的世界里》等短篇小说。

　　高尔基在中国最脍炙人口的自传体小说三部曲《童年》《在人间》和《我的大学》成为抗战大后方译介和出版的热点,有多个译本在多个出版社出版。首先就《童年》而论,在 1944 年这一年里,重庆上海杂志出版社出版了姚杉尊翻译的《我的童年》、重庆联益出版社出版了由凌霄节译的《童年》、桂林上海杂志出版社出版了由蓬子翻译的《我的童年》三个译本。《童年》写的是阿廖沙在父亲去世后,随母亲寄居外祖父家的生活故事。小主人公生活在矛盾的痛苦中,一方面外祖母的疼爱和所讲述的童话故事让他感受了童年的美好,另一方面,两个舅舅为财产争吵打架的行为和自私贪婪的性格让他感受到童年的压抑。再以《在人间》来讲,1941 年,楼适夷翻译的《人间》在重庆开明书店初版,该译作至 1943 年出版了四版;1942 年,重庆读书出版社再版了王季思翻译的《在人间》。《在人间》讲述的是阿廖沙年幼时母亲又不幸去世,外祖父的破产让他无法继续寄居外祖母家,不得已步入社会独立谋生。他先后在各种作坊当学徒,在多种场合做杂工,饱尝了人世间的痛苦。但同时,他也遇上了改变他一生命运的厨师斯穆雷,在他的指引下开始读书并有了理想。几年后,阿廖沙怀着上大学的梦想向喀山进发。1942 年,桂林远东书局出版了由杜畏之、尊心同译的《我的大学》。《我的大学》是高尔基自传体小说三部曲中的最后一部,讲述阿廖沙在喀山的生活。他 16 岁背井离乡到喀山上大学,梦想破灭后,他为了生存而和形形色色的各阶层人群交往,经受了多方面的生活考验,在广阔的社会大学里学会了看待社会和生活的能力。这三部作品构成了底层人自强不息的奋斗历程,对于抗战时期处于受压迫地位的中华民族和底层人民而言,自是从这些翻译作品中得到了强大的精神鼓舞,从而为民族解放和自我解放积蓄了抗争的力量。

　　通过以上的分析论述可以看出,抗战大后方文学期刊或报纸副刊上面世的高尔基译文在时间上要早于出版的单行本。当前很多翻译文学史的编写多依据出版作品,忽略了报纸杂志上的译作,往往带来"史"的失真。从另外一个角度来讲,报刊上发表的译作在其时的语境下远比出版物流传广泛,对中国社会文化产生的影响更深入,对此采取漠视或由于资料收集的难度而置之不理的态度,也难以反映出翻译文学史的实际面貌。关于文学或者比较文学研究面临的这个困境,比较文学法国学派先行者倍兹(Louis-Paul Betz)力图通过目录学来加以解决,在他看来:"一部合方法的目录索引是十分地需要的,尤其因为在各国曾发表了许许多多关于比较文学的书籍和短论文,而那许多短论文又都是埋没在那些不大为人所知道的或没有一个人会想到去找的刊物中的。"①翻译文学的研究同样如此,很多有价值的资料并不出现在唾手可得的出版物或大刊物上,而是那些不为人知的刊物上的译作,恰恰更能呈现翻译文学的面貌和价值。由此而论,在抗战大后方翻译文学史的书写过程中,关注那些散落在刊物上的译作尤为重要。这也是当前整个中国翻译文学史撰写需要引以为戒的地方。比如抗战时期重庆发表高尔基译作是在 1939 年 8 月,《七月》杂志 4 卷 2 期发表了王春江翻译的《时钟》,这篇译文比 1943 年成都中西书局出版的方令孺翻译的《钟》里所收入的译文早四年左右的时间。如果依据出版物来衡定高尔基《时钟》这个短篇在中国的翻译时间,那就会将之后延若干年。

(二)

　　高尔基作为苏联的一代大文豪,其文学成就体现在多方面。抗战大后方对其作品的翻译除了小说和戏剧之外,还包括散文、童话、诗歌以及文论作品等。

　　高尔基散文的翻译是抗战大后方高尔基译介的重点之一。重庆抗战时期期刊上翻译发表的高尔基散文作品主要如下:文学性散文六篇:1939 年 6 月 18 日,瞿秋白翻译的散文《海燕》在重庆《群众》第 3 卷第 5 期上发表;1939 年 10 月 19 日,《中苏文化》第 3 卷第 12 期(高尔基逝世三周年纪念专号)发表了张西曼翻译的散文《海燕歌》;1942 年 4 月 10 日,《文艺阵地》6 卷 4 期发表了礼长林翻译的《孩子们》;1944 年 7 月 30 日,戈宝权翻译的散文《美丽的法兰西》刊登在《群众》第 9 卷第 14 期;1944 年 1 月 15 日,《时与潮文艺》2 卷 5 期发表了林琦翻译的散文《意大利小品》;1944 年 12 月 20 日,《青年文艺》新 1 卷 5 期上发表了孙沨翻译的《晨》。回忆性散文 2 篇:均由孙沨翻译且发表在《萌芽》上:《忆 N·F 安宁斯基》(1 卷 1 期,1946 年 7 月 15 日)和《忆叶赛宁》(1 卷 2 期,1946 年 8 月 15 日)。政论性散文3 篇:戈宝权翻译的《人民是不朽的》发表在《文学新报》2 卷 1 期上;《七月》杂志 4 卷 2 期(1939 年 8 月)上发表了胡风翻译的 Y.加奈次基文章《列宁与高尔基》;《七月》5 卷 1 期(1940 年 1 月)上发表了周行翻译的 A.拉弗勒斯基的政论性散文《高尔基论社会主义现实主义》。《群众》杂志在对高尔基的译

---

　　① 〔法〕梵第根:《比较文学论》,戴望舒译,长春:吉林出版集团有限责任公司,2010 年,第18 页。

介倾注了大量精力,不仅刊发了两篇文学性散文,而且在 1939 年 6 月 18 日出版的第 3 卷第 5 期上,刊发了瞿秋白翻译的自传体文学《高尔基自传》。此外,1942 年 6 月 15 日,桂林的《野草》杂志 4 卷 3 期上发表了白澄翻译的《给妇女》。1942 年 6 月,《青年生活》3 卷 3 期上发表了高尔基散文《海燕》的译作。通过以上梳理可以看出,高尔基在中国传播最为广泛的散文作品《海燕》在重庆和桂林出版的期刊上出现了三个译本,"海燕"成为当时鼓舞中国人民搏击现实的文学形象,反映出中国人民在抗日战争中具有不屈的抗争精神。除开这些报刊上的散文译作,1939 年,重庆读书出版社出版了什之翻译的散文集《高尔基与中国》;1943 年,重庆大时代书局出版了伍蠡甫翻译的高尔基杂文和书信的选译本《文化与人民》。高尔基散文作品的翻译让中国人在作品、传记之外获得了对高尔基更为立体的认识。

抗战大后方翻译了高尔基的撰写的俄罗斯童话。比如《笔阵》新 2 期在 1940 年 11 月 20 日发表了方大野翻译的高尔基童话《雀子》;鲁迅翻译的《俄罗斯的童话》也曾在桂林出版。童话故事似乎与中国抗战文学的价值取向有一定的距离,但仔细阅读这些童话故事,我们又会对现实社会的林林总总产生思考,表明这类"儿童文学作品"承载着异常丰富而深刻的思想。鲁迅先生率先从高尔基的童话作品中窥见社会各阶层人的心理和生活现状,亦即所谓的"国民性",他在《俄罗斯的童话》"小引"中说:"这《俄罗斯的童话》,共有十六篇,每篇独立;虽说'童话',其实是从各方面描写俄罗斯国民性的种种相,并非写给孩子们看的。"①鲁迅对童话故事所具有的社会意义并非局限于高尔基的作品,而是他对整个童话故事的一贯看法。比如鲁迅明确表示他翻译爱罗先珂的童话是要"传播被虐待者的苦痛的呼号和激发国人对于强权者的憎恶和愤怒而已,并不是从什么'艺术之宫'里伸出手来,拔了海外的奇花瑶草,来移植在华国的艺苑"②。不过,这其中的呼号与愤怒不是以剑拔弩张的方式表达出来的,比如《桃色的云》与其说是对"第一等的强者"的控诉,不如说是在伤痛而温婉地呼唤"对于一切有同情,对于一切都爱"的精神。匈牙利女作家至尔·妙伦的童话集《小彼得》写的也是穷人与富人之间的鲜明对比,"作者的本意,是写给劳动者的孩子看的,但输入中国,结果却又不如此。首先的缘故,是劳动者的孩子们轮不到受教育,不

---

① 鲁迅:《〈俄罗斯的童话〉小引》,《译文序跋集》,北京:人民文学出版社,2006 年,第 279 页。

② 鲁迅:《杂忆》,《鲁迅全集》(第一卷),北京:人民文学出版社,2005 年,第 237 页。

能认识这四方形的字和格子布模样的文章,所以,在他们,和这是毫无关系的,且不说他们的无钱可买书和无暇可读书"①。对这部童话的翻译反映出鲁迅对弱小的同情和对强权的憎恨,这本童话集诉说的穷人与富人的关系不就是中国当时的穷人与富人的写照吗? 所以,抗战大后方对高尔基童话的翻译其实是对当时社会的控诉,表明人们呼吁健康自由的生活和民族的美好未来。

高尔基诗歌作品在抗战大后方的翻译较之小说、戏剧和散文等文体而言,成就并不突出。重庆的《诗丛》第6期发表了沙金翻译的诗歌作品《太阳也升起也降落》;1939年6月16日,《文艺阵地》第3卷第5号上发表了适夷翻译的故事诗《少女与死》。《诗》是抗战时期桂林较有影响力的诗歌刊物,1939年6月创刊于桂平,1940年2月在桂林复刊。经常在《诗》上发表作品的诗人有艾青、袁水拍、徐迟、方敬、鲁藜、彭燕郊等。《诗》月刊上发表了大量的翻译作品,比如诗歌、评论以及对外国诗人诗作的介绍等方面的文章。1942年6月,3卷2期上发表了魏荒弩翻译的诗歌《太阳升起了又坠落了》。

高尔基被视为苏联革命作家,其文学思想和创作经验成为中国作家提升创作能力的催化剂。重庆报纸杂志上翻译发表的高尔基文论作品如下:1936年冬~1938年年底出版的《春云》在3卷5期上发表了李华飞翻译的《论伟大作家与青年作家》;1941年6月,《七月》杂志6卷4期上发表了吕荧翻译的《普希金论草稿》;1940年6月15日,《文学月报》1卷6期上发表了王语今翻译的《歌谣是怎样编成的》、铁铉翻译的《〈俄国文学史〉短序》和白澄翻译的《论文学及其它》三篇文章。从1944年9月1日到1945年2月25日,《青年文艺》新1卷2期至新1卷6期连载了戈宝权翻译的文学创作理论长文《我怎样学习写作》。1942年6月30日,《群众》第7卷第11、12合期发表了戈宝权翻译的苏联作家雅罗斯拉夫斯基撰写的论文《伟大的政治战士——高尔基的光荣斗争之路》;1944年6月30日,戈宝权翻译的列宁文论《列宁论高尔基 为纪念高尔基逝世八周年》发表在第9卷第12期。桂林的期刊上也发表了多篇高尔基的文论译文:《半月文萃》是抗战时期比较有影响力的综合性刊物,1942年5月5日在桂林创刊,肖聪任主编,汤灏任发行人,桂林立体出版社出版。该刊"不是一个专门的学术性刊物,而是

---

① 鲁迅:《小彼得》译本序,《鲁迅全集》(第四卷),北京:人民文学出版社,2005年,第155页。

一般的常识性的刊物"①。1942 年 5 月 5 日,在创刊号上发表了曹葆华翻译的《年青的文学和它的任务》。《文化杂志》2 卷 4 期(1942 年 6 月 25 日)发表了白澄翻译的《论学者》。《青年生活》1 卷 2 期(1940 年 11 月)发表了孟昌翻译的《论青年作家》。1940 年 8 月 20 日,《野草》月刊创刊号上登载了孟昌翻译的社会学论文《论能力的浪费》。此外,大后方出版了多部高尔基文论的译文,1941 年,桂林学习出版社出版了《写作经验讲话》,该书 1942年再版;1942 年,重庆读书出版社出版了以群翻译的《给初学写作及其它》,桂林文献出版社出版了孟昌翻译的文论著作《文学散论》;1944 年,桂林文学出版社出版了曹靖华翻译的《给青年作家》;1945 年,重庆读书出版社出版了戈宝权翻译的《我怎样学习写作》。

　　高尔基的文论作品虽是探讨文学创作和批评的理论,但其间也折射出他的阶级意识和改造旧社会、关注社会底层人物命运的思想。比如戈宝权先生翻译的高尔基文论《我怎样学习写作》系列中,他曾说要创作就必须了解中外文学史,而且"最后极重要地,就是要知道这些叛逆者的工作,他们最后的目的是要向人们指出一条前进的道路,把他们推向这条大路而且要战胜那些拗人和有阶级的国家,由资产阶级的社会所创造出的现实之丑恶平息与妥协的说教者的工作,因为这种国家和社会在过去和现在都想使得劳动的人民传染上食客、嫉妒、懒惰、厌恶劳动的各种最卑鄙的思想"②。因此,文学创作必须反映底层人对社会的反抗,必须让底层人改掉旧社会中的各种陋习。

(三)

　　至于高尔基为什么会被大量的译介并在中国文坛产生如此深远而浓烈的影响,茅盾先生曾经这样分析道:"外国作家的作品译成中文,其数量之多,且往往一书有两三种译本,没有第二个人是超过了高尔基的。……高尔基的作品之所以能在中国受到广大读者的爱好,是因为他抨击了黑暗,指出了光明,他虽然是为俄国人民而呼喊,但在中国读者(不但是中国,全世界被压迫的人们亦同具此感)看来,觉得都是自己心里要说的话。"③从接受理论的角度来讲,高尔基的作品满足了中国读者的期待视野,更重要的是引起了中国读者强烈的共鸣,使中国读者从情感和价值的立场上对高尔基的作品

① 编者:《发刊小启》,《半月文萃》(创刊号),1942 年 5 月 5 日。
② 〔苏〕高尔基:《我怎样学习写作》(一),戈宝权译,《青年文艺》(新第 1 卷第 2 期),1944年 9 月 1 日。
③ 茅盾:《高尔基和中国文坛》,《群众周刊》(第 11 卷第 7 期),1946 年。

产生了认同感,赢得了读者的青睐,所以被大量地翻译到了中国。抗战时期,大后方对高尔基作品的翻译和介绍具有浓厚的反法西斯战争的色彩:"当今年我们来纪念高尔基的时候,又正值苏德战争将届一周年和太平洋战争的时候,这就是我们想起高尔基多年的预言,讲到说世界大战的临近和法西斯蒂进攻苏联的危机,高尔基很早就以他所有的力量,所有的著作准备苏联人民来迎接这一个日子。高尔基也早已说过:'假如一旦发生了反对了我所生活和为之而工作的那个阶级时,我也以一个战士的资格参加到它的行列里去。我这样做……是因为苏维埃联邦的工人阶级的正义事业——这就是我法定的事业,这就是我的责任。'"①

高尔基是以无产阶级革命者的身份出现在中国文坛的。抗战爆发后,全民族声势浩大的反日风潮将文学推向了前沿,文艺的根本作用在于团结一切力量争取民族的解放,成为抗日战争最有力的武器之一。其时中国文艺界不仅对于"社会主义的现实主义的接受还多是从理论到理论",而且"民族危亡的加剧,中国抗日战争的酝酿又使对于社会主义现实主义艺术性方面的理解和强调受到遏制"。因此在这一时期,高尔基社会主义革命者的形象开始遭遇挤压,或者说被客观的抗战现实所忽略,中国的抗战文艺需要的是发动全民抗战热情,而对于暴露内部社会现实的黑暗和苦痛却无暇顾及。

即便抗战时期对高尔基的接受和译介有所削弱,但大后方还是坚持将高尔基视为社会主义现实主义、人道主义作家。比如1940年1月,周行翻译的 A.拉弗勒斯基的政论性散文《高尔基论社会主义现实主义》一文中,认为高尔基是一个彻底的社会革命者和"普罗运动"者:"依高尔基看来,社会主义现实主义是普洛人道主义的确定。作为一个社会主义的人道主义者,高尔基远远超越过了那种牧歌风的,以为人的再造是可以藉博爱与怒道而达到的概念,他之反对者一种教义,只是为了他否认革命解决的必然性,而且会使人回避这个残暴与榨取的世界的毁灭。他反对一切使'迫害者与被迫害者和解'的企图:他为了试验这人道的爱的真实社会秩序。他没有在托尔斯泰那里,也没有在任何的不抵抗主义那里看到这种爱。因为在高尔基,那唯一实现理想的社会主义的人道主义的道路,就是普洛运动的道路"。② 当然,在抗战时期,高尔基也被塑造成反法西斯斗争的勇士,被苏联

---

① 〔苏〕雅罗斯拉夫斯基:《伟大的政治战士——高尔基的光荣斗争之路》,戈宝权译,《群众》(第11卷第11卷7卷11、12合期),1942年6月30日。
② 〔苏〕A.拉弗勒斯基:《高尔基论社会主义现实主义》,周行译,《七月》(第5卷第1期),1940年1月。

人喻为"坚定的反法西斯战士",他明白作为一个作家在面对法西斯战争的时候应该做什么:"我们的任务是正义的,敌人将被击溃。胜利是我们的。"在苏联作家的心目中,高尔基是正义和真理的化身:"法西斯主义者们恐惧真理。那就是为什么他们野蛮地在他们的篝火上焚毁了高尔基和其他的作家们,各族人民底最优秀的作家们的作品。那就是为什么他们贿赂'第五纵队'的恶棍们(幸幸福福地,现在他们全被消灭了)而且派遣这些被雇的刺客来谋杀高尔基。但是,高尔基不死。他在我们的劳动和战斗中是和我们站在一起的,而且他的警告是以新的力量和热情轰响着:'如果敌人不投降,那就消灭他!'"①高尔基的这种形象,当然更符合中国的抗战语境,有助于鼓舞中国作家为抗战而创作。

中国作家大多将高尔基定位为批评现实主义作家,认为他的作品充满了对社会现实批评的态度,他站在下层人或被剥削阶级的立场上来对待和思考社会问题。1946 年 6 月,艾芜从一个读者的角度阐发了中国人对高尔基小说作品的接受,反映出高尔基在中国所具有的革命作家形象:"高尔基对于现实,却做着无情的批判,揭破资本主义野兽一般的面目。血腥残酷的实质。他指出旧社会怎样埋没人的性格,怎样摧残自由思想。他的描写现实的作品,绝不会使人对于那种腐烂的生活,私下感到艳美。"②批判的目的在于改变现实的不足,高尔基的作品不仅仅停留在批判的层面上,作为引领大众革命的知识分子,他意识到为下层人寻找通往理想生活的道路是创作所应担负的义不容辞的责任。抗战前后的中国文学界认识到了高尔基作品的这一特质,或者说当时中国人从这个角度去解读高尔基的作品。"高尔基在小说上不只是暴露黑暗单单严峻地批评现实,他皆从社会里而指出光明的路,描写革命的新人物。屠格涅夫也在小说《前夜》里面,写过革命人物殷沙洛夫。但那却不是俄罗斯人,而是一个保加利亚的国民,并且也只是一个民族主义的革命者。高尔基则在《母亲》书内,不仅写出真正的俄罗斯的革命人物,而且皆是地道的无产阶级出身的前进战士巴威尔来。《母亲》是一本新现实主义的作品。里面用艺术的手腕,描写工人有组织的斗争,并表现出社会主义思想全部的力量。她鼓舞无产阶级的革命意志,证明无产阶级在革命斗争中的领导作用。用革命的方法,通过自己的专政,会给劳苦的人们带来解放。"③艾芜对高尔基小说作品的解读代表了当时中国文坛(至少

---

① 〔苏〕V.雅尔密洛夫:《高尔基——坚毅的反法西斯战士》,白澄译,《高原文丛》,1944 年第 1 期。

② 艾芜:《高尔基的小说》,《萌芽》(第 1 期),1946 年 7 月 15 日。

③ 艾芜:《高尔基的小说》,《萌芽》(第 1 期),1946 年 7 月 15 日。

是左翼文坛)对这位苏联作家的整体印象,与当时中国暗自涌动的无产阶级革命形成呼应,表明高尔基在中国的接受带有一定的意识形态色彩和时代烙印。

高尔基在中国始终被看作是在为底层人写作,他所欣赏或赞美的苏联作家的品格也是那种鞭挞社会现实的现实主义。吕荧翻译的高尔基论文《普世庚论草稿》中,高尔基写道:"当普世庚追随者浪漫主义底路迹,模仿法国诗人,拜伦,巴杜希珂夫,汝珂夫斯基的时候,社会欣赏着他的诗节底音乐性,承认他的非凡的才能,并且赞美着这位诗人。但是当他独创了自己的风格,开始用纯真的俄罗斯语言,用热烈的语言写作的时候,当他把日常生活和民间生活的主题引入文学的时候,当他开始单纯地绘写真实的生活的时候,社会在他的作品里感觉到,正当着统治者的前面,他对俄国的粗鄙,愚昧,奴役人民,残忍,诏媚作了严厉的批判与忠实的见证,社会就以嘲笑和敌意来对待他了。"①在高尔基看来,普希金那些富有浪漫主义气息的作品受到人们的欢迎是正常的,而其揭露和批评现实的作品受到人们的讽刺和嘲笑却是不正常的。言外之意,高尔基觉得人们更应该认同普希金后来反映现实的作品。高尔基自己创作的作品多是关注底层人的生活,除自传体三部曲、戏剧《底层》等作品之外,《草原上》这个短篇也比较鲜明地描述了"流浪汉"的生活。高尔基在表现社会底层人物的生活时,并非一味地站在批判的立场上揭露社会弊端,也并不是要暴露底层人自身的阶级缺点,很多时候他站在底层人的立场上,看到了他们生活的不易和体现出来的优良性格。比如高尔基在谈《草原上》时说:"草原上这篇故事,主要是歌诵流浪的赤足汉,所谓一批异常的人们。为什么他要赞美这些人呢? 让高尔基自己来答复吧,他在我的文学修养一文内讲到某些流浪汉时说'这些人大半都不健康,酒精中毒者,动不动吵吵闹闹,虽然如此,在他们中间,都有友谊的互助心,自己挣来或偷来的。不管什么都一起喝掉,吃掉。我觉得,而且看出他们过着比普通人更恶的生活,可是都比普通人好。为什么他们是这样的呢? 因为他们没有贪心,也不互相倾轧,也不想积蓄钱财。'又说'流浪汉中有许多怪人。他们有许多地方,我看了不满;但是有一点我很喜欢:他们从来不对人生发怨,以非常嘲讽的态度,谈俗人们的幸福生活,而且心中从没美慕之意。这并不因为眼睛看看,牙齿不嚼,而是因为自夸的缘故,他们尽管干着恶营生,而自己却好似以为比那些干好营生的人,要高明得多'。"②底层

---

① 〔苏〕高尔基:《普世庚论草稿》,吕荧译,《七月》(第6卷第4期),1941年6月。
② 艾芜:《草原上·注释》,《青年文艺》(第1卷第1期),1942年10月10日。

人拥有很多质朴的性格,这是高尔基底层写作意欲表现的又一主要内容,对底层人这种性格的肯定,自然会让高尔基的作品在中国这个充满压迫的国度里受到广泛的关注和欢迎。

高尔基关注底层人的作品翻译进中国之后,也影响了中国作家的创作,比如抗战时期迁居重庆的作家路翎曾这样描述了自己受到的高尔基的影响:"高尔基的《在人间》《草原故事》《下层》,是使我感动的文学读物,影响了我的世界观。……在我后来的作品里,描写下层人民,也相当多地描写流浪汉,其中的美学观点和感情、要求,多少受着高尔基的影响。"①当然,"即使在高扬革命的年代,审美价值仍然是中国翻译界进行取舍的重要标准"②。高尔基及其作品在抗战大后方的译介正好体现了审美与时代需要的高度结合,成为中国现代翻译文学史上不可多得的财富。

三　莱蒙托夫小说的翻译

莱蒙托夫的小说被翻译到中国来的最早时间是 1907 年③,与鲁迅介绍其诗歌作品的时间相当。他的小说作品首推《当代英雄》,这部作品由于译者小畏的努力,先后以分集和全集的形式在重庆星球出版社出版,赢得了中国读者的广泛兴趣。

(一)

中国关于莱蒙托夫小说最早的译本应该是吴梼根据日文版翻译的《当代英雄》中的《银钮碑》(今天通译名为《蓓拉》)。《当代英雄》最早的全译本是 1930 年杨晦根据英语本转译的《当代英雄》,该书由上海北新书局出版。而抗战大后方对莱蒙托夫名作《当代英雄》的翻译具有跨时代的里程碑意义。

重庆星球出版社 1943 年 6 月出版了小畏翻译的《当代英雄》上部,包括《蓓拉》和《马克西姆·马克西茂启》两篇。此书的下部依然由小畏翻译,于 1943 年 11 月在重庆星球出版社出版,包括《塔曼》《曼丽郡主》和《命运论者》三篇。1944 年 6 月,重庆星球出版社将小畏翻译的上下部合集出版,从

---

① 路翎:《我与外国文学》,《外国文学研究》,1985 年第 2 期。
② 查明建、谢天振:《中国 20 世纪外国文学翻译史》,武汉:湖北教育出版社,2007 年,第 338 页。
③ "吴梼最早的敦请了密克海·莱芒托夫东来。他所译的,是莱芒托夫的小说《银扭碑》。这书是光绪三十三年(1907)由商务出版,为'袖珍小说'之一。中国读者,知俄国文坛有莱芒托夫其人,实自此始。"(阿英:《小说四谈》,上海:上海古籍出版社,1981 年,第 233 页。)

而使莱蒙托夫的《当代英雄》有了完整的中译本。自从小畏的译本出版之后，继之而起的关于莱蒙托夫的翻译至少在两个方面沿用了该译本的译法，一是"莱蒙托夫"的译名稳定下来，二是《当代英雄》中的主要人物形象"毕巧林"的译名也稳定下来，更重要的是小畏的译本在内容和叙述细节上都比较忠实于原文，比起杨晦先生早年的转译有较大的改进。因此有人在评价小畏的译本时说："与杨晦相比，小畏译本无论从结构、内容到细节，都更为详实，更加忠实于原著，这个译本可以说是 1949 年以前《当代英雄》最好的中译本。"①小畏翻译《当代英雄》的出发点和目的不是为了抗战的需要，因为我们从他翻译的该长篇小说上部的副标题"塞外劫艳记"（后来五十年代出版社出版的时候将之改为"塞外艳遇"）就可以看出其潜在的商业动机，译者或者出版社为了译作的销路而添加了这个带有市井气和通俗文学特点的副标题。《当代英雄》下部在出版的时候同样添加了副标题"毕巧林的日记"，从"日记"的角度来窥见个人隐私仍然会吸引不少读者的注意力。因此，两个副标题毫不隐讳地传递出《当代英雄》译作的"畅销书"特质。

　　然而，莱蒙托夫个人的生活遭遇和创作气质注定了《当代英雄》必然成为抗战大后方文坛和谐的构成部分。我们姑且先来看看这部小说的主要内容：小说由五个故事组成，每个故事讲一个片断。第一篇《蓓拉》讲毕巧林遇到年轻朴素的姑娘蓓拉，希望从对她的爱中汲取新的生活动力，可这爱非但没能拯救他反而给蓓拉带来了毁灭。第二篇《马克西姆·马克西茂启》讲毕巧林从前的指挥官和朋友马克西姆维奇与冷漠的主人公的会面。毕巧林要去波斯，结果毫无目的毫无意义地死在路上。小说主人公的悲剧通过毕巧林的日记在心理层面上得到深化。日记分为三个故事，这便是相对独立的《塔曼》《曼丽郡主》和《命运论者》。《塔曼》讲毕巧林出于好奇跟踪走私者险些丧命，《曼丽郡主》可以看作是一部独立作品，同时又是《当代英雄》分量最重的一部分。在疗养期间，毕巧林出于对格鲁西尼茨基的妒忌，同时也是为了间接地接近旧情人蓓拉而佯装追求曼丽小姐，因而遭到格鲁西尼茨基的报复。毕巧林决定以一场决斗了结此事。他杀死了格鲁西尼茨基，抛弃曼丽小姐，但蓓拉已悄悄离他而去。《宿命论者》是一篇心理故事，是小说的最后一篇，证明毕巧林无论如何还是能够有所作为的。毕巧林是俄国贵族子弟中的少数派，起码他对当时的社会现实怀有不满情绪，不像绝大多数贵族子弟那样浑浑噩噩地过日子，他的身上有"觉醒者"和"反叛者"的特点，敢于为了自我理想而放弃殷实的现实生活，远走他乡而最终付出了生命

---

① 　陈建华主编：《中国俄苏文学研究史论》（第三卷），重庆：重庆出版社，2007 年，第 29 页。

的代价。这种"觉醒者"和"反叛者"的形象对处于社会动荡和变革时期的中国人而言,是一种值得学习和效仿的对象,有助于推动社会的进步。

虽然对莱蒙托夫小说作品的翻译带有一定的商业色彩,但由于其自身具有反抗和超然的气质,作品呈现出来的反叛或创新力量还是对处于抗战语境下的中国人产生了不小的震动,客观上提升了国人的抗日情绪。

（二）

抗战大后方对莱蒙托夫的翻译介绍主要是基于作者和作品的抗争精神,也与当时苏联文坛对莱蒙托夫的推崇有关,亦即受苏联文坛文学价值取向的影响。

早在五四新文化运动爆发之前,鲁迅先生在《摩罗诗力说》中就率先介绍了莱蒙托夫,认为他的作品应该划归浪漫主义文学的行列,因为其间充满了强烈的反叛和斗争精神。在这篇著名的文论的第七部分,鲁迅先从整体上介绍了俄罗斯文学的成就:"若夫斯拉夫民族,思想殊异于西欧,而裴伦之诗,亦疾进无所沮核。俄罗斯当十九世纪初叶,文事始新,渐乃独立,日益昭明,今则已有齐驱先觉诸邦之概,令西欧人士,无不惊其美伟矣。顾夷考权舆,实本三士:曰普式庚,曰来尔孟多夫,曰鄂戈理。前二者以诗名世,均受影响于裴伦;惟鄂戈理以描绘社会人生之黑暗著名,与二人异趣,不属于此焉。"①其中"来尔孟多夫"在今天通译为莱蒙托夫,在鲁迅看来他的主要文学成就体现在诗歌创作方面。接下来,鲁迅先生花了一整段的文字来评述这位伟大的俄国诗人,认为莱蒙托夫受到了拜伦、普希金等人的影响,但在根本上却与雪莱有相似之处:"顾来尔孟多夫为人,又近修黎。修黎所作《解放之普洛美迢》,感之甚力,于人生善恶竞争诸问,至为不宁,而诗则不之仿。初虽摹裴伦及普式庚,后亦自立。且思想复类德之哲人勖宾赫尔,知习俗之道德大原,悉当改革……"②由此表明莱蒙托夫是一个勇于反抗和革命的诗人,其作品必然呈现出诗人内在的气质。除诗歌作品之外,抗战大后方翻译出版的小说《当代英雄》同样具有"摩罗"的特征,小说的主角毕巧林的身上也透露出抗争的精神和勇气。大后方属于国民党统治区域,大后方民众在抗战时期势必会面临双重社会困境:一是在国民党统治下对个体自由和精神独立的向往,二是在日本侵略下对民族独立和自由权力的捍卫。而这两种困境集合在个人身上就会体现出反叛情绪,莱蒙托夫及其作品的译介在

---

① 鲁迅:《摩罗诗力说》,《鲁迅全集》(第一卷),北京:人民文学出版社,1981年,第88页。
② 鲁迅:《摩罗诗力说》,《鲁迅全集》(第一卷),北京:人民文学出版社,1981年,第89页。

客观上也顺应了抗战大后方对文学创作的这种潜在需求。

莱蒙托夫是苏联时期受到推崇的主要的古典作家。1943年6月,戈宝权先生在《中原》杂志上发表他翻译的莱蒙托夫的诗歌时,撰写了一篇很长的"译者前言",其中主要介绍了俄国时期和苏联时期评论家对莱蒙托夫的评价。比如戈宝权首先引用了俄国的大文艺批评家别林斯基的话,认为莱蒙托夫的出现在俄国人诗歌的地平线上,无异于出现了一颗新的明亮的星。可惜的是这颗星很早就陨落了,并且是陨落在它的盛年。莱蒙托夫的创作曾受到过拜伦的影响,他曾以拜伦自拟写道:"我是年青的;歌声在我的心中沸腾,我真想能赶上拜伦:/我们有着同样的心,我们有着同样的磨难,/哦,假如我们也有着同样的命运!"莱蒙托夫是个伟大的抒情诗人,在他的诗中也充满着激情,渴望自由的呼声;他诅咒过沙皇的暴政:"污秽的俄罗斯,那奴隶的国度,统治者的国度。"他更同情那为沙皇所征服和奴役着的高加索的人民,他写过诗欢迎1830年的法国七月革命,也写过诗赞美人民的俄罗斯。对于这样一位伟大的诗人,在第二次世界大战期间更应该受到苏联人民的喜爱,因此戈宝权总结道:"特别是在这次苏联人民反法西斯的英勇斗争中,莱蒙托夫的《鲍罗丁诺之战》和激励高加索人民的诗歌,又重新响在人们的耳旁,这位俄罗斯人民的光荣之子的名字,是早已成为全人民的名字了。"①中国当时也处于抵抗日本法西斯侵略的艰苦时期,翻译莱蒙托夫的诗歌自然也能够激励中国人民勇敢地和侵略者抗争,争取自身的自由和民族的解放,这也成为中国文坛译介莱蒙托夫的重要原因。

莱蒙托夫的作品"尖锐抨击农奴制度的黑暗,同情人民的反抗斗争。著有长诗《童僧》《恶魔》和中篇小说《当代英雄》等"②。表明《姆采里》《恶魔》和《当代英雄》是他最有代表性的作品,而这三部作品在抗战大后方都有相应的翻译,有的甚至出现了多个译本,表明抗战大后方对莱蒙托夫及其作品的译介具有全面性和整体性特点,在中国莱蒙托夫译介史上作出了不可或缺的重要贡献。

四 苏联小说翻译"大众本"的传播

社会需要往往决定了文学翻译活动对原作的选择、改写乃至创新。中国抗战时期形成的文艺大众化语境决定了在语言句法上具有欧化色彩的翻译文学必然会面临着生存、传播和接受的多重困境。在这种情况下,

---

① 戈宝权:《译者前言·莱蒙托夫的诗》,《中原》(第1卷第1期),1943年6月。
② 鲁迅:《摩罗诗力说》,《鲁迅全集》(第一卷),北京:人民文学出版社,1981年,第93页。

如果将翻译文学名著改编成大众本,不仅为翻译文学找到了合适的生存方式,迎来了翻译文学生命的再度延续,还从根本上解决了翻译文学与文艺大众化和抗战需求的分歧,使两者在特殊的历史条件下有机地统一起来。

（一）时代对翻译文学大众本的诉求

大众本是翻译文学在特定的历史语境中的大众化样态。20 世纪 30 年代末期,中国社会需要充满革命激情的作品来鼓舞全民族抗战,苏联的革命小说因此被大量译介到了中国。

鲁迅说:"我觉得现在的讲建设的,还是先前的讲战斗的——如《铁甲列车》,《毁灭》,《铁流》等——于我有兴趣,并且有益。我看苏维埃文学,是大半想介绍给中国,而对于中国,也还是战斗的作品最为要紧。"①文艺工作者正是为着社会和民族的需要展开了他们的创作和翻译活动,"中国 20 世纪 30 年代的翻译文学,从主体上看,是以翻译介绍马克思主义文艺理论,苏联社会主义现实主义文学以及其它国家进步文学作品为主流,也是'左联'时期翻译文学的显著特征"②。但问题的关键是,翻译了大量的革命小说并不意味着会对广大群众产生深刻的影响,这当中还涉及文艺作品的接受问题。实际上,因为欧化的翻译文学作品与大众的文化素养和鉴赏水平形成极大的反差,其宣扬的革命精神并不能触动大众的激情。在文艺大众化思想的指导下,寻求翻译文学的合法生存样态就成了"左联"文艺工作者亟待解决的难题。比如周文先生最早用通俗易懂的语言和传统章回小说的体式将翻译成汉文的外国文学名著(如《铁流》《毁灭》)改编成大众本,不仅满足了大众的阅读期待,而且达到了启蒙和鼓舞大众的目的,找到了翻译文学与中国文艺大众化运动结合的支点,为翻译文学争取了更加广阔的生存空间。

首先,将翻译文学改编成大众本是实施文艺大众化方针的具体举措。既然翻译文学"是中国文学的一个组成部分"③,那贯彻实践大众化的文艺路线就不仅仅只与文学创作相关,翻译文学同样能够加入到大众化文艺的行列。当时,能够认识到翻译文学也可以走大众化路线的人并不多,周文针对"大众化已经提出了许多具体的办法"的现状,认为"改编名著也就是那

①　鲁迅:《答国际文学社问》,《鲁迅全集》(第 6 卷),北京:人民文学出版社,1981 年,第 18~19 页。

②　孟昭毅、李载道主编:《中国翻译文学史》,北京:北京大学出版社,2005 年,第 170 页。

③　谢天振:《译介学》,上海:上海外语教育出版社,1999 年,第 239 页。

当中的一种"①。为了从翻译文学的角度"具体地执行大众化的任务",周文先后将多部"国际的革命文学名著改编成大众本",他自己回忆说:"我曾经用何毂天笔名编了三本,《铁流》和《毁灭》的大众本刚刚出版就被禁止了,以致第三本《没钱的犹太人》……都永远被埋没。"②外国文学名著改编成大众本后,其大众化的语言表达在接受层面上拉近了读者与外国文学的距离,使很多人都能够阅读并领受外国文学名著的精神意趣。因而从传播进步思想的角度来讲,将翻译文学改编成大众本的工作具有积极的社会意义。很多读者纷纷发表文章对译者的大众本表示赞许:"把一部十多万字的著作缩成了三万字,但是几个重要人物的面影,整个故事发展的筋路,大致都能够完整地保存。使那些消受不起高级艺术的人,也有机会闻一闻气息。"③除了上海、延安、北京的三次版本外,就连周文本人也不知道《铁流》的大众本一共出版和翻印了多少次,据周七康先生统计,1933～1950年,大约有"13个不同的出版单位15次翻印"了《铁流》缩写本④。出版发行的数据能够充分说明翻译文学的大众本所获得的认可程度。可见,大众本为大众鉴赏译作开辟了一条最佳途径,让翻译文学充分实践了当时文艺大众化的思想,是大众化文艺成绩的突出表现。

其次,将翻译文学改编成大众本要顺应读者的接受水平。文艺大众化方针提出之后,在文学创作和办报宣传之外,周文还想到了利用外国文学,尤其是反映苏联革命战争的文学来"启发群众接受革命的真理"⑤。当时曹靖华翻译的《铁流》不失为一部好的翻译作品,但翻译活动本身决定了翻译文学在语言和句法上有严重的"欧化"色彩,"像这样欧化的作品,除了一部分知识分子能够享受外,其它一般文化水准比较落后的大众差不多是很少能够领教的",而且让文化素养不高的大众和时间紧迫的知识分子耐心地"读九万十万字的长篇小说,那实在是不能的"⑥。因此,从大众的接受水平和阅读时间出发,周文将《毁灭》这部十多万字的长篇译作改编成了只有两三万字的通俗的章回小说。周先生对文艺大众化思想的理解不仅仅局限在

① 周文:《在摸索中得到的教训》,《周文选集》(下卷),成都:四川人民出版社,1980年,第417页。

② 周文:《大众化运动历史的鸟瞰》,《周文选集》(下卷),成都:四川人民出版社,1980年,第484页。

③ 林翼之:《读〈毁灭〉大众本》,《申报自由谈》,1933年6月20日。

④ 周七康:《周文与大众通俗缩写本〈毁灭〉和〈铁流〉》,《新文学史料》,2005年1期。

⑤ 郑育之:《多年的心愿——写在〈周文选集〉出版之时》,《周文选集》(下卷),成都:四川人民出版社,1980年,第584页。

⑥ 周文:《关于大众本》,《出版消息》,1933年12月1日。

文艺的接受层面,而且还涉及文艺传播。他将翻译文学大众本的出版价格降到了最低,目的就是希望有更多的读者可以购买阅读,他在谈大众文艺丛书的缘起时曾说:"书价也尽可能的订得低廉,使得一些忙碌而贫穷的大众都能买来读。"①郑育之先生中肯地指出周文把译作改编成大众本的原因是对工农大众接受能力的顾及:"翻译作品,当时受压迫受剥削的工农群众接受起来是有困难的,党号召把翻译作品改编为通俗易懂的读物。于是,周文第一个响应,停止了原来的写作计划,进行研究。……最后花费了三四个月时间,把《毁灭》这一部反映社会主义革命的伟大作品,改为通俗易懂的作品。"②

最后,将翻译文学改编成大众本应恪守一定的方法和原则。周文在《关于大众本》一文中概括了改编译作的三点方法:一是篇幅要短,用尽可能少的文字将外国名著缩写成短小的故事,因为大众没有闲暇时间去读长篇大作,也没有资金购买厚重的书籍;二是故事性要强,改编者应该像叙述故事一样将原作呈现给大众,因为完整的且情节性强的故事能激发大众的阅读兴趣;三是语言要浅,写给大众看的作品至少应该让大众理解其语言旨趣,要用易解的语句代替一般翻译文学作品中的欧化句法和表达。改编译作应该遵循的一条原则是维护原作的主题思想,这是周文改编译作的思想精髓,"编者决不应该把自己另外的一种观点去把原书已有的中心的意义歪曲"③。

以上关于翻译文学大众本的实践和理论总结不仅确立了翻译文学在大众化语境中的合法性,赋予了翻译文学持久的生命力和广泛的影响力,而且丰富了大众化的文艺思想和翻译理论,值得我们去认真研究。

(二) 大众本与抗战文学创作

翻译文学改编成大众本才能适应文艺大众化的需要,合乎广大人民群众的阅读需要和能力。同时改编译作之前进行的详细阅读会促进改编者创作能力的提高,而且改编翻译文学的过程是练习文学创作的过程,这是他对译作改编与文学创作关系的合理理解。

阅读翻译文学可以促进文学创作。很多作家在阅读外国文学(含翻译文本)的过程中习得了创作方法并产生了创作冲动,比如当年围着炉火读郑

---

① 周文:《大众文艺丛书的缘起》,《毁灭》(大众通俗本),上海:光华书局,1933年。
② 郑育之:《多年的心愿——写在〈周文选集〉出版之时》,《周文选集》(下卷),成都:四川人民出版社,1980年,第584~585页。
③ 周文:《关于大众本》,《出版消息》,1933年12月1日。

振铎译泰戈尔《飞鸟集》的冰心在《〈繁星〉自序》中袒露了阅读翻译文学给她的情感表达提供了诗体形式:"一九一九年的冬夜,和弟弟冰仲围炉读泰戈尔(R·Tagore)的《迷途之鸟》(《Stray Birds》),冰仲和我说:'你不是常说有时思想太零碎了,不易写成篇段么? 其实也可以这样的收集起来。'从那时起,我有时就记下在一个小本子里。"①如果没有阅读译诗的经历,冰心也许还不知道怎样去表达她那些零碎的思想,《繁星》一类的优秀小诗也许就不会流行。阅读翻译文学不仅可以使读者获得文学创作方法,而且还有助于提高读者的创作能力,启发他们的情感。郭沫若曾说:"我自己在写作上每每有这样的一种准备步骤。譬如我要写剧本,我是先把莎士比亚或莫里哀的剧本读它一两种,要写小说,我便先把托尔斯泰或福楼拜的小说读它一两篇,读时也不必全部读完,有时候仅仅读的几页或几行,便可以得到一些暗示,而不可遏制地促进写作的兴趣。别的朋友有没有这样的习惯,我不知道,但我感觉着这的确是很有效的一种读书的方法。"②将翻译文学作为创作资源的作法似乎是中国现代文学创作的普遍现象,鲁迅说他创作《狂人日记》"所仰仗的全在先前看过的百来篇外国作品和一点医学上的知识,此外的准备,一点也没有"③。同样,周文先生因为要改编《毁灭》而对之进行了反复阅读,结果从阅读中获得了许多文学创作方法,使他一度沉寂的创作又恢复了生机。他在谈文学创作的经验教训时感言:"说到《毁灭》,我应该要向它特别感谢。要不是这本书,我的文学生活也许就从此终结了也说不定。因为编,我曾经逐句读了三四遍,就是一个标点也不肯放松。这一下自己才觉得,喔,文学并不是那么轻轻容易的事情。它把握题材,分析题材,描写人物,实在是非生活其中尝过艰难困苦用过血汗工夫的不能写出。它指示了我们最新的创作方法:结构的严密,描写的轻重,读了这么一本书,实在是胜过读十本什么小说作法之类的书,它告诉了我们这世界上活生生的事情,告诉了各种阶层的人物不同的心理和形态。那是我们在这社会所平常看见过的人物,就是我们自己有时也活现在里面。它好像这么告诉我们,创作并没有什么神秘,只在题材的现实和人物的真实。要写好一篇好作品,只要如《毁灭》似的把现实的事件和真实的人物抓着反映上去就成了。"④阅读翻译文学带来的经验和方法延续了周文先生的创作生命,帮助他走出了创作《雪

① 冰心:《〈繁星〉自序》,《繁星》,上海:上海商务印书馆,1923 年。
② 郭沫若:《我的读书经验》,《郭沫若论创作》,上海:上海文艺出版社,1983 年,第 186 页。
③ 鲁迅:《我怎么做起小说来》,《鲁迅全集》(第 4 卷),北京:人民文学出版社,1981 年。
④ 周文:《在摸索中得到的教训》,《周文选集》(下卷),成都:四川人民出版社,1980 年,第417~418 页。

地》之后的低谷,又陆续创作了许多优秀的文学作品。

改编翻译文学可以练习文学创作。创造性是文学创作、翻译和改编共有的本质特征,这决定了改编翻译文学和文学创作之间的相似性。译者或改编者总会根据自己的文学审美定势来对原作加以"误读",这种被称为"创造性叛逆"的"误读"对原作来说是一种不折不扣的创新①,因此,中外翻译家根据文学翻译的历史经验对翻译做出了这样的判断:"文艺翻译正是一种创作活动……把文学准则用于文艺翻译是完全正确的。"②在 20 世纪 30 年代文艺大众化运动的推进过程中,"左翼"作家纷纷倡导并实践了文艺形式的大众化方向,小说、诗歌、音乐、哲学乃至自然科学的大众化实践都取得了一定的成绩,但在技巧方面却"非常的缺乏。比如题材的把握、分析、描写,怎样才能活动、深刻"。周文先生将改编翻译文学作品作为"练习自己的创作"③,因为要改编翻译文学作品,必须反复研读并思考其题材的选择、人物形象的刻画、结构的安排以及场景的描写等诸多与创作实际相联系的问题。而正是对这些问题的思索,周文等"左翼"作家从翻译文学作品中吸取了很多创作经验。同时,为了将原作改编成大众化的通俗读本,改编者必须在原作故事情节和人物活动的基础上重新组织自己的语言,这种语言的组织过程其实就是一种创作能力的展示。我们从周文先生改编的大众本的受欢迎程度就可以推断其创作能力的高下和创作方法应用的成熟,进一步说明了改编译作对创作的促进作用。

另外,抗战前后文艺界还论述了翻译文学语言的大众化问题。《大众化运动历史的鸟瞰》一文中对当时的语言论争作了这样的描述:"'大众化'问题,还踏进了翻译的领域。鲁迅先生和瞿秋白先生对于这个问题进行了深刻的探讨,批评了当时的'宁可错些不要不顺'和'宁信儿不顺'的两种关于翻译的说法。而主张用'群众有可能了解和运用的语言'来翻译。从这以后,在翻译界发生了很大的影响,比如我们后来看见的瞿秋白先生译的《高尔基选集》,以及鲁迅先生译的《死魂灵》和《表》之类,就都是向着这个方向努力的。"④这段话明确地传达出了的翻译文学语言观即是翻译文学的语言应该是大众可以理解的语言,但不是低俗的语言。如果将这种语言观应用

---

① 〔美〕韦斯坦因:《比较文学与文学理论》,刘象愚译,沈阳:辽宁人民出版社,1987 年,第 36 页。

② 〔苏〕加切奇拉泽:《文艺翻译与文学交流》,蔡毅、虞杰译,北京:中国对外翻译出版公司,1987 年,第 32 页。

③ 周文:《关于大众本》,《出版消息》,1933 年 12 月 1 日。

④ 周文:《大众化运动历史的鸟瞰》,《周文选集》(下卷),成都:四川人民出版社,1980 年,第 483 页。

到创作和译作的改编中,必然会推动文艺大众化的开展。

20 世纪 30~40 年代很多作家都从阅读和翻译苏联文学中吸取了创作的营养,其关于翻译文学和创作之间的关系的认识具有相当的普遍性,新文学就是在翻译外国文学和阅读外国文学的进程中发展成熟起来的。

(三) 翻译文学大众本的历史评价

轰轰烈烈的文艺大众化运动在历史的演进中终于沉静下来,拭去学术研究的"先见",我们今天究竟该怎样认识在文艺大众化运动中衍生出来的翻译文学大众本呢?

首先,关于翻译文学大众本的见解是一种合理的翻译观,尽管它并非翻译活动的理论概括,而仅仅是翻译文学的利用和影响的经验总结。长期以来,人们习惯于将翻译过程、语言和意义的转换等翻译的内部因素纳入正统的翻译研究范围,而将翻译文学的影响、传播等翻译的外部因素置于翻译研究的领域之外,这也许是长期以来周文的翻译思想为什么没有引起人们重视的原因。先前学术界对翻译文学的研究主要是借用了国外翻译的语言学理论,将注意力集中到翻译的语言和技巧层面上。比如最先将语言学的研究成果引入翻译研究的代表约翰·卡特福德(J.C.Catford)认为翻译是"用一种等值的语言(译语)的文本材料去替换另一种语言(原语)的文本材料"[1]。在这种批评模式下,文学的可译性问题、文学翻译的形式问题、译作能否传达原作情感等成了翻译研究的重心。至于翻译对源语文本的选择、传播、接受和影响等内容则被无情地遮掩起来,造成了翻译研究的缺憾。西方文化研究的兴起改变了翻译研究的视角,翻译研究的文化学派认为翻译绝不仅仅是两种语言之间的转换,而是两种文化之间的交流。如果说"文化研究介入到文学研究中最为明显的特征就是将以往研究所忽略的部分彰显出来"[2]的话,翻译的文化研究将会使被遮掩的内容回归为翻译研究的正题。郭建中先生认为:"文化研究对翻译研究产生的最引人注目的影响,莫过于 70 年代欧洲'翻译研究派'的兴起。该学派主要探讨译文在什么样的文化背景下产生,以及译文对译入语文化中的文学规范和文化规范所产生的影响。近年来该派更加重视考察翻译与政治、历史、经济与社会制度之间的关系。"[3]因此,关于翻译文学的改编以及翻译文学对文艺大众化思想的

---

① J.C. Catford, *A Linguistic Theory of Translation*, London: Oxford University Press, 1965,p20.

② 王晓路等编著:《当代西方文化批判读本》,成都:四川大学出版社,2004 年,第 2 页。

③ 郭建中:《当代美国翻译理论》,武汉:湖北教育出版社,2000 年,第 156 页。

实践等,在翻译研究的文化视野下就成了一种合理的翻译理论架构,翻译文学大众本作为独到的翻译文学观是毋庸置疑的事实,应该得到学术界的认同和关注。

其次,翻译文学大众本的观念具有普遍的合理性和历史的进步性。1932年,由冯雪峰起草的"左联"执委会通过的决议认为:"只有通过大众化的路线,即实现了运动和组织的大众化,作品、批评以及其它一切的大众化,才能完成我们当前的反帝反国民党的苏维埃革命的任务,才能创造出真正的中国无产阶级革命文学。"①文艺的大众化应该包括翻译文学的大众化,翻译文学的大众本和翻译语言的浅易化是对"左联"文艺政策的应和,必将为翻译文学争取更为广泛的生存空间,进一步延伸它的文学生命。而且后来在全民族抗战语境中,中华全国文艺界抗敌协会也提出抗战文学应该采用人民大众喜闻乐见的形式②,翻译文学大众本无疑会满足人们对抗战文学的需求。因为翻译文学和它的大众本在并行不悖的情况下可以满足不同人群的审美需要,尤其是译作的大众本为翻译文学赢得了更多的受众,助长了翻译文学的传播,因而周文的翻译文学观念具有合理性。抗战爆发后,文艺工作者纷纷走向农村、部队和工厂,创作了大量适合工农兵审美情趣的通俗文艺作品,文艺大众化运动出现了空前的盛况。但创作或翻译通俗文艺作品的出发点不是要为文学找到合适的读者群(但客观上却迎来了更多的读者),而是为爱国救亡做宣传,鼓舞和提高民族斗争的士气,诚如茅盾所说:"自抗战开始,任何工作,都应当和抗战联系起来。目前最迫切的问题,应当是如何发动民众抗战。戏剧歌咏等都是发动民众的工具。"③因此,翻译文学大众本和翻译语言浅易化的见解顺应了时代对文学的需要,显示出一定的历史进步性。

当然,翻译文学大众本也有与文学性立场相背离的一面。就整个文艺大众化运动来说,其出发点和归宿都不在文学自身,而是为着"教化大众"和"救亡"的目的,尽管当时许多"左联"人士和后来的抗战文艺工作者再三强

---

① 冯雪峰:《中国无产阶级革命文学的新任务》,《文学导报》,1932年11月15日。
② 抗战时期讨论最多的就是文艺的民族形式问题,新诗为了更加有效的为民族解放战争服务,为大众服务,就必须做到新的革命内容与形式的有机统一。从形式的角度来看,就是要创造出为人民大众所喜闻乐见的民族形式。民族形式跟大众化联系在一起,所以诗歌的大众化形式是抗战以来诗歌讨论的焦点。"文协"在几次诗歌座谈会与诗歌晚会上都对此进行过探讨,《抗战文艺》也发表了《论我们时代的诗歌》《我们对于抗战诗歌的意见》等文章来展现文艺工作者对民族形式问题的意见。
③ 茅盾:《文艺大众化问题》,《茅盾全集》(第21卷),北京:人民文学出版社,1991年,第345页。

调大众化文艺的文学性。作为坚决贯彻执行文艺大众化路线的文艺工作者,比如周文的翻译文学观无可避免地会打上功用的烙印,比如他将《铁流》和《毁灭》等翻译文学改编为大众本的目的就是为了让更多的人感受到革命的激情。从客观结果来看,尽管他改写的大众本流传甚广,但将十几万字的长篇小说压缩成两三万字的章回小说,不仅使文学性极强的现代小说变成了通俗小说,而且原作严密的构思和语言表达等小说艺术也几乎荡然无存,只剩下简单的故事情节和说教思想,因而这是一种值得警醒的翻译文学改编之路。

翻译文学的大众本、翻译文学对创作的促进以及翻译文学语言的浅易性等构成了抗战时期的特殊翻译文学观,而且这些观念具有一定的合理性和进步性,在促进抗战文学发展的同时,也推动了苏联革命小说在中国的传播和接受。

第三节 抗战大后方对俄苏戏剧的翻译

由于戏剧具有强烈的现场感染力,适合在抗战时期鼓舞广大中国人民的抗日激情,因而戏剧翻译也赢得了长足的发展空间。大后方对俄苏戏剧的翻译具有革命和抗战的双重使命,当然也兼具戏剧艺术的审美维度;因此,《新华日报》重点翻译了高尔基的戏剧作品,而作为俄国伟大的作家之一,托尔斯泰的作品在大后方被改编成剧本上演。中苏文化协会是抗战时期中苏文化和文学交流的重要社团,该社也译介了多部俄苏戏剧作品,演绎出俄苏戏剧翻译的盛景。

一 高尔基戏剧的翻译

高尔基是苏联文学史上无可替代的革命文豪,在当时中国作家心目中,"高尔基的诗美学,特别表现着力与战斗的美,文学上的新美学,是从新人类战斗的行动的美里,更美化了悲壮的美,又还给新人类"[1]。大后方社会各界、各文学期刊都显示出对这位苏联作家的尊敬和爱戴,借其诞辰和逝世之日举行形式各异的纪念活动,而且发表了大量的文章和翻译作品来表达缅怀之情。

(一)

在此以《新华日报》为重点,来探讨高尔基纪念活动与其作品的翻译

---

[1] 藏云远:《战斗的美学观——高尔基逝世四周年纪念》,《新华日报》,1940 年 6 月 18 日。

情况。

1938 年 6 月 18 日,《新华日报》发表了《高尔基逝世两周年》的社论,叙述了高尔基的伟大功绩和对中国的影响,同时认为中国的文艺工作者应该:"(一)动员我们的笔杆,反对人类的公敌及文化的破坏者——法西斯主义及其走狗杀害高尔基的刽子手——托洛斯基匪徒,我们要消灭屠杀文化的凶手,要为高尔基复仇!(二)我们应该本着高尔基不屈不挠的精神,积极的参加一切的事业,为了真理,为了新人类的幸福而斗争!(三)最后,我国的文人,应该舍弃过去'文人相轻'的旧观念,要学习高尔基的大公无私的伟大精神,更密切地团结起来,为了争取民族独立,民族自由,及民生幸福,与我们的敌人——日本法西斯军阀及其走狗汉奸托派分子作坚决无情的斗争,以报答高尔基生前对我们的希望和同情!"①同时,该报还特别推出了"高尔基逝世两周年特刊",发表了凯丰的《纪念伟大的无产阶级作家高尔基》、郭沫若的诗歌《高尔基万岁》、戈宝权翻译的《高尔基致中山先生书》、戈矛的《高尔基永远活在大众的心灵里》等文章。

1939 年 3 月 28 日,《新华日报》发表了戈宝权翻译的苏联文艺批评家吉尔波丁评价高尔基创作特色的作品《社会主义文化的大艺术家——高尔基》,以此纪念高尔基的诞辰日。其中对高尔基做了这样的肯定:"高尔基敢于正视一切最可怕的现象中的真实性,并且是一个最勇敢和忠实于现实的作家。他的乐观主义的来源是工人阶级必胜的斗争,是马克思、恩格斯、列宁和斯大林的学说。深入群众的最底层,描绘群众的痛苦生活。"②高尔基的这些特征对于激发中国作家创作有利于民族解放战争的作品无疑具有很大推进作用,尤其是促进了以马克思为思想和行动指南的中国共产党人的文艺创作,对当时兴起的大众文学和民族文学创作也起到了很好的促进作用。1939 年 6 月 17 日,为纪念高尔基逝世三周年,高尔基生平与创作展览会在重庆开幕。18 日,高尔基逝世三周年纪念日,重庆文艺界举行了纪念会。郭沫若题词曰:"朗诵《海燕歌》,就好像和高尔基见了面。纪念高尔基,最好是成为他所歌颂的海燕,不怕暴风雨,在黑暗当中确信着光明就在眼前!"③事实上,举办高尔基纪念会的根本目的还是要鼓舞中国人的抗战

---

① 《高尔基逝世两周年》(社论),《新华日报》,1938 年 6 月 18 日。

② 〔苏〕吉尔波丁:《社会主义文化的大艺术家——高尔基》,戈宝权译,《新华日报》,1939 年 3 月 28 日。

③ 这是郭沫若为高尔基逝世三周年的题词,1939 年 6 月 18 日刊登在《群众》周刊上。参阅上海图书馆编《郭沫若著译系年》,《郭沫若研究资料》(下),中国社会科学出版社,1986 年,第 514 页。

热情。从接受美学的角度来讲,抗战时期中国人对文学的期待视野发生了很大变化,其审美的核心就是希望文学能够带给他们内在的信心,能让人们在黑暗现实中持有争取抗战胜利的勇气。

1940 年 6 月 18 日,高尔基逝世四周年,中苏文化协会举行盛大的茶话会。《新华日报》发表社论《纪念高尔基学习高尔基》,指出:"高尔基的一生奋斗,是丰富的、艰苦的、斗争的、英勇的、坚定的,同时也是胜利的。在高尔基逝世的四周年,我们纪念高尔基,我们更应学习高尔基!"①同时还发表了臧云远的《战斗的美学观——高尔基逝世四周年纪念》、力扬的《高尔基与诗歌》、戈矛的《风景画与风俗画》等文章来纪念高尔基。

1941 年 1 月 1 日,"文协"发布了《致苏联文艺界书》②,谈了中国文艺工作者在抗日战争中"从没有因为困难而放弃过自己底岗位,在客观条件非常艰苦境遇下面是这样,在敌机残酷轰炸下面是这样,甚至在黑暗的沦陷区甚至炮火连天的前线也是这样"。而且"在这个艰苦的然而伟大的斗争里面,从参加实际工作的青年知识分子中间,从觉醒了的人民中间,饱含着新的生命健康的作家,在不断地成长,出现"。还谈到了苏联的文艺工作与中国的关系:"你们底作品,特别是伟大的 M.高尔基的作品,对于我们底新文艺所发生的影响,绝不是在简单的叙述里面能够说明的。"最后表示中国作家准备走艰苦的道路争取抗战胜利的决心和信心。1941 年 6 月 18 日,高尔基逝世五周年,中苏文化协会联合其他 14 个单位举行了纪念会。《新华日报》发表了时评《高尔基——列宁的挚友》,此外还发表了戈宝权的《回忆高尔基》、秀兰诗歌作品《高尔基还活着》以及《高尔基著作小统计》等诗文来纪念高尔基这位伟大的苏联作家。

1942 年 6 月 17 日,为了纪念诗人节和高尔基逝世六周年,"文协"举行了诗歌晚会,讨论"目前诗歌之创作及技术";6 月 18 日,《新华日报》发表了戈宝权的纪念文章《纪念伟大的反法西斯主义的战士——高尔基》;6 月 20 日发表了张西曼的诗歌作品《敌人不投降,就消灭他——革命文豪高尔基逝世的六周年》。1943 年 3 月 29 日,《新华日报》首先举办了"纪念高尔基七十诞辰"的活动,发表了一篇通讯报道《苏联举国热烈纪念高尔基七十诞辰,作家联盟举办纪念大会》,接着翻译发表了两篇尼基丁撰写的文章《他是红军之友》和《人的胜利》。该年 6 月 18 日,《新华日报》举行了"纪念高尔基逝世七周年"的互动,发表了苏联作家亚历山大·克利摩夫撰写的文章《列

---

①　《纪念高尔基学习高尔基》(社论),《新华日报》,1940 年 6 月 18 日。
②　《致苏联文艺界书》,《抗战文艺》(第 7 卷第 1 期),1941 年 1 月 1 日。

宁、斯大林和高尔基,为纪念高尔基逝世七周年》和布谷的文章《向高尔基学习》。

　　1944 年 3 月 28 日,高尔基诞辰之日,《新华日报》发表了尼兰翻译的 S. 马少克所作的文章《回忆高尔基》;6 月 18 日,高尔基逝世纪念日,发表了舒木的文章《消灭一切形形式式的法西斯主义来纪念伟大的高尔基》。1945 年 6 月 18 日,为纪念高尔基逝世九周年,《新华日报》发表了茅盾翻译的苏联作家罗斯金的文章《流浪生涯——高尔基生活之一页》和林乃音的《挖掉奴隶的心——论高尔基与瞿秋白》。1946 年 6 月 18 日则是高尔基逝世十周年纪念,《新华日报》刊登了一组文章来浓重纪念高尔基:曹靖华的《人民的春天要开始了》、田汉的《高尔基和中国作家》、茅盾的《高尔基和中国文坛》等来阐述高尔基对中国社会文化和文学创作产生的深刻影响。同时,发表了署名 L.N 翻译的《莫洛托夫论高尔基》一文,让中国读者更加全面地认识了高尔基作为作家的伟大之处。

　　高尔基纪念活动成为抗战大后方文坛的一大盛况,除新华日报社举办的活动之外,中苏文化协会出版的会刊《中苏文化》每期都有关于苏联文学和著名作家的介绍,1937 年出版了"高尔基逝世周年纪念专刊",1939 年出版了"高尔基逝世三周年纪念专号"。据统计,从 1937 年高尔基逝世到整个抗战文学结束的 1945 年,每年中华文化界抗敌协会和中苏文化协会都会举办纪念高尔基逝世周年活动。这些专号刊登的文章除了介绍高尔基之外,还有部分高尔基作品的翻译。《文学月报》1 卷 6 期曾举办过"高尔基逝世四周年——纪念特刊",《文学新报》2 卷 1 期曾出版过"高尔基纪念"专号。桂林的文艺期刊举办了纪念高尔基逝世周年纪念的活动,比如,《野草》杂志 2 卷 4 期(1941 年 6 月 1 日)开辟了"高尔基逝世五周年纪念",翻译发表了法国作家罗曼·罗兰的《忆高尔基》、美国作家辛克莱等世界各国作家撰写的《世界作家哀悼高尔基》以及高尔基的文学论文《论语言》。《青年生活》是一份以青少年为读者群体的综合性刊物,1940 年 10 月创刊于桂林,林植任主编,樊克昂任发行人,由科学书店总经销。因为桂林疏散而于 1944 年 6 月出版至 5 卷 1 期后终刊,一共出版了 25 期。1943 年 6 月,《青年生活》4 卷 2 期开辟了"M.高尔基逝世七周年纪念"专栏,发表了曾乐翻译的《农民们对 M.高尔基的回忆》一文,同时还发表了高尔基的两篇速写《演技人》和《小偷》。成都《笔阵》第 7 期(1939 年 7 月 20 日)发表了肖蔓若的论文《纪念高尔基》;新 1 卷 3 期(1940 年 6 月 1 日)发表了吕洪钟的论文《文学巨匠高尔基》,同时发表了林丰翻译的随笔《第一次和高尔基会面》。昆明的《文化岗位》杂志 1 卷 3~4 合期(1938 年 10 月 31 日)发表了《高尔基语录(给初学写作者的一封信)》。延安的大型文艺刊物《文艺突击》在 1939 年 6 月 25 日开辟了"纪念高尔基"专栏,发表了小山的纪念文章《我怎能忘记》,吴伯箫翻译的苏联作家莫洛托夫的纪念文章《献给玛克辛·高尔基》以及白澄翻译的高尔基作品《狱室生活》①。

大后方之所以频繁地举办高尔基纪念活动,与高尔基符合当时人们对中国作家形象的构想有关。在《新华日报》的众多论文中,经常会出现将屈原与高尔基排放在一起的纪念文章,如 1942 年 6 月 19 日第二版的《中苏文化之交流——渝文化界昨纪念高尔基与屈原》:"(本报讯)昨日是苏联大文豪高尔基逝世六周年纪念日,又是中国第二届诗人节(纪念中国大诗人屈原先生),陪都中苏文化协会,政治部文化工作委员会,国际反侵略运动大会中国分会,中苏文协重庆分会,留俄同学会等参加"。在于右任院长的致辞中,我们可看出两位伟人有值得纪念的共同品质:"略谓千年端午节,大家纪念两千年前的屈子,今天又是苏联大文豪高尔基的逝世六周年纪念日,他们两人,时间相隔两千多年。高尔基和屈原生前都是为人民利益而创作,他们一生颠沛流亡,万分艰苦,可见物质生活上的艰难是难不倒人的,这值得我们抗战建国中今日的文人所效法。"配合这次纪念活动,《新华日报》副刊《文艺之页》第 49 期刊登有范永的《迎诗人节》、戈茅的《诗与散文》、戈宝权的《纪念伟大的反法西斯主义的战士——高尔基》、李篁的《学习屈原的创作精神》、郭沫若的《"深幸有一、不望有二"》等。充分显示出高尔基的革命精神对鼓舞中国人的抗战具有重大的现实意义,这也间接反映出高尔基作品被大量译介的原因。

伴随着这些纪念活动,各大报纸杂志翻译发表了大量的高尔基作品,有力地推动了高尔基作品在抗战中国的传播和接受。1946 年是高尔基先生逝世十周年纪念,但由于抗战的胜利以及大后方出版社、文化名人以及报刊的回迁,重庆、桂林和昆明等地对高尔基作品的译介反而有所回落。

(二)

伴随着这些纪念活动,各大报纸杂志翻译发表了大量的高尔基作品,有力地推动了高尔基剧作在抗战中国的传播和接受。

戏剧作为一种形象的舞台艺术在鼓舞中国人民反抗强敌和压迫的过程中发挥了不可替代的作用,这也是抗战时期戏剧艺术得以发展的主要原因。大后方在高尔基戏剧译介方面作出了很多成就。1938 年 3 月 15 日,重庆

---

① 以上纪念文章载《文艺突击》(新 1 卷第 2 期),1939 年 6 月 25 日。

《弹花》杂志 1 卷 1 期上发表了赵天、辛生合译的剧本《伊格·布里珂夫》。1944 年 4 月,重庆《戏剧月报》第 1 卷第 5 期发表了方开凯翻译的苏联作家杜列林的戏剧论文《高尔基与戏剧》。《文艺生活》于 1941 年 9 月 15 日在桂林创刊,该杂志具有鲜明的时代性和目的性,那就是"致力于文艺抗战工作",①在民族解放战争中发挥文艺抗战和文艺救国的社会功能。

　　1937 年,塞克先生翻译的戏剧《下层》在成都跋涉书店出版,同年 8 月,该剧本在上海燎原书店出版。这部戏剧后来被通译为《底层》,被视为高尔基戏剧创作的代表作,是他对以流浪汉、小偷、妓女、手工匠人、过时的演员等为代表的底层社会最深刻的洞察。也正是因为高尔基在该剧作中汇聚了各色底层人物,他们的生活现实和遭遇引起了中国广大人民的同情,从而使该剧在中国受到持续不断的关注。当然,抗战大后方成都出版的塞克译文还不是最早的译本,1937 年 1 月,上海启明书局出版了谢炳文以《深渊》为名翻译的高尔基剧本《底层》,短短的两个月后便再版了。1944 年 2 月,上海世界书局出版了芳信以《下层》为名的译作。1945 年 12 月,上海光华出版社出版了胡明以《夜店》为名翻译的剧本。1947 年 4 月,许德佑以《夜店》为名的译本在上海大东书局出版。1947 年 8 月,李谊以《夜店》为名翻译的改剧本在上海复兴书局出版,前附有《〈夜店〉的艺术与社会价值》一文,对该剧作了较高的评价:"高尔基的代表作,有名的《夜店》,是一九〇二年,正值高尔基全盛时代的作品,这是在作者文学生涯上,可划一新时期的杰作,已为一切批评家所一致承认。"②

　　1949 年以后,《底层》的翻译和出版也没有停止。1949 年 12 月,李健吾以《底层》为名翻译了该剧,并在上海出版公司出版,在不到一年的时间内,甚至连译者自己想修改原来翻译不准确的地方都没有足够的时间③,便在 1950 年 8 月匆匆地再版了,足以表明该剧本在中国受欢迎的程度。1953 年 10 月,平明书店再版了李健吾的译本,1957 年 12 月,上海新文艺出版社再次出版了李健吾的译本,与之前的版本不同的是,该版前面增加了苏联作家

---

①　《编后杂记》,《文艺生活》(第 1 卷第 2 期),1941 年 10 月 15 日。

②　李谊:《〈夜店〉的艺术与社会价值》,《夜店》,高尔基著,李谊译,上海:复兴书局,1947 年,第 1 页。

③　李健吾先生在《底层》第二版的出版后记中说:吉洪先生在《翻译通报》第一期中指出李健吾翻译的《底层》在九个方面存在不足,李健吾也虚心接受译本的错漏,答应在半年之内给予修改后出版,但"没有想到出版公司要我答应即日再版,起初我考虑不肯,后来我让步了,先把吉红先生已经提出来的九个地方斟酌一遍,另外自己做了一些修改,于心稍安地减轻再版给自己带来的罪过。我热切希望三版能够根据吉洪先生的对勘,达到完美的可能"。(李健吾:《再版附言》,《底层》,高尔基著,李健吾译,上海:上海出版公司,1950 年,第 152 页。)

C·C.达尼洛夫撰写的《论〈底层〉》一文,认为高尔基的这部戏剧是"反对封建地主贵族社会及其外面的繁荣和豪华、反对资产阶级资本主义世界及其富有的满足的谴责檄文"①。表明《底层》这部戏剧所表现的人物及其命运与中国底层人民一样,只有革命并建设社会主义国家才是"流浪"人群最终的理想归宿。1950年4月,上海海燕书店再版了芳信以《下层》为名的译本。1960年3月,中国戏剧出版社再版了芳信的译本。1955年,人民文学出版社出版了陆风翻译的名为《在底层》的单行本,这个译本具有较明显的"社会主义"情结,陆风先生在译者后记中引用高尔基给库尔斯克红军信中的文字来体现本剧本的"革命性":"一九〇一年我写作这一剧本时,我已经晓得'人民'绝不像'民粹派'所说的那样,'人民'并不是一个整体。'人民'已经被阶级国家机构分割成为互相敌对的许多'阶层'和集团。把人民分为'英雄和群氓'的怪论,不能使我满意。我当时曾经想、现在还是想使全体人民都成为创造性劳动的英雄、新的自由生活制度的建设者。我们应该使每一个个性不同的人,能觉悟到自己和别的任何人都是同样有价值的人。只有把促使人间相互敌视,并造成这一切灾难和罪恶的根源——私有财产制度完全消灭时,才能达到这点。换句话说,只有在社会主义制度下才能达到这一点。"②将社会阶层的划分归因于私有制度,而将拯救下层人的希望寄托在社会主义公有制度,说明了苏联建国初期,人民对社会主义制度充满了美好的期待。同样,陆风先生翻译这部作品,并引用高尔基的这段话,也意在言明中国新兴社会主义制度的建立意味着人民大众美好生活的起航,由此表明社会主义制度的优越性。1986年3月陆风翻译的《高尔基戏剧选》③在上海译文出版社出版,其中收录的《下层》更名为《在底层》。总体来看,《底层》这部名剧在中国最早翻译的时间大体上是20世纪30年代后期,先后有塞克(《下层》)、谢炳文(《深渊》)、胡明(《夜店》)、许德佑(《夜店》)、李谊(《夜店》)、李健吾(《底层》)、芳信(《下层》)、陆风(《在底层》)八个单行本,是高尔基在作品中国翻译版次和出版数量最多的作品,显示出《底层》这个剧本的艺术性和对生活表现的广度与深度,受到了中国读者广泛的喜爱和好评。

① 〔苏〕C·C.达尼洛夫:《论〈底层〉》,江帆译,《底层》,高尔基著,李健吾译,上海:上海新文艺出版社,1957年,第3页。
② 陆风:《译后记》,《在底层》,高尔基著,陆风译,北京:人民文学出版社,1955年,第191~192页。
③ 〔苏〕高尔基:《高尔基戏剧选》,陆风译,上海:上海译文出版社,1986年。其中收录了《小市民》《底层》《仇敌》和《叶戈尔·布雷乔夫和他周围的人》四个剧本。

1942 年 12 月,桂林国光出版社和桂林科学书店出版了由焦菊隐翻译的剧本《布利乔夫》(现在通译为《叶戈尔·布雷乔夫》),这是除《底层》之外高尔基在中国最受欢迎的剧本之一。1945 年 1 月,重庆上海杂志公司推出了由焦菊隐翻译的高尔基《未完成的三部曲》中的《布利乔夫》和《道斯提加夫》两部。焦菊隐是我国著名的戏剧家和戏剧翻译家,他曾留学法国巴黎大学,有较好的外国文学和文化素养,在抗战大后方充分展示了他的戏剧和翻译能力。1942 年初,焦菊隐随内迁潮流来到了四川江安,并在国立戏剧专科学校任教,其在大后方的戏剧成就主要体现在如下三个方面:一是戏剧演出,焦先生导演了英国大戏剧家莎士比亚的名著《哈姆雷特》,第一次将其搬上了中国的戏剧舞台。二是戏剧翻译,焦先生 1942 年年底来到重庆,开始着手翻译高尔基的话剧《未完成的三部曲》,该翻译剧本 1945 年在上海杂志社出版;同时翻译了匈牙利编剧家贝拉·巴拉兹(Béla Balázs)的《安魂曲》,1943 年 5 月由文化生活出版社在渝出版第一版。第三是戏剧理论,焦菊隐在大后方生活的时期撰写了关于戏剧批评的诸多论文,支撑了中国戏剧理论建设。因此,抗战大后方出版了焦菊隐翻译的两部戏剧:《布利乔夫》(桂林)和《安魂曲》(重庆)。就高尔基戏剧《布利乔夫》而论,焦译本是比较盛行的版本,北京天下图书公司在建国后的 1949 年 1 月再版了改剧本,紧接着 1950 年 2 月就出版了第二版。1959 年,中国戏剧出版社出版了《高尔基剧作集》,其中第三卷收录了高尔基 1913~1935 年创作的六个剧本,收录了焦菊隐翻译的《布利乔夫》,更名为《耶戈尔·布雷乔夫和别的人》①。这部戏剧在中国还有其他译本,比如前面提及陆风翻译的《高尔基戏剧选》,其中就收录了《叶戈尔·布雷乔夫和他周围的人》,这个译本应该是在 1964 年秋完成翻译的,据整理者王白石先生说:“一九六四年秋他(指陆风——引者)将译出的《小市民》《在底层》《仇敌》和《叶戈尔·布雷乔夫和他周围的人》交人民出版社出版。在审稿过程中不幸遇上了十年浩劫,全部稿件遗失。粉碎‘四人帮’以后,陆风同志根据手头残存的底稿,重新进行了整理,在上海译文出版社的大力支持下,终于使这部剧作选与读者见面。”②

在此需要特别说明的是,如前文所述,很多有价值的资料并不出现在唾手可得的出版物或大刊物上,而是那些不为人知的刊物上的译作,比如在高

---

① 〔苏〕高尔基:《耶戈尔·布雷乔夫和别的人》,焦菊隐译,《高尔基剧作集》(3 卷),北京:中国戏剧出版社,1960 年,参阅 303~392 页。
② 王白石:《后记》,《高尔基戏剧选》,陆风译,上海:上海译文出版社,1986 年,第 411 页。

尔基戏剧的译介历程中,1942 年 5 月 15 日,桂林《文艺生活》2 卷 3 期发表的焦菊隐所译三幕剧《埃戈尔·布利乔夫》,这比 1942 年 12 月桂林国光出版社和桂林科学书店推出的单行本要早半年多的时间。

高尔基的戏剧作品充满了对社会现实批评的态度,他站在下层人或被剥削阶级的立场上来对待和思考社会问题。高尔基在中国始终被看作是在为底层人写作,戏剧《底层》便是这方面的代表作。也如前文所述:高尔基的戏剧在表现社会底层人物的生活时,并非一味地站在批判的立场上揭露社会弊端,也并不是要暴露底层人自身的阶级缺点,很多时候他站在底层人的立场上,看到了他们生活的不易和体现出来的优良性格。比如高尔基在谈《草原上》这部小说中的流浪汉时说:"这些人大半都不健康,酒精中毒者,动不动吵吵闹闹,虽然如此,在他们中间,都有友谊的互助心……"①

抗战大后方对高尔基剧作的翻译和介绍具有浓厚的反法西斯战争的色彩。抗战大后方则将高尔基视为社会主义现实主义、人道主义作家,1940 年 1 月,周行翻译的 A.拉弗勒斯基的政论性散文《高尔基论社会主义现实主义》一文中,认为高尔基是一个彻底的社会革命者和"普罗运动"者。② 抗战爆发后,全民族声势浩大的反日风潮将文学推向了前沿,文艺的根本作用在于团结一切力量争取民族的解放,成为抗日战争最有力的武器之一:"当今年我们来纪念高尔基的时候,又正值苏德战争将届一周年和太平洋战争的时候,这就是我们想起高尔基多年的预言,讲到说世界大战的临近和法西斯蒂进攻苏联的危机,高尔基很早就以他所有的力量,所有的著作准备苏联人民来迎接这一个日子。"③高尔基对民族解放的担当意识有助于激发中国作家抗日的决心和信心,并主动地使自己的创作融入到抗日战争的洪流中。

高尔基关注底层人的戏剧作品翻译进中国之后,也影响了中国作家的创作,比如抗战时期迁居重庆的作家路翎认为《底层》"是使我感动的文学读物,影响了我的世界观。……在我后来的作品里,描写下层人民,也相当多地描写流浪汉,其中的美学观点和感情、要求,多少受着高尔基的影响"④。抗战大后方关于高尔基戏剧的译介构成了中国高尔基接受史的重

① 艾芜:《草原上·注释》,《青年文艺》(第 1 卷第 1 期),1942 年 10 月 10 日。
② 〔苏〕A.拉弗勒斯基:《高尔基论社会主义现实主义》,周行译,《七月》(第 5 卷第 1 期),1940 年 1 月。
③ 〔苏〕雅罗斯拉夫斯基:《伟大的政治战士——高尔基的光荣斗争之路》,戈宝权译,《群众》(第 7 卷 11、12 合期),1942 年 6 月 30 日。
④ 路翎:《我与外国文学》,《外国文学研究》,1985 年 2 期。

要内容,也是中国戏剧文学发展进程中不可多得的域外资源。

二 列夫·托尔斯泰翻译小说改编剧

列夫·托尔斯泰是俄国著名小说家,其作品《复活》在抗战时期内夏衍翻译改编成戏剧出版,此外芳信还翻译了他的戏剧《黑暗势力》,北鸥翻译了沃兹尼生斯基根据其原文编著的五幕剧《安娜·卡列尼娜》,在此姑且将之纳入到戏剧翻译的范畴加以论述。抗日战争给作家的创作设置了特殊的背景,如何在这样一个宏大的时代中发掘各阶层人的抗战心理便成为作家表现的核心内容。夏衍的戏剧创作紧扣时代的脉搏,而其翻译戏剧则为展示抗战时期中国社会的众生相提供了恰当的空间。

为了表现中国人民在抗战时期的心理和生存状态,夏衍于1943年春天根据列夫·托尔斯泰的同名小说翻译改编了六幕话剧《复活》,同年5月剧本由重庆美学出版社出版。原作讲述了贵族青年聂赫留道夫诱奸农家姑娘喀秋莎,导致她沦为妓女。多年后在喀秋莎被诬告谋财害命时,聂赫留道夫以陪审员的身份审判她。这个事件导致了聂赫留道夫的觉醒,他开始了自己的灵魂净化。小说以聂赫留道夫的经历为主线展示了俄国社会的巨幅画卷,对政府、监狱、法庭、教会和资本主义制度等作了深刻的批判。作品后半部分则突出了托尔斯泰主义的说教,宣扬不以暴力抗恶和道德的自我完善,并以此为途径最终完成了聂赫留道夫的灵魂净化。

夏衍对《复活》的改编是在抗战大后方重庆完成的,我们可以从他的改编后记中看到他改编此剧的原因:"这一年(1942年——引者)有三个剧团在北碚'过夏',我有了和阔别多年的友人们放谈的机会,于是《复活》常常成为我们谈话的主题,如何表现卡丘莎的苦痛常常成为我们演员朋友们争论的中心。……在朋友们忙碌于准备一九四三年春季剧目的时候,我又明知会失败而冒了一次大险。……迫使我冒险的理由第一是为了适应于目前的上演条件,这儿所说的'上演条件'自然不局限于舞台;我不想絮述困难,时代已经使读者变成了敏感……第二,那当然是在这条件之下的微弱到不足道的使我冒险的冲动了,我不想把它写成一个哀婉的'恋爱故事',但也得宽恕我没有把托翁那样执拗地攻击的司法制度和寿昌兄那样多彩地描画了的土地问题放在这改编本的主位。我只写了一些出身不同、教养不同、性格不同,但是基本上却同具着一颗善良的心的人物,被放置在一个特殊的环境里面,他们如何磋跌、如何创伤,如何爱憎,如何悔恨,乃至如何到达了一个可能到达的结果。读托尔斯泰,常常使我苦痛,在这次冒险过程中不知有几次使我掷笔欷歔!……假如能够因为导演和演员朋友们的努力,让我的观众们或多或少的能从涅赫留道夫的苦恼之中感到一点人生的严肃,那么这已经是我这次冒险的收获了。"①夏衍的文字告诉我们,促使他改编《复活》的动因与当时抗战大后方"戏剧季"相关活动的开展有关,也与朋友们的劝说和鼓励分不开。

夏衍对六幕剧《复活》的改编包含了更多的再创造因素。首先,将一部丰厚的长篇小说改编为短短的六幕话剧势必要对内容进行大幅度删减,正如夏衍所言:"我想,把托尔斯泰的小说改编为戏剧或者电影,要一点不删节,一点不伤害原著,似乎是很困难的。"②因此,在改编过程中,夏衍只保留了原作里聂赫留道夫和喀秋莎的人性复活这一条主线,与此相关的其他内容只作为从属部分来表现。这样既保留了原著中最核心的思想,也揭示了俄国社会的种种黑暗现实。另外,作者又着重对小说结尾部分进行了修改,删去了托尔斯泰所体现出的宗教思想和空想观念,更加突出了政治犯和人民大众对喀秋莎和聂赫留道夫的影响。这样的改编策略既符合中国观众的接受观念,同时也是作者身为唯物主义革命家所做出的必然选择。同时在改编《复活》过程中,夏衍还对各个故事情节的顺序进行了调整。原作采用的是倒叙手法,先讲述聂赫留道夫作为陪审员去参加案件审判,见到了已经堕落的喀秋莎,之后又回忆起年轻时候的往事开始忏悔。这样的叙述手法在小说很普遍,但运用到戏剧上就很容易造成场景的混乱和观众的不解。因此夏衍在六幕剧《复活》中采用了顺叙手法,按照时间先后安排故事发展。这样显然更符合中国抗战语境的审美需求,也更符合话剧这个文体本身的特质。夏衍的改编本不再像托尔斯泰的原作那样是一个哀婉的恋爱故事,他将很多类型的人放置在一个特殊的场景中,从而看出他们各自对生活和社会的看法,这对于抗战时期发掘各个阶层的人民对抗战的看法有一定的现实作用。当然,夏衍的改编还是与原作存在明显的差异,以至于夏衍本人也不得不承认:"对多艰的人民生活没有'长太息以掩涕'的真情,那恐怕连对于托翁那种用全生精力来搏斗的努力,我们也只能'用头脑'来'理解',来'解释',来掩卷三叹吧。"③

值得一提的是,田汉也曾对《复活》进行过改编,在谈到改编的意图时,他曾提到三点:"一、我们以为中国今日国难日亟,需要每个人拿出良心来救国,所以介绍俄国伟大的良心的托尔斯泰此着不无意义。二、我们以为

---

① 夏衍:《改编〈复活〉后记》,《新华日报》,1943 年 4 月 28 日。

② 巫岭芬:《夏衍研究专集》(上),杭州:浙江文艺出版社,1990 年,第 474 页。

③ 夏衍:《改编〈复活〉后记》,《新华日报》,1943 年 4 月 28 日。

女性的觉悟当由对男性原始的反抗,进到对痛苦原因的探求和接触痛苦的正确方法之把握。三、我们强调三个波兰青年,以示殖民地被压迫人民在帝国主义铁鞭下的惨状及其英勇反抗。"①同夏衍一样,田汉在改编本中增添了具有浓厚抗战色彩的元素,企图引导剧本顺应抗战文学的要求,激励中国人民积极从事抗战救国的运动。田汉在改编本中强化了几位波兰爱国青年的形象,剧中的罗晋斯基和罗佐夫斯基两个人物在托尔斯泰的小说中并未直接出现,只是在别人的口中略加提及,而田汉却将他们安置在玛丝洛娃所在的监牢里,通过他们"咱们干吧"的声音和"斩断这重重的锁链,去保卫我们的家乡"的歌唱,表现出这两位波兰青年虽然身处大牢却依然保持着强烈的爱国情怀。田汉改编本中的第三位波兰爱国青年喀定斯奇出现在西伯利亚流放队伍中,喀定斯奇告诉人们沦为亡国奴的痛苦——"亡了国的人就成了牛马一样可以随意屠杀的,谁还把你当人"?田汉有意希望通过喀定斯奇的话来提醒广大的中国同胞一定要奋起抵抗日本的入侵,决不能让日本占领中国的土地并成为亡国奴。作者塑造三个波兰爱国青年的形象,是意在突出他们的爱国主义精神和反抗外敌入侵的英勇斗争精神,从而鼓舞中国人民的斗志,因此田汉改编《复活》具有十分明显的目的性和时代性,显示出当时中国戏剧界为抗战救国作出的积极贡献。从译介学和翻译文学研究的角度来讲,田汉对托尔斯泰作品的有意"叛逆"反而使原作在中国抗战语境下获得了新的生命,发挥了新的社会影响力,实际上提升了译作在异质文化中的生存能力。而夏衍与田汉按需要改编《复活》这个一致性的举动,也反映出在抗战时期追求作品思想主旨与抗战救国的一致性是具有担当意识的作家的共同心愿。

托尔斯泰的剧作《黑暗势力》由芳信翻译,1944 年在世界书局重庆分局出版,收入俄国名剧丛书。该剧是托尔斯泰的晚年的力作,反映了俄罗斯社会中金钱势力对农村的侵蚀,以及俄国的社会现实,反映出托尔斯泰的道德观念和宗教理念。该剧劝诫人们警惕物质贪欲的诱惑,不要沦为被"网住爪子"的鸟儿。沃兹尼生斯基根据托尔斯泰原文改编的五幕剧《安娜·卡列尼娜》由北鸥翻译,1944 年在重庆五十年代出版社出版。这些戏剧作品虽然反映的是俄国旧社会的种种现实,但却具有普适性的审美价值和道德价值,因此受到了中国读者的欢迎。

有学者曾评价说:"夏衍是一种典型,他代表了中国话剧史上一批接受过革命文艺思潮的影响,采用现实主义创作手法,将戏剧作为为现实政

---

①　田汉:《〈复活〉后记》,《田汉论创作》,上海:上海文艺出版社,1983 年,第 153 页。

治服务的工具的一批作家。他们紧跟时代,与国家民族同呼吸共命运……"①这句话对于我们解读夏衍抗战时期的戏剧译作是有启示作用的:宣传反战思想、关注抗战现实、揭示大众心理等都是战争年代最需要的精神支柱,身为革命家的夏衍翻译这部剧本完全契合了抗日战争的实际需要。托尔斯泰其他几部剧作的翻译同样具有这样的社会价值和意义,反映出社会语境对翻译选材的重要影响,也折射出翻译文学的社会价值和现实意义。

三　中苏文化协会对苏联戏剧的译介

日本试图摆脱世界范围内的经济危机的影响和缓解日益尖锐的国内民众矛盾,于是发动了侵略中国的"九一八"事变,并迅速加快了全面侵华的步伐。日本的侵华行为不仅促进了中国民族各阶层空前团结起来反抗侵略战争,也在客观上改善了中苏关系,使得中苏恢复邦交并在文化层面促进了交流的深入发展。在这样的时代语境中,以"研究及宣扬中苏文化,促进两国国民之友谊为宗旨"的中苏文化协会于 1935 年 10 月在南京成立,并随着 20 世纪 30 年代的战事的变化先后从南京搬至武汉,又从武汉搬至重庆。由中苏文化协会主办的刊物《中苏文化》秉承了协会的宗旨,在研究和宣扬中苏文化的宗旨下表现出对苏联戏剧的极大关注,有力地声援了抗战时期中国戏剧文学的发展。本部分试图以《中苏文化》刊物为例,分析抗战时期中苏文化协会对苏联戏剧理论的译介情况。

(一) 对苏联戏剧现状的译介

戏剧的宣传鼓动作用由于抗日战争的全面爆发而凸显出来,很多文学社团和刊物纷纷发动戏剧运动或刊登戏剧作品来鼓舞中国人民的抗战激情,中苏文化协会也不例外。作为一份翻译介绍苏联文学为主的刊物,《中苏文化》在这一时期也表现出对苏联戏剧的极大关注。

中苏文化协会对苏联戏剧的关注首先体现在苏联戏剧作品的译介上。据笔者查阅抗战时期的原始期刊《中苏文化》,统计出该刊共计翻译发表了八篇苏联戏剧:第 7 卷第 4 期上,刊载了王语今译的乌利亚宁斯基的《驿站》和肖洛可夫的《静静的顿河》;同一期上还刊载了葛一虹译的包哥廷的《带枪的人》和肖三译的古舍夫的《光荣》。第 13 卷第 7、8 期合刊上刊载了桴鸣译的索特尼柯的《出走》和葛达尔的《铁木尔的宣誓》。在第 14 卷的 3、4 期合刊上还刊载了聊译的考尔涅邱克的《前线》和离子译的《复活》。在当

---

①　黄献文:《论夏衍的话剧创作》,《剧作家》,2003 年第 3 期。

时的苏维埃戏剧中,"最重要的是不知道'为艺术而艺术'这回事的,他的目的不仅是通过演剧的政论家的言论,而且还是在舞台本身的声音和色彩中来,为社会主义的建设实际服务"①。所以,就整体而言,这些戏剧创作的出发点和旨归不在戏剧艺术上,而是为无产阶级革命和反法西斯战争服务的宣传剧。

中苏文化协会对苏联戏剧的关注还体现在对苏联剧场的介绍上面。戏剧文本最终要被大众接受,还得依赖于具体的舞台表演,而舞台是剧场的重要构成部分。因此抗战期间的《中苏文化》有近十篇是关于苏联剧场的介绍。第3卷第6期刊载了马蒙译的勃莱克的《梅耶荷德剧场的解体》,第4卷第2期上面刊载了葛一虹译的《第三次五年计划中的苏联剧场》,同一期间上还刊载了于绍文译的《莫斯科艺术剧院与苏联戏剧的发展》,郑伯奇译的《一九三八——一九三九年度苏联戏剧季》和《苏联特种剧场点描》。这几篇剧场介绍的文章涉及对苏联红军剧场、红海军舰剧场、列宁格勒剧场、国立犹太人剧场、中央傀儡剧场的描写。在第6卷第5期上刊载了章泯译的《高尔基艺术剧场创造的过程》,第8卷第2、5期上也分别刊载了《苏联戏剧界与红海陆军》和《玛耶可夫斯基和戏剧年表》,第10卷第3期上刊载了《苏联剧场与红军》,第15卷第3、4期合刊上刊载了方士人译的《列宁与莫斯科艺术剧场》,第16卷第5期上刊载了《莫斯科艺术剧场上的列宁》。就当时的苏维埃剧场而言,之前的梅耶和德剧场由于各种原因被宣告解体,活跃在当时苏维埃的剧场是紧跟着时代步伐的莫斯科艺术剧场、高尔基艺术剧场等。在莫斯科职工会剧场和列宁格勒的那些剧场,他们的剧目大都也是苏维埃剧本,并涉及现代苏维埃社会的诸多问题。所有这些关于苏联剧场的介绍,其目的就是要突出戏剧的时代性和现场感;而就中国戏剧而言,就是要多创作和演出与抗日战争有关的戏剧,表现中国人民争取民族独立的时代主题。

中苏文化协会对苏联戏剧的关注不仅仅是停留在戏剧作品与剧场的介绍方面,还有更深层次的关于苏联戏剧理论的译介与探索。在第3卷第4期上刊登了《苏联的戏剧与电影》,对当时苏联的戏剧与电影作了大致介绍;第3卷第8、9期合刊上刊登了《论高尔基的剧作》以及第10期上刊登了沙蒙译的《三十年的苏联话剧》;第4卷第2期上刊登了章泯译的《苏联戏剧概括》与郑伯奇译的《一九三八——一九三九年度苏联戏剧季》;第8卷第6

---

① 〔苏〕Y.Sobolev:《苏联戏剧概况》,章泯译,《中苏文化》(第4卷第2期),1939年9月1日。

期上刊登了苏凡译的《高尔基与托尔斯泰关于戏剧的"论争"》和第 10 卷第 1 期上徐昌霖译的《苏德战争前后英国古典剧在苏联舞台》；在第 11 卷第 5、6 期合刊上有的《苏联阿倍诗人兼剧作家沙美特伏尔岑》；在第 12 卷上则又刊登了离子译的《剧作家特楞涅夫与柳白芙·耶洛瓦娅》和《戏剧家聂米洛夫斯基》。

在当时的苏维埃剧场中，不仅上演了苏维埃作家的剧本，旧俄和欧洲的古典作品也占着重要而特殊的地位。比如对于席勒和巴尔扎克作品的改编，巴尔扎克的很多小说都被改编成戏剧在苏维埃剧场上演。而最值得提及的是莎士比亚的作品在改编与上演的过程中获得了新的价值。为什么苏联会翻译上演莎士比亚的戏剧呢？莎士比亚的戏剧作品中"健壮与乐观的调子"与苏维埃剧场的调子相合，而其深入的心理描写和灿烂的色彩，对苏维埃的导演与演员们提供了一种丰富的艺术养料。

（二）对苏联戏剧作家的译介

作为在特殊历史时期里出现的剧作家，他们总是力图通过戏剧作品来表达自己的阶级意识和立场。由于苏联十月革命后建立了新社会，因此苏联戏剧主要表现了人们在新社会的各种生活场景，以及在从农奴制过渡到社会主义社会的过程各色人物的微妙心理。

作为苏联无产阶级文艺的代表，高尔基是苏联剧作家中最特殊也最有影响力的领军人物。当时物产阶级文艺界一致认为，高尔基是苏联乃至世界无产阶级文学的大师，在文艺创作的方向上，"高尔基已经充分具体地完成了社会主义的现实主义的原则。而这社会主义的现实主义是整个的苏维埃艺术创作的标准"①。在文艺创作技巧方面，"高尔基的文学上的技巧对于苏维埃剧作家算是一种丰富的启迪泉源，苏维埃剧场不仅提供高尔基的那些近作，那描绘一九一七以来的历史的发展的，并且还上演他早期的作品"②。所以，在苏维埃剧场中会常常上演高尔基的戏剧作品，甚至是他的《童年》《在人间》《我的大学》等小说也被改编成了剧本。

高尔基的戏剧抨击了资本主义制度下人际关系的冷漠。苏联作家 S. Dinamov 在《论高尔基的剧作》中为了阐释高尔基戏剧作品的思想精华所在，他首先提出了几个问题：高尔基想说什么，他反对的是什么，他仇恨的是什么，并以剧本《蒲雷曹夫》为中心来阐释这些问题。在高尔基的剧作

① 〔苏〕Y.Sobolev：《苏联戏剧概况》，章泯译，《中苏文化》（第 4 卷第 2 期），1939 年 9 月 1 日。
② 〔苏〕Y.Sobolev：《苏联戏剧概况》，章泯译，《中苏文化》（第 4 卷第 2 期），1939 年 9 月 1 日。

《蒲雷曹夫》中,蒲雷曹夫的一家被塑造为失去了人性的人物形象,在他们那里,资本主义制度下的商品关系构成了人与人乃至人类的主要关系,他们的观念、思想与意识都成了商品和市场现象。剧中的主人公蒲雷曹夫和他的妻子的关系,也是一种商品关系。在这些人物看来,思索就是死亡,思索有致命的危险,但剧中的主人公却正是通过思索开始观察他身边的世界:所谓的"家人",其实是隐藏在资本主义商品关系下为获取利益而丧失了人性的人,人与人之间的关系都只是一种商品关系。于是,蒲雷曹夫在孤独和彷徨中求助于宗教与帝制,又遭到了同样的命运。这部戏剧的用意十分明显,那就是劝慰人们应该抛弃资本主义社会的商品关系,投身到建设社会主义的新生活中才能找到最终的归宿。

高尔基的戏剧对如何塑造典型人物和典型环境做了最好的示范。在高尔基看来,戏剧所描写的典型是与周围的环境相适应的,在看似偶然的戏剧冲突中又包含着必然的因素在里面。以《蒲雷曹夫》为例,戏剧主人公蒲雷曹夫因在现实生活中遭受打击而开始寻找商品关系之外的人性救赎,这种寻找又受到现实条件的制约。因此,剧中蒲雷曹夫的一系列丰富的内心活动,都是现实环境的反映而非高尔基生硬的塑造;而作为戏剧作品人物的蒲雷曹夫,在不自觉中成为现实人物的典型代表。恰如列宁对蒲雷曹夫所碰到的那些现象所下的定义:"战争是莫大的历史危机,新时代的开端。战争如一切危险一样,加剧了深藏着的矛盾,损破了一切假面具,抛弃了一切虚伪的礼仪,破坏了腐败或已经腐烂了的威信,这样也就是使矛盾暴露了出来。"①作者进一步引用马克思的观点来阐释高尔基戏剧作品的伟大之处。"在这个资本主义生涯的制度里面,人,人的关系,人类都变成商品。观念本身,思想本身,意识本身,都变成商品,变成市场现象,充满着基督教虚伪性的那些关系代替了统治过古代世界的那些关系"②。高尔基在蒲雷曹夫里所揭露的正是这样一种概念系统——非人的,不是人的,而是物的概念系统,这部戏剧的实质也正是在这里。

除了高尔基以外的苏维埃作家们,也大都试图通过自己的戏剧作品来表达自己的意识立场。剧作家亚斐洛纪洛夫的剧本总是试图涉及关于社会意识形态的问题和讴歌劳动人民的热情。基尔逊的剧作或表现农村阶级斗争的大场面,或描绘欧洲的阶级斗争。还有法伊可,他的喜剧描绘那些逐渐

---

①　〔苏〕S.Dinamov:《论高尔基的剧作》,罗沙译,《中苏文化》(第3卷第8、9期合期),1939年3月16日。

②　〔苏〕S.Dinamov:《论高尔基的剧作》,罗沙译,《中苏文化》(第3卷第8、9期合期),1939年3月16日。

过渡到无产阶级观点的知识分子,面临新社会产生的动摇和不确定的心情。此外,波果丁等剧作家们从各种角度描绘着新生活和新阶级的产生。一些小说家的作品也给了戏剧创作准备了材料,如史达夫基的描绘顿河上的哥阴克人为集体农场而斗争的作品,萧洛可夫的小说对农村在社会主义社会的复杂发展进程给了细致的描绘等,都给苏联该时期的戏剧创作提供了很好的素材。

如果说抗战时期中苏文化协会对苏联戏剧的关注是通过苏联戏剧理论的译介体现出来的,那么其对苏联戏剧理论的译介与探索则主要体现在对于高尔基与托尔斯泰的戏剧理论的探讨上。

（三）对苏联戏剧主张的译介

中苏文化协会全面翻译和介绍了苏联戏剧,除对苏联戏剧作品、剧场和主要剧作家进行翻译介绍之外,也译介了关于戏剧比较方面的论文,体现出该时期苏联戏剧的某些价值取向和艺术主张。

关于苏联戏剧理论主张的译介,主要是通过对高尔基和托尔斯泰戏剧观念的比较凸显出来的,主要集中在对戏剧语言和戏剧动因两个方面的探讨上。在《中苏文化》第 8 卷第 6 期上刊载了 S.勃廉特保的《高尔基与托尔斯泰关于戏剧的“论争”》的文章。在这篇文章中,作者 S.勃廉特保主要阐述了高尔基的《论剧》与托尔斯泰的《论莎士比亚及其戏剧》这两篇文章关于戏剧人物的语言以及戏剧情节的动因的看法。

首先是在戏剧人物的语言方面。戏剧是和舞台艺术结合在一起的,戏剧中人物的语言是描写戏剧人物的主要工具,每个人都应该说着自己的语言。在《论莎士比亚兼论戏剧》中,对于英国伟大剧作家莎士比亚在戏剧语言方面的表现,托尔斯泰认为莎士比亚是在用叙事诗的方法描写而不是在用戏剧的方法描写。他认为莎士比亚的戏剧尾声中,一部分人物讲着另一部分人物的语言,很多人物的语言丧失了戏剧语言的独特性,语言的同质化现象十分明显。“在莎士比亚所有剧中的人物语言中,充满了诸如此类的不自然的说法”①。这种对于剧中人物语言的严格要求,使托尔斯泰进一步尖锐地指出在莎士比亚的戏剧中,“莎士比亚缺乏一种主要的(如果说不是唯一的)塑造性格的手段——语言,亦即让每个人物用合乎他性格的语言来说话。只是莎士比亚所没有的。莎士比亚笔下的所有人物,说的不是他自己

---

① 〔俄〕列夫·托尔斯泰:《论莎士比亚及其戏剧》,陈燊译,《古典文艺理论译丛(二)》,古典文艺理论译丛编辑委员会编,北京：人民文学出版社,1961 年,第 162 页。

的语言,而常常是千篇一律的莎士比亚式的、刻意求工、矫揉造作的语言。这种语言,不仅塑造出的剧中人物,任何活人在任何时间和任何地点都不会用来说话的"①。

高尔基在《论剧》中同样提到了他关于戏剧语言的看法。在高尔基看来,"剧本——正剧和喜剧——是最难写的文学形式,难在剧本需要每一个在其中动作的单位用言语和行为两者自力地表示出特性来而不借著者方面的提示"②。同时,高尔基也将戏剧和叙事诗做了比较,作为不同文体的叙事诗和戏剧对于语言的要求自然大相径庭:"剧本是不容著者有多少自由置喙的余地的,在剧本里,著者给观众的体式是除外的。"③而在论及戏剧人物的语言时,高尔基在《论剧》中认为当时的苏联年青剧作家们在创作戏剧的过程当中阉割掉了人物的说话:"基本中的人物——他写道——只创造他们的说话,亦即纯粹的话语,但成为我们年青剧作法的一般的和可痛的缺点的,首先是著者语言的贫乏,它的枯燥无味,贫血症,无个性。"④在这里,高尔基和托尔斯泰一样,表现出了对于戏剧人物语言的重视。

基于对戏剧中人物语言特殊性的重视,高尔基在多处提出戏剧尾声的多样性和性格化的必要性。"为使剧本中的人物在舞台上演员的表现中获得艺术的价值和社会的说服力,就需要每个人物的话语严密的独特化,极度地表情化,——只有在这种条件下,观众捉握到的就是,剧本中的每个人物确能说得和动作得像被著者所确认的和舞台演员所表现的一样"⑤。由上文的论述可知,托尔斯泰和高尔基都十分重视戏剧人物的语言,强调戏剧人物要有自己的个性化的语言。而这两位作家,在上述两篇论文中还发表了对于戏剧动作动因问题的相似性看法。

托尔斯泰以莎士比亚的戏剧《李尔王》为主要批评文本,论述中涉及莎士比亚的其他戏剧,他认为在莎剧中,很多情节的发展并没有一个严密的逻辑基础,而是充满了偶然性。他进一步断言在莎士比亚的戏剧作品中:"登场人物被完全任意安排进去的处境是这样不自然,以致读者或观众不仅不能同情他们的痛苦,甚至对于所读的和所见的都不能产生兴趣。这是第一点。其次,不论这个剧本也好,莎士比亚所有其它剧本也好,它们的所有人

---

① 〔俄〕列夫·托尔斯泰:《论莎士比亚及其戏剧》,陈燊译,《古典文艺理论译丛(二)》,古典文艺理论译丛编辑委员会编,北京:人民文学出版社,1961 年,第 161~162 页。

② 〔苏〕高尔基:《论剧》,《夜莺》(第 1 卷第 3 期),1936 年 5 月 10 日。

③ 〔苏〕高尔基:《论剧》,《夜莺》(第 1 卷第 3 期),1936 年 5 月 10 日。

④ 〔苏〕高尔基:《论剧》,《夜莺》(第 1 卷第 3 期),1936 年 5 月 10 日。

⑤ 〔苏〕高尔基:《论剧》,《夜莺》(第 1 卷第 3 期),1936 年 5 月 10 日。

物的生活、思想和行动,跟时间和地点是全不适合的。"①除了任务安排和任务境遇的随意性外,托尔斯泰进一步认为莎剧中人物的行为也是随意的:"不仅莎士比亚笔下的人物所处的悲惨境况是不可能的、不以事件进程为依据并与时间和地点不相适合的,就是这些人物的行为也不合乎他们特定的性格,而是完全随心所欲的。"②可以说,在托尔斯泰那里,莎士比亚的戏剧中是完全缺少动因的选择的。高尔基站在自己的立场也认为苏联的青年作家们忽略了戏剧动因。"他们不问剧本中事件的自然趋向,不顾事件的运转系列,在这里常常相反地被任意,著作者的不关心,动因的忽略所控制着。"③

　　尽管托尔斯泰与高尔基关于戏剧诸多问题的看法在很大程度上是一致的,但他们的意识立场的差异决定了他们解决问题的办法很不相同。托尔斯泰站在"家长制的,朴素的农民观点"上,反映农民的气氛,"那样忠实地,他自己把他的朴素,把他对于政治的疏远,把他的神秘主义,脱离世界的愿望,对于恶的不抵抗,物理的诅咒资本主义和金钱权利放到了自己的学说里去"④。高尔基是无产阶级艺术绝对伟大的代表,他为无产阶级艺术作出了很大贡献,并使自己的艺术作品坚固地结合全世界工人运动的实际情况,让戏剧艺术成为宣传新思想的载体。

　　关于戏剧的动因,尽管托尔斯泰和高尔基都认为动因对于戏剧来说是必需的,但他们两个人的基本原则却又是尖锐对立的。在托尔斯泰对于莎士比亚的戏剧动因的揭示中,他反对剧中人行为的唯物主义动机。在将莎士比亚的作品《李尔王》和同一名称的匿名古本作品做比较时,他指出了两种作品的同一情节的不同动因,并认为莎士比亚的作品的动因是精神生理的,而将该匿名作品举之为杰作。在戏剧的语言方面,托尔斯泰也攻击莎士比亚"不是简单地为了满足美学的知觉,而是因为意识的不一致"⑤。而高尔基对于这些问题的态度完全相反,他驳斥剧中人物语言的平凡,因为这会让社会生活而不是精神生活的积极现象和消极现象间的界限消失。"卑贱

① 〔俄〕列夫·托尔斯泰:《论莎士比亚及其戏剧》,陈燊译,《古典文艺理论译丛(二)》,古典文艺理论译丛编辑委员会,北京:人民文学出版社,1961年,第160页。

② 〔俄〕列夫·托尔斯泰:《论莎士比亚及其戏剧》,陈燊译,《古典文艺理论译丛(二)》,古典文艺理论译丛编辑委员会,北京:人民文学出版社,1961年,第161页。

③ 〔苏〕高尔基:《论剧》,《夜莺》(第1卷第3期),1936年5月10日。

④ 〔苏〕S.勃廉特保:《高尔基与托尔斯泰关于戏剧的"论争"》,苏凡译,《中苏文化》(第8卷第6期),1941年6月25日。

⑤ 〔俄〕列夫·托尔斯泰:《论莎士比亚及其戏剧》,陈燊译,《古典文艺理论译丛(二)》,古典文艺理论译丛编辑委员会,北京:人民文学出版社,1961年,第174页。

的和有害的或正直的,有社会价值的行为在演剧的舞台上转化为无声无色的,粗浮结合的文句的无声骚音"①。

对托尔斯泰和高尔基戏剧观念的比较,实际上是要突出戏剧作品和戏剧艺术的阶级性特征和时代特色,突出苏联在戏剧文学的语言和动因等方面的主张和立场。

(四) 译介苏联戏剧的特点

在抗日救亡的危急关头,文艺与时代的联系十分紧密,如《文艺阵地》就称本刊是"战斗刊物",《七月》和《希望》则号召作家们用坚实的爱憎真切地反映出蠢动着的生活形象,《抗战文艺》号召大家把视线一致集中于当前的民族大敌。在抗日战争与民族解放的宏大叙事下,文学翻译活动也必然受到时代语境的制约,它不再是两种文化和文学语言之间的简单转换,而被深深地打上了主流政治意识形态的烙印。因此,《中苏文化》对于苏联戏剧理论的翻译也显示出了文学翻译在特殊的战争语境下的特征。

中苏文化协会对苏联戏剧的译介具有鲜明的时代特色和精神诉求。这些译介过来的戏剧作品虽然不局限于反法西斯战争,但其中人民大众的抗争精神还是传达出中国对于抗日战争与反法西斯战争的文艺需要。如果说作品所表现出来的对于法西斯国家发动战争的谴责是显而易见的,那么刊载在《中苏文化》上的一系列翻译的关于苏联戏剧理论的文章所传达出来的为抗战服务的思想却是藏匿在作品背后的。比如《三十年的苏联话剧》《苏德战争前后英国古典剧在苏联舞台》等翻译文章表明,苏联戏剧很明显因为战争和社会主义建设的需要而进入到一个新的阶段,非专业剧作家的创作与各种戏剧作品都在这时频繁出现。由于战争的原因,戏剧宣传的直接性、广泛性与直观性等要求戏剧翻译特别注重演出效果,不论是戏剧文学本身的特点,还是由于在特殊时代背景下的使命,《中苏文化》对于苏联戏剧理论的译介都显示出中国抗战的客观文艺需求,那就是"面向着人民大众,把一切力量集中到训练民众,组织民众,在全国统一的中央政府领导之下,来广泛地开展民众工作及民众的抗日运动"②。

中苏文化协会对苏联戏剧的译介显示出鲜明的无产阶级立场和建设社会主义新社会的美好愿望。从整体上而言,《苏联的戏剧与电影》《三十年

---

① 〔苏〕S.勃廉特保:《高尔基与托尔斯泰关于戏剧的"论争"》,苏凡译,《中苏文化》(第8卷第6期),1941年6月25日。

② 《创刊词》,《中苏文化》(第1卷第1期),1937年11月1日。

的苏联话剧》和《苏联戏剧概况》等文章分别对苏联当时的戏剧发展与戏剧理都作了大致介绍，呈现出在社会主义新社会中戏剧艺术的繁荣和发展。而作为当时无产阶级文学家代表的高尔基，他的戏剧理论也在《论高尔基的剧作》《高尔基艺术剧场创造的过程》以及《高尔基未发表的电影剧本与剧本》中被译介到中国，并被很多读者所接受。除高尔基以外，苏联其他具有代表性作家的作品与其戏剧理论也被译介给了中国的读者，如刊登在第 11 卷上的《苏联阿倍诗人兼剧作家沙美特伏尔岑》和第 12 卷上的《剧作家特楞涅夫与柳白芙·耶洛瓦娅》和《戏剧家聂米洛夫斯基》，对这些剧作家们的文学创作做了理论上的梳理。更为重要的是，对苏联戏剧作品、主要剧作家和戏剧理论主张的译介都反映出强烈的无产阶级立场，为抗战胜利后无产阶级文艺的发展提供了思路；同时也显示出中苏友好协会的价值观念和文艺思想的超前性。

　　中苏文化协会作为特殊时期中苏文化交流的民间组织，不可能不受当时的战争语境与政治语境的制约，因而其会刊《中苏文化》对苏联戏剧的译介具有鲜明的民族性和阶级性特点。也正是凭着该刊对苏联戏剧和其他文艺作品的译介，中国抗战时期的文艺创作才会如此繁荣，中国抗战之后的无产阶级文艺才会更具生命力和开拓性。

第三章　抗战大后方对美国文学的翻译

抗战大后方对美国文学的译介保持着浓厚的兴趣,除翻译出版了大量的美国作品集之外,像《时与潮文艺》等刊物还专门开辟了美国小说的译介专号或专栏。抗战时期,年轻的美国小说成为中国文坛竞相译介的对象。

第一节　抗战大后方对美国诗歌的翻译

虽然抗战时期是美国诗人惠特曼译介的高峰,且大后方是发表和出版惠特曼作品的主要区域,但美国诗歌在该时期的翻译并不如小说广泛,人们几乎将眼光紧紧地锁定在惠特曼一人身上。

一　美国诗歌翻译概况

从有限的翻译选材来看,大后方对美国诗歌的翻译集中体现了时代的文学诉求,充满了反抗之声和自由之志,同时表达了对故国家园的热爱之情。

大后方报纸杂志上翻译发表了很多美国诗篇,具体的翻译作品如下:重庆出版的《文艺阵地》杂志 4 卷 4 期发表了韦佩翻译的《囚徒自由》①,这是一组战歌作品的选译,鲜明地表达了中国人民渴望摆脱日本奴役的愿望。在该杂志 6 卷 2 期上发表了袁水拍翻译的美国诗人纽加斯的《给我们这一天》②则是对流亡者思乡情结的表达,诉说了抗战时期迁居大后方的流散人

---

① 《囚徒自由》,韦佩译,《文艺阵地》(第 4 卷第 4 期),1939 年 12 月 16 日。
② 〔美〕纽加斯:《给我们底父母之乡》,袁水拍译,《文艺阵地》(第 6 卷第 2 期),1942 年 2 月 10 日。

群的亡国之殇。除对惠特曼诗歌的翻译之外,共产党在大后方创办的《新华日报》在美国诗歌的译介方面也作出了应有的贡献,徐迟等人翻译了美国诗人 J.达薇特曼、罗拔·波尔以及 M.昆等人的作品,主要包括:M.昆的《美国军火工厂里》,朔望译,1940 年 10 月 5 日;J.达薇特曼的《为绅士们作》,1942年 3 月 25 日;罗拔·波尔的《"今天,我长久地看着地图"——美国驻远东的一位空军队长的诗》,徐迟译,1943 年 9 月 27 日。此外,《为绅士们作》的复译本于 1943 年 12 月 22 日发表。1945 年 5 月,重庆出版的《文哨》杂志上发表了徐迟翻译的美国诗人恩尼·帕艾尔的《在掩蔽壕里》。① 1946 年 9 月,重庆出版的《萌芽》杂志上刊登了两首美国诗歌译作:一是徐迟翻译的杰克·伦敦的《生命对我有什么意义》(1 卷 3 期,1946 年 9 月 15 日),一是肖刚翻译的 J.威廉的《一个美国人在印度》(1 卷 4 期,1946 年 11 月 15 日)。这些作品同样是应时代的需求而译,比如《美国军火工厂里》《"今天,我长久地看着地图"——美国驻远东的一位空军队长的诗》便是对战争时期军工厂以及赴远东对日作战的兵士的描写,徐迟的这首译作更是表现了处于抗战前线战壕中的兵士的感受。

值得一提的是对抗战大后方对美国黑人诗歌的译介也拉开了序幕。1940 年 1 月 15 日在重庆创刊的《文学月报》为综合性文学期刊,由罗荪主编,出版至第 3 卷第 2、3 期合刊后被迫停刊。1941 年 6 月,《文学月报》第 3卷第 1 期上发表了袁水拍翻译的美国黑人诗人休士的两首诗歌作品,名为《休士近作诗二章》,包括《黑人兵士》和《尼格罗母亲》。1942 年 9 月桂林出版的《诗创作》杂志上,李葳翻译的考尔布的论文《黑奴反抗之歌》是一篇专门介绍美国黑人诗歌的文章,其中也充斥着一些黑人诗歌的片段,目的就是要揭示出黑人遭受的压迫和剥削,生活在底层的人民需要通过革命的方式来求得自我解放,如同中国人民的民主革命一样,体现出鲜明的国家立场和阶级立场。《大公报》1902 年 6 月 17 日创刊至今,经历了津、沪、汉、港、渝、桂等六个版一百多年的历史,在绵延的历史长河中,它扮演着历史的真实见证者,有过兴盛也有过坎坷。笔者在此由于主要研究它在渝的译诗,所以之前的出版搬迁暂且不详叙。在 1937 年 11 月 20 日,南京国民政府宣布迁都重庆,《大公报》鉴于危急形势所迫,于 1938 年 12 月 1 日创办重庆版,一直到 1945 年 12 月 9 日抗战胜利后撤离重庆。这七年间由陈纪滢主编的《战线》停刊两周后《文艺》开始出版,相继在重庆抗战文艺的战线上不懈奋斗,为重庆抗战文学的丰富和发展贡献出自己的力量。1944 年,荒芜在《大

---

① 〔美〕恩尼·帕艾尔:《在掩蔽壕里》,徐迟译,《文哨》(第 1 卷第 1 期),1945 年 5 月 4 日。

公报》上翻译发表了《美国黑人诗钞》①,是对美国黑人诗歌的一次较为集中的翻译。中国人民与美国黑人的相同情感体验"到了30年代,当中国受到外族侵略时,又转化为激励。黑人文学中具有抗争主题的作品被译介过来,用以声援抗战"②。这也说明了对黑人诗歌的翻译介绍具有鲜明的时代特色。

就翻译出版的美国诗歌集而言,除惠特曼等人的作品外,杨周翰先生翻译的戴文波的《我的国家》,1945年由重庆中外出版社出版,这是抗战大后方在美国诗歌翻译方面的重大成就。戴文波的这部朗诵长诗,表达出中国人民对民主社会的向往,同时也呼应和推动了抗战时期中国的朗诵诗运动。随着抗日救亡运动的高涨,民众的抗战力量得到了肯定,要赢得抗战的胜利,必须调动广大民众的热情。但广大民众"还有百分之八十是文盲。换句话说,还有百分之八十不识字的抗敌民众预备着上前线,假如这百分之八十预备上前线的战士没有能力和没有机会看我们的宣传文字,他们的抗敌情绪不高涨,他们对抗敌的理解也不够"③,那要取得抗战的胜利是很困难的。为了更广泛、深入的发动人民群众参与民族抗战,于是浅显易懂的朗诵诗歌异军突起,很快便由延安、重庆、武汉、桂林等地向全国各地扩散开来,西南联大的朗诵诗歌运动也如火如荼地开展起来。联大朗诵诗歌最有力的倡导者应数新诗社的导师闻一多,他不仅在课堂上朗诵田间的诗歌,称田间为"时代的鼓手"④,呼吁更多鼓手的出现,还在大大小小的文艺活动上提倡朗诵诗歌。在他的指导下,新诗社举办过多次大型诗歌朗诵活动⑤,听众每次都在千人以上。《我的国家》便是在这种浪潮下被翻译成中文的。1944年10月,戴文波的《我的国家》在美国一出版就好评如潮,《美国生活杂志》《时代周刊》《纽约时报书评》等报刊媒体争相报道,杨周翰先生译本于1945年9月由重庆中外出版社发行,译介速度之快一可证明原著的风行程度,二可佐证当时朗诗运动的蓬勃发展。

遗憾的是抗战大后方对美国著名诗人爱伦·坡作品的翻译几乎没有涉猎,除上述作品外,将更多的精力投入到了对惠特曼作品的译介。接下来,

---

① 《美国黑人诗钞》,荒芜译,《大公报》(第50期),1944年10月29日。

② 王建开:《五四以来我国英美文学作品译介史(1919—1949)》,上海:上海外语教育出版社,2003年,第192页。

③ 陈纪莹:《序〈高兰朗诵诗集〉》,《高兰朗诵诗集》,高兰著,汉口:大路书店,1938年。

④ 闻一多:《时代的鼓手——读田间的诗》,载《诗歌研究史料选》(国统区抗战文学研究丛书),龙泉明选编,成都:四川教育出版社,1989年,第445~490页。

⑤ 1945年五四纪念周诗歌朗诵大会,同年九月间为胜利民主团结而歌朗诵大会和校庆纪念周诗朗诵会。

这里将详细论述美国诗人惠特曼在抗战大后方的翻译和介绍情况。

二　惠特曼诗歌的翻译

沃尔特·惠特曼(Walt Whitman,1819~1892)生于美国长岛,他一生中当过乡村教师和报馆工作人员,喜欢自由自在地游荡和冥想。他的《草叶集》到1892年共出过九版,收录383首诗歌,此外还出版了诗集《桴鼓集》、散文集《典型的日子》和长文《民主远景》等。惠特曼的诗歌对普通大众和美国国土充满了真挚的热爱,对民族未来的构想吸引着世界各国不断地去翻译介绍这些作品。在中国新诗发展历程中,惠特曼无论是在文体形式还是思想情感上都产生了不可或缺的重要影响,中国文坛对其人其作的译介热情也持续了较长时间,尤其是抗战时期的大后方开创了惠特曼译介的崭新局面。

(一)惠特曼诗歌的译介概况

惠特曼的译介始于20世纪20年代,40年代是惠特曼译介初具规模的时期,而大后方则是惠氏及其诗歌译介的主要区域,当时大后方出版发行的很多期刊都发表过惠特曼的译诗,而且这些译诗在情感内容和艺术形式上都比较成熟,有力地声援了大后方的抗战活动和文艺运动。

为了说明抗战时期大后方是译介惠特曼诗歌的主要地区,我们姑且用表3-1统计出相关的译诗信息。鉴于抗战大后方主要以重庆、桂林和昆明等地为中心,对惠特曼译作的统计也主要以这三个地方的文艺期刊和出版物为依据;同时,由于抗战大后方的文艺期刊保存不完整,致使统计只能在一定范围内展开,最后的数据和收集的资料也只能做到大体上反映出文学的原貌。需要说明的是,由于抗战时期人们对惠特曼名字的翻译没有统一的译名,因此统计的时候就以原始期刊和出版时的译名为准。

表3-1　惠特曼诗歌作品的翻译情况

诗　歌　名　称	译　者	发表刊物	发　表　时　间	备　注
《黑夜中在海岸上》	高寒	《文艺生活》(桂林)	2卷1期,1942年3月15日	
《你,民主政治哟》	陈适怀	《文艺生活》(桂林)	2卷1期,1942年3月15日	
《惠特曼诗抄》	邹绛	《文化杂志》(桂林)	3卷1期,1942年11月10日	

续表

诗 歌 名 称	译 者	发 表 刊 物	发 表 时 间	备 注
《〈草叶集〉选》	宗玮	《青年文艺》(桂林)	1 卷 5 期,1943 年 5 月 10 日	译名为"伟特曼"
《惠特曼诗三首》	陈适怀	《诗创作》(桂林)	第 5 期,1941 年 11 月 5 日	
《致失败者》	陈适怀	《诗创作》(桂林)	第 7 期(翻译专号),1942 年 1 月 29 日	
《走过的道路的回首》(译文)	曹葆华	《诗创作》(桂林)	第 10 期,1942 年 4 月 30 日	"惠特曼五十年祭"
《反叛之歌》(二首)	天蓝	《诗创作》(桂林)	第 10 期,1942 年 4 月 30 日	
《惠特曼诗四章》	陈适怀	《诗创作》(桂林)	第 10 期,1942 年 4 月 30 日	
《她底歌》	菲北	《诗创作》(桂林)	第 14 期,1942 年 8 月 15 日	
《给我》	蒋埙	《新文学》(桂林)	1 卷 2 期,1944 年 1 月	
《遨游》	陈适怀	《新文学》(桂林)	1 卷 2 期,1944 年 1 月	
《过布鲁克力渡口》	蒋埙	《诗》(桂林)	4 卷 1 期,1943 年 7 月	
《鼓声三章》	左洛伊	《半月文艺》(《力报》副刊)(桂林)	第 20～21 合刊,1942 年 3 月 20 日	
《诗二章》	陈适怀	《半月文艺》(《力报》副刊)(桂林)	第 20～21 合刊,1942 年 3 月 20 日	
《啊,船长!我的船长!》	春江	《新华日报》	1941 年 1 月 16 日	
《我赞美一个人》	春江	《文化岗位》(《救亡日报》副刊)(桂林)	1941 年 1 月 18 日(1941 年 1 月 13 日发表在《新华日报》上)	
《近代的年代》	高寒	《新华日报》	1942 年 5 月 28 日	

续表

诗 歌 名 称	译 者	发 表 刊 物	发 表 时 间	备 注
《芒笛之歌》	徐迟	《文艺阵地》(重庆)	6 卷 1 期,1941 年 1 月 10 日	
《黎明的旗子》	王春江	《文学月报》(重庆)	第三卷第 1 期 ("美国文学特辑"),1941 年 6 月 1 日	
《我走过一次奇异的看守》	姚奈	《笔阵》(成都)	新 6 期,1942 年 11 月 15 日	
《惠特曼诗二首》(包括《上,同志们》《当独坐着渴望和沉思的此刻》)	邹绛	《新华日报》	1943 年 4 月 26 日	
《大路之歌》	高寒	重庆科学书店/重庆读书出版社	1944 年	
《窝尔脱魏脱曼诗选译》	袁水拍	独立出版社(重庆)	1940~1944 年	

抗战大后方除翻译了惠特曼的诗歌作品之外,也翻译了多篇关于惠特曼的评论文章。我们用表 3－2 统计出大后方翻译的关于其评论文章:

表 3－2 关于惠特曼评论文章的翻译情况

文章名称	作者	发表刊物	发表时间	译 者	备 注
《窝尔特·惠特曼》	〔日本〕高村光太郎	《诗创作》(桂林)	第 10 期,1942 年 4 月 30 日	静闻	"惠特曼五十年祭"
《布尔乔亚诗选手惠特曼》	〔日本〕中野重治	《诗创作》(桂林)	第 10 期,1942 年 4 月 30 日	余人可诒	
《华尔特论惠特曼》	〔美国〕华尔特	《诗创作》(桂林)	第 14 期,1942 年 8 月 15 日	菲北	
《惠特曼在俄国》		《半月文萃》(桂林)	1 卷 2 号,1942 年 6 月 20 日	戴孟徽	
《惠特曼论》	〔苏〕密尔斯基	《半月文艺》(《力报》副刊)(桂林)	第 20~21 合刊,1942 年 3 月 20 日	袁水拍	

这几篇介绍惠特曼及其作品风格的文章中有两篇译自日本学者,有一篇译自苏联学者,表明中国抗战大后方对惠特曼的接受受到了异域接受情况的影响,或者说日本与苏联对惠特曼"布尔什维克"诗人身份的定位,推动了惠特曼在中国的译介。这些文章有助于人们更详细地了解惠特曼诗歌的风格以及他作品的思想情感,在一定程度上推动了大后方对其诗歌的译介。同时,这些文章也是大后方文艺路线和文艺理论的重要构成部分,有助于从理论高度上促进大后方创作的繁荣。

(二)大后方在惠特曼作品译介中的历史地位

抗战大后方对惠特曼诗歌的翻译是惠特曼译介历史中最光辉的一页,具有举足轻重的地位。虽然中国诗坛在 1919 年由郭沫若翻译的《从那滚滚大洋的群众里》①拉开了惠特曼在中国译介的序幕,但这位美国诗人作品的翻译高潮却出现在 20 世纪 40 年代早期,亦即抗战时期。在惠特曼的译介过程中同时还有一个值得特别关注的现象,那就是抗战大后方在 20 世纪 40 年代惠氏的译介高潮中占据着绝对优势。

大后方对惠特曼诗作的译介成就体现在作品出版和期刊推介上。据统计,抗战时期出版的惠特曼译诗集共有两部②:袁水拍选译的《窝尔脱魏脱曼诗选译》(独立出版社,1940~1944 年),高寒(本名楚图南)翻译的《大路之歌》(重庆读书出版社,1944 年 3 月),此外还有陈适怀翻译的 31 首合集为《囚牢中的歌者》(具体的出版信息不全)。具体说来,独立出版社是国民党官办的出版机构,抗战期间随着内迁潮流搬到重庆,是 20 世纪 40 年代中期以前出版图书最多的出版社之一;陈适怀的译作尽管信息不全,但他在大后方创办的报刊中发表了很多惠特曼的译诗,集子中的作品当是先前译作的合集,因此这一时期大后方在惠特曼作品翻译集中占据了垄断地位。由此可见,抗战时期大后方在出版惠特曼诗歌翻译集中具有里程碑意义,难怪有学者在论述惠特曼在中国的译介历史时说:"1944 年是中国惠特曼译介史上极为重要的一年。该年 3 月,楚图南在经过十数年的研究、翻译之后,终于推出《大路之歌》。……《大路之歌》是惠特曼诗歌的第一个中文选译本,它的推出结束了此前国内零敲碎打翻译惠特曼的历史。"③不管袁水拍

---

① 〔美〕惠特曼:《从那滚滚大洋的群众里》,郭沫若译,《时事新报·学灯》,1919 年 12 月 3 日。
② 贾植芳编:《中国现代文学总书目·翻译文学卷》,福州:福建教育出版社,1993 年。
③ 谢天振、查明建主编:《中国现代翻译文学史》(1898~1949),上海:上海外语教育出版社,2004 年,第 332 页。

的选译本在前还是高寒的《大路之歌》在前,有一点却是可以肯定的,那就是大后方抗战时期在惠特曼的译介历程中具有不可或缺的主导地位。此外,20 世纪 40 年代在文学期刊上发表的惠特曼译诗也以大后方为主,该时期发表惠特曼译诗的刊物主要有《文艺阵地》《中国文艺》《文学月报》《诗创作》《文艺生活》《金沙》《笔阵》《青年文艺》《文艺集刊》《世界文艺季刊》《文艺周刊》《翻译月刊》《文艺知识连丛》《诗创造》14 家刊物①,在这份不完善的统计中,《文艺阵地》《文学月报》《青年文艺》是战时重庆的刊物,《诗创作》《文艺生活》等是桂林的期刊(《青年文艺》也在桂林出版),《笔阵》则是成都的刊物,当然还有未统计入列的《文化杂志》《诗》《新文学》《半月文艺》,以及《文化岗位》等大后方期刊也刊登了惠特曼的诗歌译作,大后方一共有11 家报刊刊登了惠特曼的译诗,占整个 40 年代发表其译诗期刊总量的50%以上。

　　从发表的刊物来说,《诗创作》《文艺生活》和《文学月报》等是刊发惠特曼诗歌译本最多的刊物。《诗创作》是专门刊登诗歌作品和理论的刊物,1941 年 6 月 19 日创刊于桂林,胡危舟和阳太阳任编辑,李文钊任社长,由当时设在桂林新桥北里 20 号的诗创作社出版。《诗创作》终刊的具体时间不详,而且据国内各大图书馆所藏期刊来看,第 1 期至第 4 期目前很难找到原刊,只能从后来的资料中偶尔了解前面 4 期的情况,比如郭沫若《罪恶的金字塔》就曾发表在《诗创作》3~4 合期上。《诗创作》刊登了大量的翻译作品,包括诗歌和诗论,并且借助纪念有革命倾向的世界著名诗人的方式,翻译发表了很多激进的诗歌作品,比如"普希金一〇五年祭"和"惠特曼五十年祭"等。此外,《诗创作》在 1942 年 1 月 29 日出版的第 7 期专门设为"翻译专号",翻译了苏联〔俄国〕诗人普希金、莱蒙托夫、海塔古洛夫、雪夫兼珂等,德国诗人海涅、克尔纳等,美国诗人惠特曼、法国诗人雨果、法朗士等,日本诗人最上二郎、南龙夫等,以及英国诗人、西班牙诗人的诗歌作品 47 首,介绍外国诗人的论文两篇。这是抗战时期大后方对外国诗歌翻译的最集中的一次展示,也是翻译文学的重要收获。《文艺生活》具有鲜明的时代性和目的性,那就是"致力于文艺抗战工作"②,在民族解放战争中发挥文艺抗战和文艺救国的社会功能。该刊并非同人性刊物,具有较强的包容性和开放性,恰如编辑自己所言:"这是一个公共园地,并不是某一些人据为私有。"③

---

　　①　王建开:《五四以来我国英美文学作品译介史》(1919~1949),上海:上海外语教育出版社,2003 年,第 275~276 页。
　　②　《编后杂记》,《文艺生活》(第 1 卷 2 期),1941 年 10 月 15 日。
　　③　《编后杂记》,《文艺生活》(第 1 卷 2 期),1941 年 10 月 15 日。

因此,在这个刊物上发表文章的作者有艾芜、荃麟、夏衍、郭沫若、茅盾等,发表的文章涉及小说、诗歌、戏剧、散文、杂感、童话、翻译作品、作家作品研究、座谈会记录以及关于工厂历史的作品。夏衍的著名戏剧《法西斯细菌》最初就发表在这个刊物上。

　　抗战大后方对惠特曼诗歌的翻译在选材和在语言上都取得了很大的成功。半个多世纪以后,当我们出于研究而非阅读的兴趣重新翻阅那些发黄变腐的旧期刊,在重庆、桂林、昆明等地寻找抗战时期所有关于惠特曼译诗踪迹的时候,心里不自觉地会发出这样的疑问:惠特曼的译介在当时仅仅是由于政治原因吗? 在抗战语境下是否有意歪曲了惠特曼诗歌的形象而将其改造成"革命"或"政治"诗人? 但通过将其这一时期的译诗与他所有的诗歌进行比较,就会发现他代表性的诗歌大多在 20 世纪 40 年代被译介到了中国,也就是说,读者可以根据抗战大后方的译诗还原惠特曼丰满的诗歌形象。以高寒的译诗为例,他除了在大后方的期刊上零星地翻译发表了惠特曼的诗歌,而且还出版了第一部其诗歌译集《大路之歌》(*Song of the Road*)。高寒的译作主要采用了意译的方式,译者具有强烈的形式自觉意识,"力求形神兼备,"但如果形式和内容"不可兼顾,则舍其形而求其神,使译作能够产生与原作大致等同的效果"①。1994 年中国翻译家赵萝蕤在接受美国惠特曼研究专家肯尼思·M.普莱斯的采访时客观地评价了高寒对惠特曼的翻译。当普莱斯问及高寒是否倾向于选择惠特曼的政治诗,以便特别强调时,赵萝蕤回答说:"我认为楚图南做出了正确的选择。他翻译了所有著名诗篇,……从目前来看,他的翻译很出色,只不过他当时使用的辞典陈旧。他用了一些口语式的词汇和表达方式,而它们现在则不那么流行了,尤其是人们称为助词的那些词语。他的译文听起来有点过时。但是我尊重他这位翻译家。"②从赵萝蕤对楚图南(笔名高寒)的评价来看,抗战大后方并没有因为战时的需要而只选取惠特曼的部分诗歌来翻译,相反是"翻译了所有著名诗篇"。译诗语言的口语化是赵萝蕤对高寒译作的负面评价,但如果将这些译诗语言还原到抗战时期对诗歌语言大众化倡导的语境下,就会发现高寒译诗在语言上的瑕疵不是他能力所致,而是他有意为之。只有将外国诗歌翻译成满足当下审美趣味和时代需要的"模式",译诗才能在异质文化中获得生存的空间,译者的行为也才具有意义,否则译诗很快就会遭到

①　刘树森:《评〈草叶集〉的六个中译本》,《外国语》,1992 年 1~2 期。
②　〔美〕普莱斯:《翻译中的惠特曼——赵萝蕤访谈录》,刘树森译,《外国文学动态》,1997 年第 3 期。

遗弃。从这个意义上讲,抗战大后方对惠特曼诗歌的"归化"翻译由于在语言和形式上融入了中国元素,因而得到了更为广泛的传播和接受,对中国人民的抗日战争起到了积极的鼓动作用。

(三) 大后方大量译介惠特曼作品的原因

　　为什么 20 世纪 40 年代中国会迎来惠特曼翻译的新局面呢? 而又为什么惠特曼译介的高潮会出现在大后方? 这绝非简单的地缘政治和区域文化所能解释清楚的,这里将从中国社会文化语境和惠特曼诗歌的特征两个维度上去论述抗战大后方为什么会大量译介惠特曼的作品。

　　译介惠特曼诗歌的主要原因在于反抗日本法西斯侵略的需要。传统的翻译学理论建立在语言学的基础上,将翻译行为视为语言和文本意义的转换过程,从而忽略了外部的政治/权力关系对翻译的制约作用。翻译文化批评的兴起改变了翻译研究的重心,将外部环境纳入研究的范畴,比如源语与译语之间文化地位的强弱、译者的翻译决策与潜在读者的阅读期待、社会政治语境与翻译材料的选择等,这些先前被翻译语言学派遮蔽的问题如今得以显现并逐渐进入人们的研究视野。根据后殖民理论家萨义德的观点,不与外界的政治/权力发生关系的纯粹的学术研究是不存在的:"没有人曾经设计出什么方法可以把学者与其生活的环境分开,把他与他(有意或无意)卷入的阶级、信仰体系和社会地位分开,因为他生来注定要成为社会的一员。这一切理所当然地会继续对他从事的学术研究产生影响,尽管他的研究及其成果确实想摆脱粗鄙的日常现实的约束和限制。"①事实上,所有的翻译研究都不能脱离当时的文化背景,也不可能与其时社会政治需求保持隔离,"将翻译置于文化的背景上进行考察,我们可以看到,翻译活动,包括翻译批评,都带有一定的功利色彩,都会受到社会时代因素和民族文化发展的制约,翻译事业的发达与否,也与翻译的目的、社会的反响以及文化的需求有着密切的关系,剖析翻译的文化层面就是要在广阔的社会语境下,从历史的角度对翻译进行宏观的思考"②。相应地,研究抗战大后方对惠特曼诗歌的翻译,我们也不能离开抗战大后方这样一个特定的历史文化和区域文化语境,从根本上,惠特曼作品的翻译与抗战大后方的文化需求密不可分。知识与权力和政治之间或显或隐的关系决定了中国现代诗歌的翻译不可能脱离中国具体的语言环境和政治语境,五四前后的新文化运动、20 世纪 30

---

① 萨义德:《东方学》,王宇根译,北京:生活·读书·新知三联书店,1999 年,第 13 页。
② 俞佳乐:《翻译的社会性研究》,上海:上海译文出版社,2006 年,第 9 页。

年代的国内革命运动以及 30~40 年代的民族解放运动等都给中国诗歌翻译形成了不可回避的规约。仅就抗日民族解放战争而言,它使大后方的翻译诗歌朝着有利于宣传抗战的方向发展,语言的简单化和形式的松散成为这一时期译诗文体的主要特征,昂扬的激情和大众化的格调成为这一时期翻译诗歌选材的标准。国内从事惠特曼诗歌翻译的领军人物高寒在谈他 20 世纪 40 年代之所以会选择翻译惠特曼的作品时说:"我译惠特曼的诗歌,始于一九三〇年以后。当时在流亡生活中,为反对法西斯的恐怖统治,想适当地介绍一点民主思想,因此随译随送可以发表的刊物发表,后来辑成一集送可以出版的书店出版。……今天,惠特曼的诗歌对于反对帝国主义、霸权主义、种族压迫以及腐朽没落的资产阶级文化仍然有一定的积极意义,对于争取民族解放、争取社会进步的广大人民,也是一种鼓舞的力量。"[1]比如美国南北战争爆发后,惠特曼满怀激情地为热爱民主自由的美国民众写下了满怀豪情的诗篇,立意鼓舞人们为捍卫民主自由权利、反抗压迫的奴隶制度和维护祖国的统一而战斗,"没有商量的余地"。(《敲吧!鼓!敲吧!》)在《我听见美利坚在歌唱》中表现了人们在新大陆上自由而幸福地生活,"各种各样的欢歌"唱出了人们生活的希望。这些诗歌情感正好蕴藏在抗战时期中国人民的潜意识里,其作品的译介正好满足了中国战时语境对文学的期待。由此可以看出,抗战大后方翻译惠特曼诗歌的主要原因在于其作品可以作为中国人民反抗法西斯日本的精神武器,在于时代语境和政治环境需要惠特曼式的诗歌精神。

　　惠特曼为了祖国的统一而身体力行的行动有助于鼓舞抗战时期中国诗人投身民族解放大业,从思想和情感的角度承担起维护祖国统一和独立的重任。1861 年 3 月 4 日,林肯在任美国第 16 届总统的就职演说中说的:"一定不要让我们之间亲密情谊的纽带破裂,从每一个战场和每一个爱国者的坟墓延伸到这片广阔国土上的每一颗跳动着的心和每一个家庭,它们一定会被触动,必将高奏出联邦的大合唱。"[2]林肯的话深深地激励了惠特曼,以至于他在笔记中这样写道:"今日此刻,我下定决心要为自己锻炼出一个纯正的、完全的、可爱的、血液清洁的、强壮的身体,办法是戒除一切饮料(只喝开水和牛奶),不吃肥肉,不用夜餐。"[3]惠特曼可以为了祖国的统一而放弃日常必需的生活方式和生活内容,这种几乎"禁欲"式的选择更强烈地凸显

---

① 楚图南:《草叶集·译者后记》,北京:人民文学出版社,1955 年,第 323~324 页。
② 李野光:《惠特曼评传》,上海:上海文艺出版社,1988 年,第 176 页。
③ 李野光:《惠特曼评传》,上海:上海文艺出版社,1988 年,第 177 页。

出他统一祖国的心愿。惠特曼对美国内战的关注是亢奋而热情的,他创作了《桴鼓集》以纪念美国内战这个美利坚民族历史上的重要时期,这些作品表明诗人的内心时时和祖国的命运联系在一起,他为在民族统一战争中英勇的战斗者而高声歌唱,最终创作出了伟大的史诗般的作品。对当时迁居大后方的中国诗人而言,惠特曼为民族利益而牺牲个人生活的行为无疑具有重要的引领作用,它使很多"隐居"后方或远离民族解放战争的作家意识到自己在特殊时期应该何去何从,进而坚定他们投笔从戎的决心。早在1937年8月,"中国诗人协会"发表的抗战宣言就明确了诗人在抗战中的任务:"民族战争的号角,已经震响得使我们全身的热血,波涛似的汹涌起来了!""在这种全国抗战的非常时期里,我们诗歌工作者,谁还要哼着不关痛痒的花,草,情人的诗歌的话,那不是白痴便是汉奸。目前最迫切的任务,就是将我们的诗歌,武装起来:我们要用我们的诗歌吼叫出弱小民族反抗强权的激怒;我们要用我们的诗歌,歌唱出民族战士英勇的成绩;我们要用我们的诗歌,描写出在敌人铁蹄下的同胞们的牛马生活。我们是诗人也就是战士,我们的笔杆也就是枪杆。拿起笔来歌唱吧,后方的同胞们正需要我们的歌,以壮杀敌的勇气! 拿起笔来歌唱吧,全世界上我们的同情者,正需要听到我们民族争自由平等的号叫!"①因此,大后方翻译介绍惠特曼这样一位具有民族情怀的诗人到中国,更有助于鼓舞中国诗人投身抗战的历史洪流,将他们的诗歌情感辐射到抗战时期的大众和士兵身上,推进整个中华民族的解放战争。

惠特曼诗歌风格的转变是大后方对其译介的文体原因。抗战大后方翻译的惠特曼诗歌大多创作于美国内战期间,这一时期惠特曼的诗风也发生了很大的改变,先前那些富于心灵性的玄想和生命中不可知的神秘逐渐被兵荒马乱的战争现实所取代,先前诗行的那种冗长夸饰也被简介和平实的语言所取代。换句话说,惠特曼在追求祖国统一的战争中所创作的诗篇无论是在内容还是形式上都更多地体现出大众化的审美取向,而这种诗风也是抗战大后方文坛所倡导的创作路向。1938年1月中旬,艾青、东平、聂绀弩、田间、胡风、冯乃超、萧红、端木蕻良、楼适夷、王淑明等知名作家和诗人以《七月》社的名义举行了"抗战文艺座谈会",主要就抗战时期的诗歌和其他文学样式进行了研讨,就抗战时期的诗歌表现形式而言,胡风认为达达主义是抗战中不健康的文学表现形式,不能把它当做一种新形式加以肯定和推广。楼适夷对什么是抗战时期诗歌最适合的表现形

---

① 中国诗人协会:《中国诗人协会抗战宣言》,《救亡日报》,1937年8月30日。

式发表了看法："我们要求的新形式,要更大众化,可以多方面的表现生活,绝不是向神秘的道路走的。"①因此,惠特曼诗歌风格的转变在无形中契合了大后方对抗战诗歌的展望,我们姑且以抗战时期重庆出版发行的《文学月报》上的《黎明的旗帜》为例:

> 我们可以是恐怖与屠杀,现在我们就是的,现在我们不是那些庞大的,雄赳赳的州群的任何一个(不是五个,也不是十个);
>
> 我们不是集市,不是堆栈,也不是城里的银行;
>
> 然而这些,跟一切的,跟棕黄色的,宽大的国土,跟地下的矿井,是我们的;
>
> 大海的海浪和大大小小的江水,是我们的;
>
> 它们所灌溉的田地是我们的,至于那收获与果实,也是我们的;
>
> 海湾与海峡,来来往往的船只,是我们的——我们是高于一切的,
>
> 我们是高于? 拥有三四百万平方哩的广大地面的——我们是高于那些大都会的,
>
> 啊,歌人! 我们是高于那四千万民众的——无论生也好,死也好,我们是无上的,
>
> 我们,即便是我们,也必须在天空里显示着才能,这不但是为着将来,而是为着一千年呢,借着你的声音,把这支歌儿唱给那可怜的孩子的灵魂。
>
> ——《黎明的旗子》(节选)②

惠特曼在诗歌中使用了诸如"我们""民众""州群"等宣扬集体主义精神的词语,表明他已经从昔日智性化书写的精英立场融入大众中并成为其中的一员,脚下的土地和行政区划中的自治州不再是分裂的,所有的矿藏和成熟的果实都是属于大众的,美利坚合众国的统一观念在他心里已经根深蒂固。这首诗被翻译到中国后,也激起了中国人强烈的反响,我们岂能让国土沦丧和破裂? 属于中国大众的矿藏和果实岂容日本掠夺? 因此,惠特曼的诗歌借助简洁的语言和深沉的情感抒发了中国人积郁心中的苦闷,起到了释放中国人情感的作用,被译介到抗战大后方诗坛也易于传播和接受。

惠特曼诗歌的情感内容契合了抗战时期中国人对文学作品的诉求。在

---

① 《抗战以来的文艺活动动态和展望》(座谈会记录),《七月》(2集1期),1938年1月16日。
② 〔美〕惠特曼:《黎明的旗子》,王春江译,《文学月报》(第3卷第1期),1941年6月1日。

《草叶集》的序言中,惠特曼曾这样说道:"这里有了一种从某些必然不分特点和细则的束缚中解放出来了的事业,在广大群众中声势浩大地进行。这里有了一种永远象征英雄人物的康该气度。这里有灵魂所喜爱的粗人和大胡子,以及空旷、崎岖和冷漠。在这里,对于它的群众和集团的惊人的鲁莽作风所不屑为的小事的鄙视,以及它奔向前景的劲头,正以汹涌的气势展开,到处是一片繁盛丰茂的气象。"①难怪有人评论说:"四十年代,《草叶集》中那种将国家、民族、自我紧紧联系在一起的赞颂,无疑非常适合当时人们对于新的民族国家的想象,对于抗战中的中国格外具有吸引力。"②惠特曼诗歌中的炽热情感为他在美国赢得了很多读者,因为他的作品观照到了所有底层的大众,同时为他们勾画出未来生活的美好前程。抗战时期翻译惠特曼《黎明的旗帜》的王春江说:"这大约可以作为译介惠特曼的作品的一个重要的关键。正因为这种透露于字里行间的民主思想,他的诗在美国以及世界的人民大众之间普遍地诵阅着。现在,当苦痛与灾难实际上压倒了一些人所高唱的'自由'和'民主'的时候,惠特曼的诗,由于它们对真正的自由和民主的赞美与憧憬,将会取得更广大的读者的爱好,而且唤醒和鼓励着他们,去完成他们的伟大事业。"③惠特曼诗歌对未来的展望与抗战时期中国人对民主和自由国家的向往产生了默契,使他在中国也拥有大批能与其诗歌产生共鸣的读者:"惠特曼在中国读者们的心目中,早已不是一位陌生的人物了。一个世纪之后的现在,读着他的诗,似乎还有一种亲切的感觉。这不能不归功于他的作品的伟大,然而,在这里,对于一个理想的追求的一致,也是一个极大的原因。"④惠特曼诗歌所具有的"力量"比较符合中国抗战诗歌的"战斗性"精神,惠特曼译介专家高寒先生在1940年8月发表的《抗战文艺的战斗性和地方性》一文中说:"譬如抗战文艺,因为是在中华民族的解放斗争中生长起来,发达起来,这当然是极富于战斗性的。但这所谓的战斗性,并不只是限于描写游击战、空军战和前线血腥的争斗。并不只是抗战口号的夸张的敷陈和叙述。更要紧乃是要把握了中华民族在重重的压迫,在千年历史束缚中最彻底的觉悟,和要求解放,要求独立而自由的生存的那不可遏止的热情和力量。"⑤的确,惠特曼的诗歌之所以能在抗战大

①　〔美〕惠特曼:《〈草叶集〉初版序言》,《草叶集》,楚图南、李野光译,北京:人民文学出版社,1987年。
②　李宪瑜:《二十世纪中国翻译文学史》(三四十年代·英法美卷),天津:百花文艺出版社,2009年,第165~166页。
③　王春江:《黎明的旗子·译者附言》,《文学月报》(第3卷第1期),1941年6月1日。
④　王春江:《黎明的旗子·译者附言》,《文学月报》(第3卷第1期),1941年6月1日。
⑤　楚图南:《抗战文艺的战斗性和地方性》,《昆明周报》(创刊号),1940年8月2日。

后方取得极好的传播和接受效果,关键原因还在于这些译诗表现了当时中国人在日本的侵略下民族意识的觉醒和建构强大民族和独立祖国的理想,在于惠特曼的诗歌抒发了与中国人相似的感情。

惠特曼诗歌语言的简洁以及对普通大众的关注等特征比较符合大后方对抗战诗歌的审美要求。惠特曼是现代文学史上对中国新诗的发展影响较为持久的诗人,如果说五四新文学运动时期他以对"自由"和"自我"的歌唱以及形式上的自由化成为中国译坛宠儿的话,那抗战时期他则以对祖国的深情和对大众的关注以及语言的简单在大后方文坛受到了推崇。我们知道惠特曼的代表作《草叶集》(*Leaves of Grass*)得名于《自我之歌》(*Song of Myself*)第 17 首中的诗行:"哪里有土,哪里有水,哪里就长着草"(This is the grass that grows wherever the land is and the water is),显示了诗人对祖国蓬勃生命力的礼赞,其对祖国的热爱和讴歌正符合了抗战时期中国人民逐渐增强的国家和民族意识,遂被翻译进中国并成为很多诗人效仿的对象。惠特曼诗歌的自由和自我精神在早期新文学运动中鼓舞着郭沫若等人积极地从事诗体创新或追求精神的解放,然而,其文化弄潮儿的形象却是伴随着"平民诗人"的形象出现的。早期译介惠特曼的先行者如田汉在《少年中国》创刊号上发表了一万五千字的长文《平民诗人惠特曼的百年祭》,肯定了惠特曼诗歌语言浅近和形式自由的"平民"风格①,并于 1920 年在《诗人与劳动问题》中申明自己要做一个"平民诗人"②。从《草叶集》中的诗篇来看,惠特曼的确用他的创作触摸到了底层人呼吸的脉搏,带给他们民主和自由的希望,比如陈适怀翻译的《你,民主政治哟》(*For You, O Democracy*)(《文艺生活》2 卷 1 期,1942 年 3 月 15 日)中有这样的诗句:

> 我要创造出密不可分的大陆,
> 我要创造出阳光普照下的最辉煌的民族,
> 我要创造心神圣的磁性的国度,
> ……

这三行诗不仅表达了诗人渴望祖国的统一,而且表达了他对美国未来充满信心——"阳光普照下的最辉煌的民族"。早在 20 世纪 30 年代就有论者这样评价了《草叶集》:该诗集的"特质在歌咏民主政治,以描写神圣的劳

---

① 田汉:《平民诗人惠特曼的百年祭》,《少年中国》(创刊号),1919 年 7 月 15 日。
② 田汉:《诗人与劳动问题》,《少年中国》(第 1 卷第 8 期),1920 年 2 月 15 日。

工男女们的占最多数,他是工人们的友侣,他的诗即是他们的呼声,前此美国的作家中谁都不能比他更平民化了。不特如此,他特有一种天赋的同情心,那同情心使他否认宇宙间贵贱高下的区别,而断言丑恶的,卑下的里面往往可以找出美丽的,高尚的东西"①。对祖国未来寓言般的憧憬不正是饱受日本侵略之苦的中国人心底最大的愿望吗? 不正符合中国人对自我民族强大形象的想象吗? 与此同时,惠特曼诗歌对劳动者的歌颂和对下层人的关注,让遭受战乱惊扰的生命获得了尊重,这些特征决定了惠特曼诗歌必然会在抗战大后方找到存活的丰厚土壤。

任何翻译都涉及一定的文化语境和时代需要,惠特曼的翻译也不例外。正是由于中国抗战的需要以及惠特曼作品具有的抗争精神和爱国情怀,大后方译介了他的很多作品,在客观上起到了繁荣文艺创作的作用,同时鼓舞了中国人民的抗战激情与对民族未来的美好期待。

(四)抗战大后方译介惠特曼诗歌的影响

抗战大后方文艺界对惠特曼诗歌的翻译热潮不仅对抗战时期大后方诗歌的繁荣起到了积极的推动作用,满足了这一时期人们对诗歌的阅读期待,而且还带动了抗战大后方诗歌创作的发展。

惠特曼的译诗在抗战大后方产生的影响是深远的,很多读者都从他的诗歌中找到了抗战的激情和民主自由的希望,反映在抗战大后方的诗歌创作中则体现为很多诗人都以惠特曼作品的情感来主导自己的诗歌创作。根据李野光先生在《惠特曼研究》第四章中的描述,从延安的期刊到陕甘宁边区的壁报,从大后方的重庆和昆明等地到南方的香港,到处都有惠特曼的诗歌。而抗战时期,惠特曼的诗歌对艾青、蒲风、何其芳等人的创作在艺术表现方式上产生了一定的影响②。具体而言,我们可以从艾青在大后方创作和发表的诗篇为例进行说明,比如名篇《向太阳》是他创作的第一首长诗,也是 20 世纪 30 年代新诗史上的杰作,该诗于 1938 年发表在重庆出版的《七月》杂志上③,其体现出来的高度热情和对光明、未来的追求和信心与惠特曼《草叶集》中很多诗篇表现出来的主题思想如出一辙。我们都知道,惠特曼的诗歌以饱满的热情赞扬了劳动人民、以豪迈的激情鼓舞着人们为自由和民主而战、以满腔希望憧憬着祖国未来的勃勃生机。艾青的《向太阳》同

---

① 张越瑞:《美利坚文学》,上海:商务印书馆,1933 年,第 57 页。
② 李野光:《惠特曼研究》,桂林:漓江出版社,1988 年,第 337~339 页。
③ 艾青:《向太阳》,《七月》(3 集 2 期),1938 年 5 月 16 日。

样表达了诗人对一个饱经磨难的民族抱有坚定的希望,全诗以"太阳"这个主体意象来象征中华民族的觉醒和希望,第4到5节体现出诗人对创造性的劳动、民主、自由、平等、博爱和革命精神的礼赞,第6到7节歌颂了祖国山河的苏醒和中国人民即将迎来的新生,最终体现出诗人对抗日战争的胜利充满信心,对民族未来的构想也似惠特曼在《你,民主政治哟》一诗中所吟唱的那样,中华民族必将是"最辉煌的民族"。被视为《向太阳》姊妹篇的长篇叙事诗《火把》1940年发表在重庆出版的《中苏文化》上[1],是艾青抗战以来追求民主、自由和国家独立统一主题的升华,再次回应了惠特曼诗歌创作的情感底色。

此外,惠特曼作品中强烈而真挚的爱国情怀也唤起了抗战时期人们对遭受战争蹂躏且支离破碎的祖国的热爱之情。有人在评价其诗歌时认为正是强烈的爱国情感点燃了他的诗歌创作:"的确,要不是因为他同他所属的那个出类拔萃的国家的主要性情和目的深刻地相一致……他是会成为一个和谁也不同、与谁也无关的诗人的。他使一颗炽热的心与他自己的时代和人民相接触,而那个点燃它的火苗就是效忠美国的思想。"[2]例如惠特曼在《从巴门诺克开始》一诗中就表现出"歌颂"祖国的情怀:

> 我歌颂大草原,
> 我歌颂一泻千里在墨西哥湾入海的密西西比河,
> 我歌颂俄亥俄、印第安纳、伊利诺斯、衣阿华、威斯康星和明尼
> 苏达,
> 歌声从中心堪萨斯出发,由此以相等的距离,
> 向外投射永不停息的火的脉搏,使一切生机勃勃。

惠特曼对祖国的热爱之情点燃了抗战时期中国诗人敏感的心思,他们纷纷创作诗篇来表达对中国土地的热爱,以唤起中国人强烈的民族意识和国家意识,从而坚决抵抗日本的侵略并最终迎来民族的新生和国家的统一。这一时期,曾经在抗战大后方生活或辗转经过大后方的诗人如艾青、臧克家、袁水拍、徐迟等都先后创作了歌颂祖国和土地的诗篇,成为新诗史上的佳品。

---

① 艾青:《火把》,《中苏文化》(第6卷第5期),1940年6月18日。
② 〔英〕威廉·罗塞蒂:《惠特曼的诗》,《惠特曼研究》,李野光选编,桂林:漓江出版社,1988年,第56页。

惠特曼在中国的影响并不仅仅局限于抗战大后方。据研究资料表明，"中国文学界参与过翻译、评介和研究惠特曼，或承认自己受过惠特曼影响的著名老作家、诗人、学者和翻译家，据十分粗略的调查统计，为数当在五十人以上，其中除上面已谈到的诸人外①，尚有徐志摩、梁宗岱、闻一多、谢六逸、施蛰存、朱湘、梁遇春、穆木天、何其芳、曹葆华、黄药眠、艾青、田间、周而复、蒲风、袁水拍、公木、天蓝、徐迟、荒芜、绿原、邹荻帆、朱子奇、杨宪益、赵萝蕤、王佐良、周珏良、荻其矫、邹绛、罗洛、杨辉民，等等。"②对于这样一位外国诗人，我们理当从译介学的角度去研究其在中美文学关系中的重要地位，从比较文学影响研究的角度去考察其作品的翻译对中国现代文学产生的影响。

"歌唱民主，歌唱自由，歌唱力与美、健康与欢乐、革旧与创新，歌唱诗人自己的时代和国家，歌唱世界和平和人类友爱的理想"③，惠特曼诗歌丰富的情感唱出了抗战时期中国人的心声，因此成为大后方文坛译介的重要诗人，其作品给中国抗日战争和抗战诗歌都带来了深远的影响。

第二节 抗战大后方对美国小说的翻译

抗战时期，中国对美国小说的译介是伴随着战时特殊的国情需要产生的，也代表了译介美国文学的新方向。此时美国小说的介绍不断增加，尤其是在抗战大后方，美国小说因其与抗战的现实和政治相关的原因而备受关注。一些知名作家在这时被译介到中国，比如海明威、杰克·伦敦、德莱塞、斯坦贝克等声名卓著的文豪，甚至像哈利斯、怀特、巴刻等知名度不高的作家也受到了关注。抗战大后方文坛及时对这些作家、作品进行了介绍和翻译，形成了翻译美国小说的热潮。

一 美国小说翻译概述及特征

美国小说在抗战大后方的翻译出版和刊发异常丰富，仅次于苏俄位居第二④。王建开在《五四以来我国英美文学作品译介史（1919—1949）》中的

---

① 根据原文的信息，所谓"上面已谈到的诸人"指的是郭沫若、楚图南（高寒）、屠岸等人。
② 李野光：《惠特曼评传》，上海：上海文艺出版社，1988 年，第 469 页。
③ 李野光：《惠特曼评传》，上海：上海文艺出版社，1988 年，第 470 页。
④ 《抗战期间重庆版文艺期刊篇名索引》（重庆图书馆馆藏部分），重庆市图书馆编印，1984 年。

论述和统计则从更大范围内证明了美国小说的译介热潮：1919～1927 年，译介的美国文学总数为 24 部。进入 30 年代，每年的译介数量多在二三十部，1937～1945 年，美国文学作品译介总数多达 230 部，小说文体的翻译尤为盛行。

（一）译 介 语 境

为什么抗战时期大后方会大量翻译美国文学作品呢？原因当然是多方面的，除从作者、译者以及期刊的角度分析之外，从宏观的角度来讲还应该包含以下几个方面的因素：首先与国民党对苏俄文学译介的禁止有关。抗战时期的国统区，"在国民党反动派直接控制下的地区，反动派更加明目张胆地禁止出版苏联文学读物"①。此时翻译的苏联作品多为政论文，即使翻译的文学作品也带有很强的政治色彩及功利目的，在翻译文本的选择上文学性处于次要的地位，而美国作品受意识形态的影响相对较小，文学性也成为翻译文本选择标准的重要内容。其次是时代语境对文学提出了新的诉求。不同历史阶段的语境引导中国译介者去选取时代所需的文学品质，抗战时期的文学翻译响应着这个时代争取人权平等、精神自由、民族独立的号召，积极译介的美国文学正是由于其所体现出来的独立自主、顽强抗争的美国精神。这种精神有利于推动抗战朝着有利的方面发展。偏爱美国文学的学者赵家璧说道："我觉得现在中国的新文学，有许多地方和现代的美国文学是相似的：现代美国文学摆脱了英国的旧传统而独立起来，像中国的新文学突破了四千年旧文化的束缚而揭起了新旗帜一样……太平洋两岸的文艺工作者，大家都向现实主义的大道前进着。他们的成绩也许并不十分惊人，但是我们至少可以从他们的作品里认识许多事实，学习许多东西的。"②第三是美国文学的崛起。战时美国和中国面临着相同的历史处境和奋勇抗敌的艰巨任务，两国作为第二次世界大战中反法西斯的主战方，休戚与共，命运相连。进入 30 年代，美国文学的世界声誉大增，先后有三位美国作家获得了诺贝尔文学奖，引起了世人的关注，中国文学界对美国文学的评价有了极大的提高，此时的译介作品也陡然增多。正是由于这些原因共同造就了抗战大后方的美国小说译介热潮。

抗战时期大后方译介的美国作家和之前相比有明显的不同。翻译文学具有明显的选择性和目的性，不同译者有不同动机，但就多数而言，对外国

---

① 陈玉刚：《中国翻译文学史稿》，北京：中国对外翻译出版公司，1989 年，第 293 页。

② 赵家璧：《新传统》，上海：良友图书印刷公司，1936 年，第 2 页。

声名显著作家的关注和响应本国群体生存状况的要求是主要因素。抗战时期译介的美国小说在作家的选取上也有特定的取向,那就是20世纪三四十年代在世界享有盛誉的美国作家受到译者的青睐,他们的作品陆续译介到中国,比如斯坦贝克、海明威、德莱塞、霍桑、贾克·伦敦等。名满世界的美国作家因其本人在世界的影响力和作品思想的深刻性而得受到译者的争相追捧,对他们进行译介也满足了大后方读者迫切了解这些作家、作品的强烈愿望。一些不知名的美国作家或因其作品内容符合抗战的时代需求,或因其表现方式和艺术手法的独特性,或因其对战争时局的特有见解也被介绍到抗战重庆。如托德的《高加索之死》、赫塞的《阿丹诺之钟》和怀特的《轻艇歼倭记》都是战争题材的小说,哀利俄特《吉尔菲先生的情史》表现对人性和人的生存状态的关注。

抗战时期萨洛扬的创作与译介差不多同步进行,十分畅销并一版再版,但抗战之前和战争结束之后,他的作品很少听闻,由此可以看出萨洛扬是属于特定时期特定范围的作家。他用充满童心童趣的作品反映现实社会问题,揭露宗教对人自由和身心的束缚,揭露移民生活的窘迫和精神所受的压迫,他以其亚美尼亚移民后裔的身份表现追求生存权利和维护尊严的亚美尼亚精神,以其独特的写作题材和表现方式风靡于抗战重庆。

抗战重庆对美国小说的译介方式丰富多彩。抗战重庆通过各种方式向读者介绍美国作家和作品,出版社及时出版大量美国长篇小说,文学刊物紧扣时代脉搏,与时俱进地刊登美国短篇小说和一些长篇小说的节选。文学刊物相继推出专号,期刊专号以集中和全面的方式介绍某一作家、某一流派或相互关联的文艺现象,专号的方式集中概括,目的性强,体现编者的旨趣和取向。专号形式介绍美国小说和作家不但反映了编者对美国文学由轻视向重视的巨大转变,而且也表现出抗战时期对美国文学摆脱束缚、扎根现实、反映社会的文学特质的认同,推出翻译专号成为文艺期刊扩大美国文学影响的重要手段。

刊于《现代》1934年5卷6期的"现代美国文学专号",可谓全面系统地介绍了现代美国文学的第一个专号,创作、翻译与评论并重的重庆文学刊物《文学月报》在1941年第3卷第1号推出"美国文学特辑",1943年10月15日《时与潮文艺》2卷2期上用了整整一期来介绍美国当代小说,设为"美国当代小说专号",《时与潮文艺》1944年4月15日3卷2期又推出了美国作家"奥哈拉"专号,这些期刊专号的推出可见抗战时期重庆对美国文学的重视。

抗战时期重庆的译者对美国文学给予极大的关注,既是对现实性和艺术性兼备的美国文学的肯定,也是对它在战火中所表现的被侵略被蹂躏的民族为争取民主自由而奋勇抗争、坚持不懈的美国精神的赞扬,这种精神是人类对生命尊严的捍卫与信仰的救赎,这与抗战中国所需要的时代精神不谋而合,表现出强大的生命力。译者在对美国作品的选取中,怀有一种使命感,注重了抗战的时代背景,选取那最光彩、最奋发有为、最令人缅怀的篇章进行译介,通过出版单行本、出版长篇小说,借助文学期刊刊出短篇小说,并采用专号的形式对文学现象和作家作品作专门系统的介绍,使美国小说在抗战重庆文学中闪烁出夺目的光彩。

（二）主　要　译　者

文学翻译活动受制于译者的意识形态并在特定的社会政治和文化历史语境下进行。抗战大后方对于美国小说的译介者主要有冯亦代、柳无垢、胡仲持、钟宪民、谢庆尧等人,此时译介的作品以战争题材为主,战争题材的作品是触景生情甚至是译者的切身体会,涉及战争内容的作品成为他们文学译介的重要构成。

译者选材大都有非常明确的目的性,那就是为抗战现实服务、支持和援助民族解放运动,这是对作品选择的首要标准。文学在很大程度上成为为抗战服务的武器,对于作品内容题材的关注大大超过了对于艺术层面的关注,当然也有少量的关注表现方式和其他内容的作品问世,但是那些毕竟不是主流趋势。其中冯亦代着重译介海明威和斯坦贝克的作品,胡仲持重点关注萨洛扬和斯坦贝克,钟宪民则是德莱塞作品的主要译者,其余译者则没有固定的译介对象,正是有了他们的努力才使战时重庆成为翻译的重镇,才有了战时重庆美国小说翻译的繁荣景象。

冯亦代是抗战重庆翻译美国小说最多的译者之一。冯亦代的翻译是抗战初期在流亡香港时开始的,后来香港陷落前,他又到重庆,继续他的翻译和写作生涯,他写作、办报、结交中外文化友人,为振兴我国文化事业不断努力。从翻译角度来说,他的主要成就是翻译了海明威的《第五纵队》《蝴蝶和坦克》《告发》《大战前夕》多篇小说,成为最早将海明威介绍到中国的翻译家之一,当时海明威反映西班牙内战的作品,对于我国抗日战争有着同仇敌忾的作用,凡是关心世界反法西斯斗争的人看到这些书在中国的翻译和出版自然会有兴奋和迫切阅读的反应。冯亦代谈到对海明威的关注是源于"我读了海明威的许多短篇小说和《永别了,武器》,并把《永别了,武器》试译了几页。我特别欣赏他的炼字工夫,我译了差不多万字光景,不得不自叹力不从心,而放弃了这一工作。以后我到了香港,在《老爷》杂志上读到了海明威写西班牙内战的三个短篇。我那是相信西班牙内战与中国抗日都是世界反法西斯主义的一部分,所以认为介绍这三篇小说给中国读者将是有益的,我便动手翻译了。我采取的翻译方法是'硬'译,结果主编《抗战文艺》的楼适夷给退了稿"①。后来《蝴蝶和坦克》《告发》分别刊登在《文风》第一卷第一期和第四期上,《大战前夕》刊登在《中原》的第一卷第一期上,从上面一段话中我们可以明显看出作者翻译这些作品的初衷,西班牙内战和中国抗日战争都是反对法西斯大肆侵略、争取民族独立解放的正义战争,西班牙和中国有着相同的历史遭遇和战争目的,战争小说真实地反映了战争场面及作者对世界、社会,对人的命运、道德准则及精神价值的看法,使我们认识到,我们不主张战争,但对于一切非正义战争我们绝不逃避,并坚决与之抗争到底,这种对于非正义战争的顽强抗争精神及作品中塑造的有意志、有信念、有理想、有抱负的革命战士深深感染着中国人民,必将有益于中国读者和中国抗战。

柳无垢是抗战重庆译介美国小说的重要译者。其父柳亚子是国民党左派领袖,柳无垢深受父亲思想影响,她继承了父亲追求进步、改造社会的革命性的性格特征,为服从革命需要,以抗战大局为重,把幼子交给母亲郑佩宜照管,自己忍痛割爱,独自乘船前往香港,为了革命事业奔走呼号。

在她的一些散文作品中,我们也可以看到作者即使身处国外依然心系祖国,感怀伤时,"与父亲在东京井之头公园赏中秋月时,她看着圆而亮的月亮,心里说世界却依然是黑暗的,并不像月亮般明亮。不知何日才能同样的光明,两年后,在上海她找到了更明确的关于'黑暗'的答案:怨恨战争"②。战争是残酷可怕的,它摧毁了无辜百姓的家园,践踏了善良人民的灵魂,泯灭了淳朴人们的人性,战争中的人民在失落、痛苦、迷茫及困境中挣扎,徘徊在道德缺失的边缘不能自已。在《石榴》一文中,柳无垢意识到战争带来的影响不仅是表面看得到的伤痕,还有内心永远无法抹去的阴影。她写道:"怨战争为了个人的权利和幸福,常使无数小民牺牲于沙场荒野之中,一堆堆的白骨,还有谁去凭吊!"③柳无垢追求革命的决心和要求进步的性格注定了她心系国家前途和人民命运,她始终处于渴望消除战争、寻找解决社会实际问题的过程中,最终毅然以笔为武器,以翻译为剑锋,进行不懈的斗争。

柳无垢翻译《人类的喜剧》时正值抗战后期,她随父亲滞留桂林躲避战

---

① 朱世达:《冯亦代谈读书、翻译与散文创作》,《群言》,1994 年 3 期。

② 海山:《菩提珠柳无垢的生活与文学》,《南京理工大学学报》(社会科学版),2008 年第 8 期。

③ 柳无垢:《石榴》,《菩提珠》,上海:北新书局,1939 年,第 45 页。

乱,在浴血横飞、刀光剑影的战争面前,她更关注残酷战争对于平民百姓日常生活的影响。"战争把一切日常的苦痛都显得平淡了;同样的,日常生活的压迫,也差不多使人忘掉在祖国的国土上,还进行着一个生死的斗争"①。柳无垢格外推重萨洛扬的这部作品,正是因为从日常生活的点点滴滴中体会到战争给普通百姓带来的不幸,战争中有的不仅仅是英勇无畏、不折不挠,战士身上体现的也不仅仅是为了战争的奋不顾身、崇高伟大,他们也是普通的人,也有普通人的自私琐碎的情感和喜怒哀乐,作者从人性的角度控诉着战争的残酷和邪恶。《人类的喜剧》揭示了人在战争中的困顿无奈、人性在战争中的失落和扭曲,在战争这一血与火的淬炼中所暴露出人的正义的、邪恶的、崇高的、卑琐的、生存的、欲望的等复杂的内容,这是萨洛扬的作品的独特之处,也是柳无垢与萨洛扬在对战争观念中人性认识的共通之处。

胡仲持也在重庆翻译出版了很多美国小说。胡仲持从小在维新派的父亲胡庆阶和兄长胡愈之的影响下,很早就萌发了强烈的爱国主义思想,其后入学受到五四新文化运动的熏陶。他是著名的社会活动家、爱国人士,革命学者胡愈之的弟弟,受胡愈之的影响很大,尤其是对兄长的革命精神甚为佩服。抗日战争爆发后,胡愈之任上海文化界救亡协会国际宣传委员会主任,为抗日救亡做宣传,主持出版多个报刊,并编译出版了美国作家斯诺的《西行漫记》。

在日寇侵占我国东北之后,由胡愈之先生创议,胡仲持为该刊的特约撰稿人。《世界知识》的创刊,为国人了解其他国家、放眼望世界提供方便。胡愈之在该刊的创刊号上写道"祝福这小东西吧! 它将帮助你认识世界! 在走向'世界的中国'的途程上,它将尽一点小小的量"②。与此同时,在战争期间,胡仲持还翻译了萨洛扬的《火车头三十八号》《唱歌班的歌童们》《白马的夏天》,以及斯坦贝克的《公路上》等美国作家作品。在这些作品中,胡仲持关心的不仅仅是人的生存状态的表面,而是更为关注对人性的剖析,萨洛扬的作品中多为儿童题材,透过孩童的眼光来看待世界和人生,希望通过对人性的关注来达到对战争伤痕的治疗,以另一种视角将战争带来的伤与痛呈现在人们面前。

"时与潮社"的负责人齐世英曾留学日本和德国,归国后加入国民党,主持东北党务,兼国民党参政会参政员。他坚持民主理念,反对内战,作为国民党官员,他的理念必然反映当时国民党抗战政策,这对文艺刊物的走向和

① 柳无垢:《大年夜》,桂林:远方书店,1943 年,第 116 页。
② 《发刊词》,上海《世界知识》(创刊号),1934 年第 9 期。

发展起着重要的导向作用,《时与潮文艺》走出了不问世事的世外桃源,走出纯粹的学术思考,关注当下社会,关注国计民生,这影响着《时与潮文艺》在译介上会选择很多反映时代潮流的反法西斯类作品,如推出的"美国当代小说专号",以及译介的多篇反映抗战时期内容的小说。

美国小说中追求独立民主、反映现实、表现抗战、关注人性的作品因与中国抗战的特殊语境及抗战背景下人们的思想状况相符合,受到了一批中国翻译界的人士的重视,正是由于有了他们的努力,才使得美国小说这一红硕灿烂的花朵在抗战重庆这种血雨腥风中盛开不败。

(三) 主 要 阵 地

期刊专号以集中和全面的方式介绍某一作家、某一流派或相互关联的文艺现象,专号的方式集中概括,目的性强,体现编者的旨趣和取向。

20 世纪 30 年代译介美国文学并集中介绍美国文学方方面面的当数上海的文学刊物《现代》。此刊在第 5 卷第 6 期注销"现代美国文学专号",负责人施蛰存针对当时对美国文学存有偏见的看法,在《导言》中谈道:"在各民族的现代文学中,除开苏联,便只有美国文学可以实足地被称为'现代',因为第一,她是创造的,第二,她是自由的"①。在施蛰存看来,美国文学是一种成长中的文学,具有强劲的生命力和发展前途,值得处于探索之中的中国新文学借鉴。《现代》以专号的形式大规模地介绍美国文学,力图改变美国文学不被重视的状况,《现代》推出的"现代美国文学专号"为抗战时期大规模译介美国文学做了铺垫和准备。

抗战时期,重庆文艺期刊的蓬勃,推动现代翻译文学界的繁荣。"凡期刊必有译文、无译文不成期刊"。这和当时重庆的陪都身份和大后方位置有着密切的关系。在战时重庆,美国及英、法、苏等三十多个国家设有使馆,另有十多个中外文化协会,原文书刊相对易得,这为当时的翻译家们提供了一些便利。

1941 年 6 月 1 日,重庆以创作、翻译与评论并重的文学刊物《文学月报》第 3 卷第 1 号推出"美国文学特辑",内容有翻译诗歌、翻译小说和被译者评论。具体包括:春江译的惠特曼的《黎明的棋子》、袁水拍译的《朗斯登·休士诗二章》、秋蟑译的斯丹贝克《苍茫—愤怒的果实》之一章和铁铉的《关于约翰·斯丹贝克》一文。这些诗文的翻译及附上的介绍与评论反映了抗战重庆对美国文学的重视,以特辑的方式隆重推出美国文学,吸引人们

---

① 施蛰存:《导言》,《现代》,1934 年第 5 期。

关注美国文学,这种译介方式进一步扩大了美国文学在中国的影响。

　　"经考证,抗战时期全国在外国文学译介这一领域的领头羊期刊是《文学译报》和《时与潮文艺》,而前者在《时与潮文艺》创刊半年左右后即终刊,所以《时与潮文艺》可以说是 40 年代前半期中国外国文学译介方面的领军期刊"①。《时与潮文艺》编者共推出六个专号,其中关于介绍美国小说和美国小说作家的独占两个。

　　在 1943 年 10 月 15 日 2 卷 2 期上,抗战时期重庆大型文学刊物《时与潮文艺》用了整整一期来介绍美国当代小说,命名为"美国当代小说专号"。刊登的作品有孙晋三的《美国当代小说专号引言》、吴景荣译的《泛论美国小说》和林疑今的《美国当代问题小说》等导论性文字和"翻译短篇八种",作者为德莱塞、海明威等名家。从以上译介的作品选取上我们可以看出,《时与潮文艺》的编者偏爱美国小说,究其原因,编者孙晋三在《美国当代小说专号引言》中谈道:"近二十年中,美国文坛比英国文坛活跃得多。在小说方面,从纯文艺观点而言,当代英国小说自然是晶莹光彩的——但是,英国的小说犯了一个大毛病,就是和活生生的人生已经是距离越来越远,研究的对象,走向变态的人生,而不是活红活跳的人生,作家的注意,在技巧的试验,而不在素材。当代英国小说,或探测到了灵魂的深处,或遨游太虚。但都缺乏一种'活'的感觉,一种'生'的喜悦。而这种'活'的感觉,'生'的喜悦,却正是当代美国小说所给予我们最夺目的印象。当代英国小说家,给读者以一个梦魇世界的感觉,而美国小说家,却没有钻的这样深——只看到前面有血有肉的人生。"②美国小说正以其活跃真实、富有感染力的特质而逐渐受到编者的青睐,抗战时期正是要求文学更多地表现血雨腥风的社会现状和人们的生存状况,表现那个特殊时期的人们的所思所想和精神风貌,美国小说所蕴含的摆脱传统束缚的精神,和将写作植根于社会现实的表现方式,与当时中国抗战的时代诉求不谋而合。

　　《时与潮文艺》在 1944 年 4 月 15 日 3 卷 2 期推出了"奥哈拉"专号,包括作家奥哈拉的两篇小说:《星期二的中饭》和《一九四九年的麻烦》。林疑今在前言中提道:"奥哈拉是美国当代一流的现实主义作家,他的作品擅长于通过人物通话和曲折的故事情节来表达美国当代男女的生活。"③此专号推出的作家在当时中国名气尚小,但《时与潮文艺》大刀阔斧地用大篇幅、以

———————
　　① 　徐惊奇:《战时重庆〈时与潮文艺〉对法国文学的译介》,《重庆工学院学报》,2006 年第 7 期。
　　② 　孙晋三:《美国当代小说专号引言》,《时与潮文艺》,1934 年第 2 期。
　　③ 　林疑今:《译者前言》,《时与潮文艺》,1944 年第 3 期。

专号的形式加以介绍对,足见对美国小说中扎根于社会现实,反映社会生活的现实主义作家的重视,同时也可看出抗战时期生活在重庆地区的人们对于反映社会现实作品的迫切需求。

专号形式介绍美国小说和作家不但反映了编者对美国文学由轻视向重视的巨大转变,而且也表现出抗战时期对美国文学摆脱束缚、扎根现实、反映社会的文学特质的认同。这时期刊对美国小说的大量译介与期刊的创刊宗旨和抗战的时局相一致的。

《时与潮文艺》在《发刊词》中,编者就明确的提出四点要求,其中包括创刊的宗旨是"报道时代潮流,沟通中西文化",主要对象是世界文学,重视外国文学作品的译文质量和理论与技巧,特殊使命是对抗战作品尽可能刊载,对中西文学艺术的各部门作切实的研究,并尽量刊载优秀的作品,《时与潮文艺》对美国小说译介的价值取向可看作是对美国小说文学价值的认同和对其作品反映现实的内容的肯定。

《文艺先锋》对于美国作家战时作品翻译的选择和偏好,在《对翻译界的两点建议》中给出了原因:"应当多多介绍盟国作家描写战争的作品……只有这样的作品介绍给中国读者,才能增加抗战的力量""认识别的国民给自己祖国怎样尽其天职,学习人家奋斗的经验,激发自己的爱国心"①。从中可见,翻译美国作家战时作品,有着明显的抗战背景与用意,这也体现了《文艺先锋》刊物的时代特点。

《青年文艺》是抗日战争时期非常重要的文艺刊物,它为战时重庆期刊的繁荣发展作出了重要贡献。它是一块自由的园地,不仅有很多本国作家的创作还有很多高质量的译文。其翻译的美国小说思想进步、积极自由,呈现出群星灿烂、百花齐放的姿态和生机盎然的景象。作品选材丰富,艺术纯熟完臻,从中可以看出《青年文艺》的美国小说翻译围绕着抗日救亡展开的,呈现出多样化繁荣的局面。

抗战时期美国专号的推出和各大文学期刊美国小说的大量译介,目的是向中国读者传送了一种精神,一种从这个被随意践踏的人民里焕发出的挣脱束缚、追求自由的民族精神。这样的译作配合了当时时局,增强了人们抗战的信心,鼓励了人们抗战的热情。

(四)美国小说翻译的题材特征

日本帝国主义发动的侵略战争,给中华民族带来了巨大的灾难与痛苦。

---

① 弓:《对翻译界的两点建议》,《文艺先锋》,1944 年第 6 期。

抗战时期,许多知名或不知名的译者以强烈的使命感和忧患意识投入这场外国作品的译介中。他们的译作绝非随性而为,都是经过仔细地挑选和比较的,他们放眼国外,以饱满的热情和崭新的审美意识重新审视与中华民族同休戚、共命运的民族,然后仔细地挑选和译介表现反法西斯战争、社会革命、人的成长成熟与自由解放、社会百态类的作品,并以或通俗易懂或象征暗示的语言展示出来,期望对中国的抗战和文学产生积极的影响。

抗战时期重庆地区译介的美国小说,其题材多种多样,除了翻译对抗战有利的文学作品外,对其他题材的小说也有所涉及。或表现战争中涌现出的成千上万的英雄,或展现残酷悲壮的战争场面,或显示与黑暗社会抗争到底的决心,或描写人对自由独立的追求,或表现社会百态五彩生活。译者为了民族的独立与自由不断在外国作品中找寻探索,生发出了不畏艰险、抗战到底的坚定信念。虽然译者们的思维方式不同、经历各异,但是,他们描绘的是同一主色调,那就是歌颂人民抗击日本侵略者的英勇无畏行为,鼓舞处于战争中的人民坚定抗战的决心,而在这主色调之外的,也有表现爱情和人性的其他色调,它们共同构成了抗战大后方文学界色彩斑斓的艺术画卷。

一是反法西斯战争类:小说是作家审美感知物化的形象表现,审美感知与时代的发展密切相关,历史表明,不同时代有不同时代的审美定势,不同的审美定势有不同的特色,抗战时期的翻译作品深深打上了抗战的烙印,这时期译介到中国的反法西斯战争文学题材的小说主要呈现出对战争场面的直接描绘,对英雄人物的刻画,对战争中人性的关注几个显著特征。

首先是对战争场面直接描写。从翻译过来的作品可以看出,这时期的作品有很多对战争场面进行了直接的描写。赫塞的《阿丹诺之钟》描写意大利人民反德意法西斯斗争,小说中大量描写了意大利人民波澜壮阔的反法西斯斗争场面,显示了人民的伟大力量是不可抗拒的,此小说获得了1945年的普利策奖,同年林友兰及时将它译入中国,由光半月刊社出版发行,小说中关于战争场面和战士英勇反抗的描写,把读者带入了一个战火纷飞,厮杀不绝的热战场面。郭有光翻译利德的《震撼世界的十日》描写了十月革命中工人罢工、农民起义、士兵骚动,革命形势的发展变化。由白禾翻译劳森的《东京上空卅秒》,吴景荣翻译怀特的《轻艇歼倭记》中均有大量战争场面的描绘,尤为击节赞叹的是陈瘦竹的《高加索之死》,他描写战争中场面独树一帜,受到人们的青睐,对战争场面的直接描绘也是反法西斯战争文学的一大显著特征。

第二是对英雄人物的刻画。反法西斯战争小说中,通常会有至少一个英雄人物,这些英雄人物骁勇善战,不畏强敌,具有英雄的气魄和胆识。

海明威战争小说《战地钟声》里写道乔丹在执行任务的过程中,遇到了各种困难和阻力。海明威为我们刻画了一个在面对困难时显示出超乎寻常的能力和毅力的英雄人物,在面对死亡与苦难时,选择拼死抗争而不是退缩,在面对抗争之后的毁灭时,选择从容不迫而不是怨天尤人,英雄人物高大的形象顿时跃然纸上。林疑今译项美丽的《中尉麦敏》里塑造了麦敏崇高的革命精神,这种崇高性指引着人的精神思想、品格、风貌的巨大性和超常性。译者艾秋翻译的法斯特的《一个民主的斗士》写出了斗士具有强烈的生存欲望,他在作品中表现出自我保存和发展的特征,显示出异乎寻常的生命力,当痛苦的经历闪现时,当悲观宿命论将要发生作用时,他总是用理性战胜感性,用抗争意识对抗虚无悲观。在走向毁灭的过程中,在困苦无助的途上他仍然心存希望,渴望幸福生活,这就是英雄人物所具有的激励人的优秀品质。

译者介绍这些作品,是因为作品中传达出的英雄在战争中所表现出的永不服输与顽强拼搏的性格特征感染了他本人,译者也期望这种感动了他的精神能感动更多的读者。这正是译者一直孜孜以求的一种精神,这即是英雄的一种价值观的体现,这种价值观表现为:虔敬、正义、真诚、笃信、牺牲。因为抗战时代呼唤英雄,更需要英雄精神。

第三是对战争中人性的关注。战争文学中除了对战火纷飞的战争场面直接描写和对勇敢无畏的英雄人物极力刻画外,也有表现对普通家庭遭遇战争时反映和对人性的关注的内容。

译者柳无垢选择萨洛扬的《人类的喜剧》进行翻译就在于它表现的是战争对美国普通家庭的影响,是平凡人对战争的看法和感受,他们可能没有怀抱振兴救国的忘我大志,也没有战死沙场的英雄气概,而作者要反映的正是在这场突如其来的战争面前,人们所承受的心理压力和灾难。他从人道主义角度谈论了战争的邪恶,战争使多少生灵遭荼炭,又有多少人来不及哀叹就做了冤死鬼。柳无垢在《译者后记》中写道:"不过萨洛扬并没有把各种阶层的各种人物都客观地描写出来。时代会教育萨洛扬书中的一些角色。历史会带他们走上更前进的道路。同时,我们亦应该对于美国的一般家庭有所认识,不应该梦想全美国的人民都有高度的政治意义有如苏联的人民一般。"①由此我们可以看出在微不足道的人们所承受的战争创伤并不也是微不足道的,作者的着眼点就是在这里。在战争小说中依然关注人性,爱的哲学本身具有某种抽象丰富的意义,它建立在反对日本帝国主义侵略、反对

---

① 柳无垢:《人类的喜剧》,重庆:文光书店,1944 年,第 154 页。

社会腐恶的基础之上,希望人们有美好的环境、幸福的生活,他们的作品带给读者的特别感受就是那一缕深厚的人性的温情。这类小说以承受战争残酷的心灵审视战争,细致地描写人在战争中特有的心理感受,期盼和平的生活环境,期盼美好的人间生活,它们的存在使得战争题材小说具有很强的人性昭示作用与艺术魅力。

二是社会革命类:抗日战争时期,摆在中国人民面前的历史任务就是抗日争民主,这是时代的主题,也是小说的总主题。抗日就要充分调动、发挥广大人民群众的积极性,可是国民党顽固派的统治又严重束缚、压抑甚至扼杀这种积极性,争民主必然地要提上历史的议事日程。作为时代精神体现者的翻译家,在作品选择上也有所反映,这突出表现在对反映艰难生活和要求社会革命这类题材的选择上。

第一是反映生活的艰难。《愤怒的葡萄》出自美国最重要的现实主义小说家约翰·斯坦贝克之手,小说叙述了美国 20 世纪 30 年代经济大萧条时期流动农业工人所遭受的剥削和压迫,真实地记载了美国流动农业工人的苦难生活及其反抗。书中主要人物生活在难言的贫困和悲惨之中,充满了绝望和悲愤。小说第 25 章是最有力、最富诗意的社会抗议评论,讽刺性的对比是十分明显。资本家为了保持一定价格让加利福尼亚各种成熟的水果毁于一旦。这一举动加剧了贫困人民的怒火,"愤怒的葡萄在人们心里迅速成长起来,结得沉甸甸的,等候收获期的来临"①。小说真实地记载了大萧条时期大批俄克拉荷马州和邻近各州流动农业工人的艰难生活,充满了失业、饥饿和困苦,不论人们是否向西部行进,等待他们的都将是剥削、压迫和迫害。这些与当时生活在国统区的人们面临的物价飞涨、民不聊生的生存状况以及由此产生的失望悲愤情绪非常类似,相似的处境有利于对作品的接受和解读。

第二是要求社会革命。当人们最基本的生活不能得到满足时,必然要求社会革命,以求得基本的生活保障。周行译的贾克·伦敦的《穷途》(《马丁·伊登》之一章)正是适应了这一社会需求,它反映了作家本人世界观上不满现实、向往革命的叛逆精神,揭露资本主义社会唯钱是瞻的社会现实。当主人公马丁·伊登贫穷没落时,他所看到的是人们对他的鄙视和厌弃,而当他成名富有时,他所看到的是人们对他的吹捧和巴结。经历过人生起伏的马丁对他所处的社会阶层和资产阶级社会唯钱是尊的社会现实有了新的

---

① 〔美〕约翰·斯坦贝克:《愤怒的葡萄》,刘岩译,北京:外语教学与研究出版社,1996 年,第 158 页。

认识。杰克·伦敦对马丁·伊登这个有血有肉的人物的悲惨遭遇寄予了同情,对他所处社会进行了有力的抨击,对资产阶级进行了无情地批判和鞭挞,揭露了资产阶级生活方式的腐朽与空虚。资本主义社会冷酷无情的社会关系和有钱就有一切的思想泛滥必定会引起社会底层普通百姓的不满情绪,矛盾一旦激化,他们势必会不顾一切,顽强抗争。

抗战时期,国统区经济困难,物价飞涨,民不聊生,人们要求社会革命的呼声愈来愈高,介绍这部作品有其特殊的现实意义,当时的中国读者都是从中国的现实出发以对位的方式来观照这部小说的。作品所表露出来的对未来美好生活的信念无疑给坚持抗战的中国人以鼓舞,翻译社会改革的作品反映契合了处于水深火热中的人们的心境,受到人们的密切关注。

三是生存与反抗类:从时代需要出发选择翻译的作品是国统区作家社会责任感的表现,在山河破碎、民族危亡的关头,抗日救亡压倒一切,这也是思考、行动的出发点和归宿,作为比一般人敏感的翻译家自然更会在这方面尽心竭力,以现实的需要为准绳审视外国作品,其中关于人的成长成熟与自由解放类题材的作品因与抗战中人们面临成长成熟和争取自由解放的状况相一致也受到了译者的重视。

首先来看成长小说。斯坦贝克的笔下的《红马驹》写主人公乔迪如何由一个天真无邪,无忧无虑,对父母非常依赖的小男孩成长为在心理和生理都相对成熟,有自己独立想法的少年。在整个成长过程中,乔迪有过几次难忘的经历,这些经历对他的成长起着非常重要的作用,在经历了一些事情后,坎坷的成长过程使得主人公的心智更加成熟,更加稳健,他懂得了自己应追求的是什么,应承担的责任和义务,在社会的历练中清楚了自然界和成人世界的复杂性,只有不断成长进步才能顺应风云变化的人生和社会潮流。为了生存,为了担当,不能回避的就是成长。

斯坦贝克的另一部小说《愤怒的葡萄》描述了乔德母亲由一位普通脆弱的家庭主妇成长为一位支撑起整个家庭的勇敢人的过程。在举家西迁的途中,环境险恶,家庭成员意志消沉,为了基本生存和发展,乔德母亲迅速成长为家里的顶梁柱,她的成长是千千万万在不同背景中成长的群众的缩影,他们不仅自己成长了,还带动和鼓励着身边的每一个人,这正是美国人不屈不挠战胜困难的精神象征,也是中国抗日战争中人们面对突如其来的战争大环境所要经历的成长和成熟。诚然,成长是痛苦的,尤其是因环境的迁徙或社会变革而被迫成长,但这也是承担责任和生存所必需的。虽然在成长中不可避免要经历挫败、伤心、绝望,但是成长的结果是令人欣慰的,那就是足够坚强勇敢去应对环境的变化,奋起抗争。而成长的过程就是不断跌倒、不断爬起来的过程,即使在这个成长过程中不断失败,但在精神上却是胜利的,因为在这个过程中他们学会了为了生存而奋斗,学会了为整个人类而奋斗,成长的力量是值得赞美的,这种力量使人拥有坚强的意志和爱的力量并相信无论多大的困难,多么艰难的生存条件,人类都将战而胜之。

第二是儿童题材小说。这时表现人的成长成熟与自由解放类的翻译作品还有儿童题材的小说,儿童题材的作品多以孩童天真无邪的眼光来看待这个世界,从他们的视角述说故事,通俗易懂、生动活泼、意味盎然,妙趣横生。《时与潮文艺》分别在两期中刊登了萨洛扬的两个短篇,即一卷二期的《唱歌班的歌童们》,由胡仲持翻译;二卷二期的《十七岁》,由李葳翻译,《青年文艺》一卷三期刊登了萨洛扬的《白马的夏天》。萨洛扬笔下叙述的都是平常事、表现的都是平常人的生活,如在《白马的夏天》中写道:"他卷了支烟,喝着咖啡,抽着烟,过了好一会儿,长长的叹了口气,说,'我的白马上个月让人偷走,直到今天还没有影子。我不懂。'我的叔叔河斯洛夫恼了,叫唤起来,说:'不值什么。丢了一匹马算个什么? 咱们大家全都把家乡丢了不是? 丢了一匹马也值得长吁短叹!'"①大人的谈话在孩子的心里起了小小涟漪,丢掉的不只是马,还有熟悉的家乡以及作为人的尊严和自由。

这类儿童题材的小说用孩子的视角来观察周围所发生的一切,用一颗孩童单纯的心来感悟社会人生。作者愿存单纯之心,深味世事之复杂,怀进取之志,了悟人生之虚空。在儿童题材小说中这些地区失去人权的居民在这苛刻的世界中追求着生存、自由、尊严和快乐,并为争取自己作为人的权利而不懈地斗争着,儿童题材的作品从儿童视角也表达了对自由民主的争取。

第三是对宗教的反抗。对宗教的反抗也是对人性解放、自由平等追求的一种方式和表现形式。19 世纪对美国影响最大的浪漫主义小说家纳撒尼尔·霍桑的代表作《红字》,谴责清教体制的残酷,认为没有什么东西比清教徒用耻辱柱的酷刑更"臭名昭著的野蛮,因为它的本质就是剥夺罪犯因为害羞用手遮脸的能力"②。这部小说 1945 年由侍桁介绍到中国,文风书局一出版即刻在重庆引起了较大的反响。女主人公海丝特·白兰为了追求纯真的爱情,触犯了清教关于禁绝欲望的规定,被清教政权关进了监狱,由于拒不交代同犯,她被清教政权强制终生佩戴耻辱的红字示众。起初在人们

---

① 〔美〕萨洛扬:《白马的夏天》,胡仲持译,《青年文艺》,1944 年第 1 期。
② Levin, Harry. *The Scarlet Letter and Other Tales of Puritans*. Boston:Houghton Mifflin Company, 1961, p.157.

的眼中,海斯特是一个放荡不羁的淫妇,她受到信仰清教的当地人民的唾弃和咒骂。殊不知,当时的宗教统治是人们追求自由独立的绊脚石,海斯特的独立特行在人们平静的心中泛起了波澜,此时霍桑笔下的海斯特不再是一个荡妇,她已经升华成人类反抗宗教压迫、自我救赎的化身,海斯特的这种承担一切,保护自己的爱情及所爱的人的勇气,正是那个时代赋予女性对爱情的真挚追求和对宗教束缚人性的反抗。她映射的背景高度集中于 19 世纪美国社会的矛盾,反映了时代改革呼声,因此具有重大现实意义。

翻译家侍桁对霍桑《红字》的翻译是对主人公海斯特的悲剧命运的同情和对她反抗精神的认同。海斯特承载了霍桑对清教禁欲思想的不满和对她的不惧世俗眼光的理解。宗教的精神枷锁是对人性的极大束缚,当道德约束超越生命意志并束缚其发展时,必然会引起人们的坚决反抗。《红字》在表面上告诉了我们一个犯罪与赎罪的故事,实则是通过这个故事传达出人性与道德意志中的力量,为了争取做人的权利和自由,可以奋不顾身,铤而走险,这股强大的人性萌动的潜流,也正是我们遭遇侵略民族所必须拥有的,那就是为追求作为人的基本的权利、自由与平等而不懈努力。

四是社会百态类:抗战重庆的翻译小说除了反映战争、社会革命和争取人的自由解放的题材外,亦有其他题材的小说被译介,如女性题材、爱情题材,呈现出五彩斑斓、异常繁荣的局面。

首先是女性题材的作品。由严文蔚翻译,刊登在《时与潮文艺》四卷四期上的斯坦贝克《菊花》成功地塑造了一个在男权社会里渴望自由、追求自我却无法实现梦想的女性形象伊莉莎。小说结尾交代:"她软弱无力地靠在了座位上——把大衣领子竖起来,为的是不让他看见她像老妇人那样——虚弱地哀哀哭泣。"[1]这个结尾简单却意味无穷,它表明了伊利莎向往开阔世界、寻觅知音的浪漫心灵和重新萌发的自信、自尊心受到了深重的伤害,表明女性被忽视和被压迫的困境并未真正得到改变,伊莉莎身上的青春活力转瞬消失,像被遗弃在路边的菊花那样,陷入更深的孤独之中,伊莉莎的形象也是女性凄美而又孤寂的悲剧形象的典型代表。

贾午翻译的施伯夫人的《巴黎地下两妇女》由时与潮书店于 1944 年出版,描写妇女生活的悲惨状况和作为女性在社会上受到的不平等待遇。特累斯的《尼黛姑娘的故事》由陈澄之翻译,1943 年重庆正中出版社发行,也是典型的关于女性题材的作品,这些有关女性作品的译介表明妇女类题材

---

① 朱树飏:《斯坦贝克作品精粹》,石家庄:河北教育出版社,1994 年,第 545 页。

也受到了战时译者的关注。

　　第二是爱情题材作品的翻译。抗战时期反侵略斗争的战场上硝烟弥漫，国内的阶级矛盾也日益尖锐，在这种情况下提倡爱的哲学，反映爱情题材的作品并未销声匿迹，翻译家梁实秋主张"现在抗战高于一切，所以有人一下笔就忘不了抗战。我的意见稍有不同。于抗战有关的材料，我们最为欢迎，但是与抗战无关的材料，只要真实流畅，也是好的，不必勉强把抗战截搭上去。至于空洞的'抗战八股'，那是对谁都没有益处的"①。梁实秋是这么说的，也是这么做的，他翻译了哀利奥特的《吉尔菲先生的情史》，表达的是寻找真爱多情无罪，不应叹人生太痴情的观点，"我相信人生中有许多材料可写，而那些材料不必限于'与抗战有关'的"②。爱情是人类感性存在的重要方面，对它的关注也必定是对人类情感和共性的关注。抗战时期对美国浪漫主义文学的翻译，体现了中国文学界和翻译界不仅关注着文学对社会的揭露和批判，小说对抗战的积极作用，同时也将关注的目光伸向诸如人性、伦理、道德等领域，就文学本身而言，浪漫主义作家的文学手法也给中国文学和读者以新的启示。

　　重庆在抗日战争中政治环境独特，它是国民政府和国民党中央所在地，又是中共中央南方局和八路军驻渝办事处所在地。战时的重庆文坛，处于严峻的内忧外患的生存环境中。然而，文学翻译却呈现出繁荣发展、成绩卓越的态势，硕果累累，色彩斑斓。文学的世界性和相通性特点，使中国人民从翻译的外国文学作品中，尤其是从美国的反法西斯斗争文学作品中，了解自己，认识世界。对自身投入抗日救亡、抗日民主运动起着激励的作用，对于人类共通的情感体验也能从阅读中获得满足，这些译介作品滋养着中国抗战文学，充实着中国抗日文学的宝库，对于提高中国作家们的艺术表现力，促进中国民族新文学的发展，起着非常重要的作用。

（五）美国小说翻译的语言特征

　　抗战时期译介的小说在语言上也呈现出重要的特点，重点译介对象海明威小说的语言风格很适合抗战时期人民大众的接受水平，没有任何拖泥带水和复杂的描述，文字非常直白，近似于白描，却极为重要。比起那些虚幻的心理描写，更容易为我国文化水平不高的普通读者所接受。他用最简洁的形式写下自己的所见所闻，他出生入死地深入战地，以自己的切身体会

---

①　梁实秋：《编者的话》，《中央日报》副刊《平民》，1938 年第 2 期。
②　梁实秋：《与抗战无关》，《中央日报》副刊《平民》，1938 年第 2 期。

写下了体现时代精神的名篇巨著,他作品通俗易懂的语言风格使海明威跨越中美的国界,克服时空差异和文化隔阂,在古老的中华大地上扎根,并成了中美文化交往的热点。

最能体现海明威写作风格的是人物的对话,那种简洁明了、电报式的语言,这种语言风格使海明威成为精明朴实而又志趣高雅的能工巧匠,也使他的作品因其特殊的语言风格而熠熠生辉。在对话中,除了对话的内容以外,其他一切附属的有关情绪、动作、神色、语调等都被省略了。看似毫无艺术色彩,然而读者却能够从这两个人的简短对话中,体会到人物的心情。

如在《战地钟声》第二章中,有这样一段对话:

> "还有那个同他们一起炸火车的人呢?"玛利亚问道,"那一个金头发的人,那个外国人。他在哪儿?"
>
> "死了,"罗伯特·乔丹说道,"四月里死的。"
>
> "四月里? 炸火车就在四月里。"
>
> "是的,"罗伯特·乔丹说道,"炸完火车十天,他就死了。"
>
> "可怜的人啊,"她说道,"他真勇敢。你也是干这个活的?"
>
> "是。"
>
> "你也炸过火车?"
>
> "炸过。三辆。"
>
> "在这儿吗?"
>
> "在埃斯屈雷麦杜勒,"他说道,"我来此之前在埃斯屈雷麦杜勒。我们在埃斯屈雷麦杜勒干得很欢。我们有很多人还在那干呢。"
>
> "我就是来顶替你说的另外那个金头发的人,而且早在这场抵抗运动之前我就了解这个国家了。"
>
> "你很了解吗?"
>
> "不,不真正了解。但我熟悉得快,我有一张挺管用的地图,还有一个十分出色的向导。"①

从简短得几乎不带任何感情色彩的对话中我们清楚了乔丹对同伴死亡的怜惜和玛利亚对乔丹炸火车行为的佩服之情。从这里可看出海明威用词的高明到位,他冷静的观点,流畅的笔触,简单的造句,单纯平易的文字,写

---

① 〔美〕海明威:《战地钟声》,德玮、增瑚译,北京:地质出版社,1982 年,第31 页。

出了极其复杂的情绪极其复杂的场面。人们评价道："他将出场人物降至最低，将主题深深隐藏起来。"①海明威很少使用各种修饰从句而使用结构简单的语言风格，有时近乎电报式语言的句子，依靠名词的准确性和动词的生动性使事物基本色彩清楚地呈现在读者面前，使人读来丝毫无矫揉造作之感，这种语言和表达方式符合中国传统文学的表达习惯，易于被抗战时期国统区文学修养不高的普通人民所接纳。

这类大众口语化的语言风格除了在海明威作品中有所体现外，在美国小说重点译介作家萨洛扬的作品中也有明显地体现。萨洛扬的文字一直为社会民众热捧，他的儿童题材的小说清新活泼，通俗易懂，为大众所喜闻乐见，其简单的艺术结构、道德观念和审美模式都含有中国下层民众中浅俗易懂意识形态的因素，同时也渗透着劳动大众强烈向往自由的文化心理沉淀，小说在生动活泼、接近大众口味这一点上，获得了极大地成功。刊登在重庆文学刊物《文艺杂志》上的《沃伊勃卫人——火车头三八号》开头介绍三十八号火车头的文字是这样的：

> 有一天，一个人骑了头叫驴来到城里，在图书馆附近溜达起来，那一阵子我一天有大半天在图书馆里。这个人是个奥基白畏族的红种蛮子，高高的个儿，岁数不大。他告诉我他的名字叫三十八号火车头。城里的人个个相信他是疯人院里逃出来的。
>
> 他来了有六天。他那头驴让无轨电车撞到，受伤很重。第二天那头驴在玛利波沙街富尔顿转角倒了下来，压住那蛮子的一条腿，哼了声，死了。那蛮子把腿抽出，站了起来，一步一顿的走进了一家杂货店，叫长途电话。他打了电话给他在奥克拉何马的哥哥。这个长途电话很花了他几个钱，他依了接线生的话把银元一个个塞进电话机的缝儿，他很内行，仿佛天天都在打长途电话似的②。

作者用平易简单的文字叙述着人们眼中的三八号火车头，读来亲切活泼，简洁的文字清楚表达了主人公的主要特点。孙晋三在《美国当代小说专号引言》一文文末对其评价道："萨洛扬的作品，是天籁一般，完全不带一点'技巧'，更不卖弄笔墨，粗看像是小学生文章，可是不费力地道出了美国生活的真正情调。他近几年来更有惊人的进展，写剧本，也写长篇，都轰动一

① 李明滨：《世界文学简史》，北京：北京大学出版社，2004 年，第 368 页。
② 〔美〕萨洛扬：《沃伊勃卫人——火车头三八号》，胡仲持译，《文艺杂志》，1943 年第 11 期。

时。生动健壮的美国小说,到他更显得年轻活泼了。"①萨洛扬这种平易口语化地语言风格在抗战时期备受欢迎。在铁蹄步步紧退,时局日趋紧张,中华民族的生存危机空前深重,国际上法西斯势力随着资本主义经济大萧条的深化也愈益猖獗的状况下,这期间的小说翻译考虑更多地是为适应时局的要求和满足普通大众的阅读需求,其语言风格以大众化、口语化居多。

大众口语化的语言适合了硝烟弥漫时期人们快速阅读的需求,但除此之外,也有注重小说语言技巧的作品被译介,语言艺术上不断学习和借鉴,以至于形成了小说语言表现的争芳斗艳。

如霍桑的《红字》惯用象征手法,人物、情节和语言都颇具主观想象色彩,在描写中又常把人的心理活动和直觉放在首位。因此,它不仅是美国浪漫主义小说的代表作,同时也被称作是美国象征小说的杰出作品,文章多处运用象征手法,具有很高的文学艺术价值。由重庆文风书局出版的《红字》中写到,当海斯特和丁梅斯代尔的恋情败露后,海斯特虽然被动地接受了惩罚,但是在这场她与宗教道德的抗争中,她无所畏惧,而她身上所带有的红字更是具有了多重象征意义,让读者如饮甘露,回味无穷。作品描述海斯特显露胸前红字的那一段心理描写极为精彩:

> 当这位少妇,即婴儿的母亲,完全暴露在众人的睽睽目光之下时,她的第一个本能冲动似乎就是把婴儿紧紧贴近胸前。这与其说是出于母爱,不如说是为了遮盖缝在她衣服上的一个标记。不过,她马上就醒悟到,婴儿也是耻辱的产物,用一个耻辱标记掩盖另一个耻辱标记,实在太不高明了,于是,她索性把婴儿架在胳膊上,涨红着脸,带着高傲的笑容,用一种不甘受凌辱的目光,环视周围的市民和邻居熟人。在她衣服的胸前,用精美红布和金丝线,精巧地剪绣制了一个花体 A 字母。它制作别致,独出心裁,充满了丰富奇特的想象力,跟她那风流的年岁十分般配,真是她衣着的最恰当的装饰物,只是大大有悖于这个殖民地崇尚俭朴的规定②。

"红字"本是耻辱的象征,是清教徒们用来惩治那些犯有通奸罪之人的一种方式,而此时这个华美绝伦的红字却成了吸引人们视线的焦点,引发了人们不少议论,在小说中具有了多重象征意义。它不但象征着海斯特精巧

① 孙晋三:《美国当代小说专号引言》,《时与潮文艺》,1943 年第 2 期。
② 〔美〕霍桑:《红字》,贾宗谊译,北京:十月文艺出版社,1998 年,第 6 页。

的针线活手艺,也是海斯特对惩罚她的长官或者是当时的宗教制度的一种嘲弄和示威,在宗教制度压迫下,无数的人是处于敢怒而不敢言的境地,只有少数的被人们视为异端,有勇气成为抗争社会的红 A 字。这种象征性在文中比比皆是,它将抽象的精神品质化为具体的可以感知的形象,给读者留下深刻的印象,赋予文章以深意,从而给读者留下咀嚼回味的余地。

此时译介的作品也有以心理描写成功而著称的,如由周行翻译的贾克·伦敦的小说《穷途》(《马丁·伊登》之一章)的艺术成就在于伦敦成功塑造了马丁·伊登这个人物,并且通过细腻深刻的心理描写,使作品中的人物形象跃然纸上。

"他擦干额角上的汗水,控制住自己的感情,脸上不流露出来,他朝四下望着,然而眼睛里还带着惊慌的表情,如同一头野兽生怕掉在陷阱里去时的神气一样。他处身在一个全然陌生的环境里,害怕会出什么事,不知道该怎么办才好,明白自己的走路样子和一举一动都笨拙得很,又生怕自己所有的品性和能力都同样地犯上了这种毛病。他非常神经过敏,自惭形秽得到了不可救药的地步,因此对方从信纸顶上偷偷对他投射的那一瞥感到有趣的眼光,象匕首般热辣辣地直扎进他的心里。他看到了这一瞥,可是一点儿不动声色,因为在他所学到的东西中间,有一项是怎样约束自己。这匕首般的一扎,还伤了他的自尊心。他埋怨自己,本来就不该来,可同时又下了决心,既然来了,那不管怎么样,总得熬到底才是。他脸上的线条变得硬绷绷的,眼睛里闪出好斗的光芒。他比较随便地往四下望着,目光炯炯地留意着一切,把这美观的室内陈设的每一个细节都印在脑海里。他两只眼睛之间的距离很宽,什么东西都逃不出他的视野"①。这一段心理描写将马丁·伊登初到阿瑟家的紧张不安、诚惶诚恐的心理刻画得惟妙惟肖,通过心理描写塑造人物谨小慎微,如履薄冰的形象。擅长心理描写的小说细腻感人,以静态的分析写心,自有其高明可取之处,在进行人物心理描写时,常常是洋洋洒洒,回环曲折,即细致入微又异彩纷呈。这对中国传统缺乏心理描写小说的创作方式有很好的借鉴作用。

兴起于 20 世纪 20 年代的意识流小说是西方当代文学中普遍采用的一种艺术手法,它是以表现意识的流动为主要内容,以内心独白、自由联想、现实与虚幻相互交织为主要方法而闻名。抗战时期的翻译文学也积极介绍了这种表现手法。

1943 年 10 月,海明威小说《非洲大雪山》由谢庆尧翻译,刊载在《时与

① 〔美〕杰克·伦敦:《马丁·伊登》,吴劳译,上海:上海译文出版社,1981 年,第 2 页。

潮文艺》2 卷 2 期上。《非洲大雪山》是海明威的一篇意识流小说,写诗人哈里在非洲荒野上因疾病而等待死神降临之际的思维,小说把现实、内心独白与幻觉交杂在一起,展现了主人公苦闷、痛苦、绝望,悔恨的心理历程,这篇小说也是海明威自己认为最优秀的短篇小说。意识流手法在通篇小说中都有体现,以哈里的一生及他的性格和他对待死亡的态度为主线,其中穿插了若干段以插叙、倒叙、多视角呈现法和象征为主要形式的意识流叙述。如:

> 你不让自己思想,这可真是了不起。你有这样一副好内脏,因此你没有那样垮下来,人家可大都垮下来了,而你摆出了一副架势,既然现在再也不能干了,你就毫不关心你经常干的工作了①。

这一段是哈里的心理独自,表现其内心的懊悔,全知叙述者与聚焦人物的混合体写法是对哈里心理的全方位透视。

在《非洲大雪山》的结尾时,哈里在梦幻中飞向乞力马扎罗山的峰顶,所有的意识归于一处,文章写道:"于是在前方,极目所见,他看到,像整个世界那样宽广无垠,在阳光下显得那么宏伟高大,而且白得令人难以置信,那是乞力马扎罗山的方形的山巅。于是他明白那儿就是他现在要飞去的地方。"②此时文章达到高潮,达到了超越时空,重塑自我的境界。哈里的人生的终结就如雪中的僵豹,人生的一切等待都将是虚渺,救援永远不会到来,永恒的唯有自己的寻求。

意识流小说打破了传统小说由作家出面介绍人物、安排情节、评论人物的心理活动的方式,重在表现人物的各种意识流动的过程。它常常集中笔墨去开掘人物的内心世界,特别是人物的意识流动。意识流小说的译介丰富了我国小说的创作,这种手法在表现人物的内心世界时,把过去、现在和未来互相倒置,甚至互相渗透,而导致作品在时间与空间上形成多层次的结构,颇具立体感,这对于传统小说的写法有着颠覆和革新的作用。

由此我们可以看出,抗战时期小说翻译不但考虑了普通受众文化程度不高,对语言生涩作品阅读难度大的困难,以及战火纷飞年代战事紧张无心亦无暇琢磨语言的实际情况,而且也考虑了将西方当时流行的象征、心理描写、意识流等语言表现手法介绍到中国以丰富中国的文坛。因此抗战时期的小说语言既呈现出大众口语化的特点,又呈现出象征暗示化

---

① 〔美〕海明威:《非洲大雪山》,谢庆尧译,《时与潮文艺》,1943 年第 2 期。
② 〔美〕海明威:《非洲大雪山》,谢庆尧译,《时与潮文艺》,1943 年第 2 期。

的风格,两者交相辉映,相得益彰,共同构成了抗战翻译小说语言异彩斑斓的景象。

二　斯坦贝克作品的翻译

约翰·斯坦贝克(John Steinbeck,1902～1968)是20世纪美国文学史上的一位重要作家,1962年诺贝尔文学奖得主。他生长在加利福尼亚的萨利纳斯谷地农业区,同农业季节工在一起打工生活多年,对他们的生活状况乃至语言习惯非常熟悉。这些季节工没有自己的土地和固定的住所,社会地位低下,这些人的形象在美国文学中没有出现过,他们为斯坦贝克提供了写作的原生态材料,更主要的是斯坦贝克了解季节工的内心世界,亲身经历了书中所写到的各种困苦。斯坦贝克的研究专家董衡巽曾这样说过"如果作家恰巧熟悉某一个题材,而这个题材又恰恰是时代十分需要、群众十分关注、具有历史意义的焦点,那么,这种题材对于提高作品的价值起着十分重要的作用。这样的作品,即使艺术上算不得上乘,却能以其题材内容的独特性在文学史上占有一席之地"①。斯坦贝克刚好就是熟悉这些题材的作家。在20世纪30年代的美国,资本主义制度动荡不已,工人运动此起彼伏,大量作家与知识分子纷纷探求解决方法,俄国的十月革命让知识分子试图寻求用社会主义的方法解决这个国家的社会与经济问题,不少作家开始关注工人的生活和他们的思想状况,斯坦贝克出生和成长的环境以及生活经历为他的小说在当时受欢迎奠定了坚实的基础。

斯坦贝克在抗战大后方的译介如火如荼地进行着。《红马驹》《月落》《愤怒的葡萄》在同一时期的重庆出现了抢译现象,均有多个译本出现。战时重庆对斯坦贝克译介主要有两方面的原因,一是斯坦贝克小说以抗战为题材,符合了战时中国的文化需求,二是他的小说表现了不屈不挠的美国精神,激励人们为争取抗战的胜利不懈奋斗。

斯坦贝克以自己的参战经历为蓝本写出了小说《月亮下去了》,这部小说反映抗战,刚好与战时中国的文化语境相一致,处于战争中的翻译家们几乎同时将目光投向了斯坦贝克以第二次世界大战为背景的小说《月亮下去了》,这是一部以挪威一个小城市市长奥顿为主要人物的人民抵抗法西斯占领者的故事。奥顿市长宁死不屈,吟着苏格拉底的遗言英勇就义。在故事结尾处,奥顿在门口转过身来,对着温德大夫说:"克利托,我欠阿斯科列比斯一只鸡",他柔声说道"请记住把这笔债还清了"。温德闭上眼,过了一会

① 董衡巽:《美国现代小说风格》,北京:中国社会科学出版社,1997年,第144页。

回答:"债总是要还的。"这时奥顿咯咯笑了。"我记得那笔债。我没有忘记那笔债"。他把手放在帕拉克尔的胳膊上,中尉却躲开了。温德慢慢地点着头。"是的,你记住了。债总是要还的"①。

奥顿市长和他的老朋友温德大夫表面上谈的是关于一只鸡的债务,奥顿市长在交代身后事,但他们心有灵犀,都明白这个债就是抗击法西斯应尽的责任。小说所表现的他们在敌人眼皮子底下斗争的机敏坚决,这些正是战时中国所需要的。市长和大夫,一个嘱托要继续反抗占领者,一个则表示了坚决与占领者斗争、清算的信心和决心,他们完成了反对法西斯占领者斗争的接力棒的传递和接收工作。表达了人民的坚强意志,预示了敌人的必然下场,说明了一个真理:只要机智、坚决地与侵略者抗争到底就一定能取得战争的最后胜利。

斯坦贝克的抗战题材小说,符合时代的审美潮流,其作品中所透露出的不屈不挠、坚持到底的美国精神吸引着译者,他们将他的作品译介的大后方,渴望这种精神力量带给饱受战乱之苦的人们无限希望。

斯坦贝克所赞赏的"美国精神"是当争取民主和自由的梦想在残酷的现实中幻灭的时候,在痛过、反思过之后继续追寻梦想,改造社会,创造新世界,这是美国这个民族得以迅速发展的原因之一,也是美国梦的真正精髓所在。这种美国精神在《愤怒的葡萄》中表现明显。《愤怒的葡萄》是一部反映美国社会现实的小说,在追逐理想与理想破灭、在承受挫折与奋起抗争中,斯坦贝克高度赞扬了理想破灭时勇往直前,承受挫折时奋起抗争的美国精神。这种美国精神就是作者在获诺贝尔文学奖演讲时所说的"是一种在失败时获得勇敢的能力,是一种获得勇气、同情和爱的能力。在反对软弱和绝望的无休止的斗争中,这些是灿烂的、振奋人心的希望和竞争的旗帜"②。这种不屈不挠的美国精神正是抗战重庆抵御外敌、奋起抗争所亟须的,也是译者期望抗战中人们所具备的品质。

中国对斯坦贝克的译介是伴随着抗战时期特殊的国情需要产生的,也代表了译介美国文学的新方向。此时艰苦卓绝的抗日战争成为政治、文化、生活的中心,反映在文艺上,"一切文化活动都应集中在抗战之一点,集中于抗战有益这一点"③。文艺服务于现实的实用性目的是斯坦贝克在大后方受关注的重要原因。这一时期重庆对斯坦贝克小说的译介主要集中在《红

---

① 朱树飏:《斯坦贝克作品精粹》,石家庄:河北教育出版社,1994 年,第 456 页。
② 王宁:《诺贝尔文学奖获奖作家谈创作》,北京:北京大学出版社,1987 年,第 292 页。
③ 郭沫若:《抗战与文化问题》,《郭沫若全集》(文学编第 18 卷),北京:人民文学出版社,1992 年,第 219 页。

马驹》《月落》《愤怒的葡萄》和《菊花》这几部作品上。

　　带有斯坦贝克自传性质的成长小说《红马驹》在抗战时期有四个译本：其中重庆独占三个，分别是：1946 年 5 月王玢译《红马驹》，刊登在《时与潮文艺》5 卷 5 期；1946 年 8 月曹锡珍译《大山》，刊登在《文艺先锋》9 卷 2 期；1946 年 11 月刘与译《红驹》，刊登在《世界文艺季刊》1 卷 4 期。（另有 1946 年 4 月董秋斯译《红马驹》，上海骆驼书店）在 1946 年短短一年的时间里，重庆对同一部小说的翻译竟有三个译本之多，足见重庆对作家斯坦贝克和作品《红马驹》的重视程度。在这部备受关注的小说中，作者通过老人之口赞扬了一群为了生存和梦想，一直穿过整个陆地，向西去寻找家园和幸福的开拓者。主人公乔迪在饲养马的过程中的四次经历使得他认识了自然界和成人世界的复杂性，心理也逐渐走向了成熟。乔迪的成长过程不可避免地遭遇了迷茫，痛苦，挣扎，沮丧甚至死亡，在引路人的帮助之下，他最终战胜了这些负面的影响，从这些痛苦的经历中得出重要的顿悟，完成了从一个简单、任性、无知的小男孩到相对懂事、体贴、成熟、有责任心并能正确对待疾病和死亡等问题的少年的转变。正如斯坦贝克在诺贝尔文学奖受奖演说中说道："这是一种在失败时获得勇敢的能力，是一种获得勇气，同情和爱的能力。在反对软弱和绝望的无休止的斗争中，这些是灿烂的，振奋人心的希望和竞争的旗帜。"①面对苦难和压榨，唯有正视困难，奋勇抗争，以坚忍不拔的毅力和顽强的抗争精神投入到战斗之中才能获得生的权利，开创光明的未来。作品所反映的这种不断成长进步以及不屈不挠的抗争精神对于处于抗战大后方的中国人民有很强的鼓舞和激励作用，《红马驹》在抗战重庆同时受到几位翻译家的青睐，显示出译介者欲借此题材在抗战的语境中产生影响的急切之情。

　　在斯坦贝克的创作生涯中，他自始至终是一个有良知和社会责任心的作家。"他不想做一个不挑毛病的安慰者和娱乐者，他选择的主题是严肃和攻击性的"②。小说《月落》主题的选择正是如此，它描写普通群众面对强寇侵凌而英勇抗战的故事。作者写这部作品之前没有去过北欧，但因题材的时效性受到欧洲读者的欢迎，它被译成多种欧洲文字在敌占区流传，在反法西斯最艰苦的岁月鼓舞了欧洲人民反纳粹统治的斗志。在中国，这部描写北欧小国人民抗击德国侵略者的故事在抗日战争的特殊时期有了特殊的意义。"众多译者不约而同地怀着极大的热情译介了这部小说，以至于一部并

---

① 　王宁：《诺贝尔文学获奖作家谈创作》，北京：北京大学出版社，1987 年，第 292 页。
② 　陈映真：《诺贝尔文学奖全集·斯坦贝克》，台湾：台湾远景出版公司，1997 年，第 122 页。

非斯坦贝克代表作的小说在 40 年代的中国有多达六个译本"①。目前可考的有五种,重庆刊登出版的独占三种,它们是:马耳译《月亮下落》刊于《时与潮文艺》1 卷 1 期,1943 年 3 月;刘尊棋译《月落》,重庆中外出版社 1943 年 4 月出版;秦戈船译《月落乌啼霜满天》,重庆中华书局 1943 年 8 月初版,1946 年 3 月再版。(另外两个版本为:胡仲持译《月亮下去了》,开明书店 1943 年 4 月;赵家璧译《月亮下去了》,桂林良友复兴图书馆印刷公司 1943 年 4 月。)如此大规模地译介斯坦贝克的作品在我国尚属首次,其中刘尊棋、秦戈船和赵家璧的译本还多次再版。作者在 1943 年将小说《月落》改编成同名戏剧,中译本很快就有了重木译的《月落乌啼霜满天》,此外,中译本还有三种是根据小说改编成的戏剧,分别是:苔藓改编的《风雨满城》,谷夫改编的《月亮下去了》和包起权改编的《残雪》。一部并不出名的小说,并且也非斯坦贝克的代表作,在抗战重庆不仅有多个译本,多次再版,而且还被不断改编成戏剧,不断上演,不能说是偶然现象。正如马耳译文的编者按中说:"这篇《月亮下落》,是一九二四年春出版的,斯氏借北欧某国一个村庄的遭遇,刻画民主精神对抗法西斯侵略者的斗争,是宣传文学中的不朽名著,已被认为是这次大战中所产生的最佳小说。"②由此可知,这部小说以抗战为题材,符合战时中国的文化需求,译者渴望它对抗战大后方产生积极影响的目的和读者如饥似渴的需求是其受关注的主要原因。

给斯坦贝克带来世界声誉的《愤怒的葡萄》也在抗战时期介绍到了中国。对这部小说的译介,最初是以期刊摘译的形式出现的。首先进行刊载的是 1941 年 6 月 1 号重庆出版的《文学月报》在 3 卷 1 期刊载了秋蝉的译文《苍茫》,属于当月的"美国文学特辑"推出的作品之一,在译文后还附有向国内读者介绍斯坦贝克生平和作品的文章《关于斯丹贝克(作家介绍)》,文中指出"这本书虽然遭受了某些人的非难和禁止,但是他仍然狂热地在美国社会里被人们传诵着"③。这种对作家生平和创作的介绍以及对他在美国文坛引起的轰动和受关注程度的描绘为大后方的读者全面了解和认识斯坦贝克提供了帮助,也激发了读者内心的阅读期待。较早的单行本有 1941 年 10 月由重庆大时代书局出版,胡仲持译的《愤怒的葡萄——美国的大地》。译者特别说明了翻译此书的目的:"我译这部小说的动机是出于大时代书局的要求,而大时代书局所以要出这部书为的是完成孙寒冰教授的遗

---

① 蓝海:《中国抗战文艺史》,济南:山东文艺出版社,1984 年,第 5 页。
② 《编者按》,《时与潮文艺》(创刊号),1943 年第 1 期。
③ 铁铉:《关于斯丹贝克(作家介绍)》,《文学月报》,1941 年第 6 期。

志。孙教授是大时代书局的创始人,又是大时代战争中最可伤心的遭难者之一。因此本书的刊行,在这大时代,是有两重的纪念意义的。"①这表明对于《愤怒的葡萄》的翻译,译者有沉重的时代责任感和使命感,既为了完成孙先生的遗志,又为了悼念在日寇制造的重庆大轰炸中不幸罹难的孙先生,激发读者去继承先烈未完成的事业,将对国家和劳苦大众的爱化作战斗中同敌人拼杀的精神力量,不怕牺牲,勇往直前,为争取抗战的最后胜利继续奋斗。

这部小说被誉为"美国现代农民的史诗",文中以乔德一家流浪到加利福尼亚的过程为主线,描写大萧条时期大批农民破产逃荒的故事,其中饱含了农民的血泪、愤慨和斗争,暴露了美国社会和经济制度的痼疾,鞭挞了资本主义的罪恶,暗示社会革命必然发生。在人被拖拉机赶出家园时,"爷爷拿着来福枪站在外头,他打掉了拖拉机前头的灯"②。当困难袭击,颠沛流离,食不果腹时,她们一家也没有放弃对生活的希望,没有放弃美国梦,没有各自为营,这种乐观积极的人生态度、在沉沦中振奋的精神,这种团结斗争的力量、在思想上从"小集体"到"大集体"的转变刚好契合了抗战重庆人们对于人生、对于人类的生存欲望以及相互依存、生命的生生不息等永恒而又深邃的人性内涵。译者的初衷也在此,面对横刀直入、侵犯人性的日本侵华战争,人们理应如小说人物一样,为了争取生的权利、为了保存人性的本真,为了生命的生生不息,相互依存,相互帮助,坚忍不拔,奋起抗争。

抗战重庆译介的斯坦贝克作品,不仅有与现实相关的战争题材的,也有反映其他领域和层面的。斯坦贝克1937年发表的《菊花》也在战时介绍到了重庆。小说成功地塑造了一个在男权社会里渴望自由、追求自我价值的女性形象。"女性的价值始终得不到男性的充分认可,这些社会因素都影响着斯坦贝克这位极富洞察力的作家"③。斯坦贝克关注女性解放,关注被压抑的人性和人的尊严,《菊花》的主人公伊莉莎被压抑的生命意识,灵魂深处蕴蓄着的激情,散发着强烈的生命意识。文中多处体现出女性自我意识的觉醒,显示出作者对女性解放和对人性解放的关怀,女主人公的悲剧性命运反映了作者对女权运动中争取自由的女性的赞赏和对生命意志受压抑的关注,唱响了一曲生命意志对抗压迫剥削的悲歌。虽然作品反映的是在男性

---

① 胡仲持:《〈愤怒的葡萄〉译序》,《愤怒的葡萄》,斯坦恩培克作,胡仲持译,重庆:大时代书局,1941年。

② 〔美〕斯坦贝克:《愤怒的葡萄》,胡仲持译,上海:上海译文出版社,2004年,第50页。

③ 许红、郑桃云:《被弃之菊花·被摧之女性——重读约翰·斯坦贝克〈菊花〉中的生态女权意识》,《成都大学学报》(教育科学版),2008年第9期。

统治的世界里,女性和弱小者被忽视和被压迫的困境,但是文中所表达的对人性的解放,对自由的争取,对生命意志的不懈追求精神正好与抗战大后方的文化诉求相吻合。弱小者与贫弱国,受压抑与受侵犯,追求自由与争取解放,生命意志与生存欲望,都具有内在的联系和一致性。人格的独立完整和存在的自由解放是生命精神的永恒取向,当它们受到制约和压抑时,人们必定会竭尽全力,奋起反抗,因此抗战重庆译介《菊花》契合了抗战的文化心理,也必将在某种程度对抗战起推动作用。

斯坦贝克本人出生和成长的环境以及生活经历为他的小说在当时受欢迎奠定了坚实的基础,抗战重庆对斯坦贝克的译介是伴随着抗战时期特殊的国情需要产生的,也代表了译介美国文学的新方向。斯坦贝克战争题材的小说因其与中国抗战的文化语境相契合而出现了争抢译介的局面,《红马驹》《月落》《愤怒的葡萄》在战时重庆均有不同的译本,而被誉为"斯坦贝克艺术上最成功的小说""世界上最伟大的短篇小说之一"①的女性题材作品《菊花》也在这时被介绍到了中国,作品所表现的对于受压迫的反抗和对生命意志的追寻符合抗战的文化心理。斯坦贝克作品表现出来的英勇气概不但鼓舞了抗战大后方作家的译介激情,同时也提升了中国人民的奋勇抗敌的精神。

三　萨洛扬小说的翻译

威廉·萨洛扬(William Saroyan,1908~1981)是美国小说家、剧作家,出生于加利福尼亚州弗雷斯诺的一个亚美尼亚移民家庭,作为亚美尼亚移民的后裔,自小有受强势文化欺压的心理阴影,同时也有追求生存权利和维护尊严的亚美尼亚精神。他八岁做卖报童,13岁当电报送差,15岁进弗雷斯诺的公立小学读书,不久之后又放弃正规的学校教育,白天在他叔叔的葡萄园当助手,晚上学着写小说。少年时代从事种种劳役占用了他大部分生活,使得他的文学才能无法显露。"他的创作之路最初是摹仿一般通俗刊物上的小说,写了不少篇,寄到这些刊物去,结果全被退了回来。于是恍然大悟:'我该有我自己的写法!'"②萨洛扬凭借移民后裔身份对社会有自己的独特感悟,他遵循着自己的创作方法,辛勤耕耘着文学这片土壤,他的不断努力终于获得了回报,所作《秋千架上的大胆青年》刊载于《小说杂志》上,大为编者勃奈特所赏识,小说集《秋千架上的大胆青年》出版,萨洛扬遂为世人所

---

① 赵金昭、吴少珉:《外国文学作品选》,郑州:郑州大学出版社,2003年,第27页。
② 〔美〕萨洛扬:《我叫阿剌木》,吕叔湘译,上海:新文艺出版社,1957年,第151页。

知,1943 年萨洛扬发表了他的第一部长篇创作《人间喜剧》一举成功,该小说被公认是美国一部大有成就极其单纯的长篇小说。

萨洛扬作为亚美尼亚移民的后裔,是在受压抑的强势文化中成长起来的,他作品中表现了为争取自由民主和人格独立的亚美尼亚精神。同时他的小说描写战争中普通人平凡而独特的人生经历,从神性到人性,从理念上高不可攀的超人到生活中可触可及的凡人,超越了战争小说对人性的肤浅理解。他小说中百折不挠的亚美尼亚精神和人性的战争书写,以独特的魅力吸引着抗战大后方的译者和读者。

萨洛扬的多数短篇小说均以他的童年时代和家庭生活为素材,特别喜欢写天真的小人物善良的本性,强调人活着要有尊严志气,要公正纯洁,而不应卑躬屈膝、苟且偷生,其作品中时时透露出追求生存权利和维护尊严的亚美尼亚精神。小说《沃而勃卫人——火车头三八号》《唱歌班的歌童们》《白马的夏天》字里行间放射着不灭的光辉,故事背景都是在弗雷斯诺和旧金山一带,这个地区失去人权的居民在精神剥削和压抑的环境中追求着生存、自由、尊严和快乐,作者通过主人公阿刺木的故事,从儿童无知无邪的视角来看待充满物欲征服和荒谬可笑的人类社会,主人公为争取自由民主和公平正义而进行的不懈努力,虽微弱却动人心扉。萨洛扬所表现的是那些失去人权的居民在这苛刻的世界中追求着生存的权利和独立自由,这就是生长在美国土地上、使用英语的亚美尼亚的精神。这种亚美尼亚精神支持了美国民主解放运动,也必将对正在进行抗日救亡的中国社会产生积极地影响。

对于战争的态度,萨洛扬的观点是用爱来消融战争的创伤,用情来抚慰战争的痛,渴望世界的和平稳定和人民的安居乐业,实践拥抱人性的独特书写。"《人类的喜剧》描写美国的一个和平平凡的小城中底一个和平平凡的家庭,全家人怎样的在战争,贫困和不幸中尊严愉快地生活着。作者没有告诉我们美国人是为什么战,这一次的战争有着什么历史意义"①。战争的号角惊天动地,但似乎没有吹进他们的生活,他们是一类无名无功,有爱有乐,过着平淡和谐生活的民众。

萨洛扬从多个角度展示着他们人性的各个方面,这与抗战时期为配合时局积极斗争而译的作品有很大的不同,以一种原生态的方式表现出人类善与恶的转化,通过他们在战争中的真实感受,剥去昔日英雄身上的光环。"正如珍珠港事件凭空地把战争的大难压在美国人的头上,《人类的喜剧》

---

① 柳无垢:《人类的喜剧》,重庆:文光书店,1944 年,第 154 页。

里底兵士们,也是无畏地,但是被动地走上战场的。马卡梨一家忍受着战争带来的不幸,但是他们接受战争的态度,并不因为这一次是反法西斯战争而有所不同。萨洛扬企图用人间的爱,用纯情感来慰藉这些因战争而生离死别的人。'爱是永生的,恨是每分钟都死去'因此,当荷马因他的哥哥马卡斯阵亡而悲恨填胸,追问他的仇人是谁时,斯本格尔切把广泛的爱来说服他,他也就让愤恨在他心头消逝了"①。萨洛扬以自己独特的方式书写着人在战争中的困顿和迷茫,人性在战争中的失落和扭曲,发掘并阐释出人类维护自身价值和尊严的勇气和顽强意志。萨洛扬的目的,也就在是成为战时世界里的道德的建立者。

萨洛扬的作品因表现了为争取自由民主和人格独立的亚美尼亚精神,并用人间的爱、用纯情感来慰藉因战争而生离死别的人,用人性的光辉来抚平战争的伤痛而与众不同、熠熠生辉。他的小说吸引了译者和读者,他不是一味地宣扬抗战,而是引导大众多视角、多角度的反思战争。战争的残酷性毋庸置疑,但是人作为社会的主体,必然有着人性的存在,即使是在战争这种错综复杂的局面中,人性依然存在。战争在这里只是背景,浮于表面的是战争给人带来的苦难,潜于深层的是对和平的期盼,揭示出在这种极端情境中的困顿和迷茫,人性在战争中的失落和扭曲,发掘并阐释出人类维护自身价值和尊严的勇气和顽强意志。

国内对萨洛扬的译介与他本人的成名几乎同时,他作品在我国的译介主要集中于 20 世纪 40 年代,1943 年,其作品首次译介入我国,此后文学翻译界对萨洛扬跟踪译介,他的作品最初是以期刊刊出的方式呈现在读者面前,战时重庆对萨洛扬作品的译介主要有:1943 年 4 月《时与潮文艺》1 卷 2 期刊出了胡仲持译他的短篇小说《唱歌班的歌童们》,著者名为萨洛扬;1943 年 10 月李葳译的短篇小说《十七岁》刊登在《时与潮文艺》2 卷 2 期,著者名为萨洛阳;同年 11 月,胡仲持译的《沃而勃卫人——火车头三八号》刊于《文艺杂志》2 卷 6 期;1944 年 10 月《青年文艺》1 卷 3 期刊登了胡仲持译的《白马的夏天》,1946 年《世界文艺季刊》刊登了李国香译的《猫》和《蛇》。据笔者统计,在重庆抗战时期期刊刊登的美国小说中,对萨洛扬作品的翻译数量居第二,共有六篇小说,仅次于斯坦贝克,其作品在期刊上刊登的次数高于同时期的美国小说家海明威、德莱塞、辛克莱、霍桑等国内外知名作家。萨洛扬常常用极单纯的文字,写出极复杂的心情,文体简洁,十分有力。如果"用画来比,他的东西犹如简笔画,一条多余的线条都没有,不用说无关紧

①　柳无垢:《人类的喜剧》,重庆:文光书店,1944 年,第 155 页。

要的一搭一块了。画在上面的几笔可真不马虎,看起来好像也只是随随便便的,骨子里却勾勒得极有分寸,因而笔笔传神"①。

萨洛扬以短篇小说成名,他的短篇小说笔下妙趣横生,刻画深入细致。他常接近人民大众,喜欢描写小人物,尤其喜欢写亚美尼亚移民的血泪与欢乐。《沃而勃卫人——火车头三八号》《唱歌班的歌童们》《白马的夏天》都是以主人公阿剌木的所思所做为主要内容的故事,这些故事都是发生在弗雷斯诺和旧金山一带,萨洛扬用孩子的视角来观察周围所发生的一切,用一颗孩童单纯的心来感悟社会人生。这个地区那些失去人权的居民在这苛刻的世界中追求着生存、自由、尊严和快乐,萨洛扬所表现的是生长在美国土地上、使用英语的亚美尼亚的精神。

《沃而勃卫人——火车头三八号》讲孩童阿剌木的一段奇遇。一个奥基白畏族的红种蛮子,高高的个儿,岁数不大,名为三十八号火车头,当他骑了头驴来到城里,在图书馆附近溜达时,城里人个个相信他是疯人院里逃出来的,而当他买下一辆豪华帕克车后,立刻受到人们的百般尊重,店主杰米不但对三十八号火车头恭恭敬敬,就是对他的好友——"我",这个平时不起眼的小孩也开始阿谀奉承。"从今以后,孩子,"他说,"我要你把我当个好朋友,你要我的衣裳我就能打身上脱下来送你。你给我拉来这位蛮子先生,我要向你道谢。"②小说表现了在资本主义社会中有钱就有一切,没钱就要受欺压的社会现状。

《唱歌班的歌童们》写"我"和好友旁德罗稀里糊涂地入教,稀里糊涂地被拉去唱赞美歌的故事。在年少的阿剌木看来,"咱们这个国土有很多古怪可喜的事情,其中有一件就是,这个国里的人轻轻的悄悄的从这个教跑到那个教,或是本来没有一定的教,恰巧那个教来了就进了那个教,也不觉得有什么得和失,反正还是照老样子过活下去"③。说明宗教在当时已经失去了它使人们信仰教主的伟大和慈悲的神秘面纱,失去了让人们按照教主的理念和所制定的戒规去做,更进一步的完善自己的行为的道德约束力。人们也对宗教信仰中强调越虔诚自我约束力越强,思想品德越高尚的信念产生了怀疑。宗教已经成为人们生活中可有可无,甚至是阻碍人们思想和行为的桎梏。"她说的话我们一句也不信,只是为了礼貌不得不她问一句我们答一句,而且用她要我们回答的话回答,可是到了她要我们跟着她跪下去听她

---

① 〔美〕萨洛扬:《我叫阿剌木》,吕叔湘译,上海:新文艺出版社,1957年,第154页。
② 〔美〕萨洛扬:《沃而勃卫人——火车头三八号》,胡仲持译,《文艺杂志》,1943年第11期。
③ 〔美〕萨洛扬:《唱歌班的歌童们》,胡仲持译,《时与潮文艺》,1943年第4期。

祷告的时候,我们就不干了"。对于这种束缚人思想和行为的宗教,阿剌木表现出了厌烦,体现了阿剌木和朋友对阻碍人正常健康发展的宗教的反抗和对自由民主的争取。

《白马的夏天》写贫穷单纯的少年对富裕家庭可以骑马的无限向往,"有一天——这句话可早了,那个时候我还只九岁,人世间还满是好东好西,人生还是一个可爱的神秘的梦境",在这个纯真的世界里,出现了一点小小的惊喜,"我的堂兄摩剌德骑在一匹漂亮的白马背上。我把头伸出窗外,擦了擦我的眼睛。'没错儿',他说,说的是我们的亚美尼亚语。'这是马。你不是做梦。你要打算骑马,你就快点儿出来'"①。骑马这种对普通孩子而言极其正常的娱乐却在亚美尼亚孩子移民孩子身上成了奢望,渴望而不可得,使得堂兄摩剌德铤而走险,偷走了约翰比罗德马,只为满足已久的愿望。这里,孩子渴望马的愿望越迫切,骑马的瞬间越欢愉,偷的自责越深重,我们越能感受到亚美尼亚移民生活的窘迫之困和精神所受的压迫之大。

这几篇儿童题材的小说并非作者躲在童话的伊甸园中不问世事而作,而是借写儿童题材的小说表达自己对社会、对人生的看法。这与鲁迅先生从高尔基的童话作品中窥见社会各阶层人的心理和生活现状,亦即所谓的"国民性"一样,我们可以透过萨洛扬儿童题材的小说看到追求生存权利和维护尊严的亚美尼亚精神。鲁迅对童话故事所具有的社会意义并非局限于高尔基的作品,而是他对整个童话故事的一贯看法。比如鲁迅明确表示他翻译爱罗先珂的童话是要"传播被虐待者的苦痛的呼号和激发国人对于强权者的憎恶和愤怒而已,并不是从什么'艺术之宫'里伸出手来,拔了海外的奇花瑶草,来移植在华国的艺苑"②。这也可看作对萨洛扬儿童题材作品在抗战重庆风靡的原因。

1943 年萨洛扬出版了长篇小说《人类的喜剧》,这部以战争为背景的小说"在美国一九四三年销路最广的文艺作品中,名列第四"③。1944 年由柳无垢翻译,先连载于桂林出版的《半月文萃》上,11 月重庆文光书店出版了单行本,并于 1946 年 9 月和 1948 年 6 月作为"世界文学名著译丛"由文光出版社再版。在《人类的喜剧》这部长篇小说里,萨洛扬以普通百姓的视角看待战争,继而写到战争给他们日常生活带来的变化。这部小说"但是它并没有告诉我们美国人民怎样地动员起来,怎样地从事生产战,怎样被法西斯

---

① 〔美〕萨洛扬:《白马的夏天》,胡仲持译,《青年文艺》,1944 年第 10 期。
② 鲁迅:《杂忆》,《鲁迅全集》(第一卷),北京:人民文学出版社,2005 年,第 237 页。
③ 〔美〕萨洛扬:《人类的喜剧》,柳无垢译,重庆:文光书店,1944 年,第 154 页。

残暴所激动,怎样地,面对着战争的烈火,爱和恨燃烧他们的心胸,驱使他们同纳粹和纳粹的匪帮作无情的斗争,有如我们在苏联战争时文艺作品中所见到的一般"①。在《人类的喜剧》中,萨洛扬只是静静地描写战争给普通家庭在各个方面造成巨大破坏,战争给人们带来的深重灾难和无限痛苦,战争在人们的心灵上留下的难以愈合的创伤,战争对人的理性的泯灭。作者用爱来消融战争的伤,用情来抚慰战争的痛,渴望用化干戈为玉帛,渴望世界的和平稳定和人民的安居乐业。译者柳无垢在后记中写道:"萨洛扬把我们带进一个美妙的幻境里,在那里,有的只是同情,了解和温暖的爱情。连电报局经理也是一个最仁慈良善的人,而富豪子弟阿克莱,也是'其性本善'。书中的许多对话,固然都触到我们的心深处,但是书中的角色,又却如此地富于人性,而使人难以相信会是真实的。萨洛扬给我们道出战争带给人间每一个角落的和平平凡之家的不幸。但是他没有给我们明白地指出造成战争的原因和减除战争的道路。他只是告诉我们在这莫可奈何的大难中,我们应该怎样勇敢愉快地在不幸中生活下去,在苦痛中更温暖更广大地爱着人类。"②她之所以格外推重萨洛扬的这部作品,是因为认同于萨洛扬的人物没有政治意识,他们从平常的生活中体会到战争带来的不幸,他们善良而单纯,安于踏实稳定的生活,他们对战争有自己的看法和理解。

　　抗战时期萨洛扬的创作与译介差不多同步进行,且十分畅销并一版再版。"1949 年后萨洛扬遭到冷落。只有零星的旧译再版和少量评论,50 年代后期至 70 年代,其作品译介还曾销声匿迹"③。与此相反的是,抗战时期我国翻译的美国文学作品的新译本不断增长。由此可以看出萨洛扬是属于特定时期特定范围的作家。他以其亚美尼亚移民后裔的身份表现追求生存权利和维护尊严的亚美尼亚精神,他用充满童心童趣的作品反映现实社会问题,揭露资本主义社会唯钱是瞻、无钱受压的残酷现实,揭露宗教对人自由和身心的束缚,揭露移民生活的窘迫和精神所受的压迫。萨洛扬对战争有自己独特的看法,他笔下的人物远离政治意识,在战乱中平静地接受灾难,他们用爱来消融战争的伤害,用情来抚慰战争的疼痛,这与同时期苏联抗战文学中激励人们奋力杀敌,勇争胜利的作品有异曲同工之妙,都是告诉人们应当怎样勇敢地生活下去、勇敢面对一切,萨洛扬以其独特的写作题材和表现方式风靡于抗战重庆。

---

① 〔美〕萨洛扬:《人类的喜剧》,柳无垢译,重庆:文光书店,1944 年,第 154 页。
② 〔美〕萨洛扬:《人类的喜剧》,柳无垢译,重庆:文光书店,1944 年,第 155 页。
③ 刘静:《20 世纪中期的萨洛扬译介》,《河南科技大学学报》,2006 年第 6 期。

四　海明威小说的翻译

欧内斯特·海明威(Ernest Hemingway,1899~1961)是美国传奇作家,1936 年西班牙内战爆发后担任战地记者,写了多部关于西班牙内战的小说和戏剧,比如《丧钟为谁而鸣》(*For Whom the Bell Tolls*)及《第五纵队》(*The Fifth Column*)。这些反法西斯战争的作品因表达了与中国人相似的情感而引起了国内翻译界的注意。加上 1941 年作为美国《午报》的特派记者,海明威到了中国并在重庆会见了蒋介石和周恩来,引起了抗战大后方对海明威的兴趣并翻译出版了他的多部作品。对此加以探讨不仅是海明威译介研究的重要的内容,而且有助于理解大后方文学交流和翻译面貌之一斑。

(一)翻译海明威小说的原因

海明威的重庆之行在一定程度上为大后方翻译介绍其人其作奠定了基础,使更多的中国人对他的作品产生了阅读期待。1941 年 4 月,海明威夫妇到达重庆后首先受到了国民政府财政部长孔祥熙的热情款待,并且在孔祥熙的帮助下认识了重庆的诸多名人,海明威由此进一步了解了战时中国的各种情况。蒋介石和宋美龄破例接待了海明威夫妇,与他们共进午餐并交流了一个下午,蒋介石的话题总是围绕"皖南事变"展开,目的是希望海明威相信他在整个事件中的君子行为。海明威与周恩来的秘密会晤充满了传奇色彩,尽管双方接触的时间很短,但海明威夫妇却认为周恩来是英俊而聪明的领导人,不愧是一位杰出的外交家。周恩来给海明威着重谈了中共坚定不移的抗日方针及共产党人的远景目标,这让海明威夫妇认为中国将来的胜利一定属于共产党。所以,当 1949 年中华人民共和国宣告成立的时候,海明威的夫人玛莎看到当年在重庆会见过他们的周恩来出任国务院总理兼外交部部长时,她和海明威并不感到意外,坚信周恩来和他的战友一定会得到人民的信任和支持。海明威在重庆受到了中国人民的热情欢迎,一些报刊登载了海明威访问中国的消息,也有人专门撰文介绍海明威及其作品,大后方文坛虽然没有掀起海明威热,但其中国之行还是为后来译介海明威的工作奏响了序曲。海明威因有两次世界大战的亲身经历,他更能体会战争带给人们的伤痛,其作品也更真实感人,并且海明威亲自来到了抗战时的重庆,这在一定程度上更引起了人们对他的关注。其作品中所反映的那些在逆境或困境中顽强搏斗,百折不挠的"硬汉子"形象因与中国历来崇尚的艰苦奋斗及抗战的文化语境相符合,很容易引起我国读者的共鸣,基于以上原因,海明威在抗战重庆尤其受到推崇。

　　两次世界大战中海明威怀着报国救民的壮志走上前线,战争不但给他的身体留下残疾,也给他的精神带来极大的苦痛,战争摧毁了他原有的道德理念和人生理想,再加上当时美国社会动荡不安,使他"锻炼成一种痛苦到麻木的程度,除了个人感觉之外,别无可信的人生态度"①。战争、死亡、迷惘充斥着海明威的心,最终他从容地拿起笔,以自己亲身经历的故事为原型,详细记录了这些真实感受,创作了享誉世界的战争小说。海明威的中国之行使他在中国的影响达到了高潮,他的中国之行增强了重庆人民对其了解和认识的热情,也在客观上为译介做了铺垫和准备。国内对海明威的推荐也在一定程度上助推了海明威的译介。由黄嘉德、黄嘉音和林语堂合编的《西书精华》1941 年第三期推荐《第五纵队》,并提到《丧钟为谁而鸣》被列为 1941 年美国畅销书第二位和获得普利策文学奖的提名。该书还报道说《丧钟为谁而鸣》初版 21 万册,一周后又加印 5 万册,1940 年年底已发行 36 万册。年初已销多万册,仅有玛格丽特·米切尔的小说《飘》和斯坦贝克的《愤怒的葡萄》可与它相媲美。赵家璧特别推崇海明威,认为他的作品"正是战后一代青年思想的反映,而他散文的特殊风格,引起了许多人的模仿,至今是被人称做近代美国文坛上发生影响最大的一个"②,因此,这些信息激发了读者对海明威的兴趣,海明威有关西班牙内战的作品在中国深受欢迎。

　　海明威作品所传达的为追求正义而献身的精神和西班牙人民保家卫国、英勇抗击法西斯侵略的爱国行动深受我国读者欢迎。中华民族自从鸦片战争开始不断受到外国侵犯,但自强不息的中国人民为了国家的独立而奋勇抗争。海明威笔下那些在逆境中顽强搏斗、百折不挠的"硬汉子"形象很容易引起我国读者的共鸣。

　　在《战地钟声》中,主人公乔丹反对国际法西斯势力,主动加入到这场争取民主与反抗法西斯的正义战争之中,"他投入这场战争是因为战争发生在他所热爱的国家里,因为他信仰共和国,并且,要是共和国毁灭了,那么信仰共和国的人日子都要过不下去"③。这里可以看出乔丹的参战不仅是为保卫西班牙共和国、维护西班牙人民的安定,更是为世界民主自由、团结和平而战。这种目的也正是抗战重庆乃至中国为取得抗战胜利所必须具备的,这种目的常常给予人以超常的能力和胆识以及为之奋斗

---

① 林一民:《〈老人与海〉和〈一个人的遭遇〉比较》,《江西大学学报》,1984 年第 4 期。
② 赵家璧:《海明威研究》,《文学季刊》(第 2 卷第 3 期),1935 年 3 月。
③ 〔美〕海明威:《战地钟声》,程中瑞译,上海:上海译文出版社,1999 年,第 46 页。

的不懈动力。

（二）海明威小说的翻译

根据抗战时期重庆、桂林和昆明等大后方主要文化城市出版的图书和刊物统计，该时期海明威作品的翻译情况如表 3 - 3：

表 3 - 3　大后方海明威作品翻译统计

作品名称	文　体	译　者	发表刊物/出版社	发表/出版时间
《第五纵队》	剧本	冯亦代	重庆新生图书文具公司	1942 年
《杀人者》	短篇小说	钟开莱	《人世间》（1 卷 2 期）（桂林）	1942 年 11 月 15 日
《告发》	短篇小说	冯亦代	《文风》（1 卷 4 期）	1944 年（不详）
《战地钟声》	长篇小说	谢庆尧	上海林氏出版社初版/重庆出第二版/桂林出第三版	1941 年/1943 年 1 月/1943 年 5 月
《大战前夕》	短篇小说	冯亦代	《中原》（1 卷 1 期）（重庆）	1943 年 6 月
《非洲大雪山》	短篇小说	谢庆尧	《时与潮文艺》（2 卷 2 期）（重庆）	1943 年 10 月 15 日
《小兵与将军》	短篇小说	俊　珊	《时与潮文艺》（4 卷 4 期）（重庆）	1944 年 12 月 25 日
《蝴蝶和坦克》①	短篇小说集	冯亦代	重庆美学出版社	1943 年
《战地春梦》	长篇小说	林疑今	桂林西风社	1944 年

由表 3 - 3 可知，抗战大后方主要翻译介绍了海明威反映西班牙抗战的作品，这除了与他亲临中国大后方重庆有关外，也和当时中国与西班牙遭受法西斯侵略的相同处境密不可分。1936 年 7 月西班牙内战爆发，人民阵线左翼共和党人组织的共和国得到了国际无产阶级和进步人士的支持，有五十多个国家的友好人士来到马德里组成"国际纵队"，与德意法西斯武装援助的叛军展开了殊死搏斗，最终一万多名国际纵队战士为保卫共和国而牺牲。西班牙内战"实际上是第二次世界大战拉开欧洲战线的序幕，是全世界

---

①　该短篇小说集包括《桥头的老人》《告发》《蝴蝶与坦克》及《大战前夕》4 个短篇。

进步力量和德意法西斯政权之间的第一次较量,因而它的影响超越国境,引起了世界爱好和平与民主人民的广泛同情"。① 尤其像中国这种直接遭受法西斯侵略的国家对西班牙内战更为关心,与之相关的新闻报道和作品随之迅速翻译介绍到中国。在这样的国际国内语境下,海明威亲自参加西班牙内战并以此为素材写成的作品自然引起了中国译者的兴趣,共同的民族命运和相似的艰难处境"无形中就把西班牙内战和中日之战联系在一起",翻译介绍海明威的相关作品于是成为"对我国抗战有帮助的文字"②。所以,正是出于中国人对西班牙年轻共和国的支持以及反法西斯战争的共同愿望,海明威反映西班牙内战的作品才被翻译到中国,在抗战时期的大后方激起了不小的波澜。

抗战大后方对海明威作品的翻译出版主要集中在战争题材的小说方面。谢庆尧翻译的《丧钟为谁而鸣》(当时译名为《战地春梦》),1941 年在上海林氏出版社初版后,1943 年 1 月在重庆出了第二版,同年 5 月在桂林出了第三版。这是海明威写得最长的一部小说,但全书的情节局限在三天之内,因而显得十分紧凑。这部小说主要讲述的是在大学里教授西班牙语的美国青年罗伯特·乔丹对西班牙内战深表同情,因而自愿参加西班牙政府军,在敌后搞爆破活动。为配合反攻,他奉命和地方游击队联系完成炸桥任务。他争取到游击队队长巴勃罗的妻子比拉尔和其他队员的拥护,孤立了已丧失斗志的巴勃罗,并周密地布置好了每个人的具体任务。在纷飞的战火中,他和比拉尔收留的被敌人糟蹋过的小姑娘玛丽亚坠入爱河。在三天时间里,罗伯特·乔丹经历了爱情与责任的冲突,经历了生与死的考验,人性不断升华。在炸桥的撤退途中,他把生的希望让给别人,自己却被炮弹炸断了大腿,独自留下阻击敌人,最终为西班牙共和国献出了年轻的生命。海明威在作品中发挥他独特的叙事艺术,以细致入微的动作描写及丰富多彩的对白,同时插入大段的内心独白及回忆,把罗伯特·乔丹这个人物刻画得栩栩如生。这部小说有助于鼓舞中国军民的抗日情绪,鼓励大后方人民勇敢地走上前线,为争取民族独立而牺牲个人的幸福,比较符合当时中国社会对文学的诉求,因此在大后方的重庆和桂林等地先后出版。"促使陪都人民熟悉海明威的,除了《战地春梦》和《战地钟声》外,当时可能更多来自冯亦代有关西班牙内战的故事和剧本

---

① 李今:《二十世纪中国翻译文学史》(三四十年代·苏俄卷),天津:百花文艺出版社,2009年,第 16 页。

② 冯亦代:《〈第五纵队及其它〉重译后记》,《第五纵队及其它》,海明威著,冯亦代译,南昌:江西人民出版社,1983 年,第 200 页。

的翻译"①。冯亦代翻译的剧本《第五纵队》,1942 年由重庆新生图书文具公司出版,其翻译的短篇小说集《蝴蝶和坦克》,1943 年由重庆美学出版社出版,该小说集包括《桥头的老人》《告发》《蝴蝶与坦克》及《大战前夕》四个短篇。当然,小说《杀人者》的翻译看似与抗战没有直接的联系,但该作品中安德烈森面对即将被杀手艾尔和麦克斯追杀的危险泰然处之,他冷静而平淡地面对死亡的态度比较契合很多中国人在战火纷飞中的生存境遇,这该是此短篇小说被译介的真实原因。

抗战大后方对海明威作品的译介有助于鼓舞中国作家到前线去体验战争生活,创作出反映战争实况的感人作品。深入到战争前线体验战地生活给海明威战争题材小说的创作打下了坚实的基础。作为小说创作成功的个案,作为作家面对战争时应该怎样抉择,海明威在抗战时期中国的文艺界无疑具有非常典型的引导意义。比如海明威出生入死地到前线报道战争的行为,就易于鼓舞当时迁居大后方的中国作家到前线去。抗日战争进入相持阶段以后,大后方抗战文学的发展开始走向理性的思考和情感的提炼,不再像抗战初期洋溢着澎湃的激情。诗人的创作于是显得比较沉闷,以至于人们认为 1941 年以后的抗战文学走向了低谷。1941 年年底,"文协"召开的"一九四一年文艺运动的检讨"的座谈会上,与会者就 1941 年的文艺发展出现低谷的原因进行了分析,除了交通和物质等客观原因限制之外,文艺工作者自身的不足也会造成文艺运动走向凋敝,其中最重要的是"作家跟现实接触的机会少"。抗战开始的时候,有大批作家到战地去,"文协"还专门组织了战地访问团,但是 1941 年以后很多作家纷纷转到了后方。这一时期的作家"和现实生活隔离,生活自然平凡,便难于写出有血有肉的作品,就是勉强写了,也未免失之于概念化。因为在前方的许多事情,是我们在后方的人无法理解的"②。从这次座谈会所谈到的内容来看,作家内迁大后方对他们的创作产生了很多负面影响,比如与抗战前线接触不多等。海明威的出现给当时处于迷茫和创作低谷的作家启示了方向,当时的评论者曾指出:"海氏以行文新颖,甚得现行美洲语腔调著名。……性欲与战争之描写,皆偏所谓写实主义方面,而所谓写实主义,偏重人间疾苦、疾病、死亡、性欲方面。盖上次欧战以后之文风也,海明威既非记者,又非温文尔雅之中国式文人,看来有暴虎冯河死而无悔气象。眼光专在平民生活,像重庆文人如老舍、老

① 林疑今:《〈海明威在中国〉原版序》,《海明威在中国》,杨仁敬编著,厦门:厦门大学出版社,2006 年,第 2 页。
② 雷蕾整理:《一九四一年文艺运动的检讨(座谈会记录)》,《文艺生活》(第 1 卷第 5 期),1942 年 1 月 15 日。

向、郭沫若等,倘能牺牲光明,使有与平民士兵接触之机会,冒险去前线,更为海氏所愿。"①

(三) 海明威小说翻译对中国抗战的影响

大后方远离战火,使部分作家失去了宣传抗战的激情,进而减少了抗战文学的创作。

1944 年《新华日报》在《祝"文协"成立六周年》的社论文章中批评了内迁作家创作的"滑坡",认为他们把自己局限在后方的小天地里,失去了战斗的意志。文章说:"抗战已经快满七年,而我们的文艺运动却沉滞在黯云低迷的状态之下,……我们以为只要拿前面所说的'文协'在武汉成立时的文艺运动,和武汉撤守之后作一比较,就可以知道症结之所在。现在我们的文艺作家,局促在后方的小天地之中,被阻塞了和人民大众接触的路子,出版事业濒于窒息,文艺不当作整个抗日战争的一环而被视为'娱乐'的手段,于是而风花雪月的风气抬头,消闲猎奇,谈狐说鬼的'文艺'继起,文艺变成了少数人茶余饭后的消遣,健康而有益于抗战的文艺反受了阻抑与冷遇。"②这段话对抗战文艺的评价具有一定的合理性,抗战文艺的萧条固然与作家待在大后方"消遣"有关,但也与当时作家的实际处境分不开。在很多人看来,作家应该深入到前线而不应该"隐居"后方,只有这样才能创作出更好的抗战文学。早在 1939 年 4 月,《新华日报》在名为《用笔来发动民众捍卫祖国——纪念全国文协成立一周年》的社论中就提出了作家应该返迁前线的想法,建议作家从大后方反迁到敌后建立新的文化据点。该文对"文协"今后的工作提出了四点建议:第一,发动广大的作家群到敌人的后方去,进行敌后文化工作。第二,加强"文章入伍"的工作,补充军队中的精神食粮。第三,实现"文章下乡"的口号,以进一步动员广大的同胞积极参加抗战。第四,在伟大的民族抗战中,广大的文艺工作者既要创作出反映中华民族英勇精神的作品,同时也要创作出暴露日寇暴行的作品③。这四点建议对"文协"的工作起到了很好的指导作用,有助于突出全中国人民团结抗敌的精神。尤其是第一点建议对抗战文艺策略的调整和被人们忽视的敌后区域文艺的建设起到了关键性的提示效果,因为在这之前很少有人意识到敌后文

---

① 林疑今:《介绍海明威先生》,《海明威在中国》,杨仁敬编著,厦门:厦门大学出版社,1990年,第 26 页。
② 《祝"文协"成立六周年》(社论),《新华日报》,1944 年 4 月 16 日。
③ 《用笔来发动民众捍卫祖国——纪念全国文协成立一周年》(社论),《新华日报》,1939 年 4 月 9 日。

化工作建设的重要性和必要性。如果没有中国自己的文艺工作者深入到敌后,日本人很快就会以文化侵略来麻醉民众,实现对中国的殖民统治。虽然当时有很多作家分布在沦陷区,但大多数作家仍然居住在与广大农民相距甚远的城市,因此"文协"应该组织和发动大批作家迁到敌人的后方去,建立起新的文化据点。这种认识和主张恰好与海明威一贯对待战争的态度一致,有助于促使作家深入前线体验战争生活,创作出鼓舞中国军民抗战的作品。

当然,也有人认为海明威作品对待战争的玩世不恭的态度不利于中国军民的抗战,其作品易于使人陷入迷茫。海明威表现战争题材的作品多采用欲望书写的方式,过于依靠官能来博取读者的阅读兴趣。20世纪40年代,海明威翻译专家冯亦代先生曾这样评价了海明威的作品:"从我们看来,海明威对于生活的意见,实在是不健全的偏颇观念。生命并不只是一种单纯的官能机构,生命有葱茏的潜在力量,而人类的生命却正是各个生命的凝聚。……官能的动作是永不能开启生活的钥门的,《丧钟为谁而鸣》给予了我们一个足资消遣的恋爱与英雄行为的传奇,但如果作者的意愿是在于表现西班牙人民的血肉生活,那结果只是和读者所得到的一样的迷茫。诚挚的生活与深湛的人性是我们苛求于每一位作家的,可惜海明威所给我们的只是娱乐,没有生活,更没有人性。"[1]这种出于抗战文艺需求的目的对海明威作品所作的评价具有偏颇之处,难免受到1940年代语境的影响,不过"对于战火中的中国读者(包括译者)而言,海明威对待战争的态度未免含有颓废气息,多少是消极的"[2]。事实上,海明威的作品对抗战大后方而言并非如此无用,我们从在大后方重庆和桂林出版的谢庆尧的译作中就可以找到积极抗战的文字:"等一会我们的坦克就要从桥的那头的大道上直冲过来,我们的人民军队就要从右面经过 La Granja 满山遍野地杀来,我必须将这可恶的钢桥炸得粉碎,阻止法西斯党的援军! 这一带的山地就要被我们克服了。……快振作起来! 记住! 我们能把住这山隘一日,法西斯军就被我们困着一日。……西班牙的人民是情愿洒去最后一滴血的。"[3]难怪冯亦代先生自己也不得不承认:"这样的文学作品,对于我们鼓动中国人民抗战,也是有好处的。"[4]

---

① 冯亦代:《海明威的迷茫——评〈战地钟声〉及其它短篇》,《冯亦代文集》(书话卷一),北京:中国友谊出版公司,1999年。
② 李宪瑜:《二十世纪中国翻译文学史》(三四十年代·英法美卷),天津:百花文艺出版社,2009年,第189页。
③ 〔美〕海明威:《战地钟声》,谢庆尧译,上海:林氏出版社,1941年,第343~344页。
④ 冯亦代:《〈第五纵队及其它〉重译后记》,《第五纵队及其它》,海明威著,冯亦代译,南昌:江西人民出版社,1983年,第201页。

海明威作品在抗战大后方的译介虽然仅限于一部长篇小说、一部戏剧、一部短篇小说集和三篇单列的短篇小说,但他本人积极对待战争的态度和作品人物表现出来的英勇气概不但鼓舞了抗战大后方作家的创作激情,而且也提升了中国人民的抗敌精神。海明威也逐渐在中国塑立起了"硬汉"的形象,其作品引起了中国读者持久不断的关注热情。

五　德莱塞小说的翻译

西奥多·德莱塞(Theodore Dreiser,1871～1945)是美国文学界一位杰出的现实主义作家,他的作品具有重大的社会意义和深刻的思想性。德莱塞的小说以内容和形式上的现实主义,真实地反映了当时的美国社会生活,起到了摧毁传统,解放美国小说的作用,散发出惨痛悲剧的历史光辉。

德莱塞批评家格伯这样认为:德莱塞是"第一个以自己的真诚与活力描述我们这个商业化与工具化的现代世界的美国作家,是第一个描述由于城市化与社会压力加剧而导致人性异化的美国作家,更是第一个坦率而严肃地刻画我们自己作为一个社会挣扎者的美国作家"①。在硝烟弥漫、战火纷飞的时刻,德莱塞走进了中国人们的视野,除了《美国悲剧》之外,这时德莱塞的小说尚有《情网》《自由》《婚后》等见诸于重庆各大文学期刊,战时重庆对德莱塞的译介热情高涨,与德莱塞表现美国国内阶级矛盾、垄断与反垄断矛盾的社会现实以及其对人们生存的社会及其前途的忧虑和思索分不开的。他所表现和关注的刚好符合了战时中国要求揭露社会现实,展现平民的苦难和无助的境地,借以批判社会的不平等,进而要求革命的文学要求。

如《美国的悲剧》(An American Tragedy)是德莱塞的代表作,钟宪民于1944年将此小说介绍到战时重庆,译名为《人间悲剧》,由建国书店出版,该小说被誉为"美国最伟大的小说"。《美国的悲剧》中描述了青年克莱特在纸醉金迷生活的腐蚀下,逐渐蜕变,堕落为凶杀犯,最后自我毁灭的全过程。通过克莱德这一艺术形象,揭示了美国资本主义社会的实质,批判了美国资本主义社会的道德。小说通过对主人公和悲剧过程的分析,说明小说的现实和历史意义,以及作者的艺术表现手法和对现实社会的深刻揭露。克莱德的悲剧具有双重性,他的堕落和毁灭是个人悲剧,是其悲剧人生的真实写照,同时又是依赖美国社会制度而存在的悲剧,是一个典型的美国悲剧。克莱特的悲剧人生充分体现了当时资本主义社会金钱至上的世界观对人们,尤其是青年人的毒害。有钱者被视为美国梦的再现,处处受人崇拜,穷困者

① Philip L·Gerber, *Theodore Dreiser*. New York:Twayne Publishers, Inc.,1964,p173.

则酿成了一幕幕美国悲剧。正因为这样,我们说《美国悲剧》是典型的美国悲剧,它揭示出生活本身的悲剧性,强烈地拨动读者的心弦,引发了人们对社会现实的深刻关注与思考。

综上可以看出,战时重庆对德莱塞的译介一方面是由于其小说内容和形式的现实主义能够反映社会问题,符合了中国抗战文学扎根现实的理念;另一方面也因为其小说敢于面对美国悲剧,进而激起人们为改变社会不合理的社会制度和争取人的平等独立而斗争。

翻译与创作的关系紧密相连,亲如恋人,翻译影响作家的创作,"一般而言,中国现代诗人手中握有两支笔,一支笔从事诗歌翻译,一支笔从事新诗创作。翻译之笔为创作之笔积累创作经验和技法,创作之笔为翻译之笔提供可靠的翻译经验和技法。有时候,翻译之笔与创作之笔在翻译的过程中融汇在一起,因为翻译本身就包含了创作"。新诗的翻译与创作有如此亲密的关系,小说的翻译与创作同样有此关系。"诗人在翻译的时候总是力图用最美丽的语言来再现原诗的风貌,而翻译的笔法又会影响到创作的语言和情感,二者总会心有灵犀"①。在抗战文学翻译作品中,假外国文学之手催生创作的并不鲜见。边译边创作,互为推动,极其普遍,很少有只作不译或只译不作的作家,相互,两者是相互渗透,合而不分。

茅盾在 1936 年前后谈自己的文学创作时说:"我开始写小说时的凭借,还是以前读过的一些外国小说。我读得很杂。"②这其实道出了中国现代小说创作的一大特色和可能路径,这在抗战时期美国小说译者中也有体现。冯亦代谈道:"30 年代赵家璧出版了一本讲美国现代文学的《新传统》,这使我开始了对美国现代文学的爱好。我读了海明威的许多短篇小说和《永别了,武器》,并把《永别了,武器》试译了几页。我特别欣赏他的炼字工夫。"在冯亦代《听风楼读书记》中我们常常可以看到作者简练平实的语言风格,这不能不说是受到翻译海明威作品的影响。翻译开阔了译者的视野,拓展了对文学的认识,塑造出新的观念和意识。

翻译不仅对译者的创作产生重要作用,也对原文生命的延续产生影响,本雅明在《译者的任务》中谈到译者的任务就是延续原作的生命,翻译是原文后来的生命,是原文的来生再世。在此崇高任务下,可以认为译作为对原作的改写,影响译作在特定时代的价值及其接受。抗战时期介绍到中国的

---

① 熊辉:《两支笔的恋语:中国现代诗人的译与作》,重庆:西南师范大学出版社,2011 年,第 2 页。

② 茅盾:《谈我的研究》,《中学生》(第 61 期),1936 年 1 月。

萨洛扬,其在美国文学界并无显著的地位,作品也不为人所熟知,但是他的作品一经介绍到大后方重庆就洛阳纸贵,译者争相翻译,出版社争相出版,其作品价值在中国得到了实现和延续。"翻译把作品置于一个崭新的面貌,不仅延长了作品的生命,而且赋予了它第二次生命"①,通过翻译原文在新的语境中变化与更新,生命得以延续,可见翻译增加并扩大了原文的目标语领域和范围。

比较文学家认为作家通过外国作品的翻译,领略到某些本国文学中没有的新的因素,并将其在自己的作品中表现出来,在这一过程中,翻译起到了媒介作用。"一个国家翻译外国文学的作品本身意味着这个国家对外国文学的接受,也是外国文学对本国文学产生影响的表现"②。中国新文学运动在其生长、成熟过程中借助了外国文学译介这一强劲的动力,为了冲破千百年封建礼教的束缚,发出了要求解放、要求进步的时代呼声,传统诗词歌赋的文艺形式已不适应新时代所要求于文艺的重大使命。正是通过外国文学的译介,先驱们为了扩大新思想、新观念的影响,找到了他们最迫切需要、能发挥最大能量的文学新品种——小说。抗战时期,译介小说给中国小说界带来了新的时代气息,霍桑《红字》用象征手法表现主题,象征的运用让读者如饮甘露,回味无穷,杰克·伦敦的《马丁·伊登》以心理描写成功而著称,海明威小说《非洲大雪山》中意识运用非常成功,它注重探索人的灵魂世界,通过人的内心独白和自由联想来发掘人的内心深层的奥秘,人物的意识流动不受客观时空的限制,有很大跳跃性,使作品耐人寻味。这些西方流行的文学手法的通过译介小说传入中国,给小说界以极大的冲击。

正如《现代》编者在推出"现代美国文学专号"时的《导言》中说明选介美国文学是因为它在世界各国文学中最现代,它割断与过去的传统而致力于摆脱传统影响和发挥独创精神:"在这么许多民族的现代文学之中,我们选择了文学历史最短的美国来做我们工作的开始……这一种先后的次序,固然未必包含着怎样重大的意义,但究竟也不是太任意的派定。……被英国的传统所纠缠住的美国是已经过去了;现在的美国,是在供给着到二十世纪还可能发展出一个独立的民族文学来的例子。这例子对于我们的这个割断了一切过去的传统,而在独立创造中的新文学,应该是怎样有力的一个鼓励啊!"③这个鼓励既是形式上的,又是内容上的,借鉴外国文学作品的技术

① 〔法〕罗贝尔·埃斯卡皮:《文学社会学》,王美华、于沛译,合肥:安徽文艺出版社,1987年,第139页。

② 廖鸿钧:《中西比较文学手册》,四川:四川人民出版社,1987年,第103页。

③ 编者:《现代美国文学专号·导言》,《现代》(第5卷第6期),1934年10月。

形式和思想主题,用以深刻展示国内的社会问题,并以其先进的文学形式影响着中国文学的发展。抗战时期翻译美国小说为中国文学的发展提供了一种新的观世眼光和审美方式,催化着中国文学从传统的情态中脱胎而出,面向民族抗战的时代语境,走向世界化和现代化,并充实、丰富中国现代精神文化谱系。

第三节　抗战大后方对美国戏剧的翻译

由于戏剧文体的特殊性和舞台演出的感染力,大后方在抗日战争的时代洪流中迎来了戏剧创作和演出的最好时期,恰如任钧先生所言:"抗战的炮火给我们轰出了一个戏剧的黄金时代。"①正是在这样的时代背景下,美国戏剧伴随着美国文学译介的浪潮而得以被翻译到中国剧坛,丰富了抗战时期中国的戏剧创作。

一　美国戏剧翻译概况

仅就文体类型而言,抗战时期翻译最多的美国文学当属小说。美国戏剧翻译的成就虽不及叙事作品,但在抗战语境下还是迎来了发展的契机。

各种戏剧刊物如雨后春笋般在抗战大后方创刊,并翻译发表了很多美国戏剧作品。1939 年 4 月,《戏剧岗位》在重庆创刊;1940 年 11 月,《戏剧春秋》在桂林创刊;1943 年 1 月,《戏剧月报》在重庆创刊;1943 年 11 月,中央青年戏剧社在重庆创办了《戏剧时代》②。这些刊物发表了大量的戏剧作品、戏剧评论和戏剧主张,同时也翻译了很多外国戏剧,其中对美国戏剧的翻译虽不及苏联,但也相当丰富。1941 年 1 月 1 日,重庆《戏剧岗位》第 2 卷第 2、3 合期上发表了美国人琼司原著的独幕剧《遗志》,该剧由陈澄改译;1945 年 1 月 15 日,《时与潮文艺》第 4 卷第 5 期发表了美国人汉赛的报道文章《苏联文坛剧坛近况》,该作品由彼洽翻译;1942 年 8 月至 10 月,重庆《文艺阵地》第 7 卷 1 期至 3 期连载斯坦贝克的三幕剧《人鼠之间》,该剧由楼凤翻译。桂林发表美国戏剧译本的主要文艺期刊是《文艺杂志》月刊。《文艺杂志》是抗战时期在桂林出版的大型纯文艺月刊,1942 年 1 月 15 日创刊,王

---

① 任钧:《台下散谈》,《戏剧岗位》(第 1 卷第 1 期),1939 年 4 月 15 日。
② 《戏剧时代》创刊于 1937 年 5 月,同年 8 月出版至 1 卷 3 期停刊,由上海戏剧时代出版社发行,后于 1943 年 11 月在重庆复刊。

鲁彦任主编,覃英任发行人,由设在桂林东江路福隆街 32 - 6 号的文艺杂志
社出版发行。抗战时期,《文艺杂志》在桂林出版了 3 卷 3 期,1944 年 4 月
因为主编王鲁彦病重停刊,1944 年 8 月王鲁彦去世后,1945 年 5 月 25 日由
荃麟在重庆出版新 1 卷 1 期。重庆时期的《文艺杂志》刊头上写有:创办人
王鲁彦,发行人覃英,主编荃麟,出版 3 期后于 1945 年 9 月终刊,一共出版
了 4 卷 18 期。《文艺杂志》在抗战时期刊登了大量的小说、戏剧,巴金、老
舍、茅盾、彭燕郊、臧克家、胡风等人都曾在上面发表过重要作品。与此同
时,该刊也刊登了多篇翻译戏剧:1942 年 12 月至 1943 年 3 月,重庆《文艺
杂志》第 2 卷第 1 期至第 3 期连载开甫曼和法尔培合著的六幕剧《晚宴》[①],
该剧由陈麟瑞改译;1943 年 1 月,《文艺杂志》第 2 卷第 2 期刊登了杰克·
伦敦的独幕剧《第一位诗人》,该剧由许天虹翻译。

　　抗战大后方翻译出版了多部美国戏剧。袁俊翻译拉西的三幕喜剧《审
判日》,1943 年在成都联友出版社出版,纳入联友剧丛;贺孟斧翻译的《烟草
路》三幕名剧,原作是美国考尔德韦尔(现通译为"考德威尔")的小说,美国
人刻尔克兰德将之改编为戏剧,1944 年在重庆群益出版社出版,纳入群益
现代剧丛;贺孟斧译述霍顿的《苏联演剧方法论》,1939 年在重庆杂志公司
出版;章泯翻译布士沃斯的《戏剧导演基础》,1939 年在重庆杂志公司出版,
纳入新演剧丛书;殷炎麟翻译培林革的《西洋戏剧史》,1943 年在贵阳文通
书局出版;柯灵翻译密西尔(现通译为"米切尔")的四幕剧《飘》,1944 年在
重庆美学出版社出版;冯亦代翻译丽琳海尔曼的三幕话剧《守望莱茵河》,
1945 年在重庆美学出版社出版;楼风翻译史坦倍克的三幕剧《人鼠之间》,
1942 年在重庆东方书社出版;黄志民编译卓别灵(现通译为卓别林)的戏剧
《大独裁者》,1943 年在桂林金马出版社出版。

　　面对法西斯分子的独裁和侵略,全世界人民发出了相同的反抗之声。
因此,大后方对美国戏剧的翻译同样染上了浓厚的"世风"。大后方翻译的
美国戏剧具有强烈的反法西斯情感。1943 年黄志民编译的《大独裁者》原
是由卓别林自导自演的一部电影,该影片于 1940 年首映,其主旨是要尖锐
地讽刺纳粹主义和其独裁领袖希特勒。剧中的主要人物是理发师夏尔洛和
大独裁者希特勒,卓别林将他们塑造成两个完全相反的角色:夏尔洛诙谐
幽默,对他的描写也富有文采;对希特勒则是辛辣的讽刺与丑化。全剧的高
潮出现在末尾,即理发师夏尔洛公然要求在政治上与法西斯主义对抗到底。

①　刊登《晚宴》的这三期《文艺杂志》的时间分别是:第 2 卷第 1 期,1942 年 12 月 15 日;第 2
卷第 2 期,1943 年 1 月 15 日;第 2 卷第 3 期,1943 年 3 月 15 日。

该剧创作于希特勒法西斯分子气焰高涨之时,日本当时还没有偷袭珍珠港,美国政府也没有公开宣称加入第二次世界大战。因此卓别林的作品不仅具有战略上的远瞻性,而且还会鼓舞全世界人民的抗战精神。

大后方翻译了根据玛格丽特·米切尔的小说改编的四幕剧《飘》,该剧讲述的是 1861 年美国南北战争爆发时期,塔拉庄园的千金小姐斯嘉丽爱上了另一庄园主的儿子艾希礼,不想艾希礼喜欢的却是温柔善良的梅兰妮,任性的斯嘉丽赌气嫁给了梅兰妮的弟弟查尔斯。查尔斯在美国南北战争中牺牲,导致斯嘉丽成了寡妇。后来,斯嘉丽和风度翩翩的商人白瑞德相识,但拒绝了他的追求。不少人在战乱中逃离家园,但正巧梅兰妮要生孩子,逐渐成熟的斯嘉丽只好留下来照顾她昔日的情敌。战后斯嘉丽在绝望中偶遇本来要迎娶她妹妹的暴发户弗兰克,她为保住家园而勾引弗兰克与之结婚,没料到弗兰克加入了反政府组织,在一次集会中遭到北方军队的包围并中弹死亡,导致斯嘉丽再次成为寡妇。正当她处于情感的悲痛中时,白瑞德前来向她求婚,她终于与一直爱她的白瑞德结了婚。实际上,斯嘉丽一直都深爱着艾希礼,当梅兰妮临终前把丈夫艾希礼和儿子托付给斯嘉丽时,斯嘉丽便不顾一切扑向艾希礼的怀中,让站在旁边的白瑞德再也无法忍受她的离弃而转身走掉。然而,面对伤心欲绝毫无反应的艾希礼时,斯嘉丽终于明白她爱的艾希礼早已随着时间的流逝而不复存在了,现实生活中她真正需要的是白瑞德。而当斯嘉丽回家告诉白瑞德她是真正爱他的时候,白瑞德早已伤心欲绝,他决定和斯嘉丽分道扬镳。孤独的斯嘉丽决定守在土地上重新创造新的生活,她盼望着幸福的生活早日来临。这部改编的戏剧讲述的是战争中的爱情故事,当然更容易引起中国读者的兴趣,也易于在战争的语境中传播。

抗战大后方对美国戏剧的翻译在具备时代特征的同时,也比较重视原作的艺术性和审美价值,显示出翻译选材的经典性。约翰·斯坦贝克是 20世纪美国最有影响力的作家之一,他的作品主要表现社会底层人物的善良与质朴。1942 年,大后方文艺期刊《文艺阵地》连载了戏剧《人鼠之间》(现在通译为《人与鼠》),同年重庆东方书社出版了该剧作的单行本。《人鼠之间》是斯坦贝克最优秀的小说之一,发表于 1937 年,由于采用的是对话体的写作方式,所以斯坦贝克开始动笔时打算写的是剧本,但后来却改变了主意将之写成小说。这部小说使斯坦贝克的名字在美国家喻户晓,创作获得成功之后,斯坦贝克又把《人与鼠》改编成剧本,于 1937 年获得纽约戏剧评论家奖金。该剧作以美国经济大萧条时期为背景,讲述了兰尼和乔治两人在农场工作的不幸遭遇,他们是身处社会最底层的劳动者,因为社会地位低下而遭到压迫,最后不得不走向灭亡。两人是要好的朋友,兰尼力大无穷却有天生智力缺陷,乔治因兰尼惹的麻烦而被迫居无定所。当他们逃到一个新农场工作时,兰尼失手杀死了农场主的儿媳,乔治被农场上的人逼着开枪杀死兰尼,他在无奈之下只得亲手杀死自己最好的伙伴。这部戏剧涉及"鼠"的内容很少,只在戏剧的开始谈到兰尼在树林中捡到一只死老鼠,但他却对之爱不释手,不忍将它丢弃,表现出兰尼对弱小生命的关爱。实际上,《人鼠之间》这部戏剧中的"鼠"是一个隐喻,"人"指在社会中享有较高地位的强势群体,"鼠"指的是在社会中处于卑微地位的弱势群体。兰尼因为社会地位低下以及智力的缺陷而被残酷地划入"鼠"的行列,而现实社会又欠缺像他那样关心弱小生命的富有爱心的人,所以注定了"鼠"辈之流的生活必将以悲剧结束。这部翻译戏剧突出表现了底层人生活的艰辛,上流社会和下流社会之间的关系就像是"人"和"鼠"的关系,如何调和两者之间对立的格局就成为一个沉重的社会问题。

当然,奥尼尔仍然是抗战大后方剧坛关注的重要美国剧作家,他的作品以及对其作品的评价文章被纷纷翻译到中国,不仅证明了其剧作艺术的生命力和感染力,而且还证明了美国戏剧在中国的强大影响力。接下来,下文将重点梳理和论述奥尼尔戏剧作品在抗战大后方的译介情况。

二 奥尼尔戏剧的翻译

尤金·奥尼尔(Eugene O'Neill,1888~1953)是美国著名的悲剧作家,其代表作品有《天边外》(*Beyond Horizon*)、《毛猿》(*The Hairy Ape*)、《琼斯皇》(*The Emperor Jones*)、《奇异的插曲》(*Strange Interlude*)、《长日入夜行》(*Long Journey Into Night*)等。奥尼尔一生四次获得普利策戏剧奖,并于1936年获得诺贝尔文学奖,他的出现对美国戏剧的发展具有划时代的意义,同时在世界戏剧史上也留下了浓墨重彩的一笔。由于其作品在表现方法和思想维度上具有强烈的张力,中国文坛曾在20世纪30年代和80年代掀起了奥尼尔译介的高潮。抗战时期,尽管战争阻隔了中国对奥尼尔及其作品的译介,但大后方仍然有奥尼尔剧作的翻译出版和刊行,仍然翻译了多篇国外介绍奥尼尔作品的文章,并且公开演出了他的戏剧改编本,为20世纪40年代沉寂的奥尼尔译介涂抹上了难得的亮色。

(一)

20世纪30年代是中国译介奥尼尔的高峰时段,但是进入抗战之后,中国文坛对这位美国剧作家的热情就逐渐减退了。"战魔"驱赶了"缪斯女神",艺术被掺进了政治因素,抗战爆发以后,许多方兴未艾的事业都被迫停了下来,面对满目疮痍的家园,中国文学艺术界已无暇顾及思考人生哲理的奥尼尔和他的戏剧作品,不得不对这位美国新兴剧作家失去兴趣。

奥尼尔剧作的现实性和战斗性不强,不适应抗战时期积极宣传抗战的文学环境。日本在1937年7月7日发动了全面的侵华战争,中国社会进入新的历史时期,随着抗日救亡运动的高涨,戏剧运动也相当活跃。在"文协"提出的"文章下乡""文章入伍"口号的鼓舞下,大批戏剧工作者积极组织救亡演出队,他们怀着高度的爱国热情投入了抗日救亡的斗争。戏剧的社会功用再次被人们加以强调,"左翼无产阶级戏剧"和随后的"国防戏剧"都因抗日战争应运而生,剧作家的创作路向也因抗战的到来而发生了转变。"戏剧协社和你都变了! 就是演剧团体和观众的眼光都换了方向。就因为我们在'九一八'和'一·二八'以后,在时时听到工商业衰落,农村破产的今日,再也没有心情去留意少奶奶的什么扇子了。我们的眼光从绅士和少奶奶的闲情转到中国的怒吼了"①。大洋彼岸的奥尼尔是著名的悲剧作家和表现主义大师,其剧作大多具有一种超越现象、感悟世界、直面理性的"形而上"倾向,他所表现的是人类对人生、社会的感悟;探索的是人类存在的价值、意义;思考的是生命、存在、死亡等终极问题,是对本体的探索与追寻,充满哲理意味。虽然其剧中主人公多为社会下层的贫民,也不乏对现实社会黑暗面的描写,但这样的作品在硝烟弥漫的40年代的中国无法激起人们的斗志,在血与火的冲突中显得苍白无力。抗战时期中国需要的戏剧直接与鼓舞斗志和宣传抗战有关,陈白尘在《奔向现实主义的道路》一文中做过如下统计:"抗战前期——'七七'到一九四一年这三年半的时间里,独幕剧除外,我们一共生产了四十二部剧作,这些剧作大致分起类来,是:一、鼓吹抗战的,二十三部。二、反汉奸的,五部。三、历史剧,六部。这六部历史剧几乎全部是在半沦陷区的上海的剧作者写成的,他们没有了写抗战史记的自由,才退而写历史中抗敌故事来激发人心的。四、描写后方生活的,五部。五、与抗战完全无关的,三部。"②总体来说,这一时期戏剧的主题是表现抗战和中国人民的苦难生活,共同特点是热情澎湃和充满昂扬的斗志。奥尼尔的剧作在此时就如《毛猿》中的杨克走在纽约五马路上一样荒唐,与现实社会极不协调,所以对其的译介基本处于停滞状态。

抗战语境对民族戏剧的重新提倡与对外来译剧的否定也是导致奥尼尔

---

① 茅盾:《从〈怒吼吧,中国!〉说起》,《生活周刊》(第8卷第40期),1933年11月。
② 陈白尘:《奔向现实主义的道路》,《新闻报》,1946年1月11日。

戏剧翻译稀少的原因。20世纪40年代的戏剧界人士在国家内忧外患之时，认识到现代话剧脱离了人民群众，只有重新审视我国传统的民族戏剧，从中吸取营养，才有利于团结民众。"五四"时期的话剧倡导者和剧作家们对继承民族戏剧遗产和借鉴外国戏剧形式在认识上存在着严重的片面性和绝对化：把传统戏剧视为一无是处的腐败草叶，把欧洲戏剧捧为毫无瑕疵的美玉。他们不了解同我国广大群众有着密切联系、并为他们所熟悉和喜爱的传统戏剧，如果不能批判继承而是粗暴的全盘否定，不仅不利于我国戏剧的改革和话剧的发展，实际上也不可能创作出真正受群众欢迎的优秀戏剧作品来。我国话剧是在全盘否定和批判传统戏剧的基础上发展起来的，这种否定和批判虽有历史的进步意义，但毕竟造成了现代戏剧与民族传统对峙的局面，使话剧的民族化问题变得十分尖锐。抗日战争的爆发使戏剧界人士认识到团结广大人民群众的重要性，因此戏剧创作必须以他们为潜在的受众，陈白尘在《中国民众戏剧运动之道路》中指出："话剧运动背弃民众的地方首先是戏剧内容的隔阂，戏剧是模仿人生的，反映人生的，如果这戏剧中的人生不是观众自己的人生，观众引起了反感，这是自属当然。"[1]熊佛西在《中国戏剧运动的两大出路》中指出中国戏剧发展的两条出路是戏剧的职业化与走向农村去——农村戏剧。显然这是对五四以来"爱美剧"的否定，难怪熊先生说："干的人既不以此为职业，看的人更不认为是常轨，只是逢场作戏，热闹一阵而已。这结果使戏剧运动不能走上正轨，不能得到普遍发展，是必然的事。"[2]阎哲吾在《建设"中国人的戏剧"》中提倡："编辑们必须放弃亚里士多德的一套理论，贝克的一套编剧技巧，从实践里找寻到并建立我们自己的理论与技巧。"[3]在需要团结广大人民群众一致对外的形势下，重新提倡民族戏剧无可厚非，但对"五四"时期的文艺思潮矫枉过正，对国外剧作家包括奥尼尔一概排斥否定又带有意识形态的主观性，正如"五四"时期我们对他们毫无条件的全盘接受一样具有偏执性。在这样的戏剧建设语境下，奥尼尔的作品即便是被翻译成了中文，其要在抗战大后方得以存在的话就必须经过中国化的改造，这也是为什么奥尼尔的《天边外》会被改编成《遥望》才得以在重庆公演的重要原因。

　　总之，抗战大后方特殊的时代语境以及中国抗战时期戏剧界的理论倡导等都是导致奥尼尔戏剧译介稀少的重要原因。当然，奥尼尔戏剧的内容

---

① 陈白尘：《中国民众戏剧运动之道路》，《山东民众教育月刊》（第4卷第8期），1933年10月。
② 熊佛西：《中国戏剧运动的两大出路》，《北平晨报·剧刊》（第279期），1936年5月24日。
③ 阎哲吾：《建设"中国人的戏剧"》，《文艺先锋》（第10卷第10期），1947年1月。

与抗战文学表现主题的疏离也是导致其被大后方忽略的重要因素。

（二）

尽管抗战时期整个中国戏剧界对奥尼尔的译介热情不高,但大后方却翻译了多篇奥尼尔的戏剧和介绍奥尼尔的文章,而且还改编演出了奥尼尔的剧作,虽然数量有限,但却集中展示了抗战时期奥尼尔在中国译介的收获。

抗战时期大后方对奥尼尔剧作的译介成就主要体现在两个方面:一是对奥尼尔戏剧作品的翻译。1939 年 2 月,长沙商务印书馆出版了由顾仲彝翻译的《天边外》,这部译作包括奥尼尔的两个剧本《天边外》和《琼斯皇》,该译作在 1940 年再版,说明了其在中国的接受情况和奥尼尔在中国受欢迎的程度。1944 年,重庆大时代书局出版了张友之翻译的"世界独幕剧名剧选"之《良辰》,该戏剧选本列为大时代书局的"世界文艺名著译丛"第三部。全书共 140 页,收录了西班牙剧作家史拉芬的《良辰》、法国剧作家沙卡·盖依屈雷的《别墅出让》、澳洲剧作家路易斯埃森的《枯木》、美国剧作家尤金·奥尼尔的《划了十字的地方》、瑞典剧作家奥古斯德·史特林堡的《母性的爱》和爱尔兰剧作家约翰·米灵顿·赛恩期的《海上骑士》六个独幕剧剧本。抗战时期大后方对奥尼尔剧作译介的第二个收获是翻译了多篇对奥尼尔及其作品评介的文章。1939 年,长沙商务印书馆出版了巩思撰写的《现代英美戏剧家》,对奥尼尔等五位英美戏剧家作了介绍和研究。1942 年,在桂林发行的《文学译报》第 1 卷第 2 期上发表了陈占元翻译的法国人蒲里伏撰写的论文《友琴·奥尼尔传》一文,对奥尼尔的人生经历以及创作历程作了简单的介绍。抗战胜利之后的 1948 年,朱梅隽翻译奥尼尔的《梅农世家》在重庆正中书局。这是抗战前后重庆出版的少有的奥尼尔戏剧单行本。值得一提的是,长沙成为抗战时期美国剧作家奥尼尔译介的重镇,在战争阻隔了中国人对奥尼尔译介热潮的情况下,长沙的商务印书馆在作品和评论两个方面连续推出专作,为中国奥尼尔译介作出了贡献。

抗战大后方除了翻译介绍奥尼尔及其剧作之外,还改编并演出了他的戏剧。1941 年 12 月,重庆公演的《遥望》其实就是奥尼尔《天边外》的中国版。《天边外》描写美国农村一对青年农民兄弟幻想、憧憬与现实之间的悲剧,全剧充满梦一般的美丽与诗的意境。曹禺先生曾谈过他对该剧本的认识:对于奥尼尔的剧本,"有些我是很爱读的。我在中学,读过他的《天边外》,那一对兄弟的悲惨遭遇使我深受感动。天之外究竟是什么呢?幸福是不可及的,只有幻灭、虚无。事实上,追求的结果是痛苦。这些美国人中的雄心勃勃者,追求理想生活的人,仅仅是普通农场中的两兄弟,也不曾得到他们追求的目的。两兄弟罗伯特和安德鲁,以及他们共同爱着的露丝写得真实动人。《天边外》显示了奥尼尔的结构本领是无可比拟的"①。曹禺不仅评价了该剧本的艺术成就,而且还评价了该剧本的内容。改译本《遥望》将奥尼尔《天边外》的剧情置入中国抗日战争的历史语境中,反映出当时很多人对民族和国家前途的担忧,青年人在战争年代理想和爱情的幻灭等社会现实问题。评论界纷纷针对这个奥尼尔的改译本发表看法,认为当时中国正处于抗战时期,这一改动让奥尼尔的剧作被寓有民族斗争意识,对中国群众有极大的感染力。比如理孚在《关于〈遥望〉》中说:"我们的时代,是在踢开象牙塔里的纯美艺术,这个主题的改编,正是针对时代的需要,自然有他的价值。"②此外,陈纪莹的《遥望简评》(《中央日报》(重庆版),1941年12月30日)和罗苏的《诗与现实》(《中央日报》(重庆版),1941年12月30日)也阐发了类似观点,肯定了奥尼尔的民族化改造所取得的巨大成功和现实意义,这在40年代中国的奥尼尔译介史上显得弥足珍贵。

　　抗战大后方对奥尼尔剧作的译介反映出外国剧本的翻译要受到中国时代语境的限制,中国文学界会对原作进行不同的解读,翻译剧本由此打上了译入语国的时代烙印。以长沙出版的《琼斯皇》为例,《琼斯皇》因在中国有几个中文译本而蜚声中国文坛,大多数中国读者是通过《琼斯皇》认识奥尼尔的。《琼斯皇》的主人公是一位犯过罪的黑人,用欺骗和威胁的手段当上了土著人的皇帝。事情败露后,琼斯在土著黑人的追赶下逃进伸手不见五指的原始森林。奥尼尔采用了表现主义手法揭示了琼斯内心的极度恐惧,他眼前出现了一幕幕他平日里不愿去记忆的扑朔迷离的可怕场面,它们一个个不受意识的控制而跳跃在琼斯的脑海中。琼斯被这些心理幻想缠住,无法逃出森林,终于在土著人渐行渐近的"咚咚"鼓声中神经崩溃而死。这些看似复杂的剧情给中国翻译界、评论界带来了各种不同的见解。30年代许多翻译家、评论家从中发现了美国当时严重的社会问题,那便是对黑人的种族歧视。比如龙文佩将《琼斯皇》列入"反映了美国种族歧视政策在人们心灵上造成的创伤"的现实主义剧目,她说:"尽管作者渲染不少神秘气氛和宿命论的色彩,但是透过这层薄雾,我们仍然感觉到揭露的力量,我们隐隐

---

①　曹禺:《我所知道的奥尼尔》,《外国当代剧作选》(1),北京:中国戏剧出版社,1988年,第2页。

②　理孚:《关于〈遥望〉》,《中央日报》(重庆版),1941年12月30日。

约约看到了一个被侮辱与被损害的黑人形象,看到了一部黑人被奴役被迫害的悲惨历史。"①若干年后,朱栋霖提出了不同见解,他认为《琼斯皇》是一部成功的现代派作品,他在评论《琼斯皇》对中国戏剧的影响时曾提出过如下看法:"《琼斯皇》的含义远远超出种族歧视或者说是阶级斗争的戏剧情节的表面,奥尼尔在《琼斯皇》中主要是用戏剧形象探讨人的恐惧感。同时,《琼斯皇》又寓有深邃的象征意义。从精神分析学来看,黑人琼斯在颠沛流离的生活中沾染上白人文化的精神因素,去奴役原先被压迫的同类人,这就背叛了他原先的自己。他在森林中东奔西突,拼命逃跑的路线和一层层脱去皇帝制服的动作,象征着他在逃脱他意识到的'自我'(即异化了的自己)而寻找他原先的'自己'的心理路线。他在森林中绕了个圈子又回到原地,意味着他找到了原先的'自己'的出发点,然而他又终于逃不掉现在的'自我'。奥尼尔运用表现主义艺术,深入人类心灵深层,成功的进行了一次心理分析。"②

　　在抗战语境下去解读《琼斯皇》,我们同样可以赋予这部剧作合乎逻辑的现实意义。《琼斯皇》演绎的只是个平常的故事,无论是在表现二三十年代美国的种族问题还是黑人对白人的统治进行反抗的阶级斗争问题上,都没有什么值得炫耀的地方,但奥尼尔却把笔力集中在表现一个暴君从自鸣得意的统治者到真相被识破后而走向灭亡的精神崩溃过程。在探索人的心灵奥秘和精神世界上,写出了一部表现主义名剧,使不同阶层、不同时代的人有不同的解读,这正是奥尼尔剧作的魅力所在。奥尼尔作品的翻译者汪义群曾将《琼斯皇》和《毛猿》归入哲理戏剧,这也是有一定道理的。这些作品中没有典型环境,甚至没有真正的主人公,因为作者要表现的是整个人类的状况,他引用美国文艺界批评家奥纳尔·特里林的话:"布鲁斯特·琼斯并不代表黑人……他代表整个人类。"③在戏剧表现艺术方面,奥尼尔是位坚持不懈的实验者和革新者,现实主义、表现主义、象征主义、自然主义等表现手法在他的剧作往往融汇在一起,他的任何一部作品都很难用某一派别来定性。正因为如此,他的剧作使"一千个读者心中有一千个哈姆雷特",不同时代、不同经历的人都能在他的剧作中找到自己的影子,这也是奥尼尔译作在中国具有永久性魅力的主要原因。抗战时期该作品的翻译出版同样寓意深刻,日本作为中国的近邻深受汉文化的影响,但却发动了对友好邻邦的

---

①　龙文佩:《尤金·奥尼尔和他的剧作》,《外国文学》,1980 年第 1 期。

②　朱栋霖:《论曹禺的戏剧创作》,北京:人民文学出版社,1989 年,第 167 页。

③　汪义群:《奥尼尔创作论》,北京:中国戏剧出版社,1983 年,第 33 页。

侵略战争,其所作所为无异于《琼斯皇》中的主角,而其结局也必然会像主角一样陷入自我崩溃的死路,这种结局无疑满足了中国读者的期待视野,因此成为抗战时期奥尼尔剧作译介过程中不多的亮点。

从奥尼尔戏剧的翻译到奥尼尔评论文章的翻译,从对奥尼尔作品的研究到对奥尼尔剧作的中国化改编演出,我们可以看出抗战时期大后方乃至整个中国与这位美国剧作家的某些契合之处,奥尼尔也正是凭借丰富的表现手法和富有张力的内容为其作品的异域传播赢得了广阔的空间。

(三)

需要特别指出的是,抗战大后方戏剧界根据奥尼尔作品创作改编的中国化戏剧不仅为奥尼尔的戏剧赢得了大量的受众,是奥尼尔戏剧在中国抗战时期存在的特殊形态,更重要的是它开启了抗战大后方特殊的戏剧创作方式。

将翻译作品进行中国化改写是抗战大后方翻译文学的另一种存在样态,也是翻译文学更好发挥社会影响的有效路径。抗战大后方在本国创作资源相对贫乏的情况下,常常根据外国作品的故事情节来进行戏剧创作,即将外国作品中的人物和场景中国化,将外国作品中的情感思想植入中国抗战的语境下,使外国作品的译本直接汇聚到中国抗战文学的洪流中,成为当时支撑中国人积极抗战的精神武器。这种有意识的改编活动在译介学中可以归入到"创造性叛逆"的行列,但与译者直接的改编不同的是,根据译作进行的改编属于译入语国内的二度创作,是作者为了使译作更符合本国的文学需求而作出的调整。1941年12月在重庆公开演出的《遥望》就是根据奥尼尔的《天边外》改编而成的。改译本《遥望》保留了原剧的情节框架:故事发生在中国的农村,原剧中的大海变为战场,诗人黄志兰"遥望"的是血与火纷飞的战场,但却不能摆脱世俗的牢笼。当他得到田爱珠的爱恋时,他那寄情于沙场的灵魂被撞了回来。他缺少勇气同环境作斗争,只能空自嗟叹,最后将自己埋入世俗的牢笼里。他的表哥是个农民,是一个实实在在的人,他爱田园,也爱田爱珠,当田爱珠选择了表弟时,他接受了奔向战场的任务。在战争中,他农民的淳朴失落了,贪污、走私,丧失了自己的本性。在这部改译剧中,幻想与现实的冲突依然存在,但是其内涵转变了,奥尼尔探索人的精神追求的内涵被转变为一出演绎中国社会现实的世俗悲剧。这种改编使奥尼尔的作品在现实主义主潮中获得了存在的理由,成为符合中国抗战需要的戏剧作品,为战争年代迷茫的青年人指引了道路。

将奥尼尔的巨作进行中国化的改编并非特例,这种创作成为抗战大后方戏剧创作的有效方式。又比如抗战大后方还根据美国作家斯坦贝克的小说创作了符合时代语境的剧本。斯坦贝克最为中国人熟悉的作品是《月亮下去了》(*The Moon Is Down*),此作在艺术表现和思想情感上不如《愤怒的葡萄》和《人鼠之间》成就高,但因为它所表现的场景和故事情节是以反法西斯战争为题材,与抗战时期中国的社会现实十分吻合而备受欢迎。大后方出现了四种关于《月亮下去了》的译本:叶君健署名马耳翻译的《月亮下落》,1943 年 3 月发表在重庆出版的《时与潮文艺》第 1 卷第 1 期上;1943年,刘尊棋的译本《月落》由重庆中外出版社出版;赵家璧的译本《月亮下去了》同年由桂林良友复兴图书印刷公司出版;秦戈船的译本《月落乌啼霜满天》1943 年由重庆中华书局出版。正是这几个译本的推动,使斯坦贝克的这部小说对中国社会和文学创作产生了深刻的影响,后来被苔薛改编为三幕剧《风雨满城》,将其中的很多元素中国化了,从而更加适合中国抗日战争时期的文学诉求。比如时间是抗战后的第 5 年冬天,地点是中国境内沦陷的小城,斗争的双方是中国民众和日本军。而且改编后的剧本将中国人抗战胜利的主观愿望作为作品最后的结局,杨照时县长和古维白医生代表的中国人获得了斗争的胜利,日本军和汉奸则被毒死。苔薛对《月亮下落》的改编实则反映出当时中国人对日本入侵国土的愤懑以及对抗战胜利的渴望,客观上推动了斯坦贝克作品在战时大后方的传播和接受。

　　总之,抗战大后方根据译本改编的剧作不仅满足了大众的阅读期待,而且达到了启蒙和鼓舞大众的目的,找到了翻译戏剧与中国抗战戏剧结合的支点,为翻译戏剧争取了更加广阔的生存空间。

三　抗战大后方戏剧改编中的移植现象

　　戏剧改编是抗战文学中独特的创作方式,不仅缓解了当时的"剧本荒",而且推动了抗战文学与民族文学的发展。抗战时期,戏剧改编的主要模式是剧作家将翻译作品进行"中国化"创造,将外国作品中的人物与背景"本土化",并将原作的思想与情感置换为中国抗战的思想情感。该"移植"是一种文学创造性的手法与文化策略,使外国作品与中国文化语境发生最直接而有效的联系,不仅让翻译作品参与中国民族文学的建构,激发中国剧作家的创造力,更是将外国文学中的启蒙思想、反抗意识以及战斗精神输入到战时的中国,成为支持国人积极参与抗战的精神武器。由于这种现象不仅局限于美国戏剧的改编,而是抗战大后方常见的戏剧创作方式,因此在此展开对抗战大后方戏剧改编中的移植现象的探讨。

（一）文本选择与"移植"的可能性

虽然戏剧改编在抗战时期显得异常繁盛,但是由于受战时环境制约,沦陷区、国统区、解放区以及上海孤岛等地的政治主导因素各异,因此,戏剧改编中的移植现象大多出现在大后方以及抗战初期。

抗战大后方为带有政治倾向性的戏剧移植提供了较为宽松的文学环境。这一时期出现了许多影响较大的改编剧:马彦祥将法国作家萨度的《祖国》改编为戏剧《古城的怒吼》;赵慧深将波兰作家廖·抗夫的《夜未央》改编为戏剧《自由魂》;宋之的、陈白尘将席勒的《威廉·退尔》改编为戏剧《民族万岁》;赵清阁将雨果的《安日洛》和艾米莉·勃朗特的《呼啸山庄》分别改编为戏剧《生死恋》和《此恨绵绵》;李庆华将奥尼尔的《天边外》改编为戏剧《遥望》;于伶将英国作家约翰·马斯菲尔德的《九十八岁的哭泣》改编为戏剧《给打击者以打击》;吕复、舒强等人将爱尔兰作家格莱葛瑞夫人的《月亮上升的时候》改编为戏剧《三江好》;苔薇将美国作家斯坦贝克的小说《月亮下去了》改编为戏剧《风雨满城》,等等。这些剧作或数度公映,或刊印发行几经再版,在当时形成了不小的戏剧改编热潮。那么,剧作家为何要选择这些翻译作品来进行"中国化"的植入呢?

首先,主流意识形态的话语导向与抗战现实的刺激影响着文本选择。正如英国文学批评家特里·伊格尔顿所言,文学或"文学理论一直就与种种政治信念和意识形态价值标准密不可分"[1],从更深的层面讲,文学都具有政治性。抗日战争爆发以后,救亡话语逐渐成为文坛的主导,并被知识分子们所认同。"抗日救亡"不仅成为政治活动的主题,也成了文学创作的主题。另一方面,中国共产党号召建立"文艺界抗日民族统一战线",提出了"国防文学"与"民族革命战争的大众文学"两个口号;又成立中华全国文艺界抗敌协会,呼吁"应该把分散的各个战友的力量,团结起来,像前线将士用他们的枪一样,用我们的笔,来发动民众,捍卫祖国,粉碎寇敌,争取胜利"[2],倡导文学创作要与抗战紧密联系起来。因此,作家们的创作方向大都转向了抗日战争与中国人民的现实遭遇。文艺界对外国戏剧进行移植改编的文本选择必然受制于国内的文学的倡导,移植文本也具有明显的政治倾向性。特别是在抗战大后方,剧作家们都倾向于选择具有反抗侵略或者带有强烈

---

① 〔英〕特里·伊格尔顿:《二十世纪西方文学理论》,伍晓明译,北京:北京大学出版社,2007年,第170页。
② 《中华全国文艺界抗敌协会发起旨趣》,《文艺月刊·战时特刊》(第9期),1938年4月1日。

斗争精神的外国戏剧进行移植化改编。例如,席勒的《威廉·退尔》讲述的是 13 世纪瑞士农民因无法忍受奥地利的殖民压迫而奋起反抗,并最终推翻暴政的故事;廖·抗夫的《夜未央》讲述的是 1905 年俄国的知识青年印发传单、刺杀高官、反抗白色统治的故事,等等,这些剧本都具有鲜明的政治目的和强烈的民族主义色彩。甚至有些外国戏剧本身不具有政治性和斗争性,而剧作家们在改编时充分发挥自己的创造力将抗战背景植入其中,让剧本更具有现实意义。赵清阁将英国作家艾米莉·勃朗特的《呼啸山庄》改编为戏剧《此恨绵绵》即是例证。

值得一提的是,这一时期由于文坛将创作目标转向抗日现实与人民大众,因此在创作方法上也都采用现实主义的手法,这也对戏剧移植的文本选择和创作手法产生了影响,作家们在改编剧本时都自觉选取反映现实与历史真实的文本,文学移植也是"现实—现实"的对等移植。

其次,从主观方面来讲,作家的政治倾向和文体自觉也影响着戏剧文本的选择。尽管主流意识形态对文学创作具有一定的导向功能,但一般情况下,只有作家才对选择改编何种类型的剧本有具体的操作能力。大部分作家在抗日期间都是积极进步的,他们主动让自己的文学创作参与抗战,为反抗侵略者贡献自己的力量。女作家赵慧深在抗战爆发后主动参加上海救亡演剧队,奔赴各地进行抗日宣传演出活动。身处大后方时,加入中华剧艺社,协助社领导负责组织剧目和宣传工作①。马彦祥在抗日战争爆发后与洪深一起参加《保卫卢沟桥》的创作和导演,并主编《抗战戏剧》半月刊,1937 年年底被选为中华全国戏剧界抗敌协会理事②。女作家赵清阁在抗战爆发后主动投身革命,在抗战大后方期间,主动编写《抗战戏剧方法论》《抗战文艺概论》《编剧方法论》等理论著作积极倡导抗战文艺,并通过大量的戏剧创作与改编来宣传抗战,等等,这些作家的履历鲜明地揭示出了他们在抗战时期的政治态度和文学思想。不像"自由派"知识分子将时代语境悬置起来,只埋首于"文学的艺术性",赵慧深等人是一批有担当、有时代责任感的知识分子,正如马彦祥在《古城的怒吼·改编前言》中言道这些改编剧"对于作抗战宣传颇具煽动力"③,所以才选择让其公演并出版。很明显,这些剧作家是主动将文学与民族危亡、抗日救国等时代语境相结合来进行文

---

① 吴贻弓主编:《上海电影志》,上海:上海社会科学院出版社,1999 年,第 753 页。
② 《中国文学家辞典》编委会编:《中国文学家辞典》(现代第 2 分册),北京:文化资料供应社,1980 年,第 21 页。
③ 马彦祥:《〈古城的怒吼〉改编前言》,《马彦祥文集》(剧本卷),北京:文化艺术出版社,1995 年,第 384 页。

学创作。此时的戏剧移植"不仅是出于作家个人的生存需求,而首先是出于民族生存的需求"①。从这一维度来看,剧作家们选择《祖国》《威廉·退尔》等政治倾向性明显的作品来进行戏剧移植就是理所当然,他们借这种戏剧的"背景移植"来表达作家们的抗战诉求和全中国人民的集体愿景。因而,改编剧的政治功利性和宣传功能则得到了进一步的强化。

最后,从文本层面来看,原剧的主旨思想和艺术性更直接地决定着剧作家的选择。上述剧本的内容大都直接或间接反映斗争精神,并表现出反对侵略与压迫的思想情感,这是戏剧改编活动发生的最重要的条件。身处战火纷飞的战时中国,有责任感的戏剧家在创作时都希望自己的作品能够最快、最及时、最准确地反映现实,并渴望通过创作鼓舞国人不怕牺牲,勇敢反抗,尽早将侵略者赶出国门。因此,在进行戏剧改编时,反映斗争精神的翻译作品自然就成为作家们的首选目标。一方面,选择这种题材进行移植活动不需要对主体情节做较大的调整与改编,使移植活动显得简单,操作起来方便可行。另一方面,这种题材所反映的侵略与反侵略,压迫与反抗的现实与中国当时的环境相吻合,文学移植不仅仅是形式与内容的简单拿来,更是精神层面的共鸣与激活。例如法国作家萨度的名剧《祖国》在当时不止一次被改编与移植,林静曾将其改编为《血海怒潮》,由怒吼剧社演出;陈铨也曾根据马彦祥的《古城的怒吼》进行二度创作,此剧在战时中国有如此旺盛的生命力跟其主旨思想有极大的关系。《祖国》讲述的是1556年布鲁塞尔被西班牙占领之后,李索尔伯爵联合团长加尔洛策划起义反抗的故事,虽然起义最终以失败告终,李索尔、加尔洛、多罗来的三角恋情也不得善终,但是剧作所弘扬的敢于反抗异族侵略和压迫的牺牲精神、叛徒得以惩治的预言、爱情让位于革命的故事模式深深地影响着抗战时期的剧作家们。与原作保持思想主旨上的一致性是改编剧"文学移植"最大的特色,如《祖国万岁》对席勒《威廉·退尔》的改编;自由魂对《夜未央》的移植性改编等都是如此。

另外,从文本的艺术性来看,原剧大部分都是名家作品,如奥尼尔、雨果、艾米莉·勃朗特、席勒等人的作品,剧作家们对西方经典作家、经典作品的自觉认同也构成了文本选取的重要尺度。

(二)移植剧本的类型与特征

移植性戏剧改编的对象来自不同的国家和民族,形式迥异,既有如《月亮上升的时候》《九十八岁的哭泣》的独幕剧,也有如《安日诺》《夜未央》

① 廖全京:《大后方戏剧论稿》,成都:四川教育出版社,1988年,第91页。

《威廉·退尔》等的多幕剧,更有如《呼啸山庄》《月亮下去了》等小说类。无论原作在形式上如何不统一,但在剧本类型上却存在着某些共性,而且中国作家在进行移植性改编时,并未破坏这些故事模型,而是将其完整的植入中国语境。这些故事模型既参与了抗战文学的建构,也为战时中国作家提供了创作方法上的借鉴与指导,丰富了抗战文学的类型。

第一,"压迫—反抗"的剧本模式。这类剧本属于单线结构,不掺杂其他的成分,单以统治者的暴政与压迫导致民众的反抗作为戏剧冲突与叙述主线。剧作政治态度鲜明,并呈现出积极向上的战斗风格。此类以席勒的《威廉·退尔》、约翰·马斯菲尔德的《九十八岁的哭泣》和格莱葛瑞夫人的《月亮上升的时候》等剧为代表,剧本具有简单直接、一目了然的特点。剧作家选用此类剧作进行移植,能够使中国底层民众在阅读和观看改编剧时毫不费力便能理解剧本的主旨和作家的意图,进一步强化国人的反抗意识和斗争信念。威廉·退尔是 13 世纪瑞士一位擅长射箭且富有正义感和斗争精神的普通农民,因无法忍受奥地利总督的压迫和变态统治,最终射杀总督,并联合底层民众推翻异族政权。剧本细致地描写奥地利政权如何欺凌瑞士老百姓,如总督在路口放置一顶帽子,要求每个老百姓都要向帽子敬礼。种种变态而严苛的兽性统治激起了所有民众的反抗,压迫与反抗的主题在剧中得到了有力的彰显。《月亮上升的时候》则讲述了爱尔兰民族独立运动时期,一位警察放走政府通缉犯的故事。从深层次看,本剧也属压迫与反抗类,爱尔兰长时期受英国的殖民统治,之所以放走的这位通缉犯正是因为逃犯以民族之情为由说服并感动了警察。故事背后隐藏的其实是异族统治与普通百姓的政治对立,殖民者与反抗者的势不两立。而改编后的剧本《三江好》的政治意图则更加明显,逃犯直接被置换为抗日英雄,通缉他的政府也被替换为日本占领东三省之后建立的伪政权,侵略者与反抗者之间的矛盾冲突在移植剧中得到外显与强化,这从另一方面也体现出中国作家的创造能力。

第二,"压迫—反抗—爱情"的三维模式。这种剧本模式较第一种更加丰富与多元,剧中不仅有反抗各种恶势力的斗争故事,还有主人公之间的爱情纠葛。剧作家往往让主人公置身于"革命"与"爱情"的双重选择之中,让其在困境中磨炼心智,通过道路选择来揭示革命者或知识分子内心的挣扎与痛苦,以及他们在大时代的身份认同与文化选择。这类以萨度的《祖国》和廖·抗夫的《夜未央》等剧为代表。李索尔、加尔洛、多罗来三人的爱情和李索尔、加尔洛等人意图起义两条线索贯穿《祖国》全剧。李索尔为了祖国的复兴大业而宽容了加尔洛与其妻子多罗来的奸情,让加尔洛继续领导起义;加尔洛为了兑现惩处革命叛徒的诺言,最终在痛苦挣扎之后选择杀死爱人也即告密者多罗来。剧中爱情因素与革命因素紧紧地纠缠在一起,最后演化为必须在爱情与革命两者中选其一的悲剧。革命因素的胜利也标志着"大我"超越"小我"、政治压倒爱情、国家利益高于个人情感的叙事模式的胜利。中国作家选择这种文本来进行直接移植,一方面与当时国内流行的"革命+爱情"的叙事模式不谋而合;另一方面,爱情元素的加入可以避免"压迫—反抗"模式艺术上的单一与机械,能够让剧作在"革命"与"爱情"的张力中凸显剧本的艺术感染力,更进一步阐明在大时代中作家们抗战宣传的政治意图。《夜未央》同样也是如此,华西里虽深陷对安娜的爱情中无法自拔,但是最终还是选择去完成组织交给他的刺杀任务,后壮烈牺牲,爱情又一次让位于革命。这种剧本既有缠绵爱情的细腻刻画,又有血与火的革命抗争,最重要的是能够给观众与读者价值观方面的指导与纠正,所以能够成为剧作家们争相选择的目标。

最后,还有少数并非直接反映斗争的作品,或是爱情悲剧,或为人生悲剧。此类以《呼啸山庄》与《天边外》等为代表。这类剧作看似表面上不表现民族压迫与反抗,但是其隐含的戏剧矛盾异常剧烈,通常是表现为"现实"与"理想"、"此在"与"远方"不可化约的冲突。因而,剧作家容易通过戏剧迁移的方式将戏剧矛盾变为在抗战中对"抗战"与"非抗战"的选择矛盾。以此来反映存在于战时中国的各种现实问题。《天边外》是奥尼尔的成名作,安朱与罗伯特两兄弟由于爱上同一个女人而分道扬镳,并开始各自的人生之路。本来渴望出海去外闯荡世界的弟弟罗伯特阴差阳错留在农场,因体弱多病且不善于农活而致使家庭衰败,最终死于疾病,远走的哥哥安朱也因做投机生意而破产。罗伯特由于缺乏行动的勇气而无法摆脱现实的困境,最终无法实现去"天边外"的理想。李庆华的《遥望》在保持原有情节、人物不变的情况下,将原剧的美国背景置换为抗战中期的中国农村,将原作中象征着天边外的理想之地的"大海"意象改编为中国的抗日战场,而这一核心意象的改编与移植使剧本的主旨从形而上的精神探索转变为对中国现实的深刻摹写。诗人黄志兰(原作中的罗伯特)对远方战场的遥望与渴求也是作家以及当时的有志青年们对抗日战场的期盼,作家借他之口说道"这一次抗战是过去历史上所未有的,我们应该生活在战场上,才能够坚实地成长起来"①,而对黄志海(原作中的安朱)在部队贪污堕落的刻画,也反映出作者提醒身处战场的人们洁身自好、严于律己,不要被战场上的小惠小利腐

---

① 李庆华:《遥望》,重庆:天地出版社,1944年,第10页。

化,应坚定抗战的信念,为中国人民的解放而坚持不懈。中国作家根据自己的创作理念将此类"非抗争剧"巧妙地转为严格意义上的抗日剧是一种大胆的尝试,并获得了成功。

(三)"文学移植"的方法与策略

将翻译作品通过"移植"的方法改编为本土剧,剧作家既需要把握原作的精髓,又要充分理解本土语境,并融入作家本人的创造力。纵览移植剧,不难发现,剧作家们并非抛弃原作天马行空地胡乱篡改,而是依据一定的方法和策略将外国文学恰当地转化为民族文学,并使其融进抗日救亡的大潮中。

首先,中国化与战争化的戏剧背景移植。这是外国戏剧本土化的第一步,也是文学植入最基础的工作。无论是瑞士民族独立战争,还是被奥尼尔虚化的美国农场,在被中国作家改写时都以抗战中的中国为背景代替,或为抗战中期的农村,或为具体的战时场景如沦陷的东三省、北平等地。这样的背景移植一方面能够使剧本符合观众的审美习惯和审美情趣;另一方面能够使剧本更贴近中国现实,使观众和读者身临其境地体会发生在自己家园的故事,以激情共鸣与同情。

值得注意的是,改编剧对抗战背景的植入并不仅仅只是简单的环境转换,有时这种环境的转换会从根本上改变原作的主旨,使剧作从"非斗争剧"变为"抗战剧"。如上所述,赵清阁将《呼啸山庄》改编为戏剧《此恨绵绵》就属此类情况。赵清阁截取原作上半部分,即呼啸山庄与画眉山庄第一代人的爱情故事作为改编蓝本。然而她将抗战背景植入剧中,则改编了整部剧的内涵与风格。虽然剧本只是将"抗日战争"作为一个"欲望结构"和外部环境,斗争与抗战实质上并未真正落实到人物的现实生活中,但是这种关系到每个人命运的民族战争必然会对剧中人物发生影响,他们必然会有支持抗战或漠视抗战的道路选择。因此赵清阁安排安茋珊、林白莎支持抗战,林海筲与安茋莘漠视抗战,这样戏剧就巧妙地变为抗战剧。抗战背景的植入在此类剧中起到了至关重要的作用。

其次,主要人物、故事情节、戏剧冲突的移植。移植过程中剧作家普遍选择在总体上遵循原作,上述改编剧与翻译作品的相似度都在80%以上,这是剧作家在横向移植的过程中对原作故事模型、总体情节与人物性格的灵活借用。赵慧深的《自由魂》是《夜未央》的翻版,李庆华的《遥望》是《天边外》的翻版,吕复、舒强等人的《三江好》是《月亮上升的时候》的翻版,等等。选择对原作进行大面积移植,一方面反映出剧作家们对原作自觉而全面的认同;另一方面,这种全面的移借可以降低改编过程中的操作难度,节省创作时间,使剧本与戏剧表演能够更快地与读者、观众见面,以达到快速投入抗日宣传的目的。

第三,对原剧结局的中国化移植。这是在戏剧移植性改编中充分展示作者创造力的地方。对结局一定程度的改变能够反映出作者的创作思想与文艺观点。例如,《威廉·退尔》的结局是英雄威廉·退尔射杀总督,民众联合起来推翻了州的保证统治。与此同时,国王也被人刺杀,预示着全国范围内的暴政统治基本被推翻,以大家欢乐歌舞为终,是一个大团圆的结局。而宋之的、陈白尘的《民族万岁》的结局中,虽然长官土肥被射杀,本区域起义成功,得到解放,但整个东三省以及大半个中国还处在水深火热之中,区域内的自由随时受到日本部队的威胁,最终民众一起商议决定联合三江好等义勇军部队继续战斗,他们热血高涨,高呼"中华民族万岁"。这种对原剧结局的叛逆,实质上与当时中国的抗战形势有关,1938 年左右的中国抗战远远没有结束,而且局势越来越恶劣,宋之的、陈白尘以此作结局是真实地反映了抗战境况与现实,并希望通过"民众联合起来""联合义勇军"等策略为抗战作进一步的思想指引,并给人们大众精神上的鼓舞,号召人民团结起来英勇战斗,将侵略者赶出国门,结局透露出了浓烈的民族情绪与战斗思想。

《三江好》结局的改动与《民族万岁》的做法相似,原剧中警察只是放走了逃犯,让其成功逃离。《三江好》的结尾警察不仅放走了英雄三江好,而且还被其说服一起加入义勇军,并亲手打死了欲告密的一个同伴,最终三江好跟两个投诚的警察一起逃走。这种改动也是为了彰显民族力量,让更多的人认识日本的侵略者的残酷,只有联合反抗才是打败侵略者的唯一办法。光明的结局为中国人点亮了明灯,给他们更多的希望。

《古城的怒吼》的结局也做了相应的变动,原剧中加尔洛在杀死告密者(也是其情人)多罗来之后也自杀身亡,而改编剧中刘亚明却选择活了下来,继续为中华民族的解放而奋斗,为革命留下火种和希望。"在国难当头,这个结尾是符合大众心愿的,他们渴望出现一个英明的领导者,带领他们向前,与日本侵略者作斗争,为中华民族报仇。"[①]因此,"文学移植"对原作结局的改编,既反映出剧作家们对抗战现实的反映,又表现出他们对抗战前途的殷切期盼。

最后,对细节的移植。在戏剧的移植性改编过程中,剧作家们选择性地删除了一些枝蔓情节,冗长的对话以及一些次要人物,而使剧情更加紧凑,

---

① 聂兰:《西南联大的翻译文学研究》,硕士学位论文,西南大学,2014 年 5 月。

节奏更加明快。与此同时,作家也会重塑或增加一些细节让剧情更加丰满。如《自由魂》中增加了原剧中没有的人物丁大妈和她照顾的一个小孩,虽然是微不足道的小人物,但是却借丁大妈之口道出了小孩父母都为日本人杀害的悲惨遭遇,小孩最后为了给父母报仇主动发传单也惨遭杀害,增加这些细小情节是为了进一步揭露日本侵略者的惨无人道,以激起观众们的同情与愤慨,让观众认清日本侵略者的真面目,引导他们拿起武器为自己的亲人、家园以及中华民族的未来而战斗。在"文学移植"中这种微小的细节改动能够更鲜明地阐明戏剧主旨,突出作者情感与创作目的,增添异域文化语境中缺乏的因素,从而使民族剧更具张力与艺术吸引力。

综上所述,移植性改编在抗战时期的改编戏剧中是一种既特殊而又普遍的创作现象,由此所演化出来的文学文本也深深地打上了时代的烙印,这些剧本的形成不仅受时代的影响,也参与了时代的建构。从比较文学的维度看,文学移植则是中西文学交流的媒介与桥梁。通过这种创作手法既将外国作品及时地介绍到中国,又让外国文学中进步的文学思想,有益的创作模式给中国作家以启迪。如果从译介学的角度考察这种现象,它既可以归为"有意识地误译",又可被看作译介中的"创造性叛逆"。总之,移植性改编现象无论是从戏剧创作方法论的角度来看,还是从文化交流的层面来看,都对中国戏剧的民族化与大众化起到了积极而重要的推动作用,具有不可替代的文学史地位。

第四章　抗战大后方对英国文学的翻译

翻译文学的发展必然受制于国内时代语境的变迁,不同的时代对翻译文学提出了不同的诉求,抗日战争的到来使中国翻译者将选材的目光聚集在抗战题材、反压迫求自由题材、关注社会政治和被压迫者的现实主义题材等方面。据此,有研究者在论述抗战前后中国对英国作家作品的翻译时得出这样的结论:"单纯以艺术性强而闻名文学史的作品就不再符合新的翻译选择范围。30年代中期之前有较多译介的作家,如拜伦、王尔德、高尔斯华绥、华兹华斯、济慈、丁尼生、菲尔丁、司各特、盖斯凯尔夫人、曼斯菲尔德、康拉德等,在抗日战争爆发后直至40年代末,对他们的译介遂成凋零之状,而对有的作家作品的译介更是从此沉寂。"[1]如果说这段话用以概括抗战时期中国译坛的英国文学翻译情况是合理的,那据此推断抗战时期大后方的英国文学翻译状况却并不准确,尽管俄苏文学和美国文学在抗战时期跃居中国译介对象的前两位,但详细考察抗战大后方报纸杂志和出版著作中的翻译文学作品,我们会发现该时期中国大后方对英国文学的翻译依然十分繁盛。莎士比亚、华兹华斯、雪莱、拜伦、济慈、王尔德、曼斯菲尔德等与抗战作品和现实主义作品存在距离的英国作家作品在大后方均有译介,而且对像拜伦这样的浪漫主义诗人的翻译介绍热度不减,并没有因为"他们的诗歌美学倾向和诗歌内容与40年代中国的时代主题和文学观念不甚吻合,因此普遍遭到冷遇"[2]。

第一节　抗战大后方对英国诗歌的翻译

随着大批作家和翻译家的内迁,抗战大后方的文学翻译迎来了短暂的

---

① 查明建、谢天振:《中国20世纪外国文学翻译史》,武汉:湖北教育出版社,2007年,第365~366页。

② 查明建、谢天振:《中国20世纪外国文学翻译史》,武汉:湖北教育出版社,2007年,第349页。

繁荣。仅就诗歌翻译而言,该时期大后方除大量翻译了俄苏诗歌之外,英国诗歌的翻译也成为战乱中一道耀眼的风景线,重庆出版的《时与潮文艺》《世界文学》《火之源文艺丛刊》《诗丛》《文艺月刊·战时特刊》《文艺先锋》等杂志和桂林出版的《文学报》《诗创作》《野草》《文艺》(桂林《大公报》副刊)等杂志上刊登了方重、袁水拍、杨宪益、施蛰存等人翻译的英诗作品,重庆大时代书局、桂林雅典书屋等出版了曹鸿昭、徐迟、柳无垢等人翻译的莎士比亚、雪莱和拜伦等的诗歌集。从时间和创作风格上讲,抗战大后方翻译的英国诗歌主要由古典时期的诗歌、浪漫主义诗歌和当代战时诗歌三部分构成,而其中又以浪漫主义诗歌的翻译为盛。

一　英国古典诗歌的翻译

抗战大后方在翻译富有革命精神的浪漫主义诗歌的同时,也翻译了一些古典主义诗歌作品,显示出该时期大后方诗歌翻译选材的丰富性和审美价值的多元性。最为重要的是,方重先生在抗战大后方对乔叟的翻译谱写了中国现代翻译史上的新篇章,不仅具有里程碑意义,而且标志着乔叟在中国译介高峰的到来。

(一)乔叟诗歌的翻译

杰弗雷·乔叟(Geoffrey Chaucer,约 1343~1400)是英国现实主义诗人的代表,因多次出使欧洲大陆而接触到了但丁、薄伽丘等作家反宗教的人文主义作品,从而开始转向现实主义创作,其作品真实地反映了不同社会阶层的生活,开创了英国文学的现实主义传统,对莎士比亚和狄更斯等后起的作家产生了深刻影响。

抗战大后方成为译介乔叟的重镇,而译介乔叟作品的代表翻译家是方重,刊登乔叟作品译文的代表期刊是《时与潮文艺》。但关于方重这一时期对乔叟的译介至今缺乏准确的梳理,有学者在描述抗战时期国统区的翻译文学时,专辟一节"方重对乔叟诗歌的翻译"进行探讨,认为"1943 年,他第一个把英国大文豪乔叟的作品介绍给国人,自此,读者才得以看到'英国诗歌之父'乔叟的作品。当时,初试翻译乔叟作品的方重,还没有足够的勇气和信心涉猎《悼公爵夫人》、诗体传奇《特罗勒斯和克丽西德》,尤其不敢翻译标志着英国文学光辉开端的《坎特伯雷故事》"①。这段引文表明抗战初期关于乔叟的翻译只是零碎的选译或一些简单的故事,此处将方重冠以译

---

① 孟昭毅、李载道主编:《中国翻译文学史》,北京:北京大学出版社,2005 年,第 245 页。

介乔叟"第一个"的名号却委实与历史不符，因为 1916 年孙毓修先生撰写的近代第一部谈论外国文学的专著《欧美小说丛谈》中，开卷第一篇《希腊拉丁三大奇书》，第二篇《孝素之名作》认为"孝素诗集之最传者，《坎推倍利诗》也"①。并且同年林纾在《小说月报》上发表了《坎特伯雷故事集》中的部分故事的节译②，林纾才应该是第一个把乔叟作品介绍给中国人的译者。但从时间上来讲，"1943 年"的确是乔叟在中国译介史上具有里程碑意义的一年，因为自清末林纾翻译乔叟的故事之后，仅 1935 年《论语》"西洋文学专号"上刊登了一篇开明翻译的《巴斯妇人的故事》③，直到 1943 年乔叟才再度与中国读者相逢。1943 年 9 月 15 日在重庆出版的《时与潮文艺》第 2 卷第 1 期上发表了方重译介乔叟的文章《乔叟和他的康波雷故事》，同时刊发了其用散文体翻译的乔叟的叙事诗《三个恶汉寻找死亡》，首次向中国读者介绍了乔叟及其作品，并让中国读者首次读到了乔叟创作的故事。紧接着，方重选译了乔叟的长诗《童子的歌声》，1943 年 11 月 16 日发表在《时与潮文艺》第 2 卷第 3 期上；1944 年 6 月 15 日，方重选译的《巴斯妇人自述》发表在《时与潮文艺》第 3 卷第 4 期上。

　　抗战大后方出版的乔叟诗文的单行本至今也没有明确的信息。从现有的讨论乔叟作品译介的论述来看，孟昭毅等人撰写的《中国翻译文学史》中这样写道：方重经过思考后"于是决心先翻译难度较小的《乔叟故事集》，这就是 1943 年方重翻译出版的我国读者首次看到的《乔叟的故事集》"④。并且该书在列举方重的主要译作时的文字描述是："方重主要译作有：《乔叟故事集》(1943)，《乔叟文集》两卷本(上海商务印书馆，1962 年初版；上海译文出版社，1980 年重版)……"⑤为什么后面的译作都给出了出版社的详细信息而 1943 年初版的《乔叟故事集》却没有标出出版社？而且对这部译作的名称前文用《乔叟的故事集》而后文用《乔叟故事集》？从中我们很容易看出，著者在列举方重的译作时，对于抗战时期初版的书目并没有获得全部内容，顶多只是通过它文获悉有此译作而已。谢天振等人撰写的《中国20 世纪外国文学翻译史》上卷中第四章"抗战时期及 40 年代的外国文学翻

① 孙毓修：《孝素之名作》，载《欧美小说丛谈》，上海：商务印书馆，1916 年。
② 据查证，林纾在《小说月报》上一共翻译发表了八篇"坎特伯雷故事"：《鸡谈》《三少年遇死神》《格雷西达》《林妖》《公主遇难》《死口能歌》《魂灵附体》和《决斗得妻》。(参见《小说月报》第 7 卷第 12 号至第 8 卷第 10 号，民国五年十二月至六年十月，即 1916 年 12 月至1917 年 10 月。)
③ 〔英〕乔叟：《巴斯妇人的故事》，开明译，《论语》(第 56 期)，1935 年 1 月 1 日。
④ 孟昭毅、李载道主编：《中国翻译文学史》，北京：北京大学出版社，2005 年，第 245 页。
⑤ 孟昭毅、李载道主编：《中国翻译文学史》，北京：北京大学出版社，2005 年，第 246 页。

译(1938—1949)"第三节"英美文学的翻译"之"英国文学的翻译"中也专门
讲到了乔叟在中国的译介,对乔叟作品在中国的结集出版作了这样的总结:
"1946 年,方重用散文体翻译的《康特波雷故事》由上海云海出版社出版,收
入《巴斯妇的自述》、《林边老妪》、《意大利故事》等 6 篇故事。乔叟的叙事
长诗《屈罗勒斯与克丽西德》也由方重用散文体翻译过来,1943 年由重庆古
今出版社出版,1946 年重版,更名为《爱的摧残》。"①这部翻译文学史所列
举的抗战期间关于乔叟作品的翻译文集是两部,一部是 1943 年大后方重庆
出版的《屈罗勒斯与克丽西德》,另一部是 1946 年上海出版的《康特波雷故
事》。以上两部文学史著作中一共提及了三部乔叟的译文集,但对于方重
1943 年翻译的作品出入很大,一者名为《乔叟的故事集》(或所称的《乔叟故
事集》),一者为《屈罗勒斯与克丽西德》,这两本书究竟是同一作品的两种
称呼还是分别为不同的作品? 再者是《康特波雷故事》,这部译作究竟是在
上海还是在大后方重庆出版,或者在两个地方同时出版? 对一部翻译文学
史著作而言,这些问题都需要作进一步的考证。另外一部翻译文学史著作
《二十世纪中国翻译文学史》(三四十年代·英法美卷)的第一章"英国文学
的翻译"则认为"三四十年代中国对英国文学的译介选择,就文学史阶段而
言,有着通常可见的'厚今薄古'倾向。文艺复兴之前的英国文学,虽然不少
英国文学史的读本也都循例介绍,但翻译主要集中在乔叟等极少数作家作
品"②。然后在注释中列举了方重翻译的乔叟作品,内容与谢天振等人著作
中所提及的如出一辙,没有信息的增添。

就探讨方重先生的翻译和乔叟在中国译介的单篇文章而言,谢天振先
生的《方重与中国比较文学》一文中有这样的话:"方先生是第一个把乔叟
作品翻译成中文的翻译家。早在 1943 年,他就翻译出版了《乔叟故事集》。
此书后来经不断修订、补充,整理成两卷本《乔叟文集》于 1962 年出版,并在
文革后重版。"③这段话肯定了方重先生在乔叟汉译过程中扮演的重要角
色,2012 年曹航的《论方重与乔叟》一文较为详细地梳理了方重先生对乔叟
的译介贡献,在谈到抗战以后的翻译时曹先生写道:"抗战爆发后,武大移至
四川乐山。移砚乐山后仅隔数年,首部译作《屈罗勒斯与克丽西德》(*Troilus
and Criseyde*)便于 1943 年 6 月由重庆古今出版社出版。欣喜之余,先生深

① 查明建、谢天振:《中国 20 世纪外国文学翻译史》(上卷),武汉:湖北教育出版社,2007
年,第 349 页。
② 李宪瑜:《二十世纪中国翻译文学史》(三四十年代·英法美卷),天津:百花文艺出版社,
2009 年,第 2 页。
③ 谢天振:《方重与中国比较文学》,《中国比较文学》,2005 年第 3 期。

感译介乔诗之不易。次年,李约瑟等人受英国文化委员会之命前来中国,特邀先生赴欧从事英国文学研究工作。……英伦的 2 年研究生涯,成了先生学术生涯的转折点,为其日后的勃发提供了一个潜心学习和面壁研究的良机。方重先生回国后的第一部作品,是 1946 年由重庆云海出版社出版的《康特波雷故事》。"①从这篇文章我们可以看出,方重先生在 20 世纪 40 年代先后翻译出版了两部乔叟的文集:《屈罗勒斯与克丽西德》和《康特波雷故事》,而且这两部译作似乎都在大后方重庆出版。

抗战期间书籍保存不善,加上资料收集整理的难度,关于乔叟在抗战大后方译介的资料实在难以收集齐备。从目前的相关资料和研究文章来看,除清末人士对乔叟的作品有所翻译之外,方重是中国现代翻译文学史上翻译乔叟的第一人和最有成就者,由于乔叟的作品是用中古时期的英语写成的,给阅读和翻译原文带来了难度,因此现代翻译史上除方重外很少有人涉猎乔叟作品的翻译。现有的研究文章和翻译文学史的相关论述似乎仍然存在很多不确定的因素,关于方重的翻译和乔叟在中国的译介问题,我们不妨从译者自己的文字中寻找答案。1983 年上海译文出版社重版《坎特伯雷故事》时,方重在"译本序"中说:"三十年代正值国难频仍之际,生活很不安定。日本军国主义侵略我国,直逼武汉时,译者随学校迁至四川乐山。当时曾在重庆出版了土纸本的《特罗勒斯与克丽西德》和《坎特伯雷故事》两个单行本,但印数有限,现在恐已不易见到了。解放后,译者在上海任教,方始有机会参阅各种版本仔细审定译稿,于一九五五年由新文艺出版社初版《坎特伯雷故事集》,于一九六二年由上海文艺出版社初版《乔叟文集》,后者并于一九八〇年由上海译文出版社重印。"②从方重自己的回忆中我们可以明确其抗战期间在重庆出版了乔叟的两部译作,而非上海或其他地方。

通过以上梳理并结合译者的自述,我们似乎可以确证无误地指出抗战时期大后方翻译出版了乔叟的两部作品,分别名为《特罗勒斯与克丽西德》和《康特波雷故事》,不只是孟昭毅等人所说的只有一部《乔叟故事集》,也不似谢天振等人所说的《康特波雷故事》1946 年由上海云海出版社出版,而是在重庆出版。或许有人认为将《康特波雷故事》说成是《乔叟故事集》或《坎特伯雷故事》仅仅是译名的问题,它们指代的都是同一文本,但译介史的书写需要尊重历史,各时期译名的差异不仅不会妨碍我们对外国作家作品的理解,而且可以清楚地画出作家作品在他文化语境中的译介和接受轨迹。

---

① 曹航:《论方重与乔叟》,《中国比较文学》,2012 年第 3 期。
② 方重:《译本序》,《坎特伯雷故事》,上海:上海译文出版社,1983 年,第 18 页。

况且,孟昭毅等人将 1943 年出版的《特罗勒斯与克丽西德》说成是《乔叟故事集》,就不只是译名的问题了,至少涉及著者的述史观念和为学风格。据《中国现代文学总书目·翻译文学卷》查证,方重先生翻译的《康特波雷故事》①的出版地应该在上海,而且云海出版社抗战时期在重庆并无分社,所以曹航先生"1946 年由重庆云海出版社出版的《康特波雷故事》"存在出版地点的错误。而方重先生自己回忆说"曾在重庆出版了土纸本的《特罗勒斯与克丽西德》和《坎特伯雷故事》两个单行本"又作何理解? 要么是《康特波雷故事》曾在重庆出版过单行本,时间在 1946 年上海版之前,只是我们现在根本找不到这个译本,而只是找到了上海出版的译本,所以论述者就忽略的重庆出版的《康特波雷故事》。还有一种情况是方重先生自己的回忆出现了差错,他只是在大后方翻译了这两个单行本,而非在重庆出版了两个单行本。如此推导,谢天振先生在《中国 20 世纪外国文学翻译史》中所叙述的关于乔叟的翻译符合历史实情,至多只是遗漏了现今无法找到的重庆版的《康特波雷故事》,但唯一不足的是对期刊上刊登的乔叟译文没有给出确切的篇名、发表时间和刊物等信息。当然,这也是当前翻译文学史的撰写存在的普遍通病,即著者大都根据出版的单行本来架构自己的文学史书写框架,往往将刊物上的相关译作排斥在视野之外。殊不知由此带来了翻译文学史的偏颇,因为很多发表在期刊上的译文往往要早于出版的译文,以单行本来确定译介的时间似乎会导致"译介史"书写的失真,经常将某些作家的汉译时间推迟了若干年,有的甚至是几十年之久。造成这种翻译文学史书写弊病的原因其实很简单,期刊上的译文收集的难度远远大于出版物,著者要么出于方便之故,要么出于尽力未果之故,总之是不能精确地收集到逸散在旧报旧刊上的译文,从而引发了翻译文学史书写的遗憾。

据查证,1957 年上海新文艺出版社再版《特罗勒斯与克丽西德》时,方重先生在 1943 年重庆古今出版社初版的基础上增加了八首短诗:《美人无情——三叠循环诗》《乔叟致腾稿人亚当》《幸运辨——歌颂一个真实的朋友》《真理——窥戒之歌》《高贵的品质——乔叟德颂》《背信忘义》《乔叟的诗跋酬伯克顿》《乔叟的怨诗致其钱囊》②。而《康特波雷故事》则在 1955 年由上海新文艺出版社再版,再版后的书名为《坎特伯雷故事集》,"Canterbury"由此通译为"坎特伯雷"。该版 1956 年即进行了第二次印刷,

① 《中国现代文学总书目·翻译文学卷》中收录的方重译文名是《康特皮雷故事》而非《康特波雷故事》(贾植芳等主编:《中国现代文学总书目·翻译文学卷》,北京:知识产权出版社,2010 年,第 293 页。)
② 方重:《译后补记》,《特罗勒斯与克丽西德》,上海:新文艺出版社,1957 年,第 184 页。

可见译本受到了国内读者的广泛喜爱。1983 年再版的时候,书名又改为
《坎特伯雷故事》。至于为什么要修改译本的名称,方重先生说:"本书书名
原为《坎特伯雷故事集》,现在觉得这样容易和短篇小说集混同起来,而这本
书虽然可分为二十几个短篇,但是整个作品又具有内在的有机联系,和一般
的短篇小说集是不同的。因此,这次删去了'集'字。"①1946 年版的《康特
波雷故事》收录了六个故事;1955 年版的《坎特伯雷故事集》除"总引"外分
为 47 个小部分来讲述故事;而 1983 年版的《坎特伯雷故事》附加了六页故
事人物的简图,增加了 19 页长文的"译者序",同时分为 24 个小部分来讲述
故事,相比 1955 年的版本而言,省去了繁琐的"开场语""小引"或"收场语"
的划分,使每一个小故事显得更加紧凑。比如 1955 年版中讲述女尼的教士
的故事时,分为"女尼的教士的开场语""女尼的教士的故事""女尼的教士
的收场语";而在 1983 年版中则直接用"女尼的教士的故事"来代替了上一
版本划分的三个部分。

　　为什么方重先生会在抗战时期倾其所能来翻译乔叟的长篇叙事诗呢?
首先是希望把乔叟这位伟大的现实主义作家介绍到中国来,让中国读者能
阅读到优秀的外国文学作品。方重先生说:"本书的翻译开始于三十年代。
其时译者任教于武汉大学,结合教学写了一本《英国诗文研究集》出版,有感
于当时尚未有人把乔叟这位英国文学史上为现实主义文学奠基、为文艺复
兴运动铺路的承前启后的伟大作家的作品介绍到中国来,遂发愿翻译。"②
其次是因为乔叟作品的思想内容与当时中国时代精神有想通之处,充满了
反抗气息和民族精神。据《苏联大百科全书》及苏联介绍英国文学论著所写
的"作者介绍"中,译者有意突出了乔叟变革现实的思想和人民性、民族性的
地位:"这部故事集中的一些不同的故事都纳入于一个'框架',与意大利作
家波迦丘所著《十日谈》相似。在这里乔叟表现了当时英国社会各阶层的人
物和类型。他是在英国文学史上第一个采用了新兴资产阶级文学的题材和
形式的人。他富于乐观主义和幽默;他的人文主义、语言的人民性以及现实
主义的描写天才,都足使他反映国内全民族的上升和资产阶级关系的发展,
尤其在他的《坎特伯雷故事集》和一些其它作品中。在这部杰作里,他综合
了许多崇高的旨趣,如保卫人权、反封封建社会的专横、和提出明确的民主思
想。凡这一切,加上他的艺术才能和对英国文字宝藏的灵活运用,使他成为

---

① 方重:《译本序》,《坎特伯雷故事》,上海:上海译文出版社,1983 年,第 18~19 页。
② 方重:《译本序》,《坎特伯雷故事》,上海:上海译文出版社,1983 年,第 18 页。

全世界最伟大的作家之一。"①这段话表明乔叟的作品与意大利文艺复兴初期的《十日谈》一样充满了变革现实的勇气,其对人权的捍卫和对专横统治的反对都有助于激发抗战时期人们的民族意识,因此也易于被中国读者接纳。

　　乔叟是英国中古时期伟大的现实主义作家,方重是中国著名的爱国主义翻译家,两者在抗战大后方的相遇表明译者对翻译题材的选择除了要受译者文学爱好和审美旨趣的影响外,更重要的是要与时代和现实需求相结合,而后者往往也会自动地转化为译者选材的内在心理因素,从而决定了翻译的社会属性。

（二）莎士比亚诗歌的翻译

　　威廉·莎士比亚(William Shakespeare,1564~1616)是英国文艺复兴时期伟大的戏剧家和诗人,除大量的剧作之外,他创作了 154 首十四行诗和两首长诗。莎士比亚的戏剧在抗战时候得到了大量的译介,尤其在大后方推出了《莎士比亚戏剧全集》②。与此同时,大后方也翻译出版了莎士比亚诗歌的单行本及散译的多首诗歌,成为抗战时期翻译出版莎士比亚诗歌较为集中的地域。

　　莎士比亚一生中创作了两首长诗,那就是在 1593~1594 年出版的《维纳斯和阿多尼斯》(*Venus and Adonis*,现通译为《维纳斯和阿多尼斯》)和《鲁克丽丝失贞记》(*The Rape of Lucrece*),这也是莎士比亚最早的作品,其十四行诗的创作要晚于这两首叙事诗。《维纳斯与阿多尼斯》一共包含了 1 194 行诗,分为 199 节,每一节为 6 行体诗构成。这是莎士比亚最早出版的作品,"他的诗歌都在他在世时出版。最早出版的是长篇叙事诗《维纳斯与阿都尼》(1593)和《鲁克丽丝受辱记》(1594)。稍后出版的是杂诗,这些杂诗据莎士比亚研究者考证,有不少是出版商鉴于莎士比亚的诗很受欢迎,把其它人的作品掺杂在一起,拼凑成诗集,冠以莎士比亚之名。他的十四行诗出版最晚(1609),一般认为是在 1592~1598 年陆续写成的。莎士比亚的诗歌主要赞颂美好的事物,歌颂友谊,抒写爱情,总的说来表达了诗人对人生的理想"③。莎士比亚的第一首长诗讲述的是爱神维纳斯爱上了人间美少年阿多尼斯,总是在少年外出打猎的时候紧跟身后并多次向他表达爱慕之情,

---

①　方重:《作者介绍》,《坎特伯雷故事集》,上海:新文艺出版社,1955 年,第 1 页。
②　曹未风先生译出了莎士比亚的 11 个剧本,1944 年在贵阳文通书局以《莎士比亚戏剧全集》为名出版。
③　朱生豪:《前言》,《莎士比亚全集》(一),北京:人民文学出版社,1978 年,第 4~5 页。

都遭到了阿多尼斯的婉言拒绝。有一天清晨,维纳斯劝说阿多尼斯不要再去打猎,因为她预感到附近有凶猛的动物。阿多尼斯没有听取维纳斯的忠告,结果被凶猛的野猪咬死。维纳斯听到猎狗的叫声后尾随而去,看到自己心爱的少年死去后悲痛万分,她追随少年流的血而跪地哭泣。后来阿多尼斯的尸体化为一株美丽的白牡丹,维纳斯将之捧在手上亲吻每一片花瓣,就如同亲吻少年的面颊并嗅闻到了他的气息。莎士比亚的这部长诗告诉人们,所有爱情的结局都是悲伤的。

　　据查证,中国最早将莎士比亚长诗《维纳斯与阿多尼斯》翻译到中国来的应该是曹鸿昭先生,民国三十九年(1950)九月长沙商务印书馆初版了他翻译的《维娜丝与亚当尼》,之后重庆大时代书局于1943年3月将之纳入"世界文艺名著译丛"再版,表明这已经不是所谓的"初版"①了。曹鸿昭先生1908年出生于河南新野,南开大学英文系毕业后曾执教于南开大学、西南联大、重庆中央大学等校,1947~1969年任联合国中文翻译处高级翻译员,后旅居美国。曹先生是我国现代著名的诗歌翻译家,我们今天所能见到的译作主要有荷马史诗《伊利亚特》《奥德赛》、维吉尔史诗《埃涅阿斯纪》等古典诗歌,抗战时期其翻译的莎士比亚长诗《维娜丝与亚当尼》是一部典范性质的译文,因为曹先生在这部译作中加入了很多"附加成分",以方便读者对译文的理解。比如商务印书馆出版的这部长诗译作是英汉对照本,首先插入了莎士比亚的画像,接着是译者撰写的占据三个页面的"译者序"和译者整理的14页长的"莎士比亚传略",然后是译者针对所翻译的译作撰写的《关于维娜丝与亚当尼》的介绍文章,一封"献信"是原作扉页上本来就有的文字,内容是莎士比亚将把自己创作的长诗献给一位名叫桑普顿的伯爵,希望得到他的认同,译本共计161页。这些文字为我们研究译作提供了非常宝贵的信息。"莎士比亚传略"部分介绍了莎士比亚的一生的生活和戏剧创作历程。"关于《维娜斯与亚当尼》"部分则包括"故事底来源""出版及著作时期""所受的影响""当时人底称赞"以及"概括的批评"五个方面的内容,使读者对这部叙事长诗的创作背景和相关信息有一定的了解,从而易于理解和接受长诗的内容。1943年重庆大时代书局出版的时候,省去了"译者序",将正文前的所有部分纳入到"绪言"中,全书正文内容共计118页。

　　曹鸿昭先生的译本采用的是横排版,比较注重译文的形式,尽管译者自认为"竭力要保持原诗底韵位,但终于没有完全做到。有些韵过于勉强,不

---

① 贾植芳等主编:《中国现代文学总书目·翻译文学卷》,北京:知识产权出版社,2010年,第249页。

稳,仿佛周岁的孩子学步似的,有摇摇欲跌之势"①。曹先生尽量使译文在
形式上与原文保持一致,以第一节为例:

> 当太阳呈出紫色的面庞,
> 辞别了正在洒泪的清朝,
> 玫瑰面的亚当尼驰至猎场;
> 他爱好射猎,把爱情嘲笑;
> 病相思的维娜丝迎面疾行,
> 像厚颜的求婚者向他调情。

从诗行的排列来看,译诗保持了原诗的六行体形式,最后两行向后缩进
四个字符;前面两行诗 10 个汉字,后面四行保持 11 个汉字,这样就基本保
持了诗行的整齐。曹译本在用韵方面也基本上做到了与原诗的"形似",莎
士比亚诗歌的韵式是 ababcc(face-morn-chase-scorn-him-him),而译文的用韵
同样是 ababcc(ang-ao-ang-ao-ing-ing)。由此可以看出曹先生的译文不仅注
意传达出原诗的情感内容,而且也将原诗的音乐性效果很好地传达了出来,
即便用今天的翻译标准对之加以审视也应划归优秀译作的行列。

曹鸿昭先生在翻译的过程中形成了自己的翻译思想。1937 年 2 月,曹鸿
昭先生在写出版序言的时候说是"四个年头前译完这首诗",表明这首叙事长
诗被翻译成中文是在抗战爆发前的 1933 年,而正式出版则是在"民国二十九
年九月",即 1940 年 9 月。曹先生在译者序言中首先阐明翻译莎士比亚的这
首诗是凭着"冒失劲儿",翻译的过程中"步步在致力克服着困难,有时靠自
己,有时问人;结果总算顶到尽头"②。同时,译者也非常谦逊地以当时所读
陈西滢先生《论翻译》一文所讲翻译文本具有"形似""意似"和"神似"③三

---

① 曹鸿昭:《译者序》,《维娜斯与亚当尼》,长沙:商务印书馆,1940 年,第 2 页。
② 曹鸿昭:《译者序》,《维娜斯与亚当尼》,长沙:商务印书馆,1940 年,第 1 页。
③ 陈西滢先生关于"形似"的原文是:"因为忽略了原文的风格,而连它的内容都不能真实的
传达,便是形似的翻译的弱点。"关于"意似"的原文是:"意似的翻译,便是要超过形似的直
译,而要把轻灵的归还它的轻灵,活泼的归还它的活泼,滑稽的归还它的滑稽,伟大的归还
它的伟大——要是这是可能的话。……正因为人不能像玻璃那样的缺乏个性,所以译文
终免不了多少的折光,多少的歪曲。"关于"神似"的原文是:"摹拟者无论如何的技巧,他断
不能得到作者的神韵……神韵是个性的结晶,没有诗人原来的情感,便不能捉到他的神
韵。……神似的译本之难,原因便在这里;古今中外神似的译品的寥寥难得,原因也在这
里了。"陈先生据此认为诗歌翻译具有三个层次,最高的标准当然是神似,不过这只是一种
理性的目标,在真正的翻译实践中是难以达到的。(陈西滢:《谈翻译》,《新月》第 2 卷第 4
期,1929 年 7 月。)

种层次,认为自己的翻译并不符合这"三似"的要求,希望读者朋友和批评家能给他指出差距①。译者认为莎翁的长诗有两点值得我们注意:一是"作者写韵文的能力";二是"题材的选择",这两点使我们"读这首诗像看一幅美丽的图画或听一段幽美的音乐一样,我们于得到快感之后尚不至于激起兽性的欲望,所以这首诗实是上乘的艺术品"②。

需要特别说明的是,长沙在抗战时期可以纳入广泛的大后方范畴,不管是商务印书馆还是大时代书局"初版"了《维娜丝与亚当尼》,都表明抗战大后方在翻译莎士比亚长诗翻译方面取得了突出的成就,在莎士比亚诗歌翻译领域具有开创意义。

如果说曹鸿昭是中国翻译莎士比亚长诗《维纳斯与阿多尼斯》的第一人,那方平应该是紧随其后的第二人。1948年4月,方平在桂林出版的《诗创作》杂志第10期上发表了译作《维纳斯与阿童尼》,几经修改之后,1952年11月28日在文化工作出版社出版了名为《维纳斯与阿童妮》的单行本,1954年上海文艺联合出版社再版方平的译作是继曹鸿昭之后的又一单行本,在后来中国莎士比亚此长诗的译介历程中占据着主导地位。方平的译本名为《维纳斯与阿童妮》,其开始着手翻译的时间是抗战胜利曙光初露的1947年2月,仅仅用了两个月的时间便完成了长诗的翻译,即如译者所说:"到四月初我完毕了初稿和二稿。"③方译本最早是在1952年11月由上海文化工作社出版,与曹鸿昭的译本相比增加了很多新鲜的内容。首先是方平创作了序诗《吊阿童妮》来表达对阿童妮的赞美之情,然后是关于莎士比亚诗歌的考证和研究,这部分内容包括"关于原诗的版本""写作年份""献词""故事来源""阿童妮这一神话底意义""维纳斯底传说""试论维纳斯与阿童妮:关于它内涵的时代精神和它底光辉的写实的技巧"等内容。这部分内容比曹鸿昭译本中"关于《维娜斯与亚当尼》"部分的内容更为丰富翔实,但也可以看出曹译本对方译本影响的痕迹,这些译文的附加内容有很多相似之处,比如对原作版本和出版时间的考证,对神话故事的探源以及对莎士比亚长诗的初步研究等,两者都与一般的翻译作品有所不同。正文之后是"注解",这些详细的注解让读者可以更深入地理解诗歌的内容,同时从注解中也可以见出方平对曹鸿昭译文的参考,表明前者受到了后者的影响。

---

① 曹鸿昭:《译者序》,《维娜斯与亚当尼》,长沙:商务印书馆,1940年,第2页。
② 曹鸿昭:《关于〈维娜丝与亚当尼〉》,《维娜斯与亚当尼》,长沙:商务印书馆,1940年,第25页。
③ 方平:《维纳斯与阿童妮·后记》,《维纳斯与阿童妮》,上海:文化工作社,1952年,第184页。

比如原诗第 497~498 行是："But now I liv'd, and life was death's annoy./ But now I died, and death was lively joy."方平的译文是"方才我还活着：活着该是死亡的妒忌；/方才我还死过：而死又有极乐的生趣！"方平解释时便用曹鸿昭的译文作说明："生像死那般苦恼，而死却像生那般欢乐（读者想必不会分辨不出来，这里所谓生和死，都已维纳斯为主体，而与它们相对比的生和死，则泛指众生），那么情形就非常明显，该是'欣然就死'，而不必要'我是在把生命留恋？'这多余的犹豫了。曹译多少与译者底私见相同：此刻我活着，生命是死亡的滋扰，/此刻我死了，死亡是生命底逍遥。"①方平的译文附录了"维纳斯与阿童妮"的故事、"莎尔玛西与赫玛洛弟德"的故事、"莎士比亚十四行诗五首"，译者希望读者能够借助这些附录作品进一步加深对莎翁长诗的理解。当然，这些附加成分与正文之间形成了较为密切的"文本间性"，即通常所称的"互文性"（intertexuality），这一观念是由法国文论家朱丽娅·克里斯蒂娃在《符号学》一书中提出来的，她认为"任何作品的本文都像许多行文的镶嵌品那样构成的，任何本文都是其它本文的吸收和转化"②。由此推论，任何文本都蕴含着其他文本或是对其他文本的吸收转化，文本间的这种关系构成了一个巨大的文本网络，从中可以看见文本的过去、现在和将来。根据互文性的概念，方平译文的附加部分可以理解为《维纳斯与阿童妮》的过去，其对莎翁后来十四行诗创作或其它"后来者"③诗人的影响可以视为译文的将来，由此带来了理解的多层次性，使读者更容易理解译文的内容。

曹译本是在抗战爆发前的语境下诞生的，而方译本则是在抗战接近尾声的时候产生的，后者相对而言受"战争"影响的印迹更为明显。通过译者创作的序诗《吊阿童妮——译莎士比亚〈维纳斯与阿童妮〉后作》可以看出，译者乃至译者翻译时所处的中国文化语境将莎翁的这首长诗看作是具有战斗气息的作品，至少美少年阿童妮拒绝爱神维纳斯的爱便透露出其为追求"更高更远、更专注热烈"的目标而远离温柔乡的决心，因此代表人类本能爱欲的维纳斯成了人们前进道路上的绊脚石，而美神阿童妮则被解读成了具有远大理想和目标的奋斗者形象。比如译者对阿童妮这样称赞道：

---

① 方平：《注解》，《维纳斯与阿童妮》，上海：文化工作社，1952 年，第 143~144 页。
② 〔法〕朱丽娅·克里斯蒂娃：《符号学：意义分析研究》，引自《现代西方美学史》，朱立元著，上海文艺出版社，1993 年，第 947 页。
③ "后来者"是布鲁姆对后辈作家的一种称呼，比如他说："对于一名重要作家，文化上的后来者地位从来都是无法接受的。"（〔美〕哈德罗·布鲁姆：《影响的焦虑》，徐文博译，南京：江苏教育出版社，2006 年，第 17 页。）

你屹立在黑暗的边缘守望着

黎明底诞生，任一切磨难都不能

动摇你、夺去了你的意志、你底爱，

教你违弃了自己底信仰，

交献出映现在心里的光明！

果真这样？你将是忠贞不渝的爱人

信守着爱底盟誓在妖魔底包围里，

你将是勇敢无畏的战士

坚持战斗到最后一息

为着一串无穷美丽的明天！①

　　除了序诗之外，译者在《"考证"和探索》部分进一步认为阿童妮是"种物崇拜"的结果，具有十分顽强的生命力："阿童妮并非仅是传闻中的美少年，艳情诗中的爱人儿；他底交替逗留在冥间和转回到阳世来的双重性格，也不仅是一种满足异思妄想的神话而已。阿童妮该就是古代劳动人民底淳朴的想象从田野里得到了启示而创造出来的那一种精灵。他底生死轮回正好象征了植物底坚韧而强大的生命力。……有些神话学者还指出，人们对于阿童妮底悲悼并非是感念于稻在冬天里枯萎，二是根源于亲切的设想，稻成熟后所遭受的镰刀和磨子所加予的宰割和磨折的痛苦。"②阿童妮身上散发出来的强大生命力和对艰难困苦的忍受力是人类所需要的优秀品质，也是一个坚毅的民族在面对外敌入侵时应该表现出来的精神面貌，是抗日战争和解放战争时期中国广大民众应该学习的榜样，契合了中国文学的当下性诉求。这与莎翁最初创作此长诗的寓意相去甚远，体现出翻译选择的时代性和翻译作品的政治性，当然在翻译学上也是一种合理的"创造性叛逆"。

　　方平的译文具有明显的时代特质。方平的序诗是在 1949 年 10 月写成的，译文是在 1952 年 11 月出版的，那时候中国空前的社会语境便是民主革命和解放战争，因此他在序诗的最后写道："追悼殉难于解放前夕的烈士们"③，其翻译此诗时正值抗日战争即将结束之际，是否也隐含了当时译者的翻译目的是要追悼殉难于民族解放战争的烈士们呢？不管怎样，方平的

---

① 方平：《"考证"和探索》，《维纳斯与阿童妮》，上海：文化工作社，1952 年，第 30 页。
② 方平：《吊阿童妮——译莎士比亚〈维纳斯与阿童妮〉后作》，《维纳斯与阿童妮》，上海：文化工作社，1952 年，第 7 页。
③ 方平：《吊阿童妮——译莎士比亚〈维纳斯与阿童妮〉后作》，《维纳斯与阿童妮》，上海：文化工作社，1952 年，第 8 页。

序诗以及序诗后面的留言都表明他希望自己的译作能够融入时代的精神文化之潮中，从而为译文找到更大的生存空间，是一种不折不扣的政治性倾向。恰如亚裔学者斯皮瓦克所说："如果你想让译本被接受，那就试着为写作这个文本的人翻译。这时问题就会显而易见了，因为她不在同一部风格史中。你让人接受的是什么？接受的层面是抽象的层面，个体已经在那里形成，可以在那里谈论个人权利。当你坚持下去，用一种并非你自己的语言，这样，当讨论复杂的东西时，你就可以把那种语言用做指涉，你就开始让文本的某一方面接近读者了，轻松与快地让她接触在日常生活中接触不到的东西。如果你通过很快就学到的一种语言让人接受别的东西，并以为你在转换内容，那么你就背叛了文本，展示一种相当含混的政治。"①方平的译文正好印证了文学翻译在选材和翻译过程中必然受制于政治文化语境以及译者审美取向、出版组织者等"赞助人"系统。

1954年9月，上海文艺联合出版社再版了方平翻译的《维纳斯与阿童妮》，除在第18页增加了"扫桑顿伯爵画像"、在第34页增加了"维纳斯的诞生"插图、在第142页增加了"鲛人"插图和"修订本后记"之外，译者"尽自己的力，把全篇不通顺、不合口语、和脱离愿意的地方作了必要的修改，甚至整段重译"②，显示出译者严谨的翻译风格。比如第413—414行，第一版译文是"又因为听说：它是没有生命的生命，/一口气在笑、一口气又在哭的生命"③。修订本的译文是："听人家说：它有生命，可没有生机；/它会哭、会笑，可就少了一口气。"④两相比较，修改后的译文更能传达出阿童妮对"爱"的理解。就这部叙事长诗汉译本的再版而言，不得不提及方平先生1985年在上海译文出版社出版的修订本，题目改为《维纳斯与阿董尼》的单行本。在这本译诗集的前面有译者专门为此长诗写的一篇较长的研究文章《年轻的莎士比亚和他的第一篇长诗——论〈维纳斯与阿董尼〉》，文章分为三个部分，第一部分主要介绍了该长诗在对于莎士比亚在英国文坛的重要意义，它是宣告莎士比亚进入英国主流文坛的"檄文"。对莎翁本人而言，这一时期创作的戏剧和诗歌作品"惟独长诗得到钟爱备至的关怀"，在出版过程中"经过认真，仔细的校勘"⑤，不像戏剧脚本那样出现很多印刷的错误。

---

① 〔美〕斯皮瓦克：《翻译的政治》，《翻译与后现代性》，陈永国等译，北京：中国人民大学出版社，2005年，第227页。
② 方平：《修订本后记》，《维纳斯与阿童妮》，上海：上海文艺联合出版社，1954年，第197页。
③ 方平：《维纳斯与阿童妮》，上海：文化工作社，1952年，第37页。
④ 方平：《维纳斯与阿童妮》，上海：上海文艺联合出版社，1954年，第37页。
⑤ 方平：《年轻的莎士比亚和他的第一篇长诗——论〈维纳斯与阿董尼〉》，《维纳斯与阿董尼》，上海：上海译文出版社，1985年，第5页。

当然也从侧面表明文艺复兴时期戏剧在西方文坛的地位不及文学之冠的诗歌。第二部分主要讲了莎士比亚的这首长诗在英国的传播和接受，其受读者欢迎的程度超出了人们的意料。第三部分主要分析了这首长诗体现出来的莎士比亚的文艺思想。第四部分探讨了莎士比亚该长诗的创作与戏剧之间的关系，以及时代风尚对莎翁诗歌创作的影响。第五部分论述了《维纳斯与阿多尼斯》自身的艺术和思想特色，体现出对文艺复兴时期人文精神的拥抱。第六部分重点论述了长诗的价值和历史地位。译诗后有"评注"，主要是把正文中读者难以理解的诗行或字句作详细的解释，以方便读者更好地理解原诗。后面的"考证"部分首先是对长诗的"版本"作了细致的研究；接着对"写作年份"进行了严格的考察；第三是对"故事来源"的详细考证；第四点是对"关于阿董尼、维纳斯的神话"的谱系学研究。译诗集的"附录"部分收录了"维纳斯与阿董尼的故事"，是译者用讲故事而非诗歌的方式对故事原型的叙述；也收录了"莎尔玛西与赫玛弗罗蒂德"的故事；之后再选入了"莎士比亚十四行诗五首"，这五首诗在主题思想、在对"时间"的感叹以及体现出来的"质朴的艺术思想"①等方面与长诗《维纳斯与阿多尼斯》形成呼应。"附录"部分辑录的故事和诗歌可以看作是对长诗的互文性阅读，加深了读者对诗歌的理解。译者在最后的"译后记"中追述了他翻译莎士比亚这部长诗的历程，以及他在翻译的时候凭附的版本。总体来看，方平先生的译著比较考究，显示出译者对待翻译工作的认真态度，是一种对原作和中国读者负责任的严谨译风，这也是方先生的译文在莎士比亚长诗的译介历程中占有重要地位的关键原因。

莎士比亚长诗《维纳斯与阿多尼斯》在中翻译出版的第三人应该算张谷若先生，他译作的名称是《维纳斯与阿都尼》。1952 年人民文学出版的朱生豪翻译的《莎士比亚全集》中没有收录六个历史剧本和部分诗歌，1978 年人民文学出版社根据朱生豪译本完善了《莎士比亚全集》，加入了历史剧本和全部诗歌。其中第 11 卷收录了莎士比亚的诗歌作品，分别是长诗《维纳斯与阿都尼》和《鲁克丽丝受辱记》，《十四行诗》和杂诗《情侣怨》《爱情的礼赞》《乐曲杂咏》《凤凰和斑鸠》。莎士比亚创作的第一首长诗被翻译为《维纳斯与阿都尼》，译者是著名的翻译家张谷若先生。虽然张译本没有印制单行本，但其对莎士比亚作品翻译的增补作用和影响却非同一般，至今仍被译界称道。该长诗的第四个译者应该是梁实秋先生，他翻译的名字是《维纳斯和阿多尼斯》。1967 年，梁实秋独自一人承担翻译完成的 40 卷本《莎士比

---

① 方平：《附录》，《维纳斯与阿董尼》，上海：上海译文出版社，1985 年，第 141 页。

亚全集》在台湾远东图书公司出版,成为中国莎士比亚翻译史上最值得纪念的事件,此前大陆曾在 1936 年由商务印书馆出版过他翻译的八种戏剧。诗歌部分,梁实秋翻译了《十四行诗》(*The Sonnets*)、《爱人的怨诉》(*A Lover's Complaint*)、《鲁克丽丝失贞记》(*The Rape of Lucrece*)、《维纳斯和阿多尼斯》(*Venus and Adonis*)、《热情的朝圣者》(*The Passionate Pilgrim*)、《凤凰和斑鸠》(*The Phoenix and the Turtle*)六种。相较于朱生豪先生诗歌的译文来讲,梁实秋更能保持原作内容的本色,做到真正的"信"。比如梁实秋认为:"十四行诗第一百二十九首是著名的一首,以性欲为主题,表现诗人对于性交之强烈的厌恶。梁实秋认为朱生豪译《莎士比亚全集》把这些部分几乎完全删去,非常可惜。莎氏原作猥亵处,仍宜保留,以存其真。"①

新时期以来,关于莎士比亚第一首叙述长诗的翻译仍在继续,翻译《维纳斯与阿多尼斯》的第五人是曹明伦先生。1995 年 8 月桂林漓江出版社出版了曹明伦的译本,译名为《维纳斯与阿多尼》。这个译本最突出的特点是采用格律诗体来翻译原文,而且译本的书眉配有相应的插图,形象而生动地再现了原作的故事情节。这个译本除了"出版前言"之外便没有其他说明文字,是三个译者所译文本中附加成分最少的一种。关于该译本的特点,出版前言中是这样介绍的:"曹明伦先生在英诗中译的实践和理论方面作过深入的探索,迻译过斯宾塞、莎士比亚的诗歌多种。他在这部长诗的翻译中,坚持以格律诗译格律诗的同时,不囿于原著六行诗 ababcc 的韵式,而采用了更为中国读者所接受的'一三五不论,二四六分明'的配韵方法,使译文洗练优美,摇曳多姿,堪称他译作中的又一佳品。"②在此仍然以第一节为例:

当那红彤彤赤艳艳的东方朝阳
才刚刚告别了潸潸垂泪的黎明,
双颊红润的阿多尼便忙于追猎;
他爱飞鹰走犬而嗤笑说爱谈情;
害相思病的维纳斯偏把他紧追,
像个冒失的求爱者要向他求婚。

曹明伦的译文采用了非常严整的六行体形式来翻译莎翁的作品,而且

---

① 易冰寒:《梁实秋与〈莎士比亚全集〉》,《出版史料》,2010 年第 1 期。
② 〔美〕莎士比亚:《出版前言》,《维纳斯与阿多尼》,曹明伦译,桂林:漓江出版社,1995 年,第 1 页。

基本上做到了偶行押韵;语言相较于之前的译本来说也更通俗易懂,具有中国现代格律体诗的形式和音乐审美特质。为了便于比较和叙述,在此不妨将之前有代表性的译本的第一节抄录如下:

曹鸿昭译文:

> 当太阳呈出紫色的面庞,
> 辞别了正在洒泪的清朝,
> 玫瑰面的亚当尼驰至猎场;
> 他爱好射猎,把爱情嘲笑;
> 　　病相思的维娜丝迎面疾行,
> 　　像厚颜的求婚者向他调情。

方平译文:

> 东方,太阳刚探出了紫红的面孔,
> 就此诀别了正在淌泪的清晓;
> 红颜的阿董尼已奔驰在打猎途中——
> 打猎,他爱好;但是恋爱,他好笑。
> 　　害了相思的维纳斯赶到他跟前,
> 　　象缠绕的情人,开始献她的媚言。

张谷若译文:

> 太阳刚刚东升,圆圆的脸大又红,
> 泣露的清晓也刚刚别去,犹留遗踪,
> 双颊绯红的阿都尼,就已驰逐匆匆。
> 他爱好的是追猎,他嗤笑的是谈情。
> 　　维纳斯偏把单思害,急急忙忙,紧紧随定,
> 　　拚却女儿羞容,凭厚颜,要演一出凰求凤。①

通过以上五个翻译文本的比较,对莎翁诗歌的翻译基本上都能做到语

---

① 〔英〕莎士比亚:《维纳斯与阿都尼》,张谷若译,《莎士比亚全集》(十一),北京:人民文学出版社,1978 年,第 3 页。

言信息和情感内容上的"信",它们最大的差别在语言风格和译作的形式上。曹鸿昭和曹明伦的译文在形式上都十分注重整齐和押韵,张若谷的译文语言显示出典雅的特征,而方平的翻译在语言上则更加轻快活泼,它们各具特色但又与原文紧密相依。

　　莎士比亚叙事长诗在国外研究者甚少,杨周翰先生编选的《莎士比亚评论汇编》上下册分别于 1979 年和 1981 年在中国社会科学出版社出版,选录了世界各地学者对莎士比亚的研究文章。其中德国学者弗·史雷格尔(F. Von Schlegel)的《作为北方诗人的莎士比亚》主要论述了莎士比亚是如何将戏剧进行诗化的表现,没有涉及莎士比亚的诗歌创作[1]。英国人柯德维尔(Christopher Caudwell)的《英国诗人》一文看似讨论莎士比亚的诗歌创作,但实际上主要是在分析莎剧《李尔王》[2]。关于莎士比亚及其作品在中国译介的研究文章中,很少有人提及《维纳斯和阿多尼斯》这部长诗的翻译。孙艳娜用英文写成的《莎士比亚在中国》(*Shakespeare in China*)一书是目前国内研究莎士比亚在中国译介、传播和接受最详尽的著作,是作者在德国德累斯顿工业大学(Dresden University of Technology)攻读博士学位时撰写的学位论文,内容包括莎士比亚在中国的翻译接受历史,莎士比亚戏剧的演出以及莎士比亚和传统中国戏剧的相似性等内容。但该书对莎士比亚诗歌的译介只有简单的提及,没有进行详细的梳理和论述[3]。

　　就国内的莎士比亚长诗的翻译而言,袁荻涌先生长期致力于翻译文学和中外文学关系研究,其文章《莎士比亚作品在中国》梳理了莎士比亚主要作品在中的译介以及每个历史时期的莎译情况。在谈到 20 世纪 30~40 年代的情况时,袁先生认为 30~40 年代是中国译介莎士比亚作品的黄金时期,曹未风"原来计划把莎剧全部译出来,后因抗日战争爆发,各方面条件太差,经过 10 多年的艰苦努力,才完成了 11 种。1942—1944 年,贵阳文通书店出版这些译本,题为《莎士比亚全集》。后来上海文化合作公司又重印了其中的 9 种,外加一种新译本,共 10 种,以《曹译莎士比亚全集》为总名出版。在翻译莎剧方面贡献最大的,要算朱生豪。……1947 年,世界书局出版了朱生豪翻译的莎剧 27 种,分三辑出版,题为《莎士比亚全集》。……抗战后期到解放前夕,参与莎士比亚的作品翻译的人仍然较多。如曹禺翻译

---

① 〔德〕弗·史雷格尔:《作为北方诗人的莎士比亚》,《莎士比亚评论汇编》(上册),北京:中国社会科学出版社,1979 年,第 316~318 页。

② 〔英〕柯德维尔:《英国诗人》,《莎士比亚评论汇编》(下册),北京:中国社会科学出版社,1981 年,第 451~458 页。

③ 孙艳娜:《莎士比亚在中国》,开封:河南大学出版社,2010 年,第 10 页。

了《柔蜜欧与幽丽叶》、梁宗岱翻译了《莎士比亚的商籁》、孙大雨翻译了《黎娜王》等等"①。在这份抗战期间莎士比亚译者的名单中没有曹鸿昭,唯一提及的诗歌译者是梁宗岱,《维娜丝与亚当尼》这部两度在不同出版社和不同出版地出版的长诗作品还没有进入研究者的视线,这对莎士比亚作品翻译的梳理,尤其是对特定的抗战时期而言,不能不说是一大缺憾。目前唯一涉及莎士比亚《维娜丝与亚当尼》这部长诗作品的研究文章是陈钦武先生的《莎士比亚叙事长诗中古希腊古罗马神话传说及其悲剧精神的美学蕴藉研究》一文,主要分析了长诗如何取材于古希腊神话以及悲剧色彩②。李伟民先生撰写的《〈维纳斯与阿董尼〉对人性与自然的歌咏》(《安徽大学学报》,2007 年第 2 期)、《莎士比亚的长诗〈维纳斯与阿董尼〉与女性主义视角》(《四川外语学院学报》,2007 年第 5 期)和李士琴撰写的《〈维纳斯与阿都尼斯〉中的矛盾对立体剖析》(《南京工程学院学报》,2008 年第 3 期)都是对作品主题的研究,没有探究这部长诗在中国的译介过程。

除了这部长诗作品之外,抗战大后方译介最多的就是莎士比亚的十四行诗。1942 年 8 月,重庆大时代书局出版了柳无忌先生翻译的《莎士比亚时代抒情诗》,其中收录了莎士比亚的九首十四行诗:《在绿荫的树底》《号鸣,逆风呀号鸣》《这是情郎伴着情侣》《为欢当及时》《爱情的丧欺》《取去呀,取去那对唇樱》《爱情》《当失宠于人类与幸福的眼中》《我可否将你比作灿烂的长夏》。1943 年 3 月 1 日,施佛翻译的 A.威尔斯谈莎士比亚诗歌的文章《戏剧家也是诗人的莎士比亚》在《文学批评》第 2 号上发表,内附莎士比亚的诗歌一首。《文学批评》是抗战时期桂林出版的唯一的纯文学理论刊物,1942 年 9 月 1 日创刊,在译介方面,该刊物主要翻译介绍了外国文论中谈创作经验的文章以及作家作品研究的文章。1944 年 12 月 25 日,梁宗岱以《莎士比亚商籁》为题在《时与潮文艺》第 4 卷第 4 期上发表了 30 首莎士比亚的十四行诗,是抗战时期一次性发表莎士比亚十四行诗歌最多的一次。梁宗岱赞美莎士比亚的诗歌是"温婉的音乐和鲜明的意象的宝库",同时将之与莎翁的戏剧进行比较,认为十四行诗是"他用主观的方式完成了他在戏剧里用客观的方式所完成的"③。此外,方平 1947 年 11 月在《诗创作》上翻译发表了《十四行》,这是译者莎士比亚诗歌翻译方面的开端,为后来翻译莎士比亚叙事长诗《维纳斯与阿多尼亚》奠定了基础。

①　袁荻涌:《莎士比亚作品在中国》,《攀枝花大学学报》,1996 年第 2 期。
②　陈钦武:《莎士比亚叙事长诗中古希腊古罗马神话传说及其悲剧精神的美学蕴藉研究》,《英美文学研究论丛》(第 4 辑),上海:上海外语教育出版社,2004 年,第 15~29 页。
③　梁宗岱:《莎士比亚商籁》,《时与潮文艺》(第 4 卷第 4 期),1944 年 12 月 25 日。

（三）民 歌 的 翻 译

　　抗战大后方除翻译了乔叟、莎士比亚等的古典主义诗歌作品外,也翻译了大量的民歌。

　　初大吉翻译的民歌《罗宾汉》,发表在重庆出版的《世界文学》第 1 卷第 1 期上,畲坤珊翻译的苏格兰民歌《两只乌鸦》,发表在重庆出版的《文讯》第 2 卷第 4 期上,张镜秋翻译的英国民歌《你别离了我》发表在 1939 年 3 月昆明出版的《战歌》杂志第 1 卷第 6 期上,并再次发表在 1939 年 8 月 26 日重庆出版的《文化岗位》(《救亡日报》副刊)上。这些民歌作品反映了英国人民对生活的思考和热爱之情。如果说抗战大后方翻译英国浪漫主义诗歌作品是因为其含有较强的"反抗"性,翻译当代英国诗人如奥登等人的作品是因为其直接与中国的抗战有关,那翻译英国古典时代的诗歌作品和民歌又是基于什么原因呢? 我们不妨以张镜秋翻译的多次发表的民歌《你别离了我》为例说明: ①

　　　　　　你便要远别了,
　　　　　　离去了可怜的乔奈而过别了!
　　　　　　从此没有一个人儿爱我,
　　　　　　你也许忘却了我;
　　　　　　然而我心总离不了你,
　　　　　　你到任何一地——
　　　　　　你还能看得见我的容貌,
　　　　　　同样喊一声乔奈吗?

　　　　　　当你穿上了红色的军装,
　　　　　　戴上了美丽的帽章;
　　　　　　我怕你忘记了所有的,
　　　　　　所有你已经允许了的。
　　　　　　把枪荷在你肩上,
　　　　　　刺刀插在你的腰旁,
　　　　　　一些娇媚的太太把你留恋,
　　　　　　她要做你的新娘!

---

　　①　《你别离了我》,张镜秋译,《战歌》(第 1 卷第 6 期),1939 年 3 月。

也行光荣惠临的那天，
你便疯狂似的冲上前线，
决不会想到他们把你杀了，
那末我的本福也便失去了。
或许你战胜的那天，
你做了将军，归自前线。
我想着多么的自傲，
我也得到了一些的荣耀！
我想着多么的自傲，
我也得到了一些的荣耀！

呵！假如我是法兰西的女王，
或是罗马的教皇。
我决不使妇女在家哭丧！
整个世界应该和平，
不使该国王各逞凶残，
为什么他们向人侵略，
要驱使众人出国作战？
为什么他们向人侵略，
要驱使众人出国作战？

该译诗最初刊登在昆明出版的《战歌》杂志第 1 卷第 6 期上，该期杂志是《通俗诗歌专号》，民歌的翻译自然划入了这个集子中。在抒情主体看来，战争可以把心爱的人儿从身边带走，那份对爱人的依恋和深爱却深深地埋藏在心理。这首诗间接表达了诗人憎恶战争的心理，因为它使爱情分离，让人们的生活蒙上了痛苦的阴影。因此，这首诗虽然是民歌，但内容却是刻写战争的，与中国抗战时期的语境大同小异，表达了普通妇女厌恶战争的态度。

值得注意的是，《战歌》杂志中有多首翻译诗歌作品涉及对战时女性的刻写，或者说通过女性的角度来审视战争的现实，除了这首英国民歌之外，比如罗铁鹰（笔名莱士）翻译的《中国的妇人》一首便是通过"母亲"的行为来表现"中国人民被炸死后令人心碎的情景"①。对民歌作品和古典作品的翻译也与当时翻译界鼓励人们重新翻译古典作品有关。1943 年《新华日

① 罗铁鹰：《回首话〈战歌〉》，《新文学史料》，1983 年第 1 期。

报》上发表了名为《对翻译工作的希望》的文章,其中这样写道:"我希望今年会有一个能与《译文》媲美的译刊出现。我希望今年会有许多翻译界的朋友系统而又大量地介绍世界文学名著,我希望会有人翻译新的作品,也希望会有人翻译旧的——古典的作品,重译古典的作品。在中国,都认为重译是要不得的,而我认为一再地重译,才能得到更完美的译本,譬如普式庚的作品,在美国、在德国、在英国、在法国,甚至在捷克都会有十几种译本,这是不足为奇的。"①表明翻译古典主义诗歌作品是译界追求翻译质量的必然行为,有助于中国翻译文学发展的繁荣和翻译质量的提高。

二　英国浪漫主义诗歌的翻译

相较于 20 世纪 20 年代创造社对雪莱等英国浪漫主义诗人作品的翻译,抗战时期大后方对英国浪漫主义诗歌的翻译达到了空前繁荣的局面。这一时期,主要的英国浪漫主义诗人如彭斯、雪莱、拜伦、华兹华斯、布莱克、霍斯曼等人的作品得到了不同程度的译介,而且出版了袁水拍和徐迟翻译的两部英国浪漫主义诗歌作品集,显示出大后方在英国诗歌翻译方面的成就。

（一）雪莱诗歌的翻译

波西·比希·雪莱(Percey Bysshe Shelly,1792~1822)是英国杰出的浪漫主义诗人,主要作品有《无神论的必然性》(*The Necessity of Atheism*,1811),这部反宗教的作品是诗人在牛津大学读书时发表的,显示出雪莱从一开始就具有强烈的反叛精神;接着雪莱参加了爱尔兰的民族解放运动,并发表了《告爱尔兰人民书》(*Address to the Irish People*,1812)。其主要诗歌作品或诗剧包括长诗《麦布女王》(*Queen Mab*,1813)、《伊斯兰的反叛》(*The Revolt of Islam*,1817)、《解放了的普罗米修斯》(*Prometheus Unbound*,1819)、《阿多尼》(*Adonais*,1821)、《西风颂》(*Ode to the West Wind*,1819)、《云雀颂》(*Ode to a Skylark*,1820),以及诗歌理论作品《诗辨》(*A Defense of Poetry*,1821)。

对浪漫主义诗人雪莱诗歌的翻译是抗战时期大后方英国诗歌翻译的重点,雪莱主要作品中的主要篇目都得到了不同程度的译介,顺应了其时大后方的文学和社会环境。陈旭翻译的《夜之献辞》(重庆《火之源文艺丛刊》,第 1 卷第 5~6 合期),林达翻译的《云之歌》(重庆《火之源文艺丛

①　李葳:《对翻译工作的希望》,《新华日报》,1943 年 1 月 2 日。

刊》,第 2 卷第 2~3 合期),恕凡翻译的《西风颂》(重庆《诗丛》,第 5 期),
方敬翻译的《假面具》(重庆《文讯》,第 9 卷第 1 期),李蕾翻译的《西风
歌》(桂林《诗创作》第 8 期,1942 年 2 月 20 日,普式庚一百○五年祭),立
波翻译的《短诗》(《文学报》第 1 号,1942 年 6 月 20 日),楚里翻译的《给
英国的男子》(《文化岗位》,《救亡日报》副刊,1940 年 2 月 17 日)。除了
报纸杂志上发表了不少雪莱诗歌的译作外,桂林雅典书屋 1942 年还出版
了徐迟翻译的名为《明天》的雪莱诗集。这本译诗集的出版与徐迟朋友的
鼓励有关,1938 年 5 月因上海沦陷而内迁到桂林的盛舜,开办了名为"雅
典书屋"的出版社,拟出版雪莱的诗集,就邀请徐迟代为翻译,于是徐迟就
将在重庆和香港翻译的 17 首雪莱的诗歌交付典雅书屋出版。《明天》收
录的译作依次是《赞知性底美》《给玛丽》《攸加尼群山中作》《西风歌》
《敏感树》《歌》《云》《云雀颂》《问题》《时间》《无常》《哀歌》《希腊寄诗》
《明天》《赠诗》《歌:当灯火粉碎》《挽歌》。至于为什么会翻译雪莱的作
品并出版这部译诗集,徐迟在书末附上了《雪莱欣赏》一文,认为雪莱"是一
个一直到骨头里都是革命的诗人"[1],其为了追求自由敢于和一切反对势力
对抗的精神值得抗战时期中国人学习,使人们领悟到为实现民族自由和独
立而与日本侵略者斗争到底的革命精髓。

　　文艺阵地社于 1944 年出版了袁水拍等人翻译的雪莱和拜伦等人的诗
歌合集《哈罗尔德的旅行及其它》。《文艺阵地》1938 年 4 月 16 日在广州创
刊,茅盾任主编,由生活书店出版发行。1938 年夏季因日军轰炸广州城而
移香港编辑,出版至第 5 卷第 2 期后遭到当局查禁。1941 年 1 月 10 日在重
庆复刊并出版第 6 卷,回到重庆的茅盾继任主编,1942 年 11 月出版至第 7
卷第 4 期后被迫停刊。之后只能以《文阵新辑》的名义在重庆编辑出版并延
续之前《文艺阵地》的文艺观念,由于每一辑有专门的主题和内容侧重,因此
《文阵新辑》相当于今天以书代刊的出版形式。第 1 辑名为《去国》(1943 年
11 月),第 2 辑名为《哈罗尔德的旅行及其它》(1944 年 2 月),第 3 辑名为
《纵横前后方》(1944 年 3 月)。《哈罗尔德的旅行及其它》收录了 10 位诗人
的 40 首作品,包括袁水拍翻译拜伦的《哈罗尔德的旅行》、方然翻译雪莱的
《阿多拉司》(Adonais)、袁水拍翻译雪莱的《雪莱诗抄》(七首)、冯至翻译歌
德的《哀弗立昂》、李嘉翻译海涅的《山歌》、孙纬和吴伯箫翻译海涅的《海涅
诗抄》、戈宝权翻译莱蒙托夫的《莱蒙托夫诗抄》、戴望舒翻译叶赛宁的《叶

---

[1] 徐迟:《雪莱欣赏》,《明天》,桂林:雅典书屋,1943 年。引自叶嘉新:《徐迟译品处女集
〈明天〉》,《出版史料》,2006 年第 1 期。

赛宁诗抄》、艾青翻译凡尔哈仑的《穷人们》、冠蛾子和邹绛翻译的《惠特曼诗抄》（四首）。《哈罗尔德的旅行及其它》收录方然和袁水拍翻译的雪莱诗作共计六首①，方然翻译的长诗《阿多拉司》（现通译为《阿多尼斯》）是雪莱写给济慈的挽歌，阿多尼斯在古希腊神话中是美少年与死而后生的象征，雪莱以此为诗名意在赞美济慈的死是。除在抗战大后方语境中，为什么要推出这样一部翻译诗歌合集，而且收录雪莱诗作的数量最多？最后的《编者附记》（书前的目录名为《译者附记》，正文中用的则是此名）中曾这样评价了雪莱等人的诗作："雪莱在批评家们的意见中总被描写得像一只翱翔至想象的最高境地的云雀。他诗中的形象好像都不是现实本身，而是他的影子或者象征，但这里一点作品则特别'功利性'的，他所攻击的人物，连姓名都不避讳。"②从中我们可以看出抗战大后方选择翻译的诗歌必须是与现实相结合的"功利性"的作品，正是这样的选材标准使雪莱的现实主义诗作被翻译到抗战时期的中国诗坛。雪莱抨击现实和追求自由解放的作品满足了抗战时期中国人的阅读期待：

　　　　空气与河流又恢复它们快乐的音调

　　　　蚂蚁，蜜蜂，燕子又重新出现了

　　　　新叶与花朵装饰着死去的季节底尸架

　　　　钟情的鸟儿在丛林中成对成双

　　　　筑起它们底苔色新巢在田野，在枝上

　　　　金黄的蛇与碧绿的石龙子

　　　　像迸发的火焰，从冬眠中醒转③

　　曾经被侵略者践踏得满目疮痍的"空气与河流又恢复它们快乐的音调"，这样的诗句无疑会唤醒中国人民与日本侵略者斗争到底的勇气，坚定抗日的信心和决心，让中国人民看到抗战胜利的希望。

　　大后方翻译的雪莱诗歌《给英国人民的歌》同样充满了战斗的豪情和革命的力量。《文化岗位》丁 1939 年 2 月 1 日创刊，于 1941 年 1 月 31 日终

---

　① 在《阿罗尔德的旅行及其它》一书的目录和正文中均注明袁水拍翻译的《雪莱诗抄》共计有
　　　"七首"译诗，但实际上只翻译了五首，包括《致最高法官》《给威廉·雪莱》《一八一九年两
　　　个政客的喻言》《卡斯尔累侯爵执政时期所作》《自由》。这五首译诗加上方然翻译的长
　　　诗，一共翻译了六首雪莱的作品。
　② 《编者附记》，载《哈罗尔德的旅行及其它》，《文阵新辑》（第 2 辑），1944 年 2 月，第 116 页。
　③ 〔英〕雪莱：《阿多拉司》，方然译，载《哈罗尔德的旅行及其它》，《文阵新辑》（第 2 辑），
　　　1944 年 2 月，第 43 页。

刊,其办刊宗旨在夏衍先生的《关于关山月画展特辑》中表述得十分明显:
"以巩固文化界统一战线为职志……只要是对于抗战救亡多少有点裨益的
文化工作,我们都不惜替他尽一点绵薄。"从发表的雪莱诗歌译文《给英国的
男子》(*Song to the man of England*,现在通译为《致英国人之歌》)就可看出
该刊物鲜明的抗战立场。本诗写于 1819 年秋,英国曼彻斯特几万名群众集
会要求改革现有制度和普选权,遭到当局镇压并打死打伤数百人。远在意
大利的雪莱闻讯后义愤填膺地写下了这首诗。由于本诗言词慷慨激烈,充
满了极强的战斗性和鼓动性,因此在很长时间内出版商未敢承印,直到雪莱
去世十多年后才发表。20 世纪先后出现了江水华译本《给英国人之歌》
(《英美名诗选译》,陕西人民出版社,1984 年)、江枫译本《给英格兰人的
歌》(《雪莱诗选》,湖南人民出版社,1982 年)、杨熙龄译本《给英国老百姓
之歌》(《雪莱抒情诗选》,上海译文出版社,1982 年)、查良铮译本《给英国
人民的歌》(《雪莱抒情诗选》,人民文学出版社,1958 年)和黄杲炘译本《给
英国人的歌》。这首政治抒情诗表现出雪莱对压迫阶级的强烈不满,希望英
国人能站起来反抗剥削和压迫,将丰收的粮食、纺织的布匹、锻造的武器、建
造的大厦从暴君手中夺回来。穆旦先生在谈论雪莱时指出:"诗人生活在王
权和教会的双重统治下,他要以诗来对阶级压迫的种种罪恶现象做斗
争……当诗人以坚决的革命者的身份来讲话的时候,他的诗就包含着清醒
的现实感觉,他的刻绘就中肯而有力,他的声音也成了广大人民的呼声。"[1]
《给英国的男子》这首译诗所表现的精神内容也成了当时中国人反抗日本侵
略的呼声,相当于一首致抗战语境下的中国人的诗篇,恰到好处地呼吁中国
人民团结起来将抢夺我们财富的日本侵略者驱赶出境。抗战时期对雪莱这
首诗的翻译虽然存在很多不足之处,没有充分地理解和把握诗歌的旨意,也
出现了翻译语言和意义使用的错误,比如将题目中的"man"翻译成"男人"
就是一例,但它却是雪莱该诗较早的译本,而且在抗战语境下将之译出具有
更强的现实意义。

除诗歌之外,桂林的典雅书店 1944 年出版了方然翻译雪莱的四幕诗剧
《解放了的普罗米修斯》。该诗剧是雪莱主要的诗剧作品,故事原型来自古
希腊神话,普罗米修斯是先知的代表,他助朱比特(宙斯)登上王位,后者上
位后施行暴政,给人类带来痛苦与灾难,普罗米修斯为了拯救人类,从天上
偷来智慧之火,朱比特大怒,把普罗米修斯钉在高加索的陡壁上,每天让凶

① 穆旦:《雪莱抒情诗选·译者序》,《穆旦(查良铮)译文集》(4),北京:人民文学出版社,
2005 年,第 11 页。

狠的秃鹰去啄食普罗米修斯的肝脏。普罗米修斯坚贞不屈,相信朱比特末
日终将到来。后来,朱比特果然被打下地狱,普罗米修斯被大力士赫拉克勒
斯解救出来,世界重现光明。诗剧《解放了的普罗米修斯》集中表现了雪莱
的社会思想。雪莱因为法律的蛮横对英国资产阶级法庭的芥蒂心理,在失
去抚养前妻所生子女的痛苦中迁居罗马,加上欧洲神圣同盟和英国贵族资
产阶级的黑暗统治以及它们对人民的残酷镇压,激起了他对现实社会的深
刻思考。在这种情况下,雪莱用古希腊神话素材来表达自己反抗暴力统治
的思想,鼓舞被压迫的民众积极投身革的激流中,以获得最后的自由和解
放。这部诗剧的主旨和雪莱所立意宣传的思想,在抗战时期正好适合被殖
民统治的中国人的心境,有助于鼓舞人们与日本侵略者作艰苦决绝的斗争,
迎来中华民族的独立和解放。当然,抗战大后方翻译雪莱此作的原因还不
仅仅如此,因为刻写普罗米修斯的古希腊神话或埃斯库罗斯的剧本《解放了
的普罗米修斯》就表现了反抗的主题。从文本内容来看,雪莱虽然借鉴了神
话故事或埃斯库罗斯的作品,但却在创作中有自己独到的创新,那便是"他
大胆摒弃陈腐的传统观点,反其道而行之。在诗剧里,雪莱描写普罗米修斯
坚决不向朱比特'屈膝下跪','低头祈祷'。他既不为神仙们的声色娱乐所
诱惑,也不被恶鬼们的残酷刑罚吓倒,而是坚贞不屈,大义凛然,同暴君斗争
到底……这个形象概括了工人阶级和劳动人民反抗专制统治,争取自由解
放的革命精神……揭示出专制统治决不会自动退出历史舞台,只有通过暴
力手段才能推翻暴君,实现人民的自由解放"①。正是雪莱诗剧内容的变
化,使其更符合抗战时期中国人民的精神诉求,有助于鼓舞中国人民同残暴
的日本侵略者斗争到底,绝不卑躬屈膝于他们的统治。侵略者绝不会自动
退出中国领土,具有通过战争的手段打败殖民者,才能最终实现民族的解
放。从这个角度来讲,雪莱的诗剧《解放了的普罗米修斯》在大后方的翻译
出版与古希腊神话、埃斯库罗斯的《解放了的普罗米修斯》相比具有更为重
要的现实意义,因为它不单满足了中国人民战时在文学层面的需求,更是在
精神和士气上鼓舞着人们去追求民族的解放独立。

　　此外,方然作为一位"七月派"诗人,抗战时期还翻译了雪莱著名的诗剧
体五幕悲剧《沈茜》,该译作 1944 年 4 月由重庆新地出版社出版,是雪莱后
期创作的重要成果。雪莱是英国浪漫主义诗人的代表,其作品集中代表了
浪漫主义的反抗性和创造性,对其作品的翻译和介绍有助于声援国内的抗

①　朱维之、赵澧主编:《外国文学史》,天津:南开大学出版社,2014 年。(参阅第六章《19 世
纪初期文学》之第三节《雪莱》部分。)

日战争,鼓舞人们通过革命和斗争迎来民族的解放和独立。

(二) 彭斯诗歌的翻译

罗伯特·彭斯(Robert Burns,1759~1796)是苏格兰民间诗人,他收集整理并复活了苏格兰民歌,其作品在民族面临异族征讨的语境下充满了激进的民主和自由思想,充满了对旧社会的反抗,呼吁全世界人民为了"真理"和"品格"而战。比如《不管那一套》中有这样的诗句:"不管怎样变化,明天一定会来到,/那时候真理和品格/将成为整个地球的荣耀!"彭斯在英国文学史上占有特殊重要的地位,开启了英国诗歌的浪漫主义时代。彭斯的诗歌在情感内容上具有反抗异族入侵、争取自由民主的特点,在语言形式上具有大众化的特质,因此比较符合抗战大后方诗歌的译介选材。

抗战大后方的刊物上发表了多首彭斯的诗歌译作:公兰谷翻译的《我的心在高原》(重庆《诗丛》,第5期)、袁水拍翻译的《朋斯底民谣》(桂林《文艺》,《大公报》副刊第227期,农历一九四二年十二月十二)、水云翻译的《朋斯诗抄》(桂林《大公报·周刊》第18号,1944年3月5日)、水云翻译的《朋斯诗抄》(桂林《大公报·周刊》第25号,1944年4月23日)。重庆出版的《中原》杂志第1卷第3期上发表了袁水拍翻译的《彭斯诗十首》,但刊物上实际只刊登了八首,包括《克洛顿的悲歌》《朵朵》《台芒和雪薇娃》《你的友情》《玛契林的姑娘》《打后面楼梯路来》《我的心呀:在高原》《阿真》[①]。包括除了上述期刊上刊登的彭斯译作之外,1944年重庆美学出版社和新群出版社先后出版了袁水拍翻译的译诗集《我的心呀,在高原》,收录了彭斯和霍斯曼的诗歌作品。彭斯的作品包括:《我的心呀,在高原》《亲热的一吻》《阿富顿河》《安娜的金黄发鬈》《从裸麦田里走来》《我到过克鲁格顿》《约格吻了离别的吻》《好看的蓝斯丽》《蒂比顿芭》《吻颂》《虱颂》《贝格·尼古尔生的挽歌》《悲哀断章》《断章》《勃鲁斯在朋诺克本向他的军队致辞》《克鲁格顿的悲歌》《一朵绯红,绯红的玫瑰》《台芒和雪薇娃》《你的友情》《玛契林的姑娘》《唱呀!可爱的鸟儿》《打后面楼梯跑来》《真》《自由树》《幻像》《姜太麦》《来,摇我到查理那儿去》《华盛顿将军生辰颂诗》《离开了我所爱的朋友和乡土》《写在某夫人的怀中记事册上》30首。我们从袁水拍翻译的彭斯作品中"能够籍以看见诗人对黑暗的愤恨,对贫苦的悲哀,对美国独立革命与法国大革命的兴高采烈的歌颂"[②]。抗日战争爆发以后,

---

① 〔英〕彭斯:《彭斯诗十首》,袁水拍译,《中原》(第1卷第3期),1944年3月。
② 袁水拍:《译者前记》,《我的心呀,在高原》,重庆:重庆美学出版社,1944年,第10页。

沦陷区的中国人民生活在日本军国主义黑暗的压迫中,几乎所有的中国人都因为战争而过着贫苦的生活,国人脆弱的神经急需美国独立战争和法国大革命那种席卷一切阴霾的磅礴气势,袁水拍翻译的彭斯作品输入了这样的精神元素,成为当时中国抗战诗歌的有机构成部分。袁水拍翻译彭斯的作品,除了时代精神的需求之外,也因为其中充满了人道主义关怀和个体生命不屈的抗争精神:"在他(彭斯——引者)的诗歌中,我们时常读到他对于'人以不人道待人'的愤恨与悲叹。在他日记中,他说喜欢带一本弥尔顿的集子在口袋里,'因为我要学习他的感情,他的无拘无束的广大,他的大胆而不屈的独立精神,那种勇敢的,高贵的对苦难的反抗'。"①当然,个体的反抗精神汇聚起来便是强大的民族精神,这种精神足以战胜一切苦难,倘若每个中国人具备了弥尔顿所谓的"独立"和"反抗"精神,那抗日战争的胜利便会指日可待。袁水拍1949年后的翻译延续了抗战期间与社会现实联系密切的选材取向。比如1949年后翻译出版的《聂鲁达诗文选》(人民文学出版社,1953年)被徐迟认为是"能保存原诗诗味的珍品",而其所翻译的聂鲁达则被视为是"一个马克思主义的现代诗人,反对人剥削人的旧世界,歌唱无剥削制度的新社会。他是我们的诗人,他是进步人类中的卓越的一员:世界公民,社会主义的歌手"②。

在此有必要提及抗战大后方对英国诗人霍斯曼(A.E. Housman,1859~1936)诗歌的翻译。1944年重庆美学出版社出版的袁水拍的译诗集《我的心呀,在高原》收录了霍斯曼的如下作品:《我看见天上的星儿往下掉》《我的心上压着忧伤》《好人们,你们爱不爱自己的生命》《月亮偏西了,我的爱》《给我一块绿叶扶疏的地方》《当亚当住在伊甸》《在一个朝晨》《罪人》《栗子树消退了繁华》《战争已经结束》《野李树花满枝头》《仙子们已经舞罢》《雨落在岩石上》《当我第一次去到节场上》《寒夜像冰一样冻结》《命运还没有十分作弄我》《哦,这年轻的罪犯是谁啊》《巴莱岛》18首,其中部分作品以《霍思曼诗抄》为名在重庆《时与潮文艺》第1卷第4期上发表过。袁水拍在翻译这些作品时认为:"霍斯曼的作品表面上很轻描淡写,但是充满着沉痛与愤懑。第一次世界大战一定影响了他,使他对掠夺和侵略战争感到深刻的痛恨。……如果读了这些诗,使痛苦的心找到了一扇逃避的边门,那么是我们读者不善于读他了。"③从表面上看,如同译者袁水拍自己所说的

---

① 袁水拍:《译者前记》,《我的心呀,在高原》,重庆:重庆美学出版社,1944年,第8~9页。
② 徐迟:《袁水拍译〈聂鲁达诗文选〉再版序》,《外国文学研究》,1984年第3期。
③ 袁水拍:《译者前记》,《我的心呀,在高原》,重庆:重庆美学出版社,1944年,第11页。

那样,《我的心呀,在高原》这部译诗集似乎没有什么理由把彭斯和霍斯曼"这两个不同时代的苏格兰和英格兰的诗人放在一起。或者因为两人的诗集都是在香港遇到的,可以籍以纪念这些日子而已"①,或者因为两人的诗歌"在风格上都是接近明白易懂的民谣体"②。但事实上,决定译者翻译选材的原因是复杂的,除了个人审美和人生的偶然际遇之外,任何翻译作品、翻译活动和翻译批评"都带有一定的功利色彩,都会受到社会时代因素和民族文化发展的制约,翻译事业的发达与否,也与翻译的目的、社会的反响以及文化的需求有密切的关系,剖析翻译的文化层面就是要在广阔的社会语境下,从历史的角度对翻译进行宏观的思考"③。而且,不管译者自己持什么样的态度,译作一旦出版便汇聚到宏大的社会文化中,自然具有时代和历史的厚重感。

袁水拍之所以会翻译彭斯和霍斯曼的作品,并将两者的作品放到一个集子中出版,是因为这两个诗人都对黑暗或战争怀有"愤恨"的情绪,都具有"反抗"和追求"自由"的情怀,这些都是中国抗战时期时代精神的核心内容。在抗战的语境中,译者如同其他知识分子一样不由个人选择地过上了漂泊不定的生活,沦陷区的生活状况以及国破家散的现实让这群文化人急于从文学中寻找安慰心灵的力量,而彭斯和霍斯曼的作品在这个时候正好与他们相遇了,而且在战争的硝烟中引起了他们的共鸣,这才是让袁水拍决定翻译并合集出版彭斯和霍斯曼作品的主要原因。用徐迟先生的话来讲:"春天过去了。舞台灯光全灭,暗场,换景,我自己到了香港;译者(袁水拍——引者注)从那里(重庆——引者注)回了他沦陷区的家乡,那鸟语花香的苏州。译者从未告诉过我,他那时候是如何的忧愁深重,但我是知道的,他从故乡又来到香港的时候,带来了和破碎的山河和破碎土地一样的破碎底一颗心。可是还带来了农村诗人 R.彭斯的诗!"④由此可以看出,袁水拍抗日战争爆发后回到已沦陷的家乡,祖国大地的"春天过去了",中国人的生存环境就像舞台一样因"灯光全灭"而步入黑暗之中,具有爱国情怀的译者在破碎的国土上心情也开始破碎和忧伤起来,于是阅读并翻译彭斯和霍斯曼的作品成了疗救民族之殇的方式。《我的心呀,在高原》这部译诗集不只是译者或少数知识分子心灵的镇定剂,所有的读者都会从霍斯曼的诗歌

---

① 袁水拍:《译者前记》,《我的心呀,在高原》,重庆:重庆美学出版社,1944 年,第 12 页。
② 袁水拍:《译者前记》,《我的心呀,在高原》,重庆:重庆美学出版社,1944 年,第 13 页。
③ 俞佳乐:《翻译的社会性研究》,上海:上海译文出版社,2006 年,第 9 页。
④ 徐迟:《一本已出版的译诗集跋》,《我的心呀,在高原》,重庆:重庆美学出版社,1944 年,第 148 页。

中照见自己的"忧容",从彭斯的作品中得到"温暖,柔软,可是又果断,坚定,紧抱着信心"①。由此可以看出,袁水拍将两个生活在不同时间和地域的诗人的作品合集出版"并不是偶然的机会,实在跟我们,今天这成千上万的人在重庆碰头一样的并非偶然"。实乃抗战大后方需要这样的文学作品,故而《我的心呀,在高原》这部译诗集才会应运而生。

（三）拜伦诗歌的翻译

乔治·戈登·拜伦(George Gordon Byron,1788~1824)是英国浪漫主义的伟大诗人,代表作品有《哈罗尔德游记》《唐璜》等。拜伦的诗歌塑造了一批英雄形象,他本人积极勇敢地投身革命,参加了希腊反对土耳其入侵的民族解放运动,其作其人继续吸引着抗战大后方文坛的注意力,成为人们译介的重要作家。

大后方刊物上发表的拜伦作品有孙家新翻译的《雪浪堡怀古》(重庆《文艺月刊·战时特刊》,11 年 8 月号)、徐蝶石翻译的《夜莺》(重庆《诗丛》,第 5 期)、王统照翻译的《西班牙怀古诗》(重庆《文艺杂志》,第 3 卷第 2 期)、沙金翻译的《给拿破仑一世》(重庆《文讯》,第 8 卷第 5 期)和《大海颂》(桂林《诗创作》第 18 期,1943 年,无具体出版日期和具体译者)等。1943 年 6 月在重庆创刊的《中原》杂志的创刊号上刊登了柳无忌翻译的《拜伦诗钞》,包括《雅典的女郎》《她步行在美丽中》《乐章》《一切都为恋爱》《那么,我们不再去漫游吧》《我的船是在岸头》6 首诗歌②。此外,《哈罗尔德的旅行及其它》(《文阵新辑》第 2 辑,1944 年 2 月)收录了袁水拍翻译拜伦的《契尔德·哈罗尔德的旅行》,这首长诗一共有 60 小节,每节主要采用九行体诗,译文的末尾附有帮助读者理解作品的注释。该作是拜伦两次游历欧洲大陆(主要是西班牙和希腊两国)后的记录,带有很强的自传色彩,主要歌颂了欧洲民族的民主解放运动,贯穿着反抗暴政和压迫,追求自由和民族解放的主题。《契尔德·哈罗尔德的旅行》正面歌颂了人们的革命精神,那些抵抗外敌入侵的"效忠祖国"的人应该受到敬仰:

> 不管你在路上遇到什么人,
> 帽子上戴着鲜红的军徽,

① 徐迟:《一本已出版的译诗集跋》,《我的心呀,在高原》,重庆:重庆美学出版社,1944 年,第 150 页。

② 〔英〕拜伦:《拜伦诗钞》,柳无忌译,《中原》(创刊号),1943 年 6 月。

它告诉你,谁应该受欢迎,谁应该受憎恨,
让这些迈步在街头的人倒霉吧,
那效忠祖国的记号他们并没有戴:
刀锋这样尖锐,突击难于抵抗;
高卢敌人一定要深深悔改,
如果秘密的短剑在大氅里面隐藏,
能够抵抗炮火,能够把刺刀阻挡。①

　　拜伦在作品中为那些穿着军装抵抗敌人的兵士感到骄傲,同时诅咒那些"迈步在街头"的入侵者。译作在抗战大后方的传播有助于鼓舞大众积极到前线投身抗日战争,让人们意识到抗日是受人尊重的行为,只要中国人民团结一致与日本作坚决的斗争,沦陷区那些洋洋自得的侵略者也会"倒霉",也"一定要深深悔改"。编者在谈该诗作的翻译时说:拜伦"把自己作为受难世界的代言人。他们是美国的奴隶(他极力崇扬华盛顿),爱尔兰的下层人民,意大利的爱国者。对于野蛮的战争他深恶痛嫉,但非常歌颂为自由而战的美国,终且直接参加希腊的革命战争,以三十六岁的青春死在他所向往歌咏的岛上"②。对拜伦该作的评价,近乎对遭受日本奴役的中国人民的直白说教,呼吁中国人为民族的自由而战,哪怕像拜伦一样了为了保卫自己钟爱的土地献出生命也在所不辞。拜伦作为"受难世界的代言人",他的情感应和了大后方人民的抗争诉求和追求理念,满足了抗战中居于"弱小民族""美国奴隶""下层人民"或"爱国者"角色的中国人的心理,因此成为大后方诗歌翻译的主要对象。这一时期,大后方除翻译出版了浪漫主义诗人的作品外,还翻译了多部浪漫主义诗人的传记,比如陈秋凡翻译了日本人鹤见佑辅撰写的《拜伦传》,1943 年由桂林远方书店出版。

　　需要说明的是,抗战大后方对浪漫主义诗人如拜伦作品的翻译成就远不及与之相关的传记和评传,表明拜伦本人的性格、经历以及富于传奇的一生在中国造成的影响力要胜过其作品的价值。早在五四初期,鲁迅在《摩罗诗力说》中开始就把拜伦塑造成具有反抗精神的形象,符合当时人们对民族英雄形象的想象,其"把资产和生命都献给反抗土耳其野蛮统

---

① 〔英〕拜伦:《契尔德·哈罗尔德的旅行》,袁水拍译,《哈罗尔德的旅行及其它》,《文阵新辑》(第 2 辑),1944 年 2 月,第 29 页。
② 《编者附记》,《哈罗尔德的旅行及其它》,《文阵新辑》(第 2 辑),1944 年 2 月,第 116 页。

治的希腊革命战争的壮伟故事,更是长时期处在革命和战争中的中国知识分子所衷心钦仰和乐于称道的"①。虽然抗战时期对拜伦的译介与此前相比有所减少,但从对他传记和评论与作品翻译的数量相比,我们还是可以看出该时期拜伦早在中国扮演着非常重要的社会角色而非文学角色,他仍然成为实现中华民族自救的理想形象,那便是中国人在遭受日本侵略的时候需要拜伦那种"保护希腊"的精神。所以,在《拜伦传》译本出版之前,钟敬文先生在1941年11月给该书写作的序言中说:"今天,在艰苦地战斗着,在崇敬着拜伦那种豪侠行为的中国知识分子,特别是青年知识分子,他们不会从这个传记里得到深刻的感动和高贵的启示么?"②在民族存亡的危急关头,拜伦的行为对鼓舞中国青年知识分子的抗战激情当然会起到"高贵的启示"。

(四)华兹华斯及其他浪漫主义诗人作品的翻译

华兹华斯(William Wordsworth,1770~1850)是英国浪漫主义诗人的主要代表之一,大学毕业后曾去到法国,热情地支持法国大革命,认为这场革命可以拯救处于水深火热之中的人民大众。华兹华斯1792年回到英国后,尽管他仍然对革命充满热情,但由于经济上的拮据不得不移居乡间。因此,华氏的诗歌前期充满了革命精神,后来则转向自然和人生意义的探讨。

大后方对华兹华斯的译介同样丰富,据目前查阅到的期刊统计,关于华兹华斯诗歌翻译的主要信息如下:曹鸿昭翻译的《亭台诗》(重庆《世界文学》,第1卷第1期),王树屏翻译的《我像一朵孤云般地遨游》(重庆《火之源文艺丛刊》,第1卷第5、6期),马秋帆翻译的长诗《永生的启示》(重庆《诗丛》,第2期),胡曲翻译的《渥资华斯诗抄》(重庆《诗丛》,第5期),秀芙翻译的《水仙》(重庆《文艺先锋》,第1卷第4期)。惠官翻译的《华兹华斯诗抄》(桂林《诗创作》,第17期,1942年12月25日)。除翻译了华兹华斯的诗歌作品外,还刊登了由刘溶池翻译的《渥资华斯论》(重庆《诗丛》,第6期)来专门介绍这位英国诗人及其作品的特色,显示出对华兹华斯译介的全面性。此外,威廉·布莱克(William Blake,1757~1827)是英国重要的浪漫主义诗人,伯石翻译的《W.勃莱克诗抄》发表在桂林出版的《诗》杂志上。《诗》是抗战时期桂林较有影响力的诗歌刊物,该刊物创办的目的是想依托

---

① 钟敬文:《拜伦传·中译本序》,《拜伦传》,桂林:远方书店出版,1943年。
② 钟敬文:《拜伦传·中译本序》,《拜伦传》,桂林:远方书店出版,1943年。

诗歌来宣传积极的抗战精神,推动抗战诗歌的发展。经常在《诗》上发表作品的诗人有艾青、袁水拍、徐迟、方敬、鲁藜、彭燕郊等。《诗》月刊上发表了大量的翻译作品,比如诗歌、评论以及对外国诗人诗作的介绍等方面的文章。

　　抗战大后方对英国诗歌尤其是对英国浪漫主义诗歌的译介达到了高峰。尽管王佐良先生曾回忆说:"三十年代后期,在昆明西南联大,一群文学青年醉心于西方现代主义,对于英国浪漫主义诗歌则颇有反感。我们甚至于相约不去上一位教授讲司各特的课。回想起来,这当中七分是追随文学时尚,三分是无知。当时我们不过通过若干选本读了一些浪漫派的抒情诗,觉得它们写得平常,缺乏刺激,而它们在中国的追随者——新月派诗人——不仅不引起我们的尊重,反而由于他们的作品缺乏大的激情和新鲜的语言而更令我们远离浪漫主义。当时我们当中不少人也写诗,而一写就觉得非写艾略特和奥登那路的诗不可,只有他们才有现代敏感和与之相应的现代手法。"①但是王佐良后来承认他们对浪漫主义诗歌的看法是偏颇的,大后方的英国诗歌翻译主要集中在对浪漫主义诗歌的译介上。抗战大后方对英国浪漫主义诗歌的翻译是中国抗战文学发展的内在需求,也是英国浪漫主义诗歌的特有风格使然,翻译的社会性与翻译选材的当下性共同促成了这幕中国现代翻译史上少有的繁盛景象。王佐良先生对英国浪漫主义诗歌作过高度的概括:"它是在法国革命的思想、情感气候里形成和发展的。文学与政治,诗歌与革命,从来没有这样紧密结合。"②相应地,抗战大后方文学面对深重的国难也急需与民族的政治革命结合起来。

　　正是文学价值取向的一致性促成了英国浪漫主义诗歌与抗战大后方文学的姻缘,大量翻译英国浪漫主义诗歌也就成为抗战时期中外文学交流的必然结果。

三　英国现代主义诗歌的翻译

　　浪漫主义诗歌的高潮之后,英国诗歌曾一度跌入低谷。只有到了20世纪初,随着现代主义诗歌的兴起,英国诗歌才又迎来了发展的光明前景。中国诗坛对英国现代主义诗歌的翻译主要集中在哈代、艾略特等人的作品上,大后方对现代主义诗人的翻译则主要是由昆明西南联大的校园诗人群发起的。总体上看,现代主义诗歌在大后方的翻译出版都远不及浪漫主义诗歌,甚至也赶不上古典主义诗歌的热度。许多现代主义作

① 王佐良:《〈英国浪漫主义诗歌史〉序》,《读书》,1988 年第 3 期。
② 王佐良:《英国诗史》,南京:译林出版社,1997 年,第 211 页。

家在作品里对丑和恶采取愤怒的态度加以表现,他们认为,个人无法改变世界,因此在作品里表现出颓废或玩世不恭的倾向,在这种观念的支配下,这些作家倾心表现荒谬、混乱、猥琐、邪恶、丑陋等意识,使作品中的场景总有梦魇的特征。他们肯定美好东西的存在,但他们又不愿意用那种虽然极为善良却是非常简单的眼光来认识这个世界,社会的不完美和恶势力的存在,给人类带来了灾难。如果还用一种正直善良的眼光把这个世界说得如何善美,即使不是有意的,至少是无力把握现实的结果,有什么真实可言呢? 所以,现代主义诗歌的情感不符合抗战大后方的文学诉求,自然也就译介得十分有限了。

(一) 奥登作品的翻译

奥登(Wystan Hugh Auden,1907~1973)出生于英国,是继 T.S.艾略特之后最重要的英语诗人。奥登出生在英国约克郡的一个名医家庭,1925 年入牛津大学攻读文学,同时开始诗歌创作并从事文艺活动,曾是英国左翼青年作家的领袖,于 1937 年赴马德里支援西班牙人民的反法西斯斗争。曾在军队中担任担架员和驾驶员,并写作了诗歌《西班牙》予以声援。他早期是狂热的社会主义激进分子,具有十分明显的左翼倾向,曾到访过德国和中国,后取得美国国籍,成为神学的信奉者。他的诗歌作品主要有两部长短诗集:《短诗结集 1927 年—1957 年》(1967) 和《长诗结集》(1969)。奥登到访中国以后,引起了中国诗歌界的广泛关注,其作品经由卞之琳、朱维基等人的翻译在中国产生了深远的影响。

英国现代主义诗人奥登的作品是抗战大后方译介现代主义诗歌的重点。奥登于 1938 年受《新闻记录周报》的派遣与伊修伍德(Isherwood Christopher)一起来到中国,亲历了中国抗日战争的艰难形式,写下了一系列关于中国抗战的作品,结集为《战时》(In Time of War),1941 年上海诗歌书店出版了朱维基翻译的《在战时》(十四行联体诗并附诗解),当时给诗人的译名是 W·H.奥邓。由于奥登与中国抗战的特殊情缘,其诗歌作品在大后方也有译介,成为为数不多的英国现代主义诗人之一。1942 年 10 月 15 日,成都的《笔阵》新 5 期上刊登了邹绿芷翻译的《所见收获物》;1943 年 11 月 15 日,重庆的《时与潮文艺》第 2 卷第 3 期上刊登了杨宪益翻译的四首奥登的诗:《看异邦的人》《和声歌辞》《空袭》《中国的兵》。杜运燮翻译的奥登诗歌《小说家》1943 年 1 月 17 日发表在桂林《大公报》副刊《文艺》(桂林《大公报》复刊)第 227 期上。1943 年 11 月,桂林《明日文艺》第 2 期刊发了卞之琳翻译的奥登中国之行的五首诗歌,题名为《战时在中国作》。1979

年,卞之琳先生在回忆翻译奥登的诗歌时说:"在 40 年代初期,我在昆明译
过奥登的《战时》十四行体诗组中的六首,曾在昆明和桂林的刊物上发表过,
抗战胜利后还在上海被转载过。"①卞之琳翻译的这六首诗歌包括《"他用命
在远离文化中心的场所"》《"当所有用以报告消息的工具"》《名人志》《小
说家》《战时在中国》和《服尔泰在裴尔奈》②。关于奥登的介绍文章而言,
1944 年 9 月 15 日,《时与潮文艺》第 4 卷第 1 期上发表了杨周翰撰写的关于
奥登的论文《奥登——诗坛的顽童》;杜运燮撰写的《海外文讯》一文于 1943
年 5 月发表在桂林《明日文艺》杂志上。

　　在详细考察了中国的抗战之后,奥登在武汉的一个文艺招待会上朗诵
了《献给殉国的中国士兵》一诗,写的是一个中国年轻的普通士兵在抗日战
争中牺牲了,"他的名字和他的容貌将永远消失",但他用年轻的生命换取了
民族的独立。剧作家洪深当场将之翻译成中文,赢得了持久的掌声。该诗
后来被卞之琳再次译成中文发表在《桂林文艺》上,曾在各种集会上为人
朗诵:

　　　　他用命在远离文化中心的场所:
　　　　被他的将军和他的虱子所抛弃,
　　　　他给撩上了一条被,阖上了眼皮,
　　　　此次消失了。他不再被人提说,

　　　　尽管这一场战争编成了书卷:
　　　　他没有从头脑丢失了紧要的知识;
　　　　他开的玩笑是陈旧的;他沉闷,象战时;
　　　　他的名字跟他的面貌都永远消散。

　　　　他不知也不曾自选"善",却教了大家,
　　　　给我们增加了意义如一个逗点:
　　　　他变泥在中国,为了叫我们的女性

---

①　卞之琳:《重新介绍奥顿的四首诗》,《卞之琳译文集》(中卷),合肥:安徽教育出版社,
　　2000 年,第 201 页。
②　据查证,卞之琳翻译的《当所有用以报告消息的器具》1946 年 9 月 8 日发表在《经世日报》
　　的"文艺周刊"上;《服尔泰在斐尔奈》1947 年 4 月发表在天津《现代诗》杂志上;《小说家》
　　1947 年 4 月 13 日发表在《经世日报》的"文艺周刊"上;《战时在中国》1948 年 7 月发表在
　　《中国新诗》杂志上。

　　好热爱大地而不再被委诸狗群，

　　无端受尽了凌辱；为了叫有山，

　　有水，有房子地方也可以有人。

　　正是有了这样的普通士兵，有了赤诚的爱国情怀和战斗精神，中华民族最终才有了自己的主权和尊严。卞之琳认为译诗的形式应该和原文形式对应，他在《〈莎士比亚悲剧四种〉译本说明》中对原文中诗体形式的翻译做了这样的说明："剧词原文主要用'素体诗'（或译着'白体诗'，非自由诗体），每行轻重格或称抑扬格五音步，不押脚韵，但也常出格或轻重音倒置，或多一音步，且常用所得'阴尾'即多一轻音节收尾，此外主要就是散文体。……译文中诗体与散文体的分配，都照原样，诗体中各种变化，也力求相应。"①除了诗体形式的翻译和原文相对应外，卞之琳认为诗歌的字句也应该和原文保持对等："剧词诗体部分一律等行翻译，甚至尽可能作对行安排，以保持原文跨行与行中大顿的效果。原文中有些地方一行只是两'音步'或三'音步'的，也译成短行。所根据原文版本，分行偶有不同，酌量采用。译文有时不得已把原短行译成整行，有时也不得已多译出一行，只是偶然。"②卞之琳在介绍奥登的作品时再次申明了按照原作诗律翻译的目的是为了呈现原作的形式艺术："我照例试用我们今日汉语说话的自然规律的基本单位'顿'（小顿）或称'音组'（短音组）以符合英诗每行长短的基本节拍单位'音步'，并照原诗脚韵排列来译这几首诗（指奥登的《"他用命在远离文化中心的场所"》《"当所有用以报告消息的工具"》《名人志》和《小说家》——引者），而且多数是十四行体诗，无非是使我国读者，不通过原文，也约略能看见原诗的本来面貌。"③可见卞之琳对奥登诗歌的翻译不仅注意到了内容与时代语境的契合，而且还注意到了译文的艺术形式，是抗战大后方诗歌翻译中不可多得的"文质兼备"的佳作。

　　广州和武汉被日军占领之后，远在美国的奥登在《给中国人民的信息》中将中国人民的抗日战争提升到维护人类权利的高度："在这些悲剧性的艰难日子里，我们想告诉你们，有这样一群英国人（不是少数）了解你们所英勇

---

① 卞之琳：《〈莎士比亚悲剧四种〉译本说明》，《卞之琳文集》（下卷），合肥：安徽教育出版社，2002年，第338页。

② 卞之琳：《〈莎士比亚悲剧四种〉译本说明》，《卞之琳文集》（下卷），合肥：安徽教育出版社，2002年，第339页。

③ 卞之琳：《重新介绍奥顿的四首诗》，《卞之琳文集》（下卷），合肥：安徽教育出版社，2002年，第576页。

进行的斗争是为了自由和公正，每个国家都在为之奋斗。你们不只是为了中国，也是为了我们，抗日战争对美国人和欧洲人都具有重大的影响。我们将尽我们最大的力量——尽管是微薄的——支持中国并说服比我们更有影响力更强大的人做同样的事情。在中国度过的日子里，我们无法表达我们对你们面对全副武装的敌人时的勇气与耐性的赞美。在这场战斗中，胜利将在坚持最久的一方。我们祈祷，为你们也为我们自己，不论形势多么恶劣，都不要丧失对正义的信心，坚持斗争直到胜利是这个国家每个人的希望。"①奥登给予中国人民抗战的同情和鼓励使他的作品受到了中国读者的欢迎，对之加以译介也成为该时期文坛的重要事件。后来江弱水先生因为奥登的中国之行以及在中国的创作评价道："当奥登在中国战场上写下他的所见所感时，其诗歌的外部景观已扩展为全世界。从马德里到上海，炮火、报纸和收音机将东西方连成了一片，奥登于是成为诗史上对如此巨大的历史景观加以省视并对如此多变的公众事件加以报道的第一人，他的诗歌主题从而上升为对整个人类和各个文明的命运的思考。"②在谈及奥登与中国抗战的特殊关系时，王佐良曾说认为奥登"在政治上不同于艾略特，是个左派，曾在西班牙内战中开过救护车，还来过中国抗日战场，写下若干首颇为令我们心折的十四行诗"③。由此可以见出，奥登的情感始终隶属于反法西斯国家的行列，其对侵略战争的厌恶以及对中国抗战的同情都易于使中国人接受并认同他的作品。

（二）叶芝等人作品的翻译

对于英国后期象征主义诗人叶芝的翻译，抗战大后方也没有忽视。《时与潮文艺》1944 年 3 月 15 日推出了"叶芝专号"（"W·B.YEATS 叶芝"），朱光潜翻译了八首叶芝的诗歌：《印度人的上帝观》《婴宁湖岛》《当你走的时候》等。谢文通翻译了两首：*The Choice*、*Sun and Stream at Clendover*。杨宪益翻译了三首：《流水和太阳》《库洛的野雁》等。此外还刊发了陈麟瑞撰写的论文《叶芝的诗》，认为叶芝的诗歌创作经历了"梦""现实""梦与现实"三个阶段。④

---

① 〔英〕奥登：《给中国人民的信息》，《远东杂志》，1939 年 4 月。

② 江弱水：《伪奥登风与非中国性：重估穆旦》，《中西同步与位移——现代诗人丛论》，合肥：安徽教育出版社，2003 年，第 137~138 页。

③ 王佐良：《穆旦：由来与归宿》，《一个民族已经起来》，杜运燮等编，南京：江苏人民出版社，1987 年，第 2 页。

④ 陈麟瑞：《叶芝的诗》，《时与潮文艺》，1944 年 3 月 15 日。

在唯美主义诗人王尔德的译介方面,伯石翻译了王尔德的作品,以《王尔德诗抄》为题发表在重庆出版的《文艺先锋》第 7 卷第 5 期上。关于哈代的译介,桂林《野草》(第 2 卷第 3 期,1941 年 5 月 1 日)杂志曾以《诗二首》发表了哈代诗歌的译作两首;《悦妻记》发表在《时与潮文艺》第 4 卷第 3 期(1944 年 11 月 15 日)上。当代诗人戴维斯(William Henry Davis,1870~1940)曾是牧羊人,因为生活贴近自然的缘故,他的诗清新自然,施蛰存曾翻译过他的《云》,发表在《中国诗艺》(复刊)第 4 期上。

除上述英国诗歌的翻译之外,当时在桂林和重庆等抗战大后方文化城市出版的期刊杂志中,还多次出现了邹绿芷、杨宪益、绿原等人以《当代英国诗抄》《现代英国诗抄》《近代英诗选译》等为名翻译发表的英国诗歌数十篇,显示出抗战大后方在英国诗歌翻译方面的巨大成就。

第二节　抗战大后方对英国小说的翻译

抗战时期大后方对英国小说的翻译虽然不及诗歌成就高,但英国小说的自身成就和主题思想还是吸引了众多的译者。总体来看,大后方对英国小说的翻译以现实主义作家作品为重点,而且女性作家的作品也受到译者的关注。

一　英国小说翻译概貌

抗战大后方翻译了各种流派和各种风格的英国小说。

首先就现实主义作品的翻译而言,狄更斯、高尔斯华绥和萧伯纳等人的作品是译介的重点。狄更斯(Charles Dickens,1812~1870)作为英国 19 世纪上半期著名的现实主义小说家,其作品早在清末林纾的翻译中就被大量的引入了中国文坛,比如人们熟知的《孝女耐儿传》《块肉余生述》《冰雪姻缘》以及《贼史》。抗战时期,中国文坛对狄更斯的关注继续走热。大后方翻译出版了五部狄更斯的小说作品。1937 年,陈原翻译的《爱情的故事》在重庆国际文化服务社出版;许天虹翻译的《大卫·科波菲尔自述》,1943 年由重庆文化生活出版社出版;邹绿芷翻译的短篇小说集《黄昏的故事》,1944 年由重庆自强出版社出版;方敬翻译的《圣诞欢歌》,1945 年由重庆文化生活出版社出版;许天虹翻译的《双城记》,1945 年由重庆文化生活出版社出版。许天虹不仅在抗战时期翻译出版了狄更斯的多部小说作品,而且还成为了抗战时期大后方乃至全国最有影响力的狄更斯研究专家。这一时期他翻译了多篇关于狄更斯的研究文章。1937 年，许天虹翻译发表了苏联亚尼克尼斯德的《迭更司论》、法国莫洛亚的《迭更司小说与艺术》和《迭更司的生平及其作品》①；1941 年，许天虹翻译发表了莫洛亚的《迭更司的哲学》②；1943 年，许天虹在重庆文化生活出版社出版了中国第一部狄更斯评传《狄更斯评传》。这些评论文章成为今天我们研究狄更斯小说不可或缺的参考文献，使我们了解了多个国家的评论者对狄更斯作品的解读，获得了丰富的研究视野。

　　抗战时期的大后方并没有忘记 20 世纪初活跃在英国的著名现实主义作家高尔斯华绥（John Galsworthy, 1867～1933），其代表作《福尔赛世家》（*The Forsyte Saga*）表现了"英国绅士阶级的隆盛，变迁，衰亡……可以说一部英国中流社会的兴亡史，都呈现在这里面了"③。按理说这样一位现实主义作家应该受到中国译者的青睐，尤其是他对资本主义社会各阶层人物的批判更是满足了中国人对资本主义社会的阅读期待，就像法国现实主义作家巴尔扎克一样。但事实上，高尔斯华绥的作品除了王实味和罗稷南翻译的《有产者》（《福尔赛世家》第一部）在中国产生过一定的影响之外，抗战时期大后方对其作品的翻译只有端木蕻良译的中篇小说《苹果树》（*The Apple Tree*），1945 年由重庆建国书店出版。对于高尔斯华绥作品译介的相对沉闷，茅盾在 1933 年曾在萧伯纳来访中国后以"玄"的笔名撰写的文章中指出，萧伯纳的"全部著作是批评资本主义文明"的，而高尔斯华绥的作品"表面上似乎亦是抉发现代资本主义社会的矛盾腐败，可是根底里他还肯定着现制度并且替现制度辩护的"④。茅盾的这一言论集中反映出当时中国人对高尔斯华绥作品内容的评价和定位，这无疑影响了其作品在中国的翻译和接受。

　　哈代在中国读者的接受视野内常被"误读"为现实主义作家，这种接受期待推动了中国的哈代翻译。托马斯·哈代（Thomas Hardy, 1840～1928）的作品在抗战时期的大后方得到了翻译和出版，主要有吕天石翻译的《黛丝姑娘》上下册，1944 年 10 月由重庆正风出版社出版；吕天石翻译的《微贱的裘德》（*Jude The Obscure*），1945 年 6 月由重庆大时代书局出版；海观翻译的《归来》（*The Return of the Native*），1946 年由重庆正风出版社出版。英国小说家兼诗人哈代的作品在 20 世纪 30 年代中后期得到了大量的译介。人们

①　前两篇翻译文章发表在 1937 年《译文》第 3 卷第 1 期上，后一篇文章分两次发表在 1937 年《译文》第 3 卷第 3、4 期上。

②　该文发表在 1941 年《现代文艺》第 3 卷第 1 期上。

③　张梦麟：《资产家·序》，《资本家》，王实味译，上海：中华书局，1936 年。

④　玄：《萧伯纳来游中国》，《申报·自由谈》，1933 年 2 月 10 日。

普遍认为哈代是一位悲观厌世的作家①,而当时的中国则处于日本的侵略之下,人们需要积极向上的亢奋心情和战斗精神来鼓舞追求民族解放的士气,很显然哈代的风格不适合时代语境对文学的要求。那为什么哈代作品的翻译会在这一时期形成高潮呢? 这还得从哈代的悲观情结说起,事实上其作品渗透出来的悲观并非个人对待生活和世界的态度,而是一种具有普适应的社会和人类关怀,"他的悲观,不为了个人的生命有何苦痛和失望而发生,是把整个的宇宙间的人生,看作和一出绝大悲剧一样,许多男女从空空中来,受尽世间悲苦的滋味,然后仍向空空中去"②。哈代的这种悲观情怀是他对宇宙生命深刻参悟的结果,不但不会影响中国人当时的抗敌情绪,反而会让他们在苦难的岁月里保持坦然的心态,并且感受到来自文学作品中的人文关怀。这应该是悲观的哈代在激情洋溢的语境中仍然受到欢迎的主要原因。

哈代及其作品作为抗战语境下与抗战无关的典型个案,其被译介的原因和方式带有普遍性,即为什么抗战大后方在战火连天的岁月里仍然会翻译很多表现生命或情感的与抗战保持距离的作品? 从单纯的审美角度来讲,无论人们居于什么样的环境中,坚持文学的审美性仍然是人们在从事翻译的时候进行选材的重要标准。但要使这样的作品在译入语国中获得传播的广阔天地并赢得大量的受众,译者还必须想办法让这类作品从"漠视现实"的诟病中得到新生。比如抗战大后方对悲观厌世的哈代的译介,当时出于文学与抗战现实结合的目的,很多译者"都有意无意突出哈代作品的'现实主义'成分。而徐志摩反对将哈代贴上'写实派'的标签也是按照自己对优秀文学的见解和标准而为哈代辩护的。所有这些,都可以看成是译介者在特定的时代文学语境中的译介策略"③。而正是借助这些与其时文学潮流生硬联系或坚持文学标准的译介和评价立场,哈代那些充盈着悲观色彩的长篇小说才得以在抗战大后方找到了生长的土壤。

对英国女性作家的翻译成为抗战时期英国小说翻译的一大收获与亮点。勃朗特三姐妹指的是 19 世纪上半期英国著名的三个小说家:夏洛

---

① "什么是诚实的思想家,除了大胆的,无隐讳的,袒露他的疑问,他的见解,人生的经验与自然的现象,影响他心灵的真相……哈代但求保存他的思想的自由,保存他灵魂永有的特权——保存他的倔强的疑问的特权……实际上一般人所谓他的悲观主义(pessimism),其实只是一个人生实在的探险者的疑问。"(徐志摩:《哈代的悲观》,《新月》(第 1 卷第 1 号),1928 年 3 月 10 日。)尽管徐志摩不赞同哈代是"悲观厌世的",但当时很多人却更认同哈代的悲观形象。

② 金东雷:《英国文学史纲》,上海:商务印书馆,1937 年,第 411 页。

③ 查明建、谢天振:《中国 20 世纪外国文学翻译史》,武汉:湖北教育出版社,2007 年,第 346 页。

蒂·勃朗特(Charlotte Bronte,1816~1855)主要发表了四部小说：《简·爱》《雪莉》《维莱特》和《教师》；艾米莉·勃朗特(Emily Bronte,1818~1848)主要发表了《呼啸山庄》；安妮·勃朗特(Anne Bronte,1818~1848)主要发表了《艾格尼斯·格雷》和《怀尔德菲尔府的房客》。三姐妹的作品在中国广为翻译流传的是《简·爱》和《呼啸山庄》，抗战时期，大后方对这两部作品都有翻译出版，而且还出现了多个译本。李霁野翻译的《简·爱》1945年由重庆文化生活出版社第二次出版，1936年生活书店初版时名为《简爱自传》。梁实秋翻译的《呼啸山庄》一书，1942年在重庆商务印书馆初版时名为《咆哮山庄》。赵清阁的剧本《此恨绵绵》就是根据梁实秋的译本改编而成，1942年由重庆新中华文艺出版社初版。罗塞翻译的《呼啸山庄》，1945年在重庆艺宫书店初版时名为《魂归离恨天》。

　　乔治·艾略特(George Eliot,1819~1880)是英国有名的女作家，抗战时期同样受到了中国译者的关注。朱基俊翻译的《弗洛河上的磨坊》，1939年在昆明中华书局出版时名为《河上风车》。梁实秋翻译的《吉尔菲先生的情史》，1945年由重庆黄河书局出版。梁实秋翻译的《织工马南传》，1944年由重庆商务印书馆第二次出版，该书1932年1月在上海新月书店初版。梁实秋高度评价了这位英国女性作家，认为她的作品"不但有学者的气质，并且是一个怀疑的思想家……不是为人消遣的，她每有所作必以全副精神来对付"①。也许正是艾略特作品的思想性和作者对创作投入的精神打动了梁实秋，让他翻译出版了她的两部作品。另外，对伍尔夫的翻译而言，1945年11月，重庆商务印书馆出版了由谢庆垚翻译的《到灯塔去》的节译本。

　　除以上作家作品之外，大后方翻译了多部劳伦斯的作品：1943年，西安兼声编译社出版了吕叔湘翻译的小说《沙漠革命记》；1944年，桂林春潮社出版了由叔夜翻译的短篇小说《骑马而去的妇人》；1945年，重庆说文社出版了由叔夜翻译的劳伦斯短篇小说集《在爱情中》，收录了包括《骑马而去的妇人》《微笑》和《在爱情中》三个短篇。以创作海上小说著名的英国作家康拉德的作品在抗战大后方也有译本出版，重庆古今出版社1943年出版了柳无忌翻译的长篇小说《阿尔麦耶的愚蠢》。1944年，重庆青年书店出版了由林同端翻译的毛姆作品《斐冷翠的山庄》。同年，重庆美学出版社出版了由冯亦代和袁水拍等人翻译的英美短篇小说集《金发大姑娘》，属于"现代英美小说译丛"书系。

　　此外，该时期大后方在英国儿童文学翻译方面也有所斩获。斯威夫特(Jonathan Swift,1667~1745)的冒险小说《格勒佛游记》在20世纪上半叶曾

---

① 梁实秋：《织工马南传·序》，重庆：商务印书馆，1945年。

一度成为畅销译著,徐培仁将之翻译成《大人国与小人国》,1947 年由重庆经纬书局出版。斯蒂文森(Robert Louis Stevenson,1850～1894)的冒险小说《金银岛》有多个译本,其中黄海鹤的译本 1940 年在昆明中华书局出版。

二　狄更斯小说的翻译

狄更斯是英国 19 世纪上半期著名的现实主义小说家,他的作品通过描写生活在社会底层的"小人物"的生活遭遇去深刻地揭示当时英国复杂的社会现实,开创并发展了英国批判现实主义文学的历史,其作品对英国文学发展起到了深远的影响。狄更斯善于使用幽默而辛辣的语言去讲述现实生活中的人事,结合细腻的心理分析和现实描写,使作品呈现出极强的阅读吸引力和深刻的社会反思。他的主要作品有《匹克威克外传》(*The Pickwick Papers*)、《雾都孤儿》(*Oliver Twist*)、《老古玩店》(*The Old Curiosity Shop*)、《艰难时世》(*Hard Times*)、《双城记》(*A Tale of Two Cities*)、《大卫·科波菲尔》(*David Copperfield*)、《远大前程》(*Great Expectations*)等。

(一)

狄更斯是英国 19 世纪的高产作家,他的作品因为与广大底层人民的生活休戚相关而受到读者的好评。20 世纪上半期,中国由于社会启蒙和救亡的时代重任而迫切希望译介外国的现实主义作品,狄更斯及其小说顺应了这一时代诉求而受到很多译者的喜爱。

20 世纪 40 年代是狄更斯作品在中国译介的高峰期①,仅就抗战大后方

---

①　"在 20 世纪 40 年代,狄更斯小说的翻译与出版非常活跃。1940 年,海上室主用文言文翻译了《双城故事》(《双城记》),由上海合众书店出版。1942 年,丘斌存翻译欧美作家短篇小说集《汤琰穆飞游记》,收入了狄更斯的短篇小说《娜如底死》《曷利底死》,由上海新时代社出版。1943～1945 年,许天虹翻译的《大卫·高柏菲尔自述》(4 册)陆续由重庆文化生活出版社出版,1947 年,上海文化生活出版社又以 3 卷本的形式出版了该译本。1944 年,邹绿芷翻译了狄更斯的短篇小说集《黄昏的故事》,该集子由重庆自强出版社出版,收入了《黑面幕》《酒徒之死》《街灯夫》《黄昏的故事》《敏斯先生及其从兄》和《和雷奥伦斯帕金斯》6 个短篇小说,该书在 1947 年 1 月在沪再版,1946 年 3 月北半 3 版。1945～1946 年,许天虹翻译的《双城记》(3 册)由重庆文化生活出版社出版,后由上海平津书店再版。1945 年,重庆文化生活出版社出版了方敬翻译的《圣诞欢歌》。同年,重庆国际文化服务社出版了陈原译的《人生的战斗》,该书 1947 年在沪再版,1948 年在渝 3 版,1947 年,更名为《爱情的故事》重印。1945 年,许天虹翻译了《匹克维克遗稿》(第 1 册)(即《匹克威克外传》前 4 章),由上饶战地图书出版社出版。1947 年 5 月,上海通惠印书馆出版了邹绿芷翻译的《一个家族的故事》,同年 11 月,该馆将书更名为《炉边蟋蟀》重印出版。1947～1948 年间,上海骆驼书店出版了蒋天佐翻译的《匹克威克外传》(上下册),该译本于 1948 年 8 月再版、罗稷南翻译的《双城记》、董秋斯翻译的《大卫·科波菲尔》(上下册)和蒋天佐翻译的《奥列佛尔》。"(童真:《狄更斯作品在大陆的传播和接受》,《湖南师范大学学报》,2006 年第 6 期。)

翻译发表或出版的狄更斯作品而言,主要包括如下译作:1944年3月,重庆《中原》杂志第1卷第3期发表了邹绿芷翻译的小说《和雷细奥·斯帕金斯》,当时狄更斯的译名为"狄更司"。作为抗战时期狄更斯作品的主要译者之一,邹绿芷翻译的短篇小说集《黄昏的故事》于1944年在重庆自强出版社出版,当时狄更斯的译名为"跌更斯"。这部短篇小说集收录《黑面幕》《酒徒之死》《街灯夫》《黄昏的故事》《敏斯先生及其从兄》《和雷细奥·斯帕金斯》六个短篇。抗战胜利之后,该书1946年1月在沪再版,1946年5月在北平第三次出版。另一位狄更斯作品的主要译者是许天虹,他在抗战大后方渐次翻译了四卷本的《大卫·高柏菲尔自述》,1943~1945年在重庆和桂林的文化生活出版社,他翻译的三卷本《双城记》于1945~1946年在重庆文化生活出版社出版。除邹、许两人外,1937年,陈原翻译的《人生的战斗》在重庆国际文化服务社出版,后来再版时更名为《爱情的故事》;1945年,方敬翻译的《圣诞欢歌》在重庆文化生活出版社出版。

　　抗战大后方翻译出版的《大卫·高柏菲尔自述》作品,现在通译为《大卫·科波菲尔》。这部小说被誉为是狄更斯的半自传体小说,融入了作者丰富而艰难的生活经历和人生感悟。小说通过孤儿大卫一生的遭遇展示了丰富而阴暗的社会现实,作品塑造了不同阶层的典型人物形象,流露出作者对社会底层人物的同情与关怀。狄更斯着力塑造了两个正面的人物形象:一是坚韧的大卫·科波菲尔。不论是他孤儿时代所遭遇的种种磨难和辛酸,还是他成年后不屈不挠的奋斗,都表现出社会底层人物与生活和命运不屈的抗争精神。二是善良的安尼斯。她是美丽与智慧的理想形象,既有外在的美貌,又有内在的美德;她用瘦弱之躯保护着备受欺凌的老父,同时支持着饱受挫折的大卫。尽管作者表现的是小人物的悲剧命运,但故事的结尾却给灰色的人生涂抹上了幸福的暖色,大卫和安尼斯在尝尽了人间苦难之后终于走到了一起,过上了幸福而温暖的生活。狄更斯的《大卫·科波菲尔》不仅要揭露和批评现实生活的阴暗和虚伪,而且也要向读者传递正面的生活态度,那就是抱着一种奋斗或善良的心态,生活最终会垂青于勇于挑战和奋斗的人。比如,大卫的幸福结局依靠的是他真诚直率的性格、积极向上的坚韧精神以及对人温和善良的态度;而与此同时,邪恶的希普和斯提福兹最后都得到了应有的惩罚。当然,狄更斯的社会批评具有软弱的一面,那就是他始终依靠下层人的忍耐去迈动艰难的生活步伐,依靠人性的善良去照亮社会的阴暗角落,力图从道德规劝和人性启迪的角度去换取社会的进步,从而忽视了社会改革必须依靠进步阶层的带动和必要的强硬手段。

　　抗战时期,大后方翻译出版了狄更斯的另一名作《双城记》,故事依然以底层人的不幸遭遇为讲述对象。与《大卫·科波菲尔》一书不同的是,《双城记》不再表现底层人奋斗的艰辛,而是将不同阶层的矛盾公然写于纸上,揭露了富人阶层无恶不作的丑陋行径。这部小说在叙事手法上别具一格,它以寓居巴黎的年轻医生马内特的见闻为线索,展开对社会现实的揭露和批判。马内特散步时被厄弗里蒙德侯爵的兄弟强迫叫去出诊,他在侯爵府第中发现了惊人的案情:侯爵兄弟为了淫乐而强占民女,民女的弟弟为了营救姐姐而被刺身亡。作为一个有正义感和同情心的人,马内特医生拒绝了侯爵兄弟的贿赂而决意写信告发他们的罪行。但在恶人当道的社会里,马内特反而被诬陷入狱并失去了与外界的联系,后来他的妻子忧心而死,女儿露茜成为孤儿。好在善良的仆人普洛丝将露茜抚养长大,而马内特医生被关押 18 年后因为精神有些失常而获得释放。女儿露茜前往巴黎迎接父亲回到英国,路途中遇到了法国青年达雷并受到他的悉心照料。后来得知达雷就是厄弗里蒙德侯爵的侄儿,但他的秉性与自己的父辈完全不同,他并不在意家族的财产和权贵,反而对他们所犯下的种种罪行感到深恶痛绝,因此他决定离开压抑的家庭环境并远走英伦,依靠自己的双手和才能生活。达雷在与马内特父女的交往中,对露茜产生了真诚的爱情,马内特在内心的煎熬与徘徊中决定放弃对厄弗里蒙德家族的憎恨和复仇心理,成全了露茜和达雷的婚姻。在达雷父母相继去世后,叔父厄弗里蒙得侯爵继续为所欲为,当他的马车轧死一个农民的孩子后感到若无其事,终于被孩子的父亲在万分悲痛中用刀杀死。同时,当年被厄弗里蒙德侯爵兄弟杀害的那家兄妹的亲属不停地把贵族的暴行编织成各种花纹绣在围巾上,伺机复仇。1789年,法国大革命爆发,民众复仇的狂潮席卷了巴黎的每个角落,人民攻占了巴士底狱,那些平时作恶多端的贵族也纷纷被押上断头台。远在伦敦的达雷为了营救管家盖白勒冒险回到巴黎,很快便因为其贵族的身份而被捕入狱,因为马内特医生当年写下的血书"向苍天和大地控告厄弗里蒙德家族的最后一个人",达雷很快就被宣布死刑。就在露茜陷入悲痛之中时,一直暗恋她的律师助手卡顿买通狱卒顶替达雷受刑,使得露茜夫妇和马内特一行人顺利离开法国回到英国。在这场旷日持久的冤案复仇计划中,看起来是底层人因为法国大革命而获得了胜利,但其中也隐含着"复仇"的种种悖论,比如医生马内特当年要复仇厄弗里蒙德家族的所有成员,但到头来却把自己的女婿卷入了争斗中;而贵族们在风起云涌的法国大革命之后继续过着他们盛气凌人的生活,复仇带来的快感只是短暂而表面的。

在很多小说作品中,作家狄更斯都看到并揭露了社会的阴暗和腐朽,但却找不到消除尖锐的阶级对抗以解放底层人的方法和路径,反映出作家所处的时代语境和社会阶层的局限性。为此,苏联学者曾这样分析了狄更斯的不足:"他要想除去资本主义制度所产生的社会罪恶,但并不去触动这制度本身,因此产生了他那拥护明确的缓和办法的创作活动,因此产生了他那希冀劳资妥协和贫富妥协的倾向。这产生了他那些和解的《圣诞故事》,这些和解的倾向反映着作为一个中等阶层的人道主义者的狄更斯的性格。"①

(二)

　　中国社会对狄更斯作品的翻译和接受居于十分复杂的文化心态,在不同的社会阶段流露出对外国文学不同的期待视野。而恰恰是中国人的期待视野反过来又局限了狄更斯作品的传播和接受,人们总是很难从文学性立场出发去客观评价他的小说作品。

　　中国学术界普遍认为,狄更斯作品之所以会受到欢迎,主要原因在于其主题精神迎合了中国社会和文学革命的需求。狄更斯对现实社会的批判是五四前后中国知识分子学习和效法的榜样,陈独秀在《文学革命论》中呼吁中国知识分子和作家"自负为中国之虞哥、左喇、桂特郝、卜特曼、狄铿士、王尔德者"②,大胆地和旧文学旧思想宣战,其中狄更斯被翻译成"狄铿士"。中国新文学自文学研究会以后就比较关注现实主义题材的作品,《文学研究会宣言》明确提出:"将文艺当作高兴时的游戏或失意时的消遣的时候,现在已经过去了。我们相信文学是一种工作,而且又是于人生很切要的一种工种"的主张。这种"为人生的艺术"③的现实主义文学主张是文学研究会成员共同的文学观。他们注重文学的社会功能,强调文学要真实地反映社会人生,反映时代生活,发挥指导人生、改造社会的作用。因此,像法国的巴尔扎克、苏联的高尔基等现实主义作家在中国现代翻译史上占有明显的优势,是译者青睐的对象。到了 20 世纪 40 年代,狄更斯翻译专家许天虹也从这个角度评价了狄更斯的作品,他在《关于迭更斯和〈匹克威克遗稿〉》一文中认为:"迭更司的伟大,不仅在乎他的作品大规模地暴露了当时的英国及其各社会层的生活真相,而且也在他造成了一种真正的'文学革命'。他推翻了浪漫主义,为写实主义在文学上取得了一个地

---

① 〔苏〕亚尼克尼斯德:《迭更司论——为人道而战的现实主义大师》,许天虹译,《译文》(新3 卷第 1 期),1937 年。

② 陈独秀:《文学革命论》,《新青年》(第 2 卷第 6 号),1917 年 2 月。

③ 《文学研究会宣言》,《小说月报》(第 12 卷第 1 号),1921 年 1 月 10 日。

位。"①从这个角度来讲,中国读者认为狄更斯是一位具有革命性和开创性的作家,也正是由于他具有这样的品质,他才会有这么多作品被翻译介绍到中国文坛。

狄更斯小说为什么会在抗战时期的大后方受到推崇?抗战时期,大后方文学呈现出多元化的审美取向,一方面,国民党统治下的社会矛盾进一步激化,狄更斯作品中那些揭露和批判现实的主题契合了底层人生活的现状;另一方面,中国社会阶层的分化和底层人生活的艰辛,导致很多人有了革命和建设新社会的想法,狄更斯作品中底层人士反抗或复仇上层人士的内容也自然会得到进步人士的认可。正是基于这些复杂的社会因素,狄更斯才成为中国翻译界长盛不衰的英国小说家。更何况在抗战时期,全中国人民都投入到抗日的民族行动中,作为弱势一方的中国人民,也希望能像狄更斯作品中那些富于抗争精神的人群,拿起手中的武器打击外来的压迫者,控诉他们粗暴残忍的侵略行为。比如《双城记》就显示出弱者与强者的对抗,一切不平等不公正的现实都会遭遇革命风暴的洗礼,真理始终是在人民大众的手里。许天虹在抗战大后方翻译出版的《双城记》,这样的主题有益于处于水深火热的中国人民为民族的自由而英勇奋战,就像 1789 年法国大革命的风暴终于袭来时,巴黎人民攻占了巴士底狱,把一个个贵族送上断头台一样,中国人民的抗日战争一定会取得最后的胜利,日本侵略者也会被中国人民送上断头台。

中国新文学的接受视域限制了狄更斯作品的翻译和介绍。虽然狄更斯的作品在抗战大后方得到了较为充分的尊重,但比起与之成就相当的其他国家的作家而言,狄更斯的翻译和传播显然又处于比较滞后的状态。究其原因,主要还是在于当时中国文坛希望引入底层人书写的底层社会之作,而狄更斯的作品被认为是非底层人书写的底层生活。就整个民国时期的狄更斯译介而言,有学者将其与苏联作家作品在中国的接受进行比较,认为:"作为英国文学中的一个有代表性的大作家,狄更斯在这一时期中国的接受和影响,无论在广泛性上还是在深刻性上,都比不上俄罗斯作家,如屠格涅夫、陀思妥耶夫斯基、列夫·托尔斯泰等。"②在此援引茅盾先生的话对这种观点作进一步印证:"英国文学家如迭更司(Charles Dickens)未尝不会描写下流社会的苦况,但我们看了,显然觉得这是上流人代下流人写的,其故在缺乏真挚浓厚的感情。俄国文学家便不然了,他们描写到下流社会人的苦况,

---

① 许天虹:《关于迭更斯和〈匹克威克遗稿〉》,《改进》(第 8 卷第 1 期),1943 年。
② 葛桂录:《"善状社会之情态的迭更司"》,《淮阴师范学院学报》,1999 年第 4 期。

便令读者肃然如见此辈可怜虫,耳听得他们压在最下层的悲声透上来,即如屠尔格涅甫、托尔斯泰那样出身高贵的人,我们看了他们的著作,如同亲听污泥里人说的话一般,决不信是上流人代说的。"①茅盾先生的话与其说是在论述狄更斯在中国翻译和传播的局限性,毋宁说是在论述中国人对其小说的接受立场和接受视域。长期以来,中国文坛的主流思潮多以"现实主义"为正宗,以"为人生的文学"为正宗,总是站在社会革命和"弱小民族"文学的立场上去翻译评价外国文学,因此像狄更斯这种批判现实主义作家,由于没有明确的"革命方向",没有明确的社会底层价值,必然会与中国文坛的某种文学诉求存在距离,对之加以批判或减少对其作品的翻译也就在所难免了。

（三）

抗战时期,许天虹是狄更斯小说翻译的代表性译者,不仅因为他翻译的作品居多,译作质量上乘,而且还因为他的翻译处境体现出抗战时期所有翻译工作者的艰辛。

抗战大后方远离战火,虽然给文学翻译提供了安静的环境,但大后方自身的物质条件却比较匮乏,又给文学翻译带来了诸多不便。在抗战最艰苦的时期,大后方以它特有的文化包含心理容纳了大批翻译工作者,最大限度地从物质上帮助他们度过了战乱岁月。美国人凯普(Robert A.Kapp)在《中国国民党与大后方》一文中对大后方在整个抗战时期的重要性作了这样的分析:"在1940年后,在大后方的都市人口更加需要便宜的食物以对付人为的短缺现象及都市市场上高涨的粮价。"②大后方重要性不只是停留在提供便宜的食物上,在文化方面也有体现,在"教室里放不下一张书桌"的烽火连天的岁月里,大后方给翻译工作者提供了相对安定的写作环境,重要的翻译作品才得以在抗战时期诞生。但大后方的自然条件和公用设施毕竟有限,1941年以后整个文学创作和翻译都不及抗战之初,在"文协"召开的"一九四一年文艺运动的检讨"的座谈会上,与会者就1941年的文艺发展出现了低谷的原因进行了分析,邵荃麟认为客观上的主要原因是:"(一)我们知道文艺运动是文化运动的一部分,而文化运动又不能和整个政治动向分离。政治朝低潮走,文艺运动自然也免不了受影响。(二)是整个文化中心据点

<hr/>

① 沈雁冰:《俄国近代文学杂谭》(上),《小说月报》(第11卷第1号),1920年1月。
② 〔美〕凯普(Robert A.Kapp):《中国国民党与大后方:战时的四川》,《中国现代史论集·八年抗战》,张玉法主编,台北:经济出版事业公司,民国71年(1982),第222~223页。

的转移。从前大后方有重庆、桂林、上海等三大文化据点,现在在重庆的文化人因为环境困难很多呆不下去,纷纷走开了,上海也不能立足。留下的只有桂林一大据点。现在虽然又增加了香港这个据点,但因为交通及种种关系,香港这一据点对内地的影响却很少。整个文化工作朝低潮的路走,文艺当然也受了影响。过去文艺运动蓬勃时出版的许多文艺刊物,这时也相继停刊,这是第二个原因。(三)是现实主义的困难。我们知道文艺工作需有自由的环境,才能够发展,如表现现实受的限制太大,是能够影响到它的发展的。其次是交通的困难,各地所出东西,无法自由流通。"①

翻译者的待遇延缓了狄更斯长篇小说的翻译步伐。就文学工作者(含翻译工作者)而言,他们生活遭遇挑战的不仅是大后方的物质条件,而且是自身待遇和处境每况愈下。抗战开始以后稿费不断下跌,"在抗战前可以有职业作家,到现在就不可能有了,写作成了一种副业"②。比如艾芜抗战前是一个职业作家,但是抗战开始后由于生活所迫而不得不去教书,作家从事第二工作自然会把写作的时间和经历分散,没有时间去创作。老舍先生在分析大后方文学"走下坡路"的原因时认为:"一来是山城的交通不便,不像在武汉时彼此捎个口信便可以开会;二来是物价的渐渐高涨,大家的口袋里不再像从前那么宽裕;于是,会务日记仿佛就只有理事们才知道,而会员们便不大关心它了。慢慢的,物价越来越高,会中越来越穷,而在团结的活动上又不能不抱着一动不如一静的态度,文协就每每打个小盹了。"③翻译工作者必须依靠自身的劳动,才能获得生活的费用,也正是由于生活所迫,许天虹才不得不勤奋地翻译外国文学作品。他曾在一篇小文章中描述了自己作为翻译工作者的生活现实:"我民国二十八年春初,由上海带了妻儿们逃难来此,一直住在临海西乡万山丛中的一个村庄里。因为体弱多病,未老先衰(屈指一算,才知道自己已有四十多岁了!)而且这边地方比较偏僻安全,环境比较清静,适于我做的工作,而且还有几个老朋友可以就近帮忙,所以六年来没有离开过这儿一天——就是离此六十里的临海城里,都没有去过一次!这并非因为我喜欢做'隐士',也是为我的衰弱的身体和忙迫的工作所逼成的;我是一个十足的无产者,正如'从手到口'的劳丁一般,如果一天

① 雷蕾整理:《一九四一年文艺运动的检讨》(座谈会记录),《文艺生活》(第1卷第5期),1942年1月15日。
② 雷蕾整理:《一九四一年文艺运动的检讨》(座谈会记录),《文艺生活》(第1卷第5期),1942年1月15日。
③ 老舍:《文协七岁》,《抗战文艺》(文协成立七周年并庆祝第一届文艺节纪念特刊),1945年5月4日。

不工作就一天没得饭吃!"①也正是因为生计问题,许天虹不得不在战乱中放弃对狄更斯长篇作品的翻译,转而翻译那些短小的文章:"在敌人的铁蹄踏到桂林以前,那边的文化生活出版社主持人巴金每月汇款来接济我一家人的生活费用,使得我能安心续译《迭更司选集》。自去年六月以后,这个来源断绝了,改进社也因战事影响,经济非常窘迫,我就只好译写较短的东西来投寄给浙东和翰南的各报——例如天台的《青年日报》、宁海的《宁波日报》、云和的《东南日报》、赣县的《正气日报》,最近还有龙泉的《浙江日报》。幸蒙各报的编辑和主持人特别体谅,常常能把稿费提早汇寄给我,才使我们一家人能在这物价冲天飞涨、真正'米珠薪桂'的非常时期苟延残喘。"②试想,如果没有战争的阻隔,如果许天虹能够继续得到上海文化生活出版社充足的稿费,那他一定还会在桂林这个地方翻译出更多狄更斯的长篇小说,那中国狄更斯翻译史也必然会是另外一种面貌。

许天虹在翻译《大卫·科波菲尔》之后曾这样评价狄更斯的小说:"在表面上,狄更斯似乎是一位幽默家。可是这位大幽默家也有他的可悲的一面。可悲的就在他要哭的时候却不能不笑。因为他看到了现实社会的黑暗面;他那热情的天性始终不能漠不关心多数人的悲惨的生活状况。不过他努力保持着对于'未来'的信心,并且竭力支持着别人的这种信心。"③是的,我们作为普通的社会成员,或者作为底层人士,有太多的事实让我们哭笑不得,但唯有对未来充满信心,我们才会有活着乃至奋斗的勇气,这也许才是狄更斯作品的精髓所在,也是翻译其作品的目的和意义所在。

三　乔治·艾略特小说的翻译

大后方在抗战时期翻译了多位英国女作家的作品,除大家熟悉的勃朗宁姐妹外,应该特别关注的是乔治·艾略特在该时期的译介。尽管目前国内对这位英国女作家的译介还不够充分,以至于她的长篇小说都没有全部被翻译到中国来,而且国外关于她的研究专著在中国也渺无足迹,但抗战大后方却出版了她的两部译作,开启了乔治·艾略特小说在中国译介的历程。因此,有必要对该时期乔治·艾略特小说在中国的译介情况进行详细的阐述。

---

①　许天虹:《一个"译人"的消息》,《宁波日报》("波光"副刊),1945 年第 362 期。
②　许天虹:《一个"译人"的消息》,《宁波日报》("波光"副刊),1945 年第 362 期。
③　许天虹:《译者的话》,《大卫·高柏菲尔》,上海:文化生活出版社,1952 年。

（一）

　　乔治·艾略特（George Eliot, 1819～1880）是英国维多利亚时期著名的小说家，其创作起步较晚，三十几岁时因翻译工作才开始自己的创作生涯，40岁时才出版第一部作品。艾略特曾就读于宗教气息浓厚的学校，思想上受宗教影响颇深，她具有极强的语言学习天赋，对拉丁文、法文、德文、意大利文、希伯来文、希腊文等皆能通晓。1841年随父迁居考文垂，受自由思想家查尔斯·布雷的影响开始质疑宗教信仰。由于这些原因，艾略特的作品中常常闪耀着对宗教的理性批判的火花。

　　艾略特一生主要创作了如下小说作品：1859年，第一部长篇小说《亚当·比德》（*Adam Bede*）出版，一年内再版了八次，成为英国小说出版史的传奇；1860年，《弗洛斯河上的磨坊》（*The Mill on the Floss*）出版；1861年，《织工马南传》（*Silas Marner*）出版。第二部和第三部小说标志着艾略特小说创作的成功，也由此奠定了她在英国小说史上的地位。1862～1863年，出版了《罗慕拉》（*Romola*）；1866年出版了《费利克斯·霍尔特》（*Felix Holt: the Radical*）；1872年，出版了《米德尔马契》（*Middlemarch*）；1876年，出版了最后一部长篇小说《丹尼尔·德龙达》（*Daniel Deronda*）。这些作品让艾略特声名鹊起，成为英国文学史上最伟大的作家之一，其创作成就与萨克雷、狄更斯和勃朗特姐妹齐名。艾略特的作品擅长人物描写，每一部作品都是人物外貌描写和心理描写的高度统一，她总能通过自己的文字把所表现之物恰到好处地呈现在读者面前，力争使每一个人物都有自己的话语表达风格和行为方式，在让读者倍感亲切的同时爱上她所塑造的各色人物。

　　艾略特作品在中国的翻译和研究情况与她在英国文学史上享有的地位并不匹配，"国内的艾略特研究起步较晚，20世纪30年代才有其一本著作的译文，到50年代，前五部小说都有了译文，但现已罕见"①。这句话道出了艾略特在现代中国文坛和翻译界的沉寂现状，但却忽视了20世纪40年代的抗战时期对这位女作家作品的翻译情况，而直接将研究的笔触从30年代滑向了50年代。事实上，抗战时期仅大后方就翻译出版了艾略特的两部作品，而且20世纪30年代也翻译出版了她的两部作品而非一部。具体而言，抗战大后方对艾略特作品的翻译如下：朱基俊翻译的《弗洛河上的磨坊》，1939年在昆明中华书局出版，当时名为《河上风车》。梁实秋翻译的《吉尔菲先生的情史》是艾略特"初试锋芒之作"，1944年在重庆黄河书局出

---

　　①　吴向东：《乔治·艾略特在中国》，《作家杂志》，2009年第4期。

版,1945 年再版时更名为《情史》,现在通译为《尘世情缘:吉尔菲先生的情史》。梁实秋翻译的《织工马南传》,1944 年 9 月在重庆商务印书馆第二次出版,该书 1932 年 1 月在上海新月书店初版。所以,20 世纪 30 年代艾略特的两部重要小说《织工马南传》和《弗洛河上的磨坊》被翻译到了中国,40 年代翻译了一部小说《吉尔菲先生的情史》,再版了一部小说《织工马南传》。

关于艾略特小说在中国的翻译和接受情况,目前国内还缺乏较为全面的梳理和资料整合,如何推动这位伟大女性作家在中国的翻译兴盛,并扩大其对中国文学创作的影响,这是一项亟待解决的重要课题。

(二)

《织工马南传》是艾略特创作走向成功的标志,这部作品自 1931 年被梁实秋翻译到中国文坛之后,多次修订再版,成为最受中国读者欢迎的英国小说之一。

小说《织工马南传》以底层人物的生活为表现对象,突出了社会矛盾的尖锐和人与人之间的隔膜,融入了艾略特现实主义的创作方法。小说讲述了马南在灯笼广场被诬陷有偷窃行为,未婚妻也被人夺走。在万般痛苦和无奈中,遭受不幸的马南只能离开灯笼广场,远走他乡以寻求生存的空间,于是他来到了拉维罗村。拉维罗村是一片远离权势争斗和物欲横流的净土,淳朴的民风和秀丽的田园风光让这里俨然成了世外桃源。可是,马南却与村民的生活方式格格不入,很难融入当地人的生活中,于是不得不在村外的石屋中依靠织布为生,在孤独与寂寞中度过了 15 年的时光。后来,他收养了孤儿爱蓓,才重新燃起生活的希望,结束了十多年来的无人说话的孤独生活。有学者认为,这部作品体现了艾略特的宗教情怀,因为它宣扬了只有回归宗教才能摆脱现实苦痛的思想:"《织工马南传》通过对主人公赛拉斯·马南一生中三次重要事件的描述,揭示了 19 世纪初工业文明早期新教、金钱丑陋的本来面目,指出只有重新建立以人为中心的人本主义的宗教和伦理道德观念,才能真正拯救人类,创造美好的福利社会。"①也有人从工业社会给人类带来的异化为题,讨论艾略特作品中的异化现象:"作家爱略特以当时在工业化洪流中苦苦挣扎的英国工人的生存状态为素材,创作了小说《织工马南传》,借用织工马南在拉维罗村孤独麻木的生活,及其境遇来揭示在工业化浪潮中英国工人所处的异化状态。"②

---

① 李安:《论〈织工马南传〉的孤独主题》,《外国文学研究》,2004 年第 1 期。
② 黄艳梅:《分析〈织工马南传〉中的异化现象》,《语文建设》,2013 年第 29 期。

作为《织工马南传》的译者,梁实秋对原作者有充分的了解,他很赞赏艾略特的创作态度,以及其作品对人性的刻画①。梁实秋在《织工马南传·序》中评价艾略特的作品时说:"哀利奥特写小说不是为人消遣的,她每有所作必以全部精神来对待",并引用艾略特自己的话说:"我的书对于我都是十分严重的东西,都是从我一身中苦痛的纪律和难得的教训里来的!"②而且梁实秋翻译艾略特的作品,还有更重要的原因,那就是她的作品内容是对人性的描写:"哀利奥特的小说内容是人性的描写。"③在中国现代文坛上,梁实秋与左翼文学之间就人性论的问题发生过激烈的交锋,每每撰文辩驳鲁迅等人的观点时,他就会把艾略特作品中的人性论作为反击文学阶级论的利器。比如在《文学批评辨》中,他这样写道:"物质的状态是变动的,人生的态度是歧义的;但人性的质素是普遍的,文学的品位是固定的。所以伟大的文学作品能禁得起时代和地域的试验。依里亚特在今天尚有人读,莎士比亚的戏剧,到现在还有人演,因为普遍的人性是一切伟大的作品之基础,所以文学作品的伟大,无论其属于什么时代或什么国土,完全可以在一个固定的标准之下衡量起来。"④这些文字是梁实秋对艾略特作品的正面评价,表明他从创作态度到创作内容上都对这位英国女作家有强烈的认同感。正是基于对原作者认同的基础,梁实秋才会翻译艾略特的作品并给予她较好的评价,以至于成为日后影响他文学观念的重要因素。

抗战时期,中国文艺界就抗战文学的发展进行过激烈的争辩,梁实秋站在文学审美的立场上认为不是所有的文学都必须遵循抗战的需要,从而招致很多指责。1938 年 12 月 1 日,梁实秋在《中央日报》的《平明》副刊上发表了《编者的话》,认为不必所有的作家都作抗战文艺,并且反对"抗战八股"⑤,由此引发了文学"与抗战无关"的争论。1942 年 9 月,沈从文在《文学运动的重造》中反对文学与政治、经济和战争结合起来⑥,他和施蛰存一起呼吁"纯文学"的发展⑦。1940 年向冰林和葛一虹就文学的"民族形式问

---

①　梁实秋把 George Eliot 的名字翻译成哀利奥特,今通译为艾略特。

②　梁实秋:《织工马南传·序》,《织工马南传》,〔英〕乔治·艾略特著,梁实秋译,台北:台湾商务印书馆,1966 年,第 4 页。

③　梁实秋:《织工马南传·序》,《织工马南传》,〔英〕乔治·艾略特著,梁实秋译,台北:台湾商务印书馆,1966 年,第 4 页。

④　梁实秋:《文学批评辨》,《晨报副镌》,1926 年 10 月 27～28 日。

⑤　沈从文:《文学运动的重造》,《文艺先锋》(第 1 卷第 2 期),1942 年 9 月。

⑥　梁实秋:《编者的话》,《中央日报》,1938 年 12 月 1 日。

⑦　施蛰存:《文学之贫困》,《文艺先锋》(第 1 卷第 3 期),1942 年 10 月。

题"展开了激烈的论争,很多作家和文艺工作者都卷入了这场持久的争论之中。针对大后方文坛上的"抗战无关论"和"民族形式问题"等文艺敏感话题,中国南方局文化组领导《新华日报》对之进了仔细的讨论和研究,并指定专人撰写文章。比如从 1942 年 2 月 16 日起,杨华在《新华日报》上连续发表了《关于文学的民族性》(1942 年 2 月 16 日)、《文学的"商业性"和"政治性"》(1942 年 2 月 17 日)、《文学与真实》(1942 年 2 月 18 日)、《"抄袭论"和"奉命论"》(1942 年 2 月 26 日)、《"拿货色来看"和"文学贫困"论》(1942 年 2 月 27 日)、《文学的"自由"和"统制"》(1942 年 3 月 19 日)和《关于文学与人性》(1942 年 3 月 20 日)七篇文章。这些文章一是批判陈铨提出的民族文学而非抗战文学概念;二是批判沈从文希望文学"从商场和官场解放出来",强调作家应在作品中表现政治;三是批判梁实秋文艺"与抗战无关"、文艺脱离政治的偏见,肯定了文艺与抗战的密切关系。

结合梁实秋抗战时期的文学观念,我们就会发现,艾略特小说中的人性书写符合梁实秋的"人性论"思想,他对艾略特小说的翻译其实是符合他内心审美标准的。

梁实秋是中国现当代翻译史上的著名译者,他凭一己之力翻译完了莎士比亚全集,并且还翻译了英美其他文学作品。《织工马南传》被梁实秋认为是第一部在中国翻译的艾略特小说,该译作连续再版便说明其质量的上乘。

1932 年 1 月,梁实秋的译作《织工马南传》在上海新月书店出版后,就受到评论界的关注。1933 年 1 月,程会昌先生在《图书评论》第 2 卷第 1 期上发表了一篇名为《梁实秋译马南传》的文章,指出梁实秋译文中的诸多错漏和不足。该文首先从翻译准确性的角度指出梁译文的"译错之处"有"三十余点",接下来分别列举了作者发现的错误。比如 1932 年出版的《织工马南传》第 11 页第 9 行中,梁实秋的译文是"现在只等着彼此多积蓄一点钱便可结婚",原文为"Waiting only for a little increace of to their mutual savings in order to celebrate their marriage."程先生从分析词语意义入手,认为英文"mutual"是"共同的"或"共有的"之意,但梁实秋将之翻译为"彼此",正好将这个词的意思翻译反了;而且原文并无"现在"一词,所以是梁实秋擅自增加了这个表时间的词。因此,这句话实际上应该翻译成:"只等增加一点点他们共同积蓄的结婚费。"①关于程先生指出的错误,梁实秋解释说:"我并没有错。'彼此'即是双方的意思。马兰和他的未婚妻都是穷人,所以虽然

———————————

① 程会昌:《梁实秋译马南传》,《图书评论》(第 2 卷第 1 期),1933 年 1 月。

缔婚数月,尚需等彼此再积蓄点钱才能结婚。至于积蓄的钱是共同放在一处,还是各人分放在自己处,我无从推测。"①又比如第 242 页第 1 行中,梁实秋的译文是:"假如上帝不错待了你,便不该诬陷你的清白,把你当做恶贼来排斥。"艾略特的原文是:"If then above had done the right thing by you, they'd never ha'let you be turned for a wicked thief when you was innocent." 程会昌先生认为应该译作:"假如上帝不曾错待了你,他便绝不会让你被人认作一个恶贼,当时你却是清白的。"②尽管程先生对梁实秋译错之处的指摘有些严苛,甚至有些吹毛求疵,但他所列举的翻译错误的确有损读者对原文的理解,如果再版时能够修正,必然会使译文臻于完美。

　　在指出梁实秋翻译错误的基础上,《梁实秋译马南传》一文紧接着分析了梁实秋的"译落之处",认为"全书译落大小四十多处"。比如第 42 页第 12 行中,原文是:"So you must keep me by for crooked sixpence." 梁实秋的译文是:"所以你总要把我带在身边,讨个吉利。"程会昌先生认为:"把一个凹凸了的六便士银币放在身边,是当时英国社会的一种迷信,以为可以得着好运。本书后面既备有注释,便可以加以说明,不可省略,藉保原文之真。若恐直译人家不懂,则可译为下列语句:'所以你总要把我带在身边,算个讨吉利的凹凸六便士。'"③当然,这里涉及典故的翻译问题,"crooked sixpence"在英国语境中已经超越了"凹凸的六便士"所包含的简单意义,如果要让读者理解其内涵,应该加注释进行说明。又比如第 182 页第 4 行中,梁实秋译文"这一天邻人告诉他今天是除夕,应该坐着守岁"的下面,原文尚有"and hear the old year rung out and new rung in"这半句,译文中却省去了,应该译作:"听着鸣钟迎送新旧年。"在程先生看来,守岁是英国的风俗,和我国的"爆竹一声除旧,桃符万户更新"有差不多的意思,翻译出来读者是能够理解的。第三,梁实秋的译文还存在"窜改原文之处",译文"改掉原著的意思的地方,也是不在少数,约近三十处"。在第 72 页第 5 行中,梁实秋的译文为:"梅西先生,你听我说,本来是克拉坎造尔帕先生的意思,要我在你病的时候来担任一部分教区书记的职务。"原文是:"Well, Mr. Macey, I undertook to partially fill up the office of parish-clerk by Mr. Crakenthrop's desire, whenever your infirmities should make you unfitting." 程先生认为梁实秋的译文意思与原文差不多,但在语气上却是天壤之别,因此梁实秋的译文只能算是"复写",不

---

①　梁实秋:《梁实秋先生的答复》,《图书评论》(第 2 卷第 1 期),1933 年 1 月。
②　程会昌:《梁实秋译马南传》,《图书评论》(第 2 卷第 1 期),1933 年 1 月。
③　程会昌:《梁实秋译马南传》,《图书评论》(第 2 卷第 1 期),1933 年 1 月。

能算是翻译,他认为最好译作:"是的,梅西先生,是克拉坎造尔帕先生的意思,要我来担任一部分教区书记的职务,因为你的病状将使你不能胜任了。"①

程会昌先生的文章并非一味地否定梁实秋的译文,他认为除开这些瑕疵之外,《织工马南传》总体而言是一部较好的译作,而且梁实秋对待翻译的认真负责态度也得到了首肯:"译者的态度是很好的,他说:'我在翻译的时候很感困难,恐怕有时句子不免太长太生硬,这只是我的能力不济的缘故。'避免句子的长与生硬——所谓使译文流畅,这是译者自承很使劲的地方;关于这点,我们可以承认他是已经克除了他所认为的困难,尤其是流利的对话,读时简直不觉得是一本译本小说。"②梁实秋针对程先生的"意见"发表了自己的看法,欣然接受了自己翻译得不对的地方,但同时也指出程文所写有"吹毛求疵"之嫌,并坚持为自己的译文辩解。不过,梁实秋对待别人的批评文字还算客观,他说:"程君指教各点,我认为适当的,当于再版订正。但是拙译商有不满人意处颇多,尤其原文冗长复杂之处,我的拙陋的译笔实在不足达意,更谈不到传神,在这方面我真希望有人着实的改削一番。"③

这样的翻译论争确实能够促进译文的完善,中国现代翻译史上的众多争论虽然背后存在"利益"和"地位"的驱动,但在客观上却可以带来翻译的进步。梁实秋翻译的《织工马南传》经过这次翻译讨论之后,再版时必然会更趋完美。

第三节　抗战大后方对英国戏剧的翻译

抗战大后方对英国戏剧的翻译主要集中在莎士比亚和萧伯纳两人身上。前者是文艺复兴时期的剧作家,代表了英国戏剧的最高成就;后者是当代著名剧作家,丰富的经历和社会认知成就了他在中国文坛上的特殊地位。因此,本章接下来先梳理萧伯纳作品的翻译情况,然后在呈现莎士比亚戏剧翻译热潮的基础上,具体分析曹未风翻译的《莎士比亚全集》。

一　萧伯纳戏剧的翻译

萧伯纳(Gorge Bernard Shaw,1856~1950)是英国现代杰出的现实主义

---

① 程会昌:《梁实秋译马南传》,《图书评论》(第2卷第1期),1933年1月。
② 程会昌:《梁实秋译马南传》,《图书评论》(第2卷第1期),1933年1月。
③ 梁实秋:《梁实秋先生的答复》,《图书评论》(第2卷第1期),1933年1月。

戏剧作家,1925 年因为作品具有理想主义和人道主义而获诺贝尔文学奖,他擅长幽默与讽刺的语言艺术。由于萧伯纳的作品具有深刻的社会关怀和现实价值,一直受到不同国家读者的推崇和喜爱。

萧伯纳是抗战大后方戏剧翻译的重点作家之一,主要翻译出版了他的如下作品:陈瘦竹翻译了的戏剧《康蒂妲》(*Candida*),1943 年由成都中西书局出版;黄嘉德编译的《萧伯纳情书》在上海早有译本,1943 年由桂林西风社出版;朱文振翻译的《康缇达》(*Candida*),1944 年由重庆青年书店出版;凌志坚编译的《萧伯纳传》,1944 年由重庆正中书局出版第四版。陈瘦竹翻译的《康蒂妲》第三幕于 1944 年在《当代文艺》第 1 卷第 5~6 期上发表,关于这部戏剧的翻译序言《萧伯纳及其〈康蒂妲〉》于 1943 年在重庆《文艺先锋》第 3 卷第 5 期上发表,后来结集出版。朱文振翻译的《康缇达》第三幕曾于 1936 年在《文艺月刊》第 8 卷第 3 期到第 5 期上发表,后结集出版。

《康蒂妲》之所以会被多次翻译和出版,这与该剧人物类型的塑造和反映生活的深度有关。康蒂妲作为戏剧的主要人物,她通过自己隐忍的性格在现实生活中过得游刃有余,这主要体现在她对男性心理和行为的掌控上:她深谙男性豪气背后的懦弱,因此能够让男人们"臣服"于她;同时她善于利用男人们对她的好感,差遣他们替自己做很多事情,比如丈夫莫瑞尔被她牢牢地掌控着,她的崇拜者马本科也被她经常驱使。同时,这部戏剧中的男性和女性之间有非常鲜明的性别差异,与传统的男性中心主义社会相比,本剧中的人物则是"阴盛阳衰"。康蒂妲精明能干,能井井有条地应对现实生活;而丈夫莫瑞尔作为牧师只是口头说教,实际生活能力并不突出;康蒂妲的追求者马本科浪漫有余,但却活在虚幻之中;博格斯虽然精明能干,但却粗俗难耐。因此,《康蒂妲》不仅是一部反映现实社会中人际关系、人物心理和人性的剧作,也是一部富有解构精神和讽刺意味的作品。因此,译者陈瘦竹在评价这部剧作时说:萧伯纳"并不是为了娱乐观众而写剧本,却是为了教化观众而写剧本",他在剧中要塑造一个"新女性"形象,这个形象即是康蒂妲那种"直率坦白的现实主义者,既不假装正经,也不假装多情"①。正是因为康蒂妲身上有这么多优点,才引来人们对这部剧作的好评,也才会受到中国读者的欢迎。

萧伯纳的作品在抗战大后方的翻译出版,不仅与他 1933 年到访中国有关,而且与萧伯纳一贯的创作风格和思想信仰也密不可分。萧伯纳的政治立场在中国赢得了部分人的认同,也比较容易被当时中国社会的反帝情绪

----

① 陈瘦竹:《萧伯纳及其〈康蒂妲〉》,《文艺先锋》(第 3 卷第 5 期),1943 年。

所接纳。他曾受到过马克思主义的影响,以社会主义者的身份自居,并到访过社会主义国家苏联,担任了"世界反帝大同盟"组织的名誉主席。此外,萧伯纳作品和文艺主张也比较符合当时中国的文学诉求。他被人们看作是莎士比亚以来英国最伟大的剧作家,他本人十分推崇中国人五四时期大量翻译介绍的剧作家易卜生的作品,其"社会问题剧"作品《华伦夫人的职业》(*Mrs. Warren's Profession*)以在 20 世纪 20 年代曾受到了中国读者的喜爱,因为那时中国掀起了"社会问题小说"的创作风潮。袁弼翻译的《不快乐的戏剧》(*Plays Unpleasant*)包含了萧伯纳的三个剧本,1923 年由上海商务印书馆出版。1933 年 2 月,萧伯纳到访上海,会晤了宋庆龄、鲁迅、蔡元培等上海社会界和文化界的知名人士,成为文化界的一大盛事。人们对萧伯纳怀着不同的期待,"各人的希望就不同起来了。蹩脚愿意他主张拿拐杖,癞子希望他赞成戴帽子,涂了脂粉的想他讽刺黄脸婆,民族主义文学者要靠他来压服了日本的军队"①。

由此可见,萧伯纳在中国人的心目中扮演着多重角色,不同阶层的人会从各自不同的立场出发去翻译介绍萧伯纳,于是其戏剧、传记等译本便在大后方流传开来。从这个角度来讲,萧伯纳作品在大后方的译介是社会和文学两个方面的原因导致的。

二　抗战语境下的莎剧翻译热潮

莎士比亚作为英国戏剧文学的代表者,其作品一直以来受到了世界各国读者的欢迎。中国文坛对这位英伦文豪的青睐不减他国,哪怕是抗战时期对他作品的翻译都开展得如火如荼。

首先,大后方出版了十多部莎士比亚戏剧翻译的单行本,而且主要集中在 1944 年前后。抗战大后方莎剧翻译的集大成者应该首推曹未风,曹先生从 1931 年开始翻译莎士比亚的十四行诗以及戏剧,贵阳文通书局 1944 年出版了他翻译的《莎士比亚戏剧全集》,共收录莎士比亚的 11 部戏剧作品。1944 年,重庆新地出版社出版了杨晦翻译的莎士比亚戏剧《雅典人台满》。这部戏剧附有很长的译者序言,"被认为是中国第一篇力图以马列主义观点分析莎剧的重要论文"②。由此可以推断杨晦的翻译具有很强的目的性,译本在内容和价值观念上几乎完全偏离了原剧的主旨,为宣传当时流行的马列主义思想起到了推动作用。当然,这部译作为整个莎士比亚戏剧的解读

---

① 鲁迅:《萧伯纳在上海·序》,上海:野草书屋,1933 年。
② 曹未风:《莎士比亚在中国》,《文艺月报》,1954 年第 4 期。

乃至莎学研究提供了新的视角,自此以后,加上对俄苏莎士比亚研究的译介,马克思主义莎学逐渐在中国拉开了序幕。1944 年,重庆商羊书屋出版了由邱存真翻译的《知法犯法》(今通译为《一报还一报》)。

抗战大后方出版的很多莎剧译本都有自己的特色。比如 1944 年 3 月重庆文化生活出版社出版的曹禺所译《柔蜜欧与幽丽叶》。曹禺在翻译这部剧作的时候采用了诗歌文体,目的是想为这部爱情剧增加诗意的色彩,后来再版这部译作的时候他曾说,在翻译时"我加了一些'韵文',以为这样做增加一点'诗'意。当然,莎士比亚原剧是用五音步十音节的无韵体写的,并不押韵"①。译者常常把外国的诗体文章翻译成无韵体或散文体,而他却将外国的无韵体诗翻译成了有韵体,由此可见曹禺翻译这部戏剧的时候在语言上下了很大工夫。难怪后来有学者在评论曹禺的这部译作时对其文体形式做了如下高度的评价:"一、《柔蜜欧与幽丽叶》是一本诗体译本,是中国第一个用诗的语言去传达原作的诗意与激情,并保持着原来诗体形式的莎剧译本;二、这个译本中,译者成功地译出了这部悲剧中的插科打诨、俏皮话、双关语,表现了剧作家的个性才能中的幽默感;三、曹禺用富于诗情画意的语言,具有音乐性的语言,把莎士比亚的这部不朽名著翻译得十分精彩。"②作为一个剧作家,曹禺深谙戏剧语言与其他文体语言的差别,他的翻译其实更多的是顺应了剧作的舞台艺术,这些有韵律的语言作为台词说出来朗朗上口,加上一些双关语和俏皮话,观众会对戏剧有更深的接触和了解。

第二,期刊杂志上发表了很多谈论莎士比亚戏剧的文章,是中国莎学研究史上的重要成果。1941 年 9 月,重庆出版的《戏剧岗位》第 3 卷第 1~2 期合刊上发表了潘子农和李丽冰翻译的《莎士比亚在苏联舞台上》。1941 年 10 月 10 日,桂林出版的《戏剧春秋》第 1 卷第 5 期上开辟了"莎士比亚逝世三二五年纪念辑",主要刊登了两篇关于莎士比亚戏剧的论文的译文:一是宗玮翻译的《莎士比亚新论》,二是秦似翻译的《莎士比亚剧作在苏联舞台》。1941 年 10 月 15 日,桂林出版的《文艺生活》杂志上刊登了焦菊隐的论文《俄国作家论莎士比亚》和艾芜的论文《关于〈哈姆雷特〉》。1941 年 12 月 10 日,重庆出版的《文学月报》第 3 卷第 2~3 期合刊上刊登了李嘉翻译的《俄国作家论莎士比亚及西万提斯》。1942 年 1 月 15 日,张天翼在桂林出版的《文艺杂志》创刊号上发表了谈莎士比亚戏剧的论文《谈哈姆来特》,该文将哈姆雷特与堂吉诃德进行了比较,认为哈姆雷特精神的核

---

① 曹禺:《柔蜜欧与幽丽叶·前言》,北京:人民文学出版社,1960 年。

② 方平:《曹禺与莎士比亚》,《莎士比亚研究》,1984 年第 2 期。

心是"怀疑和否定"①,而且这种精神在抗战时期是中国所需要的精神。
1943年7月15日,重庆出版的《时与潮文艺》第1卷第3期上刊登了柳无忌撰写的《莎士比亚的该撒大将》。1943年9月,重庆出版的《中原》杂志第1卷第2期上刊登了发表了郑伯奇翻译编辑的《哈姆雷特源流考》。1945年2月20日,重庆出版的《文艺先锋》第6卷第1期上刊登了葛一虹翻译的《莎士比亚的研究》,《文艺先锋》第7卷第4期(1945年10月30日)上刊登了李慕白翻译的《麦克柏司》。

　　莎士比亚戏剧在抗战大后方的演出。20世纪40年代,莎士比亚的戏剧在中国的演出遭受了中国社会和文化的强力挤压,很多剧本被改编成符合当时社会现实和政治需要的中国化剧本,而且在演出的时候忽略了西洋戏剧的舞台和语言特征,按照中国传统的戏剧形式来演出。抗战大后方在莎士比亚戏剧演出的历程中起到了至关重要的推动作用,在莎剧的中国舞台史上开创了新的局面。1942年,内迁四川江安的国立戏剧专科学校公开演出了《哈姆莱特》,这是该剧在中国第一次比较完整的有序的演出,剧本采用的是梁实秋的译本,焦菊隐担任导演,该剧同年11月和12月两次在重庆演出。1944年1月,神鹰剧团在成都国民剧院演出了《柔蜜欧与幽丽叶》,该演出采用的是曹禺的译本,由张骏祥担任导演,这是抗战时期大后方乃至全国最高水平的莎剧演出活动之一。

　　从大量单行本的翻译出版到风格独特的译文,从期刊频繁刊登剧评文章到莎剧的排练上演,抗战大后方语境中的莎剧热潮不容小觑。

三　曹未风与《莎士比亚全集》的翻译

　　20世纪20年代以降,中国很多著名作家和学者都加入了翻译莎士比亚作品的行列,其中包括梁实秋、卞之琳、朱生豪、孙大雨、方平等。曹未风先生也是其中之一,而且是中国第一位计划翻译出版莎士比亚戏剧全集的翻译家,其在贵阳出版《莎士比亚全集》时正逢抗日战争爆发之际,代表了抗战时期和抗战大后方莎剧翻译的成就。

　　具体而言,1935~1944年近十年间,曹未风共计翻译出版了11种莎剧:《该撒大将》(1935)、《暴风雨》《微尼斯商人》(1942)、《凡隆纳的二绅士》《如愿》《仲夏夜之梦》《罗米欧及朱丽叶》(1943)、《李耳王》《汉姆莱特》《马克白斯》《错中错》(1944)。1942~1944年间上述11种莎剧以《莎士比亚戏剧全集》的总名由贵阳文通书局出版。1949年后曹未风于1955年、1958

---

① 张天翼:《谈哈姆来特》,《文艺杂志》(创刊号),1942年1月15日。

年、1959 年又翻译出版了三部莎士比亚戏剧的新译本:《第十二夜》《奥赛罗》《安东尼与克柳巴》。与此同时,他还修订出版了六种莎剧剧本:1951 年的《如愿》、1954 年的《仲夏夜之梦》、1955 年的《哈姆莱特》、1956 年的《尤利斯·该撒》、1959 年的《错中错》。1962 年,上海译文出版社出版了曹未风 12 种莎剧译本的单行本,显示出译者在莎剧翻译历史进程中举足轻重的地位。

(一) 曹译本的时代性

20 世纪三四十年代对中国来说可谓是腥风血雨的时代。随着五四解放思潮的发展,中国文学界进入白话文与文言文的较量中。与此同时,又因大力宣扬要摒弃中国传统文化,容纳西方新文化,人们便将更多的注意力转移到理论批判上,因此,这一时期真正属于文学创造的作品甚是罕见。为了弥补创作上的空白、为中华文化注入新的活力,文学翻译应运而生。正当思想界步入对异域文化翻译的热潮时,令举国震惊的炮火声在祖国的东北部悄然打响,日本入侵我国,并顺势占领我国东北部,为抗日战争的全面爆发埋下伏笔。这一举动令全国人民震怒,尤其是对知识分子而言。1934 年,面对现状,鲁迅提出当前最重要的是在中国也要,而且首要有莎士比亚作品的译本,至此中国文学界进入了全面接受莎士比亚的时代。根据中国当时的特殊国情,大多数翻译家都对莎士比亚戏剧做出了选择性翻译,曹未风就在这个时期率先对《汉姆莱特》《微尼斯商人》等 11 部有代表性的戏剧进行了翻译,基于这 11 部译本是特殊时期的产物,使它们或多或少的带有译者主体在面对当时社会情形所产生的特殊的感情色彩。本部分以《马克白斯》为例来论述曹未风莎剧翻译的合时代性。

《马克白斯》是莎士比亚在 17 世纪初期完成的一部有着深刻现实意义的戏剧。当时的英国仍处于封建王朝的高压统治之下,社会上迷信妖魔巫术的中世纪风尚也依然流行,加之中世纪常见的弑君篡位的事件层出不穷,这便在很大程度上决定了莎翁为何要在那个时期创作这部戏剧。《马克白斯》是莎士比亚悲剧中篇幅最短的一部,但其情节之简练、结构之精美,又是其他作品不可相媲美的。莎士比亚的悲剧素以故事情节的丰富而著称,他的戏剧常常包含几条交错的或平行的情节,而这部戏剧却没有其他情节,只围绕马克白斯篡夺王位及其被推翻过程为主线。这部戏剧讲述了 11 世纪苏格兰的一位卫国名将——马克白斯,因受野心驱使、女巫蛊惑和妻子的教唆,残忍的杀害了国王邓肯的过程以及在阴谋得逞之后,他内心的恐慌与不安,但守住王位的欲望又促使他一步一步地从血腥走向血腥,直至演变成一个不可救药的暴君,最后被正义的力量所击败,走向自我覆灭的故事。莎士比亚在这部剧中不仅大篇幅地刻画出马克白斯最终的悲剧性命运，而且更深化了主题，揭示出马克白斯的罪行是社会历史事件，将其赋予了鲜明的社会政治意义，即暴君、暴政给社会带来的黑暗，给国家和人民带来的灾难，以及从中暴露出的人性的堕落和毁灭问题①。

莎士比亚悲剧以现实主义为基础来观察和描写社会与人，以塑造典型形象来阐释创作主题。《马克白斯》就是这样一部戏剧，它具有生活本质的真实性，揭露了文艺复兴时期出现的极端个人主义，并勾勒出一幅无限黑暗、残酷和混乱的生活图景，而这正是他所生活的那个时代英国现实的艺术缩影②。单凭这一点，这部作品就足以反映出中国特殊历史时期的现状，引起曹未风面对国家兴亡、生灵涂炭的祖国现状时所产生的共鸣。

曹未风于 1931 年前后着手于莎士比亚戏剧的翻译，而且，他亲自赴英国留学为的就是搜集有关莎士比亚戏剧的资料，更好地理解原文的内容与思想并对其进行翻译。1943～1945 年先后翻译并出版了包括《罗密欧与朱丽叶》《汉姆莱特》《马克白斯》等 11 部剧本。抗战胜利后至上海，他继续从事莎士比亚戏剧的翻译，直至 1963 年因病去世。尽管曹未风的译本颇受文学界的争议，但在中国思想贫瘠、内忧外患的危难时期，曹的翻译依旧是为文学界引入新思想作出了不容忽视的贡献。

文学的创作和文学作品的翻译在很大程度上与当时的社会状况有关。因为无论是作为创作主体还是翻译主体都无法彻底摆脱将自己在所处社会状况中所产生的情绪融入自己的作品中。法国著名翻译家贝尔曼认为任何译者从事翻译活动都是在某种翻译冲动（即译者从事翻译的动力）驱使下进行的。同时，任何翻译都是为了达到某种目的，完成一定任务，而且，一定的翻译环境也以不同的方式作用于译者，译者必将其内化，只是内化程度不一。同时，从文学阐释学角度看，基于阐释者的"前理解"，对任何文本的理解都不能避免的受到阐释者潜藏于意识中早已既定的知识体系的影响和阐释者在阐释作品之前具有的特定的历史和文化③。这都充分说明任何翻译作品都会在不同程度上受到翻译主体的主观能动性的改造和翻译时所处的社会环境的影响。曹未风对莎士比亚的翻译亦是介于一定的文化背景和历史环境下进行的，并在主体意识的作用下将其译作增添了自我的感情色彩。以下将具体从两个方面分析曹未风翻译莎剧的原因和意义。

---

① 孙家琇：《论莎士比亚四大悲剧》，北京：中国戏剧出版社，1988 年，第 257 页。
② 卞之琳：《莎士比亚悲剧论痕》，合肥：安徽教育出版社，2007 年，第 241 页。
③ 张首映：《西方二十世纪文论史》，北京：北京大学出版社，1999 年，第 244 页。

　　从思想文化角度来说,自五四以来,国内文学革命的发动者们就开始注重从西方文艺思潮中汲取理论源泉,大量外国文学作为活跃中国文坛的新力量如雨后春笋般涌现,文学翻译霎时间成为中国文学作品创作的主力军,但这个时期对于外国著名作家作品的翻译依旧有限。随着旧文学势力的减退,新文学势力的强化,文学新思想却在一定程度上出现断层,改变思想停滞不前、增添文学新活力成为那个时期文学之士的当务之急。也就是在这种局面下,翻译经典成为形势所迫,曹未风便是我国较早投身于莎士比亚戏剧翻译的学者。根据自己在译莎实践中的体会,他强调莎士比亚的作品是"戏",是专为舞台演出而创作的。在翻译的时候,既要揣测剧中人物的身份、语言、行为和心理活动,又要极其注意对白中的"接头"所在,以及对白与行为间的配合,尤其要译好高潮部分,否则会大大降低原文色彩。鉴于自身提倡白话文的需要,他还主张要采用口语译莎,这样便于演出,能更好地再现原文,但介于英语与汉语在节奏、韵脚等方面的差异,译文在形式上大可不必过于拘泥于原文。尽管曹未风主张如此,但就其译作成果来看,他在翻译的实践中仍旧有多处为了迎合原文而不曾变通,以致很多处语言晦涩难懂,这也是为何他的译文会引起最多批评的原因之一。即便如此,曹未风仍旧是率先将莎士比亚引入中国的关键人物之一,对后人了解和翻译莎士比亚作品有着重要的作用。

　　从政治角度看,1931年日本帝国主义的突然入侵,使正处于思想改革的中国雪上加霜,思想改革尚未成熟,民族危机悄然将至。政治的动乱使本身崎岖的思想改良的道路变得更加坎坷,但就是在这样的危急时刻,在"中国是个无文化的国家,连老莎的译本都没有"等一系列的讥讽下,使原本计划成为我国翻译莎士比亚第一人的曹未风更坚定自己的决心,毅然决然地置身于莎剧的翻译中。由此可见,曹未风在面对入侵者的讥讽和挑衅时,所流露出的民族大义,爱国情怀。更为重要的是在十四年抗战这一狼烟四起、水深火热的特殊历史时期,在日本文化高度压制的情况下,他从未动摇译莎的决心,只为守住民族气节、激发民族灵魂,坚持以锐利的笔锋对抗日本文化的腐蚀,为中华人民不断输送健康的精神食粮。

　　《马克白斯》是莎士比亚四大悲剧之一,但其结构、情节和思想内容,较之其他三部有明显不同,所以人们对它的评价存在很大的分歧,有人认为它是莎士比亚悲剧中最为成功的,也有人认为它远不如其他三部。然而就戏剧内容和艺术技巧来说不可否认它是最为精湛的①。《马克白斯》虽然有明

---

　　① 张丽:《莎士比亚戏剧分类研究》,北京:中国社会科学出版社,2009年,第277页。

显的不足,但确实是部真实感人的戏剧,具有深刻的认识意义和教育意义。

贯穿《马克白斯》始终的基调是悲情。剧本一开始,便在雷电交加的荒原上拉开帷幕,三个面目狰狞、丑陋邪恶的女巫的出现预示着对人性的践踏。她们不在乎人类的苦难,反以制造更多的灾难为乐,她们用富有极强煽动性的预言激发了马克白斯内心深处的权势欲望,让戏剧从一开始就蒙上了一片阴霾。而曹未风翻译《马克白斯》的背景亦是中国处于日本侵略的阴霾之中,以致他在多处情境的翻译上都从一定层面上反映出他所持有的对抗战时期国人的同情、对日寇侵略的憎恶的感情色彩。马克白斯本是开国元勋,是卫国最大的功臣,拥有无限的荣耀与光环,拥有国王的器重和人民的爱戴,这样一个伟人又为何走向犯罪,成为一个杀人成性的恶魔。莎士比亚用毫不吝啬的笔锋揭示出马克白斯走向沉沦的根本原因是源自他自身——自我意识的膨胀,自我欲望的渴望。这样的描写似乎与中国文人对日本侵略者最后会走向灭亡的期待不谋而合。马克白斯以卑劣的手段谋取王位正与日本帝国主义者以惨绝人寰的暴行侵占中国的行径相契合,他们都试图用不道德的方式夺取本不属于他们的东西,这也预示着他们都会在自我的膨胀和为所欲为中走向失败。曹未风寄希望于《马克白斯》,应该也是期望看到日寇的肆意妄为的结果如同马克白斯一样,短暂的霸权终究会被正义的力量所打败。在整部戏剧里充斥着莎士比亚对黑暗与邪恶势力的控诉,而曹未风的译作亦有借题发挥,再现自己对侵略者无耻行为批判的痕迹。如对邓肯被杀当晚的情景的翻译:

　　这晚上很不安静,在我们睡觉的地方,我们的烟囱被吹倒了,同时据他们说,听见天上有哭声,还有奇异的死人的号叫,而且用骇人的声调预言着说,有可怕的叛乱及祸事即将生下来,到这苦难的时候,那阴森森的鸟一夜到明叫嚣个不停,有人说,这大地,也在发抖,曾经震撼。①

“哭声”“死人的号叫”“骇人的声调”“发抖”“震撼”,一连串的冷冰冰的字眼,有谁会不为之寒颤。估计正逢日本侵略的时代,作为一位满怀爱国情怀的文学家——曹未风也会不由自主的想到在沦陷区承受苦难和备受摧残的同胞们。自1931年九一八事变后,我国东北三省便一直笼罩在一片黑暗之中,在那片黑暗里的抽泣、嚎啕、惨叫或许也正预示着那些野心勃勃的

---

① 〔英〕莎士比亚:《马克白斯》,曹未风译,贵阳:贵阳文通书汇出版社,1944年,第47页。

强盗、土匪并不满足于辽阔中华的一隅,而是一直在虎视眈眈的望着那尚未到手的肥沃疆域,中华民族的灾难才刚开始,那最终的叛乱亦"即将生下来"。而当这种可怕的预言真的变成现实的时候,生活在本土的牲畜也会震怒,就好似邓肯被杀时,追随他一生的马匹也会失去理智,变得焦躁、狂野,"冲出它们的马厩,投身出来,拼命挣扎不肯听话,好像是它们要同人类争战一般"①。可见,当不合天理的事发生时,那罪恶的面孔将会惹怒整个世界。

在第二场第四幕中,罗斯说道:"你看哪,这天庭,为了人类的行为而烦恼,正威吓着这血污的舞台呢,按钟点已经天明,而那黑夜却扼住那永远流动的明灯。究竟是黑夜的势力在支配呢,还是白日的疚愧。在活耀的光明应该亲触这地面的时候,黑暗却将它掩起。"②莎士比亚在试问是黑暗在支配还是白日的自愧时,又紧接着写到光明本该出现,而黑暗却将它掩盖,这一问一答,更强调出马克白斯的邪恶,因为他的只手遮天便将整个苏格兰笼罩在一丝光阴都没有的黑暗之中。而在曹未风看来,长期生活在日本控制下的沦陷区的人民又何尝不是一丝光明都看不到。同时,就在这一幕,罗斯又接着说道:"没有好处的野心,这样反会吞噬了你自己的生命之资。"③莎士比亚认为马克白斯的谋逆尽管成功,他的欲望尽管在短时间内得到满足,但终究会在不断填满欲望的同时走向灭亡。当曹未风译到此处时,估计在他的内心也必然会显现出一丝希望:尽管目前日寇猖獗,但他们也是没有好处的野心,也会在不久的将来滚出中国的土地。

在第四场第三幕,玛克多夫的一段话,让正义的力量就此滋生并且以不可扳倒之势壮大起来。他说:"我们还是紧握住这人间的刚锋,似那忠信的人来立定了保卫我们的真诚吧,在每日清晨,都有新寡妇在号啕,新孤儿在哀哭,新悲愁上击到天庭的颜面,然后发出声来就好像它同苏格兰一齐颓倒,同时叫喊着悲痛的声音。"④莎士比亚终于在黑暗中融进了一束光明,玛克多夫的出现使全文步入了高潮,正义与邪恶之争再此刻打响了。而随后玛克多夫面对麻尔孔王子无耻的自诉中所表现的,更说明他是一个内心充满正义、刚正不阿的爱国勇士。曹未风将自己的知识转化为抗战的刺刀,借玛克多夫挑战马克白斯的正义之举向侵略者宣战,将这部作品的思想以国语的形式传送到每一个国人的头脑中,让曾经一度麻木的中国人重新激起坚守国土,捍卫祖国的斗志。

---

① 〔英〕莎士比亚:《马克白斯》,曹未风译,贵阳:贵阳文通书汇出版社,1944 年,第 54 页。
② 〔英〕莎士比亚:《马克白斯》,曹未风译,贵阳:贵阳文通书汇出版社,1944 年,第 54 页。
③ 〔英〕莎士比亚:《马克白斯》,曹未风译,贵阳:贵阳文通书汇出版社,1944 年,第 55 页。
④ 〔英〕莎士比亚:《马克白斯》,曹未风译,贵阳:贵阳文通书汇出版社,1944 年,第 105 页。

除了对剧情的分析,从剧中人物的形象上,我们亦能看到莎士比亚在此剧中诉诸的思想情感。在莎士比亚笔下,最能集中地表现笼罩人心的邪恶精神的人物莫过于马克白斯夫人了。马克白斯夫人从一开始就表现出异于常人的冷酷、狠毒,如果没有她的存在,也许也就没有马克白斯的罪行。可见在这部戏中,她至关重要的作用。而她的自我毁灭,是一线光明也没有的彻底的毁灭。也正鉴于此,《马克白斯》可以说是莎翁全部悲剧中最阴郁的一部戏,因为从头至尾它所展示的都是一个人在道德上的完全毁灭。

曹未风对《马克白斯》这部戏剧的关注,在很大程度上是寄希望于这部戏能在启迪国人心智、激起国人斗志方面发挥作用,希望这部戏能以其本身的思想精髓提醒人们,无论黑暗多么强大,无论日寇多么凶狠,他们终究会被正义所击败,而我们作为正义的一方,一定要对未来充满信心,要时刻提醒自己身上肩负的家与国的使命。至此,译者主体的曹未风在译《马克白斯》过程中所渗透的爱国主义的担当责任与文化传播的使命意识显而易见,而唯有这种渗透才得以使这部作品融入当时的社会并满足读者的意趣,促进译作的传播和思想的输送。

(二) 曹译本的翻译特征

不同译者的翻译理念和语言表达各有特点,曹未风的翻译文本在整个莎剧翻译中不仅具有里程碑意义,而且还形成了自己鲜明的个性特色。

首先,曹译本莎剧充满了创造性叛逆。为了更好地论证曹未风在翻译莎士比亚戏剧中的能动性,突出其莎剧翻译的特色,我们有必要先了解一下译介学中的创造性叛逆。"创造性叛逆"这一概念最先由法国文学社会学家埃斯卡皮提出来,他认为"翻译总是一种创造性叛逆"①。"说翻译是叛逆,那是因为它把作品置于一个完全没有预料到的参照体系里(指语言);说翻译是创造性的,那是因为它赋予了作品一个崭新的面貌,使之能与更广泛的读者进行一次崭新的文学交流;还因为它不仅延长了作品的生命,而且有赋予它第二次生命"②。因此,就文学作品的翻译而言,在用译语文化下的语言去表达原文化背景下的文学作品时,除了需要遵循原作的语言风格、行文习惯以及隐藏在文本后面的文化习俗和民族心理之外,还需要考虑到翻译后的文学作品在新的译语文化环境下的接受状况。这就不得不使译者在具

---

① 谢天振:《译介学》,上海:上海外语教育出版社,2000 年,第 137 页。
② 谢天振:《译介学》,上海:上海外语教育出版社,2000 年,第 140 页。

体的翻译过程中处理好不同语言、不同文本形式、不同文化习俗之间的关系,使得翻译真正成为一门艺术。

谢天振教授在《译介学》中进一步阐释了这一观点。他指出:"如果说,文学翻译中的创造性表明了译者以自己的艺术创造才能去接近和再现原作的一种主观努力,那么文学翻译中的叛逆性,就是反映了在翻译过程中译者为了达到某一主观愿望而造成的一种译作对原作的客观背离。但是,这仅仅是从理论上而言,在实际的文学翻译中,创造性与叛逆性其实是根本无法分隔开来的,它们是一个和谐的有机体。创造性叛逆并不为文学翻译所特有,它实际上是文学传播与接受的一个基本规律,我们甚至可以说,没有创造性叛逆,也就没有文学的传播与接受。"①这一论述在承认文学作品的翻译是一种创造性叛逆的同时,进一步强调了创造性和叛逆性在实际的文学作品翻译过程中的统一。这种统一与译者的主观努力和在客观现实面前的叛逆紧密联系在一起,从而在各类纷繁复杂的文学翻译作品中体现出来。

在《中西比较文学手册》中,"翻译是一种创造性叛逆,这种叛逆表现在形式上就是翻译中的删减、添加和意译。然而,不管翻译效果怎样,它无疑是不同语种间的文学交流中最重要、最富有特征的媒介,是比较文学的首要研究对象"②。这里对文学翻译的媒介作用姑且不作阐释,但对翻译的这一定义在某种程度上也较前面更具体地揭示了文学翻译的创造性叛逆这一现象。

第二,曹译本莎剧再现了莎士比亚语言的幽默诙谐。不同文化背景下的语言具有不同的使用特征,"翻译是用另一种语言把原作的意境传达出来,使读者再读译文的时候能像读原作一样得到启发、感动和美的感受"③。因此,从某种意义上说正是语言的差异性决定了文学作品的差异性。常常是在某种文化语境下的一个词语,在另一种文化语境下却找不到一个对等的词;常常是在某种文化语境下的一个句子,在另一种文化语境下却找不到对等的表达方式;常常是在一种文化语境下　种文化意象,难以通过另一种语言在新的文化背景下传达出来。所以译者在具体的翻译文学作品的过程中,难免要进行语言上的创造性叛逆,使读者再读译文的时候能像读原作一样得到启发、感动和美的感受。

---

① 谢天振:《译介学》,上海:上海外语教育出版社,2000年,第137页。
② 廖洪钧:《中西比较文学手册》,成都:四川人民出版社,1987年,第103~104页。
③ 茅盾:《为发展文学翻译事业和提高翻译质量而奋斗》,《翻译研究论文集》,北京:外语教学与研究出版社,1984年,参阅第1~16页。

　　莎士比亚的戏剧作品深刻反映了当时的社会现实,其中修辞手法的成功运用,使其作品形成了诙谐幽默的语言效果,尤其是双关语的运用。"双关语已成为莎士比亚原文的艺术源泉,同时亦是莎士比亚作品众多修辞艺术手法中不可或缺的重要手法之——它不是单纯为增添人物语言中的双关谐趣,而是在刻画人物性格,揭示人物内心世界中,无处不在、无往不趣者推双关隐语"①。在曹未风先生翻译的莎剧作品中,通过对原作语言修辞手法的创造性处理,对揭示人物心理和性格起到了画龙点睛的作用,从而增强了作品的感染力。比如在《罗密欧与茱丽叶》中:

Mercutio：Nay, gentle Romeo, we must have you dance.

Romeo：Not I, believe me：you have dancing shoes, With nimble soles；I have a soul of lead So stakes me to the ground I cannot move.（Act I, Scene IV）

穆：不行,好罗米欧,我们一定要你跳。

罗：我不能,说老实话,你们都穿着跳舞鞋,有着轻盈的鞋底心；我的心却似铅一样重,将我紧拖在地上一动也不能动。（曹未风译）

　　在上述莎士比亚的原文中,"sole"和"soul"是同音异义的双关语。"sole"意为"鞋底","soul"意为"灵魂",曹未风在此译为"心",其他人都穿着轻盈的舞鞋,只有罗密欧的心像是铅一样沉重,两者之间形成了鲜明的对比,读者也通过曹未风先生的翻译领略到了罗密欧此时此刻无心跳舞的懊恼心情,并感受到了莎翁的严肃的诙谐幽默的修辞艺术。同样的双关语在莎翁的另一部作品《威尼斯商人》笔下也有表现:

Bassanio：Why dost thou whet thy knife so earnestly?

Shylock：To cut the forfeiture from that bankrupt there.

Gratiano：Not on thy sole, but on thy soul, harsh Jew, Thou mak'st thy knife keen；but no metal can, No, not the hangman's axe, bear half the keenness Of thy sharp envy. Can no prayers pierce thee?（Act IV）

巴：你为何磨刀这般起劲?

赛：好在那破产的宝儿身上割下偿金。

葛：不必在你的鞋底,无情的犹太,在你的心里,你就把尖刀磨利

---

①　吴永吉:《莎士比亚翻译比较美学》,上海:上海外语教育出版社,2007年,第1249页。

了：没有一种金属，刽子手的阔斧都不能有你的嫉恨一半的锋利：竟没有祷词能感动你？（曹未风译）

在《威尼斯商人》的这一段对话中，同样是同音异义的词语："sole"意为"鞋底"，"soul"意为"灵魂"，曹译为"心里"。莎士比亚通过对此双关语的恰当运用，让大家看到了"刽子手的阔斧都不能有他的嫉恨一半的锋利"的狠毒的夏洛克；而曹未风先生通过对此段的翻译，也成功传达出了原文的诙谐的讽刺效果，让我们看到了格莱西安诺的聪明机智。同样具有幽默诙谐效果的语言艺术在其四大悲剧之一的《哈姆雷特》中也得到了体现：

King：But now，my nephew Hamlet，and my son，— Hamlet［Aside］：A little more than kin，and less than kind.

King：How is it that the clouds still hang on you？

Hamlet：Not so，my lord，I am too much in the sun.（Hamlet I.ii.64–67）

国王：现在，还有我的侄儿汉姆莱特，我的孩子，——汉姆莱特（自语）：比亲戚亲一点，说亲人却说不上。

国王：怎么回事，还是满脸阴沉沉的？

汉姆莱特：不是的，我的大人；我是被阳光晒得太久了。（曹未风译）

在上述原文中，"kin"与"kind"实为双关语，通过哈姆雷特的自言自语读者领会到了其"比亲戚亲一点，说亲人却说不上"的尴尬困境；而通过对紧随其后的另一对双关语"son"和"sun"的使用，不管是理解为"被太阳晒得太久了"或是"作为你的儿子，我已经领教得太多了"，我们又进一步体会到了哈姆雷特对这种处境的反感。

第三，曹译本莎剧较好地融合了英语文化与译语文化的鸿沟。文化缺省是指作者在与其意向读者交流时对双方共有的相关文化背景知识的省略①。对于原文化背景下的读者来说，由于读者和作者之间共同的文化背景，自始至终都没有在作品中出现的文化缺省的内容不但不会给读者造成阅读障碍，反而还有可能刺激读者在阅读过程中的想象力和接受程度；相反，对于译语文化语境下的读者来说，这种文化缺省的空白很可能会给读者

---

① 贾丽伟、颜静兰：《翻译中的文化缺省透视》，《内蒙古农业大学学报》，2008 年第 5 期。

造成阅读障碍,甚至影响读者的阅读效率和接受程度。这就要求翻译者在精通两种不同语言的前提下,还要熟识和了解两种不同的文化环境,从而在翻译的时候自觉地对原作品中的文化缺省的空白进行有效的补偿。如在《罗密欧与茱丽叶》中有一段:

Now is he for the numbers that Petrarch flowed in: Laura, to his lady, was but a kitchen wench, — marry, she had a better love to be-rhyme her; Dido, a dowdy; Cleopatra, a gypsy; Helen and Hero, hildings and harlots; Thisbe, a gray eye or so, but not to the purpose, — (Act II, Scene IV)

曹译:现在他该是比特拉克的歌曲中的人物了。比起他的爱人来,劳拉只是一个烧饭婆,真是的,幸亏他有一个比较高明的情人来作诗赞美她。狄多只是一个丑婆;枯娄葩是一个吉波塞族的女人。海仑与赫罗全是下贱的淫妇。细斯比只不过是个蓝眼睛的东西,但是这一切都没有干系。

在这段文字中,蒙太古引用了几位西方文化中比较有名的女人来衬托出朱丽叶的美丽和魅力,我们在通过第一部《莎士比亚全集》欣赏到朱丽叶的美丽同时也获得了另外的一些关于西方文化的知识。如果对于上述文段中提及的女性形象的认识还比较模糊的话,那曹未风先生的跨越文化鸿沟的翻译在罗密欧和蒙太古的下一段话中则更好地体现了出来:

Romeo: Good morrow to you both. What counterfeit did I give you?
Mercutio: The slip, sir, the slip; can you not conceive? (Act II, Scene IV)

罗:你们两位都早啊,我给了你们什么赝币?
穆:那个"溜之乎也",先生,那个"溜之乎也";你想起来了吗?(曹未凤译)

曹未风先生将原意为"滑脱"的"slip"创造性地翻译成"溜之乎也",不仅表现出了原著中罗密欧和蒙太古之间的亲密关系,"溜之乎也"这一具有文言色彩的语言融入消解了文化之间的隔阂,让具有中国文化背景的读者读起来显得亲切。这种融合了莎剧文化和译语文化鸿沟的翻译在同一出同一景的接下来的对话中也得到了体现：

Romeo：Thou wast never with me for anything when thou wast not there for the goose.

Mercutio：I will bite thee by the ear for that jest.

Romeo：Nay，good goose，bite not.（Act II，Scene IV）

罗：你除了胡调乱闹，什么时候也不与我相合。

穆：你开这句玩笑，我可是要咬你的耳朵。

罗：好说，好胡狲，不要咬。（曹未风译）

"goose"意为"鹅（肉）""傻瓜"，曹融合了英语文化和中国文化，创造性地将其翻译为"胡狲"，让中国读者一下便想起"树倒狲狲散"的典故，为此忍俊不禁。在《奥赛罗》中：

I look down towards his feet；but that's a fable.（V.ii）

曹译：让我看看他的脚，但是那是一种传说。（注：西方传说魔鬼的脚趾是分枝的）

如果仅仅是将这句话直接翻译过来，译入语文化下的读者会很难明白其中的奥妙。而曹通过在句末加注的方法让读者对个中原委恍然大悟，消解了文化隔阂带来的阅读障碍，丰富了读者对于外来文化知识的认知。

第四，曹译本莎剧能传达出莎士比亚戏剧的整体风格。文学风格是文学作品思想内容和艺术形式上的各种特点的综合表现，是作家的思想修养、审美意识、艺术情趣、艺术素养和语言特质构成的艺术个性在文学作品中的集中反映①。因此，翻译中文学风格的传达，是文学翻译中最敏感最复杂的问题之一。由于不同文化背景下的语言具有不同的结构体系，通过这些语言表达出来的文学作品也具有不同的文学风格，何况作家个人的教育背景、思想修养和艺术气质等都影响了文学风格的形成。而对于翻译者来说，也正是这些因素导致了他们所译出的作品具有不同的文学风格。

曹翻译的《莎士比亚全集》作为中国最早出版的莎翁剧作集，在具体的

---

① 孙燕：《文学风格及其翻译》，《陕西师范大学学报》（专辑），2002年11月。

翻译过程中进行的创造性叛逆既体现在遵从莎翁剧作语言的诙谐幽默上，也体现在融合莎剧文化与译语文化的鸿沟上，还传达出了莎剧的整体风格。比如在《罗密欧与茱丽叶》中第二幕的开场白：

Now old desire doth in his death-bed lie, And young affection gapes to be his heir; That fair for which love groan'd for and would die, With tender Juliet match'd, is now not fair. Now Romeo is beloved and loves again, Alike betwitched by the charm of looks, But to his foe supposed he must complain, And she steal love's sweet bait from fearful hooks: Being held a foe, he may not have access to breathe such vows as lovers use to swear; And she as much in love, her means much less to meet her new-beloved any where: but passion lends them power, time means, to meet tempering extremities whit extreme sweet.

曹译为：现在旧的爱欲已经埋葬在坟墓里，新的爱恋正在急急的将它承继；那从前被人呻吟迫求而欲死的美人儿，现在与温柔的朱丽叶相比就一点也不美了。现在罗米欧既有人可爱也有人爱恋，但是他必得向他的世仇倾诉衷情，而她也将从恐怖的鱼钩上盗来密爱的饵饼。他既然是她家的仇人，他便不能利用，一般情人谈情所爱时所用的机会；她的钟情与他一样深，而她却更无法，在任何地点与她的新情人相逢，但是热恋给他们力量，时间使他们设法见面，用着极端的甜蜜触犯着极端的危险。

尽管不同语言之间的表达方式和蕴含意义不同，我们仍能从曹的翻译中看出莎剧原作风格的影子，并在此基础上形成了自己的风格。通过仔细品读上述开场白的第一句，曹的翻译不仅仅是将英语简单地通过汉语表达出来，还通过他自己对于中国文化的理解，在原著的风格上形成了浑厚的客观叙事的译文风格。第二句中的"美人儿"一词，是中国古典文学中常用的形容男性相思中的女性的词语，曹通过在翻译过程中对中国古代文学词汇的借鉴，在刺激读者想象力的同时也丰富了译文的审美趣味。而在上述译文的后两句中，读者既感受到了来自恋爱中的情侣的真实而热烈的感情，同时也看到了罗密欧与朱丽叶之间由于两个家庭之间的世仇而形成的矛盾，它既加剧了主人公之间的悲剧性，同时也推动了后面戏剧情节的发展。这些都是与译者在具体的翻译过程中所作的异于英语文化背景的叛逆和创造性地与中国文化的结合分不开的。

（三）曹译本的价值

在莎士比亚戏剧的研究中,对莎剧译者梁实秋、朱生豪、孙大雨和卞之琳等人的探讨较为深入而全面,但对作为中国莎剧主要译者之一、中国第一个计划翻译出版莎士比亚戏剧全集的翻译家曹未风的研究却少之又少,没有像梁实秋、朱生豪那样为世人所熟悉,往往只能找到一个简单的生平介绍。因此,对曹未风在莎士比亚戏剧翻译与传播上作出的贡献进行探讨是很有必要的。接下来将谈谈曹未风的莎剧翻译及其主张对莎士比亚戏剧翻译与传播的贡献,希望对曹未风及莎翁戏剧在中国译介的研究有所帮助。

首先,曹未风有独特的莎剧翻译主张。曹未风、梁实秋、朱生豪和孙大雨都是有计划地全译莎士比亚戏剧的翻译家,而且大概都是在 20 世纪 30 年代国家处于灾难的艰苦岁月中进行的莎士比亚戏剧翻译。而曹未风的戏剧翻译主张别具一格,对其他译者和架构中国较为完善的翻译思想体系产生了重要影响。我们选取梁实秋、曹未风和朱生豪三人在翻译过程中的相互影响进行说明,以便阐述。

曹未风(1911~1963)、梁实秋(1903~1987)和朱生豪(1912~1944)都是我国著名的莎剧翻译家。曹未风自 1931 年起翻译出版莎士比亚的剧本与十四行诗,计划全部译出莎士比亚戏剧。1942~1944 年上述 11 种莎剧以《莎士比亚戏剧全集》的总名由贵阳文通书汇出版社出版。1946年,上海文化合作公司又以《曹译莎士比亚全集》总名出版莎士比亚戏剧10 种。梁实秋从 1930 年开始独立译莎,历时近四十年时间完成 40 卷本《莎士比亚全集》的汉译工作,梁译本于 1967 年由台湾远东图书公司出版发行,中英对照版本于 2001 年在中国大陆出版。朱生豪从 1935 年开始准备译莎到 1944 年逝世为止共译出 31 种莎剧,人民文学出版社后来又约请专家校订了原译文,并补译了余下的几种,于 1978 年出版了 11 卷的汉译《莎士比亚全集》。

为了更好地阐述曹未风在莎士比亚戏剧翻译中的独特见解,我们姑且引用《哈姆雷特》中最著名的一段独白的翻译文本为例进行论述①。

(1) What a piece of worke is a man! (2) how Noble in Reason?

① 版本说明: (一) 曹未风(译),《汉姆莱特》,上海: 译文出版社,1979。(二) 梁实秋(译),《哈姆雷特》,《莎士比亚全集》(八),北京: 中国广播电视出版社,1995。(三) 朱生豪(译),《哈姆莱特》,吴兴华校,《莎士比亚全集》(九),北京: 人民文学出版社,1978。

（3）how infinite in faculty?（4）in forme and mouing how expresse and admirable?（5）in Action, how like an Angel?（6）in apprehension, how like a God?（7）the beauty of the world, the Parragon of Animals;（8）and yet to me, what is his Quintessence of Dust?（9）Man delights not me;（10）no, nor Woman neither;（11）though by your smiling you seeme to say so.

曹：人是怎么一回事。/梁：人是何等巧妙的一件天工！/朱：人类是一件多么了不得的杰作！

曹：理想多么崇高！能力多么无限！/梁：理性何等的高贵！智能何等的广大！/朱：多么高贵的理性！多么伟大的力量！

曹：在形状同行动上多么敏捷而可羡！/梁：仪容举止是何等的匀称可爱！/朱：多么优美的仪表！多么文雅的举动！

曹：在举动上多么像天使！在体会上多么像个神！/梁：行动是多么像天使！悟性是多么像神明！/朱：在行为上多么象一个天使！在智慧上多么象一个天神！

曹：是世界上的奇迹！是万物的精英！/梁：真是世界之美，万物之灵！/朱：宇宙的精华！万物的灵长！

曹：但是，对于我，这烂泥捏成的究竟是个什么？/梁：但是，由我看来，这尘垢的精华又算得什么？/朱：可是在我看来，这一个泥土塑成的生命算得了什么？

曹：我看见人简直不能欢喜；不能，看见女人也不能，/梁：人不能使我欢喜，不能，女人也不能，/朱：人类不能使我发生兴趣；不，女人也不能使我发生兴趣，

曹：虽然你们的微笑好象是要说他能似的。/梁：虽然你笑容可掬的似乎是以为能。/朱：虽然从你现在的微笑之中，我可以看到你在这样想。

通过以上例证和对三位翻译家材料的梳理，我们不难看出他们各自的翻译理论主张及其不足之处：曹未风在《翻译莎士比亚札记》中强调，"莎士比亚的作品是'戏'，是为了在舞台上演出的"，而且"译文在形式上不必过分拘泥"①。他主张翻译成口语，而不是"文章体"，因为口语不但便于演出，而且能体现出原文的妙处。但不足之处在于："译文文字生硬，语病和错误

_____

① 曹未风：《翻译莎士比亚札记》，《外语教学与翻译》，1959 年第 2 期。

最多,漏译的地方也不算少,并且译文未附加任何注解,所用的参考书似乎也最少,因此做得最粗糙。"①"梁实秋一贯认为译入语应该在'信'的基础上做到'顺'"②,"他如实翻译了原文中的粗言俗语,旨在'存真'"③,他的译本接近于"直译"。译文具有铺陈、精美的散文风格,同时注重戏剧的文学功能,适合学者阅读和研究。但不足之处在于:"在文字上显得干燥乏味,每句似都通顺,合起来整段却不像舞台上的对话,并且译文语气很少变化,原文诗意也很少保存,这是它最大的缺点。"④朱生豪追求"神韵","他对原文中的不雅语言进行了'净化'处理"⑤,译文符合"中国语法",通晓流畅、雅俗共赏,同时注重戏剧的表演功能。但不足之处在于:"译文虽做到'明白晓畅',然而喜欢重组原句,损益原文,不是太啰嗦,就是太简慢,有些译得比较优美的段落,往往又过于渲染铺张,它的最大缺点是任意漏译,并且译文中还时常夹杂些不必要的诠释。"⑥

再仔细比较分析一下他们的翻译理论主张与不足之处,我们会发现:它们有很强的对立互补性和相似性。首先是对立互补性,梁注重原文("信")进行直译却缺乏诗意和舞台性,而朱注重神韵(意译、"顺")具有表演功能却任意漏译有所损益原文;曹译文注重的"戏"与梁所缺乏的舞台性相对、而略显生硬的倾向却能在朱生豪和梁实秋那里得到较好的弥补。其次是相似性,曹主张翻译成口语注重舞台效果且不必拘泥于形式的创造性翻译特点与朱注重戏剧的表演功能、"神韵"追求很契合。具有互补性和相似性的三者共同架构起了中国较为完善的翻译思想体系:"信顺论"(直译和意译)、"神似论""翻译创作论"等。

尽管曹未风在译莎中受到的批评最为集中,然而他在这个较为完善的翻译思想体系的建构中,无形中起到了一个承接作用:曹强调译文的表演功能和能体现原文妙处的口语形式,与朱注重戏剧的表演功能和"神韵"追求不谋而合;而另一方面,"梁实秋在译莎前后,陆续读到田汉、顾仲彝、张采真、杨晦、曹未风、孙伟弗、邱存真、曹禺、朱生豪、虞尔昌、孙大雨、夏鼎等人

---

① 顾绶昌:《谈翻译莎士比亚》,《翻译通报》,1951 年第 3 期。
② 李伟民:《中国莎士比亚翻译研究五十年》,《中国翻译》,2004 年第 5 期。
③ 严晓江:《梁实秋与朱生豪莎剧译文特点之比较》,《南通大学学报》(社会科学版),2010年第 4 期。
④ 李伟民:《中国莎士比亚翻译研究五十年》,《中国翻译》,2004 年第 5 期。
⑤ 严晓江:《梁实秋与朱生豪莎剧译文特点之比较》,《南通大学学报》(社会科学版),2010年第 4 期。
⑥ 顾绶昌:《谈翻译莎士比亚》,《翻译通报》,1951 年第 3 期。

的译本,他对这些译本的长短进行了比较,译莎的准备更加充分"①,这也体现了他受曹未风和朱生豪等人的影响。窥一斑而知全豹,在莎士比亚戏剧翻译的整个过程中,译者间的相互影响是存在的,而曹未风别具一格的戏剧翻译主张,对其他译者和架构中国较为完善的翻译思想体系产生了重要影响。

第二,曹未风的莎剧翻译注重与现实的结合。曹未风的翻译实践总是与当时的社会现实紧密相连,富有很强的社会责任感和爱国情怀,特别是在抗战时期,促使莎士比亚戏剧与中华民族的民族精神相融合、使莎士比亚戏剧真正成为中国人民进行抗战的精神动力、思想源泉。

在译莎的历史上,"完整的,用现代汉语移译的莎剧全译本则是 1921 年和 1924 年出版的《哈姆雷特》和《罗密欧与朱丽叶》,这是莎剧正式翻译的开始。六十多年来,莎士比亚的作品被大量翻译出版,不少重要剧作都有好几种译本,翻译质量更在不断提高。译者中应特别提到朱生豪和曹未风二位"②。朱生豪的使命意识和重要的历史地位不可否认,对其的研究也已经很深入,但我们不能忽视曹未风对当时社会现实起到的促进作用。为了能更好地说明问题,以下以时间为轴、以莎剧在中国的传播为线索进行梳理:

"在文明戏时期,中国戏剧工作者运用莎士比亚的剧作作为反封建专制复辟的斗争武器"③。进入 20 世纪 30 年代,后人继承并发扬了这个优良传统。1931 年"九一八事变"爆发,中国人民进入到艰苦卓绝、抵御外敌的抗日战争时期,在全国上下早已千疮百孔的情况下,日本的入侵无疑是雪上加霜。到 1937 年 7 月,抗日战争全面爆发,反对日本帝国主义侵略、挽救民族危亡,成为中华民族的最高利益。"鲜明的社会政治诉求已然成为近现代中国接受莎士比亚的一个决定性的价值标准和主流倾向。这一价值标准和主流倾向的产生,归根结底,源于近代以来中国特定的社会历史境遇,让饱经忧患且久经'文以载道'思想传统影响的中国知识分子,更是赋予了文学以改造社会、革新政治的不可推卸的神圣使命"④。加上有着悠久历史文化的祖国竟被侵略者日本人讥笑为"无文化的国家",莎剧译者们便"把译莎与民族英雄和有无文化联系起来"⑤。在这样一个译入语境下,曹未风用他自

① 李伟民:《中国莎士比亚翻译研究五十年》,《中国翻译》,2004 年第 5 期。
② 赵澧:《莎士比亚传论》,北京:中国人民大学出版社,1991 年,第 222 页。
③ 孟宪强:《中国莎学简史》,长春:东北师范大学出版社,1994 年,第 11 页。
④ 李伟昉:《接受与流变:莎士比亚在近现代中国》,《中国社会科学》,2011 年第 5 期。
⑤ 李伟民:《爱国主义与文化传播的使命意识——杰出翻译家朱生豪翻译莎士比亚戏剧探微》,《湖南师范大学社会科学学报》,2008 年第 2 期。

己的行动加入到这次民族救亡的战争中来。曹未风努力译莎,到1935年,出版了莎剧译本《该撒大将》《微尼斯商人》。

到了20世纪40年代,莎剧的传播延续30年代并发展到了空前的高度。莎剧翻译方面除朱生豪等人之外,曹未风在这场既是民族战争又是"文化战争"中,用行动感染人号召人、给日本帝国主义以沉重的回击。在1942年译出《暴风雨》;1943年译出《凡隆纳二绅士分》《如愿》《仲夏夜之梦》《罗米欧与朱丽叶》;1944年译出《李尔王》《汉姆莱特》《马克白斯》《错中错》,1944年他以《莎士比亚戏剧全集》为名由贵阳文通书汇出版社出版了他的上述11部莎剧;抗日战争胜利后至上海,仍坚持翻译莎士比亚戏剧,1946年,上海文化合作公司又以《曹译莎士比亚全集》总名出版莎士比亚戏剧10种。进入到五六十年代,曹未风于40年代翻译出版的11种莎士比亚戏剧从1953年到1961年由上海文艺出版社、新文艺出版社出版印行了73 399册。

在抗战的大背景下,后方的莎剧演出也成了抗战的一部分,它给战士带来了勇气、给百姓带来了信心。而曹未风在抗战时期翻译的剧本后来也陆续在各地上演,比如:"1958年上海电影演员剧团在上海公演的《第十二夜》,导演凌之浩。1960年1月在中央戏剧学院演出的《汉姆雷特》,导演焦菊隐。"①《第十二夜》表现的是人们对于生活之美的向往,《汉姆雷特》表现的则是对黑暗社会的厌恶和对新秩序的期待,都很符合当时人们的心理,给人们带来了精神动力。

从中可以看出,曹未风一直都是跟祖国同呼吸、共命运,他以一种爱国的使命意识在翻译实践,给人民输送一种充满着饱满战斗精神的有效的反帝形式,对当时的社会现实起到重要的促进作用。

第三,曹未风的翻译推动了莎剧在中国的传播。曹未风在1949年前曾任上海培成女中教务长、大夏大学教授兼外文系主任;同时在暨南大学、光华大学任教,1949年前夕在上海任进步组织大学学联理事。而在1949年后曾任华东军政委员会教育部高教处副处长、上海市高教管理局教学处处长、上海市高教局副局长、上海外文学会副会长和《学术月刊》编委会常委等职。1963年10月12日病逝于上海。

在其一生中,除了进行翻译实践,他还在评论和介绍莎士比亚方面作出了自己的贡献:始终把传播莎士比亚戏剧与国家民族命运、前景结合起来,着力用理论来引领我国莎学向积极方向发展。以下从三个维度进行说明:

---

① 　孟宪强:《中国莎学简史》,长春:东北师范大学出版社,1994年,第174页。

首先是进行莎士比亚教学与研究。曹未风一生担任了很多教育职务,既是行政管理人员,更是教学人员,他在上海培成女中、大夏大学、暨南大学和光华大学任教,一直在讲授和传播莎士比亚戏剧。如:20世纪40年代末在暨南大学外文系教授莎士比亚课,重点讲授《皆大欢喜》,给学生留下很深印象。

其次是参加各种形式的学术活动。曹未风充分利用自己的行政职务,参加各种会议、举办各种座谈会、组织学会,从而带动影响身边的人,使莎士比亚戏剧的传播面不至于狭窄。"上世纪50年代早期,在回忆中印象最深的是那春风化雨般的政治气氛。那几年里,上海的莎士比亚爱好者几乎年年都有一次活动,例如假座'上海作协'东厅,举行小范围的座谈会,偶尔也有大型的纪念性集会。主其事者是当时任市高教局副局长的曹未风同志。他钟情莎学,多仗他的热心和活动能力,那几年里,上海莎学界的气氛不太冷落"①。又如:1954年4月23日,曹未风在"华东纪念莎士比亚诞生三百九十周年纪念会"上,详细介绍了莎士比亚生平事迹及其作品。最有代表性的是由曹未风任副主席的"上海外文学会"积极活跃地开展各项学术活动,"该会要求在三年之内做好以下各项工作:组织外国语文工作者进行外国文学和语言学的马列主义研究工作;编写外国语言文学教科书和书刊;协助有关单位进行翻译工作和培养外语干部的工作;开展外语普及工作;增加该会会员所包括的外语品种"②。

最后是发表介绍普及莎士比亚的文章。主要是1949年以后,在教学和参加各种学术活动的过程中,曹未风提出了很多有益的观点,这些观点对于正确引导我国学术走向具有重要作用。1954年在《文艺月报》上曹未风发表了《莎士比亚在中国》一文,对莎士比亚戏剧在我国的翻译出版情况做了一个比较全面的评述。一方面,在对贯彻"双百方针"的讨论上,曹未风指出:"在外国文学,外国语言和翻译方面,也有许多问题可以展开'争鸣'。拿翻译为例,首先能不能建立翻译理论的体系,这里就有能与不能两派的意见。直译与意译又是两派。上海市外文学会和作家协会已经联合召开座谈会讨论了一次,以后还要谈。外国诗如何翻译,这个问题不但和翻译有关,和我国新体诗的形式也有关。这些问题都是已经存在了许多年,而需要在今天继续展开讨论的。"③在"百花齐放、百家争鸣"的背景下,曹未风积极开展翻译理

---

① 方平:《一位值得纪念的前辈——读〈莎士比亚的春天在中国〉有感》,《中国戏剧》,2003年第8期。

② 《学术活动与出版工作简讯》,《西方语文》,1958年第3期。

③ 《对本刊如何贯彻"百花齐放,百家争鸣"方针的意见》,《学术月刊》,1957年第6期。

论(主要体现在翻译莎士比亚戏剧上)的探讨。而在"厚今薄古"的大讨论中,曹未风又指出:"'厚今薄古'并不仅仅是古今厚薄多少分量的问题,而还是一个以正确的马克思列宁主义的研究工作来代替过去的错误的资产阶级的研究工作的问题。"①给当时的莎士比亚教学和研究工作指明了方向。另外一方面,对于莎士比亚的喜剧,曹未风发表《谈莎士比亚的喜剧作品》,从时间分段、主题思想、喜剧氛围制造手法、语言等方面进行了阐释。

　　总而言之,在借鉴外国文学的问题上,他特别推崇莎士比亚,认为"莎士比亚就是这样从彼时彼地的人民生活中的文学艺术原料里吸收了他的创造材料,把它们加工,写入了他的作品。他的话说得并不多,可是多么恰到好处,又多么传神。"最后他总结道:"总之我们应该向这些已经被人们所肯定了的伟大的古典作家学习,学习他们的创作技巧与创作方法,学习他们的顽强与认真的劳动态度,同时也还要学习他们的掌握语言的艺术。"②曹未风强调学习莎士比亚,不仅是因为他的个人才华,更是因为他的写作表现的是真实的生活、体现的是普遍的人性。

　　综上所述,由于被朱生豪、梁实秋等人光芒所遮掩,缺乏对其的资料的收集整理等,我们之前没能很好地了解曹未风对莎剧翻译与传播所作出的贡献:他的翻译理论成为架构中国较为完善的翻译思想体系这个过程中的重要一环,他的翻译实践与中华民族命运连为一体,给人民带来了精神鼓舞和力量,他在莎剧评介方面着力引领着莎学并向着正确的方向发展。

四　英国小说的戏剧化改编

　　《呼啸山庄》是 19 世纪英国小说家艾米莉·勃朗特的名著,其在中国的译介和接受始于 20 世纪 30 初,由翻译家伍光建译为《狭路冤家》并于 1930 年在上海华通书局刊印发行。但国内对《呼啸山庄》全面接受局面的开启则必须归功于抗战时期大后方对《呼啸山庄》的译介和戏剧化改编。其时,梁实秋的译本于 1942 年在重庆商务印书馆初版时名为《咆哮山庄》,罗塞的译本于 1945 年在重庆艺宫书店初版时名为《魂归离恨天》。时隔不久,剧作家赵清阁将译作改编为戏剧《此恨绵绵》,并持续在上海、重庆等地公演,反响良好,取得了较大成功,1943 年由重庆新中华文艺社发行单行本。梁实秋被认为是"中国第一位真正将此书翻译出来的翻译家"③;赵清阁对原作的

　　① 《"厚今薄古"与莎士比亚》,《学术月刊》,1957 年第 5 期。
　　② 《关于向外国文学借鉴的问题》,《学术月刊》,1962 年第 5 期。
　　③ 张宇波、吴格非:《艾米莉勃朗特在中国的译介和研究》,《河北理工大学学报》,2005 年第 6 期。

"中国化"改编打上了强烈的抗战印记,对鼓舞青年人抗战起到了一定的积极作用,并且推动了原作在中国的传播和接受。在抗战大后方这个特殊的文化场域中,如何理解梁实秋对《呼啸山庄》的翻译行为,如何理解赵清阁把这部英伦小说改编成戏剧,又如何理解译作与改编剧本的关系?

(一) 抗战语境中的翻译选择

从整体的文化背景来看,身处大后方的梁实秋选择翻译《呼啸山庄》这部与抗战没有丝毫关联的世界名著,显得非常不合时宜。这部小说既不反映抗战,也不揭示斗争精神。作品中透露出来的阴郁而神秘的氛围更是与抗战宣传背道而驰。那么,梁实秋为什么要选择这部作品呢?这反映出当时很多译者"没有完全舍弃艺术性与文学性立场,对外国经典文学的翻译显示出人们在抗战语境中对文学审美价值的坚守"①。

梁实秋在《咆哮山庄》补序中曾言及道:"由于敌机轰炸,由重庆疏散到北碚……斗室独居,百无聊奈。"见邻居方令孺家藏有《咆哮山庄》英文原版小说,"借来再细读一遍,内心仍然感受震撼,乃决定试为翻译",并认为这"是很偶然的事"②。梁实秋这次"偶然"的翻译活动背后其实隐藏着某种"必然"。这种必然即梁实秋一贯坚持的文学观与翻译观,势必会影响梁实秋的翻译动机以及对翻译文本、翻译题材的选择,也充分体现出译者的主体性及其对文学理想的坚守。梁实秋受白璧德新人文主义思想的影响,认为文学应该"发于人性,基于人性,亦止于人性"③,倡导作家以理性节制情感,通过内省把握人生的价值,使人性趋于纯正健康,这样才能使伟大的作品具有超越时空的能力。而在翻译的题材选择方面,梁实秋更是认为五四时期的"翻译者对于所翻译的外国作品并不取理性的研究态度,其选择亦不是有纪律的,有目的的,而是任性纵情,凡投其所好者则尽量翻译,结果往往是把外国底三四流的作品运到中国,试为至宝,争先模拟"④。所以极力主张"译文学作品,应该选择第一流的名著"⑤应该译介反映永久人性的经典著作。无论是早期与鲁迅论战,还是在抗战时期关于"与抗战无关"的辩论中,他始终坚守着这种"普遍人性论"与"经典论"的观点,将其贯穿到文学创作与翻

① 熊辉:《论抗战大后方翻译文学的特征》,《中国现代文学研究丛刊》,2014年第7期。
② 梁实秋:《〈咆哮山庄〉的故事——为我的一部旧译补序》,《梁实秋文集》(第4卷),厦门:鹭江出版社,2002年,第477页。
③ 梁实秋:《文学与革命》,《新月》月刊(第1卷第4期),1928年6月10日。
④ 梁实秋:《现代中国文学之浪漫的趋势》,《中国现代文学研究丛刊》,1987年第2期。
⑤ 梁实秋:《〈咆哮山庄〉的故事——为我的一部旧译补序》,《梁实秋文集》(第4卷),厦门:鹭江出版社,2002年,第477页。

译中,并矢志不渝。因此,虽身处抗战大后方,但他的翻译选择并未受战争局势的影响和限制。

　　《咆哮山庄》讲述了主人公希兹克利夫因情生恨而疯狂报复的故事。从原作的主旨来看,这部名著深刻地揭示了人性的复杂性,反映了在爱情的作用下人性的矛盾与变异。这种思想刚好对上了译者的文学"胃口"。深深打动梁实秋的是"希兹克利夫可以克服他的环境给他的压力,但是无法克服他内心所感受到的压迫。他代表的是发自内心的不可抑制的一股狂暴的力量"①。然而梁实秋又认为:"我们读时并不厌恨他,他是失恋的疯人,我们倒要怜悯他。"②主人公希兹克利夫这种人格的"恶魔性"与可悲可怜混杂的特质,凯撒琳·恩萧在到底爱谁的选择困境中走向了命运的悲剧,爱情命运以及人性中善与恶的纠缠深深地震惊着梁实秋并驱动他去翻译。这种翻译动机,是由于原作的思想、情感及人物形象感动了译者,是一种情感共鸣之后的主动选择,是一种非功利性的翻译。而不是为了迎合某种主流意识形态、大众趣味以及市场需求的被动译介。另一方面,《呼啸山庄》自问世以来,虽然争议不断,但其作为世界名著的经典地位却不可撼动,不仅被译为多国文字,而且被好莱坞拍成电影流行于世界各国。梁实秋选择翻译也是看重其经典性及其在世界文学史中的地位。由此我们可以看出,梁实秋在翻译《呼啸山庄》时是将它的文学性、审美性以及思想性作为首要标准。在不否认抗战文学以及与抗战相关的翻译文学作品价值的情况下,梁实秋的翻译选择与翻译活动成了一道特殊的风景线。他高扬人文精神,主张文学既要坚守独立的话语姿态,与现实保持一定的审美距离,同时也应该关注现实人生,使人在文学里认识领悟人生。这种对文学独立品格的坚守,对美的永恒性的无限追寻,也体现出一个知识分子无论身处何境,都能守住内心的宁静与操守,展现出不盲从,不随波逐流,不为外界所扰的高格品质。

　　也有论者从当时的文化语境中来研究这次译介,并认为《呼啸山庄》此时的译介是新文化运动的思想解放与启蒙精神在 20 世纪 40 年代的延续,是反封建、崇尚自由、追求爱情等五四精神的持续刺激的结果③。这种观点只是笼统而狭隘地将时代大环境作为重要的译介因子,而忽略了对译者主体性的细致考察。从译者的主观方面来讲,梁实秋是一个自由主义知识分

①　梁实秋:《〈咆哮山庄〉的故事——为我的一部旧译补序》,《梁实秋文集》(第 4 卷),厦门:鹭江出版社,2002 年,第 498 页。

②　梁实秋:《谈〈咆哮山庄〉》,一九三六年六月《绿洲》(第 1 卷第 3 期),1936 年 6 月。

③　覃志峰:《论〈呼啸山庄〉在中国的文化语境和被接受》,《西南科技大学学报》,2012 年第 4 期。

子,他对胡适"一时代有一时代之文学"的文学进化论的观点一直持反对态度,而大胆提出"文学并无新旧可分,只有中外可辨"①的文学评价标准,并不考虑文学与社会思潮的变迁之间的关系。在他看来文学无所谓进步或倒退,只有是否合乎人性这一条永恒的标准。所以,认为梁实秋在大后方的译介是受五四精神影响的结果这种观点是不恰当的。梁实秋一直认为文学品位比考察时代背景更重要,在译介的过程中更注重的是文学的审美性而非作品所处的时代语境。需要指出的是,梁实秋翻译《呼啸山庄》的行为却潜在地延续了五四精神,但这只是译介导致的客观结果而非译者的主观动机。从译介的结果与影响来看,译作通过伊萨白拉·林顿倾慕希兹克利夫,反对别人对她的爱情横加干涉;被希兹克利夫控制和虐待后主动反抗逃走;凯撒琳·林顿反抗希兹克利夫的家庭暴政和婚姻包办等情节揭示了身处生存困境中的人对自由恋爱的追求,对父权淫威以及家庭暴力的奋起反抗,对唯利是图的批判。这些主旨精神在客观上确实符合五四启蒙的心理,译作所揭示的主人公的命运使得读者更加认同个性解放的思想。

梁实秋这部译作在"当时除一本英汉词典之外别无任何参考书"②的艰苦环境下仍然能够全面而准确地将作品的整体面貌呈现给读者,而且兼具文学的审美性与可读性,这是难能可贵的。在翻译的过程中,梁实秋遵循其一贯的翻译标准即"顺"与"信"的统一,既要使译作忠实原文,将原作准确无误的传达给读者,又要让译作通俗易懂,便于读者接受。在翻译时,他既不过分夸大人物情感也不隐藏人物思想,"崇尚'中和'的审美格调,推举古典主义的文风,注重美的对象的凝重、庄严、典雅、平和"③。但正如有论者指出:"梁实秋先生的译文,由于用词及文体三四十年代的表达方式,若用现代人的观点看,则有点半文不白,甚至往往还出现直译与硬译的情况,这是由于当时的历史条件所限,在所难免。"④任何作品及译本都具有历史性,只有回到当时的历史语境中才能对其做正确的认识和理解,不能抛开具体的文学现场对它们做"历史的苛刻"。

总体而论,梁实秋在抗战大后方对《呼啸山庄》的译介是一次较成功的尝试,它为此后各种复译本的问世奠定了基础,为赵清阁对其进行戏剧改编

① 梁实秋:《现代中国文学之浪漫的趋势》,《中国现代文学研究丛刊》,1987年第2期。
② 梁实秋:《〈咆哮山庄〉的故事——为我的一部旧译补序》,《梁实秋文集》(第4卷),厦门:鹭江出版社,2002年,第477页。
③ 严晓江:《梁实秋中庸翻译观研究》,上海:上海译文出版社,2008年,第53页。
④ 林玲帼:《佳作共欣赏,疑义相与析——评〈呼啸山庄〉的三个中译本》,《上海外国语大学学报》,1994年第5期。

提供了先决条件,也推动了《呼啸山庄》在大后方的传播。

(二) 改编剧对抗战精神的全面吸纳

赵清阁在阅读了梁实秋的译本后,"每读一遍看一次,却深深受着感动"①。因此着手将其改编为戏剧《此恨绵绵》。纵向来看,梁实秋的译介和赵清阁的改编是一个连续性的文学活动。

赵清阁是一个思想进步的作家,自小接触五四新文学,抗战爆发后主动投身革命。在抗战大后方期间,她主动编写《抗战戏剧方法论》《抗战文艺概论》《编剧方法论》等理论著作积极倡导抗战文艺,并通过大量的戏剧创作与改编来宣传抗战。因此她在对梁实秋翻译的《咆哮山庄》改编时也自觉地"配合时代与中国环境""主题稍加民族意识的渲染,背景亦改作中国的北方了"②。她在对译作的悲剧精神充分理解的基础上,将抗战意识、民族意识恰当地融合进戏剧中,以此丰富译作的人物形象,也借此表达作家本人的抗战诉求。

首先,对抗战背景的全面植入。译作的故事发生在 19 世纪初的英国,讲述了一段相对封闭的环境内的两代人之间的恩怨情仇。在戏剧创作的过程中,赵清阁一方面为了响应抗战的号召,另一方面也是为了使戏剧更加符合中国读者、观众的阅读心理与观剧心理,因此,将戏剧语境进行了本土化和抗战化改编。她将故事的焦点对准安克夫(译作中的希兹克利夫),安苡珊(译作中的凯撒琳·恩萧),林海筱(译作中的林顿)和林白莎(译作中的伊萨白拉·林顿)四人在战时语境下情感纠葛与道路选择,将故事发生的地点置换到了中国的北方,咆哮山庄变作了西安太平村的安宅;鸫翔山庄则改头换面成柏园林宅,都是地道的中国宗法制度下的封建家庭。而故事的发生时间也相应变为民国二十五年(1936)至二十八年(1939)之间,这个时段正是抗日战争已经全面爆发的时期。另一点值得注意的是,戏剧中的主要人物都成了已接受过高等教育的知识青年,正是意气风发为国效力的最佳时机。这种改编强化了抗战语境下戏剧演出效果的时间性与时代性,剧作家企图让故事更加贴近抗战现实,使舞台演出更能够唤起观众的时代体验,让观众有身临其境的视觉体验,以此在心理层面上唤醒青年以及大众的抗战情绪与热情。

其次,对漠视抗战行为的深刻批判。译作以爱情悲剧为根基,探讨的重

---

① 赵清阁:《此恨绵绵·序言》,《此恨绵绵》(第二版),上海:正言出版社,1948 年。
② 赵清阁:《此恨绵绵·序言》,《此恨绵绵》(第二版),上海:正言出版社,1948 年。

点是主人公希兹克利夫"撒旦式"的性格特征以及人性的复杂,而在赵清阁的戏剧中对抗战思想的加入则变成了重点。在人物形象的塑造上,赵清阁有意安排了两组人物进行思想对比,一组是以安苡珊、林白莎和安克夫为代表的抗战派,他们渴望走出家门为扭转祖国的命运奉献自己的力量;另一组则是以林海笛与安苡莘为代表的漠视派,他们故步自封、不关心国家大事和民族命运,在自己的小圈子里自生自灭。安苡莘是安家长子,自私自利、闭目塞听、对时局不闻不问的封建思想仍然是其价值观的主要组成部分,他妄图通过封建父权的淫威和阴谋操控安苡珊的爱情、安克夫的命运乃至整个家族的财产,而对于"七七事变"的爆发,安苡莘竟冷冷地说:"家里从来不订报,对于时局消息根本闭塞。也一点儿也不发生兴趣。"①赵清阁对这种庸俗的价值观予以严厉的批判,安排他在堕落中因无力还债而开枪自杀的结局就显示出了作者的态度。而另一个人物林海笛虽然受过新思想的洗礼,并且是大学教师。但他却只知埋首于自己的考古工作,无视抗战且厌恶抗战,被安苡珊讥讽为一个没有生命力的人。作者对这种知识青年的机械价值观也持批判态度。跟这一群人相对的是安苡珊、林白莎和安克夫,他们充分认识到时局的危机,渴望奔赴前线抵御外敌,为祖国的命运奉献自己的力量。作者不遗余力地对这种精神加以弘扬和倡导。其目的则是为了鼓舞更多的青年人关注现实,关注抗战,因为青年人有血性,有旺盛的生命力和战斗力,祖国的抗战正是需要千千万万青年人的共同努力。从更深层看,作者通过这部戏剧要表达的是一种启蒙意识,这与五四时期的"人的启蒙"不同,这是呼应时局与主流意识形态的"救亡启蒙",呼吁知识分子将"小我"与民族危亡的"大我"结合起来共御外敌。

最后,把抗战当作人物行动的内因。梁实秋的译作在整体上是一个封闭的结构,在这个结构之内,始终是以两家的情爱纠葛为纲单线叙事。而改编成戏剧《此恨绵绵》后,其中的情况发生了较大的变化,赵清阁将抗战元素融进戏剧,就使得原作的封闭系统被打破,从整体上呈现出一种众声喧哗的状态,而故事结构也具有了某种复调特征。有论者指出,原作"在赵清阁的笔下已转变为'爱情''抗战'的二元结构"②。"抗战"不仅是二元结构中的"一元",更是推动故事发展的行动要素。它对故事的转折、人物命运的走向起到了关键作用。在第二幕中,安苡珊一行三人从学校回到家中是因为"七

---

① 赵清阁:《此恨绵绵》(第二版),上海:正言出版社,1948年,第49页。
② 胡斌:《抗战语境中的跨文化改编——论赵清阁戏剧〈生死恋〉〈此恨绵绵〉》,《戏剧艺术》,2013年第6期。

七事变"发生;安克夫出走是因为安茵珊希望他能够上前线投身抗战,干一番大事业,成为一个抗日英雄为他们的爱情积淀时间和资本;林白莎盲目地爱上安克夫也是因为崇拜其抗日英雄的风姿,渴望他能够带她上战场;误了终身后的林白莎在逃出虐待的魔掌之后自愿只身奔赴前线,以期实现自己的理想。这些情节的逐渐展开以及最后人物悲剧命运的形成都以"抗战"为推动要素。戏剧中虽然没有正面描写战争或者战场的残酷,但"抗战"作为一个欲望结构时时刻刻刺激着人物的内心。赵清阁的高明之处在于,她避开了正面描写的机械化,而采用侧面引导的方式,将抗战贯穿到戏剧的细节之中,并借此旗帜鲜明地表明自己对抗战的认同与参与。

(三)改编剧对译作的创造性改编

"创造性叛逆"是译介学专用术语,原指在文学翻译过程中"译者为了达到某一主观愿望而造成的一种译作对原作的客观背离"[1],并充分展现出译者的创造性,这种叛逆"把原作引入了一个原作者原先所没有预料到的接受环境,并且改变了原作者原先赋予作品的形式"[2]。如上文所述,《此恨绵绵》是赵清阁在忠于原著主体情节的基础上对译作的一次创造性改编,是对原著以及译作的一次再阐释,无异于对原作的双重叛逆。严格来说,上文所论述的戏剧对抗战精神的全面渗入也属于创造性叛逆范畴,但为了分层叙述的方便以及文章结构的平衡度,接下来则将细述戏剧对译作的创造性改编。

首先,改编剧在译作的基础上强化了原作的爱情悲剧。由于戏剧受舞台效果和表演时间的限制,不得已删掉了译作中第二代人的恩怨,以安茵珊之死来结束全剧,表现出对原作中希兹克利夫复仇过程的简化,对人性恶的探讨弱化。虽然剧中也安排了安克夫迎娶林白莎以报复林家和安茵珊,安克夫趁势夺取安家产业等情节,但这种报仇的力度和狠劲儿明显弱于译作,对希兹克利夫性格复杂性及深度的探讨也明显让位于对爱情悲剧的刻画。这与剧作者对译作的理解有较大的关系,赵清阁将译作理解为"唯美底、爱底哲学"[3],虽然她也阐述了译作关于人性的探索,但终将其归结为"因爱而生恨",又因恨而生出变态的恨的"爱的悲剧",这种理解与女性对爱特有的敏感有关,同时也展现出剧作者特有的悲剧观,她以安茵珊的死结束全剧固

---

① 谢天振:《译介学》,上海:上海外语教育出版社,1999 年,第 137 页。
② 谢天振:《译介学》,上海:上海外语教育出版社,1999 年,第 140 页。
③ 赵清阁:《此恨绵绵·序言》,《此恨绵绵》(第二版),上海:正言出版社,1948 年。

然是受剧本长度的限制,但其更想表现的是女主人公生命戛然而止时,给读者带来的那种震撼感与悲恸感,在译作中凯撒琳·恩萧的死固然令人伤痛,但故事情节继续向前发展旋即稀释了这种阵痛,戏剧以生命的毁灭作结渗透着作家对爱情、对悲剧的独特把握。人的毁灭意味着爱的毁灭,更意味着"此恨绵绵"无绝期的余韵悠长,那种情感的浓度在死的瞬间也升华为一种永不消散的雾气凝聚在安克夫与林海箔的心里,也凝聚在读者心中。悲剧并不是宿命惩罚,而是因爱不得而遭受的突然毁灭,这就是赵清阁所理解的"爱底哲学",她将这种认识贯穿到戏剧中,从而导致了戏剧主旨对于译作的某种偏离,这种偏离明显是作者结合具体环境有意识地对译作的二度理解与创造。

其次,改编剧在译作的基础上展示了女性意识的觉醒。从人物塑造来看,剧作中光彩照人的形象应该是安苡珊、林白莎等女性形象,她们在某种程度上盖过了作为主人公的安克夫的光芒。这也是剧作家有意识的叛逆的结果。安苡珊们不再像译作中的人物只沉溺于个人爱情的悲痛,而是张扬出要求独立与平等的女性意识。安苡珊在与哥哥的争辩中发出了"法律老早就有明文:'女儿有继承权'……反正我要当家"①的呼声正是五四一代关注女性解放的延宕,而林白莎反对他人对其爱情的干预一方面契合了原作的精神主旨,另一方面也呼应着恋爱自由的五四精神。对于林白莎的结局,译作中她出逃后最终在病痛和苦难中死去,而到了戏剧中,她则是满怀希望奔赴抗日前线,这为戏剧增加了光明与亮色。最重要的是,剧作家并没有将她们的性格单一化,而是将其置于"爱情"与"抗战"的双重环境中塑造,让她们在全面抗战的大环境中将个人命运与抗战的时代主潮相结合。

第三,改编剧塑造了原作和译作所没有的抗战女性新形象。安苡珊在劝说安克夫离家时说道:"你知道中国现在正在同日本打仗,青年人不应该逃避现实……我们一道去参加抗战,报效祖国。而且我可以找点工作,帮助你。"②后来又自我申辩道:"我本来不是冷血动物,对于国家大事,虽然尽不上什么力,可是最低限度的关心,总还不敢落他人之后。"③在阐述自己的爱情观是她又说:"我爱他,固以因为他爱我,但也因为他是国家的栋梁,民族的英雄。"④林白莎在追求爱情自由时也呼喊道:"我要去听他将一些关于抗

---

①　赵清阁:《此恨绵绵》(第二版),上海:正言出版社,1948年,第10页。
②　赵清阁:《此恨绵绵》(第二版),上海:正言出版社,1948年,第65页。
③　赵清阁:《此恨绵绵》(第二版),上海:正言出版社,1948年,第85页。
④　赵清阁:《此恨绵绵》(第二版),上海:正言出版社,1948年,第95页。

战的故事。并我要请他交给我打枪。……一个民族英雄,人人会喜欢他,人人会爱护他。"①通过这些声音,我们明显看出,她们不再是封建大家庭那种任人宰割的羔羊,而是主动争取个人权利,将个人命运与国家命运关联起来。这不仅深刻地体现出女性的"民族意识",更深刻地揭示了她们身上的现代意识和女性意识,她们要求平等、独立,要求能跟男性一样可以为国家效力,为民族奋战,表达了强烈、主动而自觉的女性抗战诉求。虽然她们的主要性格倾向仍延续了译作中的风格,但剧作家结合本土经验和时代语境为她们增添了新的特点,使其进一步丰满充实。在她们身上也体现出抗战与情感选择的双重较量,正是这种抉择与较量才更显出剧本的张力。

第四,赵清阁在创作的过程中表现出与译者梁实秋不同的文化旨趣和文体审美方式。赵清阁一方面选择自觉认同主流的抗战话语,并通过戏剧改编呼应这种话语。作家参与时代,文学呼应时代,在这部戏剧中有着充分的体现。另一方面她也并不放弃戏剧的艺术性,而是选择一条"中和"的道路来参与了抗战大后方文学的建构。她在剧中借安苡珊之口道出了自己的声音,即中国现在都在抗战,任何人都不能置身事外,只有共同加入抗战,未来才有希望。这是赵清阁结合当时中国的文学环境而做的对原作的改编,这种改编不仅具有文学艺术价值,更具有意识形态作用。她在宣传抗战与文学性中寻找到某种平衡,使其作品张扬着独特的文学品格。最后,在文学形式上,译作是小说,采用仆人向租客讲故事的方式将两个家族的故事讲述出来,中间掺杂着租客对主人公希兹克利夫生活的某些介入,但并不干扰故事发生的主线。而改编后则以戏剧形式呈现出来,以戏剧台词作为剧情的主要推动手段,这样一方面照顾舞台演出,另一方面更有利于向观众直观地展现剧情,既能让观众欣赏到"唯美的爱情悲剧",又能够宣传抗战精神,这种文学形式上的叛逆无疑又是一举两得。

在此借用译介学和比较文学的方法,研究《呼啸山庄》在抗战大后方的译介与改编,能够使我们在"原作——译作——改编"的链条中透视文本的演变过程。通过对这两次对原作转换的整体把握,我们不仅看到了译者和剧作家对作品理解的异同,还看到了知识分子文化选择迥异,更重要的是见证了原作在传播过程中不断地丰富、发展的过程。原作经历了梁实秋对其忠实的译介,再到赵清阁对译作进行创造性的改编,在特定的时代语境中,文本不断地从"异化"走向"归化",甚至走向了"民族化"与"本土化",人物

① 赵清阁:《此恨绵绵》(第二版),上海:正言出版社,1948 年,第 97~98 页。

形象与人物思想都发生了异变,而且更加立体化。赵清阁对梁实秋译文的改编,体现出原作在异质文化语境中被不断丰富和不断建构的接受过程,其中蕴含着原作自身被阐释和解读的多重可能性,也凝聚着译者、剧作家的血汗与创造力。

第五章　抗战大后方对日本文学的翻译

清末以降,日本文学随着留日学生的增加而不断被翻译到中国文坛,但抗战爆发之后,随着国际国内政治气候的变化,日本文学的翻译相应地在这一时期发生了转变。那些散发着岛国忧郁与唯美气质的文学不再是国人追逐的对象,反战文学或相关的文学理论则毫无争议地成为抗战文坛译介的重点,鹿地亘、绿川英子等日本反战作家成为译介的主要对象。在中国现代日本文学的翻译史上,大后方的翻译涂抹着浓厚的反战和革命色彩,有别于沦陷区或上海"孤岛"对日本文学的翻译选择,显示出自身鲜明的个性特征。

第一节　日本文学翻译概述

抗战大后方对日本文学的翻译主要集中在反战文学方面,除翻译了日本的反战小说、诗歌和戏剧作品之外,译介日本的报告文学和书信等成为大后方译介日本文学的显著特征和重要内容。

(一)

抗战时期迁移到大后方的文学期刊繁多,这些杂志在刊发国内文学作品的同时,注重对外国文学的翻译和介绍。由于日本发动了惨无人道的侵华战争,因此该时期对日本主流文学的排斥和对日本反战文学的吸纳成为抗战大后方对待日本文学的主要态度。

重庆创办的《时与潮文艺》和《春云》等杂志是翻译发表日本小说的重镇。《时与潮文艺》是一份综合性文学期刊,该刊将外国文学的译介作为一项重要工作加以推行,共计翻译发表了四篇日本小说:李春霖翻译芝本好子的短篇小说《祖父》,1944年2月15日发表在第2卷第6期上;李春霖翻译丹羽文雄的短篇小说《灰色馆》;1944年3月15日发表在第3卷第1期上;邓传壁翻译细井健二的短篇小说《山田伍长》,1944 年 4 月 15 日发表在第 3 卷第 2 期上;广津和郎的中篇小说《街头史实》,1945 年 11 月 15 日发表在第 5 卷第 3 期上,译者不详。重庆的《春云》杂志是抗战大后方翻译日本文学作品较多的刊物,该刊是重庆银行青年职工创办的文艺刊物,它自 1936 年冬天筹备创办至 1938 年年底终刊,在两年的时间里共计出版了 24 期,翻译发表了两篇日本小说,分别是李华飞翻译藤井俊的《西伯利亚的落日》(第 2 卷第 1 期)和翻译藤井俊的小说《叶加德丽娜》(第 4 卷第 4 期)。《七月》杂志具有明显的民族立场和反战姿态,其负责人胡风先生早年曾留学日本,因此对日本文学尤其是反战文学的译介成为该刊的一大特色。除翻译了鹿地亘的很多作品之外,还翻译了其夫人迟田幸子的小说《西崀的故事》,1938 年发表在《七月》第 2 卷第 11 期上。重庆出版的《文艺月刊·战时特刊》翻译发表了洪干翻译村田进的小说《思春期的悲哀》(第 4 卷第 3、4 合期),重庆《文艺先锋》杂志第 9 卷第 3~4 合期上刊登了任钧翻译平林泰子的小说《嘲讽》。从数量上来看,大后方对日本小说作品的翻译不算丰富,但在注重文学宣传抗战的语境下,在中国部分抗战文学流于标语口号式的呐喊中,这些小说译作无疑算得上具有可读性的文学佳作。

　　诗歌作为抒发情感的主要文体,在抗战时期承担着鼓舞抗战的重任,也是战乱中人们缓解心头压抑情绪的通道。桂林出版的《诗创作》是专门刊登诗歌作品和诗论的刊物,1941 年 6 月 19 日创刊于桂林,终刊的具体时间不详,而且据国内各大图书馆所藏期刊来看,前面四期目前找不到原刊,只能从后来的研究资料中偶尔了解前面几期的情况,比如郭沫若《罪恶的金字塔》就曾发表在《诗创作》第 3~4 合期上。1942 年 1 月 29 日,《诗创作》第 7 期推出"翻译专号",将日本诗人最上二郎、南龙夫等作为译介的重点,这是抗战时期大后方对日本诗歌翻译最集中的展示,也是翻译文学的重要收获。"翻译专号"一共发表日本诗歌八首:明树翻译秋田雨雀的《告春来莫斯科河之流水》,秋子翻译最上二郎的三首诗作,分别是《尘埃中》《出狱的朋友》和《外人指导所》,同时秋子还翻译了南龙夫的四首诗歌,包括《在百货公司》《被卖去的女儿》《探访亡友的家庭》和《小市民》。《救亡日报》副刊《文化岗位》上发表了多首表达日本人厌战情绪的诗歌:1939 年 12 月 20 日,林林翻译《日本反战同盟工作队同志之歌》;1940 年 2 月 15 日,海岩翻译诗歌《苦战吟两首》,原作者不详;1941 年 1 月 13 日,林林翻译神保光太郎的《菜园幻想》,译者标明此作品为"日人厌战诗歌选";1941 年 1 月 17 日,孟索翻译吉田太郎的《思乡曲》,译者标明此作品为"日人厌战诗歌选"。此外,重庆《诗垦地丛刊》杂志第 3 期发表了赵苗青翻译日本作家隆治的诗歌作品

《高窗》,1943 年 11 月 16 日,《时与潮文艺》第 2 卷第 3 期发表了刘列先翻译鹿地亘的散文诗《什么叫做交易》。这些译诗虽然不像中国抗战诗歌那样具有十分突出的抗战情绪和鼓动性,但透过日本诗人的下层人民生活和情感的观照,我们仍然能够感受到战争带给人们心灵的创伤和阴影,从而对产生厌战和反战的情绪,推动中国人民抗日战争的进程。

在文学作品之外,大后方还翻译了多篇日本文学论文,主要内容为日本人对外国文学和文坛的总体描述,给战时中国文艺的发展提供了启示。桂林《大公报》副刊《文艺》创刊于 1941 年 3 月 16 日,1944 年 6 月 27 日停刊,在团结大后方文艺工作者利用文艺作为抗战武器、积极宣传抗日方面起到了重要作用,该刊翻译发表了林焕平(当时署名为"焕平")翻译山本实彦谈论英国作家萧伯纳的论文《肖翁杂谈》,1941 年 4 月 11 日,《肖翁杂谈》(上)刊登在第 11 期;1941 年 4 月 14 日,《肖翁杂谈》(下)刊登在第 12 期。1940年 6 月 15 日,桂林《文学月报》第 1 卷第 6 期上发表了林焕平翻译熊洋复六的文学论文《高尔基的人道主义》。1942 年 4 月 30 日,《诗创作》第 10 期推出"惠特曼五十年祭",翻译发表了日本人撰写的关于惠特曼的论文两篇:静闻翻译高村光太郎的《窝尔特·惠特曼》,余人可诒翻译中野重治的《布尔乔亚诗选手惠特曼》。1942 年 7 月 25 日,桂林《戏剧春秋》第 2 卷第 2 期上刊登了舒非翻译外三卯三郎的戏剧论文《论傀儡戏》,"傀儡戏"即中国古代所称呼的"木偶戏",该文认为木偶戏在现代之所以会有"根深蒂固的力量",主要原因在于该剧种具有"演剧性""演员性"和独特的"形态"等特征。[①] 李春霖翻译桥本政尾的文学论文《关于战争文学的问题》,1943 年3 月 15 日发表在《时与潮文艺》第 1 卷第 1 期上。重庆《春云》杂志刊登了三篇译自日本的文学论文:林林翻译上野壮夫的诗论《诗——我底叙事诗的序》,寒华翻译冈泽秀虎的文论《苏联文学的新动向》,均发表在第 2 卷第 1 期;陶然翻译花野富藏的论文《现代西班牙文坛展望》,发表在第 2 卷第 2 期。重庆《文讯》杂志第 7 卷第 2 期刊登了隋树森翻译青木正儿的文艺理论作品《诗赋绘画与自然美之鉴赏》,重庆《国文月刊》杂志第 63 期刊登了纪庸翻译田中兼二研究中国古典文学的论文《元曲中之险韵》。

大后方出版的日本翻译文学作品十分丰富。张建华翻译林芙美子的小说《枯叶》,收入"现代日本文学丛刊",1937 年在重庆文化生活出版社出版。江夹奄翻译青木正儿的文论著作《南北戏曲源流考》,1938 年在长沙商务印书馆出版。日本人内掘键文编著的《日语读本》,译者不详,1938 年在长沙

---

① 〔日〕外三卯三郎:《论傀儡戏》,舒非译,《戏剧春秋》(第 2 卷第 2 期),1942 年 7 月 25 日。

商务印书馆出版。林琦编译三岛康夫的散文《苏联军队概观》,收入"时代丛书",1940 年在重庆正中书局出版。夏衍翻译鹿地亘的戏剧《三兄弟》,1940 年在桂林南方出版社出版。李冠礼、肖品起合译鹤见祐辅的散文《读书三昧》,1941 年在长沙商务印书馆出版。任钧翻译米川正夫的文论著作《俄国文学思潮》,1941 年在重庆正中书局出版。林植夫翻译竹枡等人的散文《敌军士兵日记》,1942 在桂林新知书店出版。殷石曜翻译铃木虎雄的《赋史大要》,1942 年在重庆正中书局出版。陈秋子翻译鹤见祐辅的传记文学《拜伦传》,1943 年在桂林远东书店出版。沈起予翻译鹿地亘的《我们七个人》,1943 年在重庆作家书屋出版。张令澳翻译鹿地亘的书信散文集《寄自火线上的信》,1943 年在重庆五十年代出版社出版。隋树森翻译竹田复的《中国文艺思想》,1944 在贵阳文通书局出版。徐蔚南和吴企云合译岩堂保的《美国大学生活》,1944 年在重庆万光书局出版。光夫编译的小林多二喜的《小林多二喜底情书·日记·逸话》,1945 年在成都北风出版社出版。大后方出版的日本书籍主要以文论为主,相比较而言,文学作品的数量较少。出版这些作品的主要目的除了文学审美和文学研究之外,主要还是在于启示抗战时期的中国知识分子应该为民族的独立和解放行动起来,就如钟敬文先生 1941 年在给陈秋子翻译鹤见祐辅的传记文学《拜伦传》写的序文中所说:"今天,在艰苦地战斗着,在崇敬着拜伦那种豪侠行为的中国知识分子,特别是青年知识分子,他们不会从这个传记里得到深刻的感动和高贵的启示么?"①

　　除小说、诗歌、散文及文论之外,大后方还翻译了日本戏剧和儿童故事。鹿地亘在桂林创作的三幕剧《三兄弟》,由夏衍翻译后从 1940 年 3 月 3 日到 18 日在《救亡日报》(桂林版)连载。李公朴在昆明创办的《孩子们》杂志,1945 年第 4 期上刊发了日本作家绿川英子的儿童故事《两个天国》,译者不详。

(二)

　　对日本报告文学、兵士日记或书信、散文的翻译是抗战大后方日本文学译介的重点。很多作品在宣传抗战之外,具有较强的文学性,是中国抗战文学和现代翻译文学史上不可多得的作品。

---

① 钟敬文:《拜伦传·中译本序》,《拜伦传》,〔日〕鹤见祐辅,陈秋凡译,长沙:湖南文艺出版社,1981 年,第 15 页。(此处引用的话语出自后来重印的版本,但钟敬文的"中译本序"后面署下的时间是 1941 年 11 月 9 日,表明与 1943 年版的文字相同。另外,抗战时期出版的《拜伦传》译者的署名为"陈秋子",1981 年再版时译者署名改为"陈秋凡"。)

　　《文化岗位》作为《救亡日报》的副刊于 1939 年 2 月 1 日在桂林创刊,于 1941 年 1 月 31 日终刊,其办刊宗旨是"以巩固文化界统一战线为职志……只要是对于抗战救亡多少有点裨益的文化工作,我们都不惜替他尽一点绵薄"①。为其撰稿的有来自前线的士兵、社会各界人士、中共文化界人士以及世界各反战国家的作家作品。在整个抗战大后方翻译文学中,《文化岗位》是刊登日本反战作家作品最多的刊物,从 1939 年 2 月 1 日至 4 月 4 日,先后用大量的篇幅分几十期刊登了邢桐华和冯乃超翻译的日本反战作家鹿地亘的报告文学《和平村记》,并且还先后多次刊登了鹿地亘的书信:洁夫翻译的《鹿地亘先生重庆来信》(1939 年 6 月 20 日),邢桐华翻译的《一封公开信》(1939 年 8 月 27 日),《关于〈三兄弟〉书信往来》(译者不详,1940 年 4 月 20 日)。另一位被重点译介的日本作家是横仓勘一,从 1939 年 6 月 15 日至 7 月 6 日,断断续续连载了徐孔生翻译横仓勘一的《烧杀日记》,以副标题"敌情资料"为名共计发表了七篇,充分暴露了日本军队残暴的侵略行径,从人的角度发出了对战争控诉的声音。除鹿地亘和横仓勘一外,该刊物还翻译发表了日本兵士们厌战思乡的书信或日记:1939 年 8 月 23 日,芜溉翻译绿川英子的《给全世界"世界语者团体"的公开信》;1939 年 7 月 15 日,林林翻译中山泰德的《感遇记》;1939 年 8 月 19 日,炳武翻译大宫留树的《敌国战时小公务员的苦恼》,该译文被视为"敌情资料";1939 年 9 月 4 日,志成翻译池田佳千男的《愿像兄弟一样爱护我》;1939 年 9 月 6 日,村夫翻译东兴太郎的《日本思想界的恐怖时代》;1939 年 9 月 24 日,仰山翻译岛田满男的《思想杂记》;1939 年 12 月 23 日,华嘉翻译坂本秀夫的《出帆》;1940 年 1 月 7 日,署名"郑"的译者翻译滨中政志的《受袭击的一夜》;1940 年 1 月 17 日,陈斐琴翻译《一个日军补充兵的自传》,原作者不详。

　　重庆出版的《新华日报》成为译介日本女作家绿川英子的主要刊物。从 1938 年 6 月~1944 年 9 月,发表了绿川英子的各类时评、书信、社会现状报告等文章 14 篇。《抗战文艺》发表了绿川英子的三篇文章:报告文学《赵老太太会见记》,译者为叶籁士,发表在 1938 年 8 月第 2 卷第 4 期上;署名"乔"的译者翻译的《小猫的死》,发表在 1944 年 9 月第 9 卷第 3~4 期合刊上;第三篇《李家的人们》发表在第 10 卷第 4~5 期合刊上。抗战大后方还翻译了一些日本的散文作品。绿川英子的《失去了的两个苹果——病床杂记》,1939 年 7 月发表在《七月》杂志第 4 卷第 1 期上,译者署名为"风胡",实际上就是胡风先生。石黑荣一的《军中夜记》(敌军日记),译者不详,发表

---

　　① 夏衍:《关于关山月画展特辑》,《文化岗位》,1940 年 11 月 5 日。

在重庆出版的《文艺月刊·战时特刊》第5卷第1期上。茵子翻译片冈铁兵的散文《青春的贞操》，发表在《春云》杂志创刊号；无悔翻译小泉八云的散文《致友人书》，发表在《春云》杂志第4卷第2期上。1942年2月25日，桂林《文化杂志》第1卷第6期发表了林林翻译吉田弦二郎的散文《关于人生》。

报告文学作品和时文注重宣传抗战和革命思想，在语言表达和可读性上存在一定的瑕疵，但其社会意义远远大于其文学价值，恰如有学者评论这些作品时说："此类文字，虽不算是什么文学作品，但却有一定的文学价值或抗战宣传价值。"①

（三）

抗战大后方是译介日本反战文学的主要区域，在20世纪30~40年代中国对日本文学的翻译历程中具有十分鲜明的特点和无可替代的地位。

大后方是抗战时期译介日本反战文学的主要区域。该时期中国版图上出现了多个政治区域，各区域的意识形态决定着对日本文学的翻译选择，比如东北沦陷区注重从文学审美和艺术欣赏的角度去翻译日本文学作品，同时出于巩固和扩大在华统治的政治需要，也翻译了一些站在日本军国主义立场上宣扬"大东亚共荣圈"的作品。上海"孤岛"对日本文学的翻译和介绍比较丰富，"十里洋场"上飘荡着浓厚的文学艺术气息，也混杂着战争的压迫和民族的反抗之声。延安在抗战时期乃至整个30~40年代都倾向于译介俄苏的文学作品，注重为满足"工农兵"的文学需求而大量翻译"普洛"文学。大后方则在文学价值取向多元的情况下，注重对日本反战文学的翻译和宣传。"侵华战争期间，日本本土没有严格意义上的反战文学。只有'七七事变'前逃到中国来的左翼作家鹿地亘，在中国创作了不少反战作品，当时的中国文坛对此非常珍视，均作了翻译介绍和评论。此外，被抗日军队俘虏或击毙的侵华日军，在其日记、家信等作品中，也描述了侵华战场上的情况，表达了对战争的厌倦等心理"②。当然，来华创作反战文学的不只有鹿地亘和部分战俘的日记，绿川英子等人也创作了一定数量的反战作品。倘若抗战时期对日本反战文学的译介是中国对日本文学译介的历史上最具特色的部分，那大后方无疑是日本文学译介中独具特色的重要区域，其地位和作用是其他区域不可替代的，因为创作反战文学的日本作家主要居住在大

① 王向远：《二十世纪中国的日本翻译文学史》，北京：北京师范大学出版社，2001年，第178页。

② 王向远：《二十世纪中国的日本翻译文学史》，北京：北京师范大学出版社，2001年，第177~178页。

后方,而且其作品被翻译后也主要在大后方出版。比如鹿地亘辗转来华后,主要居住在桂林和重庆;绿川英子随丈夫来中国后,主要居住在重庆。就出版的反战文学而言,桂林的南方出版社、新知书店等,重庆的作家书屋、五十年代出版社和正中书局等出版了多部日本文学译作。此外,大后方的报纸杂志如《时与潮文艺》《七月》《春云》《文化杂志》和《文化岗位》等也大量翻译刊发了日本反战文学作品,充分显示出该区域在日本反战文学译介中扮演着不可替代的角色。

抗战大后方翻译的日本文学具有鲜明的"反战"思想和"革命"情怀。《文化岗位》翻译发表的日本文学总体上呈现出"反战"的情感色彩,鹿地亘的报告文学《和平村记》和戏剧作品《三兄弟》代表了该副刊的翻译选择,前者通过对日本战俘的思想开导来宣传反战言论,后者通过对日本国内普通家庭在战争中的遭遇表达了反战情感。与此同时,《文化岗位》发表了神保光太郎的《菜园幻想》、吉田太郎的《思乡曲》和《苦战吟两首》等诗歌作品,这些译诗表达了日本国内人民对战争的厌恶之情。更为重要的是,《文化岗位》不仅从正面翻译了很多日本的反战作品,而且还直接翻译了日本国内反映侵华战争的作品和日记,以"敌情资料"的方式让中国读者了解日本人对侵华战争的真实做法和想法。这其中以横仓勘一的日记翻译为代表,译者之所以署名为《烧杀日记》,主要是为了体现日本侵略军在中国的所作所为,除了烧杀抢夺之外,他们没有在中国人民面前做出符合人性的事情。日本军人真实的日记和侵略欲望暴露在中国人民面前,必将激起人们对日本军队更大的仇恨。《一个日军补充兵的自传》和大宫留树的《敌国战时小公务员的苦恼》一文,从日本国内普通人的立场上来审视战争带给人们的灾难,让人们进一步认识到战争的危害。不管是对日本反战文学的翻译,还是对日本侵华文学的翻译,都会激起中国人民奋起抵抗日本侵略军,达到"反战"宣传的目的。

《春云》具有明显的"革命"和"抗战"意识。先就翻译的两篇论文来看,一则涉及苏联文学的新动向,二则涉及对西班牙文坛的展望。苏联"十月革命"的胜利和"二战"期间坚决抵抗法西斯入侵的行动,被标举为中国"革命"和"抗战"的楷模;西班牙因为在"二战"中受法西斯德国的侵略而使其文学得到中国文坛的关注,表明《春云》刊登这两篇翻译论文是有所择取的。再比如对日本左翼作家上野壮夫文章的译介也体现出《春云》"革命"的立场,早在20世纪20年代,中国文坛就将这位日本作家定位成革命诗人:"上野壮夫是日本的新诗人又是全日本无产者艺术联盟的一员。"①曾经有学者

①　N.C:《读壁报的人们·译者附记》,《创造月刊》(第2卷第3期),1928年10月。

认为,《春云》的主要撰稿人和作者以银行职工为主,"他们爱国,却怕革命。因为他们住在高楼大厦,舒适富裕;经济基础决定意识形态,以致对进步的活动采取旁观态度,《春云》的内容自然而然的偏向消闲,接近于'礼拜六派'"。并认为《春云》杂志只有等到 1937 年 5 月 16 日加入"重庆市文化界救亡联合会"后,"刊物改变了灰色面貌,富有了进步色彩"①。但实际上,我们透过《春云》对日本文学的翻译情况就可以看出,早在创刊之时,该刊就具有积极主动的"革命"和"抗战"意识。持"革命"或"民主"理想的还有《诗创作》杂志。该刊翻译的大都是具有良知和正义的诗人,而且与中国革命诉求息息相关,比如秋田雨雀曾是一名世界语工作者,1927 年参加过俄国"十月革命"胜利十周年纪念,对共产党领导的无产阶级革命运动有深刻的同情心理,是日本文坛上民主革命运动的先行者。而且《诗创作》翻译发表的两篇论文均是关于美国民主诗人惠特曼的专论,其中一篇还认为惠特曼是"布尔乔亚诗选手",证明《诗创作》的办刊具有"民主"和"革命"的理念。

抗战大后方翻译发表或介绍了日本国内对于侵华战争态度的文学,这类文章大都站在正义的立场上声讨日本国军主义的罪恶,反映日本国内民众对战争的厌恶情绪以及岛国经济和民生的艰难,意在鼓励艰苦奋战中的中国人,让他们看到胜利的曙光并坚定抗日必胜的信念。比如 1943 年 6 月,桂林《半月文萃》杂志第 2 卷第 1 期刊发了日本《文艺春秋》社座谈会讨论的时文《敌国民已无战志》,文章认为:"座谈会上不打自招地供出了,日本国民的战争情绪已经消沉到极严重的程度……他们供出了城市的主妇们费了整天的功夫在青菜店前排长蛇阵,仍然得不到青菜吃",并归纳出日本国内的情况主要有如下几个方面:"国民情绪异常消沉""国内维新的呼喊""生产扩充策无效"和"开发南洋之骗局"②。日本国内反战的呼声或国民经济危机,自然会拖缓甚至阻碍日本侵略的脚步,同时也会增强中国人民抗战的信心。

当然,大后方翻译的日本文学和论文在宣传反战或革命思想之外,也较为注重对文学艺术性的追求。比如桥本政尾的《关于战争文学的问题》认为,尽管战争文学"有关国家存亡"和"民族安危",但战争语境下的文学创作不应该被理解为"是一种非技巧地,坦率地创造'自然'的艺术"③,有助于纠正中国抗战文学的"宣传性"和口语化写作倾向,提高战争文学的文学性和艺术性。

①　李华飞:《〈春云〉文艺始末》,《抗战文艺研究》,1983 年第 2 期。
②　《敌国民已无战志》(时文),《半月文萃》(第 2 卷第 1 期),1943 年 6 月。
③　〔日〕桥本政尾:《关于战争文学的问题》,李春霖译,《时与潮文艺》(第 1 卷第 1 期),1943 年 3 月 15 日。

中日两国人民一衣带水且有着深刻的文学和文化渊源,本应在和平的环境中相互学习,在存进各民族发展的同时加强两国的友好交往。"二战"期间日本发动的侵华战争给中国人民带来了巨大的甚至是无法修补的心灵创痛,但不可否认的是,战争同样也给无辜的日本民众造成了伤害。抗战大后方翻译日本反战文学作品的用意在于呼唤中国人民奋起捍卫民族的独立和尊严,同时也在于警示日本人民应该正视战争的事实和危害,进而呼吁两国人民同修和平与安宁。

第二节 鹿地亘作品的翻译

鹿地亘(かじ わたゐ,1903～1982),原名濑四贡,是日本现代著名的左翼文学家,早年毕业于日本东京帝国大学。他在学生时代投身无产阶级文学运动,成为日本无产阶级作家阵线的主要负责人之一。日本发动"九一八"事变后,鹿地亘看穿了军国主义攫取中国领土的企图,发表了许多反战言论,由是受到日本军国主义的迫害而入狱。鹿地亘出狱后发现昔日的同盟作家者要么屈从于非正义的战争,要么失去了写作的权利和空间,于是不得不在1936年1月携夫人迟田幸子流亡中国。

到中国后,鹿地亘依然坚持革命文学的创作方向,尤其站在中日人民的立场上反对日本军国主义的侵华行为;同时,他投入到具体的反战活动和工作中,为中国抗战胜利作出了积极的努力。1938年,郭沫若在担任国民政府军事委员会政治部第三厅厅长时,日本敌情分析、日文广播和编写日文宣传册等对敌宣传工作均受到鹿地亘夫妇的大力支持。鹿地亘还开展对日本俘虏的说服教育工作,将见闻和自己的思考写成报告文学《和平村记》。1940年7月20日,鹿地亘在重庆出任"在华日本人民反战革命同盟总部"会长。鹿地亘为了躲避日本军警的监视和战争的危险,先后从上海迁居香港,从香港迁居广州,再从广州迁居武汉,从武汉迁居长沙,从长沙迁居桂林和重庆等地。鹿地亘到达抗战大后方的时间是1937年11月,在此主要考察并论述他自此以后的文学作品在大后方的译介情况。抗战胜利后,鹿地亘于1946年6月回到日本,继续致力于中日友好活动和文学创作,直至1982年去世。

(一)

由于鹿地亘的反战立场和对中国人民抗日战争的支持,他的作品赢得了中国人民的喜爱,被大量翻译介绍到大后方文坛。

　　桂林出版的《救亡日报》副刊《文化岗位》是大后方翻译介绍鹿地亘的主要刊物。《救亡日报》是抗日民族统一战线组织上海市文化界抗敌救亡协会的机关报,1937年8月20日在上海创刊,社长为郭沫若,总编辑为夏衍。1937年11月22日上海沦陷后停刊,1938年元旦在广州复刊,1938年10月因广州沦陷而停刊。1939年1月10日在桂林复刊,1941年2月28日因"皖南事变"而被迫停刊。在桂林复刊以后,名义上是全国文化界抗敌救亡协会的机关报,实际上是在中国南方局和周恩来领导下的进步报刊,成为当时西南地区广大革命群众和文艺工作者发表抗战舆论的喉舌和抗战的精神堡垒。《文化岗位》于1939年2月1日创刊,1941年1月31日终刊,其办刊宗旨在夏衍先生的《关于关山月画展特辑》中表述得十分清楚:"以巩固文化界统一战线为职志……只要是对于抗战救亡多少有点裨益的文化工作,我们都不惜替他尽一点绵薄。"①为其撰稿的有来自前线的士兵、社会各界人士、中共文化界人士以及世界各反战国家的作家,这些作品为我们今天研究抗战文艺提供了难得的资料。就翻译文学而言,《文化岗位》上的译文特色鲜明,它主要刊登翻译自苏联和日本的与抗战有关的文艺论文和文学作品,包括被法西斯侵略的东欧国家的部分文艺作品。在整个抗战大后方翻译文学中,《文化岗位》是刊登日本反战作家作品最多的刊物,先后用大量的篇幅分几十期刊登了邢桐华和冯乃超等人翻译的日本反战作家鹿地亘的报告文学《和平村记》。更为重要的是,夏衍翻译了他的反战戏剧《三兄弟》,成为大后方抗战戏剧的经典之作。《文化岗位》上还刊登了鹿地亘的三封信件:洁夫翻译的《鹿地亘先生重庆来信》,1939年6月20日发表;邢桐华翻译的《一封公开信》,1939年8月27日发表;《关于〈三兄弟〉书信往来》,译者不详,1940年4月20日发表。除了副刊之外,1939年10月19日,《救亡日报》上还发表了夏衍翻译的鹿地亘论文《忆鲁迅先生》。日本军队残暴的侵略行径,从人的角度发出了对战争控诉的声音。除了鹿地亘和横仓勘一之外,本刊物还翻译发表了日本的反战诗歌、兵士们厌战思乡的书信或日记。这些翻译文学作品极大地鼓舞了中国人民的抗战热情,使身处大后方的中国各阶层人民从日本人身上看到了战争的非正义性,认识到这是一场不得人心的侵略战争,最终必然会走向失败,从而坚定中国人民抗战必胜的信念。因此,翻译日本的反战文学作品对中国人的鼓舞作用是其他翻译文学作品不可替代的,它让中国人看到了日本人民内部对这场战争的分歧,站在普遍的高度上重新思考战争带给人类的灾难,进而希望早日结束战争,让

---

　　①　夏衍:《关于关山月画展特辑》,《文化岗位》,1940年11月5日。

全世界人民复归宁静的生活。

重庆出版的《七月》杂志翻译了很多鹿地亘的文学作品,这当然基于鹿地亘与胡风的特殊关系,因为两人在上海经鲁迅介绍认识后即成为朋友,而胡风又是《七月》杂志的主编兼发行,自然偏爱鹿地亘的作品。《七月》是抗日战争爆发后,从上海经武汉迁到重庆的进步文艺刊物,目的是为民族的抗战而努力。上海时期的《七月》以周刊出版,周刊于1937年9月11日在上海创刊,至9月25日出版第3期后停刊。武汉时期的《七月》以半月刊出版,1937年10月16日在武汉创刊,篇幅增大,基本上按期出版3集共18期,至1938年7月16日因战火迫近武汉而停刊。重庆时期的《七月》以月刊出版,1939年7月至1941年9月出版到第7集1~2期合刊后停刊,该时期出版的《七月》因受制于大后方艰难的物质条件而时有脱稿,每期往往间隔两月甚至更长时间。《七月》共计翻译发表了鹿地亘的七篇作品:诗歌《颂香港》,译者不详,发表在1938年第2卷第9期上;诗歌《送北征》,译者不详,发表在1938年第2卷第9期上;胡风翻译的书信《从广州寄到武汉》,发表在1938年第2卷第9期上;高荒翻译的文论《使人哭泣(关于日本战时文学)》,发表在1938年第2卷第11期上;高荒翻译的长诗《听见了呀》,发表在1938年第2卷第12期上;蔡成翻译的文论《文学杂论——答张秀中、楼适夷诸先生》,发表在1938年第3卷第3集上;胡风翻译的文论《对于人的爱》,发表在1939年第4卷第2期上。《七月》上翻译发表的鹿氏作品,多以诗歌和文论作品为主,而且在《七月》第2卷第9期上专门发表了胡风的作品《关于鹿地亘》,详细介绍了这位支持中国抗战的日本友人,使《七月》成为大后方翻译鹿地亘作品的重镇。

重庆出版的《抗战文艺》是大后方译介鹿地亘文学作品的重要刊物。《抗战文艺》是中华全国文艺界抗敌协会总会的会刊,1938年5月4日创刊于武汉,1946年终刊于重庆,八年内共出版了正刊、特刊77期。该刊在全国人民抗日的呼声中应运而生,号召全中国的文艺工作者强固文艺的国防,强固文艺阵营的团结,扫清内部的纠纷和摩擦,扫清内部的小集团观念和门户之见,从而集中力量对付当前的民族大敌。《抗战文艺》将文艺作为锋利的斗争武器,在神圣的抗战救国事业中肩负起时代责任。该刊翻译发表的鹿地亘作品有四篇:适夷翻译的文论作品《关于"艺术和宣传"的问题》,发表在1938年《抗战文艺三日刊》第1卷第6期上;桐华翻译的《我底略历》,发表在1938年第2卷第4期上;乃超翻译的《海与舟人:纪念郭沫若先生创作生活二十五年》,发表在1942年第7卷第6期上;报告文学《前进,又前进!》,译者不详,发表在1943年第8卷第4期上。

　　除以上刊物比较集中地翻译了鹿地亘的作品外,重庆《新华日报》也发表了多篇鹿地亘作品的译作:1941 年 6 月 22 日,发表译诗《和苏联站在一起》;1943 年 1 月 1 日,发表散文《迎接胜利的曙光———一九四三年展望》。另外,1943 年 11 月 16 日,重庆的《时与潮文艺》第 2 卷第 3 期上发表了刘列先翻译的散文诗《什么叫做交易》。1942 年 6 月 15 日,桂林的《文艺生活》第 2 卷第 4 期上发表了欧阳凡海翻译的文论《鲁迅魂》。此外,就翻译出版的作品而言,1938 年,武汉汉口天马书店出版的《鹿地亘及其作品》是最早出版的鹿地亘作品集。大后方出版了鹿地亘的三部作品:除夏衍翻译的戏剧《三兄弟》在南方出版社出版之外,1943 年,张令澳翻译的《寄自火线上的信》在重庆五十年代出版社出版;1943 年,沈起予翻译的《我们七个人》在重庆作家书屋出版。昆仑关战役爆发后,鹿地亘在桂林建立了反战同盟桂林支部,随后带领反战同盟的队友到前线进行反战宣传,对日本军实行喊话教育。但就是这次行动,导致队友站川诚二、大山帮雄、松山迅夫等不幸中弹牺牲。鹿地亘经历了战争中同胞遇难的悲痛,加重了他对日本军国主义发动的侵略战争的憎恶,于是他写下《我们七个人》这部反战小说,表达了对战友的追思和对敌人的仇恨。

　　总体来看,战时大后方对鹿地亘作品的翻译包括诗歌、散文、小说、报告文学、戏剧以及文论作品等,文体形式多样,表达的内容也很丰富。这些作品支援了中国人民的抗战,表达了他们对日本侵略者的声讨和谴责,成为大后方抗战文学的有机构成部分。

(二)

　　鹿地亘的诗歌翻译成中文发表在大后方刊物上的共计有三首,内容涉及支持中国军民的抗战、思念祖国和赞美反抗精神等。这些译诗书写一个日本流亡作家的正义之声,诉说非正义战争给普通日本民众以及中国人带来的伤害,引起了中国人民的强烈共鸣。

　　鹿地亘是一个关注社会现实并立志革新生活现状的革命作家,因为不满日本政府的反动统治和偏执的政治追求而被捕入狱。从监狱出来之后,当他看到日本军国主义在战场上的胜利时,为无辜地被侵略国的人民流下了伤心的眼泪。鹿地亘在自我小传中说:"我看到军事法西斯主义自赞和猖狂的暗黑的日本,痛感到败北,哭了。这个败北的最大的原因,是反法西斯的各人民层之间没有统一战线,把力量分散了的原故。"[1]因此,鹿地亘不仅

---

① 〔日〕鹿地亘:《我底略历》,桐华译,《抗战文艺》(第 2 卷第 4 期),1938 年。

在日本国内呼吁各种社会反战力量能够团结起来,而且还呼吁世界反法西斯主义的人民能够联合起来,抵抗共同的敌人。鹿地亘的这些言论遭到日本警察的监视和包围,他因此丧失了活动空间。在正义精神和革命理想的支配下,他化装成旅行剧团的团员来到中国,在这个饱受战争之苦的国度找到了施展抗战文艺的广阔空间,与中国人民一道反抗日本军事法西斯分子的侵略战争,成为战时理解并支持中国抗日的国际友人。

鹿地亘的诗歌作品表达了丰富而复杂的情感,强烈的反战情绪中伴随着对祖国和故乡浓浓的思念。《颂香港》是鹿地亘在香港即兴创作的一首诗歌作品:"宁静的街道呵,/夹竹桃是红的,/不知名字的黄的花絮的花,/在白的石屏上面,/连续地投下绚烂的影子。/风也没有,冰雪也没有,/不知不觉地就要过年了。"①这些诗句虽然没有涉及战争和流亡的时代主题,但从诗行中仍然可以看出这位日本友人流亡国外的落寞,以及在异国他乡的街道中流露出的思乡情绪。冬季的香港依然春意盎然,各种鲜花次第开放,孤独的诗人独自徘徊在空旷的街道上,不由得想起了北方的故乡,想起了那个此刻正吹着西伯利亚寒风、飘着鹅毛大雪的日本国。而罪恶的战争和他执意的反战行为让他四处飘零,不能回到自己的祖国,为了生存过着居无定所的生活。《香港颂》这首译诗表达出来的情感是复杂而矛盾的,一方面他思念自己的祖国,另一方面他又憎恨自己的祖国,因为日本发动的侵略战争让热爱和平的人民有家不能归,他唯有祈愿这场非正义的战争早日结束,希望法西斯和军国主义分子早日灭亡。

《听见了呀》是一首非常鲜明的反战诗篇,诗人歌颂了国内劳动人民和工人阶级对日本军国主义者的反抗精神。在诗歌的前面,鹿地亘阐明了写这首诗的原因是因为听闻了国内的惊人消息:"东京市近郊的川崎千家荒川的出征兵士和他们底家族,当开船的时候举行了反战的示威,三十个在开了枪的军警底枪子下面倒毙,一千多个遭了逮捕。"这则消息让诗人因此热血沸腾,他一面控诉日本军国主义的暴行,一面为那些举行示威的反战者助威,同时也想起了故乡的亲人和朋友。控诉暴行、支持反战示威或思念亲人等复杂的情感,最后都汇聚成对日本发动侵华战争的指责,对法西斯分子必将走向灭亡的判断:"一切民众底心里的!/战斗的血!是燃着的火!/看罢,看罢!法西斯们呵!/血污的刽子手们呵!/火焰正在你们底脚下跳着!/在烘烘地把你们包着!"②在诅咒法西斯分子将被民众的反抗火焰"烧

① 〔日〕鹿地亘:《颂香港》,《七月》(第2卷第9期),1938年。
② 〔日〕鹿地亘:《听见了呀》,高荒译,《七月》(第2卷第12期),1938年。

灭"的同时,这首诗还流露出淡淡的思乡愁绪。因为鹿地亘听到的士兵和家族反战示威的行动发生在他的家乡,无形中勾起了他对父老乡亲的怀念,他一直急切地盼望来自故乡的信息:"哦哦! 在悠长的时间底流里,/我是怎样地期待着,/怎样地侧着我底耳朵呀! /像待望寒夜底过去一样,/我是怎样地因为期待而压住呼吸的呀! /浮在眼里的六乡底河岸。"①日本国内的人民已经投入到了反战的行列,法西斯刽子手的灭亡指日可待。

《送北征》赞美了八路军的抗日行动,认为日本侵略者的妄想和美梦一定会在中国人民的顽强抵抗下化为泡影:"倭寇呵,夸耀罢,你底炮火,/沉迷罢,你底妄想,/说是皇威要和炮烟一同,/把大陆掩蔽。/但是,等着看罢,/满野的风,马上/会把毒烟吹得无影无踪,/在冰雪里闪耀的山峰,/会留下壮丽的姿态的。"②作为一个日本人,从鹿地亘在诗作中使用"倭寇""皇威"等词语便可看出其对日本侵华战争的痛斥,认为那些还沉迷在侵占中国大陆的梦想中的侵略者,一定会在中国人民壮丽的民族解放浪潮中被彻底打败,从而将军国主义分子和愚忠天皇的极端分子扫荡得无影无踪。

鹿地亘在诗歌作品中表现出对战争的厌恶和对家园的思念,这种强烈的感情成为他在中国积极从事反战宣传的精神动力。他声讨那些在日本军国主义压制下站在非正义一边的文人:"在军事法西斯底世上,由于可怕的禁止执笔,逮捕、屠杀等等手段……而且,对于沉默的人民,对于'自己',论理是应该害羞的,但只要把'自己'和'人民'当作是没有的东西,那也就可以了事。这样地,他们落到了最后的地点。他们成了军事记者,加入了宣扬班或特务机关,歌颂了东亚协同体。"但是,这些为军国主义分子卖命的人并不能代表日本国内人民对正义的坚守,人民心中永远装着"人间爱",他们一定会行动起来消灭人类的共同敌人:"在空前的苦恼里面,日本九千万的人民,为了真的人间爱,也为了人底'灵魂'底解放,已踏进如果人类底敌人'不投降,就消灭他'的战斗了。"③发动侵华战争是日本军国主义势力妄图转移国内矛盾的手段,战争不但不能解决国内的根本问题,反而会激化人民对军阀统治的厌恶情绪。在《日本国内反对侵略战争的日子》一文中,鹿地亘站在中国人民和日本普通大众的立场上,认为:"'九一八',在中国说,是日本帝国主义冒险侵略中国的日子。在日本来说,是日本人民看到日本军

①　〔日〕鹿地亘:《听见了呀》,高荒译,《七月》(第 2 卷第 12 期),1938 年。
②　〔日〕鹿地亘:《送北征》,《七月》(第 2 卷第 9 期),1938 年。
③　〔日〕鹿地亘:《对于人的爱》,胡风译,《七月》(第 4 卷第 2 期),1939 年。

阀牺牲了人民,牺牲了国家来进行疯狂侵略的日子。'九一八'是中国进行反侵略的纪念日,也是日本进行反战的纪念日。"①鹿地亘心里面无时无刻不在挂牵中日人民的苦难生活,无时无刻不在诅咒日本军国主义早日灭亡。

日本军国主义发动的侵华战争不仅遭遇了中国人民的顽强抵抗,而且也激起了日本国内民众的反战情绪。日本国内人民清醒地意识到军国主义分子发动的战争是非正义的,他们反对当局错误的侵略行为,于是将日本侵略中国的标志性日子定为国内人民反战纪念日,由此警示军国主义者失去人民的战争行为必然以失败告终。

(三)

鹿地亘在中国从事反战宣传的行动包括开导日本战俘、到前线劝解日本军队、培训中国对敌宣传人员的日语以及创作文学等。而在他文学作品的创作中,报告文学产生了较大影响。

鹿地亘是以革命作家和反战作家的身份进入中国抗战文坛的。鹿地亘和中国作家建立了非常亲密的关系,他初到上海的时候便受到鲁迅的特殊关照,在其介绍下与很多中国革命文学作家成了朋友,胡风便是其中一位。当胡风从上海迁移到武汉之后,鹿地亘曾从广州给他写过一封信,表达了对胡风的想念之情,以及对中国人民抗日战争的支持。"将近半年的不安和焦躁,请你想象一下罢,不知有多少次遇到了生命底危险。但几千万人民生命成为问题的时候,我们个人的生命又算得了什么呢。只是,面对着像狗一样地死去的恐惧,什么工作也没有做地一天天地消磨日子,请想象一下是怎样的一种情形。所以,当焦躁得忍耐不住的时候,从我的胸膛里迸涌出这样的悲愤:中国底兄弟呵,认清楚敌人和朋友吧!"②鹿地亘看着大量中国人民在战场上死去的时候,将个人的生死置之度,他呼吁中国人民认清敌人和朋友,目的就是要人民起来坚决抵抗敌人的侵略。胡风认为鹿地亘是日本唯物主义文化运动的代表人物,"他没有从革命的文化阵地里离开过",他之所以会在抗战时期来到中国,主要是因为他在国内没有生存和创作的空间。在来中国之前,鹿地亘"在监狱里住了一年多,走出来一看,日本社会完全变了。他站在那里面斗争了十年左右的阵线溃乱了,旧的战友或者萎缩,或者被限制得不能动弹,只有很少数的还在孤军苦战,他失去了岗位,又没有生

---

① 〔日〕鹿地亘:《日本国内反对侵略战争的日子——为纪念九一八而作》,北鸥翻译整理,《十日文萃》(第3期),1938年。
② 〔日〕鹿地亘:《从广州寄到武汉》,《七月》(第2卷第9期),1938年。

活的道路。但他那时候却望见了中国,记起了中华民族底命运和日本劳苦大众底命运的密切的关联。于是他想到中国来,就是能够在上海街上走一走看一看也是好的"①。从胡风对鹿地亘的认识和了解来看,这位日本作家从一开始就在中国抗战文化语境中被界定为"唯物主义文化"作家、"革命文化"作家,同时因为受到日本政府的迫害而失去了朋友和生活来源。因此,鹿地亘尽管来自发动侵略战争的日本,但因为其特殊的文化身份和对日本当局政府的憎恨、对中国人民的同情而赢得了抗战文坛的欢迎。

在桂林创作的报告文学《和平村记——俘虏收容所访问记》是鹿地亘最有影响力的报告文学作品。有学者认为:"为作日俘的反战工作,鹿地亘夫妇经常在俘虏营内与那些日军俘虏谈心。为专访日本俘虏营写了一本《和平村记》。书中记载了俘虏营内的见闻。这本书连载在桂林的《救亡日报》上。"②鹿地亘的报告文学《和平村记》最开始的 18 集在大后方《救亡日报》上连载,译者或许为林林③,但却不是在该报副刊《文化岗位》上发表的,翻阅桂林时期的《救亡日报》副刊,《和平村记》的前 18 集并没有出现在《文化岗位》上。1939 年 2 月 1 日始,该报告文学从第 19 集开始在桂林的《救亡日报》上连载,3 月 7 日,鹿地亘离开桂林暂停发稿。1939 年 3 月 20 日,鹿地亘返回桂林,《和平村记》在《救亡日报》上继续连载。1939 年 2 月 12 日之前,由邢桐华翻译连载至 30 集;从 1939 年 2 月 13 日至 4 月 4 日,之后由冯乃超翻译完成了余下的 26 集,即连载至 56 集。

由多人翻译发表在《救亡日报》副刊《文化岗位》上的《和平村记》主要是对日战俘的开导性文字,认为战争是造成中日人民生活痛苦的根源:"我们今天站在两民族的悲惨战斗中。然而,这悲惨的战争能否转变成光辉的战争,是全凭我们的决心如何? 假如这次战争只成为民族于民族之间斗争,那会是一种悲惨,表明两民族的败北和灭亡。不只是中国,也是日本人民永远的不幸。然而,我们能够将战争引导到光辉的道路上的。凭了我们对胜利的确信。"同时,这部报告文学作品让我们看清了日本侵华战争的真实面目:"这次战争对于日本国民有什么意义,只要看七年来准备期的日本,就可以明白了。国家的生产和国民的全部生活都作了战争投机的赌本。重工业,其实就是军需工业的偏重,因此产生了国民生活的破灭。为了什么,卑劣的政治阴谋,武器的暴力,每天威胁着国民。准备过程的本身就是战争。

---

① 胡风:《关于鹿地亘》,《七月》(第 2 卷第 9 期),1938 年。

② 陶钟麟、谢鸣:《抗战时期的日本进步作家鹿地亘》,《贵州文史天地》,1995 年第 5 期。

③ 有研究者认为,《和平村记》是一部十余万字的报告文学,"由林林、邢桐华、冯乃超翻译"。(蔡定国:《日本反战作家鹿地亘在桂林初探》,《学术论坛》,1996 年第 5 期)。

这战争就是我们对于把国民和国家供作冒险赌博的人的斗争。"认清战争的非正义性和战争的阴谋,其根本目的是希望抗战的人们能够看到胜利的希望,憧憬和平而幸福的生活,并为之付出努力:"然而,我们要胜利的! 例如,眼前这里就有和平村。在悲惨的战争中,我们创造了两个民族的和平生活,这是光辉,是胜利之兆。那么,诸君在这里虚度岁月呢? 还是参加胜利的创造。这全凭诸君的意志和努力。"①

在抨击日本发动非正义战争的同时,鹿地亘强烈地批判日本国内的战时文学,认为该时期的文学沦为军国主义的附庸。鹿地亘在《使人哭泣(关于日本战时文学)》中认为日本战时的文学完全沦为了"战况底通信",举国上下的文学杂志和报纸都刊登与战争有关的报告文学作品。为什么"二战"期间日本的文学会朝着战况报道的方向发展呢? 是日本国内人民希望看到战争的报道吗? 是日本作家喜欢写战争报告吗? 在鹿地亘看来,这完全是军国主义操纵的结果,并非人民所需和作家所愿,因此他颇有感触地写道:"据我看,最近的文学界像是大体上完成了'举国一致'。那是用两种手段实现的。第一,八一三后不久,政府召集了思想界文化界底元老们,讨论了'怎样组织知识分子底战时队伍'。在这个召集以外的文士们,一次两次三次……差不多全部被请进了监狱里面。第二,许多文人,和新闻记者一起,变成了各大杂志底特派员,在军部底统治之下从军到各个战线上面。去年十月以后的日本底报纸杂志,满载着这些文化侵略军底报告。"②日本军国主义通过高压政策将作家纳入到军人队伍,不愿意加入文化侵略军的作家便被关进监狱失去了写作的资格。

大后方翻译的《前进,又前进!》也是一篇报告文学,讲述了"林参谋"在奔赴前线的行军过程中的一系列情况,希望作为将士的"兄弟们"能够坚持行军,把枪口对准日本侵略者狠狠射击。"打呀! 打呀! 不要客气"③。这样的话语道出了鹿地亘对日本军国主义分子的憎恨。

(四)

鹿地亘通过戏剧创作来表达日本国内人民的反战情绪,突出日本青年人的觉醒,他想利用生动的舞台艺术让中国人民认识到日本军国主义的暴

---

① 本段引文引自陶钟麟、谢鸣:《抗战时期的日本进步作家鹿地亘》,《贵州文史天地》,1995年第5期。

② 〔日〕鹿地亘:《使人哭泣(关于日本战时文学:其一)》,高荒译,《七月》(第2卷第11期),1938年。

③ 〔日〕鹿地亘:《前进,又前进!》,《抗战文艺》(第8卷第4期),1943年。

行不会赢得人民的支持,日本军国主义分子的迷梦最终会破灭。

战争不但给中国人民带来了深重的灾难,而且也让日本人民的生活蒙上了巨大的阴影。就中国人民来讲,抗日是一场争取民族独立的全民战争,这是整个中国人的历史使命和时代责任,文学创作和文学翻译也不例外。因此,"革命化、战斗化、大众化,成为这时期中国文学最本质的特征。戏剧亦不例外。……在内容方面,它强调及时、迅速地表现当时所发生的重大社会事件,揭露侵略者的罪恶和阴谋,描写中国人民与侵略者、汉奸浴血奋战的事迹,话剧的功能趋向政治宣传化"①。在这样的文化语境中,鹿地亘《三兄弟》这种宣扬反战的日本话剧受到中国人的重视也在情理之中,翻译这部作品是根据实际战争情况所做出的符合中国文艺创作需求的选择。鹿地亘在桂林期间创作的这部三幕剧,由夏衍翻译后于 1940 年 3 月在《救亡日报》(桂林版)连载,从 3 月 3 日到 18 日,分 16 次刊登完毕,随后由桂林南方出版社出版了单行本。这部剧作在当时受到了中国作家广泛的关注,除夏衍翻译的剧本之外,还有欧阳凡海的译文在 1940 年发表在《译林》第 1 期上,楼适夷介绍这个译本时说:"本剧由日本反战同志在桂林于三月八日—十二日用日语演出,欧阳凡海兄将全剧译成中文,油印在剧场散发,为中国观众理解之助。"②这个译本是在上海《译林》杂志发表的,但从楼适夷的介绍来看,欧阳凡海的翻译应该只是简单的意译,即把主要意思翻译出来,以供在剧院看剧的观众大体了解剧本内容。为将此剧本推向国际反法西斯文坛,1940 年叶君健(译名署为"马耳")将《三兄弟》翻译成英文,发表在苏联期刊《国际文学》英文版第十一和十二期上。此剧一经演出便好评如潮,有人认为中国人民在抗战中和日本人民的反战行动"握紧了手":"我们的抗战与日本友人的反战,其同一的对象都是日本军阀,抗战与反战配合起来,才能使东方的革命运动真正的实现。因此,以日本人的反战来推动中国的抗战,以中国的抗战来帮助日本友人的反战,是当前东方两大民族共同的需求。在这一总的观点之下,我们欣幸着在华日本人民反战同盟在中国舞台上的戏剧演出,也同样从这一观点上,去认识鹿地亘氏新作《三兄弟》的历史意义。"③也有人认为日本人民和中国人民都在顽强地"反对侵略战争"④,必将迎来最后的胜利。

---

① 田本相:《中国现代比较戏剧史》,北京:文化艺术出版社,1993 年,第 460 页。
② 适夷:《〈三兄弟〉介绍》,《译林》,1940 年第 1 期。
③ 孟超:《抗战! 反战! 中国人,日本人,握紧了手! ——对于鹿地亘氏〈三兄弟〉演出感念》,《文化岗位》,1940 年 3 月 8 日。
④ 黄崇菴:《"反对侵略战争"——看〈三兄弟〉以后》,《文化岗位》,1940 年 3 月 8 日。

《三兄弟》以宫本一家的遭遇为主线,讲述了日本底层人民在战争中的悲惨遭遇:母亲疾病缠身、卧病在床,面临催租人的蛮横逼问只能低声下气,最后在贫病交加中受到打击死去;大儿子宫本一郎在军工厂当工人,工作繁重不堪,没有时间休息,后来又被征兵去打仗;二儿子宫本二郎参加侵略战争死在了中国的战场上;三儿子宫本三郎因参与反战工作一直被政府追捕,最后被警察抓走。剧本以宫本一郎的觉醒收尾,他意识到侵华战争的不义性,为自己即将参战感到耻辱,因此在《三兄弟》剧本的结尾中大声呼喊着:"把我杀了!杀了,要不然,只要能够出声,总要喊的!反对侵略战争!"①由此,鹿地亘和日本人民对这场战争的反对和拒绝态度表露无遗。这个剧本坚定了中国人抗战必胜的信念,因为人们从日本人的亲身经历和行动中感受到了日本军国主义不得民心,日本人民对持久的战争感到厌恶和绝望,从而有助于鼓舞中国人民坚持奋战。曾经亲身体验过《三兄弟》演出盛况的张令澳先生回忆起该剧在重庆的演出时说:该剧"在重庆一共演出五场(五个夜场),山城为之轰动,不是因演出的精彩,而是由于从战场被俘过来的日本兵,如今现身说法在舞台上诉说日本人民同样也尝够了侵略战争的苦况,从而使观众觉得生动而且新奇,因而场场客满。作为反战同盟总会长的鹿地亘,更是在每场演出之前都发表激情洋溢的反战演说,由我为他翻译。他在演说中所指出的日本人民随着侵略战争的长期化而产生的绝望和厌战情绪,激励了大后方的中国人民:抗战到底,抗战必胜!"②《三兄弟》的演出让中国人民看到了日本侵略者的虚弱,从而坚定了抗战到底的决心。

《三兄弟》展现的是日本底层人民的普通生活,讲述战争给日本人民带来的痛苦和灾难,表达了日本人民反对这场不义战争的呼声,契合了中国人民的反战情感。在中日战争进行到白热化的阶段,这类作品在中国的广泛传播"将增强我们对于日本被压迫人民的了解和同情,促进中日两国人民战斗的联合,并且以共同的力量来加速消灭日本军阀们的血腥统治"③。另一方面,这部作品在当时已经产生了重大反响,将它译成中文剧本,势必会进一步扩大该剧在中国的影响和传播,在最大程度上为抗战服务。由于话剧《三兄弟》最开始在中国的演出是由日本俘虏用日语完成的,这种独特的方式对中国观众产生了强大的吸引力,"原计划连演三场,后因观众强烈要求,

---

① 〔日〕鹿地亘:《三兄弟》,夏衍译,《文化岗位》,1940年3月18日。
② 张令澳:《鹿地亘在华的反战活动》,《档案与史学》,1994年第2期。
③ 〔日〕鹿地亘:《〈三兄弟〉的故事》,《新华日报》,1940年6月5日。

又继续公演两场。演出获得了空前的成功"①。夏衍在看完日语版话剧演出后，兴奋地写下了《我推荐这个剧本》一文，评价《三兄弟》是"我们现剧坛的一个可贵的收获"②。但是由于语言障碍影响了人们对剧本的理解，翻译成中文本的译作恰好弥补了这一缺憾。与此同时，夏衍在评价《三兄弟》时还突出强调了这部剧作的真实性，认为剧本表达了日本人战时生活的真实性，指出"在目前非现实主义流行的时候，这是一个值得推荐的剧本"，透露出夏衍对当时剧坛内盛行非现实主义的不满，表明剧本的翻译有时也会对国内的不良创作风气起到有效的反拨作用。

当然，作为应时性的战争戏剧，《三兄弟》同样具有人物形象平面化和单一化的缺陷，在极度强调反战主题的情况下，无论是戏剧家还是观众对于剧本艺术性的追求都会让位于思想。《三兄弟》的翻译表达了抗战期间中国人民对日本军国主义的反抗情绪，在当时的剧坛产生了重大影响，仅在1940年就出版了两次单行本③，因此更应该强调《三兄弟》的历史价值而非艺术价值。鹿地亘作为一个反战作家，其在中国抗战文坛上的时代使命就是反对日本侵华战争，从情感和道义上支持中国人民为正义和民族独立而战，让中国人知道日本发动的侵华战争不仅伤害了中国人民，而且在国内也得不到正面支持。所以鹿地亘在介绍这个戏剧时阐明了其创作的初衷："这是一个反战的悲剧，这悲剧的主人翁，虽然都是牺牲了，却表明了日本国内的火山似的反战即将爆发，一郎一家，只不过是日本的山雨欲来风满楼的时候的许多悲剧中的一种罢了。"④日本国内即将掀起的反战风暴必然让日本军国主义面临国内和国际的多重矛盾，预示着中国人民一定会迎来抗战的胜利。

《三兄弟》在大后方多个城市上演，鼓舞了中国人民的抗日精神，坚定了他们抗战必胜的信念，成为鹿地亘抗战时期最有艺术价值和教育意义的作品。

（五）

大后方翻译了鹿地亘的多篇文论作品。鹿地亘作为一个日本人，他对中国文艺的洞察力往往带有特殊的眼光，认为中国抗战文艺的大众化应该以人民的艺术需求为基准，在鼓舞抗战的同时，应该发挥启蒙的功能。

抗战时期大后方主张文艺大众化，认为只有实现了文学等艺术门类的

---

① 蔡定国：《日本反战作家鹿地亘在桂林初探》，《学术论坛》，1996年第5期。
② 夏衍：《我推荐这个剧本》，《时评与通讯》，北京：人民日报出版社，1988年，第43页。
③ 两个单行本分别于1940年3月和7月由桂林南方出版社和上海戏剧书店出版。
④ 〔日〕鹿地亘：《〈三兄弟〉的故事》，《新华日报》，1940年6月5日。

大众化才能让人们理解作品,进而启发或激发他们抗战的激情。鹿地亘在看了中国作家关于文艺大众化的论述之后,也阐发了自己文艺大众化的观点:"(一)较之艺术,大众要求着直接的'生命食粮'。在连这都没有被满足的时期,'艺术底大众化'难免有限制。(二)有限制,然而是可能的。当大众底'生命食粮'的要求和艺术结合起来的时候,就找得出可能来。这才是一方面把过去从大众生活游离了的艺术提高到生活底艺术的契机,因为这同时也就是使艺术家成为'时代底艺术家'的原因。(三)再就大众方面看,他们有初步的艺术的欲求。满足这个欲求,同时利用这个欲求使他们在政治上文化上,启蒙是必要的,可能的。由于这,大众自身底艺术底创造性也就提高了。(四)然而,从艺术家(作为社会底文化先锋的)底创作的任务看,有创造'时代·典型'这个复杂的问题。对于被放任在自然性里面的大众底头脑,这自然不容易理解,但使他们理解是必要的。而且也是可能的。为了这,应该和前项所说的启蒙运动密切地协力,执行教育活动。"①鹿地亘关于抗战文艺大众化的论述,对于我们理解和重新思考大众化问题提供了新的思路:文艺大众化应该和大众的文艺需求结合起来,在此基础上利用大众的文艺欲求对他们进行必要的政治和思想启蒙,从而发挥文艺的教育功能。如果文艺大众化的提出没有顾及大众的感受和兴趣,只一味地沿着作家的方法和目的创作所谓的大众文艺,就会使大众文艺远离大众,难以实现抗战文艺或革命文艺启蒙和教育大众的目标。

作为一个日本人,鹿地亘在中国可以用异国的眼光看到一些中国作家所不能注视到的盲区,从而丰富中国文艺工作者对现实的认识。比如人们在谈中国现代社会思潮时,常认为五四时期的时代主题是启蒙,抗战时期的时代主题是救亡,而鹿地亘则认为抗战时期仍然是启蒙的时代,没有启蒙和大众的觉醒,就谈不上民族救亡的成功。这种认识为我们重新理解中国社会思想的演变提供了参考,有助于厘清抗战时期文艺"大众化"和"化大众"的轻重关系。而实际上,抗战时期很多中国作家也意识到了抗战文艺的启蒙任务,主张文学界应该发动一场"新启蒙运动",意味着抗战时期文艺的启蒙内容与五四时期相比有了自己的时代内涵。抗战时期的启蒙运动"并非是五四启蒙运动的简单再版。相反的,它是在于把五四阶段上所提出的任务放到一个更高的基础上来给予解决。因之,它也是五四文化的'否定之否定'。五四的新思潮含有一个重意义:价值的重新估定。那时有两个主要

---

① 〔日〕鹿地亘:《文学杂论——答张秀中、楼适夷诸先生》,蔡咸译,《七月》(第 3 卷第 3 集),1938 年。

的口号：第一是民族，第二是科学。可是目前的新启蒙运动却具有别种的意义，同时它也不同于一般资本主义社会的启蒙运动，由于中国是一个半封建半殖民地的社会，因此它必须强调反对日本帝国主义的外来侵略。所以，新启蒙运动存有着它自己的特殊性。我们可以把它的中心内容总括到下面两点：（一）民族的爱国主义。（二）反独断的自由主义"①。中华民族在抗战时期处于亡国灭种的边缘，因此启蒙大众的民族意识和抗战意识成为该阶段文艺的首要任务，但它同时也肩负着反对独裁统治的自由主义精神。因此可以说，中国新文学的启蒙传统自五四以来就没有中断过，只是不同的时代赋予了启蒙不同的内容，或者不同的时代对相同的启蒙主题各有偏重而已。

抗战文学延续了五四以来新文学的革命传统，继续在民主的道路上发挥着启蒙的精神。1941 年初艾青在《中苏文化》第 9 卷第 1 期上发表了名为《抗战以来的中国新诗》的文章，认为在形式和内容上中国新诗二十年来的历史始终贯穿着"最耀眼的红线"——"对于中国民族解放，和全国人民相一致的民主政体的实现这两种要求的光荣的战斗精神。"艾青说："中国新诗，一开始就承担了如此严重的使命：一、它必须摆脱中国旧诗之封建形式和它的格律的羁绊；创造适合于表达新的意志新的愿望的形式，和不是均衡与静止，而是自由的富有高度扬抑的旋律。二、它必须和中国革命一起并且依附于中国革命的发展，忠实地做中国革命的代言人。"②因此，作为中国革命先驱者的诗人在民族解放战争中应该创作出鼓舞人们战斗的诗篇，延续中国新诗的"革命"传统。艾青的话在今天看来似乎过多地强调了诗歌的使命意识而忽视了诗歌对生命意识的观照，但在当时的语境中却是合理的，因为时代需要诗人作出这样的选择，需要诗人投身民族和民主革命的潮流中，诗歌当然就应该成为中国革命的构成部分。尤其是抗战诗歌更该如此，比如诞生于抗日烽火中的"七月"诗派认为抗战诗歌是中国的革命文学，是在革命的语境下发生的。1937 年 10 月 16 日，胡风编辑的《七月》第 1 集第 1 期出版，代致辞《愿和读者一同成长》鲜明地提出了文艺与革命的关系，指明当前作家的社会责任乃是为民族革命而呐喊："中国的革命文学是和反抗日本帝国主义的斗争（五四运动）一同产生，一同受难，一同成长。斗争养育了文学，从这斗争里面成长的文学又反转来养育了这个斗争。"③

---

① 洛蚀文：《论抗战文艺的新启蒙意识》，《抗战文艺论集》，洛蚀文编，上海：文缘出版社，1939 年，第 56 页。

② 艾青：《抗战以来的中国新诗》，《中苏文化》（第 9 卷第 1 期），1941 年 7 月 25 日。

③ 《愿和读者一同成长》（代致辞），《七月》（第 1 集第 1 期），1937 年 10 月 16 日。

　　抗战文学从某种程度上讲承载与五四新文学相同的启蒙精神,毕竟五四和抗战时期都面临着半殖民地的民族矛盾,也都面临着封建式的集权统治,因而两者都肩负着相似的启蒙责任。郭沫若 1943 年在纪念"文协"成立五周年时的文章中认为,今天的抗战文学是对五四新文学的继承,两者共同汇聚成了中国人民团结反帝反封建的历史洪流。"经过五年半的战火的锻炼,使战前的文艺思想更加钢铁化了。例如反帝反封建的主潮变而为抗日＝反法西斯的号召,这只是性质的更加明朗化,力量的更加集中化,并没有本质上的什么变更。法西斯主义即是封建帝国思想穿上了现代帝国主义的武装。日德意三个轴心国家都是封建思想未能扬弃,而产业近代化了的怪物,它们同走向法西斯主义而成为一个集团,实有其历史的必然性。而我们战前的反帝反封建的思想汇流而为反法西斯运动,也正自有我们历史的必然性。故尔五年半来的战火只是证实了五四以来的路线的正确,因而也无法抹煞五四以来的光辉的战果。"①为了在抗战胜利以后进一步发扬五四新文化的优良传统,"文协"决定从 1945 年起将每年的 5 月 4 日定位"文艺节",其目的就是为了承传五四新文学的优良传统。五四新文学的传统是什么呢?"中国人民在五四运动中的觉醒,本质上当然是在政治意识上的觉醒,但它却是在文化运动,特别是文艺运动里面取得了最尖端的表现。在五四之前,文化、文艺运动替它开辟了道路,在五四之后,文化、文艺运动担负了艰苦的持久的斗争。"因此,在抗战文学只有继承和发展新文学的革命和启蒙的优秀传统才能更好地配合民族解放战争,也才能够在战争的环境中为自身争取到更为广阔的发展空间。"新文艺的这个光辉的性格和传统,应该是中国文艺中国作家的荣耀。为中国文艺,中国作家,只有坚守且发展这个光辉的性格和传统,才能够使新文艺为民族的解放和进步服务,为人民的解放和进步服务,才能够使新文艺本身争取到广大的发展和伟大的前途"②。从这个意义上讲,抗战时期的文艺工作者不仅意识到抗战文学应该继承五四新文学的启蒙精神,而且抗战胜利后的文学创作也应该在引导人民"觉醒"的层面上发挥积极作用,毫不犹豫地担负起启蒙的社会重任,使新文学启蒙的社会作用薪火相传。

　　鹿地亘在《海与舟人》中赞美郭沫若如同"舟人"一样航行在充满危险的时代大海中,成为令人仰慕的革命作家。"给船挂上帆,他乘着出荒海。

---

① 郭沫若:《抗战以来的文艺思潮——纪念"文协"成立五周年》,《抗战文艺》("文协成立五周年纪念特刊"),1943 年 3 月 21 日。

② 《为纪念文艺节公启》,《抗战文艺》(第 10 卷第 2~3 合期),1945 年 6 月。

他沉默地紧紧抓住帆索,不动声色地操纵着舵柄,帆蓬饱孕着烈风,帆索紧张得像钢条。……看那勇敢的舟人吧。他不知畏惧。风也罢,海也罢,会没有丝毫使他恐怖。"①鹿地亘对郭沫若的评价蕴含了他自身的人生追求和奋斗目标,他希望能够在大海一样的抗战风暴中如郭沫若般无所畏惧地驾驶着前进的帆船,到达理想的目的地。鹿地亘和正义的日本人民一道,为中国人民的抗日战争作出了积极的贡献,大后方对其作品的翻译不仅具有重要的文学价值,也具有十分重要的社会历史意义。

第三节　绿川英子作品的翻译

绿川英子,原名长谷川照子(长谷川テル,1912~1947)是日本进步女作家,在奈良女子高等师范学校读书时参加了日本无产阶级世界语同盟,随后参加了左翼作家的文化活动。绿川英子1936年和中国留学生刘仁结婚,并于次年4月来到中国,积极参加中国人民的抗日爱国斗争。绿川英子刚到上海时,在世界语协会编辑《中国在怒吼》的世界语刊物,上海沦陷后,她经由香港,广州来到武汉,成为国民党中央电台对日的主要播音员,向日本国内报道军国主义对中国人民的残暴侵略及中国人抗日斗争的英雄伟业。绿川英子1940年年底来到重庆,她的反战行为受到周恩来等人的高度评价。抗战胜利之初,绿川英子和丈夫被安排到东北从事文化教育工作,因病于1947年1月14日去世,年仅35岁。

(一)

绿川英子凭着一个日本人的良知在中国从事反战宣传活动,她的文章赢得了中国人民的喜爱,被翻译发表在大后方《新华日报》《抗战文艺》《救亡日报》副刊《文化岗位》等报刊上。又因为她是无产阶级世界语作家,所以重庆的世界语刊物《中国报导》社出版了她的两部作品和一部翻译作品。

翻译介绍日本反战文学是《新华日报》抗战时期的首要任务,对绿川英子作品的翻译显示出该报鲜明的反战立场。《新华日报》从抗战的烽火中诞生到1947年2月28日被国民党封禁为止,在长达9年零1个月又18天的坚苦而卓绝的奋斗中,共计出版了3231号,是中国共产党在国统区领导文

---

① 〔日〕鹿地亘:《海与舟人:纪念郭沫若先生创作生活二十五年》,乃超译,《抗战文艺》(第7卷第6期),1942年。

艺界抗日民族统一战线的公开发行的机关报,为实现抗日战争的胜利和民族的独立做出了不朽的贡献。《新华日报》的办刊立场是:"本报愿将自己变成一切抗日的个人、集团、团体、党派的共同的喉舌;本报力求成为全国民众的共同的呼声。"①因此,来华的日本女作家绿川英子因为特殊的反战情怀和对中国人民抗战的支持而获得了中国读者的拥戴,她的作品被翻译发表在《新华日报》上的有 14 篇之多:1938 年 6 月 8 日,发表了《爱与憎》,译者不详;1938 年 8 月 20 日,发表了《日本朋友慰劳信》;1938 年 12 月 17 日,发表了《两种根本不同的出钱》;1940 年 1 月 11 日,发表了《日本友人的贺词》;1940 年 3 月 8 日,发表了《中日两国妇女携起手来》;1941 年 11 月 16 日,发表了赵琳翻译的《一个暴风雨时代的诗人——为纪念郭沫若创作活动二十五周年》;1942 年 3 月 9 日,发表了《目前日本妇女的生活》;1942 年 7 月 7 日,发表了《黎明的合唱》;1942 年 9 月 6 日,发表了《为国际青年节题词》;1942 年 11 月 19 日,发表了欧阳凡海翻译的《忆肖红》;1943 年 3 月 8 日,发表了《解放是要争取的》;1943 年 6 月 8 日,发表了署名"曦"的译者翻译的《树——金刚村闲记之一》;1943 年 6 月 25 日,发表了署名"佚名"的译者翻译的《没有花的庄稼人——金刚村闲记之二》;1945 年 9 月 11 日,发表了《在歧路上的日本》。《新华日报》是大后方翻译发表绿川英子作品最多的报刊,译文主要以时讯和社论文为主,这类文章短小但针对性很强,对于揭露日本侵略者的阴谋或鼓舞人们团结抗战等具有直接的现实意义。

　　《抗战文艺》是中华全国文艺界抗敌协会总会的会刊,办刊目的是为了团结全国文艺工作者抵抗民族敌人的入侵,因此该刊注重对日本反战文学的翻译。《抗战文艺》上翻译发表了绿川英子的三篇文章:报告文学《赵老太太会见记》,译者为叶籁士,发表在 1938 年 8 月第 2 卷第 4 期上;署名"乔"的译者翻译的《小猫的死》,发表在 1944 年 9 月第 9 卷第 3~4 期合刊上;第三篇《李家的人们》发表在第 10 卷第 4~5 期合刊上,但此刊编好后未曾出版。所以,《抗战文艺》实际上翻译发表了绿川英子的两篇文章。重庆出版的《七月》杂志在 1939 年 7 月第 4 集第 1 期上发表了《失去了的两个苹果——病床杂记》,译者署名为"风胡",实际上就是胡风先生。绿川英子是无产阶级世界语同盟成员,也是一位世界语作家,1939 年 8 月 23 日,桂林《救亡日报》副刊《文化岗位》上发表了芜溉翻译的《给全世界"世界语者团体"的公开信》,绿川英子在文章中号召全世界世界语者加入到反对法西斯非正义战争的行列,为人类的和平与解放贡献力量。

---

① 《〈新华日报〉发刊词》,《新华日报》,1938 年 1 月 11 日。

李公朴在昆明创办的《孩子们》杂志宣传积极向上的新思想,成为抗战时期有影响力的儿童刊物之一。李公朴在昆明先创办了北门书屋,接着开办了北门出版社。北门出版社从一开始就比较注重翻译介绍外国名著,"北门出版社最先出版了楚图南翻译的尼克拉索夫著的世界名诗集《枫叶集》和张光年的新作《雷》。这些诗歌唱战斗,歌颂新生,像闪电和惊雷,照亮和响彻在大中国的夜空。接着他们又出版了苏联名著《新时代的黎明》、高尔基作品翻译本、托尔斯泰的长篇小说《保卫察里津》"①。1944 年 9 月,北门出版社创办的儿童文艺刊物《孩子们》也十分注重发表翻译文学作品,该刊一共出版了八期,主要翻译了如下作品:白澄翻译西班牙亚贡那达的小说《三个小流浪儿的冒险》,在 1945 年第 1、2、3 期上连载发表;梓江翻译苏联柏·拍拉日斯基的随笔《捷克儿童也在奋斗》,发表在 1945 年第 2 期上;白澄翻译苏联高尔基的意大利童话《孩子们》,发表在 1945 年第 4 期上;日本作家绿川英子的《两个天国》(金刚林夜话之一),译者不详,发表在 1945 年第 4 期上;梓江翻译卡尔成的童话故事《青蛙旅行家》,发表在 1945 年第 5 期上;林钟翻译了苏联 L.托尔斯泰的童话《太贵了》,发表在 1945 年第 6 期上。在这些译作中,编辑最看重的是绿川英子的作品,在译作发表时专门加了一段"给小读者"的文字,用以说明这位日本反战作家作品的重要价值。

大后方出版了绿川英子的两部著作和一部翻译作品,由于绿川英子是世界语作家,因此这些世界语作品出版后传播并不广泛。1941 年 10 月,重庆世界语刊物《中国报导》编辑部汇编出版了《暴风雨中的细语》,这是该文集的第一版,收录了绿川英子在上海、香港、重庆期间所写的部分作品。1952 年,日本世界语者根据重庆的初版本补充了三篇文章,出版了该文集的第二版本。1975 年,日本"海盗"社出了第三版。1981 年 5 月,龚佩康先生根据第三版本再次翻译了这部作品,收录《爱与憎》《中国的胜利是全亚洲明天的关键》《致全世界世界语者》《失掉的两个苹果》《在五月的首都》等重要文章。《在战斗的中国》记录了绿川英子到中国后的生活和社会活动,是一部自传性很强的作品。这部书描述了绿川英子 1937 年 4 月来华后辗转各地参加抗战的经历,包含了对祖国的思念、对中国这片陌生国土的热爱、战乱中的流亡之苦、日本侵略军的残暴以及中国人民勇敢的抵抗等丰富的内容。《在战斗的中国》曾在 1945 年 5 月由重庆世界语函授学社出版,1981 年 5 月,龚佩康先生根据这个版本翻译了这部作品,纳入到《绿色的五月——纪念绿川英子》一书中,成为我们今天了解绿川英子初临中国抗战的

---

① 钱永彪:《北门书屋和北门出版社》,《常州日报》,2012 年 10 月 30 日。

重要资料。《在战斗的中国》一共包含五个大的部分："暮春的离别""在上海""南下""在广州"和"后记"，每一部分又包含若干小文①。此外，绿川英子用世界语翻译了日本作家石川达三的小说《活着的士兵》，1941 年 6 月在重庆中国报导社出版，这是一部揭露日军暴行的作品，它与绿川英子自己创作的作品一道汇聚成反战文学的洪流，鼓舞了中国人民追求民族解放的决心和信心。

绿川英子的作品之所以会在大后方得到大量的译介并发表出版，这与她本人的反战立场和身居大后方等因素有关，也与中国人民抗战的现实文化需要和社会宣传有关，同时也与这些作品本身所具有的审美性、教育性和鼓动性分不开。绿川英子本人的活动以及文章的特质决定了大后方翻译发表其作品的必然性，她是抗战时期受中国读者欢迎的外国作家。

（二）

大后方翻译的绿川英子的文章充盈着广博的爱意，她希望中日两国人民能够摆脱战争的阴影，借助友谊的纽带世代和平相处。正是怀着和平与友谊的夙愿，绿川英子的作品对中日两国人民充满了关爱，她因为自己的祖国发动了侵略战争而感到对不起中国人，又因为日本人民承担了战役之苦而对他们抱有同情之心。

绿川英子站在人类的高度上去审视战争，站在母爱的角度去观照战争中的苍生百姓，体现出广博的爱和情怀。绿川英子的视野已经超越了国家和民族的界限，虽然在中国她多次因为日本人的身份遭人误会甚至辱骂殴打，她也时时牵挂着在日本的父母和兄弟姐妹，但对人类的大爱却将她永远留在了中国的土地上。1938 年武汉沦陷之后，她和丈夫一起从武汉来到重庆，在国民政府的国际宣传处工作，同时积极参加文艺界的抗战活动。绿川英子在重庆生活期间，亲眼见证了日军对山城人民犯下的罪行，在经历了"五三""五四"两天的连续轰炸之后，她内心涌动着巨大的悲愤，写下了长诗《在五月的首都》，将日本军队的飞机称为"银翅膀的魔鬼"，痛骂那些汉奸和日本侵略者。绿川英子从一个女人特有的视角去看这次轰炸，她笔下没有一般抗战诗歌中汹涌的仇恨与燃烧的怒火，只是将重庆视作一位母亲，她具有普通人的感受与感情，有每一位母亲都具有的爱与痛，这样，她便能够感同身受地去体会山城所遭受的苦难。日军的轰炸机被她比作恶魔，残

---

① 龚佩康编译：《绿色的五月——纪念绿川英子》，北京：生活·读书·新知三联书店，1981年，参阅第 23~126 页。

忍地夺走了重庆母亲成百上千的儿女,还留下了许多孤苦无依的寡母与孤儿,而母亲自己也伤痕累累、苦不堪言,但母亲在孩子面前永远是坚强的,她的意志没有被身躯之伤和心灵之痛摧毁,只要还有一个子女活着,她就会勇敢顽强地活下去,继续抵御外侮、保卫家园,继续光荣地战斗下去。绿川英子在重庆生活期间时时刻刻都能感受到中国人和中国政府对抗日的坚定信念,也为他们前仆后继的精神所感动,这同时也激励着她为追求正义而坚持不懈地奋斗。所以,《在五月的首都》这首诗的末尾,绿川英子一改前文温柔悲苦的语气,铿锵有力地表白了自己对中国抗战胜利的信心:"你,重庆,新中国伟大的母亲,将会永远经受住任何考验。"①

对日本军国主义的憎恨源于绿川英子对中日两国人民的关爱。在《失去了的两个苹果》中,绿川英子在生病的时候梦见了母亲,梦见了母亲给她的两个苹果消失了,她醒来之后,面对"春夜的微风"不禁思念起远在岛国的母亲。绿川英子希望枯瘦的母亲能够理解自己离乡背井的决定,能够理解自己不能在她年迈之时留在身边尽孝道;而她自己的生活也过得并不如意,她希望将心中的不安和烦躁向母亲诉说:"从北到南,从东到西,/两年啊,不停地颠沛流离,/请原谅,妈妈,我也不知是什么时候,/我那脸颊上的苹果消失了。/然而我确实知道,是谁把它们夺走。/而这只可憎的手同样就是那只手,/它从千百万男女青年和儿童那儿,/也残忍地夺去了他们双颊上的红润,/不论是在这儿中国,还是在我的祖国日本。"②绿川英子最终关心的不是自己在战争中的流亡生活,而是日本发动的战争让中国和日本两个国家的青少年失去了健康的身体,过着朝不保夕的饥饿生活。因此,这篇抒情作品表达了绿川英子对中日人民的热爱,对日本军国主义分子的憎恨。

绿川英子希望用友谊将中日两国人民联系在一起。翻译发表在昆明《孩子们》杂志上的《两个天国》是一篇意味深长的教育故事,表达了绿川英子希望中日两国人民世代友好的愿望。绿川英子以母亲的口吻告诉孩子,日本和中国是骨肉相连的亲人:"东北和东京——这两个地方,在你的幼小的心上,成了无可比拟的美丽而快乐的天国。东北有你的奶奶、姑姑、叔叔。东京有外公、外婆、姨妈和舅舅。正如抗战时代里其他的孩子一样,你也一次不曾见过这些亲近的人们。但,你可知道他们都爱你,都期待而又期待的

① 龚佩康编译:《绿色的五月——纪念绿川英子》,北京:生活·读书·新知三联书店,1981年,第172页。
② 〔日〕绿川英子:《失去了的两个苹果——病床杂记》,风胡译,《七月》(第4集第1期),1939年7月。

等着你的归来。"作为有感情的日本普通民众,在面对本国对他国侵略和杀戮的时候自然会陷入矛盾的状态中:"你的天国之一,被从另一个天国去的兵给蹂躏。这类事情你以为是不会有的吧。你那幼小柔和的心自然不会忍受这样的惨酷。'要是舅舅去打奶奶怎办呢?'"最后,绿川英子希望中日两国人民不再有战争:"不只是你的身体,心也都在成长,这不能不使我感到慰快。不过,用你自己的手来保卫自己的天国,至少还得十五年的岁月。我不希望那时候再从你的一个天国去的兵蹂躏另外一个天国的事情。不,这是不可能的。我绝对相信这个大陆和那个岛国不只是你的天国,对于两方面的民族也将同样是天国,这也是不远的事情了。"①绿川英子的这篇文章被《孩子们》杂志视为最宝贵的作品,因为其中表达了对中日两国人民的美好祝愿:"在这本集子里,我们把这篇文章看得最宝贵的了。作者是一个日本女人,但是她的孩子,孩子的爸爸,却是东北籍人。妈妈的祖国正在蹂躏爸爸的祖国,在这篇文章里,作家就是用妈妈的话,描画出这有着两个敌对祖国的孩子坦率无私的心理,自己对祖国爱憎难分的感情。在这里面说的话,虽然平常,但是感情非常真实。而且表露出作者对追求光明和真理的希望和信心,依旧特别殷切和强固。"②这篇儿童文学作品寓意深远,它让中国小朋友从小就认识到抗日战争并非针对日本人民,而主要谴责的是日本军国主义分子,中日两国人民应该世代修好,从而在小朋友的心中埋下友谊的种子。

在残酷的战争中,人们渴望世界洒满温暖的阳光,人民能够在静谧和安逸的氛围中安居乐业。绿川英子的作品正是通过对爱的书写来鞭挞战争的暴力,从而唤醒人们反对非正义的侵略战争。

(三)

大后方翻译的绿川英子的作品具有十分鲜明的爱憎立场和是非观念,原作者始终站在人民和正义的角度上去审视日本侵华战争,因而部分译作在表现出对日本军国主义分子憎恨的同时,也体现出对中日两个国家和人民的热爱。

大后方翻译的绿川英子的文章大多表露出爱憎分明的立场和强烈的爱国情怀。绿川英子在抗日战争全面爆发后离开了自己的祖国,与中国留学生结婚并侨居与祖国对战的中国,而且到了中国之后撰写了很多反对日本

---

① 〔日〕绿川英子:《两个天国》,《孩子们》,1945 年第 4 期。
② 编者:《两个天国〈编者语〉》,《孩子们》,1945 年第 4 期。

侵略战争的文章,并向日本国内广播反战的言论,被日本国内的人民视为用流畅的日语恶毒地对自己的祖国作歪曲广播的"娇声卖国贼"①。但实际上,绿川英子一直热爱着她的祖国,也从未背叛过她的祖国,她在《爱与恨》这篇文章中动情地写道:"我爱日本,因为那里是我的祖国,在那儿生活着我的父母、兄弟姐妹和亲戚朋友,对他们我有着无限亲切的怀念。我爱中国,因为它是我新的家乡,在我的周围有着许多善良和勤劳的同志。"②大后方翻译的绿川英子的作品体现出作者明确的是非观念。绿川英子作为一个日本人,中日两国发生战争以后,她并不因为自己是日本人就和祖国同声同气,而是坚决地站在了正义的一方,支持中国抗击日本侵略,但同时却热爱着自己的祖国和人民。因此,她反对日本侵华战争但却爱着自己的祖国,她爱国却不迷信更不支持国内的军国主义思想。

　　绿川英子在文章中表达了对日本军国主义分子的厌恶之情。《小猫的死》通过对身边小事物的观察,联系到战争中人的生死以及生命的重要性。这篇散文披露了绿川英子对军队的看法,认为军人只有在战争时期才会体现出重要性,而如果世间本来就没有战争的话,那军人其实没有存在的必要性。在绿川英子看来,军人就像是小猫,没有老鼠抓的时候,就如同摆设用的宠物。绿川英子对军人的讨厌可以从她对猫的词源学考察中看出来:"猫一向被他们叫做 chibi 的。日本语是小的人或小的东西的意思。"③这句话中的"他们"指的是日本人,表明绿川英子已经在情感上不自觉地把自己划入到中国人的行列,她认为在传统的日本人心目中,"猫"就是"小人"或微不足道的东西,因此是本无所谓作为和抱负之人的代称。她认为军人同样如此:"对于国家,军人是必要的。尤其在战时,国民才感到他们的恩惠,知道他们的力量吧。但是,如果天下太平日久,军人或许就被看做无用的废物。"④怀着对战争的厌恶情绪,绿川英子认为承载战争任务的军人总有一天会失去存在的价值,"小猫的死"暗含了作者对"军人之死""军队之死"和"军国主义之死"的期待,因为没有军人就没有战争,没有战争就没有流浪和流血牺牲,人们就会过上幸福安稳的生活。

　　大后方对绿川英子作品的翻译,不仅是要呈现这位日本反战女作家的

①　"娇声卖国贼"出自日本《都新闻》1938 年 11 月 1 日对绿川英子的报道文章中。此处引文出自《绿色的五月——纪念绿川英子》,龚佩康编译,北京:生活·读书·新知三联书店,1981 年,第 13 页。

②　〔日〕绿川英子:《爱与憎》,《新华日报》,1938 年 6 月 8 日。

③　〔日〕绿川英子:《小猫的死》,乔译,《抗战文艺》(第 9 卷第 3~4 合期),1944 年 9 月。

④　〔日〕绿川英子:《小猫的死》,乔译,《抗战文艺》(第 9 卷第 3~4 合期),1944 年 9 月。

反战情绪和对日本发动侵华战争的声讨,而更重要的是要让人们意识到战争带给中日人民的苦难,呼吁两国人民能够世代友好相处,正如绿川英子在《失去了的两个苹果》中所说:"在中国大陆、在日本、在世界各国,／永远结下美丽的红红的苹果",而不再弥漫着战争的魔影。

第六章　抗战大后方对文学理论的翻译

　　抗战大后方在文论翻译方面取得了比较丰富的成果,整体来看,苏俄文论的译介占绝大部分,虽然大后方在苏俄文论的译介上紧随苏联文艺发展的步伐,但由于国共两党的文艺政策分歧以及抗日统一战线的维护等实际问题,大后方对苏联并非亦步亦趋,有着自身独特的考量和选择。大后方对于非苏俄文论的翻译始终未脱离苏俄文论的影响,带有明显的卢卡契"同一性"的理论设想,将作家——作品——世界看作一个统一体,期望从文艺的角度干预现实。另一个值得注意的问题是,大后方翻译了不少戏剧影视理论文章,特别是斯坦尼斯拉夫斯基的理论得到了较多译介,但是目前对这一现象的评价存在可商榷之处,有许多批评观点认为当时对斯坦尼斯拉夫斯基理论的接受过于零散和片面,造成了许多误解,然而,这样的观点忽视了翻译这一环节的主动性和选择性,因此有必要从译介学的角度重新进行审视。

第一节　俄苏文学理论的翻译

　　抗战时期大后方着重翻译了较多苏俄文艺理论,《新华日报》《抗战文艺》《群众周刊》《野草》等杂志都集中关注过列宁、日丹诺夫、吉尔波丁、卢那察尔斯基等人的理论文章。表面上看,抗战时期国共双方的文艺政策都受到过苏联的影响,所以这样的文论翻译局面不足为奇,但大后方的苏俄文论翻译实则反映了特殊历史境遇中不同政党在文化领导权上的博弈。

　　首先,卢那察尔斯基论著的持续翻译体现了左翼文艺理论观点在大后方的斗争策略。从翻译的篇目来看,《人世间》1943年第1卷第4期刊登了杜宣译卢那察尔斯基《批评论》,《野草》第3卷第1期发表了阿南译卢那察尔斯基《论堂·吉诃德》,《文化杂志》1942年第2卷第3~4期连载了周行译卢那察尔斯基《艺术的基本问题》(上、下),如果把时限稍加延伸,抗战刚结束的 1946 年重庆《新华日报》还刊载了蒋路译卢那察尔斯基的《作家与政治家——〈高尔基选集〉跋》。相较 20 世纪 20 年代,抗战大后方卢那察尔斯基理论的翻译已经明显减少,有学者认为这种减少的原因主要在于我国对马克思主义文论的译介对象发生了转变,一方面从"抗日战争爆发以后,我国翻译出版马克思主义文艺论著的重点,已转到马克思主义经典作家马克思、恩格斯、列宁、斯大林的文艺论著上来了"①;另一方面也是普列汉诺夫、卢那察尔斯基等人在 30 年代后的苏联遭遇批判。到 1932 年苏联成立作家协会并且 1934 年苏联作家代表大会将社会主义现实主义定为文艺的"黄金准则"之后,卢那察尔斯基的理论已经显得不合时宜。苏联的这一理论动向几乎同一时间就为国内所知,"1930 年 11 月第二次世界革命作家大会在苏联哈尔柯夫召开……批判第一阶段的艺术理论权威普列汉诺夫、卢那察尔斯基、弗里契的观点……萧三作为中国代表出席了这次会议,并将会议精神传达到中国"②。然而,不应被忽视的是,在文艺政策上步伐紧随苏联的中国共产党,其在大后方的主要刊物却没有停止对卢那察尔斯基的译介,应当具有某种策略性。

大后方在政治上依然属于"国统区",国民党的文化机关对左派文艺理论始终保持着戒心,早在 1929 年"国民党中宣部召开第一次'全国宣传会议',通过了《确定适应本党主义之文艺政策案》……取缔违反三民主义之一切文艺作品(如斫丧民族生命,反映封建思想,鼓吹阶级斗争等文艺作品)"③,此外,"1938 年 7 月 21 日国民党第五届中央委员会第 86 次会议专门通过了'战时图书杂志原稿审查办法'和'修正抗战期间图书杂志审查标准',并决定设立中央图书杂志审查委员会及各省市图书杂志审查处。其中还着重强调鼓吹偏激思想,强调阶级对立的作品是'反动言论'必须加以查禁"④。反观卢那察尔斯基的理论,虽然他也强调文艺的社会性和阶级性,但他同时也强调其审美性,这恰好是他在苏联遭到批判的原因之一,然而这样的观点在一定程度上契合了国民党或自由派文人的理论。在《批评论》中,其强调"艺术作品若是不能向欣赏者诉出美的情感的话,那就是全无意味的东西",并且把文艺的审美性与目的性进行了论述,强调审美的同时也

① 刘庆福:《卢那察尔斯基文艺论著在中国》,《北京师范大学学报》,1987 年第 3 期。
② 李今:《二十世纪中国翻译文学史·三四十年代俄苏卷》,天津:百花文艺出版社,2009 年,第 109 页。
③ 王爱松:《论抗战时期国共两党文艺政策的分与合》,《文学评论》,2015 年第 5 期。
④ 张强:《国民党抗战时期的文艺政策》,《民国档案》,1991 年第 2 期。

认为"艺术作品,是为了一定的目的的一定要素的组织"①,这一番对于文艺目的性与无目的性的分析显然可以见出康德"无目的的主观合目的性"的影子。《人世间》杂志选择这篇论文绝非随意为之,国民党的主要文艺阵地《中央日报》副刊《平明》由梁实秋坐镇,而梁实秋关于"与抗战无关"的提法虽然是遭到了许多曲解,但引发了一阵讨论热潮,至少可以瞥见右派文人的主要文艺主张——对文艺审美性的坚守,而卢那察尔斯基对文艺审美性的重视可谓形成了一道颇为暧昧的"伪装",坚持审美性显然符合了右派文人的期待,但他的审美性并非"为艺术而艺术",而是建立在马克思主义文论对社会、阶级的关注基础之上,"人间美的规律和变化,不是根据个人的审美的意识,而是根据社会的利益来考虑,来规定的。……艺术是……为了破坏敌对的阶级的伟大的武器"②。如此,在强调文艺审美性的表象下实则宣传的是文艺的阶级性,传递的是左翼思想。所以虽然数量有限,但大后方持续译介卢那察尔斯基绝不是国内没有跟上苏联的潮流,而是在有限的生存空间里尝试传递马克思主义文艺思想。同时 1930 年以前的苏联允许文艺界不同团体存在,卢那察尔斯基正是 1925 年《关于党在文学方面的政策》的起草者之一③,该政策确认了对文学阶级性和艺术性的双重肯定,但 1930 年以后便遭遇批判,多元化的团体被统一的作家协会代替。大后方的左派杂志译介卢那察尔斯基或许也是为国民党放出一种信号,希望保持文艺界的思想多元化,为自己的生存求得合法性。

其次,国民党虽然极度渴望肃清文艺上的一切不和谐因素,并且接连颁布了多项文艺政策,但迫于抗日统一战线的实际需要,并不能严格执行这些查禁法令。这就为当时更"先进"更具有左派战斗力的文艺理论留下了生存和斗争的空间。1944 年《群众周刊》第 9 卷第 18~20 期连载了戈宝权翻译的顾尔西坦《论文学中的人民性问题》,顾尔西坦多次引述列宁和斯大林的观点,在阐发"人民性"之概念的时候着重强调了文学的大众化问题,文中引述莫洛托夫的观点指出:"我们还不能说,所有人民的东西都已经成为社会主义的了。但在我们眼前,社会主义的东西已真正地成为人民的东西,成为人民大众最熟悉的东西。"④其实国共两党当时都注意到了抗战时期文艺大众化的必要性,"国民党中央宣传部制定了《各省市县党部三十一年度通俗

---

① 〔苏〕卢那察尔斯基:《批评论》,杜宣译,《人世间》(第 1 卷第 4 期),1943 年 4 月 1 日。
② 〔苏〕卢那察尔斯基:《批评论》,杜宣译,《人世间》(第 1 卷第 4 期),1943 年 4 月 1 日。
③ 马龙闪:《苏联文化体制沿革史》,北京:中国社会科学院出版社,1996 年,第 67 页。
④ 〔苏〕顾尔西坦:《论文学中的人民性的问题》(上),戈宝权译,《群众》(第 9 卷第 18 期),1944 年 9 月 30 日。

宣传纲要》,军委会战地党政委员会制定了《文化食粮供应计划大纲》与《战地书报供应办法》"①。左翼文人也如此,茅盾就曾强调"文艺要大众化"②,为让更多的大众能阅读并理解作品。因此,顾尔西坦的这一观点可以为国共双方所接受,但顾尔西坦是站在社会主义文学的立场上来阐释"人民性",其要求文学贴近人民带有明确的阶级目的,"一切和人民相违背的东西,反共产主义的东西,都视为是反人民的"③。这就与国民党的"三民主义文学"观念下带来的"大众化"观点不同,朱应鹏曾明确表示"民族主义文学"应符合几个基本条件:"(1)形成文艺上民族意识的确立,(2)促进民族向上发展的意志,(3)排除一切阻碍民族发展的思想,(4)表现民族一切奋斗的历史,在民族主义文艺之理论的基础中,更引申到:(5)表现民族的民间实际的生活,(6)表现民族的地方色彩。"④朱应鹏这种"大众化"观念实则把"三民主义"缩减到了"民族主义"一元,遭到了众多批评,并且相较社会主义文论的"人民性"而言,显得空泛又缺乏战斗力,所以在"大众化"这一命题的较量上,苏俄文艺理论自然占了上风。

从延安文艺座谈会开始,列宁党的文学观念逐渐成为中国共产党文艺政策的理论依据⑤,《文阵丛刊》1941年1月刊载了戈宝权辑译的《列宁论文学、艺术与作家》,此外《党的组织与党的文学》在大后方也得到了多次重译。《新华日报》在1942年发表了戈宝权翻译的《党的组织与党的文学》,《群众周刊》在1944再次发表了该文⑥。列宁这一论文的一再重提,在一定程度上也是对国民党文艺政策的正面进攻。列宁强调文学具有党性并不否认文学创作的自由,一方面只是"党的文学"才应该具有党性,这是言论自由与结社自由的体现,另一方面所谓资产阶级的自由是一种虚妄,"资产阶级的作家、艺术家及演员们的自由,只是带着假面具(或者虚伪地带上假面具)

① 王爱松:《论抗战时期国共两党文艺政策的分与合》,《文学评论》,2015年第5期。
② 茅盾:《大众化与利用旧形式》,《文艺阵地》(第1卷第4号),1938年6月1日。
③ 〔苏〕顾尔西坦:《论文学中的人民性的问题》(上),戈宝权译,《群众》(第9卷第18期),1944年9月30日。
④ 朱应鹏:《中国的绘画与民族主义》,《前锋月刊》(第1卷第2期),1930年11月。
⑤ 李今:《苏共文艺政策、理论的译介及其对中国左翼文学运动的影响》,《中国现代文学研究丛刊》,2002年第1期。
⑥ 李今在《二十世纪中国翻译文学史·三四十年代俄苏卷》(2009年第1版第117页)中提道:"戈宝权曾把列宁的这篇文章又重译,发表于1944年6月《群众周刊》第9卷第12期。"经查证,《群众周刊》第9卷12期刊载的是戈宝权翻译的《列宁论高尔基》,7月15日第9卷第13期才以《列宁论党的文学的问题》为题发表了戈宝权翻译的《党的组织与党的文学》。

去依靠钱袋的支配,去受人家的收买,去受人家的豢养"①。这就直击了国民党文艺政策的要害,右派文人在某种程度上是反对所谓文艺政策的,梁实秋在《关于"文艺政策"》中针对张道藩《我们所需要的文艺政策》提出了反对意见,认为"思想自由出版自由可说是民主政治之最值得令人称赞的一端"②。问题就在于国民党既想实施文化专制又想标榜资产阶级的文艺自由,实在陷入了难以调和的矛盾中,此种语境中,列宁的相关文艺理论无疑成了左翼文学的理论利刃。列宁的理论不否认文学的自由、作家的自由又强调文学的党性、阶级性,这样的观点在传播社会主义文艺理论的同时可以小心维系着抗日统一战线的微妙平衡,从大后方的文论翻译上,可见国共两党在文艺话语权的争夺上始终保持着张力。

再者,大后方以高尔基为中心,在文论翻译上形成了较有体系的社会主义现实主义理论系统。有关高尔基文艺理论翻译的篇目在数量上远远超过了其他苏俄理论家,主要分为两个部分,一部分是翻译高尔基的原作,一部分是翻译其他批评家对高尔基的论述。大后方之所以如此看重高尔基,很重要的原因是他的偶像作用,"中国左翼作家十分清楚……他们对高尔基的热情在相当大的程度上不完全是高尔基的文学成就征服了他们,而是出于信仰"③。但更重要的是,高尔基的人道主义在与普希金、列夫·托尔斯泰的人道主义理论的比较中建构起了社会主义现实主义的理论基础。1940 年《七月》第 5 集第 1 期发表了周行翻译 A.拉佛勒斯基的《高尔基论社会主义的现实主义》,其中明确指出"新的现实主义跟旧的浪漫主义和旧的现实主义比较起来,是'第三种事物',是更高级的事物,因为它在它的现实的形象中包含着未来。因为对与它,这未来并不是一个空洞的梦,而是要在人们眼前创造出来的一个现实",并且道出了社会主义现实主义和人道主义的关系"在高尔基看来,社会主义的现实主义是普罗人道主义的确定"④。周行翻译的这篇论文将社会主义现实主义与新的人道主义挂钩,并明确划分了三个阶段,这三个阶段恰好可以对应普希金、列夫·托尔斯泰以及高尔基三位代表,《译文》(此刊并非大后方刊物)早在 1936 年第 1 卷第 5 期上发表克夫翻译的《从普式庚说到高尔

① 〔苏〕列宁:《党的组织与党的文学》,戈宝权译,《新华日报》,1942 年 11 月 21 日。
② 梁实秋:《关于"文艺政策"》,《文化先锋》(第 1 卷第 8 期),1942 年 8 月。
③ 李今:《二十世纪中国翻译文学史·三四十年代俄苏卷》,天津:百花文艺出版社,2009年,第 135 页。
④ 〔苏〕A.拉佛勒斯基:《高尔基论社会主义的现实主义》,周行译,《七月》(第 5 集第 1期),1940 年 1 月。

基》就论述过类似的观点。因此,理解大后方对高尔基的翻译就必须关照到其对普希金和列夫·托尔斯泰相关理论和评价的译介。《七月》在 1941年第 6 集第 4 期刊载的吕荧译 M.高尔基《普式庚论草稿》中,认为"在普式庚这里,我们有一位洋溢着生活底意象的作家,他努力以最大的忠实,最真的现实主义把这些生活的意象用诗和散文表现出来,他以他的天才完成了这个工作",但是也强调在审视普希金的时候必须扬弃他所表现出来的贵族特征,"一切的贵族的,因循的素质都不能成为我们的素质"①。可见在高尔基看来,普希金的现实主义创作成就很高,但他的创作和人道思想还困顿于贵族思想中,有值得扬弃的地方。托尔斯泰的人道主义思想已为人所熟知,他以最悲悯的心关照苦难民众,1942 年《文艺生活》第 2 卷第 2 期发表了李葳译的日丹诺夫《托尔斯泰的文学遗产》,同年《文学译报》第 1 卷第 4 期也发表了居筠翻译的同一文章,日丹诺夫提到了托尔斯泰曾对中国义和团运动表示同情,"托尔斯泰对欧洲帝国主义所施行的镇压是深为痛恶的——他认为那是'对中国人民残酷的大屠杀'"②,但托尔斯泰的人道主义也没有达到社会主义现实主义的高度,因为他没有提出有效的改变现实的对策。"把现实和理想结合起来,或者用我们常用的更明确的说法,透过现实,指出理想的远景(所谓从今天看到明天):这是只有社会主义现实主义才能完成的任务"③。在普希金和托尔斯泰理论的基础上,高尔基的社会主义现实主义和新人道主义理论才真正成为"第三种事物"。1940 年《文学月报》第 1 卷第 6 期连续刊发了多篇与高尔基相关的理论文章,包括白澄译高尔基《论文学及其他》,林焕平译熊泽复六《高尔基的人道主义》,铁铉译卢波尔《文学史家高尔基》和高尔基的《〈俄国文学史〉短序》,王语今译高尔基《歌谣是怎样编成的》,对高尔基的文艺理论进行了集中展现。因此,以高尔基为中心,大后方的社会主义现实主义理论建构在译介中既有了明晰的历史脉络又有了稳定的理论结构。

大后方的苏俄文艺理论翻译数量较为丰富,但并不是亦步亦趋的跟随苏联,在追随苏联社会主义现实主义理论前沿的同时,大后方苏俄文论翻译也精心维护了国共两党在文艺政策和文艺话语权上的微妙平衡,既要顾及抗日统一战线的稳定又要尽力宣传社会主义的文艺思想,方造就了大后方苏俄文艺理论译介的上述局面。

---

① 〔苏〕高尔基:《普式庚论草稿》,吕荧译,《七月》(第 6 集第 4 期),1941 年 9 月。
② 〔苏〕日丹诺夫:《托尔斯泰的文学遗产》,李葳译,《文艺生活》(第 2 卷第 2 期),1942 年 4 月。
③ 茅盾:《夜读偶记》,天津:百花文艺出版社,1979 年,第 96 页。

第二节　欧美文学理论的翻译

抗战大后方在着重翻译苏俄文艺理论的同时也翻译了不少欧美文艺理论,涉及西方马克思主义文论、文艺心理学、英国现代小说创作、法国现代诗歌创作等多方面。这些各具特色的文论并非各自为营,它们与苏俄文论翻译有着密切关系,此外也符合抗战时期"国防文艺"的整体要求。

1943 年创刊于重庆的《中原》杂志于 1944 年第 1 卷第 4 期①和 1945 年第 2 卷第 1 期刊发了两篇有关弗洛伊德的论文,分别是丁瓒译佛兰克《佛洛依德对西方思想与文化的影响》和慰慈译金日尔·杨《佛洛依德对于社会学的影响》。从理论本身来看,弗洛伊德的精神分析学和马克思主义文艺理论所提倡的唯物辩证法相距甚远,它重点关注个人心理非理性因素,而在很长一段时间里,"'非理性'的思想,否定理性思维的能力,否定认识真理、认识世界的能力和可能性,而把直觉、本能、无意识抬高到最高位置……往往被称为'颓废文艺'"②。抗战时期岂能容忍"颓废文艺"思想?就算郭沫若主编《中原》杂志秉持"极力减少个人中心的偏见,要使它称为真正的公有园地"态度,但他也坦言"自然,限制多少总是有的"③,那么当时人们对弗洛伊德的审视肯定有不同的视野。

首先,大后方对佛洛依德的关注与普列汉诺夫、卢那察尔斯基的论文译介有联系。前文提到,卢那察尔斯基虽然在 20 世纪 30 年代初的苏联已经广遭批判,但大后方并没有停止对其理论的译介。卢那察尔斯基的理论在一定程度上吸收了普列汉诺夫关于社会心理问题的观点。普列汉诺夫认为,经济基础和上层建筑之间并非直接关联在一起,而是通过一套复杂的社会心理的中介作用,才使得前两者发生联系。卢那察尔斯基曾撰文《艺术史上的社会因素和病态因素》对俄国作家具有的病态因素进行了考察,甚至"在卢那察尔斯基分析陀思妥耶夫斯基的小说《群魔》时,还运用了弗洛伊德的自我在梦中分裂的理论,并在陀氏的作品中发现了被压抑的革命虚无

---

① 根据四川省社会科学院 1984 年出版的《抗战文艺报刊篇目汇编》,《中原》第 1 卷 4 期的发表时间是 1944 年 9 月,而"大成老旧刊全文数据库"标注的是 1943 年,且数据库将《中原》的创刊时间误推到了 1939 年,因此丁瓒译佛兰克《佛洛依德对西方思想与文化的影响》的发表时间还有待查证。

② 洪子诚:《问题与方法》,北京:北京大学出版社,2010 年,第 247 页。

③ 郭沫若:《编者的话》,《中原》(创刊号),1943 年 6 月。

主义"①。可见,在当时弗洛伊德的精神分析理论并没有被排斥在马克思主义批评理论的框架之外;相反,理论家们还积极尝试以精神分析理论拓展马克思主义文论的批评视野。

其次,弗洛伊德的个人形象也为其理论在大后方得到关注开启了门径。丁瓒在翻译《佛洛依德对西方思想与文化的影响》时,于正文前评价道:"佛氏一生大部分的岁月,都消磨在人们的歧视,排斥甚至迫害之中,等到人们逐渐从愚昧中觉醒过来开始认识他伟大的贡献时,又不幸遭逢到纳粹摧毁科学的逆流"②。丁瓒把弗洛伊德定位成了一个坚守科学信仰,不妥协于纳粹淫威的科学斗士形象,并且强调他一生都在逆境中奋进,这种形象对于抗战时期的中国人而言,极易产生共鸣和同情,甚至具有一定的鼓舞力。再者,弗洛伊德在大后方得到关注不得不归功于译者的选择。丁瓒是我国心理学研究的先驱,他大力推崇弗洛伊德并论证了其理论是科学的,有根据的。"对于心理分析概念的系统的介绍和实证的批评,在我们这个国度里,依然是非常贫薄的"③。鉴于心理分析理论的运用早已超出了心理学范围,扩及文学、艺术、哲学等诸多领域,译者们认为有必要系统引进弗氏的理论著作。在《民主与科学》1945 年第 1 卷第 1 期上,丁瓒翻译了《佛洛依德理论的限度》,并在译者前言中再次为精神分析理论的科学性正名,指出批评心理分析理论缺乏实验支持"那是忽略的心理学的历史的发展了"④。既然认定心理分析学是科学的,那么结合心理分析学所做的文艺批评就有了合法性。

由于战时的需要,大后方在非苏俄的欧美文论翻译上还着重强调一种历史的"同一性"(totality),把文学作品与社会现实、意识形态进行直接关联,以突出文学、艺术的战斗性和社会干预力量,因此卢卡契的理论成了译介对象之一,即使是对欧美现代文艺理论的译介也囊括在"同一性"的哲学框架之内。

1940 年《七月》第 6 集第 1~2 期合刊发表了吕荧译卢卡契《叙述与描写》,在这篇长论文中,卢卡契着重分析了"叙述"与"描写"两种手法之间的差异,企图将自然主义和现实主义进行严格区分。在论文的开篇,卢卡契就

---

① 赖力行:《卢那察尔斯基的文学批评观》,《外国文学研究》,1995 年第 3 期。

② 〔美〕佛兰克:《佛洛依德对西方思想与文化的影响》,丁瓒译,《中原》(第 1 卷第 4 期),1944 年 9 月。

③ 金日尔·杨:《佛洛依德对于社会学的影响》,慰慈译,《中原》(第 2 卷第 1 期),1945 年 3 月。

④ F·H. Bartlett:《佛洛依德理论的限度》,丁瓒译,《民主与科学》,1945 年第 1 卷第 1 期。

引述左拉《娜娜》和托尔斯泰《安娜·卡列宁娜》中对赛马场景的不同表述，认为"托尔斯泰是不'描写'现象的，他陈述他的人物的身世。这正是为了什么原因这件事的发展实在一种真实的史诗风格中'叙述'了两次，而并不是绘画似的描写"①。在卢卡契的理论视野中，自然主义与现实主义最大的区别在于，自然主义作家是一个冷漠的旁观者而现实主义作家是历史情境的参与者。这里，暂且撇开卢卡契的观点妥当与否，可以明显见到的是，在卢卡契的文艺理论框架里，真正的现实主义文学必须要和社会历史、社会现实或社会意识形态发生直接关联。"在卢卡契那个时代的文艺理论中，这个'同一性'或'完整性'的概念，则是一个非常有用的概念，基于他的这样一个假设，人们在从事文学批评的时候，就可以把一部作品看成是由某个统一的意识形态所统摄的有机的整体，批评家即可以顺理成章地从中寻找出一个宏大统一的意义，并以此对作品的各个层面作出他认为最合理的解释"②。卢卡契的理论显然与战时的文艺倾向非常契合，萧三曾明确强调："中国文学目下的主要任务也是宣传鼓动全民抗日、救国、建立国防"③，沿着卢卡契的"同一性"观念，文学和现实被紧密包裹在一起，作家和历史被紧密包裹在一起，形成一种"宏大叙事"，"这样，现实主义就超越了具体的文学思潮或创作原则的范畴，而与用同一性克服资本主义物化联系起来，从而获得认识论和世界观的含义"④，如此一来，文艺救国、"国防文艺"等理论的提倡就有了更多的理论支撑。

　　沿着"同一性"的理论思路，大后方在翻译其他欧美文论时也几乎也带有类似的倾向。《中原》1944 年 9 月发表了徐迟翻译的约翰·罗斯金的论文《论作品即作者》，在译者前言中，徐迟认为，中国对罗斯金理论的译介比较贫乏，应该着重从人道主义的角度认识罗斯金的"健康的生命"这一艺术命题。其实，现代中国约翰·罗斯金的译介并不贫乏，他的论著在 20 世纪20 年代就有了中文译本，比较集中的是 1927 年光华书局就出版了刘思训辑译的《罗斯金的艺术论》（卷一），收录《群众意识的评价》《艺术之伟大》《美》《崇美》《艺术界之环境》《山与平原》《山雪》《水之奇迹》等多篇论文，但徐迟强调理解罗斯金文艺理论上的人道主义是正确的。"一件艺术品的缺点是它作者的缺点，他（原文用的"他"——论者注）的优点是作者的优点。伟大的艺术是一个伟大的人物底心灵的表现，卑鄙的艺术一定是一个

---

①　〔俄〕卢卡契：《叙述与描写》，吕荧译，《七月》（第 6 集第 1~2 期合刊），1940 年 12 月。

②　盛宁：《"卢卡契思想"的与时俱进和衍变》，《当代外国文学》，2005 年第 4 期。

③　萧三：《谈"国防文艺"》，《全民月刊》（第 1 卷第 5~6 期），1936 年 6 月。

④　汪正龙：《卢卡契与 20 世纪现实主义论争》，《江汉论坛》，2013 年第 2 期。

藐小的人物底缺少心灵的表现。"罗斯金进一步阐释到,"这艺术的禀赋,其实本身只是世代相传的德性(凝集)的结果"①。罗斯金在此坚信不疑的艺术批评方式与卢卡契所采用的文学的批评理论不谋而合,都把文艺作品看作统摄于某一意识形态下的整体,因而文艺作品可以直接对社会现实、对作家或艺术家本人的思想品性进行反映。罗斯金认为艺术应该忠于生活并具有道德教化作用,这事实上与左翼文人提倡的现实主义理论以及国民党提倡的"三民主义文学"都有较多相似之处,在抗日救亡的宏大主题下,这样的文艺观念更容易受到大后方的青睐。既然文艺作品和作家、艺术家的品性之间有直接关系,那么具有反战思想、人道主义思想的艺术家和理论家,其论作就有值得译介的价值。《中原》1943年第1卷第2期刊登了徐迟翻译泰戈尔的《艺术之意义》,冯亦代翻译英国作家伍尔芙的《论现代英国小说——"材料主义"的倾向及其前途》,1944年第1卷第3期刊登了冯亦代译雷蒙·莫蒂美的《伍尔芙论》。泰戈尔的思想与中国现实的关系比较复杂,他文艺观念中的神秘主义色彩和非暴力抗争色彩在五四时期的中国就已经饱受争议,在战火弥漫的抗战时期选择泰戈尔的论文来翻译确实不甚主流,徐迟坦言之所以要翻译这篇论文是受了友人止默的嘱托。

然而,整体而言,泰戈尔思想的倾向与抗战大后方没有本质上的矛盾,他在《艺术之意义》中提倡"美是真,真是美"②,讨论了艺术的"真实感"问题,这样的论述在当时也有可资借鉴之处。不过,泰戈尔提倡人道主义的形象在中国早已知名,所以虽然数量极少,但泰戈尔的论文在大后方的译介也在情理之中。伍尔芙的翻译则更能体现大后方文艺理论的"同一性"倾向。从创作方法上看,伍尔芙是"意识流"的代表人物之一,显然这种西方现代派的写作方法与大后方提倡的社会主义现实主义和"三民主义文学"并不吻合,但如考虑到伍尔芙文艺思想与其创作的差异,她的译介就显得顺理成章。这一点冯亦代借马丁·图美尔(Martin Tumell)的观点说道:"她(指伍尔芙——论者注)的小说只追从于十九世纪的情感主义,而文学批评则较小说好得多。"③在《论现代英国小说》中,伍尔芙对俄国文学给予了高度评价,并以此反对英国小说的"物质主义"倾向,认为英国的"'物质主义者'……写下了不重要的东西,而这是由于他们花了大量技巧和大量的工作使得浅薄与暂时的事情,显得真实与持久"而"俄国的小说使我们看到了艺术的无

---

① 〔英〕约翰·罗斯金:《论作品即作者》,徐迟译,《中原》(第1卷第4期),1944年9月。
② 〔印〕泰戈尔:《艺术之意义》,徐迟译,《中原》(第1卷第2期),1943年9月。
③ 〔英〕伍尔芙:《论现代英国小说》,冯亦代译,《中原》(第1卷第2期),1943年9月。

限可能性"①。就伍尔芙自身而言,她秉持的是反战与反法西斯思想,这无疑为她的理论在当时中国的传播开启了大门,以至于当时伍尔芙的理论创作比小说创作更受大后方重视。

从大后方对非苏俄的欧美论文翻译情况来看,主要的择取标准依然受到苏联文艺政策的影响,提倡对抗战现实有参与力的理论进行译介,并且这些看似流派纷杂的翻译文论背后贯穿着卢卡契式的"同一性",看重作家自身的思想倾向和形象,把作家——作品——社会意识形态纳入到一个整体系统中,期望对现实生活产生直接的干预,所以卢卡契、弗洛伊德、伍尔芙、泰戈尔、罗曼·罗兰等风格与流派各异的人的理论文章,在大后方共存。

第三节　戏剧影视理论的翻译

大后方对于戏剧影视理论的翻译非常集中,涉及斯坦尼斯拉夫斯基的演剧理论、戏剧评论、导演方法等多方面。之所以对戏剧影视如此关注,是因为这类文学形式更易于向大众传播,达到宣传的目的。相应的,大后方出版了一系列戏剧影视相关的刊物,如《戏剧岗位》《戏剧月报》《戏剧时代》《戏剧春秋》等。目前对大后方戏剧影视理论的关注并不少,但还存在一些可商榷之处。

斯坦尼斯拉夫斯基的理论在大后方得到了较多重视,形成了一阵学习的热潮,但值得一提的是,有观点认为"当时重庆抗战话剧的理论研究者有时把斯坦尼拉夫斯基神圣化了;同时因为翻译资料的问题也没有全面真实地掌握斯坦尼拉夫斯基理论的全貌,难免有主观臆测之处"②,或言"最主要原因是关于体系的资料的残缺不全,重庆抗战戏剧界很难对体系有一个整体的、全面的和科学的认识,而倾向于将斯氏前期的戏剧思想当作其全部的戏剧思想来看待,对其后期不断变化发展的新思想认识不足"③。当然,必须承认的是,在一个新的理论体系引入初期确实存在着上述各种弊病,但如何看待"资料不全",需要学者擦亮慧眼。上述观点的一个重大逻辑漏洞在于,忽略了理论引入的翻译环节,进而也忽视了翻译的选择性,把接受外国文艺理论看作了一个被动的过程。事实上,在文论

① 〔英〕伍尔芙:《论现代英国小说》,冯亦代译,《中原》(第1卷第2期),1943年9月。

② 阳雯:《斯坦尼斯拉夫斯基戏剧理论与重庆抗战话剧》,《戏剧文学》,2015年第2期。

③ 王晓燕:《重庆抗战演剧理论与斯坦尼体系》,重庆师范大学硕士学位论文,2007年,第1页。

翻译的过程中,译者和赞助人都有其选择和考量,在引入斯坦尼斯拉夫斯基理论的初期,为何选择了他前期的论著而暂时搁置了后期的理论,一句"残缺"肯定难以盖棺定论。

大后方较早翻译出版了两本斯坦尼斯拉夫斯基的专著,分别是1943年群益出版社出版贺孟斧译《我的艺术生活》以及1943年新知书店出版郑君里、章泯等译《演员自我修养》。这两本专著都是斯坦尼斯拉夫斯基后期的作品,是他对自己戏剧理论的总结。两本专著的及时翻译、出版,显然说明当时大后方斯坦尼斯拉夫斯基后期的理论材料并不是那么"残缺",在有资料可资参考的情况下,大后方对其理论的选择性吸收必然与具体的历史语境和时代需求有关。抗战时期关于文艺的宣传性和艺术性如何有机统一的问题展开过许多激烈的探讨,然而这个问题始终没有得到很好地解决。"从1930年代开始,特别是1940年代抗战进入相持阶段后,抗战初期戏剧因为'公式化'、'概念化'的创作导致剧本乏味,同时演出形式和表现手法也极单调,演剧技术机械、粗糙,以至无法吸引观众"①。在这种情况下,自然会有众多有识之士开始呼吁对戏剧艺术性的重视,舒非认为:"我们虽然不是艺术至上主义者,但是我们以为在艺术上成功的作品其感动力必然更深,因而其所获的效果也必然更大。"②重视戏剧艺术性不等于"为艺术而艺术",必须把握艺术与宣传之间的平衡,而斯坦尼斯拉夫斯基前期的理论正是在这方面下足了工夫,他坦言:"我在任何情况下都不反对革命。我清楚地认识到革命具有许多神圣的和深刻的东西。我深切感到革命具有多么崇高的思想和强烈的感情。而我们担心的是什么呢?我们担心的是这种新世界的音乐长时间还找不到艺术语言和艺术性强的戏剧创作来表现。至少直到今天我们不曾见到过这种表现。如果给我们给剧院提供一些不完整的、拙于表达的、枯燥的、矫揉造作的材料,无论这材料就政论性说多么符合崇高的革命思想,我们也没法用这种思想使戏剧发出应有的音响来。"③在这样的语境下,大后方的戏剧工作者们更迫切希望学习的就是如何从技术上把握好戏剧的艺术性,具体而言就是如何写好剧本,如何导演好一出戏,如何演好一个角色。

首先,要提高戏剧的艺术性必须提高演员和导演的专业能力,因此大后

① 丁芳芳:《论抗战时期前苏联戏剧理论的影响与融入》,《首都师范大学学报》(社会科学版),2011年第4期。
② 舒非:《关于抗战演剧》,《抗战中的演剧问题》,《新学识》(第2卷第10期),1938年10月。
③ 〔俄〕卢那察尔斯基:《卢那察尔斯基论斯坦尼斯拉夫斯基》,汤荑之译,《电影艺术译丛》,1978年第10期。

方着重译介了斯坦尼斯拉夫斯基讨论演员与导演的理论文章。《戏剧春秋》1941 年第 1 卷第 3 期和第 1 卷第 5 期连载了曹葆华翻译的《导演论》和天蓝翻译的《演员论》,《演员论》的作者是苏联戏剧理论家拉波泊(T.Rapoport),《导演论》的作者为 B·E.查哈瓦,也是斯坦尼斯拉夫斯基戏剧理论的追随者,这两篇长文虽然不出自斯坦尼斯拉夫斯基之手,但其理论核心是在其基础上建构起来的,对如何用科学的方法进行表演训练进行了论述,可以算作对斯坦尼斯拉夫斯基理论的转译。此外,《戏剧春秋》1942 年第 2 卷第 3 期发表了杜山译《演员的肌肉松弛》,瞿白音译《我的艺术生涯》最后几节,第 2 卷第 4 期发表了章泯译《交流》,从专业技术角度探讨了演员如何表演。《戏剧月报》1943 年第 1 卷第 2 期和第 3 期连载了郑君里翻译斯坦尼斯拉夫斯基的《论演员的适应能力》,其中强调演员的"适应是意识的和下意识的形成的……他是在情绪达到沸点的那一瞬间自然地、自发地下意识地创造出来的"①,要求演员切身去体会角色而不能完全依靠理智去分析。有论者以此判断我们在吸收斯坦尼斯拉夫斯基理论的时候"在演员与角色关系的认识上,强调演员化身为角色,而对斯氏后期所强调的演员从自我出发来认识演员与角色的辩证关系认识不够"②。事实上,在 20 世纪三四十年代的大后方,具有较好专业能力的演员并不多,"抗战期间,大后方各地产生的业余演剧组织不计其数,学校、工厂、军队多半成立了这类组织。从性质上分,有官方主办的,也有民间自发组织的,以后者占绝大多数。从参与人员来看,来自社会各个方面"③,因此,许多时候剧团不得不面对如何训练业余演员的问题。在演员专业素质普遍不过硬的情况下,采纳斯坦尼斯拉夫斯基后期的理论而要求演员"从自我出发来认识演员与角色的辩证关系"颇为好高骛远。洪深曾翻译亚历山大·迪恩(Alexanedr Dean)的《如何导演业余演员》发表于《戏剧时代》1944 年第 1 卷第 2 期,从导演的角度探讨了对业余演员的训练,认为"导演应督促演员自己不断地思考他被派演的角色……导演应激发和鼓励他们的想象力"④。在他们看来,就业余演员而言,个人在表演中的体验才是最直接的灵感来源,"化身为角色"远比从理论的角度思考"辩证关系"要直接有效。

　　其次,戏剧艺术性的优劣很大程度上还取决于剧本的好坏,所以大后方

---

① 〔俄〕斯坦尼斯拉夫斯基:《论演员的适应能力》(下),郑君里译,《戏剧月报》(第 1 卷第 3 期),1943 年 3 月。

② 夏波:《中国戏剧界认识和运用斯坦尼演剧体系的误区及问题》,《戏剧》,2005 年第 3 期。

③ 何云贵:《抗战时期大后方的戏剧理论与戏剧批评》,《戏剧文学》,2005 年第 7 期。

④ Alexanedr Dean:《如何导演业余演员》,洪深译,《戏剧时代》(第 1 卷第 2 期),1944 年 2 月。

在译介斯坦尼斯拉夫斯基理论的时候更看重他前期案头分析和静态心理体验的方法。从大后方的戏剧理论翻译文本来看,当时戏剧理论家们对剧本的直接研究和批评相对缺乏,就国内的戏剧评论而言,多数是演出评论,"也有从文学角度,专门就剧本进行分析评论的,但为数不多"①。在这种情况下,译者在翻译其理论的时候选择了他的前期理论并不是某种失误。《文阵丛刊》1942 年总 60 号发表了郑君里译斯坦尼斯拉夫斯基《论演技艺术的最高目的》,强调要求演员排除与剧本主题和目的不和的倾向。《戏剧时代》1944 年第 1 卷第 4~5 期合刊刊登了袁竹夫翻译戈尔巴科夫(Gorcbarkov)的《导演技术讲话:宣读及研讨剧本》,其中提到"演员常认为宣读剧本不是试演,不是工作,他们在宣读中乃常吸香烟,来往踱步,左右谈话,离开座位与人争辩及对剧本肆加批评等。我们向导演们建议:这些事情如果有之,应立刻取缔矫正。严肃、静默、注意——是导演与演员开始共同工作时应有的公共纪律的要素"②。选择这样的观点进行译介,可以见出当时的戏剧工作者已开始非常重视对剧本的学习和研究,那么在这个阶段强调斯坦尼斯拉夫斯基理论中的案头分析,强调对剧本的充分研读和体验是合情合理的。

除了斯坦尼斯拉夫斯基,大后方也译介了其他苏联和欧美的戏剧理论。从一方面看,这些戏剧理论体现出强烈的实用性,重视戏剧的教育和宣传作用,例如《戏剧岗位》1939 年第 1 卷第 2~3 期合刊发表了章泯翻译卡尔美的《论儿童演剧》。强调文艺的教育作用,其重要的表征之一就是对儿童文艺的关注,文艺工作者们普遍认为通过儿童文艺对儿童进行教育是非常有效的手段,对儿童戏剧的关注是抗战时期关注儿童文艺的一个分支。从另一方面看,在戏剧之外,电影理论也为大后方所关注,如《戏剧月报》1943 年第 1 卷第 4 期刊登了李丽水翻译的《银幕与舞台的导演》,1944 年第 1 卷第 5 期刊登了方开凯译杜列林的《高尔基和戏剧(苏联电影)》,《天下文章》1944 年第 2 卷第 1 期发表了陈鲤庭编译 V.普特符金的《有声电影艺术论粹》等。不过由于我国电影产业在当时处于起步阶段,并且相比戏剧而言,当时大后方有条件欣赏电影作品的地区和观众非常有限,电影在宣传和教育作用方面不如戏剧受众广泛,因此相关理论的翻译比戏剧理论的翻译要少。

综合来看,大后方在戏剧影视理论翻译方面成果比较丰富,但在研究这

---

① 孙庆升:《抗战时期的戏剧理论与批评概观》(续完),《烟台大学学报》(哲学社会科学版),1988 年第 2 期。

② Gorcbarkov:《导演技术讲话:宣读及研讨剧本》,《戏剧时代》(第 1 卷第 4~5 期合刊),1944 年 10 月。

些理论的传播和接受时应当重视翻译这一重要环节,承认翻译的选择或过滤作用,为何当首次引入斯坦尼斯拉夫斯基的理论时更重视他的前期理论而不是更"成熟"的后期理论? 时代的需求和语境的限制制约了译者的选择,所以跳出时代来判断当时的理论接受存在着片面的弊病,这种观点值得商榷。

参 考 文 献

（一）文献类

［1］《七七：抗战建国三周年纪念刊》,（重庆）东北抗战建国协进会编, 1940 年 7 月, 总 1:1。

［2］《七月》,胡风主编/重庆出版, 1937 年 10 月—1941 年 9 月, 总复 1: 1—7:2。

［3］《人力周刊》,重庆人力周刊社编, 1937 年 1—9 月, 总 1—30。

［4］《人与地》,重庆中国地政研究所人与地月刊社编, 1941 年 1 月—1943 年 12 月, 总 1:1—3:12。

［5］《人生画报》,周俊元主编/重庆人生画报社出版, 1945 年 2—5 月, 总 1—4。

［6］《儿童月刊》①,重庆儿童月刊社编, 19?—1941 年 4 月;1941 年 12 月—1943 年 5 月, 总 1—15;新 1—7。

［7］《儿童世界》,何公超编/重庆儿童世界社发行, 1944 年 9 月—1945 年 9 月, 总 1:1—12。

［8］《儿童战线》,四川万县儿童战线社编, 1937 年 11 月, 总 1。

［9］《儿童福利月刊》,四川北碚中国儿童福利协会出版组编, 1945 年 4 月—1946 年 3 月, 总 1:1—10。

［10］《九一八》,纪清漪主编/（重庆）东北抗战建国协进会编, 1940 年 9 月—1941 年 9 月, 总 1—2;"九一八"9、10 周年特刊。

［11］《九一八纪念特刊》,国民党四川省潼南县党务指导委员会宣传部编, 1932 年 9 月, 总 1。

［12］《九中青年》,四川省江津青年团（国立）第九中学九中青年社编, 1943 年?月—1944 年 1 月, 总 1—2。

［13］《力行月刊》,重庆力行月刊社, 1939 年 10 月—1943 年 5 月, 总 1:1—

---

① 《儿童月刊》从第 14 期起与《抗战儿童》合刊出版。

7:5。

[14]《一年间》,四川国民公报社编,1945 年 1 月,总 1。

[15]《十日工作》,四川省成都十日工作社编,1939 年 8 月—1940 年 3 月,总 1—18。

[16]《十日画刊》,四川省成都大众航空社编,1939 年 12 月,总 1。

[17]《七七纪念特刊》,四川省成都新中国日报社编,1939 年 7 月,总 1。

[18]《人地时》,四川省成都市人地时月刊社编,1944 年 10 月,总 1。

[19]《儿童周刊》四川省郫县县政第三科编(儿童教育和文学读物),1937 年 10—12 月,总 1—9。

[20]《儿童》,四川基督教教育协会编,1939 年 1 月—1941 年 4 月,总 1:1—3:4。

[21]《力文》,四川省成都力文社编,1936 年 7—10 月,总 1—7。

[22]《十期月刊》,云南昆明空军军官学校十期月刊编委会编,193?—1939 年 11 月,总 1—6。

[23]《人文科学学报》,昆明西南联大人文科学编委会编,1942 年 6 月—1945 年 9 月,总 1:1—3。

[24]《匕首文艺丛刊》,云南省昆明新河文艺社编,1945 年 1 月—1946 年 3 月,总 1—3。

[25]《人世间月刊》,桂林人世间社编,1942 年 10 月—1943 年 5 月,总 1—5。

[26]《人世间》,桂林人世间社编,1942 年 10 月—1944 年 5 月,总 1:1—2:1。

[27]《十日旬刊》,贵州省十日旬刊社编,1938 年 1—5 月,总 1:7。

[28]《野草》,初由夏衍、宋云彬、聂绀弩、秦似和孟超五人编辑,后由秦似主编,1940 年 8 月—1942 年 6 月,总 29。

[29]《文艺杂志》,王鲁彦主编/文艺杂志社出版发行,1942 年 1 月—1944 年 4 月,总 1:6—3:3;1945 年 5—9 月,新 1:1—1:3。

[30]《文艺生活》,司马文森编辑/文献出版社出版发行,1941 年 9 月—1943 年 8 月,总 18。

[31]《文学创作》,熊佛西主编/文学创作社出版发行,1942 年 9 月 15 日—1944 年 7 月 15 日,1:6—3:3,总 15。

[32]《戏剧春秋》,田汉主编,1940 年 11 月 1 日—1942 年 10 月 30 日,总 1:5—2:4。

[33]《当代文艺》,熊佛西主编/当代文艺社出版发行,1944 年 1—6 月,总

1：6。

［34］《文化杂志》,邵荃麟主编/文化杂志社出版,1941 年 8 月 10 日—1943 年 5 月 1 日,总 16。

［35］《青年文艺》,葛琴主编/白虹书店出版,1942 年 10 月—1944 年 7 月, 总 1：6。

［36］《诗创作》,胡危舟、阳太阳编辑/诗创作社出版,1941 年 6 月 19 日—? 总 19。

［37］《创作月刊》,张煌主编/现代出版社出版,1942 年 3 月 15 日—12 月 15 日,总 7。

［38］《十日文萃》(《救亡日报》副刊),林仰山编辑/南方出版社总经销, 1940 年 7 月—1941 年 1 月,总 13。

［39］《新文学》,新文学杂志社发行,1943 年 7 月—1944 年 5 月,总 4。

［40］《艺丛》,孟超编辑/集美书店发行,1943 年 5—7 月,总 2。

［41］《人世间》,人世间社出版,1942 年 10 月—1944 年 5 月,总 7。

［42］《自学》,孙怀宗发行,1943 年 4 月 20 日—1944 年 5 月 25 日,总 8。

［43］《青年生活》,林植主编/科学书店总经销,1940 年 10 月—1944 年 6 月,总 25。

［44］《文化岗位》,《救亡日报》副刊,1939 年 2 月 1 日—1941 年 1 月 31 日。

［45］《文艺》,《大公报》副刊,1941 年 3 月 16 日—1944 年 6 月 27 日, 总 298。

［46］《抗战文艺》,中华全国文艺界抗敌协会,1938—1946 年。

［47］《文化岗位》,中华全国文艺界抗敌协会昆明分会,1938—1940 年。

［48］《战歌》,中华全国文艺界抗敌协会昆明分会,1938—1941 年。

［49］《笔阵》,中华全国文艺界抗敌协会成都分会,1939—1944 年。

［50］《战国策》,1940 年 4 月—1941 年 7 月,总 1—17。

［51］《大公报·战国副刊》,1941 年 12 月—1942 年 7 月,总 1—31。

［52］《今日评论》,1939—1941 年,总 1—4 卷。

［53］《民族文学》,1943—1944 年,总 1 卷。

［54］《军事与政治》(第 1—8 卷),1941—1946 年。

［55］《文聚》昆明文聚社,昆明：崇文印书馆,1942—1945 年,总 1：3。

［56］《贵州日报·革命军诗刊》①,1941—1942 年,第 2、9、10 期。

［57］《世界文艺季刊》(第 1 卷第 1、2、3、4 期),重庆：商务印书馆,1941—

---

① 从 1942 年 8 月 30 日起,即总第 11 期改名为《冬青诗刊》。

1943 年。

[58]《新华日报》,重庆新华日报社,1938—1945 年。

[59] 王大明、文天行、廖全京编:《抗战文艺报刊篇目汇编》,成都:四川省
　　　社会科学院出版社,1984 年。

[60] 文天行、王大明、廖全京编:《中华全国文艺界抗敌协会资料选编》,成
　　　都:四川省社会科学院出版社,1983 年。

[61]《"战国派"——国统区文艺资料丛编》,重庆师范学院中文系组编,重
　　　庆,1979 年。

(二) 报纸期刊

[1] 雷溅波:《我与〈战歌〉诗刊》,《云南师范大学学报》(哲学社会科学
　　　版),1991 年第 4 期。

[2] 罗铁鹰:《回首话〈战歌〉》,《新文学史料》,1983 年第 1 期。

[3] 刘增杰、王文金:《有关〈谷雨〉的一些材料》,《新文学史料》,1982 年
　　　第 2 期。

[4] 罗荪:《关于〈抗战文艺〉》,《新文学史料》,1980 年第 2 期。

[5] 徐传礼:《历史的笔误与价值的重估——"重估战国策派"系列论文之
　　　一》,《东方丛刊》,1996 年第 3 期。

[6] 晓风:《胡风创办〈七月〉和〈希望〉》,《新文学史料》,1993 年第 3 期。

[7] 徐燕虹:《杨周翰与英国文学研究》,《外国文学》,2002 年第 2 期。

[8] 林元:《四十年代的一枝文艺之花——记西南联大文聚社出版物》,
　　　《新文学史料》,1983 年第 3 期。

[9] 藏云远:《战斗的美学观——高尔基逝世四周年纪念》,《新华日报》,
　　　1940 年 6 月 18 日。

[10] 戈宝权:《玛雅可夫斯基的光荣传统——从"罗斯他通讯社的窗子"谈
　　　到"塔斯通讯社的窗子"》,《新华日报》,1943 年 4 月 14 日。

[11] 戈茅:《谈诗的写作》,《新华日报》,1939 年 10 月 9 日。

[12] 仓夷:《日本人民的反战诗》,《新华日报》,1939 年 8 月 25 日。

[13] 戈宝权:《玛雅可夫斯基的光荣传统——从"罗斯他通讯社的窗子"谈
　　　到"塔斯通讯社的窗子"》,《新华日报》,1943 年 4 月 14 日。

[14] 简壤:《创造人民的艺术》,《新华日报》1943 年 4 月 30 日。

[15] 默涵:《读高尔基底社会论文》,《新华日报》,1943 年 2 月 15 日。

[16] 何应钦:《报的责任》,《中央日报》,1928 年 2 月 1 日。

[17] 佚名:《现阶段戏剧运动的任务》,《中央日报》,1937 年 7 月 9 日。

［18］佚名：《关于"副刊作品"》，《中央日报》，1941 年 3 月 11 日。

（三）专著类

［1］〔德〕顾彬：《二十世纪中国文学史》，范劲等译，上海：华东师范大学
出版社，2008 年。

［2］〔美〕戴文波：《我的国家》，杨周翰译，重庆：中外出版社，1945 年。

［3］〔美〕哈罗德·布鲁姆：《影响的焦虑》，徐文博译，上海：上海三联书
店，1989 年。

［4］〔美〕汉乐逸：《发现卞之琳——一位西方学者的探索之旅》，李永毅
译，北京：外语教学与研究出版社，2010 年。

［5］〔美〕刘剑梅：《革命与情爱》，郭冰茹译，上海：上海三联书店，
2008 年。

［6］〔美〕易社强：《战争与革命中的西南联大》，饶佳荣译，北京：九州出
版社，2012 年。

［7］〔美〕刘禾：《跨语际实践》，宋伟杰等译，北京：读书·生活·新知三
联书店，2002 年。

［8］〔苏〕高尔基：《高尔基选集：文学论文选》，孟昌、曹葆华译，北京：人
民文学出版社，1958 年。

［9］〔英〕Mona Baker：《翻译与冲突——叙事性阐述》，赵文静主译，北京：
北京大学出版社，2011 年。

［10］陈丙莹：《卞之琳评传》，重庆：重庆出版社，1998 年。

［11］陈伯良：《穆旦传》，北京：世界知识出版社，2006 年。

［12］陈福康：《中国译学史》，上海：上海人民出版社，2010 年。

［13］陈福康编：《中国译学理论史稿》，上海：上海外语教育出版社，
1992 年。

［14］陈历明：《翻译：作为复调的对话》，成都：四川大学出版社，2006 年。

［15］陈平原：《文学的周边》，北京：新世界出版社，2004 年。

［16］陈思和主编：《中国现代文论选》，上海：上海教育出版社，2010 年。

［17］陈孝全：《朱自清传》，北京：北京航空航天大学出版社，2008 年。

［18］陈永国编译：《翻译与后现代性》，北京：中国人民大学出版社，
2005 年。

［19］陈玉刚主编：《中国翻译文学史稿》，北京：中国对外翻译出版公司，
1989 年。

［20］杜运燮等编：《一个民族已经起来，怀念诗人、翻译家穆旦》，南京：江

苏人民出版社,1987 年。

[21] 段从学:《"文协"与抗战时期的文艺运动》,北京:北京大学出版社, 2012 年。

[22] 方华文:《20 世纪中国翻译史》,西安:西北大学出版社,2005 年。

[23] 费正清主编:《剑桥中华民国史》(第二部),上海:上海人民出版社, 1992 年。

[24] 冯光廉等编著:《中国现代文学史教程·上册》,济南:山东教育出版 社,1984 年。

[25] 冯姚平编:《冯至与他的世界》,石家庄:河北教育出版社,2001 年。

[26] 冯至:《冯至选集》,成都:四川文艺出版社,1985 年。

[27] 冯至:《山水斜阳》,哈尔滨:黑龙江人民出版社,1999 年。

[28] 郭建中编著:《当代美国翻译理论武汉》,武汉:湖北教育出版社, 2004 年。

[29] 郭延礼:《中国近代翻译文学概论》,武汉:湖北教育出版社,1997 年。

[30] 郭志刚、孙中田主编:《中国现代文学史》(修订版下册),北京:高等 教育出版社,1999 年。

[31] 何晓明:《百年忧患——知识分子命运与中国现代化进程》,上海:东 方出版中心,1997 年。

[32] 洪深:《抗战十年来中国的戏剧运动与教育》,北京:中华书局, 1948 年。

[33] 季进、曾一果:《陈铨:异邦的借镜》,北京:文津出版社,2005 年。

[34] 贾植芳:《中国现代文学社团流派》(下卷),南京:江苏教育出版社, 1989 年。

[35] 江沛:《战国策派思潮研究》,天津:天津人民出版社,2001 年。

[36] 江弱水:《卞之琳诗艺研究》,合肥:安徽教育出版社,2003 年。

[37] 江渝:《西南联大:特定历史时期的大学文化》,成都:电子科技大学 出版社,2010 年。

[38] 蒋勤国:《冯至评传》,北京:人民出版社,2000 年。

[39] 蓝海:《中国抗战文艺史》,上海:现代出版社,1947 年。

[40] 李冰梅:《文学翻译新视野》,北京:北京大学出版社,2011 年。

[41] 李光荣、宣淑君:《季节燃起的花朵:西南联大文学社团研究》,北京: 中华书局,2011 年。

[42] 李今:《二十世纪中国翻译文学史》(三四十年代·英法美卷),天津: 百花文艺出版社,2009 年。

[43] 李欧梵：《现代性的追求：李欧梵文化评论精选集》，北京：生活·读书·新知三联书店，2002 年。

[44] 李宪瑜：《二十世纪中国翻译文学史》（三四十年代·英法美卷），天津：百花文艺出版社，2009 年。

[45] 李泽厚：《中国思想史论》（上），合肥：安徽文艺出版社，1999 年。

[46] 廖七一等编著：《当代英国翻译理论》，武汉：湖北教育出版社，2004 年。

[47] 林同济：《时代之波》，上海：大东书局，1946 年。

[48] 刘小枫：《拯救与逍遥》，上海：上海三联书店，2001 年。

[49] 刘小枫：《中国文化的特质》，北京：生活·读书·新知三联书店，1990 年。

[50] 罗新璋、陈应年编：《翻译论集》（修订本），北京：商务印书馆，2009 年。

[51] 吕进等：《重庆抗战诗歌研究》，重庆：西南师范大学出版社，2009 年。

[52] 马彦祥：《古城的怒吼》，重庆：华中图书公司出版，1938 年。

[53] 蒙树宏：《云南抗战时期文学史》，昆明：云南教育出版社，1998 年。

[54] 孟昭毅等：《中国翻译文学史》，北京：北京大学出版社，2005 年。

[55] 穆旦：《穆旦诗集》，北京：人民文学出版社，2001 年。

[56] 钱理群、温儒敏、吴福辉：《中国现代文学三十年》，北京：北京大学出版社，1998 年。

[57] 钱文亮：《新文学运动方式的转变》，上海：上海文化出版社，2010 年。

[58] 钱钟书：《七缀集》，北京：生活·读书·新知三联书店，2002 年。

[59] 司马长风：《中国新文学史》，香港：昭明出版社，1979 年。

[60] 宋炳辉：《弱势民族文学在中国》，南京：南京大学出版社，2007 年。

[61] 谭载喜：《西方翻译简史》（增订本），北京：商务印书馆，2004 年。

[62] 唐弢、严家炎主编：《中国现代文学史》（第 3 卷），北京：人民文学出版社，1980 年。

[63] 王秉钦等：《20 世纪中国翻译思想史》，天津：南开大学出版社，2009 年。

[64] 王德威：《想象中国的方法》，北京：生活·读书·新知三联书店，1998 年。

[65] 王宏志：《翻译与文学之间》，南京：南京大学出版社，2011 年。

[66] 王宏志：《重释"信达雅"——二十世纪中国翻译研究》，上海：东方出版中心，1999 年。

[67] 王克非编著：《翻译文化史论》，上海：上海外语教育出版社，2000 年。

[68] 王思隽、李肃东：《贺麟评传》，南昌：百花洲文艺出版社，2010 年。

[69] 王喜旺：《学术与教育互动：西南联大历史时空中的观照》，太原：山西教育出版社，2008 年。

[70] 温儒敏、丁晓萍：《时代之波——战国策文化论著辑要》，北京：中国广播电视出版社，1997 年。

[71] 西南联大除夕副刊主编：《联大八年》，昆明：西南联大学生出版社，1946 年。

[72] 西南联大校友会编：《笳吹弦诵在春城——回忆西南联大》，昆明：云南人民出版社，1986 年。

[73] 西南联合大学北京校友会编：《国立西南联合大学校史》，北京：北京大学出版社，2006 年。

[74] 谢天振：《译介学》，上海：上海外语教育出版社，1992 年。

[75] 谢泳：《西南联大与中国现代知识分子》，福州：福建教育出版社，2009 年。

[76] 徐迅：《民族主义》，北京：中国社会科学出版社，2008 年。

[77] 许渊冲：《追忆似水年华——从西南联大到巴黎大学》，北京：生活·读书·新知三联书店，1996 年。

[78] 杨立德：《西南联大的斯芬克司之谜》，昆明：云南人民出版社，2005 年。

[79] 杨立德：《西南联大教育史》，成都：成都出版社，1995 年。

[80] 姚丹：《西南联大历史情境中的文学活动》，桂林：广西师范大学出版社，2000 年。

[81] 姚可崑：《我和冯至》，桂林：广西教育出版社，1994 年。

[82] 易彬：《穆旦评传》，南京：南京大学出版社，2012 年。

[83] 云南省政协文史委编：《云南文史资料选辑》（第 4 辑），昆明：云南人民出版社，1988 年。

[84] 臧克家：《臧克家文集》，济南：山东文艺出版社，1985 年。

[85] 张辉：《冯至：未完成的自我》，北京：文津出版社，2005 年。

[86] 张寄谦：《联大长征》，北京：新星出版社，2010 年。

[87] 张隆溪：《二十世纪西方文论述评》，上海：上海三联出版社，1986 年。

[88] 张曼仪：《卞之琳著译研究》，香港：香港大学中文系，1989 年。

[89] 章绍嗣等：《武汉抗战文艺史稿》，武汉：长江文艺出版社，1988 年。

[90] 中国翻译工作者协会《翻译通讯》编辑部编：《翻译研究论文集

（1894—1948）》,北京：外语教学与研究出版社,1984 年。

[91] 中国翻译家辞典编写组：《中国翻译家辞典》,北京：中国对外翻译出版公司,1988 年。

[92] 中国现代文学馆编：《陈铨文集》,北京：华夏出版社,2000 年。

[93] 周本贞：《西南联大研究》（第一辑）,北京：中国大百科全书出版社,2005 年。

[94] 朱寿桐：《中国现代社团文学史》,北京：人民文学出版社,2004 年。

[95] 朱自清：《朱自清全集》,南京：江苏教育出版社,1997 年。

（四）外文类

[1] André Lefevere, 1975：*Translating Poetry: Seven Strategies and a Blueprint*. Van Gorcum, Assen.

[2] André Lefevere, 2004：*Translation, Rewriting and the Manipulation of Literary Fame*. Shanghai：Shanghai Foreign Language Education Press.

[3] Wills Barnston, 1993：*The Poetics of Translation: History, Theory, Practice*. U.S.A.：Yale University Press.

[4] Terry Eagleton, 1996：*Literature Theory: An Introduction*. U. S. A. University of Minnesota Press.

[5] Merle Goldman, 1977：*Modern Chinese Literature in the May Fourth Era*. U.S.A.：Harvard University Press.

[6] Mark Shuttleworth & Moira Cowie, 1997：*Dictionary of Translation Studies, Manchester*. UK：St. Jerome Publishing.

[7] Nida. E. A & Charles R. Taber, 1969：*The Theory and Practice of Translation*. Leiden：E.J.Brill.

[8] Rogert T.Bell, 1991：*Translation and Translating：Theory and Practice*. UK：Longman Group Ltd.

[9] Steven G. Yao, 2002：*Translation and the languages of modernism: Gender, Politics, Language*. New York：Palgrave Macmillan.

[10] Susan Bassnett & André Lefevere, 2001：*Constructing Cultures: Essays on Literary Translation*. Shanghai：Shanghai Foreign Language Education Press.

[11] Ward, Jan de & Nida, Eugene A, 1986：*From One Language to Another: Functional Equivalence in Bible Translating*. New York：Thomas Nelson Publisher.

人 名 索 引

后　记

　　这是我写得最艰难的一本书，因为资料在轰炸和迁徙中散布四处，搜集起来实在是费心劳神；这是我写得最郁结的一本书，因为史料梳理会时常打断论述的连贯性；同时，这也是我写作时间最长的一本书，缠绕我十载有余，心力交瘁。

　　好在结局令人欣慰，我终于战胜各种困难，让大后方翻译文学这朵在战火中盛开的蔷薇，再次吐露芳华。

　　一枝一叶，一花一簇，本书所写也许不能呈现翻译文学的森林；但却具有"知识考古"的意味，那些隐没在时光风尘中的译作、译事、译者，更能让我们想象并建构起彼时彼地的翻译文学图景。

　　交稿之际，遥想当年，回味写作过程，百感交集。十年前，吕进先生带领我们做抗战大后方诗歌研究，其时意在诗歌，却衍生出我对大后方翻译文学的情感，不能不感谢前辈的带动。三年前，因富布赖特项目漂洋过海，在康奈尔大学寒冷又漫长的冬季，我迎着密集的雪花早出，踏着清冷的月光晚归，白天除去校园旁的状元楼吃中式便餐外，都"蜷缩"在奥林图书馆的亚洲馆里。补充完善本书内容，修改审读书稿，成了我无聊时的最好消遣。

　　最近几年，面对儿子的出生，父母的苍老，自身年龄的增长，我常有精力透支的疲倦感。在人生最沉重的阶段，能够收获大后方翻译文学研究的成果，并获得国家社科基金的后期资助，对我而言，实在不易。感谢与我风雨同舟的妻子刘丹，感谢给我快乐和奋斗动力的儿子垦丁，感谢用年迈之躯继续守护我生命的父母，感谢给我帮助的学生杨东伟和徐臻。

　　以此后记存念。

作　者

2017 年 6 月 7 日